Schwarzes Meer
Istanbul
Scutari
Bursa
TÜRKEI
Hürüs Lagune
Konya
Taurus
Tarsus
Aleppo
Antiochia
Kyrenia
ZYPERN
SYRI
Mittelmeer
Damaskus
Jerusalem
Tiberias
Akko
Gaza
Kairo
ARA
Das Osmanische Reich zu
Das Osmanische Reich am

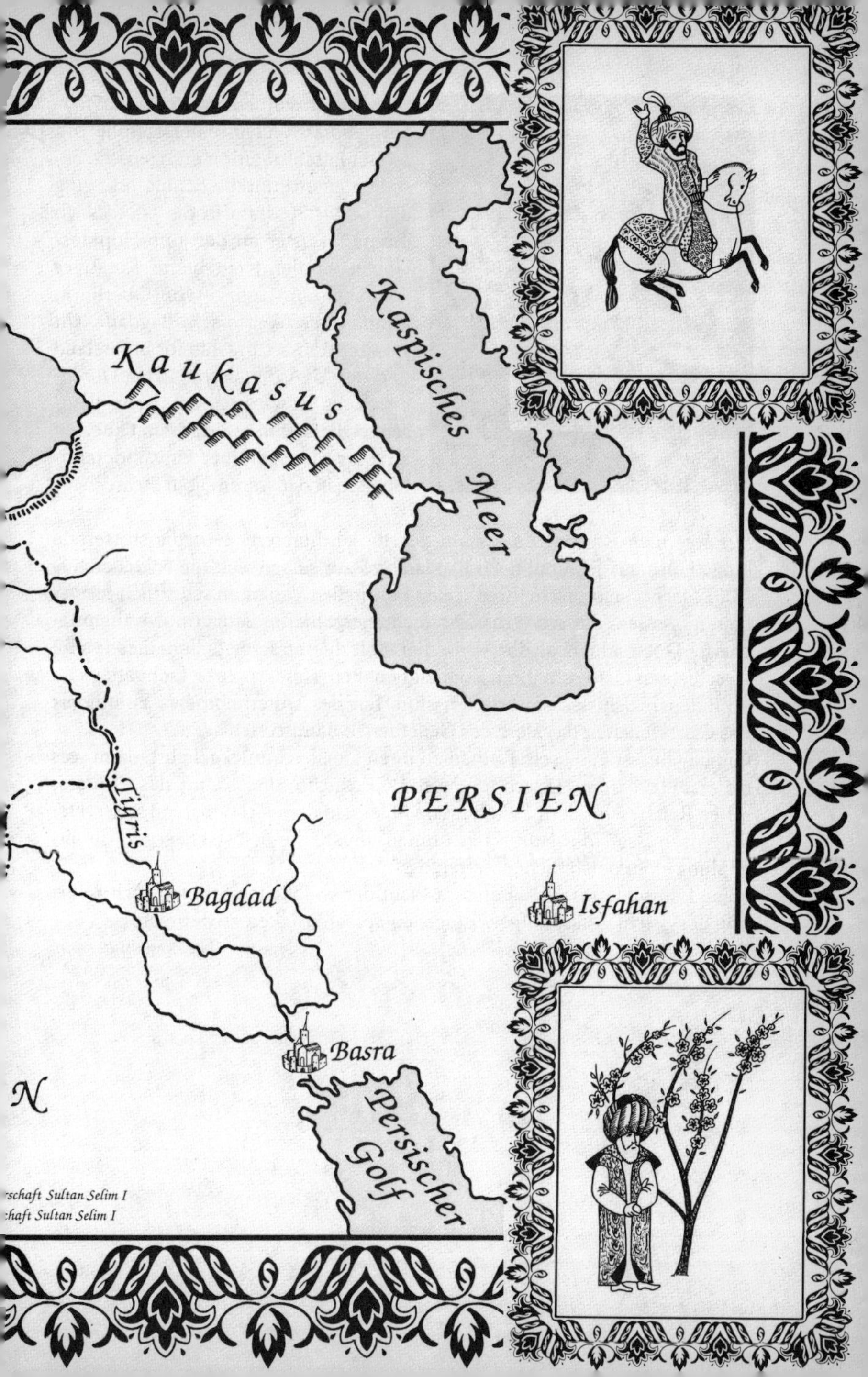
Kaukasus
Kaspisches Meer
Tigris
PERSIEN
Bagdad
Isfahan
Basra
Persischer Golf
rschaft Sultan Selim I
chaft Sultan Selim I

Güneli Gün wurde in Izmir in der Türkei geboren und in einer Familie mit großer Erzähltradition erzogen. Sie besuchte eine türkische Schule und ging dann zum Studium in die USA. Nach ihrem Magister an der John-Hopkins-Universität lehrt sie heute Kreatives Schreiben am College von Oberlin in Ohio. ›Der Weg nach Bagdad‹, ihr zweiter Roman, brachte ihr in England und den USA den literarischen Durchbruch, es ist ihr erstes Buch in deutscher Übersetzung. Sie arbeitet zur Zeit an einem Roman über Einwanderererlebnisse in den Vereinigten Staaten.

Der Weg nach Bagdad: Zu Beginn des 16. Jahrhunderts reist die stotternde junge Hürü aus Istanbul nach Bagdad, wo zur selben Zeit die Märchen aus ›1001 Nacht‹ erstmals in ihren vielen kulturellen Varianten schriftlich festgehalten werden. Sie wird zur Geschichtenerzählerin, Sängerin, Mythenmacherin. Doch anders als ihr Vorbild erzählt die moderne Scheherazade ihre Geschichten nicht, um ihren Kopf zu behalten, sondern ihren Liebhaber. Die erfundenen Schicksalsanekdoten sind Teil des Unternehmens, zumindest das Ohr, vielleicht das Herz des Geliebten in Bann zu schlagen.
Güneli Gün ist in diesem Roman zu ihren Quellen zurückgekehrt, denn was sie erzählt, ist die Neuschöpfung der Geschichte und Kultur des Osmanischen Reiches vor dem Zeitalter von Süleiman dem Großen. Und so ist ›Der Weg nach Bagdad‹ historischer Roman, mystische Selbstsuche und die Erzählung einer persönlichen Befreiung.
»Eine kraftvolle Parabel über die Macht der weiblichen Stimme, sich selbst von der geschichtlich aufgezwungenen Sprachlosigkeit zu befreien.«

The New Statesman

Güneli Gün

Der Weg nach Bagdad

Ein Schelmenroman magischer Abenteuer, erbettelt, geliehen und gestohlen aus 1001 Nacht

Aus dem Amerikanischen
von Vera Pagin

Fischer Taschenbuch Verlag

8.–9. Tausend: Januar 1995

Veröffentlicht im Fischer Taschenbuch Verlag GmbH
Frankfurt am Main, Dezember 1994

Deutschsprachige Erstpublikation
im Wolfgang Krüger Verlag, Frankfurt am Main

Die amerikanische Originalausgabe
erschien unter dem Titel
›On the Road to Baghdad‹
im Verlag Hunter House, Claremont, Kalifornien

Druck und Bindung: Clausen & Bosse, Leck
Printed in Germany
ISBN 3-596-12461-1

Gedruckt auf chlor- und säurefreiem Papier

Inhalt

Erster Teil

Der Aufbruch

Das Abenteuer lockt
auf dem Weg nach Bagdad

I

Das Herzeleid der Bildung

Hürü hört die monotone Musik der Welt

Hürü war nicht nur mit keinerlei wunderbaren Talenten ausgestattet: sie verzweifelte an den Lücken in ihrer Bildung. Hürü wußte genug, um zu wissen, daß sie nichts wußte. Oh, sie konnte den Koran mittlerweile auswendig, doch nicht mit der gleichen Leichtigkeit und Begeisterung ihrer Freundinnen. Abgesehen davon, daß sie eine Stimme hatte, die zu tief war, um bei einem Mädchen zu erfreuen, sprach Hürü Worte in dem arabischen Text falsch aus, deren Bedeutung sie kaum erfaßte, und ersetzte sie, wenn sie stotterte, durch Worte in ihrer Muttersprache. Doch Türkisch wurde geächtet als zu direkte Sprache, als daß sie die Äußerungen Allahs hätte wiedergeben können. Außerdem stammelte und stotterte Hürü die heiligsten Verse in Stücke und Scherben.

Wenn sie beim Aufsagen zu stocken begann, versetzte die Hauslehrerin (eine schlampige Frau mit der Figur einer Tonne, die unaufhörlich während des Unterrichts Süßigkeiten verschlang) Hürü einen kurzen, heftigen Schlag mit dem Lehrerstöckchen in der vorgeschriebenen Länge. Dieses Werkzeug, das lang genug war, den Schüler zu erreichen, ohne die feiste Hauslehrerin auf ihrem Kissen am oberen Ende des Klassenzimmers zu inkommodieren, quälte Hürü an ihrem Platz bei der Tür, wo sie auf ihren Fersen saß. Da sie sich so langsam in ihrer religiösen Unterweisung gezeigt hatte, mühte sich Hürü mit sechzehn noch mit den Grundbegriffen ab, während ihre Freundinnen bereits gelernt hatten, hinter Fenstern aus geschnitzten Gittern zu kichern und ab und zu eine Nadel durch das Leinen zu stechen, das über einen Stickrahmen gespannt war. Und sie beobachteten auch bereits, wie junge Männer, die als annehmbare Partie galten, auf der Straße mit ihnen zu schäkern suchten. Nicht so Hürü. Sie mußte sich erst noch ein wenig Lob verdienen. Und dennoch, ihre Eltern hingen mit ganzem Herzen an ihr – wie nur Eltern an einem Kind hängen können, das nicht ganz den Ansprüchen der Welt genügt.

Ihre Hauslehrerin, die Menschenfresserin namens Jungfer Kevser, nannte ihren Eltern gute Gründe, weshalb man Hürü noch zurückstellen sollte, da diese, ihrer Einschätzung nach, alles andere als eine vorzeigbare Schülerin war. Es lag nicht so sehr daran, daß das Gedächtnis des Mädchens lückenhaft war, so daß Hürü die Eingebungen Allahs nicht ordnungsgemäß aufsagen konnte: Es lag vielmehr daran, daß Hürü auf der *Auslegung* des Wortes bestand, wenn das Wort doch dem Gläubigen eigentlich genügen sollte. Ihre Tochter nehme alles zu wörtlich, und das in einem Ausmaß, fürchtete Jungfer Kevser, daß sich die Sieben Himmel diesem armen Kinde niemals öffnen würden. Hürü wollte wissen, warum, wieso und wie etwas möglich sei. Vorbildliche Schülerinnen, und Jungfer Kevser hatte viele davon in Häusern unterrichtet, die viel angesehener waren als dieses, nahmen ihren Platz ein und sagten auf und überließen die Folgerungen und Auslegungen denen, deren Aufgabe das Folgern und Auslegen war.

»Wer ist Hürü«, verlangte Jungfer Kevser zu wissen, »daß sie das Z des Ganzen kennen muß, wenn sie noch nicht das A erlernt hat?«

In der Tat, wer war sie? Das war es, was auch Hürü gern gewußt hätte. Vor die Eltern zitiert, gab Hürü ihnen zu verstehen, daß die Hauslehrerin ebenfalls wohl kaum eine vorbildliche Lehrerin sei.

»Ve-ve-verwünscht sei der Gedanke«, sagte Hürü, »doch Jungfer Kevser ist sehr fe-fe-ett!«

»Und?« sagte ihre Mutter.

»Sie i-i-ißt stä-ä-ändig.«

»Tue, was deine Lehrerin sagt«, ermahnte ihr Vater Hürü, »und nicht, was *sie tut*. Denke an das, was der Prophet sagte. Er sagte: ›Laßt mich der Sklave des Lehrers sein, der mich ein einziges Wort gelehrt hat.‹«

»Wenn dem de-de-denn so ist«, sagte Hürü.

Dem Propheten zufolge, dessen einziger Lehrer Allah war, war das Lehren eine heiligere Berufung als der Ruf Allahs. Und weshalb hatte dann Allah in Seiner Gnade und Seiner Barmherzigkeit Hürü nicht mit einer anziehenderen Lehrerin versehen? Sie ging davon aus, daß es irgendwo in dieser herrlichen Welt einen Lehrer geben mußte, der so fesselnd wahrhaftig war, daß der Geist seiner Schüler von dem des Lehrers angezogen wurde wie Eisen von einem Magneten. Doch vielleicht, dachte sie, war sie eines Wahren Lehrers nicht wert, zumal alles um sie herum ebenfalls unvollkommen und mittelmäßig war.

Abgesehen davon, daß sie nur sehr langsam auswendig lernte, stammelte Hürü, die im allgemeinen nur ein wenig stotterte, gerade angesichts der Schriften. Ihre gelähmte Zunge sei ein Zeichen dafür, wurde ihr von ihrer Lehrerin mitgeteilt, daß Iblis oder ein niederer *dschinn* Hürüs Sündhaftigkeit mit brennender Aufmerksamkeit verfolgten. Diese widerwärtigen Wesen waren ebenfalls sündhaft und stolz darauf. Als Allah Adam den Engeln und dem Dschinn vorstellte, forderte Er alle auf, sich vor dem Menschen zu verneigen. Die Engel, die unfehlbar und aus Licht geschaffen waren, waren Ihm zu Willen; nicht aber Iblis und Konsorten. Sie wollten sich nicht vor irgendeinem Geschöpf verneigen, das aus Blutgerinnseln geschaffen war, und wurden sofort ob ihrer Eitelkeit entlassen. Denn es steht geschrieben, daß Mutwille und Dummheiten die Herzen der Menschheit für Iblis, seine Söhne und seine hinterhältigen Truppen öffneten, die in Bädern, Latrinen, Brunnen, Öfen, auf Basars, in Hausruinen, auf Wegkreuzungen, dem Meer und den Flüssen lauerten und sich herumdrückten – und auf eine solch unbesonnene und ahnungslose Person wie Hürü warteten, sie mit ihren Stammeleien der heiligen Schriften heraufzubeschwören. Mädchen wie Hürü waren das saftigste Fleisch für Iblis, dessen Speise aus allem bestand, was getötet wurde, ohne daß Allahs Segen vorher darüber gesprochen ward, der alles trank, was berauschte, der von melodiösen Flöten zum Gebet gerufen ward, dessen *Koran* aus Gedichten bestand, dessen Rede Lüge war und dessen Fallstricke Frauen.

Und so geschah es, daß der Weg der Tugend Hürü nach ihrer Auffassung nicht offenzustehen schien. Sie war bereits sündhaft, da sie Musik liebte. Und doch haßte sie ihre Musiklehrerin. Der Atem der Musiklehrerin, einer Frau arabischen Ursprungs, war so übelriechend, daß es nicht schwerfiel, sie sich vorzustellen, wie sie die lange Nacht über in Begleitung des *dschinns* der Latrine ihre Lieder sang.

Ihre Eltern waren nicht gekränkt, als Hürü sich von ihrer Laute abwandte. In aller Eile entließen sie die arabische Lehrerin, wie Hürü sie so oft gebeten hatte. Doch Jungfer Kevser blieb. Und blieb. Die Anwesenheit Jungfer Kevsers stand nicht zur Debatte. Der Musikunterricht, andererseits, war aufgrund Hürüs kindischem Drängen begonnen worden und nicht etwa, weil sich eine Musikbesessenheit für ein wohlerzogenes Mädchen geziemt hätte. Aufzuspielen war den Sklaven überlassen, den umherziehenden Bettlern und den Ungläubigen, denen kaum eine andere Wahl blieb, als die unpassende Kunst zu erlernen, andere zu unterhalten.

Als sie sich so Hürüs Schneidezähne betrachteten, die ein wenig zu groß geraten waren, ihre sommersprossige Haut, ihr wahrlich rotes Haar, die Abwesenheit der beiden dorthingehörenden Erhebungen auf ihrer Brust, ihre knöcherne Hochgewachsenheit, die einem Bogenschützen besser angestanden hätte als einem Mädchen, ihre Hüften, die zu schmal schienen, um zu gebären oder einem Manne Vergnügen zu bereiten, ihre großen Hände und Füße, ihren breiten und vollen Mund und ihre dunkelbraunen Augen, die das Gegenüber viel zu durchdringend musterten, dachten ihre verzweifelten Eltern, daß ihre Tochter ruhig eine gute Erziehung genießen solle, damit sie etwas mit ihrem Leben anfangen konnte, wenn keinerlei Freier Gestalt annehmen sollte. Doch das Mädchen war auch als Gelehrte vollkommen hoffnungslos. Man hätte ebensogut einen Felsbrocken lehren können! Und Hürü war ihre einzige Tochter.

Wenn dem Mädchen aufgetragen wurde, ein Tablett mit Getränken denen aufzutragen, die ihre Aufgabe darin sehen, ein wachsames Auge auf die heiratsfähigen Töchter von jedermann zu halten, versuchte Hürü sich zu verweigern, indem sie anführte, daß sie zu sehr mit ihren Studien beschäftigt sei. Doch die Tochter des Hauses mußte diese Glucken bedienen, die andernfalls bösartig gackerten, wann immer sie von einem Diener statt von Hürü ihre Getränke erhielten. Nachdem man ihr gesagt hatte, daß sie die Tinte von ihren Händen waschen solle, betrat Hürü schwerfällig wie ein Kamel mit Eisklumpen um die Hufe den Raum, die Augen starr auf die Gläser auf dem Tablett gerichtet, welches die beste Art war, das Sorbett in die Untertassen schwappen zu lassen. Und sie hatte ihr Werk nicht vollbracht, bis nicht etwas Klatsch in rubinroten Fruchtsirup getaucht worden war.

»Richte deine Augen nicht auf das Tablett«, belehrte ihre Mutter sie, »sondern auf den Horizont, als erblicktest du einen wunderschönen Sonnenuntergang.«

»Welchen Ho-ho-horizont?« sagte Hürü, die sich fragte, was der Horizont und ein wunderschöner Sonnenuntergang in einem Raum zu tun hatten, der entworfen worden war, die Außenwelt auszusperren.

»Stell es dir vor!« befahl die Mutter, die auf eine königliche Weise füllig war und ihre Körperformen und ihr schweres bronzefarbenes Haar mit der Lust einer reinrassigen Stute trug.

Der vorbildliche Geist der Zeit war der, der sich unterwarf, und das Vorbild weiblicher Schönheit war die gefilterte Essenz schmachtender arabischer Nächte. Das Gesicht mußte sein wie der volle Mond, hell und gewölbt, und das Haar schwarz wie die tiefste Farbe der Nacht. Ein rosiger Hauch mußte die Mitte beider Wangen zieren; ein Leberfleck mußte einen glückbringenden Kontrast setzen wie ein Kügelchen Ambra auf einem Teller von Alabaster. Die Augen mußten schwarz sein, groß und mandelförmig, von langen, dunklen, seidigen Wimpern gerahmt. Über den Augen mußten sich zwei dünne schwarze Augenbrauen wölben auf einer breiten Stirn, weiß wie Elfenbein. Die Brüste mußten sein wie zwei Granatäpfel, hoch und fest, der Mund wie die Koralle, die Zähne wie Perlen, die Taille schmal mit ausladenden, breiten Hüften, die Hände und Füße klein, weiß und unbrauchbar für jedwede Arbeit. Sie mußte langsam gehen, den Körper seitwärts wiegen, die Hüften kreisen lassen, als hätte sie tausend Jahre Zeit, ihr Ziel zu erreichen, ohne einen Gedanken im Kopf, außer, wie sie anderen gefallen könnte.

Auch wenn Hürü ihre Mutter für wunderschön hielt, üppig und wohlriechend, so entsprach die Matriarchin dem Vorbild doch gleichfalls nicht. Gülbahar Hanim, die edle Dame, war zu sehr die Tochter der Steppe, genau wie es Hürüs Großmutter gewesen war – die reitende, mit dem Lager mitziehende Frau eines Reiterkriegers, die mit ihrem Mann angekommen war, Konstantinopel zu erobern, und geblieben war, selbst vom Stadtleben besiegt, und die es zugelassen hatte, daß die höfischen Sitten die Ernsthaftigkeit und Ehrlichkeit ersetzten, die zwischen den braungebrannten Frauen der Steppe geherrscht hatten. Hürü erinnerte sich an die Geschichten der Großmutter, wahre Geschichten, die sich unter dem endlosen Himmel zugetragen hatten, auf Land, das sich meilenweit erstreckte, wo die Winde verwegen und ungehindert wehten. Im Geiste hörte sie immer noch die Balladen der Großmutter, die von Helden erzählten, die wie zu Göttern geworden waren; ihre Sehnsüchte nach einer Person, einem Lager, einer fernen Heimstatt; ihre Lobpreisungen dieser Schöpfung Allahs, der Ritterlichkeit, Ehrlichkeit und Gerechtigkeit; ihre satirischen Verse über die Fehler der Menschheit und, am ergreifendsten, ihr Wehklagen.

Trotz der Sehnsucht der Familie nach verlorenen Heimstätten und verlorenen Landstrichen, welche die Erinnerung durch Entfernung und das Verstreichen der Zeit verklärt hatte, war Hürü, auch wenn sie nur langsam sprach, schnell darin, die natürliche Anmut zu begreifen, die die Stadt Istanbul segnete. Die Luft, süß wie der Nektar der Blumen und stets durch zarte Brisen aufgefrischt, die sie umgebenden Gewässer, die salzigen wie die süßen, die wie der Himmel selbst in vielen Schattierungen von Blau schimmerten, die grünen Hügel, die dem Auge die unterschiedlichsten Ausblicke boten, konnten kaum die Phantasien jener übertreffen, die sich das Paradies vorstellten. Die Stadt konnte gar nicht anders, als ihre Einwohner dazu zu beflügeln, jeden Morgen zu erwachen und sich als die glücklichsten aller Seelen zu preisen. Sagen zu können, daß man als Istanbuler geboren und aufgewachsen war, verlieh den Menschen sowohl Ehre wie Glückseligkeit.

Durch gezieltes Lauschen unter dem Dach ihres Vaters erfuhr Hürü, daß die gesamte Bevölkerung, ob unter Zwang oder aus freien Stücken, von anderen Gebieten her eingewandert war. Sobald jemand damit fertig war, dem Allmächtigen für das Glück zu danken, hier wohnen zu dürfen, begann er unweigerlich von einem anderen Land, anderen Bräuchen, einer anderen Sprache zu erzählen. Ob sie Handwerker aus Persien waren, Gottesgelehrte aus Arabien, Hirten aus Serbien, Bogenschützen von der Krim, tscherkessische Schönheiten, Ingenieure aus dem Madjarenreich, Köche aus Armenien, Bauern aus Rumänien, Sklavenhändler aus Judea oder Kaufleute aus Venedig, diese Menschen redeten sofort in Sprachen darauflos, die die Ausdrucksweise der Istanbuler erweiterte und veränderte. Wann immer Türkmenen, deren Reichshauptstadt Istanbul in Wirklichkeit war, die Stadt der Städte besuchten, fühlten sie sich wie Tölpel, und als Gegenmaßnahme machten sie sich über die gewählte Ausdrucksweise der Istanbuler lustig, die sie klingen ließ, als wären sie lauter verdammte Ausländer. Die wahren Türken aus dem Hinterland ließen die Bürger der Stadt erschauern. Hürü, die eine wahre Türkin väterlicher- wie mütterlicherseits war, fragte sich, was wohl daran falsch sein konnte, Türkmene zu sein.

»Es ist nicht zeitgemäß«, erklärte ihr Vater. Die wahren Türken, fuhr ihr Vater fort, waren der Grund, weshalb der herrschende Sultan nicht mehr den Vorsitz über den Diwan innehatte, wie es seine Vorfahren seit nomadischen Zeiten getan hatten, indem sie Ratssitzungen direkt und offen in Zelten abhielten, bei denen es jedem Bittsteller gewährt war, seinen Fall vorzutragen. Eines Tages, als Mehmed der Eroberer auf seinem erhöhten Sitzplatz thronte, war ein abgerissener Türkmene in den Diwan gestürzt und hatte in dem grobschlächtigen Dialekt seines Herkunftslandes zu wissen verlangt: »Nun denn, heraus mit der Sprache! Wer von euch Stutzern ist der glückliche Sultan?«

Hürüs Vater wußte nichts über das Schicksal des abgerissenen Türkmenen mit der unvorsichtigen Zunge, doch der Eroberer war so erbost über diese Beleidigung seiner heiligen Person, daß er daraufhin seinen Vorsitz dem Großwesir überließ. Und deshalb verfolgt der Sultan die Sitzungen des Diwan von einem vergitterten Balkon hoch über den Anwesenden aus, der das Auge des Sultans genannt wird. Er sieht alles, doch niemand sieht ihn. Kein Wunder also, daß Hürü den gegenwärtigen Sultan noch niemals erblickt hatte, obwohl ihre Familie nur einen Steinwurf von der Hohen Pforte entfernt lebte. Doch warum war der Sultan so heilig? War er denn kein Mann wie alle anderen Söhne Osmans?

»Die Mutter Mehmed des Eroberers war Griechin«, sagte ihr Vater. »Das byzantinische Blut in seinen Adern verlangt seinen Teil an Eitelkeiten. Es hat einmal eine Zeit gegeben, als der Herrscher mit dem Volke speiste, vorneweg in die Schlacht ritt, seine Manneskraft bei Spielen und offenen Tournieren unter Beweis stellte. All das ist nicht mehr ...«

Hürü machte die Ohren weit auf bei den Geschichten ihres Vaters, die ihren einzigen wirklichen Zugang zu Geschichte, Geographie, Medizin, politischer Theorie und allgemeinem Wissen darstellten, und welche er frisch und wie aus eigener Erfahrung vortrug, wobei sie meist der vorherrschenden Meinung widersprachen. Turhan Bey, Hürüs Vater, ein drahtiger und dickköpfiger Herr, der auf die Sechzig zuging, war dem Hofe unter Zwang als Hofarzt zugeordnet – nicht jedoch als herrschender Königlicher Hauptarzt. Dieses Amt hatte immer ein bekehrter Christ inne oder irgendein Perser, dessen medizinisches Wissen, laut Turhan Bey, nach Gnostik, Aberglauben und geradewegs nach Unfähigkeit roch. Doch das Leben des Sultans durfte nicht einem Sohn der Türkmenen anvertraut werden, gleich welch ein gelehrter Arzt oder scharfsinniger Menschenkenner dieser war. Ein wahrer Türke könnte Stammesloyalitäten verspüren, die im Widerspruch zu seiner Loyalität dem Hause Osmans gegenüber stehen könnten. Turhan Bey verarztete den königlichen Haushalt, zumeist hochnäsige Sklaven, und er schwor, daß die Dienerschaft besser versorgt war als Sultan Bayezid selbst, der sich weder körperlich betätigte noch gesund ernährte und sich dann wunderte, warum er, der glückselige Sultan, sich in solch schlechtem Gesundheitszustand befand.

»Wa-was für ein Me-me-mensch ist der Sultan?« fragte Hürü. »Ist er gri-gri-grimmig?«

Nein, der Sultan war ganz und gar nicht grimmig, leider. Das schwächste Kätzchen im Wurf, war er das genaue Gegenteil seines Vaters. Er war ein sanfter Gelehrter, der sein Leben sitzend zubrachte, ein Mystiker und, in Turhan Beys Augen, ein Reaktionär. Bayezids erste Tat, nachdem er den Thron bestiegen hatte, war gewesen, die wunderbaren Gemälde zu verkaufen, die ein berühmter venezianischer Künstler namens Bellini für seinen Vater angefertigt hatte, einschließlich des königlichen Porträts des Eroberers. Christliche Händler und private Sammler waren mit solch kaufsüchtiger Schadenfreude über die Kunstschätze hergefallen, daß der Arzt meinte, daß es ihn nicht überraschen würde, wenn das Bildnis des Eroberers in dieser Minute die Latrine eines rachsüchtigen Christen zierte. Der Arzt lachte leise bei diesem Gedanken. Er sagte, daß die Söhne Osmans derart feindselig zueinander stünden, daß, wenn der herrschende Sultan einst in die Ewigkeit eingehen würde, der überlebende Sohn wünschte, nie mehr daran erinnert zu werden, welch Schuft sein Vater gewesen war, geschweige denn zu erlauben, daß dessen Porträt gnadenlos herumhinge.

»A-a-aber«, sagte Hürü, »Bil-bild-bildnisse zu schaffen ist fu-fufurch ... es ist sehr schlimm.« Sie meinte damit, daß das Erschaffen von Bildnissen den Schöpfer ins ewige Feuer verbannte, doch das waren zuviel der Worte für Hürü, für die die Fahrt zur Hölle eine viel einfachere Aufgabe war.

»Die wahre Sünde ist nicht die Erschaffung von Bildern, süße

Einfalt«, verbesserte der Arzt seine Tochter. »Das Schaffen von Bildnissen liegt in der Natur des Menschen, es ist ein Geschenk Allahs, damit der Mensch die Schöpfung Allahs feiern kann. Je wahrer das Bildnis, desto gesegneter der Schöpfer. Hast du das verstanden? Gut. Vergiß nie, der sündhafte Schöpfer ist der kunstlose Schöpfer.«

Hürü hätte gerne gewußt, warum die Meinungen ihres Vaters sich in direktem Widerspruch zu dem befanden, was Jungfer Kevser sie lehrte, doch sie konnte der Worte nicht Herr werden, die dementsprechende Frage zu formulieren. Statt dessen fragte sie, warum es ihnen nicht erlaubt war, Konya zu besuchen, die Heimatstadt des Arztes, wo er ein Prinz eines erloschenen Königshauses war.

»Ach, was gäbe ich nicht für einen kurzen Blick auf Konya!« seufzte der Arzt. »Doch ich fürchte, dem soll nicht sein, süße Einfalt! Der Sultan ist nicht so harmlos, wie er sich ausgibt. Das könnte er gar nicht sein! Vielleicht, vielleicht eines Tages werden wir alle nach Konya zurückkehren.«

2
Familienüberlieferungen

Hürü liebt die Geschichten,
die ihr Vater erzählt

Obwohl er nun nur ein einfacher Arzt war, entsprang Turhan Bey dem Hause Karaman, einem früheren Fürstengeschlecht, das sich derart regelmäßig gegen die Osmanen erhoben hatte, daß der jüngere Bruder des Thronfolgers immer als Verweser in Konya eingesetzt wurde, der Hauptstadt von Karaman, wo freigeistige Umtriebe, sowohl religiöser wie politischer Art, schnell erfaßt und unterbunden werden konnten. Die Prinzen des Hauses Karaman sahen sich als die rechtmäßigen Erben des Seldschukenreiches, das zuerst in Fürstentümer aufgeteilt und nun von den unersättlichen Osmanen verschlungen worden war. Als die Osmanen noch ein roher und unsteter Haufen von Nomaden drüben in Turkestan waren, erfreuten sich die Karamanen bereits einer blühenden Zivilisation, überreich an Gelehrsamkeit, den schönen Künsten, höfischen Sitten und eleganter Redegewandtheit. Zur elften Stunde erschienen ihre entfernten Vettern, gerade nur dreihundert Mann, die von einem unerfahrenen Jüngling namens Osman angeführt wurden; Ungläubige waren sie, abgerissen, verwirrt, übelriechend und auf der Suche nach allem, was sie umsonst ergattern konnten. »Gleichwo auch immer«, trug der junge Osman dem letzten Seldschukenkaiser seine Bitte vor, »laßt uns nur bleiben.«

Wie jeder Neusiedler weiß, hat man sich erst einmal niedergelassen und damit begonnen, sich eines gewissen Wohlstandes zu erfreuen, dann kann nichts die armen Verwandten mehr in der alten Heimat halten; bald schon strömen sie in Scharen herbei und bitten um ein wenig Hilfe, während man selbst alles hatte allein fertigbringen müssen. Nun, den Osmanen wurde gestattet, sich in den gefährlichsten Lehen entlang den Grenzen niederzulassen. Wer hätte sich gedacht, daß sie den ersten Winter überleben würden? Sobald den Osmanen die Milchzähne gewachsen waren, nachdem sie den Byzantinischen Fürsten das Blut aus den Adern gesogen hatten, begannen sie an den türkmenischen *Beys* zu nagen, die eine übergeordnete Herrschaft stets abgelehnt hatten, insbesondere eine Herrschaft rüder Neuankömmlinge, die noch nicht trocken hinter den Ohren waren. Und auch wenn die Söhne Osmans gierig die Erbfolge ihres Hauses sicherten, so haßten sie alles, was nach Traditionserhalt bei anderen aussah. Sie schufen ein Umfeld, in welchem sie jedermann lehren konnten, wie man zum Osmanen wurde; keine Hautfarbe, kein Glaube und keine Sprache stand dem entgegen. In diesem multikulturellen Reich unterdrückten die Osmanen nur ihre entfernten Vettern, die Türkmenen. Und sie trauten nur dem, was fremd war.

Doch die Karamanen waren die rebellischsten unter den Fürstenhäusern. Wenn die Karamanen nicht gerade in ihrem eigenen Namen einen Aufstand anzettelten, dann in dem eines jüngeren Bruders des zukünftigen Sultans, der sich zweckdienlich in der Nähe aufhielt und als örtlicher Verweser diente. Der letzte und schicksalsträchtigste Aufstand war aus Liebe für den Prinzen Cem zustande gekommen, einen Mann der Tat und des Abenteuers, kraftvoll und mutig und ein vollendeter Poet, der viel von den Dichtern und Philosophen aus Konya gelernt hatte, während er Karaman mit einem sicheren Gespür für die Freuden des Lebens regierte. Die Karamanen schlossen Prinz Cem in ihr Herz, als sei er ein Prinz ihres eigenen Blutes. Und dennoch verlor Cem seinen Einsatz im Spiel um das Reich, sein Leben in selbstauferlegter Verbannung und seine Anhänger an die Gerechtigkeit des Sultans Bayezid.

Turhan Beys Leben wurde verschont, da er als jüngerer und schwächlicherer Sohn des Hauses Karaman Medizin statt Kriegskunst studiert hatte. Doch er verlor die Freiheit, seine Wissenschaft dort auszuüben, wo es ihn hinzog. Er verlor darüber hinaus seine älteren Brüder, seine Onkel väterlicherseits, Vettern und sein Erbe. Dazu verurteilt, in Istanbul zu leben, nicht wirklich frei und dennoch kein Sklave, traf er mit einem neugeborenen Sohn dort ein, dessen Mutter seine Kunst nicht hatte vor dem Kindbettfieber retten können. In Istanbul zog er sich schmollend von der Welt zurück. Sein Leben ward ihm zur Bürde; er lebte nur auf den Augenblick hin, da sein neugeborener Sohn das Mannesalter erreicht haben würde.

Doch damals harrte wie auch heute neuer Lebensmut oft nur um die nächste Ecke herum. Eines Tages, während der Frühlingsfeier an der anatolischen Küste, erblickte er die Dame namens Gülbahar, die auf ihrem Pferd die Mauern der Burg Boghaz Kesen entlanggaloppierte. Eine Amazone, wenn er je eine erblickt hatte, natürlich, voller Lebensfreude, einen Kopf größer als er selbst. Dieses Mädchen gehörte offensichtlich nicht zu denjenigen, um deren Hand man bei ihrem Vater anhielt. Sie mußte erobert werden. Turhan Bey zählte im Geiste seine schwindenden Guthaben auf: ein niederer Posten im Palast, keinerlei Hoffnung mehr, in der Medizin das Unterste zuoberst zu kehren, eine körperliche Gestalt, die nicht ganz der des idealen Bildes von einem Mann entsprach, ein wenig Schnee schon auf den Schläfen und einen Sohn, der ihm von einer toten Frau hinterlassen worden war. Er war sicherlich kein ganz so begehrenswerter Freier wie manch anderer. Doch seine Rede war anmutig, und er schrieb Verse, die, wie er meinte, wenn auch ohne göttlichen Funken, so doch nicht ohne eine gewisse Gewandtheit waren.

Er erfuhr, daß Gülbahar Hanims Vater dem untergegangenen Volk der freigeborenen Reiterkrieger angehört hatte, den Ehrentitel *Ghazi* trug als Kriegsheld im Kampfe gegen die Ungläubigen, die Mauern von Konstantinopel erstürmt hatte und behauptete, seine Vorfahren bis zu den ursprünglich dreihundert abgerissenen osmanischen Reitern zurückverfolgen zu können, die ohne Religion oder nennenswertes Vermögen aufgetaucht waren, doch mit ausreichender Willenskraft, zu lernen und sich durchzusetzen. Gülbahar

Hanim war also mit dem Hause Osman verwandt; folglich war sie der Feind. Doch welch herrlicher Feind! In diesem zusammengewürfelten Reich der Nationen war die Dame wahrscheinlich eine so reinrassige Osmanin, wie man sie nur finden konnte, angesichts der Tatsache, daß die zerlumpten Gestalten kaum eigene Frauen auf ihrem langen Marsch mitgebracht hatten, sondern sich dreihundert Ehefrauen hier, dort und irgendwo zugelegt hatten. Sie waren nicht wählerisch, mit wem sie Blutsverwandtschaften eingingen, diese Osmanen!

Mit all der Beute aus Byzanz stand Gülbahar Hanims Vater in dem Ruf, ein großzügiges offenes Haus zu unterhalten, in welchem er jeden speiste und unterhielt, der vorbeikam, ohne auch nur nach dem Namen des Gastes zu fragen, denn man befragt nicht einen Gast, den Allah gesandt hat. Und so verteilte er Kleidung an die Zerlumpten, Waffen an die Unbewaffneten, Pferde an die Unberittenen, spendete Trost denen mit gebrochenem Herzen und bot Gespräche denen, die es nach Unterredung verlangte. Da sie der Überzeugung waren, daß sie weit über den üblichen Bräuchen und den neuzeitlichen Sitten wie dem sich Zurückziehen der Frauen standen, bewegten sich die weiblichen Mitglieder des Haushaltes, wie es ihnen gefiel, unbedeckt und ungehindert durch Aufpasser, und genossen ihren Anteil an den Speisen, dem Wein und den Gesprächen. Dieser Stand der Dinge entsetzte Turhan Bey nicht in dem Maße wie seinen in Istanbul geborenen Zuträger; er stammte aus Konya, wo die Lehre des Mevlana Jelal-ed-Din Rumi eine neue Welt der Wahrnehmung eröffnet hatte, welche ernsthafte Schüler der allgemeinen Benimmregeln entband. Turhan Bey war nie der Meinung gewesen, daß Frauen keine Menschen seien.

Und so klopfte der Arzt an das Tor und kündigte sich als von Allah gesandter Gast an. Sie hießen ihn mit fröhlichen Gesichtern willkommen und reichten ihm barmherzig Speis' und Trank, Gülbahar Hanim überall zugleich und immer als erste, doch ohne ihm mehr Aufmerksamkeit zu schenken als den anderen Gästen. Sie schenkten ihm Wein ein, dem er mäßig zusprach, erfreuten sich so sehr an dem Gespräch mit ihm, daß sie ihm ein Ehrengewand aufdrängten, und luden ihn ein, die Nacht dort zu verbringen. Während des Frühstücks und unter Entschuldigungen ob seiner ungebührlichen Neugier und auch nur, weil er den Gast bereits so sehr in sein Herz geschlossen habe, fragte der alte Krieger Turhan Bey schließlich nach seinem Namen und nach dem Broterwerb, dem er nachginge. Er war überaus erfreut, daß sein Gast sich in der Kunst des Heilens verstand.

»Seht Ihr diese faulende Warze auf meiner Nase?« sprach der alte Krieger, der ansonsten kerngesund war. »Sie ist erst kürzlich aufgetaucht, und um mein Leben kann ich nicht die Hand davon halten, muß sie ständig berühren. Könnt Ihr die Warze verschwinden lassen, mein Sohn?«

Oh, weh mir! dachte Turhan Bey, der nicht besser wußte, wie man Warzen loswurde, als wie man die willensstarke Tochter des Hauses für sich gewann. Doch vielleicht konnte er den alten Krieger dazu bringen, sich selbst seiner Warze zu entledigen. Als er den Blick auf der Suche nach einer schnellen Eingebung schweifen ließ, fiel dieser auf eine Handvoll Lorbeerblätter auf dem Frühstückstablett, die das Wasser in der Fingerschale würzen sollten. Mit ernster Miene nahm der Arzt drei Lorbeerblätter und strich mit jedem davon einmal über die Nase des alten Mannes. »In drei Tagen wird die Warze verschwunden sein!« verkündete er und blickte dabei starr in die Augen des alten Kriegers, als erteile er dem alten Soldaten einen Befehl, dem dieser sich nicht widersetzen konnte.

Dann entnahm Turhan Bey dem Salzfaß eine Prise Salz und streute diese, um das Maß der Dinge voll zu machen, auf die Warze des alten Mannes. Der alte Soldat blinzelte etwas, da ihm die Nase gesalzen ward. Doch der Arzt hielt wieder seinen Blick gefangen.

»Die Warze wird wegschmelzen«, erklärte Turhan Bey mit der vollkommenen Gewißheit seiner Kunst, obwohl er das Gefühl hatte, daß seine Verschreibung nicht ganz auf dem Boden der Tatsachen ruhte, und spritzte noch ein wenig Wasser auf den anstößigen Höcker, »wie Salz im Wasser schmilzt.«

Von unterdrücktem Gelächter geschüttelt, konnte Turhan Bey es kaum erwarten, sich davonzumachen. In der Tat, er hatte dem alten Mann die Nase gesalzen! Doch kaum hatte er die Straße erreicht, so sank ihm das Herz in der Brust. Was sollte er tun, wenn die Warze nicht verschwand? Er ließ mehrere Wochen verstreichen, aus Angst, sie könnten ihn einen Quacksalber heißen und vor ihm das Tor verriegeln, bevor er einen weiteren Besuch wagte, in der Hoffnung, daß sie inzwischen das schamlose Treiben vergessen hatten, dem er die Nase des alten Kriegers ausgesetzt hatte. Doch der Arzt ward mit großem Jubel willkommen geheißen. Die Warze hatte sich, wie er es vorausgesagt hatte, aufgelöst!

Er hatte keinerlei wissenschaftliche Erklärung für das Wunder der Warze, außer dem großen Wunder des menschlichen Geistes selbst, welcher, unter ein wenig Führung, das Unvorstellbare vollbringen wird. Vielleicht war die Heilkunst nicht nur, wie er zuvor angenommen hatte, eine Wissenschaft, sondern wirklich eine Kunst.

»Und was ge-ge-geschah ...?« fragte Hürü, obwohl sie die Geschichte auswendig kannte.

»Die Warze, die dein Großvater verlor, süße Einfalt«, neckte Turhan Bey Hürü, »mußte in der Gestalt eines kleinen Mädchens wiedergeboren werden.«

»Wie wahr«, sagte Hürü traurig, »ich bin eine Wa-wa-wa ... eine Beule.«

»Nein, du bist weder eine Beule noch eine Warze«, sagte ihre Mutter und streichelte die Füße der Tochter. »Du bist ein wunderbares Kind. Auch wenn ich mir wünschte, daß du dich gerade halten würdest.«

Nun, er hatte Gülbahar Hanim schließlich mit seinen Versen erobert. Genau wie er immer vermutet hatte, schlummerte im Gemüt eines jeden beherzten und hochmütigen Mädchens die Sehnsucht nach einer Art Krankheit. Je gesünder sie waren und je naturverbundener, desto tiefer verfielen sie einer Krankheit namens Liebe, während ihre fröhliche Art sich in Seufzer verwandelte, ihre

Offenheit in Geheimnistuerei. Seit dem Wunder der Warze war Turhan Bey zu einem steten Gast des Hauses geworden. Der alte Krieger stellte ihn jedermann als den Arzt des Zeitalters vor! Und der Arzt, er muß jeden Fußbreit gewonnenen Bodens nutzen, um von dort aus seine unbewegliche Geliebte zu bewegen. Mit dreiundzwanzig Jahren, in einem Alter, in welchem andere Frauen daran denken, Großmütter zu werden, war Gülbahar Hanim, mit voller Unterstützung ihres Vaters, nicht bereit zu heiraten. Sie liebte ihre Freiheit in diesem Haushalt so sehr, daß sie bereits jeden passenden und unpassenden Freier in der Stadt abgewiesen hatte.

Er setzte sich hin und schrieb ein Gedicht, das voll des Preises für sie war, ein schlechtes Gedicht, das ununterbrochen von dem Liebenden sprach, der weder Nacht noch Schlaf kannte und sich nach ihr sehnte, die sie schlank wie die Gerte und anmutig wie der Zweig der Weide sei, und deren Nahen ihm die Sternzeichen am Himmel verdunkelte – nein, den Mond selbst! Und so weiter und so fort. Mit einem heimlichen Gebet, daß sie des Lesens kundig sein möge, ließ er das Gedicht in ihre Hand gleiten, während er sich verabschiedete. Und sie war so unvorbereitet auf jegliche Annäherungsversuche seinerseits, da er stets vorgab, sie nicht wahrzunehmen, daß sie es annahm und, zu seiner Befriedigung, das Gedicht in ihrem Ärmel verbarg.

Während sechs Monaten übte er sich fleißig in der Verseschmiederei, damit er ihr jeden Abend ein Gedicht überlassen konnte, sie nahm ein jedes wortlos an.

»Ich war nur neugierig«, widersprach Gülbahar Hanim, »welcher Unsinn dir weiterhin einfallen würde.«

»Aber zu guter Letzt hast du auch mir heimlich ein Gedicht in die Hand gedrückt!« lachte er.

»War es ein gu-gu-gutes Gedicht?« fragte Hürü.

»Ein hervorragendes Gedicht«, sagte Turhan Bey. »Deine Mutter hatte ein ganzes Gedicht von Yunus Emre gestohlen und es mit der furchtbarsten Handschrift, die du je gesehen hast, niedergekritzelt. Es war nicht einmal ein Gedicht über menschliche Liebe, sondern eines über mystische Liebe zu Allah. Zumindest zeigte sie besseren Geschmack als ich, indem sie ein ganzes gutes Gedicht stahl, statt tausend schlechte nachzuahmen. Und es war in gesprochenem Türkisch. So einfach, so klar, daß es einem das Herz brach.«

»Wir hatten keinen anderen Gedichtband im Hause«, sagte Gülbahar Hanim zu ihrer Verteidigung. »Und ich glaubte, daß du meinen Diebstahl nicht erkennen würdest, da du verschnörkeltere Dichtung vorzuziehen schienst.«

Mehr als in ihn, so behauptete der Arzt stets, hatte sie sich in ihr neues Selbst verliebt, das die mystischen Gedichte zu verstehen begann, die sie unter solch Mühen abschrieb. Sie liebte ihn dafür, daß er ihr eine Welt des Verstehens öffnete, die sie nicht in sich vermutet hätte. Bei Allah, da er sich ihrer Liebe sicher war, bat er ihren Vater um ihre Hand. Der alte Krieger war außer sich vor Wut. Nun, die Unziemlichkeit des Ganzen! Die Dreistigkeit! All diese Zeit über, während der Arzt seine Gastlichkeit und Freundschaft genossen hatte, war sein Trachten auf die Tochter des Hauses gerichtet. Er hatte seine Tochter nicht erzogen, damit sie einem verdammten Stammesangehörigen zur Frau gegeben wurde. Wer dachte er wohl, wer er sei, dieser lausige Karaman-Türke? Ein nichtsnutziger Arzt, der für *Lohn* im Palast angestellt war. Bei der Hölle, nein! Und wage er es nicht, sein Gesicht hier wieder blicken zu lassen!

Und so kam es, daß Gülbahar Hanim gezwungen war, mit ihrem Arzt durchzubrennen, eine Schande, die bis zum heutigen Tag einen Schatten auf sie warf, nach all den Jahren eines festen und harmonischen Ehebundes. Die Klatschbasen sprachen immer noch über diese uralte Geschichte; wie sie ohne den Segen des Richters oder des Imam ihr Zuhause verlassen hatte, ohne Aussteuer oder Ehevertrag, und wie sie ihre Hochzeitsnacht in den Wäldern verbracht hatte wie ein gewöhnliches Bauernmädchen. Vielleicht war es diese Geschichte, die Gülbahar Hanim dazu verleitete, ihren Haushalt strenger und nach allgemein üblicheren Gebräuchen zu lenken, als sie sie selbst im Hause ihres Vaters genossen hatte.

Keine Abende mehr, an welchen Frauen und Männer gemeinsam im Innenhof tafelten und die Gaben dieses Lebens feierten und sich über Gegenstände unterhielten, die den Nachbarn zu gefährlich waren. Kein Herumgaloppieren mehr auf wilden Stuten; kein Abschreiben mehr von Liebesgedichten, seien sie an Allah oder an Männer gerichtet. Kein Zeigen ihres Gesichtes in der Öffentlichkeit mehr, unbedeckt und ungehindert von Tausenden von Anstandsregeln. Und nichts davon für ihr einziges Kind. Hürü mußte Unterweisung in Religion haben, bis sie ihr zu den Ohren herauskam und die himmlische Musik übertönte, die sie mit ihrer Schönheit folterte.

Und doch waren ihre Eltern in gewisser Weise anders als die Männer und Frauen, die sie kennenlernte. Hürü wußte nicht wie und warum. Sie wußte, daß eine Kraft bei ihr zu Hause lebendig war, die in anderen Häusern fehlte. Wenn sie zu Besuchen unterwegs war, so konnte sie es kaum erwarten, wieder zu Hause zu sein, damit sie tief durchatmen konnte.

Wann immer die Geschichte der Liebe und der Gunstbewerbung ihrer Eltern vorgetragen wurde, entschuldigte sich Hürüs älterer Bruder, indem er vorgab, lernen zu müssen. Hürü bewunderte ihren Halbbruder Mahmut Can, hegte eine tiefe Bewunderung für seine leichte und elegante Art zu sprechen, seine gutaussehende, dunkelhaarige, drahtige Gestalt, seine leicht überhebliche Art und seinen selbstsicheren Gang. Mahmut Can hätte es vorgezogen, an der Palastschule für Edelknaben zu lernen, wo der Unterricht in den philosophischen Fächern mit körperlichen Übungen verbunden war, der in der Wissenschaft der Kriegskunst und der Staatsführung mit dem der schönen Künste. Doch er mußte sich damit zufriedengeben, die Schule der Gotteslehre und islamischen Rechtslehre zu besuchen. Er liebte das Leben der Tat, der Macht und der Leidenschaft. Und doch, so beschwerte er sich, war er gezwungen, seinen Weg in der Welt durch Haarspaltereien und Wortverdrehungen zu machen, während er auf seinem verlängerten Rückgrat saß und zusah, wie nichts geschah.

Die Palastschule für Edelknaben war voller Sklavenjungen christlichen Ursprungs, die gefangengenommen, entführt, verlockt und zu Osmanen gemacht worden waren. Ein kluger und begabter junger Mann konnte hier die Grundlage zu großen Ehren legen. Mehrere aus jedem Jahrgang konnten erwarten, Generäle, Admirale, Minister oder sogar Großwesire zu werden und ereignisreiche Leben voller Abwechslung und Leidenschaft zu führen. Sollte jedoch ein freigeborener Türke die gleichen Entwicklungsmöglichkeiten verlangen, so hütete er besser seinen Kopf, bevor ihm dieser vom Rumpf geschlagen wurde, bei dem Verdacht, unter welchem er stand, seine ureigensten Vorstellungen zu haben, sowie Verwandte und Freunde, welche er, sollte er je eines Tages eine gewisse Macht erlangen, beschützen und bevorteilen könnte. Noch nie habe es eine Regierung gegeben, behauptete Mahmut Can, die dermaßen feindselig ihrem ureigensten Volk gegenüber eingestellt gewesen sei; dies war das Zeitalter der Sklaven und Überläufer. Und er regte sich auf. Und er kochte vor Wut. Mahmut Can träumte von einem unabhängigen Staat namens Karaman und glaubte fest, daß er dessen nächster Thronfolger war; heimlich ließ er Hürü ihn mit ›Gebieter‹ ansprechen. Mit Mahmut Can zu reden war eine Qual.

Hürü hatte den Verdacht, daß sie selbst ebenfalls eine Prinzessin war, auch wenn sie nie ein Wort über diesen Verdacht verlauten ließ, selbst wenn sie das hätte tun können, ohne daß ihre Zunge sich in den Worten verheddert hätte. Auch wenn das Gesicht, das sie im Spiegel erblickte, nicht wie das einer Prinzessin aussah. Prinzessinnen waren wunderschön, begabt, klug; sie hatten eine gewinnende, fordernde, spröde und anmutige Art an sich. Süße Einfalt, nannte ihr Vater sie; sie konnte also nur einen Thronanspruch im Reiche der Dummheit geltend machen. Sie war zutiefst beeindruckt von dem königlichen Gehabe ihres Halbbruders.

Und doch machte sie sich Sorgen um Mahmut Can. Sie fürchtete um ihn. Er war so von sich überzeugt, daß er nicht ruhen würde, bis er sich in ernsthafte Schwierigkeiten gebracht hatte. Der Vater ihres Vaters, Karaman Mehmed Pascha, war ebenfalls solch ein Mann gewesen. Als letzter Großwesir unter Mehmed dem Eroberer bestallt als List, den Aufstand in Karaman zu besänftigen, war ihr Großvater von der herzlosen Janitscharen-Truppe gemeuchelt worden. Diese Sklaven-Soldaten hatten dann den Kopf ihres Großvaters auf einer Lanze durch die Straßen Istanbuls getragen. Karaman Mehmed Paschas Verbrechen war gewesen, daß er ausländische Kriege mit abgewertetem Geld finanzierte; was immer das auch heißen mochte, die Janitscharen hatten es ihm übelgenommen.

3
Der Wunsch

Hürü sehnt sich nach einem Lehrer,
der seinen Namen verdient

Sie wohnten am Goldenen Horn, dicht an den Mauern des Topkapi-Palastes. Dreimal täglich brachte ihnen ein riesiger schwarzer Eunuch, der sich benahm, als hätte er gerade eben die Schöpfung des Universums abgeschlossen, ihre Mahlzeiten auf einem Tablett; während er mit ausholender Geste die silbernen Hauben anhob, beobachtete er ihre Gesichter. Sie gaben die angemessenen Laute des Entzückens von sich. Sobald der Eunuch gegangen war, wurde das Essen unter den Bettlern verteilt, die genau wußten, wann sie am hinteren Tor erscheinen mußten. Wie jeder, der in irgendeiner Weise mit dem Palast in Verbindung stand, gleichwie gering oder wichtig die Aufgaben waren, die er erfüllte, war Turhan Bey verpflichtet, die Speise des Sultans anzunehmen. Niemand durfte die Großzügigkeit des Sultans zurückweisen. Ansonsten konnte es geschehen, daß der Sultan verstimmt wurde und einen aufknüpfen ließ.

Man könnte annehmen, daß Köstlichkeiten, die in der Palastküche zubereitet wurden, die Seele entzücken und den Körper nähren müßten, wenn man bedenkt, daß die besten Zutaten der Welt – die seltensten, die frischesten, die üppigsten – selbstverständlich für den Sultan beschafft wurden. Die berühmtesten Köche bereiteten das Essen, berieten einander, probierten Rezepte derjenigen, die neue Speisen erfanden, oder verliehen den bekannten eigene Geschmacksrichtungen. Doch Turhan Bey hielt die Speisen aus dem Palast für unbekömmlich. Er bedauerte, die Bettler der Stadt mit soviel Fett, soviel Sirup, so vielen Gewürzen zu vergiften; und jedesmal wurden die Bettler darauf hingewiesen, daß die Speisen schädlich für ihre Gesundheit, ihre Lebenserwartung und ihre gute Laune seien. Das gewöhnliche Essen der Armen wäre viel bekömmlicher für sie: ein paar Oliven, zwei Zwiebeln, Yoghurt und ein Laib Brot. Doch wer hört schon auf die Vernunft, wenn man sich über ein Tablett mit Leckerbissen hermachen kann?

Turhan Bey sagte, daß wir unser Grab mit unseren Zähnen schaufelten; jedesmal, wenn wir äßen, stürben wir ein wenig. Und doch müßten wir essen, um zu leben. Jede Speise habe ihre nachteiligen Wirkungen ebenso wie ihre nahrhaften; man müsse nur sichergehen, daß man von allem nur wenig zu sich nähme und keine übergroße Neigung für eine bestimmte Speise entwickle. Der Arzt war ein gelehrter Gärtner. Er baute viele Gemüse und Früchte an und pflegte einen Kräutergarten, der das Auge so entzückte, daß der Ruf seiner Kräuter in der ganzen Stadt verbreitet war. Er zog Heilkräuter ebenso wie Gewürzkräuter, und sein Wissen um die heilende und die vorbeugende Wirkung der Pflanzen war ohnegleichen. Sein Wissen sei nicht außergewöhnlich, sagte Turhan Bey, für jeden, der lesen könne, hätten die Altvorderen ausführlich ihre Versuche mit natürlichen Heilmitteln festgehalten. Er riet denjenigen, die kamen, seine Kräuter zu betrachten, ihren Speisen mit Kräutern statt mit Gewürzen Geschmack zu verleihen. Doch die Menschen lieben Salz und Pfeffer. Denjenigen, die zu ihm kamen und auf ein Zaubermittel hofften, riet er zu längeren Fastenzeiten und körperlicher Bewegung. Doch die Menschen lieben ihre Heilmittel.

Hürü besaß ebenfalls ein eigenes Beet, das sie pflegte. Sie entschied sich, Rosen zu züchten, ob ihrer klaren Blüten, die sich auf dornigen Stielen entfalten. Während sie langsam zu lernen und die Natur der Rose zu begreifen begann, stellte Turhan Bey ihr einen der Palastgärtner vor, die alle Albaner waren; es war dieser Gärtner, der Hürü manchmal Ableger einer berühmten und seltenen Rose gab, damit sie sie auf ihre bescheidenen Züchtungen pfropfe. Sie hatte sogar unter der Obhut des Gärtners die Palastgärten gesehen, während dieser sie ständig ermahnte, nicht zu kichern oder zu sehr zu rascheln, damit sie nicht die *Odalisken* störe, die in den Lauben und den eleganten *kiosks* innerhalb der hohen Festungsmauern ruhten. Die Gärten des Palastes waren weitläufig und herrlich. In ihnen wuchs jede Pflanze und jede Frucht, die man sich nur vorstellen konnte; Wasser, frisch und klar und köstlich, sprudelte aus Brunnen, Becken, Zisternen, über Steine, die so kunstvoll angeordnet waren, daß es wie das Werk Allahs statt des Menschen wirkte; Schwärme von Vögeln, Wildbret ebenso wie Ziervögel, trillerten und zwitscherten in den Bäumen; Herden von Haus- und Wildtieren grasten in den Wäldern; ein Heer von Albanern plagte sich überall. Doch Hürü hatte für nichts Augen als für die Rosen. Sie hoffte, daß das Leben wie die Rose sein möge: nun ein nichtswürdiger kleiner Busch voller Dornen, doch später, ah, welche Entfaltung!

Während des sechzehnten Frühlings, den Hürü auf dieser Welt erlebte, erwartete sie ungeduldig das Fest des Sechsten Mai, beim gemeinen Volke bekannt und gefeiert als *Hidir-Ilyas*. Seitdem sie erfahren hatte, woher der Name des Festes stammte, brannte Hürü vor innerer Erregung; sie wagte nicht, ihren Vater zu fragen, der alles zu wissen schien, was sich zu wissen lohnte, aus Furcht, daß er die Wahrheit der Geschichte der Zwei Brüder, genannt Hidir und Ilyas, abtun würde als eine *hurafa*, von den Arabern erfunden, deren Herz an freundlichen Lügengeschichten hing. Bei dieser freundlichen Lügengeschichte nahm sie lieber Jungfer Kevser beim Wort: die Zwei Brüder kamen aus der Welt der Wunder, welche neben derjenigen vorhanden ist, in welcher wir uns befinden.

Gemäß der Lehre der Kosmographie befindet sich hinter dem Meer der Dunkelheit, in der südwestlichen Ecke der Erde, ein Ort namens Zulumat, ein Ort des Schreckens und der Schwierigkeiten, an welchem der Brunnen des Lebens einem übelkeiterregenden und übelriechenden Boden entspringt. Man sagt, daß Hidir von diesem Brunnen trank, weshalb er immer noch lebt und bis zum Tage des Gerichts leben wird. Hidir war ein gelehrter, gerechter und frommer Mann, der in einen der geheimnisvollen Hüter verwandelt worden war. Ein anderer war sein Bruder Ilyas, der zuvor Prophet gewesen war, den Juden als Elija bekannt. Manch dumme Menschen verwechseln die beiden Hüter und behaupten, sie wären ein und dieselbe Person. Laut Jungfer Kevser waren die meisten Menschen so dumm, daß man das Stroh in ihren Köpfen knistern hörte; sie bestand darauf, daß Hidir jenen erscheint, die sich in schwerer Not befänden, ganz in grüne Gewänder gehüllt. Ilyas, andererseits, trug Blau und konnte nicht erblickt werden.

»Wenn man Il-il-ilyas nicht sehen kann«, fragte Hürü, »wie ka-ka-kann man wissen, daß er Bla-bla-blau trägt?«

»Dummes Mädchen!« Jungfer Kevser ließ ihr Stöckchen auf Hürüs Knöchel niedersausen.

Jungfer Kevser fuhr fort zu erläutern, daß Ilyas über den Meeren wandert und Reisenden den Weg weist, die sich verirrt haben, während Hidir durch die Berge und Täler streift und Reisenden zu Hilfe kommt, die noch nicht einmal wissen, daß sie sich in Gefahr befinden, bevor etwas Furchtbares geschieht. Des Nachts treffen sich die Zwei Brüder und hüten die Wallanlagen von Gog und Magog, um die boshaften Wesen, die dort leben, daran zu hindern, bei ihren Nachbarn einzudringen. Während einer Nacht im Jahr, in der Nacht zum fünften Mai, behüten die Zwei Brüder nicht Gog und Magog; statt dessen streifen sie im Dunkeln der Nacht durch die Welt und treffen sich, kurz vor Sonnenaufgang, neben einem Rosenstock. Nein, niemand weiß, neben welchem Rosenstock; jedes Jahr ist es eine andere Rose. Doch sollten sie sich bei deinem Rosenstock treffen – und solltest du die Voraussicht besessen haben, an dessen Zweige einen roten Beutel zu hängen, in dem sich eine Nachricht an die Zwei Brüder befindet – dann wird dein Wunsch in Erfüllung gehen, da die Brüder wohlgelaunt sind an diesem einzigen Tag, an welchem sie frei von den Sorgen der Welt sind und sich, wie alle anderen Menschen auch, am vollkommensten Tag des Frühlings erfreuen können.

»Ist Euch Hi-hi-hidir je erschie-schie … Habt Ihr ihn je ge-ge-gesehen?«

»Was denkst du wohl?« sprach Jungfer Kevser. »Bin ich nicht eine überaus fromme Moslemin? Habe ich mich nicht schon in großer Not befunden? Gewiß habe ich ihn gesehen. Er überreichte mir einen Beutel voller roten Goldes. Für meine Aussteuer.«

»Aber Ihr habt nie gehei-gehei ...«

»Ich habe mich nie verheiratet«, sagte Jungfer Kevser, »weil dieser mein Bruder, Allah erlöse ihn von seinem Schicksal, mir den Beutel voller roten Goldes genommen hat, den Hidir mir gab.«

Auf die eine oder andere Weise glaubte Hürü nicht so recht daran, daß Jungfer Kevser mit einem Besuch des einen oder des anderen der Brüder gesegnet worden war; sie mußten zu klug sein, um zu glauben, daß irgendein Mann Jungfer Kevser für einen Beutel roten Goldes heiraten würde. Und dennoch war Hürü entschlossen, in diesem Frühjahr einen roten Beutel an einen ihrer Rosenstücke zu hängen: die Brüder mußten doch bereits wissen, daß sie ein Mädchen war, das wahrhaft von einem Schmerz gequält wurde, den sie nicht benennen konnte.

Am Vorabend des Festes von Hidir-Ilyas setzte sie sich an ihre Schreibtafel in der Hoffnung, einen Namen für den Dämon zu finden, der sie so beunruhigte, den wahren Namen für ihre Geistesverfassung, die sie daran hinderte zu erfahren, wer sie war, oder, wenn man so will, die Geistesverfassung, die sie daran hinderte, sich willig ihrem Schicksal zu fügen. Sie konnte nicht einfach darum bitten, daß man ihr Zufriedenheit gewährte; sie mußte erst ein wenig ihr eigenes Herz erforschen.

Sie schrieb viele Stunden lang. Sie schrieb tausend Entwürfe mit wunderbaren Wünschen und vernichtete einen jeden davon, noch bevor sie ihre Grußworte oder Schmeicheleien darunter gesetzt hatte. Als Mitternacht näherrückte, kritzelte sie in Hast und Schrekken, ohne sich um die Regeln der Grammatik oder der Zeichensetzung zu kümmern, in einer furchtbaren Handschrift den ersten Wunsch nieder, der ihr durch den Kopf ging, welcher zu diesem Zeitpunkt hoffnungslos verwirrt war.

Gebt mir ein Lerer der den Anfang
und die Mite und das Ehnde kent

Ohne einen weiteren Blick auf ihren Wunsch zu werfen, stolperte sie die Treppe hinab und in den ersten Innenhof, in welchem die Rosen in ihrem Beet schliefen. Beim Schein ihrer Öllampe konnte sie sich nicht entscheiden, an welchen der Stöcke sie ihren roten Beutel mit der Nachricht hängen sollte. Sicherlich doch an den schönsten, an die Rose, die chinesisch-rot blühte, eine stolze Rose, die für die Fagfurs von China gezüchtet worden war. Doch sie konnte den Stock ob des funzligen Lichts, ihrer Erregung und ihrer Furcht, daß jemand erwachen und ihren heimlichen Wunsch entdecken könne, was ihn wertlos gemacht hätte, nicht finden. Sie war gezwungen, ihren Beutel an den ersten Rosenzweig zu hängen, der erwacht war und sie in die Hand stach. Kaum hatte sie das vollbracht, als sie die Fränkische Uhr die Mitternacht schlagen hörte; sie lief ins Haus für den Fall, daß die Brüder erscheinen und nicht lang genug verweilen sollten, ihren Wunsch zu lesen, da sie sich wie ein Spion immer noch hier aufhielt. Die Brüder konnten sich jederzeit zwischen Mitternacht und Sonnenaufgang treffen, überall in der Welt, und jedem den Wunsch erfüllen, welchen sein Herz am meisten begehrte.

Nun mußte sie wachbleiben und den Beutel entfernen, bevor der erste Sonnenstrahl die Schöpfung mit Farbe berührte. Sie gab sich inbrünstig dem Gebet hin, daß es Hürüs Rosenstock sein möge, an welchem das vorbestimmte Treffen stattfinden würde. Doch so sehr sie sich auch mühte, sie konnte den Rosenstock nicht vor ihr inneres Auge beschwören, weil sie nicht wußte, welchen sie ausgesucht hatte; bald schon nickte ihr armer Kopf, und sie fiel in einen tiefen Schlaf. Als sie mit einem Schreck erwachte, immer noch über ihren Gebetsteppich gebeugt und steif wie ein Bär im Winter, war die Sonne bereits aufgegangen, stand knapp über den Hügeln von Üsküdar. Oh, nein! Dachte sich Hürü, nun habe ich fast alles falsch gemacht!

Wie sich herausstellte, hatte sie den Beutel an einen Rosenstock gehängt, der gar nicht gut gedieh. Selbst jetzt, in den kühlen Stunden des Tages, wurden seine zarten Sprossen von nassen und lüsternen Trauben von Blattläusen ausgesaugt. Niemand, der bei rechtem Verstand war, konnte sich an diesem armen kleinen Rosenbusch erfreuen! Sie warf sich neben ihre erbärmliche Pflanze und drückte die Stirn in die feuchte Erde.

*

Zurück auf der Treppe, auf dem ersten Absatz, packte eine Hand sie im Nacken. »Kommst du von einem Treffen zurück?« fragte eine Stimme. Es war Mahmut Cans Stimme. Er mußte wieder hinter den Vorhängen gelauert haben, in steter Furcht, daß eines Tages die Stummen des Sultans in das Haus eindringen, ihm eine gefettete Schlinge um seinen fürstlichen Hals legen und sie zuziehen könnten, bis er tot war. Immer unter der Voraussetzung, daß der Sultan sich Mahmut Cans heimlichen Ehrgeizes bewußt war. Mahmut Can schlief nicht gut. Er mußte sich gedacht haben, daß Hürü einer der Assassinen war.

»Ne-ne-nein«, keuchte Hürü. »Ich habe nu-nu-nur … Gebieter, ich sah nach den Rosen.«

»Noch bevor du dir Gesicht und Hände gewaschen hast?« verlangte ihr Bruder zu wissen. »Bevor du dein Gebet gesprochen hast? Hast du eine Vorstellung davon, was mit jungen Mädchen geschieht, die heimliche Treffen ausmachen?«

»Ne-ne-nein«, sagte Hürü.

Mahmut Can zog seinen Dolch aus der Scheide. Seine Hand immer noch an ihrer Kehle, setzte er ihr dessen harte, kalte Spitze auf die Brust.

»Man reißt ihnen das Herz aus dem Leib«, sagte Mahmut Can, »und wirft es den Hunden vor. Wo also warst du?«

»Ich war nur …«, weinte Hürü und zog den kleinen seidenen Beutel hervor, »war nur …«

»Sprich deutlich! Was ist das?«

»Nur ein Wu-wu-wunsch«, flehte Hürü. »Es ist nichts, Gebieter.«

Bevor sie ihn noch warnen konnte, ihren Wunsch nicht zu lesen, damit er ihr nicht abgeschlagen würde, weil er bekannt worden war, war der Beutel geöffnet und sein Inhalt gelesen.

»Du hast *Lehrer, Mitte, Ende* und *kennt* falsch geschrieben«, sagte Mahmut Can. »Du schreibst also jetzt an Wunderwesen, habe ich recht? Du dummes Mädchen!«

»Nun wird er nie in Er-er-erfüllung gehen«, sagte Hürü, die sowohl trauerte, daß man in ihr Innerstes gedrungen, als auch erleichtert war, daß der Vorwurf gegen ihre Ehrbarkeit nicht aufrechterhalten wurde.

»Hüte dich!« sagte er, und sein Daumen drückte noch einmal fest auf ihre Halsschlagader, bevor er sie freiließ. »Frauen, weil ihr Geist nicht beschäftigt ist, sind verderbter als der verderbteste Mann. Was den Frauen an Verstand fehlt, das machen sie in Falschheit wieder wett.«

»Wer?« fragte Hürü. »Ich?«

»Richtig«, sagte Mahmut Can. »Als der Prophet am Tor zum Paradiese stand, siehe da! So waren die meisten Bewohner die Armen. Und als er am Tor zur Hölle stand, wer waren die meisten Bewohner der Hölle?«

»Frauen«, sagte Hürü und ließ den Kopf hängen.

»Richtig«, sagte Mahmut Can. »Und nun denke an das, was du gelernt hast!«

4
Die erste Schwelle

Hürü begegnet dem doppelköpfigen Monster namens Lust

Seit einiger Zeit nun hatten der Arzt und seine Frau die Erlaubnis des Sultans zu erheischen gesucht, nach Mekka reisen zu dürfen, eine Bitte, die ihnen Jahr um Jahr ob kränkelnder Höflinge abgeschlagen wurde. Aus unerfindlichen Gründen konnte die Gesundheit der Höflinge in diesem Jahr der Hand Allahs anvertraut werden, denn zu guter Letzt wurde der Arzt freigegeben, die schwierige Reise zu unternehmen und sich selbst zum gesegneten Pilger zu machen. Doch warum war es der Wunsch Turhan Beys und Gülbahar Hanims, ihr Leben, ihre Gesundheit, ihr Vermögen – soweit man Davon sprechen konnte – aufs Spiel zu setzen auf dem Weg nach Mekka, wo es, wie man sich sagte, außergewöhnlich heiß war und wo die Menschen, die nicht an die Speisen und das Wasser gewöhnt waren, von fürchterlichen Durchfällen und anderen, unbekannten Krankheiten befallen wurden? Nun, wer weiß schon wirklich, warum. Diese Pilgerreise zu unternehmen, war etwas, das man tat, sofern man die Mittel dazu hatte, die Ausdauer und den Mut. Einige Pilger überlebten sogar die Strapazen, und ihnen wurde nach ihrer Rückkehr die Verehrung zuteil, die mit dem Beinamen Hadschi einherging. Davon abgesehen, sicherte die Tatsache, daß man zum Hadschi geworden war, dem Pilger einen Platz im Paradies, welches bevölkert war, wie der Prophet bezeugt, von jenen, die während ihres irdischen Lebens von Armut verfolgt worden waren. Diese Pilgerreise zu unternehmen, war also für jemanden, dessen Lebensumstände nicht ganz so karg waren, eine Möglichkeit, zeitweise Armut, Elend und Demut zu kosten.

Einige Gäste nippten an erfrischenden Getränken in der Weinlaube, als ein Edelknabe des Palastes eintraf und die *ferman* brachte, die verkündete, daß der Arzt und seine Frau endlich frei waren, zu reisen. Turhan Bey küßte den Erlaß des Sultans und berührte damit die Stirn (der Edelknabe blickte gebannt auf ihn, ob dem Protokoll auch vollständig Genüge getan wurde). Turhan Bey bot dem Edelknaben ein Viertel Goldstück, welches zurückgewiesen wurde, bis er den Lohn ob der guten Nachricht verdoppelt hatte.

»Ich werde mitkommen«, sagte Mahmut Can. »Warum auch nicht? Es gibt hier nichts, das mich halten könnte. Ich werde meinen Schulbesuch ein halbes Jahr unterbrechen, und wir können über Konya reisen.«

»Ich auch«, sagte Hürü. »Ich werde auch mitkommen.«

»Nein, das wirst du nicht«, sagte ihr Bruder. »Du wärst nur eine schreckliche Last unterwegs und eine Quelle der Gefahr obendrein.«

»Dein Bruder hat recht«, sagte Turhan Bey. »Die Wüste soll voller Räuber sein. Und anscheinend werden hellhäutige Mädchen hoch geschätzt unter diesen Männern, welche, dunkel wie die Sünde, sich entweder Frauen mit Gewalt gefügig machen oder sie in die Sklaverei verkaufen.«

»Aber ich bin nicht solch ein Mäd-mä-mädchen«, sagte Hürü. Und sie wagte, nach einem furchtsamen Blick auf Jungfer Kevser, die sie sicherlich später dafür strafen würde, eine eigene Meinung vorzutragen. »Auch mich hä-hä-hält hier nicht viel.«

»Du hast deine Studien«, sagte ihre Mutter. »Ganz abgesehen davon, bist du hübsch genug, und wir lieben dich.«

Wüstenbeduinen, die Art von Männern, vor denen die städtischen Araber eine Todesangst hatten, zogen ihren Nutzen aus Verbrechen gegen Pilger, Kaufleute, jene, die in Begleitung hellhäutiger Frauen, Mädchen und Jungen reisten, oder jene, die einfach auf der Suche nach Weisheit umherwanderten. Diese Beduinen konnten ihren niedersten Trieben freien Lauf lassen, die untere Hälfte ihrer Gesichter in blaue Tücher gehüllt, so daß sie nicht als Täter erkannt wurden und für ihre Taten büßen mußten. Nicht nur hatten die arabischen Herrscher keine Macht, diese Bösewichte zu zügeln, das Reisen selbst wurde von den Arabern für fast ein Verbrechen gehalten, dem man sich nur unter Zwang aussetzte – wie in vielen beispielhaften arabischen Märchen dargestellt wird. Die Ratschläge gegen das Reisen nahmen oft die Form einer mahnenden Rede auf dem Sterbebett an, die von einem wohlhabenden Vater gehalten wurde, dessen zusammengetragenes Vermögen seine Söhne in Versuchung führen konnte, Weisheit und Erfahrung zu suchen, indem sie sich auf den Weg machten. Die Märchen eines Kulturkreises, sann Turhan Bey, spiegelten deren Werte, wie zum Beispiel jene Märchen türkischen Ursprungs, in denen die Helden sich freiwillig und über endlose Strecken auf die Suche machten, nicht nur, weil eine nomadische Zivilisation vom Umherziehen lebt, sondern vor allem, weil dieser Kulturkreis, der sich in der Mühsal gebildet hat, schließlich die Mühsal selbst als kostbar erkennt.

»Man hofft«, sprach Gülbahar Hanim, »daß wir deine Theorie nicht auf dem Wege nach Mekka unter Beweis stellen müssen.«

Die Gründe, weshalb man sie nicht mitnehmen konnte, wurden Hürü noch einige Male dargelegt. Sie war zu jung und noch nicht wert, größere Ehren zu erlangen als jene, die älter und besser als sie waren, wie etwa Jungfer Kevser, die noch nie das Viertel verlassen hatte, geschweige denn die Stadt. Abgesehen davon konnte Hürü weder reiten noch sich selbst behaupten, wie es ihre Mutter konnte. Als junges Mädchen hatte sich Gülbahar Hanim im Umgang mit Waffen ausgezeichnet und hatte manchen jungen Mann bei Reiterspielen übertroffen. Es war noch viel Mannhaftigkeit in Gülbahar Hanim in ihrem vierzigsten Frühjahr. Sie hatte noch all ihre Zähne und verfügte über eine Erscheinung, die so beeindruckend wie wohlgereift war. Ja, es mochte sogar auf Gülbahar Hanim zukommen, daß sie ihren Ehegatten gegen Wegelagerer verteidigen mußte, sollte es zu einer Auseinandersetzung kommen, die Kraft erforderte. Und was die Tatsache betraf, daß Mahmut Can mitreiste, so würde die Anwesenheit ihres Bruders den Pilgern eine Hilfe sein und darüber hinaus zu seiner Bildung beitragen. Eine Reise war genau das Richtige für einen jungen Mann, dessen Studien an der Schule für Gotteslehre und Islamische Rechtsprechung ihm etwas schal geworden waren.

»Mei-mei-meine Studien … sie sind e-e-ebenfalls e-e-etwas schal.«

»Und doch bereitet es mir große Sorgen, dich zurückzulassen, süße Einfalt«, sagte der Arzt. »Du weißt nichts darüber, wie man ein Haus führt, was in gewisser Weise unsere Schuld ist. Wir haben nie etwas anderes von dir verlangt, als daß du dich deinen Studien widmest.«

»Macht Euch in diesem Punkte keine Sorgen, Turhan Bey«, sprach Jungfer Kevser in ihrer scheppernden Stimme. »Ich werde Euren Haushalt mit der gleichen eisernen Hand führen, wie Ihr es selbst tut.«

»Nun, ich hoffe, daß meine Hand nicht gar so eisern ist«, sagte Turhan Bey, in Gedanken versunken. »Doch was wird geschehen, Jungfer Kevser, wenn, der Himmel möge uns davor behüten, die Notwendigkeit sich ergeben sollte, daß Ihr mit der Welt außerhalb des Hauses umgehen müßtet?«

Noch bevor Jungfer Kevser ihr eigenes Lob darüber singen konnte, wie tüchtig sie sei und wie gebildet, sprang ein weiterer Freiwilliger ein, der Lehrerin das Ruder aus den fetten Händchen zu reißen.

»Was ist Freundschaft«, fragte einer der Gäste schönrednerisch, »wenn nicht, einem Freund in der Not beizustehen?« Ordnungsgemäß mit Bart und in Hosen, war es der Imam der Großen Moschee, sicherlich der ehrwürdigste unter Turhan Beys Bekanntschaften. »Bitte, Turhan Bey, befehlt Eurem gehorsamen Diener, die Verwaltung Eures Haushaltes zu übernehmen. Euer Diener wird sein Äußerstes tun, für das Notwendige in Eurem Haushalt während Eurer Abwesenheit zu sorgen.«

Auch wenn er in der dritten Person sprach, so meinte der Imam doch sich selbst. Diener Gottes übten oft diese Art der Zurückhaltung aus. Der Arzt jedoch war erfreut über das Angebot des Imam, da er, wie er es sah, seine Tochter kaum in bessere Hände geben konnte als in die dieses geistig gebildeten und ethisch verpflichteten Dieners Gottes, der es zum Imam gebracht hatte, dem die Große Moschee unterstand und der die Auszeichnung genoß, dem Sultan selbst geistliche Führung angedeihen zu lassen. Der Imam war sicherlich ein ehrenwerter Mann und darüber hinaus einer, der über wohlverdienten Einfluß in der Stadt verfügte. Und abgesehen davon hatte der Imam Mahmut Can den ersten Religionsunterricht erteilt, als dieser noch ein ganz kleiner Junge war.

»Ich wußte es ja!« rief Hürü aus. »Mein Wu-wu-wunsch wird ni-ni-nicht in Erfüllung gehen.«

»Welcher Wunsch, süße Einfalt?«

»Oh, nichts weiter«, sagte Hürü, die vom Leben enttäuscht war. »Ich bat um einen be-be-besseren ... einen guten Lehrer.«

Und so geschah es, daß am Ende des Monats Mai Hürüs Eltern und ihr Bruder, zusammen mit genug Dienerschaft, den Pilgern den Weg zu erleichtern, alle Vorbereitungen für ihren Aufbruch nach Mekka getroffen hatten, für eine Reise, die sechs Monate währen würde, wenn sie zügig und ohne Mißgeschick verlaufen sollte. Turhan Bey ließ ihre Letzten Willen und Testamente – nur für den Fall, daß die Reise sich als unheilvoll erweisen sollte – in der Obhut des Imam zurück. Die Führung des Haushaltes und seiner Tochter wurden ebenfalls in die Obhut des Dieners Gottes gegeben, zusammen mit der unteilbaren Entscheidungsgewalt zu verkaufen und zu kaufen, zu strafen und zu belohnen, wie er es für richtig hielt. Wenn auch tränenreich, so brachen ihre Eltern doch mit vergleichsweise leichten Herzen auf, einem Maultiergespann mit Vorräten und einem Sohn, der es kaum noch erwarten konnte, ein Abenteuer zu beginnen, das ihm, trotz seines religiösen Zieles, aufregend, lebensvoll und leidenschaftlich zu sein schien. Die Reise bot sich Mahmut Can als ein Weg zu seinen politischen Träumen an, die auf der Straße in die Provinz von Karaman lagen.

Hürü erschien das Haus, nach der Abreise ihrer Eltern, seines Friedens und seiner Harmonie, der Freude und der Zuneigung beraubt, die für sie zur Selbstverständlichkeit geworden waren. Merkwürdigerweise war sie es, die unter furchtbarem Heimweh litt, viel schmerzhafter als die Pilger, die von neuen Aussichten und Klängen, Aufregungen und Herausforderungen abgelenkt werden konnten. Nun jedoch wurde der heitere Haushalt in einen Ort der vollkommenen Völlerei verwandelt. Jungfer Kevser, der es großes Vergnügen bereitete, die Diener sich für den geringsten Verstoß gegenseitig auspeitschen zu lassen, ließ die Reinhaltung des Hauses bald gänzlich sein und widmete ihren ganzen Eifer, während Kakerlaken und Staubflocken sich ungestört überall ausbreiteten, der Küche, wo viele fette und sirupgetränkte und scharf gewürzte Speisen zusätzlich zu jenen zubereitet wurden, die noch aus dem Palast kamen. Die Bettler, die sich daran gewöhnt hatten, regelmäßig gespeist zu werden, wurden gnadenlos verprügelt und ohne einen Bissen davongejagt. Damit nicht genug, legte Jungfer Kevser das nächste Mal, als der Imam auftauchte, bei ihm Beschwerde gegen bestimmte, namentlich genannte Bettler ein, die dabei erwischt worden waren, wie sie Speisen aus der Vorratskammer des abwesenden Arztes stahlen.

Bevor Hürü noch die Wahrheit herausstottern konnte, war der Imam davongeschossen, damit er die Hände dieser gewissen Bettler abhacken lassen konnte. Hürü verfluchte ihre langsame Zunge und ihren noch langsameren Verstand. Sie konnte die mangelnde sittliche Festigkeit der Dienerschaft kaum glauben, die, auch wenn sie zuvor solch eine feine Truppe gewesen war, nun diese Ungerechtigkeit scheinbar zufrieden hinnahmen. Sie hüteten ihre Zunge, nahm Hürü an, ob des üppigen Essens, nach dem sie sich wohl heimlich immer gesehnt hatten; und was das Durcheinander betraf, die Auspeitschungen und die Lügen, so müssen sie danach auch eine heimliche Sehnsucht gehegt haben. Hürü fühlte sich wie eine Gefangene in ihrem eigenen Hause.

Der Imam begann, sich jeden Abend einzustellen, damit auch er an der Völlerei teilhaben konnte. Er speiste natürlich nicht mit Jungfer Kevser, da eine solche Geselligkeit unschicklich schien (vielleicht auch, weil Jungfer Kevsers Antlitz dem Imam den Magen umdrehte), sondern verlangte, von der Tochter des Hauses ganz allein in einem Raum mit Blick über das Goldene Horn bedient zu werden. Hürü, nicht wohl bewandert in den Künsten des Auftragens und Gefallens, tat ihr naturgemäß Bestes, den Imam in seinen Anforderungen zu entmutigen. Doch er ertrug einen jeden ihrer Fehler und überschüttete sie mit der Art des Lobes, die schon fast Schmeichelei ist. Sie konnte in ihren wildesten Vorstellungen keine Erklärung für die Unterwürfigkeit des Imam finden.

Ohne daß Hürü es wußte, war der Imam der Leidenschaft erlegen. Das arme Kind, sie hatte keine Ahnung, daß der Imam ein tiefes Begehren für sie entwickelt hatte, die er jeden Tag unverschleiert gewahrte und deren ruchlose Unschuld dem alternden Diener Gottes, der um sich herum überall unheilige Motive und schwarze Sünde erblickte, eine bösartige Leidenschaft aufgezwungen hatte. Für einen Mann wie den Imam war es Hürüs Schuld, daß sie ihn so machtvoll in Versuchung führte. So sehr, daß selbst Jungfer Kevser auffiel, daß er die Köstlichkeiten, die ihm vorgesetzt wurden, nicht anrührte und dunkle Ringe um die Augen trug. Sie mußte nicht lange in ihn dringen, um den Grund seiner offensichtlichen Entkräftung zu erfahren. In seinem Beruf hatte er einige Erfahrung in der Beurteilung von Persönlichkeiten sammeln können. Er mußte geahnt haben, daß er in Jungfer Kevser eine Komplizin finden würde.

»Ich brenne, Jungfer Kevser«, beichtete er. »Ich sterbe vor Leidenschaft für Eure einnehmende Schülerin. Aber sie wirft nicht einmal einen Blick in meine Richtung. Ich bin ein Mann in den besten Jahren, großzügig mit dem ausgestattet, was den Frauen Freude bereitet. Was ist es, das sie begehrt? Sagt mir, was ich tun könnte, um ihr sorgloses Herz zu erfreuen?«

»Wer mag wissen, was dieser Trampel von einem Mädchen erfreut!« erwiderte Jungfer Kevser gereizt. »Doch jedem nach seinem

Geschmack. Für mich ist sie nichts als eine Last. Ich würde sie augenblicklich in ihr Zimmer führen, wo Ihr sie Euch mit Gewalt zu Willen machen könntet. Doch die Diener haben Ohren. Und sie werden sich das Maul zerreißen, wenn der Herr zurückgekehrt ist, sollte er dies je tun. Dennoch, es könnte mir gelingen, sie für Euch zu gewinnen. Wenn der Preis stimmt.«

»Nennt ihn nur«, sagte der Imam.

»Einen Beutel roten Goldes«, sagte Jungfer Kevser. »Altes Gold. Ich möchte keine neuen Münzen, die mit weiß Allah welchen Metallen verunreinigt sind.«

»Gemacht!« sagte der Imam, der an Hürü starb, als sei sie eine gefürchtete Krankheit.

Und so geschah es, daß Jungfer Kevser den Hinterhalt in den Bädern ausheckte. Nun, im Hause des Arztes befand sich ein wunderbares Badehaus, in welchem die Bewohner in Abgeschiedenheit ihr Bad nahmen. Turhan Bey war aufgefallen, daß in öffentlichen Badehäusern stets Mutwille braute und daß oftmals Menschen, die sie kerngesund aufsuchten, bald darauf von der einen oder anderen Krankheit befallen wurden. Und so hatte Hürü nie das Innere des berühmten öffentlichen Badehauses der Stadt erblickt, in welchem Aufführungen stattfanden, in dem Männer und Frauen an verschiedenen Tagen badeten, Klatsch austauschten und sangen, aßen und tranken, vor den Kaminen und auf den Sofas lagerten, von Kundigen gebadet wurden, gewalkt und geknetet, mit seltenen Ölen eingerieben, ihnen lästige Haare gezupft wurden und aus denen sie sauber und weiß wie frischgelegte Eier wieder hervorkamen.

Jungfer Kevser, die mit einem Male ganz aus Lächeln und Liebkosungen bestand, teilte Hürü mit, daß die Haupt-Sultana die Bäder für einen Tag gemietet habe, so daß sie das aufregendste Fest des Jahres dort feiern könne, üppig versehen mit Musikanten aus fernen Landstrichen, Sängern von unvergleichlicher Begabung und Märchenerzählern, deren Kunst die Zuhörer wie in einen Zauberbann schlug. Ob Hürü, die aus Achtung des Hofes für ihren Vater geladen war, nicht gerne teilnehmen würde? Sollte Hürü nicht teilnehmen wollen, dann konnte auch Jungfer Kevser dies nicht tun, die fast starb vor Verlangen, an diesem Vergnügen teilzuhaben, der Gesellschaft, der Musik. Hürü konnte sich nicht vorstellen, weshalb es Jungfer Kevser nach der Musik verlangte, sie, die ein blechernes Ohr und die Stimme einer Krähe hatte. Doch sie war versucht, sich in der schönen Kunst des Badens zu erproben. Gewiß, ihrem Vater wäre es nicht recht, und ihr fiel ein, wie unbeugsam er in seiner Meinung über die Bäder war, doch sie war voller Neugierde, sie sich nur dieses eine Mal anzusehen. Die Anwesenheit berühmter Musikanten und Märchenerzähler war eine Verlockung, der sie nicht widerstehen konnte.

Tatsächlich war es Jungfer Kevser selbst, die die Bäder gemietet hatte; keinerlei Gäste waren geladen, keine Sänger, keine Märchenerzähler irgendeines Ranges. Nur ein alternder Mann wartete im Bade, nackt wie ein gerupfter Vogel, und schwitzte seine Körpersäfte vor dem Feuer aus.

Als sie in den Bädern ankamen, beide mit Bündeln sauberer Kleidung unter den Armen, war Hürü erstaunt über die Anmut und den Schmuck der Eingangshalle, der Auskleideräume. Doch sie vernahm keine Musik, kein Lachen und erblickte weder Diener noch Sklaven, die mit Speis' und Trank umhereilten. Jungfer Kevser befahl ihr, den offenen Mund zu schließen und sich auszukleiden. Und die Hauslehrerin tat es dem gleich und enthüllte große Säcke voller Speck, die überall an ihr herunterhingen. Als Hürü nichts mehr anhatte als ein Handtuch, das ihre zarte Nacktheit bedeckte, entschuldigte die Frau sich, indem sie verkündete, erst einem natürlichen Bedürfnis nachkommen zu müssen.

»Geh nur schon hinein«, sagte Jungfer Kevser. »Ich werde gleich nachkommen.«

In den riesigen Hallen unter der Kuppel, die von wunderschön gekachelten Säulen getragen wurde, erblickte Hürü keine Menschenseele. In der Annahme, daß sie zu früh gekommen seien, näherte sie sich dem Kaminfeuer und erblickte, als sich ihre Augen an das dämmrige Licht gewöhnt hatten, den Imam, der nackt auf dem Marmor ausgestreckt lag, und von dessen Körper einige merkwürdig geformte Teile baumelten. Sie erstarrte.

»Komm nur her, Entzücken meines Herzens«, sagte der Imam. »Setz dich auf den Scheuerstein, damit ich deine alabasterne Haut mit meinen eigenen Händen reinigen kann.«

Hürü fragte sich, was wohl mit ›reinigen‹ gemeint sei; sie hegte den Verdacht, daß es etwas sei, das ihr nicht gefallen würde. Sie sollte etwas unternehmen, um Zeit zu gewinnen, zumindest bis Jungfer Kevser erschien und ihr erklären konnte, was es mit einem Imam auf sich hatte, der nackt und bereit war, zu reinigen.

»Mit Eurer Er-er-erlaubnis, Herr Imam, Gebieter«, sagte Hürü, »laßt mi-mi-mich Euch zuerst rei-rei ... waschen, oh Imam Gebieter, Herr Imam.«

»Man redet einen Imam nicht mit Herr an«, sprach der Imam lachend, entzückt von ihrer verdrehten Zunge. »*Imam* ist bereits die Anrede, die ein kluger und scharfsinniger Diener Gottes verdient. Doch nenne mich Muhterem, das ist mein Name, damit ich ihn von deiner süßen Zunge vernehme. Und dann werde ich mich vor dich legen, damit du mich bis in alle Ewigkeit reinigen kannst – nein, damit wir uns gegenseitig zärtlich reinigen können an diesem Tage, an dem wir uns vereinigen werden.«

»Ihr zuerst«, sagte Hürü, »Muh-muh-muh ... Herr Imam, Gebieter.«

Lachend und voller Nachsicht für den Gegenstand seiner Begierde, lehnte sich der Imam auf dem Scheuerstein zurück, so daß Hürü mit seinem Rücken beginnen könne. Barmherziger Allah! dachte Hürü. Warum hast du die Männer nur so häßlich gemacht? So abstoßend? Und mit so vielen schwarzen Haaren auf ihrem verlängerten Rücken? Mit solch riesigen Poren, solch übelriechendem Schweiß? Und was ist dies Glied, das dort hängt?

Nachdem sie wieder Macht über ihr Zittern und ihre Abscheu

gewonnen hatte, füllte sie die eherne Waschschüssel nur mit heißem Wasser und entleerte sie über dem Kopf des Imam.

»Au!« schrie der Imam auf. »Misch etwas kaltes Wasser unter das heiße, meine Liebe.« Doch Hürü mischte nur wenig kaltes Wasser darunter und beließ das Badewasser des Imam zu heiß, als daß irgend jemand lange bei Verstand hätte bleiben können. Schüssel auf Schüssel, schnell und mit ganzer Kraft, reinigte sie ihn in der fürchterlichen Hitze, damit er halb von Sinnen sein und vor Erschöpfung darniederliegen würde. Sobald sie bemerkte, daß er sich purpurrot verfärbt hatte, fuhr sie ihm mit einem Seifenstück über die Stoppelhaare, mal stieß sie, mal pochte sie gegen den schweren Kopf des Mannes, mal mit der Seife, mal mit der bronzenen Schüssel, bis sie sich sicher war, daß er entweder völlig besinnungslos war oder aber in irgendeiner Form tot.

Ohne weiter den Gesundheitszustand des Imam zu erforschen, eilte sie aus der Halle, kleidete sich an und hoffte, daß sie in Abwesenheit der Jungfer Kevser, deren Bündel verschwunden war, sich an den Weg nach Hause zurück erinnern möge.

»So!« sprach die schamlose Lehrerin, als Hürü hochrot und immer noch zitternd zurückgekehrt war. »Hast du eine angenehme Zeit verbracht?«

»Ne-ne-nein«, sagte Hürü, die hoffte, daß der Imam zu tot war, um sie verraten zu können.

Und so stelle man sich Hürüs Überraschung vor, als der Imam sich am Abend wieder einstellte, die Miene finster wie Gewitterwolken, sein Mund eine getrocknete Pflaume, doch recht geschmacklos immer noch von dieser Welt.

»Ich habe deinem Vater einen Brief geschrieben«, teilte er Hürü mit, »in welchem ich ihn alles wissen lasse. Er wird den Brief in Händen halten, wenn er Bagdad erreicht.«

Hürü fragte sich, wie der Imam denn sein eigenes Betragen erklärt hatte. Und was hatte er geschrieben als Klage über sie? Eure Tochter hat mich zu sehr gebadet? Doch sie war froh, daß er ihr gegenüber nun so eisig war, daß er nicht länger wünschte, von ihr bedient zu werden, mit der Erklärung, daß sie eine bedauernswerte Gestalt und ein Trampel sei und ganz und gar der feineren Gefühle eines Mannes unwürdig. Nun, wenn er die Hitze nicht ertrug, so möge er sich doch den Bädern fernhalten! Nicht der Gegenstand der Zuneigung eines Imam zu sein, war Hürü nur recht. Und Jungfer Kevsers Torturen würde sie leicht ertragen, bis ihre Eltern nach Hause zurückgekehrt sein würden.

5
Bruderkampf

*Mahmut Can ist nicht bereit,
sein Schicksal mit einem bloßen Mädchen
zu teilen*

In der Zwischenzeit, auf dem Weg nach Mekka, machten die Pilger einen Abstecher nach Bagdad, welche Stadt man, wie man sich sagte, gesehen haben mußte, um sie sich vorstellen zu können. Die leichtere Hälfte ihrer Reise lag hinter ihnen, und Turhan Bey hielt es für weise, daß sie sich zu diesem Zeitpunkt mit der berühmten Weltstadt vertraut machten – für alle Fälle – und sich ihre Sehenswürdigkeiten betrachteten, die eine oder andere künstlerische Vorstellung besuchten, sich mit den Einheimischen unterhielten und von ihnen erfuhren, was sie so trieben, was sie so dachten. Natürlich konnten die Pilger nicht anders, als Bagdad mit ›Der Stadt‹ zu vergleichen; und überall, in jeglicher Weise, erschien Bagdad als nur zweitbeste. Istanbul war einfach von der Natur reichlicher bedacht worden, süßer, reinlicher, das Grün grüner, das Blau blauer, die Bauweise anmutiger und formenreicher, die Wasser des Bosporus klar und kraftvoll vom Salze.

Der große Fluß Tigris, der durch Bagdad floß, war einfach, in der Meinung der Reisenden, zu schlammig. Die Fische des Tigris waren häßlich und graubraun wie Furchenmolche; fiel ein Krümel Speise in den Fluß, so wimmelte und kochte er von Fischen, die einen höllenmäßigen Kampf gegeneinander austrugen. Die Brücken über das Wasser schienen das Leben der Straße zu beherrschen; die Einwohner verweilten auf den Brücken, beobachteten die Vergnügungsboote, die Kähne der Kaufleute und die Kutter der Fischer, handelten, unterhielten sich, hörten den Warenanpreisern und den

Musikanten zu, traten die Bettler, ließen die im Geiste Verwirrten gewähren, aßen, spuckten und ließen noch persönlicheren Bedürfnissen ihres Körpers ihren Lauf. Die Pilger erblickten einen hünenhaften Araber, der sich auf der Brücke niederhockte, sein Gewand um sich ausbreitete, eine Melone zerschnitt und sie mit sichtbarem Vergnügen verspeiste; gerade, als sie sich über die Zufriedenheit des Arabers äußern wollten, erhob sich der Mann und entfernte sich. Die Pilger waren entsetzt von dem Haufen, den er auf der Brücke zurückließ.

»Bei Allah!« rief der Arzt aus. »Ich nehme an, daß sie keine Unterkleidung tragen.«

Der Arzt kam zu dem Schluß, daß Bagdad wie eine uralte Hure war, während Istanbul, obwohl bereits einmal verwitwet, immer noch eine gesunde Frau in den besten Jahren war, die ein Mann in sein Herz schließen sowie in sein Ehebett führen konnte. Die Stadt Bagdad war einfach zu alt und zu verbraucht; die Farbe in ihrem Gesicht blätterte überall, sie war zahnlos, ihre Haut kraftlos, die anzüglichen Worte in ihrem Mund so ekelerregend, daß sie einen Mann erkalten ließen, statt ihn mit Sehnsucht zu erfüllen. Turhan Bey schauderte, wenn er die *dschinks* erblickte, Tanzjungen, die als Mädchen verkleidet sich auf den Straßen zum Klang der Trommeln und Becken wanden.

»Wir sind immer noch ein junges Volk«, teilte er seiner Frau mit. »Kraftvolle Menschen. Wir sind standhaft und mißtrauisch. Und was das Wichtigste ist, wir schützen unser Eigenleben und unsere Würde.«

Hier waren die Musik trauriger, die Achtung Allahs auffallender, die Politik schmutziger, die Armen ärmer, die Reichen reicher, das Essen fetter, die Tiere ausgemergelter, die Käuflichen käuflicher, die Kranken kränker und, was das Schlimmste war, die Straßen enger.

»Heißt das denn nun«, fragte sich Gülbahar Hanim, »daß das, was gut an Bagdad ist, dort noch besser ist?«

Der Arzt konnte dies nicht beantworten; er hatte noch nichts gesehen, was an Bagdad hätte gut sein sollen. Sie kehrten zur Karawanserei zurück, wo der Arzt bemerkte, daß die Herbergen in Bagdad buchstäblich lausiger waren. Während er über das Mahl murrte, das ihm vorgesetzt worden war, brachte ihm ein Knabe einen Brief.

»Stellt euch das nur vor!« entfuhr es dem Arzt. »Ein Brief den langen Weg hierher!« Er bat seinen Sohn, der des Arabischen besser mächtig war, den Inhaber der Herberge zu fragen, auf welchem Wege der Brief sie erreicht hatte. Er war zutiefst erstaunt zu erfahren, daß er von Brieftauben, die einander ablösten, zugestellt worden war.

»Der postalische Dienst ist besser«, erklärte er seiner Frau und war zutiefst erfreut über die Verläßlichkeit der Luftpost.

Der Inhalt des Briefes jedoch erfreute ihn nicht im geringsten; in der Tat, er seufzte und sagte, daß es wahr sei, daß schlechte Nachricht sich schnell verbreite und ihr Ziel fände. Gute Nachrichten dagegen, so wollte es das Schicksal, fielen stets in die Hände derer, für die sie nicht bestimmt waren. Und dann lasen und lasen sie alle den Brief des Imam nochmals, wie erstarrt und kaum in der Lage, die Bedeutung solcher Anschuldigungen zu begreifen.

»Es ist einfach«, sagte Mahmut Can. »Meine Schwester hat die Gelegenheit ergriffen, die Stadt auf den Kopf zu stellen. Sie hört nicht auf die Mahnungen des Imam, sondern besucht die öffentlichen Bäder und gibt Matrosen Einlaß ins Haus.«

»Hürü ist doch nur ein Kind!« sprach weinend Gülbahar Hanim.

»Man weiß nie, wie Frauen wirklich sind«, sagte ihr Stiefsohn, »bis man sie ihren eigenen Neigungen überläßt.«

»Aber doch nicht Hürü! Nicht meine Tochter!« entfuhr es dem Arzt. »Doch wie sonst sollte man sich den Brief des Imam erklären?«

»Warum sollte er falsches Zeugnis gegen sie ablegen?« warf Mahmut Can dazwischen, der Meister der Logik und der heranreifende Arm der Gerechtigkeit.

»Was sollte ein Vater hier tun?« fragte der Arzt und rang die Hände.

»Es ist einfach«, schlug Mahmut Can vor. »Ich kehre umgehend nach Hause zurück und gehe der Sache auf den Grund.«

»Ich dulde nicht, daß man meiner Tochter Übles nachsagt und sie beschuldigt«, brach es aus Gülbahar Hanim heraus.

»Niemand hat ein Urteil über sie gefällt«, sagte Mahmut Can, »noch nicht! Wir alle wissen, was die Gerechtigkeit von unsteten Töchtern verlangt.«

»Nicht ihr Leben!« brach es wieder aus Gülbahar Hanim unter Tränen heraus. »Nicht das meines eigenen, wunderbaren Kindes!«

Schlußendlich gelangte man zu einer traurigen Übereinkunft. Die Eltern würden ihre Reise nach Mekka fortsetzen, doch Mahmut Can sollte nach Istanbul zurückkehren und Hürü abholen, so daß sie sich alle in Bagdad in ebendieser Herberge wieder treffen könnten. Dann, doch erst dann würde man Hürü einer peinlichen Befragung unterziehen. Mahmut Can wird nie, niemals und unter keinen Umständen versuchen, das Gesetz in die eigene Hand zu nehmen. Er darf gegenüber Hürü von alledem nichts verlauten lassen, damit auf keinen Fall, sollten sich die Anschuldigungen als falsch herausstellen, ihre Gefühle verletzt würden. Er sollte Hürü nur mitteilen, daß die Sehnsucht der Eltern nach ihr so groß geworden sei, daß sie ihre Abwesenheit nicht länger ertrügen. Nachdem all dies beschlossen worden war, trennten sich die beiden Gruppen am Stadttor, um ihre Reise in entgegengesetzten Richtungen fortzusetzen, der Sohn, um die Wahrheit in weltlichen Angelegenheiten, die Eltern, um die Wahrheit in geistigen zu erfahren.

Nun, Mahmut Can reiste so schnell, wie seine Sporen es dem frischen Pferd, das er unterwegs aufgetrieben hatte, eingeben konnten; er ritt scharf und er ritt wild, und er gönnte sich nur dann und wann ein paar kurze Momente des Schlafs; er ritt wie ein Bote, der dem Sultan einen Kopf bringt, auf den ein Preis ausgesetzt ist. In nur zwei kurzen Wochen hatte er die asiatische Küste Istanbuls wieder erreicht! Todmüde, wutschnaubend, schmutzig und voller Unbehagen verharrte er eine Weile auf seinem Pferd und beobachtete, wie die Sonne hinter den schlanken Minaretten sank, die sich auf der europäischen Seite der ›Stadt Der Zwei Kontinente‹ in den Himmel streckten. Er lauschte den Rufen zum Abendgebet, die das

Plätschern der Wasser des Bosporus übertönten, die die Hufe seines Pferdes umspielten, und er weinte, überkommen von einem Gefühl, das er nicht benennen konnte.

Während Mahmut Can sich über den Bosporus rudern ließ, kam er zu dem Entschluß, nicht einfach geradewegs das Haus zu betreten. Zuerst müsse er seine Schwester einer Prüfung unterziehen. Und so nahm er sich ein Bett in einer Herberge unfern seines heimatlichen Viertels und erstand Kleidungsstücke, wie sie Rohlinge auszeichneten, um sich zu verkleiden. Sobald es Nacht war und der Imam das Haus verlassen hatte, näherte er sich und klopfte an die Tür. Und weil er die Rolle eines betrunkenen Matrosen angenommen hatte, klopfte er und schrie und verlangte von dem Diener, zur Tochter des Hauses gebracht zu werden. Der Diener wollte ihn nicht einlassen und forderte ihn auf, zu verschwinden und noch einiges mehr mit sich zu treiben. Doch er bestand so laut und so trunken auf seinem Wunsch, daß der Diener ihn zu schweigen hieß, bevor er die gesamte Nachbarschaft geweckt und sich selbst die gründliche Tracht Prügel eingefangen hätte, die er verdiente. Schließlich wurde Hürü selbst, die gerade eine Züchtigung durch Jungfer Kevser hatte über sich ergehen lassen müssen, weil sie dem Imam gegenüber unhöflich gewesen war, zur Tür gerufen. Mahmut Can konnte seine Schwester hinter dem schweren Portal die Nase hochziehen hören. Nun, vielleicht war sie erkältet, dachte er sich.

»Öffnet das Tor!« rief er in der rüdesten Sprachfärbung, zu der er fähig war. »Und ich verspreche Euch, es Euch richtig zu besorgen! Ich besorge es Euch, wie es Euch nie zuvor besorgt worden ist!«

»Entfernt Euch«, sprach Hürü hinter der Tür, auch wenn sie sich doch fragte, was es war, das der Mann verkaufte. »Wir brauchen ni-ni-nichts.«

Er beharrte; sie weigerte sich. Sie wollte nicht einmal das Guckloch öffnen. Dieser Zweikampf des Willens dauerte, bis er sich entfernte. Doch die Sache war für ihn noch nicht erledigt. Am nächsten Abend, nachdem er zu dem Schluß gekommen war, daß die Person, die er dargestellt hatte, vielleicht zu roh und nieder für ihren Geschmack gewesen sei, verkleidete er sich als liebestoller Kaufmann und erschien unter größerer Geheimhaltung. Sobald seine Schwester am Portal erschienen war, gab er ein feingewebtes Lügengespinst von sich, daß er ihren Eltern in Bagdad begegnet sei, die ihn derart in ihr Herz geschlossen hätten, daß sie ihm die einzige Tochter zur Frau angeboten hätten. Er sei gekommen, ihr den Hof zu machen, bevor er sich zu diesem Leben des Glücks entschied, nach welchem ohne Zweifel auch sie sich sehnte. Würde sie ihm bitte Einlaß gewähren?

»Nein«, sagte Hürü. »Meine E-e-eltern sind nicht hier.«

»Das weiß ich, süße Einfalt!« sagte er und biß sich auf die Zunge ob dieses Ausrutschers. »Deshalb bin ich gekommen. Wir können etwas Zeit miteinander verbringen, bis die älteren Herrschaften zurückgekehrt sind.«

Hürü fragte sich, warum in letzter Zeit so viele Fremde an ihr Tor klopften. Und außerdem, wieso konnte dieser Kaufmann sie in solch vertrauter und zärtlicher Weise ›Einfalt‹ nennen?

»Ich will keine Zei-zei-eit verbringen«, sagte sie. »Die Zei-zei-eit, die ich habe, ist schreck-schreck-schreck ... schlimm genug.«

Und so entfernte er sich wieder, nachdem er nichts bewiesen hatte, außer, daß seine Schwester sich keinem dieser Menschen zugewandt hatte. In der dritten Nacht erschien er als fahrender Musikant, und er versprach seiner Schwester viele neue Lieder, wenn sie ihn einließe. Für einen Augenblick wurde sie schwach und verlangte von ihm, daß er zur Probe etwas von der Straße her aufspielen solle. Er beugte sich ihrem Wunsch und spielte auf seinem *Saz* ein Lied, das er in Bagdad gelernt hatte. Und wie er so sang, mengte er allem ein gerüttelt Maß an Leidenschaft bei.

»Sehr trau-trau-traurig«, sagte Hürü hinter dem Tor hervor. »Doch hü-hü-hübsch. Kommt wieder, wenn meine E-e-eltern wieder da sind.«

»Ich bin dein Bruder, du dumme Gans!« sagte Mahmut Can. »Erkennst du denn nicht meine Art zu singen?«

»Mein Bruder ist auf Pi-pi-pilger ...«, sagte Hürü. »Er ist nicht da.«

»Aber ich bin dein Gebieter Mahmut Can!« sagte er. »Erkennst du denn nicht meine Stimme?«

»Gehet fort«, sagte Hürü. »Und ke-ke-kehret niemals zurück.«

»Öffnet das Guckloch, damit ich meinen Ringfinger hineinstekken kann«, sagte Mahmut Can. »Wenn du meinen Siegelring nicht erkennen solltest, darfst du mir den Finger abschneiden lassen.«

»Ach, wenn es denn sein muß«, sagte Hürü.

Es war der Siegelring Mahmut Cans. Das Tor wurde geöffnet, und Hürüs Arme schlangen sich um den Hals ihres Bruders; und während er noch versuchte, seine Schulter ruckartig aus dem Regen ihrer heißen Tränen zu befreien, war er doch gerührt von der Zuneigung des Mädchens für ihn, alldieweil er selbst solch schwarze Gedanken über sie gehegt hatte. Nachdem er gebadet, frische Kleidung angelegt und die Speisen genossen hatte, die Hürü ihm selbst zubereitet hatte, teilte Mahmut Can ihr mit, daß sie ihn nach Bagdad begleiten solle, wo ihre Eltern wieder zu ihnen stoßen würden. Die Alten seien ganz krank vor Sehnsucht nach Hürü.

»Der Weg bis Bagdad wird dich zu einer halben Pilgerin machen«, sagte er, »und so wirst du halb-gesegnet sein in Allahs Auge.«

»Juhu!« rief Hürü und sprang herum vor Freude. »Ich begebe mich auf eine halbe Pilgerfahrt!«

Und ohne auch nur im geringsten zu stottern oder zu erröten, wiederholte sie ihre Neuigkeit, während sie durch das Haus rannte, einen jeden der Dienerschaft umarmte und schließlich, halb betäubt von ihrem Glück, sogar die Regung verspürte, Jungfer Kevser einen Luftkuß zu schicken. Letztere war zutiefst erleichtert, daß das Mädchen das Fiasko in der Badeanstalt vergessen zu haben schien, und einmal mehr davon überzeugt, daß das Mädchen keine zwei unterschiedlichen Gedanken gleichzeitig in ihrem Kopf behalten konnte. Als Hürü sich letztendlich beruhigte, entwarf ihr Bruder die Reisepläne; sie würden vor Sonnenaufgang aufbrechen, sie würde nur Kleidung für einen einmaligen Wechsel mitnehmen, und sie würden scharf reiten, bis sie Konya erreicht hätten. Dort würden sie dann einige Tage Rast machen.

»Ich lie-lie-liebe dich einfach«, sagte Hürü. »Ich hab' dich zum Fressen gern.«

»Nun, beherrsche dich doch bitte«, sprach Mahmut Can und runzelte die Stirn. »Überschwang ist wenig ziemlich.«

»Ich wünschte, daß mein Gebieter mir vergeben würde«, sagte Hürü, »denn ich habe etwas zu beichten ... Ich habe dir etwas zu erzählen. Ich wußte nicht, daß du es warst in der ersten Nacht. In der zweiten Nacht habe ich Ver-ver-verdacht ...«

»Du hast Verdacht geschöpft«, sagte Mahmut Can, »weil mir die ›süße Einfalt‹ von der Zunge gerutscht ist.«

»Ja«, sagte Hürü. »Heute abend, da wußte ich, daß du vorgi-gi-gi ... so tust wie ein Musikant. Und wenn du morgen abend wieder erschienen wärst als ein anderer, dann hätte ich die Diener dir eine gute Basti-basti ... eine rechte Tracht Prügel geben lassen.«

»Du würdest den rechtmäßigen Prinzen von Karaman der Bastinade zugeführt haben?« fragte Mahmut Can. »Obwohl du die ganze Zeit über seine wahre Identität kanntest?«

»Würdest du eine Prin-prinzessin der gleichen Herkunft beleidigen?« erwiderte sie.

»Du bist erwachsener geworden, seit ich fortgegangen bin, nicht wahr?« sagte Mahmut Can und musterte sie etwas vergrätzt von Kopf bis Fuß. »Man hofft, daß es zum Besseren gereicht.«

Hürü ritt nicht so schlecht, wie sie erwartet hatte. Nachdem sie die paar Grundregeln von Mahmut Can gelernt hatte, ritt sie auf und davon. Die Pferde waren ihr zugetan, als würden sie wittern, daß sie selbst über etwas wie einen Pferdeverstand verfügte. Vielleicht lag das Reiten den türkmenischen Völkern im Blut. Wer sollte das wissen? Die Freiheit raubte Hürü den Atem. Noch nie in ihrem Leben war sie so glücklich gewesen. Sie vergaß selbst, die Begegnung mit dem Imam in den Bädern zu erwähnen. Wer würde sich auch bei beschämenden Vorfällen aufhalten, wenn das Leben so schön sein konnte. Sie liebte es, das Essen in den Lagern zu kochen und zu verzehren, in kleinen Herbergen zu übernachten, mit den Bauern zu sprechen, deren Gesichter offen und deren Bräuche gastfreundlich waren. Sie hätte ihr Leben lang reisen können, niemals irgendwo länger verweilen, sondern unter dem riesigen Himmel schlafen, wenn die Sterne regelrecht auf sie herabtropften, die Gnade Allahs sie nährte, sie segnete mit der gesamten Schöpfung.

Sie konnte die Weite der Ebene von Konya kaum fassen, in welcher, auf der Höhe des Sommers, der Weizen sich im Winde wiegte und wogte wie ein Meer aus gesponnenem Gold. Sie erwartete, daß jeden Augenblick eine verzauberte Galeone in den Feldern auftauchte, auf welcher sie für alle Ewigkeiten über das Meer reifen Weizens segeln würde. Die Bauern, die auf den Feldern arbeiteten, tiefgebräunte Männer, Frauen, deren Körper schwer waren mit ihrer Schwangerschaft, Kinder mit Wangen, rot wie frische Äpfel, eilten mit Wasserkrügen, Käse und Früchten zum Wegrand, sobald sie die beiden Reiter am Horizont erspähten, damit die Reisenden sich erfrischen konnten. Und sie stellten Fragen, wie es ein Kind hätte tun mögen, nach einem Ort namens Istanbul, in welchem die Straßen mit Gold gepflastert waren. Ob es wirklich wahr sei? Und welches der Name des herrschenden Sultans sei? Ob er denn nun ein guter Mann sei? Und ob jedermann in das große Zelt spazieren und ihm eine Frage stellen könne? Hürü kam sich sehr, sehr klug vor.

Als sie nur mehr eine halbe Tagesreise von der heiligen Stadt Konya entfernt waren, lagerten der Halbbruder und die Halbschwester für die Nacht in einem Kiefernwald, in dessen Mitte sich eine bezaubernde Lagune befand, die sich den Blicken der Durchreisenden entzog. Hürü hatte noch nie so tief geschlafen, wie sie es auf ihrem Bett aus Kiefernnadeln im Walde tat, das so süß duftete und sich warm auf ihrer Haut anfühlte. Doch Mahmut Can verbrachte die höllischste Nacht seines Lebens, indem er erwog und nochmals abwog, argumentierte, beschuldigte und von Schuld freisprach, seine Meinung änderte, wieder Schuld zuwies, alles nochmals überschlug, widerlegte, verurteilte, das Strafmaß festlegte. Und als Hürü mit einem breiten Lächeln erwachte, hatte er bereits die Schlinge geknüpft.

Er nahm sie beim Arm und führte sie zu der uralten Kiefer, die einen ihrer Füße ins Wasser gestreckt hatte; ohne ein weiteres Wort zu verlieren, begann er, Hürü an diesen Baum zu fesseln.

»Aber ... aber«, sagte Hürü.

»Möge Allah dir vergeben«, sprach er, »denn ich kann es nicht.«

»Aber ... aber«, sagte Hürü.

»Bei meiner Seele, ich kann mich nicht entscheiden, ob du unschuldig bist«, sagte er. »Wenn du es bist, dann wird sicherlich von irgendwoher Hilfe eintreffen. Ich habe keineswegs vor, die Alten in Bagdad zu treffen. Ich habe in Konya etwas zu erledigen. Du weißt, wie wichtig es ist, daß ich das erledige, daß ich mein Schicksal erfülle.«

»Aber ... aber«, sagte Hürü.

»Möge Allah dir beistehen«, sagte Mahmut Can, »und dich behüten.«

Und nachdem er die Zügel ihres Pferdes an den Sattel des seinen gebunden hatte, schwang er sich hinauf, bohrte dem Tier die Sporen in die Flanken und war, in eine Staubwolke gehüllt, auf und davon – und von der Bildfläche verschwunden.

»Aber ich habe noch nicht gefrüh-gefrüh-...«, erklärte Hürü dem uralten Baum, gegen den sie gepreßt und gefesselt stand. »Ich habe noch gar nichts gegessen, alter Mann.«

6
Ein erster Blick auf den Nabel der Welt

Der Gute Bruder, der Hilfreiche Hirte, der Grausame Prinz

»Ohne Frühstück auskommen zu müssen«, sprach der Baum, »verdirbt einem zweifellos den Morgen. Wir werden sehen, was sich tun läßt, um dem abzuhelfen.«

Hürü wandte ruckartig den Kopf und sah, daß sie fest an einen ehrfurchtgebietenden Herrn gefesselt war mit durchdringenden grünen Augen, der in grüne Gewänder gehüllt war und einen riesigen grünen Turban auf dem Kopfe trug. Selbst sein Bart und seine Haut schienen grünlich zu schimmern.

»Ent-ent-entschu ... mit Verlaub, Herr«, sagte sie. »Ich will Euch nicht kränken, aber wart Ihr nicht eben noch ein Baum?«

»Ich mag dem jungen Mann, der Euch an mich band, als Baum erschienen sein«, sprach der grüne Herr. »Doch Ihr wußtet augenblicklich, daß ich kein Baum war, oder nicht? Ihr rieft mich einen alten Mann, was ich offensichtlich bin.«

»Aber ich s-s-spreche oft mit Dingen«, sagte Hürü. »Das tat ich schon immer. Dinge stört es nicht, wenn ich sto-sto-sto ... wenn ich nicht flüssig rede.«

»Die Herzen der Menschen«, sprach der grüne alte Mann, »sind viel deutlicher zu vernehmen als ihre Worte. Dinge hören auf die Herzen der Menschen.«

»Mein Bruder«, sagte sie, »gestern abend schien er völlig in Ordnung.«

»Das tat er«, sprach der alte Mann. »Doch wir können hier nicht so aneinander gefesselt stehen bleiben, was meint Ihr?«

»Nein«, sagte Hürü. »Wir sind uns noch gar nicht vorgest-gest ... wir kennen einander gar nicht.«

»Aber doch, das tun wir«, sprach der grüne Herr. »Ich weiß, wer Ihr seid. Und Ihr wißt, wer ich bin.«

»Oh, dann sagt es mir«, sagte Hürü. »Wer bin ich? Das wüßte ich nur zu gerne.«

»Ihr seid jemand, der unsere Aufmerksamkeit auf sich gezogen hat«, sprach der alte Mann, »und als erwünscht befunden wurde. Wir haben Pläne mit Euch.«

»Oh, nein!« sagte Hürü. »Nein, das tut Ihr nicht! Nicht schon wieder! Ich habe genug von gemeinen alten Männern.«

»Unsere Pläne sind nicht die des Imams«, sprach der grüne alte Mann. »Ihr seid als erwünschter Freund auserkoren worden.«

»Woher wißt Ihr um den Imam?« sagte Hürü erstaunt. »Ich habe niemandem davon erzählt!«

»Ich weiß nicht, wieso ich den Imam erwähnte«, sprach die Gestalt, »angesichts der Tatsache, daß ich keine Imams kenne. Alles, was ich weiß, ist, daß wir aneinandergefesselt sind, und daß Ihr, da Ihr jünger und biegsamer seid, etwas dagegen unternehmen solltet. Könnt Ihr ein wenig in die Knie gehen und Euch drehen?«

»Sicher«, sagte Hürü.

Und die Knoten lösten sich. So wie ihre Zunge. Sie war sich nicht einmal bewußt, daß sie in Gegenwart des alten Mannes aufgehört hatte zu stottern.

»Was das Frühstück betrifft«, sprach der grüne alte Mann. »Siehst du die scheckige Kuh, die sich uns nähert? Ihre Euter sind prall mit Milch.«

»In was nun sollte ich sie denn melken?« sagte Hürü. »In meinen Rock? Selbst wenn ich wüßte, wie man eine Kuh melkt, so bräuchte ich ein Behältnis. Besitzt Ihr etwas, was ich gebrauchen könnte?«

Doch als sie sich umwandte, um den törichten alten Mann weiter zu schelten, sah sie, daß sie nur zu sich selbst sprach. Es gab keinen alten Mann in dem Kiefernwäldchen, es gab nur sie und eine scheckige Kuh, die auf sie zukam. Sie begann wieder zu stottern.

»Ent-ent-entschuldigt, gnä-gnä-gnädigste Frau«, sagte sie zu der Kuh. »Doch ich dar-dar … ich habe großen Hunger.«

Die Kuh muhte liebenswürdig und hielt neben Hürü inne, wobei sie sie mit ihren wunderschönen Augen ansah, als hätten sie einander seit jeher gekannt. Sie schien auch gar nicht abgeneigt, sie zu säugen, auch wenn dieses Kalb von einem Mädchen sich so ungeschickt anstellte.

»Oh, das war köstlich«, sagte Hürü und wischte sich den Mund. »Vielleicht könntest du in der Nä-nä-nähe bleiben, bis ich weiß, wie es weitergehen soll.«

Die Kuh ließ sich nieder und begann wiederzukäuen. Hürü ließ ihren Blick schweifen, was sonst noch vorhanden war, das sie am Leben erhalten könnte. Entlang des Ufers der Lagune gab es Sträucher wilder Himbeeren, doch die Vögel hatten sie bereits abgeerntet. Vielleicht sollte sie weiterziehen, bis sie auf menschliche Behausungen stieß; und doch fürchtete sie, daß die Menschen ihr ohne ihren Bruder anders begegnen würden. Sie war unpassenderweise in reiche Gewänder gehüllt, die manch einen vielleicht auf die falschen Ideen bringen würden.

»Es muß einen Ausweg geben, liebste Da-da-dame«, sagte sie und streichelte den liebreizenden weißen Fleck auf der Stirn der Kuh. »Doch welchen?«

Und so geschah es, daß der Hirte erschien, ein schmächtiger junger Mann, der unentwegt nach rechts und links blickte und schrie: »He da! He da!«

»Ach, da bist du ja!« sagte er, als er die scheckige Kuh neben Hürü liegen sah. »Auf, auf, meine Dame!«

»Sie ist eine wunderbare Da-da-dame«, sagte Hürü. »Ich nahm mir ein wenig von ihrer Mi-mi-milch. Vergebt mir.«

»Ihre Milch ist süß und fett«, sagte der Hirte. »Möge sie Eure Gesundheit erhalten. Doch sie ist mir so eine Dame, ständig läuft sie mir davon. Sie ist sehr dickköpfig, ja, das ist Frau Gülbahar.«

»Was?« sagte Hürü. »Ist das der Name der Ku-ku-kuh?«

»Jawohl«, sagte der Hirte, »genauso heißt sie.«

»Aber das ist der Name meiner Mu-mu-mutter.«

»Das mag wohl sein«, sagte er.

Der Hirte trat von einem Fuß auf den anderen. Er war ein schüchterner Kerl, der Hürü nicht einmal in die Augen zu blicken wagte; vielleicht wußte er so wenig über die korrekten Umgangsformen in dieser Situation wie Hürü selbst. Sein mürrisches Gesicht und seine natürliche Höflichkeit ließen eine Idee in Hürü keimen.

»Was hältst du davon, daß wir unsere Gewän-gewän ... unsere Kleider tauschen?« sagte sie. »Du nimmst meinen Ka-ka-kaftan und meine Beinklei-beinklei ... meine Reithosen. Und ich trage deine We-we-weste, dein Hemd und diese, wie immer man es nennen mag, diese ausgebeu-gebeu-gebeulten Dinger.«

»Meinen *schalvar*?« fragte der Hirte voller Erstaunen. »Aber er ist schmutzig, abgetragen und zu kratzig für jemanden wie Euch.«

»Mach dir darüber keine Gedanken«, sagte Hürü. »Ich werde es er-er-ertragen können.«

»Doch Ihr tragt kostbare Kleidung«, sagte der Hirte. »Das ist doch Goldstickerei, nicht wahr? Und ist dies, was man Seide nennt?«

»Ja«, sagte Hürü.

»Doch ein Mann sollte einen anderen nicht ob seiner Jugend übervorteilen«, sagte der Hirte. »Das wäre nicht recht. Ihr wollt all das wirklich für diese alten Lumpen aufgeben?«

»Ja«, sagte Hürü.

»Dann dreht Euch um«, sagte er. »Ein Mann läßt sich nicht beim Auskleiden zusehen, bei allem, was recht ist.«

»Ich werde dir den Rücken zuwenden«, sagte Hürü. »Tu du das gleiche.«

Als sie ihren verwickelten Handel, den Austausch ihrer Kleidung, ohne Verletzung dessen, was sich geziemte, hinter sich gebracht hatten, dachte sich Hürü, daß der Hirte wie ein Prinz in ihren Gewändern aussah.

»Bist du sicher, daß du nicht in Wir-wir-wirklichkeit ein Herr bist?« sagte sie.

»Ein wahrer Einfaltspinsel, das bin ich«, sagte der Hirte und betastete die kostbaren Stoffe, die er trug. »Ein Tölpel, der Prunkgewänder trägt. Ich möchte wetten, daß dies die Kleidung ist, die sie im Paradies tragen.«

»Wie sehe ich aus?« fragte Hürü.

»Schrecklich«, gab er zu. »Ein wahrer Dorn im Auge.«

»Was ist dieser Ge-ge-gegenstand, der an deiner Hand hängt?« fragte Hürü. »Das wollte ich dich vorhin schon fragen.«

»Das ist, was man eine Schafsblase nennt«, sagte er. »Man macht Käse darin.«

»Wahrhaftig?« sagte Hürü. »Laß es mich ansehen.«

Als sie sich die Blase genauer betrachtete, keimte eine weitere Idee in Hürü.

»Darf ich sie haben?« sagte sie. »Ich brauche sie wi-wi-wirklich.«

»Das kostet Euch Eure Ohrringe«, sagte der Hirte, der mit jedem Augenblick, der verstrich, in seine Fähigkeiten als Tauschhändler hineinwuchs.

»Ach, nimm sie«, sagte sie. »So schwer, sie haben mir immer nur Ko-ko-kopfschmerzen bereitet. Trag sie und bleib gesund.«

»Was denkt Ihr, wer ich bin!« sagte der Hirte in verletztem Ton. »Sie sind nicht für mich, sondern für ein Mädchen, das ich kenne. Sind dies echte Steine?«

»Ru-ru-rubine«, sagte sie. »Und bring ihr diese Stiefel.«

»Echte Goldbeschläge an den Stiefeln?«

Hürü nickte.

»Stellt Euch vor!« sagte er. »Stellt Euch mein Mädchen vor!«

»Hübsch?« fragte Hürü. »Dein Mädchen?«

»Ohhh!« sagte er.

Hürü schlang ihre langen roten Zöpfe in einen Knoten oben auf ihrem Kopf. »Nun hilf mir diese Bla-bla-bla ... dies Schafsding über mein Haar zu ziehen.«

»Ist das echtes Haar?« fragte der Hirte.

»Nun, was denkst du wohl?« sagte Hürü.

»Habe noch nie solch eine Farbe gesehen, nicht auf Menschenköpfen. Gesponnene Karotten.«

»Ja«, sagte Hürü traurig. »Bedau-bedau-bedauer ... leider.«

Die Blase an Ort und Stelle, war ihr Haar mit der fragwürdigen Farbe nun vollständig von der ekelerregenden Membrane bedeckt, die sich um ihren Kopf schmiegte wie eine zweite Haut und aussah wie eine äußerst faltige und krätzige Kopfhaut, bei der es keinerlei Zeichen einer Hoffnung mehr gab, daß je wieder ein Haar darauf sprießen würde. »Wie sehe ich je-je-jetzt aus?«

»Noch schlimmer«, sagte der Hirte. »Die Menschen werden Euch jagen und sich über Euch lustig machen, weil sie denken, daß Ihr eine furchtbare Krätze habt. Es wird Euch niemand auch nur ansehen wollen. Sie werden mit Stöcken nach Euch stechen, wie sie es mit den Aussätzigen tun.«

»Das ist gut«, sagte Hürü.

»Das ist Eure Angelegenheit«, sagte der Hirte.

Sie dankten einander dafür, daß sie solch ein glücklicher Umstand füreinander gewesen waren, schüttelten sich die Hände, und Hürü küßte das Maul der Kuh ein letztes Mal. Dann trennten sie sich, um ihrer entgegengesetzten Wege zu gehen: der Hirte und Frau Gülbahar zurück zu ihrer Sommerweide und Hürü zurück auf ihren Weg nach Bagdad.

Hürü hatte erst wenige Schritte auf dem Weg zurückgelegt, als sie einen Wirbelwind auf sich zukommen sah wie ein Dschinn, der im Staub Gestalt angenommen hatte. Und in der Tat wußte sie, daß es ein Dschinn war, wenn man bedachte, daß diese Geschöpfe an Wegkreuzungen herumlungern sollten und darauf warteten, über ahnungslose Reisende herzufallen. Sie rannte zurück in das Wäldchen unter rasendem Gestotter von Abwehrformeln gegen Dschinns – *Hadid! Hadid* und *Dastur ya mubarak!* – auf arabisch, weil die Dschinns nicht sprachgewandt genug waren, eine zweite Sprache zu lernen. Man erwähnte Eisen, weil die Dschinns dieses Metall so sehr verabscheuten, daß selbst dessen Name sie erzittern ließ. Und man bettelte »Mit Verlaub, oh Gesegnete!« in der Hoffnung, daß Schmeicheleien ihre Wirkung täten. Während sie wörtlich ihr letztes gab, rannte Hürü tief in das Wäldchen zurück und kletterte, so schnell es ihr möglich war, in die nadelige Spitze des Baumes, der ein alter Mann geworden war, der sich in einen Baum zurückverwandelt hatte.

Der Dschinn, so stellte es sich heraus, war nur ein Jagdwild und ein wilder Reitersmann, der es verfolgte; der Reiter ließ, sobald er in der kleinen Lichtung bei der Lagune anlegen konnte, einen Pfeil losschnellen, der an Hürüs Baum vorbeischoß wie der Zorn Allahs. Das anmutige Tier mit dem weichen braunen Fell, das auf dem Rücken gefleckt war, sank auf die Vorderknie, als neige es sich zum Gebet; seine mandelförmigen schwarzen Augen wandten sich für einen Augenblick gen Himmel, dann verschied es ohne einen Laut. Es mußte eine Gazelle sein, dachte Hürü, oder ein Hirsch, das arme Tier. Wie schnell ein Geschöpf doch sein Leben aushauchte!

Der Jäger stieg mit einem Sprung neben dem toten Tier ab und rief: »Aha!« Mit einer Kraft, die beeindruckend schien, zog er seinen Pfeil aus der Gurgel des Tiers. »Aha!« sagte er noch einmal. Er warf seinen Bogen und den edelsteingeschmückten Köcher neben sein Opfer, ächzte, kratzte sich unter den Achseln, reckte sich und entschied sich, unter all den Bäumen im Wäldchen, seinen Rücken gegen den Stamm des Baumes zu lehnen, in dem Hürü sich verbarg. Bald schon hörte sie ihn schnarchen.

Der Teufel soll ihn holen, dachte sich Hürü, ich sitze in diesem Baume fest! Wer weiß, wie lange diese viehische Person noch schlafen wird. Sie überlegte, ob sie auf der anderen Seite des Stammes hinabklettern könnte, ohne ihn zu wecken. Doch was würde geschehen, wenn sie einen Zapfen losschüttelte, der den Schläfer auf den Kopf traf? Es ist besser zu warten, sagte sie sich. Die Person schlief und schlief. Die Sonne legte ihren Weg zum Zenit zurück. Wenn die Dinge weiter so verlaufen, wird die Nacht über uns kommen, und ich bin immer noch nicht unterwegs, dachte Hürü. Welch ein Pech!

Ihr fiel auf, daß sie sich kratzte wie ein Bettler. Ihr Rücken brannte, ihre Oberschenkel, ihr Gesäß. Sie stellte fest, nicht ohne Schreck, daß die Kleidung des Hirten voller Ungeziefer gewesen sein mußte, das sich an ihrer hellen Haut gütlich tat. Unter großen Anstrengungen, den Baum nicht zu erschüttern, riß sie sich die Kleider vom Leib in der Absicht, sie, sobald der Jäger von dannen war, zu waschen, zu trocknen und sich wieder auf den Weg zu machen. Dann begann ihr Kopf zu kribbeln. Je mehr sie daran dachte, desto stärker kribbelte er. Sie riß die übelriechende Blase von ihrem Haar, das auf ihre Schultern herabfiel. Dort saß sie nun hoch oben in einem Baum, nackt wie die Engel, die keinerlei Gewänder bedürfen, da sie über keinerlei schamvolle Körperpartien verfügen. Doch Hürü hatte mehr als genug Scham zu bedecken. Hoffentlich muß ich nicht niesen, dachte sie, und wecke damit den Schnarcher dort unten. Oh, wie wenig bin ich doch Meisterin der Situation! Und ich hatte gedacht, daß ich so klug war, als mir der Kleidertausch einfiel.

Und in dem Moment, in dem die Cymbals des Hungers in ihrem Magen wieder anschlugen, erwachte der Fremde unter ihr, nach einem lauten, doch abrupt abgebrochenen Schnarcher, so plötzlich, wie er eingeschlafen war. Ächzend und ausführlich gähnend erhob er sich und warf sich bäuchlings ans Ufer der Lagune, um gierig zu trinken. Hürü, die das Lagunenwasser gekostet und es ausgespuckt hatte, weil es so salzig schmeckte, lugte durch die Äste, die über das Wasser ragten, um zu sehen, wie dem Fremden die paar Züge Salzwasser bekommen würden. Anscheinend mochte auch er den Geschmack nicht. Der Mann hatte aufgehört zu trinken, doch er verharrte, wo er war, regungslos, als warte er darauf, daß die leisen Wellen, die er ausgelöst hatte, sich verliefen. Er schien die Wellen zu beobachten, wie sie kreisförmig verebbten. Vielleicht hatte der Tod ihn dort unten überwältigt! dachte sich Hürü; der arme Wüstling ist einfach verschieden. Allah der Barmherzige hat seine Seele zu sich genommen!

Doch sie hatte sich geirrt. Der Mann erhob sich geschmeidig und kraftvoll, wandte sein Gesicht gen Himmel und ließ seinen Blick von Baum zu Baum schweifen. Hürü zog sich tief in das Nadelgestrüpp zurück.

»Wer ist dort?« schrie er beunruhigenderweise. »Zeigt Euch!«

Oh, Allah mein Retter! dachte Hürü, er weiß, daß ich hier bin! Er muß meine nackte Spiegelung gesehen haben! Und mit schier übermenschlicher Geschwindigkeit zog sie sich die verlausten Kleidungsstücke wieder über. Die Äste wippten, denn der Mann war bereits dabei, den Baum zu erklimmen. Sie hatte kaum die Blase wieder über den Kopf gezogen, als sein Gesicht über dem Ast unter ihr auftauchte.

»Wer dort?« brüllte er nochmals.

»Nur Vö-vö-vögel«, sagte Hürü.

»Kommt herab, Vogel«, sagte der Mann. »Oder ich spieße Euch auf mein Schwert und röste Euch zum Mittagsmahl!«

Sobald sie auf den nächstunteren Ast geglitten war, packte seine Hand ihre Kehle.

»Was hast du dort oben getrieben, kahler Knabe?« sprach er.

»Ich ... ich ...«, sagte Hürü.

Er lockerte seinen Griff ein wenig, doch sein Daumen drückte immer noch auf ihre Halsschlagader. Es war eine Todesangst, die sie an eine andere erinnerte.

»Heraus mit der Sprache!«

»Nur ein Kna-kna-knabe«, sagte sie. »Ein kahler Knabe.«

»Igitt!« sprach der Mann und nahm seine Hand von Hürüs Kehle, um sie sich an seiner Kleidung abzuwischen. »Wie kommt es, daß du so abstoßend bist?«

»Einfach so gebo-gebo-geboren, wahrscheinlich«, sagte sie.

»Allah sei mir gnädig!« sprach er. »Ein Blick auf diesen schorfigen Kopf! Wie lautet dein Name, Knabe?«

»Kahler Knabe«, sagte Hürü. »Das ist mein Na-na-name.«

»Das ist kein Name!« sprach der Mann. »Das ist der Knabe im Märchen. Du weißt, von wem ich spreche.«

»Nein«, sagte Hürü. »Doch erzählt es mir.«

»Wenn du denkst, daß ich jemand bin, der hoch oben in einem Baum hockt und einem Knaben ohne ordentlichen Namen ein Märchen erzählt«, donnerte er los, »dann solltest du das Denken lassen, kahler Knabe! Ich habe eine Provinz, die ich zu verwalten habe, einen Thron, dessen ich mich zu bemächtigen habe, und Tausende und Abertausende von Männern, die ich zu töten habe.«

»Allah steh mir bei!« sagte Hürü. »All das sofort?«

»Wenn die Zeit gekommen ist, Kahler Knabe«, sprach er lachend. »Wenn die Zeit gekommen ist. Und nun komm herunter, du nichtswürdiger Schleicher, damit du noch einmal beten kannst, bevor ich dir deinen häßlichen Kopf abschlage.«

»Aber ... aber ...«, sagte Hürü.

»Du hängst an deinem häßlichen Kopf, sieh an!« sprach er und brüllte vor Lachen. »Laß dir sagen, es ist zu deinem Vorteil, ohne ihn zu sein. Du möchtest deinen Kopf retten, versteh' ich dich richtig?«

»Jawohl, bitte«, sagte Hürü.

Er lachte, als würde er an diesem überwältigenden Witz noch sterben; Hürü konnte bei aller Mühe den Scherz nicht erkennen. Als sie vom Baum herabgeklettert waren und sich, einander in Augenschein nehmend, gegenüberstanden, betrachtete sie sich ihren Quälgeist genau. Er befand sich nicht in der Blüte seiner Jugend, noch war er ein Mann, der zu viele Jahre bereits abgetragen hatte. Er mußte das sein, was man einen Mann in den besten Jahren nannte. Ein mächtiger Mann, in einen ledernen Überrock mit ledernen Reithosen und Stiefeln gewandet, schien er bemüht zu sein, sich schlicht zu kleiden, wenn sie von seinem edelsteinbesetzten Köcher und dem edelsteinverzierten Heft absah, das sie über der ausgefallen gestalteten Scheide bemerkte, die an seiner Seite hing. Seine Gesichtsfarbe war von der Art, die ihr Vater cholerisch zu nennen pflegte. Und dennoch war sein Mund rot und empfindsam unter seinem sorgsam gezwirbelten Schnauzbart. Kein Bart an seinem Kinn, an dem ein Feind ihn hätte packen können; sein Haar unter dem kleinen weißen Turban, hegte Hürü den Verdacht, war wahrscheinlich kurzgeschoren. Doch das wirklich Bemerkenswerte an ihm waren seine Augen. Grau und leuchtend, doch durchdringend wie die eines Falken, dessen Augen sich nicht ganz wie die eines Menschen scharf einstellten, hatten sie den leicht wahnsinnigen Ausdruck eines Raubvogels.

»Ich bin grausam, Kahler Knabe!« brüstete er sich.

»Ihr habt einen kleinen Si-si-sil-silber ... Ihr schielt ein wenig, in der Tat«, sagte Hürü, die sich dachte, daß, wenn sie schon sterben mußte, sie ebensogut sterben konnte, nachdem sie ihm mitgeteilt hatte, daß er selbst gar nicht so ohne Fehler war.

»Das ist wahr«, sprach er. »Ein winziger Makel, der alle meine Vorfahren, die sich ihre Sporen wahrhaft verdient haben, heimgesucht hat. Doch weißt du überhaupt, wie viele Menschen es bereits den Kopf gekostet hat, diese geringfügige Unvollkommenheit erwähnt zu haben?«

»Tausende?« bot ihm Hürü an.

»Keinen einzigen«, sprach er wiederum lachend. »Weil es bisher niemand gewagt hat. Nun denn, laß uns nach Konya aufbrechen, Kahler Knabe«, sprach er. »Sitz hinter mir auf. Und hab acht, daß dein Kopf nicht meinen Rücken berührt!«

»Aber ... aber ...«, sagte Hürü. »Ich bin unterwegs nach Bagdad.«

»Vergiß Bagdad«, sprach er. »Ich werde dich dorthin führen, wenn ich Bagdad einnehmen werde. Doch jetzt will ich dich als meinen Edelknaben und bestallten Narren. Oh, Allah sei mein Zeuge, wie du allen Menschen den Magen umdrehen wirst!«

»Nein danke.«

»Du widersprichst?« sprach er und legte die Hand auf das Heft seines Schwertes.

Hürü schwang sich hinter ihm aufs Pferd. Doch sie hatte die blutenden Wunden in den Flanken des schwarzen Hengstes gesehen. Sie streichelte die Kruppe, als könnte sie damit wiedergutmachen, was er unter seinem Herrn erlitten hatte.

»Wer seid Ihr«, fragte sie. »Und weshalb seid Ihr so gr-gr-grausam?«

»Ich bin grausam, weil mein Name Selim ist«, sprach er. »Prinz Selim aus dem Hause der Osmanen, der Verweser von Konya und der noch-nicht-offizielle Thronfolger.«

»Aber Ihr wollt offi-offi-offiziell werden?« fragte sie.

»Ganz recht, komischer Knabe!« lachte er. »Und das werde ich auch sein!«

»Aber ... aber ...«, sagte Hürü. »Wollt Ihr das arme Tier nicht mitnehmen, das Ihr getötet habt?«

»Irgendein Bauer wird einen Glückstag haben«, sprach er. »Oder die Wölfe werden einen Festschmaus haben. Ich töte nicht, weil ich das Fleisch brauche.«

7
Die Männerwelt

Als Junge verkleidet, findet Hürü einen Platz in Prinz Selims Leben

Alles in allem war das Leben als Narr am Hofe Prinz Selims, der mehr einer Garnison glich, kein schlechtes. Natürlich gab es dort keine Damen, nur durchreisende Huren oder jene, welche unter Zwang zu Huren gemacht worden waren. Eine Männerwelt. Das Leben rund um Selim war ereignisreich und anregend; es barst vor Verwegenheit, übermäßiger Ausgelassenheit und ungehobeltem Genuß.

Hürü konnte nicht verstehen, wie der Prinz zwei so verschiedene Männer zugleich sein konnte: In ihm lebte der triebhafte Barbar neben dem kultivierten Gelehrten. Er widmete sich der Literatur und der Grammatik mit der Zielstrebigkeit des eifrigsten Schülers; er hatte ein Buch mit Oden im Persischen verfaßt (ein Volk, das er als verweiblicht haßte und dessen baldige und vollkommene Vernichtung er eifrig plante); er unterstützte großzügig die gelehrten Männer und Derwische im Mevlana-Kloster in Konya, an deren Lehrgesprächen er mit schicklicher Feindseligkeit teilnahm. Und doch ließ er, wenn ihm der Sinn danach stand, den Kopf des gelehrten Mannes abschlagen, zu dessen Füßen er erst am Abend zuvor Wissen aufgesogen hatte. Ein jeder, wahrhaft ein jeder war entbehrlich. Ihr aller Leben war voller Gefahr. Vielleicht war es die stete Unterströmung der Bedrohung, dachte sich Hürü, welche das Leben um Selim so interessant machte, einen jeglichen Moment so überreich wirken ließ.

Hürü schlief auf einer Matte direkt vor der Schlafkammer des Prinzen, für den Fall, daß er nicht schlafen konnte oder ihm die Zeit lang wurde und es ihm nach Gelächter auf ihre Kosten gelüstete. Hürü mußte sich keine Scherze einfallen lassen, allein die Tatsache, daß sie sie selbst war, unterhielt den Prinzen. Ihre Erscheinung als der unglücklichste aller Männer, so vermutetete sie, mußte seine Lachmuskeln reizen, in denen nicht wenig Grausamkeit pulsierte. Sie war in der Tat ein höchst gefährdeter Kahler Knabe; jeden Moment konnte er ihres krätzigen Kopfes, ihres üblen Geruchs und der Art, wie sie sich ständig kratzte, überdrüssig werden. Einmal hatte ein solcher Moment sie bereits gestreift.

Eines Nachts, während Selim ruhelos seine Kammer durchmaß, hatte Hürü das Mißgeschick zu lachen.

»Was ist so spaßig, Kahler Knabe?« brüllte Selim. »Findest du mein Auf- und Abgehen etwa drollig?«

Hürü bat eilends um Vergebung und erzählte dem Prinzen, daß sie gerade zufällig an einen Scherz gedacht hatte, mit welchem ein Bektashi-Derwisch die Mevlevi-Derwische an diesem Nachmittag unterhalten hatte. Ferner sei es, bemerkte sie noch, reizvoll zu bedenken, daß ein Orden von Derwischen Allah pries, indem sie sich wie Narren aufführten, während ein anderer Orden dies tat, indem die Derwische in verzückten Tänzen wirbelten.

Nun, der Prinz mußte diesen Scherz hören! Er befahl ihr, unverzüglich davonzueilen und ihm den drolligen Derwisch in seine Schlafkammer zu bringen. Sie fand den Scherzbold beim nahen Weinhändler, wo er die Trunkenen unterhielt. Auf dem Weg zum Hofe machte der Bektashi-Derwisch, nachdem er vernommen hatte, wie es dazu gekommen war, daß der Prinz ihm diesen Auftritt befahl, Hürü einen Vorschlag. Welchen Lohn auch immer der Prinz dem Bektashi für den Scherz zuerkennen sollte, so sollte Hürü ein Drittel dieses Lohns erhalten.

»Wenn man es recht bedenkt, so warst du es, der den Prinzen auf meinen Scherz aufmerksam gemacht hat«, sprach der Bektashi. »Andernfalls hätte ich die Trunkenen die ganze Nacht über unterhalten müssen. Was meinst du dazu, Kahler Knabe?«

Hürü stimmte ein, denn sie dachte, daß es recht angenehm wäre, wenn sie ein paar Münzen in ihrer Hosentasche klimpern lassen könnte; Selim gab ihr nichts für all die Unterhaltung, die sie ihm bot. Vielleicht würde ihr Anteil am Lohn des Bektashi-Derwisches das Samenkorn in einem Beutel Fluchtgeldes bilden. Sie dankte dem Derwisch, daß er an sie gedacht hatte.

Nachdem er in die Kammer gebracht worden war, erfüllte der drollige Mann seine Aufgabe in bewunderungswürdiger Weise, denn er war ein echter Künstler in seinem Fach. Selim lachte nicht. Er rührte keinen Muskel in seinem düsteren Gesicht. Er starrte nur fortwährend mit seinen entrückten Augen auf den armen Narr, während sich über seinen Brauen mit jeder Minute die Gewitterwolken dichter türmten.

»Seid Ihr fertig?« schrie Selim schließlich den Derwisch an. »Euer Lohn sollen drei harte Schläge dafür sein, daß Ihr schlechte Scherze verfaßt, wenn Ihr klug genug zu sein scheint, etwas Sinnvolles mit Eurem Leben anzufangen.«

Er teilte dem Bektashi einen solch harten Schlag aus, daß der heilige Spaßmacher in den Nachttopf des Prinzen flog. Selim wartete, bis der Derwisch sich wieder aufgerichtet hatte, um den zweiten Schlag zu empfangen; diesmal fiel der mit Kot bedeckte Bektashi rückwärts zu Boden.

»Wartet, mein Prinz!« rief der Bektashi-Derwisch, dem es unmöglich war, sich wieder zu erheben. »Der dritte Schlag steht Eurem Kahlen Knaben zu, ob einer Vereinbarung, die er mit mir getroffen hat.«

Kaum waren Selim die Bedingungen dieser Abmachung mitgeteilt worden, lachte er, bis er hintüber fiel. Dann, nachdem er sich gesammelt hatte, erteilte Selim Hürü den Schlag, der ihr zustand, und der so heftig war, daß sie aus dem offenen Fenster flog und in ein dorniges Gebüsch. Selim gefiel seine eigene Posse so sehr, daß er dem Derwisch einen Beutel mit Gold überreichte, mit dem der heilige Spaßmacher sich weit aus Konya davonmachte, ohne Hürü ihren Anteil zu geben. Hürü konnte zwei Tage lang nicht laufen; und auch gelacht hat sie für eine lange, lange Zeit nicht wieder.

Ein weiterer angstvoller Augenblick trat ein, auch wenn er für Hürü nicht ganz unvorhergesehen kam, als Selim ihr befahl, seinen Arzt aufzusuchen, einen ortsansässigen Juden, der das Vertrauen des Prinzen in Angelegenheiten der Heilkunst erworben hatte. Der Arzt würde sicherlich die Blase als etwas erkennen, das einfach nicht auf dem Kopfe des Menschen wuchs. Sie erfand mehrere Tage lang Ausflüchte. Doch Selim erinnerte sie deutlich, indem er ihr so aufs Ohr boxte, daß sie stürzte.

»Hm«, sagte der Arzt. »Dies muß der einzige Fall von tödlichen Schuppen auf Erden sein – doch warte! Man kann es abnehmen. Was ist dies Ding, das du da auf deinem Kopf trägst? Bei Moses, Jesus und Mohammed, es ist eine ranzige Blase.«

Ihr Haar fiel über die Hände des klugen Juden herab.

»Seid gnä-gnä-gnädig mit mir, jüdischer Arzt, Herr«, sagte Hürü. »Ich bin verloren!«

»Das bist du sicherlich«, sprach er. »Wohlan, erzähle.«

Hürü erzählte ihre Geschichte in aller Kürze: die Reise ihrer Eltern nach Mekka, das unerklärliche Verhalten ihres Bruders, das Treffen auf den grünen weisen Mann, den Hirten und den Prinzen. Sie flehte den Arzt an, ihr Geheimnis nicht zu offenbaren.

»Euer Vater ist also auch ein Arzt«, sprach der Jude. »Und wie mag sein Name lauten?«

»Turhan von Karaman«, sagte Hürü. »Und er ist ein guter Mann, jüdischer Arzt, Herr.«

»Meint ihr den alten Lakritze-Turhan?« fragte der Jude. »Wir sind zusammen zur Schule hier in Konya gegangen. Wir nannten ihn Lakritze-Turhan in der Schule der Heilkunst, weil er süß, dunkel und reich war. Stellt Euch nur vor! Und Ihr seid Turhan Beys Tochter, ha? Prinz Selim wird es nicht gefallen, daß Ihr einen Narren aus ihm gemacht habt, indem Ihr Euch als Knabe verkleidetet. Es wird ihm nicht gefallen, daß Ihr aus dem gegnerischen Hause von Karaman kommt.«

»Ich weiß«, sagte Hürü.

»Bei meinem Eid des Hippokrates«, sprach er. »Ich werde Euch nicht verraten. Doch solltet Ihr von hier fortgehen, sobald Ihr nur könnt. Auch ich habe einen Kopf, den es zu schützen gilt. Ich werde Euch sagen, was wir tun werden. Wir werden all Euer Haar abrasieren und Euch den Kopf verbinden. In ein paar Tagen nehmt die Verbände ab und zeigt dem Prinzen, daß Ihr von Eurer fürchterlichen Krätze geheilt seid.«

Hürü fiel auf die Knie und küßte dem Arzt die Hände. Und über seine Freundlichkeit hinaus gab er ihr noch zwei Goldstücke, damit sie Karaman verlassen konnte, das uralte Reich ihrer Vorväter.

»Ich wünschte, Euer Vater wäre der Herrscher des Gebietes geworden«, teilte er ihr mit. »Denn die Prinzen von Karaman waren weitherzige, gelehrte und bescheidene Männer. Sie waren alle durchdrungen von der Aufgeschlossenheit, die unsere Stadt segnet. Dahingegen ist das Haus Osmans ein Heim ohne Gnade. Es ist nicht, daß es mir nicht auch unter Selim wohlergehen würde. Doch niemand weiß je, wann Selim entscheiden könnte, daß es einen Juden zuviel auf der Welt gibt.«

Prinz Selim war zuerst ein wenig verdrossen, daß sein Narr von der Kopfpest genesen war. Als er die Stoppeln auf ihrer sauberen, weißen Kopfhaut sah, knuffte er sie hart in den Nacken.

»Du siehst noch viel weibischer aus ohne deine Krankheit!« schimpfte Selim sie. »Nennst du diesen dünnen Stock einen Nakken? Wir werden sehen, was sich tun läßt, aus dir einen richtigen Mann zu machen!«

Er gab ihr zwei Pagenkostüme. Ja, sie sollte sich sofort an der Höfischen Edelknabenschule der Provinz einschreiben, und zwar gegen die Regel, daß freigeborene Muslime keinerlei Ausbildung erhalten durften, die ihnen einen Aufstieg in der Rangordnung ermöglichen würde. Der Prinz ließ seine Schreiber Papiere fälschen, die besagten, daß sie ein Bastard unbekannter Herkunft sei, vom Prinzen selbst in den Wäldern als Sklave eingefangen.

»Du tust mir leid«, sagte Selim. »Und ich weiß nicht, warum. Vielleicht weil du ein solcher Nichtskönner bist.«

Hürü fragte sich, was geschehen würde, wenn ihr das Narrendasein in der Schule ausgetrieben würde. Vielleicht sollte sie die Stadt sofort heimlich verlassen. Und doch war die Hoffnung, etwas Brauchbares zu lernen, eine Versuchung, eine Versuchung, der sie nicht widerstehen konnte. Einige der Lehrer dieser Schule, hochrangige Gelehrte der Künste und Wissenschaften, kamen aus dem Mevlana-Kloster, aus Istanbul, aus dem Land der Franken. Prinz Selim war nicht geizig, was den Lohn der Lehrer betraf.

Sie war der größte Junge in ihrer Klasse, da die anderen Anfänger acht- und zehnjährige Knaben waren, die gerade erst aus vielen Teilen Europas eingesammelt worden waren; sie wurde augenblicklich zum Aufseher der Gruppe erkoren, in dessen Verantwortung es lag, den Kleineren das Gesäß zu gerben, wenn sie aus Heimweh weinten, nach ihren Müttern vor Schmerz oder weil ihr Mut sie verließ. Sie mußte ihnen beim Erlernen des Türkischen, Arabischen und Persischen helfen, ihre Grammatik verbessern, wenn sie nachließen; sie mußte gnadenlos ihnen gegenüber sein, wenn sie auch nur ein einziges Wort in ihrer Heimatsprache fallen ließen. Diese kleinen Jungen waren dort, um alles zu vergessen, außer ihrer Ergebenheit gegenüber dem Prinzen. Sie wurden für den kleinsten Dienst an ihrem Herrn belohnt und für den geringsten Fehler maßlos bestraft.

Hürü war es zutiefst zuwider, diesen armen kleinen Wichten Schmerzen zufügen zu müssen; sie hielt sich zurück,wann immer die Lehrer nicht hinsahen oder wenn keiner der Knaben, die ihr an Alter näherstanden, ihre Nachsichtigkeit beobachten konnte.

Die älteren Knaben, die die Ausbildung bereits durchlaufen hatten, waren aus so tiefem Herzen bekehrt, daß es ihnen ein Anliegen war, daß jeder neue Knabe die gleiche Ausbildung durchlitt wie sie selbst. Doch um Hürü machten sie einen weiten Bogen, denn es war bekannt, daß dieser Knabe des Nachts vor Prinz Selims Kammer schlief und nicht in der Kaserne wie sie selbst.

Hürü erhielt die besten Noten für ihre schriftlichen Arbeiten, da sie den anderen Anfängern weit überlegen war, was die Vielschichtigkeit der Sprache, die Grammatik, das arabische Alphabet und dessen Satzbau, die persische Literatur und ihre verflochtene Dichtung und ihre ritterlichen Sagen betraf. Sie liebte die türkische Geschichte, die ihrem Gedächtnis verhaftet blieb, auch wenn sie eine Darstellung nur ein einziges Mal las. Doch die islamische Geschichte bereitete ihr Mühe, schien sie doch von ungeheurer Langeweile geprägt. Sie wurde vom Religionsunterricht entbunden, da sie in dieser Hinsicht allen anderen in der Schule weit voraus war. Da sie nicht wußte, daß Mädchen Mathematik und Geometrie gar nicht erst verstehen sollten, und da keine Menschenseele, da niemand die Wahrheit über sie wußte, sie darauf aufmerksam machte, übertraf sie sich selbst auf diesen Gebieten. Schüler, bei denen kenntnisreiche Lehrer eine vielversprechende Begabung in einem bestimmten Gebiet ausmachten, erhielten noch anspruchsvolleren Unterricht. Hürüs Talent für Musik wurde entdeckt, welches ihr das Recht auf Unterweisung in türkischer Musik gab, sowohl der kriegerischen wie der klassischen; als Instrument wurde ihr die *mizmar* zugeteilt, eine Art hölzerner Flöte.

Ihr Stottern und Stammeln waren jedoch eine schreckliche Behinderung, die ihr manche Tracht Prügel einbrachte; so viele in der Tat, daß Selim, der körperliche Züchtigungen entschieden befürwortete, einen Schreck bekam, als er sie bewußtlos vor seiner Tür fand. Er suchte Rat bei einem Sufi-Lehrer des Mevlana-Klosters, was man bei diesem unverbesserlichen Stotterer unternehmen könnte. Der Sufi schlug vor, daß der Page dafür zu belohnen sei, wenn er *nicht* stotterte; es sei von größerem Vorteil, erwünschtes Verhalten zu fördern, als Schwächen zu bestrafen.

Daher sei es die Aufgabe der Lehrer, zu erkennen, welche Belohnung der Page am liebsten mochte, und ihm diese Belohnung zukommen zu lassen, wann immer er einen Satz aussprach, ohne steckenzubleiben.

Hürü war erstaunt, daß man ihr soviel zusätzliche Musikunterweisung zubilligte; statt verprügelt zu werden, durfte sie auf ihrer Flöte blasen, solange sie wollte. Sie wurde sogar von ihren Aufsichtspflichten entbunden. Plötzlich, so schien es, eröffnete sich eine bis dahin verschlossene Welt himmlischer Klänge. Sie meisterte die *mizmar* in so kurzer Zeit, daß sie bald in die Musikantengruppe aufgenommen wurde, die regelmäßig dem Prinzen aufspielte sowie ihm eine Stunde vor Sonnenaufgang und eine halbe Stunde nach Sonnenuntergang einen musikalischen Gruß entbot. Sie war in der Tat ein bevorzugter Knabe; sie wußte nicht, warum, doch wurde auch ihre Furcht zu sprechen immer geringer.

Ihre Muskeln entwickelten sich; auch wenn sie nicht ganz so kräftig war wie ein echter Knabe ihrer Größe, war sie doch überrascht, festzustellen, wieviel direkte körperliche Anstrengung sie ertragen konnte. Beim Ringkampf riß ihr ein Tölpel von einem Slawen die Lippe so gewaltig auf, daß sie mehrere Wochen lang ihre *mizmar* nicht mehr spielen konnte. Im bewaffneten Kampf erging es ihr besser. Doch nie erhielt sie mehr als ein ›Ausreichend‹ in körperlicher Geschicklichkeit, und sie lebte in der Erwartung, daß Selim sie dafür prügeln lassen würde. Doch die Prügel kamen nicht. Nicht einmal eine Beschimpfung.

Da jeder Page auch eine praktische Ausbildung erhielt, schickte man Hürü in die Gärten des Mevlana-Klosters, um von einem Derwisch-Gartenkünstler die Geheimnisse der Pflanzen zu erlernen. Dort wurde ihr eine Reihe mit Kohl anvertraut, der groben Rose des Gemüsegartens.

Nachdem sie einige Zeit im Mevlana-Kloster zugebracht hatte, begann Hürü das ferne Schimmern erhabenerer Schicksalsfügungen wahrzunehmen. Was die Liebe betraf, zum Beispiel; was das Bild eines Lebens betraf, das von Schöpferkraft durchdrungen war, von Freiheit und steter Wiedergeburt. Doch die genauere Art der Liebe, von der die Sufis sprachen, blieb ihr verborgen. Es dämmerte ihr, daß, was immer die Liebe war, sie nicht aus der Entfernung erkannt werden konnte; man mußte ihr sein alltägliches Selbst vollständig unterwerfen, sogar körperlich, um den Schritt zur göttlichen Inspiration zu vollziehen. Man mußte sich einem Objekt des Begehrens hingeben, es lieben und durch stete, kraftvolle Tat *eins werden* mit dem Objekt des Begehrens.

Doch *was* war ein angemessenes Objekt des Begehrens? Sie befragte den Sufi-Meister der Gartenkunst, unter dessen Unterweisung sie, eine nach der anderen, Kohlraupen von der Reihe ihrer groben Rosen pflückte. Bei den Kohlköpfen der nächsten Reihe, um die der Meister sich kümmerte, verunzierte nicht eine einzige Raupe die blättrigen Häupter.

»Niemand kann dir das sagen«, sprach der Meister. »Blicke in dein Herz.«

»Doch das habe ich getan«, sagte Hürü. »Viele Male. Dort gibt es nichts Handfestes zu sehen. Könnt Ihr mir nicht etwas vorschlagen?«

»Kohlköpfe«, sprach der Meister.

»Kohlköpfe als die Sehnsucht meines Herzens?« fragte sie erstaunt. »Treibt keine Scherze!«

Sie sann mehrere Minuten lang über Kohlköpfe nach.

»Was geschieht, wenn ich *eins werde* mit den Kohlköpfen?« fragte sie.

»Dann wirst du vielleicht nicht so viele Raupen abzupfen müssen«, sprach der Meister.

Oh, sie lehrten durch Verwirrung. Jeder Narr konnte das sehen. Anstelle von Gebeten und religiösen Ritualen verwandelten sie unbesonnene Gefühle in die Wahrheit des *sama'a*: Singen, Musik und verzücktes Tanzen. An einem anderen Ort der islamischen Welt wären die Derwische von Mevlevi vielleicht gekreuzigt oder ihnen bei lebendigem Leibe die Haut abgezogen worden unter der Anklage, die Werkzeuge Satans zu gebrauchen; in Konya, wo ihr verfeinerter Einfluß selbst Selims Herz großmütig werden ließ, waren sie geschützt vor strenggläubigen Schreien der Abscheu und der Empörung. Und Hürü konnte, während sie sich über ihren Kohlköpfen abmühte, die himmlische Musik vernehmen, welche die Kuppeln anzuheben schien, unter denen die Musikanten des Mevlevi-Ordens spielten.

Es geschah dort im Garten, daß Hürü ihren Bruder wieder erblickte, Mahmut Can. Sie sah ihn in die Küche eilen, ein Bündel

Holz in einem Korb auf seinem Rücken. Wenn auch in die armselige Kleidung eines Holzfällers gehüllt, schien er sehr von sich selbst eingenommen. Sie war erleichtert, daß er sie nicht erkannte. Und sie war erleichtert, daß er, in den Diensten des Klosters, die Möglichkeit hatte, von den Derwischen das Glück zu erfahren, sich nicht mehr fürchten zu müssen. Sie hatte die Vorstellung, daß ihr Bruder sie in dem Wäldchen zurückgelassen hatte, weil er etwas fürchtete. Oder sich etwas erhoffte. »Kennt Ihr diesen jungen Mann?« fragte sie den Meister, der sich neben ihr voranarbeitete.

»Dieser Mensch«, sprach der Meister, »fühlt sich an wie eine Seele in Not.«

»So kennt Ihr ihn?«

»Nicht seinen Namen«, sprach der Meister. »Ich höre nur sein Herz. Sein Herz hadert und rechtet; es teilt die Welt in Grundbegriffe und weigert sich, das zu wissen, was zu wissen zu seinem besten Belange wäre.«

»All das nur aus seinem Herzschlag?« rief Hürü aus.

»Nicht aus seinem Herzschlag. Aus seinem Verhalten. Wenn ich Herz sage, so darfst du das nicht wörtlich nehmen. Als der junge Mann vorüberging, spürte er dich, doch er nahm dich nicht wahr. Er sah nur einen Pagen, der sich unnötige Mühe mit ein paar Kohlköpfen gibt.«

»Warum sollte es zu seinem besten Belange sein, mich wahrzunehmen?« fragte Hürü.

»Dein Herz«, erwiderte der Meister, »tat einen Sprung, als du ihn vorübergehen sahst. Doch er nahm nicht wahr, daß deine Hand auf dem Spaten zitterte.«

Wenn man von solchen Lehrern umgeben ist, sollte man jegliche Verstellung augenblicklich aufgeben. Und doch ist es schwierig zu wissen, wo man sich verstellt, um sich selbst zu täuschen. Sie war, und daran verzweifelte sie, nicht für das überirdische Leben der Selbsterkenntnis geeignet. Und daher war sie erstaunt, als der Meister der Gartenkunst ihr anbot, als Schüler in das Mevlevi-Kloster einzutreten.

»Wer, ich?« sagte sie. »Aber ich bin noch nicht einmal, wer zu sein ich scheine.«

»Das wissen wir«, erwiderte der Meister. »Daß du ein Weib bist, schließt dich nicht aus.«

»Allah ist allmächtig«, rief Hürü. »Ihr wißt es also. Was soll ich jetzt tun?«

»Es ist nicht unsere Aufgabe«, sprach der Meister, »andere zu verraten. Doch solltest du dich entscheiden, daß du für ein Leben im Heer nicht geeignet bist, gibt es für dich einen Platz bei uns.«

Unter Tausenden von Bewerbern nahmen die Derwische vielleicht einen in ihre Reihen auf; sie waren berühmt dafür, willigen Schülern zu raten, sich einer anderen Beschäftigung zu widmen. Eine Einladung, einer der ihren zu werden, war eine große Ehre. Doch Hürü wußte aus Beobachtungen ihrer selbst, daß sie, wenn sie es als solch große Ehre empfand, eingeladen zu werden, noch nicht reif war, auf Lob und Belohnung zu verzichten. Lob und Belohnung ebenso wie Strafe und Abschreckung waren etwas für gewöhnliche Menschen. Die Sufis konnten weder vom Stock verschüchtert noch durch Ehren bestochen werden. Sie jedoch wollte die *mizmar* vollkommen beherrschen zum Ruhme von Hürü und nicht, weil sie *eins war* mit dem Instrument. Sie erläuterte ihre Gefühle.

»Auch dies wird vorübergehen«, sprach der Meister.

Für ihr Leben gerne hätte sie gefragt, ob der größte Musiker dieser Zeit, ein Komponist, der Musik für die Flötengruppe der Schule schuf, sie unterweisen konnte, ohne daß sie sich der Brüderschaft anschloß. Doch sie war der Meinung, daß ihr bereits zu viele besondere Segnungen zuteil geworden waren. Daß sie ihr Glück besser nicht herausfordern solle. Sie fragte nicht und erhielt nichts.

Die Winter auf der Hochebene von Konya waren hart. Es schneite so stark, daß die Wege unpassierbar wurden und das Leben abgeschnitten vom Rest der Welt verlief. Eine trockene Kälte ließ Frostbeulen auf den Hufen der Pferde entstehen, auf den Händen der Kinder, den Nasen der Männer. Wenn sie im Freien arbeitete, froren Hürüs Hände an metallenem Werkzeug fest, was sie manches Mal zwang, ein Stückchen Haut zu opfern. Ständig lief ihr die Nase.

»Niese noch ein einziges Mal«, drohte ihr Selim, »und ich schneide dir die Nase ab.«

»Hatschi!« machte sie, allen Drohungen zum Trotz.

Doch er schnitt ihr nicht die Nase ab. Und obwohl die Krankenstation voller Pagen wie Hürü lag, war der Schnee ein Segen. Junger Weizen schlief warm und sicher unter der dicken weißen Decke; später dann tränkte die Frühjahrsschmelze die Erde tief. Die Derwische indes waren nie erkältet noch jemals den Seuchen unterworfen, die die Menschen der Stadt und die Soldaten befielen. Ihr versöhnliches Verhältnis zu den Wetterbedingungen belastete manchmal ihre Beziehung zu den Menschen der Stadt und riß diese dazu hin, Gotteslästerungen gegen die Derwische auszustoßen. Die Menschen von Konya, dachte sich Hürü, mögen sie sich noch so sehr selbst preisen für ihre weitherzige und verständnisvolle Art, unterschieden sich doch nicht so sehr von den Menschen anderswo, die immer nur Dinge für sich selbst begehrten. Und so stießen ihnen die Dinge einfach zu: Unfälle, Unglücke, Gebrechen. Nichts, weder Gutes noch Schlechtes, stieß den Derwischen je zu. Mevlevi war einfach.

In Selims Studierzimmer, während sie auf dem harten Boden bei der Tür hockte, erfuhr Hürü Unterweisungen anderer Art: in den zweckdienlichen Abläufen der Kunst der Staatsführung und der Kunst der Kriegsführung. Mehr ein Kriegs- als ein Studierzimmer, war dies der Ort, an welchem Selim seine geheimen Pläne faßte, die er niemandem entdeckte, und wo er Nachrichten von Strategen und Taktikern, von Geldverleihern und Rechtsgelehrten, von Gelehrten der Geschichte und Meistern des Denkens sammelte. Wohlüberlegt machte er sich daran, sich darauf vorzubereiten, dem Reich all das zurückzugewinnen, das sein Vater, der Sultan, entweder nicht beachtete oder aber vergeudete.

Zu einer Zeit, da die Osmanen die einzige wirkliche Macht auf Erden innehatten, hatte der herrschende Sultan einen Weg der Untätigkeit und des Belassens eingeschlagen; die Janitscharen fingen Fliegen in ihren Kasernen, während die Welt geradezu darum bettelte, erobert zu werden. Selim äußerte, daß sein Vater sich mit Nichtigkeiten beschäftigte wie der Förderung der Einwanderung der Juden, die vor kurzem aus Spanien vertrieben worden waren, in Verwaltungsgebiete des osmanischen Reiches, wo die Juden die verwirrende Aufgabe übernehmen konnten, mit den ungläubigen Christen Handel zu treiben. Und nicht nur das; sein Vater, der Sultan, war unfähig, die türkmenischen Nomaden in Schach zu halten, die gegen jegliche allgemeingültige Anweisung die Sümpfe Anatoliens durchstreiften und die sich, wenn die Lage für sie gefahrvoll wurde, zu dem mameluckischen Herrscher von Syrien flüchteten oder dem ketzerischen Schah von Persien, Ismail. Vor kurzem erst war die Befriedung der aufrührerischen Türkmenen nur durch die Schande zu erzielen gewesen, den Mamelucken von Syrien einige Grenzstädte zu überlassen. »Der Alte Mann kann nicht einmal Schah Ismail zur Schlacht zwingen«, sagte Selim. Anscheinend war es die Taktik des Schahs, sich tief nach Persien hinein zurückzuziehen, wobei er sein eigenes Gebiet dem Erdboden gleichmachte, damit die osmanischen Heere erfroren und verhungerten.

Der einzige mögliche Weg, so schien es Selim, war, seinen Vater, Sultan Bayezid, vom Throne zu stoßen – nicht ihn zugunsten seiner zwei älteren Brüder zu entthronen, sondern zu seinen eigenen Gunsten, des jüngsten unter ihnen und des einzigen, der mit Verstand und Begabung gesegnet war. Doch der Sultan zog seinem mittleren Sohn vor, Prinz Ahmed, der als Verweser von Amasyen diente. Das Gerücht ging um, daß auch Prinz Ahmed sich die Rote Mütze der Perser aufgesetzt und zum ketzerischen Schiit geworden war. In diesen Tagen verkündete die Farbe der Mütze jedermann die jeweilige Glaubensrichtung. Und als wäre die Mütze mit dem Kopf verwachsen, wurden Menschen der schiitischen Glaubensrichtung Rotköpfe gerufen.

»Der Sohn meines Vaters!« stöhnte Selim. »Sorgt sich darum, wessen Glaubenslehre die bessere ist, wo soviel mehr auf dem Spiele steht.«

Selim war der Meinung, daß die Zeit gekommen war, zumal Bayezid sich bei schlechter Gesundheit befand, heimlich in Istanbul einzutreffen und bei den Janitscharen um Beistand für seine Sache zu werben. Von den Janitscharen sagte man sich, daß sie murrten, die lange Zeit ihres Nichtstuns übelnähmen und begierig auf neue Eroberungen seien. Selims Ratgeber hielten seinen Einfall für leichtfertig und unüberlegt. Der Prinz könnte am Ende seinen Kopf verlieren.

»Ein Kopf, den man nicht einsetzt, ist kein Kopf, den zu haben es sich lohnt!« brüllte Selim. »Ein Lehrsatz, dessen Richtigkeit ihr Narren zur Genüge beweist. Ich sollte euch alle schnurstracks köpfen lassen. Was sagst du dazu, Kahler Knabe?«

»Tut es nicht«, sagte Hürü.

»Und warum nicht?«

»Der Mann, der seine Launen nicht beherrscht«, sprach Hürü, »wird von seinen Launen beherrscht.«

»Hört Euch den klugen Knaben an!« sagte Selim. »Und wer hat dir dieses Kleinod der Weisheit beigebracht?«

»Die Derwische«, sagte Hürü, »die etwas vom weltlichen Leben verstehen, weil sie sich auf das geistige begrenzen.«

»Erinnere mich daran, daß ich diesem Wespennest den Garaus mache«, sagte Selim, »und die ganze Meute in die Sklaverei verkaufen lasse. Bevor ich mir dessen noch bewußt werden kann, haben sie sich des Kopfes eines jeden Mannes, einer jeden Frau und eines jeden Kindes bemächtigt.«

Selim brach nach Istanbul auf, kaum daß die Wege halbwegs vom Schnee befreit waren: Er mußte den Janitscharen den Puls fühlen, bevor er zum Kampfe aufrief. Für Selim galten genaue Nachricht und Bereitschaft alles. Er war ein Meister der Logistik, die Strecken, die Unterbringung und die Verpflegung seiner Truppen in allen Einzelheiten betreffend. Die Heere, welche siegten, waren die Heere, die sich zügig voranbewegten und deren Verpflegung und Unterbringung nicht den unglücklichen Zufällen vernichteter Felder, abgebrannter Kornspeicher und zerstörter Städte überlassen blieb. Heldentum ohne Glück sei dazu verdammt, auf dem Schlachtfeld zu verbluten, sagte Selim; doch der Heeresführer im Glück ist der Heeresführer, der sein Glück schmiedet. Und Selim fürchtete sich nicht, sich das Schlimmste vorzustellen.

Während Selims Abwesenheit wurde Hürü von einem seltsamen Wechsel der Gefühle überkommen. Da sie Selims Anwesenheit immer für gegeben angesehen hatte und überdies dieser Anwesenheit mit Widerwillen und Furcht begegnet war, konnte sie nicht verstehen, weshalb sie so von seiner Abwesenheit getroffen war. Sie sehnte sich danach, seine außergewöhnliche Stimme zu vernehmen, so unerträglich stark und wohltönend; sie sehnte sich danach, seinen Schwertgürtel zu sehen, der sich so kraftvoll um seine starken Hüften schwang. Unversehens schien Konya leergefegt, Musik nur als ein Bündel von Tönen, die kupfernen Kuppeln des Mevlana-Klosters ohne Sinn. Selim war nicht in Konya.

Doch welche Bedeutung hatten Kummer und die Tatsache, daß er sein eigenes Schicksal, auf welches er sich so sorgfältig vorbereitet hatte, liebte, für Selim selbst? Sie hätte ihn gerne für sich allein geweckt, diesen schlafenden Prinzen mit den entrückten und raubgierigen Augen. Er schlief auf der dunklen Seite des Paradoxons, warf den Kopf, als wolle er sagen: Nein! Er träumte von furchtbaren Eroberungen. Er schlief auf der dunklen Seite des Paradoxons: Das, was bindet, macht frei.

»Ich kann es nicht verstehen«, sagte sie zum Gärtnermeister. »Ich *mag* Selim nicht einmal! Ich verabscheue es, wenn er mit Menschen umgeht, als wären sie ein Nichts. Er nimmt an, daß jemand ein Kamel ist, noch bevor derjenige seinen ersten Gruß hat beenden können. Warum, was denkt Ihr, bin ich so aufgewühlt, wenn es Selim betrifft?«

»Warum wohl«, sprach der Meister.

»Im Grunde genommen«, fuhr Hürü fürt, »ist Selim ein Geizkragen. So pflegt er auf einem Spaziergang nach einem üppigen Mahl vor dem Haus eines beliebigen Bewohners dieser Stadt innezuhalten und zu verlangen, daß man ihm den Inhalt der Speisekammer zeige. Und dann verschlingt er die gehorteten Lebensmittel des armen Mannes nur zum Spaß. Und dann auch noch die besten Stücke. Und er wird den Mann auch niemals für seine Gastfreundschaft belohnen.«

»Man belohnt Gastfreundschaft nicht«, sprach der Meister, »die man erzwungen hat.«

»Ganz richtig!« sagte Hürü. »Wenn man es so bedenkt, ist das der Grund, weshalb Selim über keinerlei Liebestugenden verfügt. Er kann den Beischlaf erzwingen. Und so behandelt er die Frauen wie unwürdige Gegner.«

»Sind sie denn würdig?« fragte der Meister.

»Das weiß ich nicht. Doch habe ich noch nie eine freie Frau erblickt, die seine Schwelle übertreten hätte. Und doch verdienen selbst Sklavenmädchen und Huren bessere Behandlung, als er sie ihnen angedeihen läßt. Er entschleiert nicht ihre Gesichter, wißt Ihr, fällt nur auf sie wie ein Brett. Er stößt es rein und paukt drauflos wie ein ...«

»Bitte!« sprach der Meister. »Erspare mir die Einzelheiten!«

»Er zwingt mich, ihm zuzusehen!« sagte Hürü. »Ist das alles, was die Liebe ausmacht?«

»Die Welt wird regiert von denen, die nicht fähig sind, die Liebe zu machen«, erwiderte der Derwisch, »oder von denen, die es nur schlecht können. Deshalb gibt es soviel Unglück auf der Welt.«

»Kann man das Lieben nicht lernen?«

»Aber natürlich!« sprach der Meister. »Doch wer nimmt sich schon die Zeit? Die Fähigkeit zur Liebe soll angeblich bei jedem auf natürliche Weise kommen. Das war nicht als Wortspiel gemeint.«

»Wißt Ihr, ich selbst verstehe sie auch nicht«, sagte sie. »Ich habe gesehen, wie sie vonstatten geht. Einige dieser Frauen, ich meine jene, die er sich mit Gewalt nimmt. Nun, nachdem sie mit Gewalt genommen worden sind, verlieben sie sich oft hoffnungslos in ihn.

Sie lungern um Selims Lieblingsplätze wie Mondkälber. Sie schikken ihm Nachrichten, Geschenke, liebeskranke Gedichte. Einige darunter waren sogar früher tugendhafte Frauen, etwa Ehefrauen ehrenwerter Männer. Sie scheinen sich zu verlieben, sobald sie gründlich begriffen haben, daß Selim ihre Gefühle niemals, wirklich niemals erwidern wird.«

»Er hat die Macht«, bemerkte der Meister, »alle Frauen ohne Ansehen der Person zu verletzen und zu zerstören, die ihm in die Hände fallen.«

»Ich hoffe, er kehrt nie mehr zurück!« rief Hürü aus. »Ich hoffe, sein Vater vernichtet ihn, bevor er seinen Vater vernichtet!«

»Unser Meister, Mevlana Rumi«, sprach der Meister, »verliebte sich in einen Mann namens Schams. Das war zu einer Zeit, als er den Höhepunkt seiner gottesfürchtigen und seiner gesellschaftlichen Laufbahn erreicht hatte. Seine ihm ergebenen Anhänger, Söhne und Freunde fühlten sich verraten, als Rumi sich der Liebe Schams halber von seiner Aufgabe, sie zu führen, ablenken ließ. Sie alle waren davon überzeugt, daß Schams nichts als ein Betrüger und Windbeutel war, der einen verderblichen Zauber auf den größten Geist des Zeitalters geworfen hatte. Und doch war es durch seine Leidenschaft für diesen Scheinheiligen, daß Rumi sein Herz vervollkommnete.«

»Wollt Ihr damit sagen, daß selbst, wenn das Objekt der Leidenschaft unwürdig ist«, sagte Hürü, »die Leidenschaft selbst das Wichtigste ist?«

»Ich bin nicht so geschickt darin wie du, die Dinge nach Wertvorstellungen zu ordnen«, sprach der Meister. »Ich wollte nur bemerkt haben, daß Rumi darin einwilligte, Schams nicht nur *zu gleichen*, sondern Schams *zu werden.*«

»Ich verstehe«, sagte Hürü. Doch sie verstand gar nichts. Als Selim zurückkehrte, dachte sie, nach einem einzigen Blick auf sein Gesicht, daß sie ihren Geist aufgeben müßte. Oder daß sie sich, wie ein kleiner Fuchs in einer Falle, der sich ein Bein abnagt, um sich zu befreien, das Herz herausnagen würde, wenn sie nur könnte. So wie sie hier lebte, frei wie es die Männer taten, ohne vergitterte Fenster oder verschleierte Augen, wie sollte sie da mit dem Bewußtsein ihrer Leidenschaft umgehen? Sie fühlte sich so erregt, so unendlich allein, während sie derart nach beklemmenden Antworten auf unerträgliche Fragen rief. Wenn ihr Blick auf Selim fiel, schienen die Vorsätze der Vergangenheit zu wanken; all die göttlich inspirierten Taten, Gedanken, Wachsamkeiten, Wißbegierden, das reine Gewissen, genau zu wissen, was etwas war und Allah zu danken. Allah? Er ist nicht unter uns!

Sie fragte höflich, wie seine Erkundungsreise verlaufen sei.

»Nun, ich habe mein Ziel erreicht«, sagte Selim. »Die Janitscharen schworen mir ungeteilte Gefolgschaft und verpflichteten sich mir als ihrem zukünftigen Befehlshaber. Doch man kann diesen Bastarden nicht trauen. Sie sind launisch wie die Mode – und genau deshalb sind sie so mächtig. Sie sehen einen jeglichen Mann nur nach der Farbe und Form seiner Mütze. Zur Zeit mögen sie die Rote Mütze nicht, die Prinz Ahmed sich aufgesetzt hat; sie ziehen den kegelförmigen Soldatenhut vor, der auf meinem Kopfe sitzt.«

»Was wird Euer nächster Schachzug sein?«

»Der nächste Zug ist Ahmeds. Und er wird sicherlich den falschen tun, Allah sei mein Zeuge. Religiöse Eiferer machen immer den falschen Zug. Er wird seinen Läufer verteidigen, während seinem König das Matt droht.«

»Ihr überlegt so kühl, Euren Vater und Euren Bruder zu vernichten?«

»Was denn?« fragte Selim lachend zurück. »Ehrfurcht gegenüber dem Vater und Bruderliebe? Das gilt für den gemeinen Mann, wie du einer bist. Ihr alle beugt euch dem Joch der Verallgemeinerung, damit ihr nie und nimmer das ausführen müßt, was ihr wirklich wollt. Ihr erklärt euch bereit, mit dem zufrieden zu sein, was eure Väter und Brüder euch zuteilen. Ich bin der einzige freie Mann in diesem ganzen vermaledeiten Reich.«

Wenn Selim, trotz seiner unliebenswürdigen Natur, in der Lage war, solch unerklärliche Liebe in Hürüs Brust zu erwecken, stand es ihm dann nicht zu, zu erfahren, daß er diese Liebe entfachte? Doch wie das Spiel der Frauen spielen? Hürü wußte nicht, wie sie es angehen sollte. Was war tändelndes Locken und was sittsamer Rückzug? Nein, all das diente ihr nicht, ganz und gar nicht. Sie war nicht eine der Huren, die sich in Selims Hauptquartier herumtrieben.

Und doch, hier war sie und half Selim beim Bade! Sie hatte ihm sooft zuvor schon den Rücken geschrubbt, ihm dessen Breite verübelt und die *Luffa* so kräftig angewandt, daß der Prinz sie warnen mußte, wie schnell das Paradies der Lohn für Kahle Knaben sein könne, die ihrem Herrn und Oberbefehlshaber bei lebendigem Leibe die Haut abzögen. Nun aber waren ihre Arme wie Nudeln, ihre Handgelenke wie Sirup. Wie konnte sie ihm den Rücken waschen und dabei nicht das kräftige und riesige Gemächt erblicken, das seine Lenden zierte? Wie gern hätte sie sich auf den Rücken geworfen und sich von ihm nehmen lassen, wie immer er es wollte, sich von ihm grausam pflügen lassen, nur um ihm die Zärtlichkeit dieses einen kurzen Momentes zu entringen, in dem er Ahh! rief. Doch sie war ängstlich, scheu und voller Scham. Sie ließ die schwere goldene Waschschüssel, von Selim selbst kunstvoll gefertigt, auf sein prinzliches Haupt fallen.

»Wirst du wohl aufpassen, Kahler Knabe!« schimpfte Selim. »Wenn du deine Aufgaben nicht richtig erfüllen kannst, wirst du ersetzt durch jemanden, der das kann.«

»Ich ... ich ...«, sagte Hürü.

»Heraus damit, Strohkopf!«

»Warum nehmt Ihr Euch nicht eine Ehe-ehe-ehefrau?« sagte sie. »Schwört vor Allah sie zu lie-lie-lieben und ewig treu zu sein?«

»Was soll dies höllische Gestotter nun wieder?« schrie er und hob seine Nase gefährlich nah an die Hürüs heran. »Ich schätze schlaffhändige Stotterer nicht, insbesondere die nicht, für die ich so viele Regeln außer Kraft gesetzt habe, um einen Mann aus ihnen zu machen.«

»Ich sto-sto-stottere nicht«, sagte Hürü. »Ihr wollt mir nur nicht ant-ant-antworten.«

»Liebe?« sagte Prinz Selim. »Wie schön wäre es, wenn mir der Hirnkrüppel in die Hände fiele, der die Liebe erfunden hat, damit ich ihm eigenhändig den Hals umdrehen kann. Er hätte einen Mann aus sich machen können, doch statt dessen verliebte er sich.«

»Doch Ihr schri-schri-schriebt doch selbst Liebesgedichte.«

»Das ist feierliche Liebe, du Simpel!« sagte der Prinz. »Denkst du, daß Liebesgedichte an die Geliebte gerichtet sind? Welch ein Verstoß das wäre! Gedichte haben immer zu Gedichten gesprochen, und das werden sie auch fürderhin tun.«

»Vielleicht«, sagte Hürü, die ihren Kopf bereits mit den Armen schützte, »sind Eure Gedichte deshalb auch so langweilig.«

»Da soll dich doch der Teufel holen!« sagte Selim, tauchte ihren Kopf in das Badebecken und ließ ihn erst wieder los, als sie kurz davor war zu ertrinken. »Bessere Köpfe als deiner denken da anders. Sie lassen mich wissen, daß ich ein vorzüglicher Reimschmied bin.«

»Und doch schätzen sie Prinz Cems Gedichte mehr«, sagte sie, entschlossen, Selim zumindest auf diesem Gebiet nicht zu fürchten. »Selbst Euer ältester Bruder, Prinz Korhut, hat einige außergewöhnliche Zeilen in seinen Gedichten.«

»Nun ist es genug!« sagte Selim. »Wie bist du auf die Idee gekommen, daß du unersetzlich bist?«

»Niemand anders wird Euch die Wahrheit sagen«, sagte sie. »Ich liebe meinen Prinzen zu sehr, als daß ich zulassen könnte, daß er sich selbst täuschen mag.«

»Liebe, schon wieder *Liieeebe*«, sagte er. »Hör gut zu, Narr, dir geht es gut bei mir, nicht mehr und nicht weniger! Täusch dich nicht selbst, Kahler Knabe. Nenn es Eigennutz, nenn es Angst. Nenn es nur bei seinem richtigen Namen. Tausend Männer, die mich fürchten, sind mir lieber als einer, der denkt, daß er mich *liieebt*.«

»Und dennoch«, sagte Hürü, »warum heiratet Ihr nicht eine nette türkmenische Prinzessin, eine kluge und einfallsreiche Frau, die Euch einen rechtmäßigen Sohn oder eine rechtmäßige Tochter schenken könnte? Warum heiratet Ihr nicht eine Frau, die Eure Kinder unterweisen kann? Dann wird Euer Sohn niemals *Eure* Vernichtung planen.«

»Ich habe meine Pflicht bereits erfüllt«, sagte Selim. »Ich habe viele Söhne gezeugt. Und ich habe Süleyman anerkannt. Wenn der Bastard mich töten muß, um mein Reich zu erben, so soll dem so sein. Doch vielleicht werde ich schneller sein. Er ist nicht unersetzbar. Ich muß irgendwo noch andere Bastarde gezeugt haben. Dann erkenne ich einfach einen anderen an.«

»Was für ein Mensch ist Süleyman?«

»Das weiß ich nicht«, sagte Selim, »und das kümmert mich nicht.«

»Und seine Mutter?«

»Konnte sie im Dunkeln nicht erkennen«, sagte Selim.

»Sehr Ihr, was ich meine?« sagte Hürü. »Derjenige, der blind ins Bett geht, wird schielende Söhne zeugen.«

»Darf ich das in meine täglichen Aufzeichnungen aufnehmen?« fragte Selim. »Die Weisheit dieses Ausspruchs bewegt mich so, daß ich augenblicklich in Tränen ausbrechen könnte.«

»Wenn Ihr tägliche Aufzeichnungen verfassen solltet«, erwiderte Hürü, die den Spott überhörte, »was ich bezweifeln möchte, so würde meine Aussage der einzig ansprechende Eintrag im ganzen Buche sein.«

Der Prinz erteilte Hürü eine harte Kopfnuß.

»Kahler Knabe!« sagte er. »Du bist noch jungfräulich. Was weißt du schon über die Frauen? Und was soll all dies Geschwätz von *Liieeebe*? Komm, ich will es hören. Heraus damit. Wer ist das glückliche Mädchen? Sag es mir, und ich werde sie dir besorgen, damit du nicht verschmachtest. Ich nehme nicht an, daß du sie dir selbst erobern kannst. Nicht so, wie du aussiehst!«

»Kein Mädchen«, sagte Hürü. »Wo an diesem Ort könnte ich ein sittsames Mädchen treffen?«

»Dann besorge ich dir ein unsittliches«, sagte Selim, »bevor dein vermaledeiter Kopf von Pusteln übersät ist. Sag mir, wohin richtet sich dein Begehren? Auf Blondhaarige? Auf Braunhaarige? Hochgewachsene? Fette? Ich empfehle eine schwarze Frau. Schwarze Frauen sind herrlich! Sie legen sich einfach zurück und nehmen es hin wie ein Mann. Nichts von all dem höllischen Geschluchze und Geklammere nach dem Akt. Außerdem sind ihre Mösen klein und nicht so haarig wie die irgendeiner verfluchten griechischen Kuh oder trocken und knochig wie die irgendeiner bleichen Slawin. Sie ist bereit, wenn du es bist. Doch vermeide armenische Frauen unter allen Umständen. Kahler Knabe, sie haben Haare sogar auf den Zähnen!«

Im Mevlana-Kloster konnte Hürü, auch wenn sie den guten Derwisch-Meister nur ungern zum unwillkürlichen Zeugen machte, sich nicht beherrschen und mußte über den Mann reden, von dem sie besessen war, dessen schieres anstößiges Vorhandensein sie quälte und dem sie in ihren Träumen mehr gab, als von ihr verlangt werden konnte. Könnte sie doch nur so dahinschmelzen, wenn sie wach war! Mit ihm auf ihr, von ihm beritten, mit ihm verschmolzen! Doch sie durfte sich keinen Ton und kein Zeichen dieser Sehnsucht entwischen lassen. Sie erzählte all das in klaren, einfachen Worten. Der Derwisch-Meister schien gelangweilt.

»Illusion verhindert Fusion«, erklärte er Hürü schließlich, mit seiner Geduld am Ende.

»Wirklich!« sprach der Meister. »Wenn ich an deiner Stelle wäre, so blickte ich prüfend in mein Herz und fragte mich: Was in Selim ist es, das ich für mich selbst begehre?«

»Ich möchte Selim nicht gleichen!« sagte Hürü, die nun begann zu weinen. »Und schon gar nicht Selim *sein*. Abgesehen davon, würde er mich nie mit seiner Manneskraft begehren. Nicht nur erfülle ich gewisse fleischliche Bedingungen nicht, die er stellt, ich bin nicht einmal schön. Oder schwarz.«

»Ich würde sagen, daß du durchaus betörend bist«, sprach der Meister. »Da Haar das Geschmeide einer Frau ist, wärest du eine wahre Schönheit, sollte es dem deinen gewährt sein zu wachsen. Auch wenn ich nicht zu denen zähle, die kenntnisreich hinsichtlich der Reize der Frauen sind.«

»Ihr wollt mir nur schmeicheln«, erwiderte Hürü, die den Meister um ihr Leben gerne gefragt hätte, ob er bezüglich der Reize der Männer kenntnisreicher war. Und was in aller Welt sich dann wie abspielte.

»Kümmere dich um deine eigenen Angelegenheiten«, sprach der Meister, der ihre Gedanken erriet.

»Es gibt eine einzige Sache, die ich für Selim tun kann«, sagte Hürü. »Ich kann ihm schmerzhafte Wahrheiten sagen. Ihr habt mich gelehrt, frei zu sprechen.«

»Hüte dich vor diesem unwiderstehlichen Drang«, sprach der Meister. »Man gewinnt das Gefühl von Macht, wenn man einem Menschen etwas Unerwartetes oder Grobes ins Gesicht sagt und ihn damit ledliglich überrascht. Du jedoch möchtest ihn für dich einnehmen, insbesondere da er Macht über dein Leben und deinen Tod hat.«

»Ihr meint, daß Selim eines Tages seine Drohungen wahr machen könnte?«

»Nein«, sprach der Meister. »Doch du könntest das zu einer blinden Gewohnheit werden lassen. Der unwiderstehliche Drang, jemanden zu beeinflussen, unterscheidet sich in nichts von dem Drang, zu stehlen oder zu lügen. Wenn die Möglichkeit einer Wahl nicht mehr gegeben ist, bleibt nur noch Gewohnheit übrig.«

Doch wie es sich ergab, war Selim seinem Kahlen Knaben bereits hinreichend zugeneigt. Er nahm Hürü beim Arm und führte sie in seine Werkstatt, wo er während der müßigen Wintermonate seinem Handwerk nachging. Jeder Prinz, ebenso wie jeder Soldat, mußte ein Handwerk erlernen, um seine Hände zu beschäftigen. Selim hatte sich die Goldschmiedekunst erwählt. Oder vielleicht hatte die Goldschmiedekunst auch ihn erwählt. In seiner Werkstatt fertigte Selim neben goldenen Gebrauchsgegenständen und durchbrochenen Verzierungen auch winzige Schachfiguren in Gold, die so außergewöhnlich waren, daß Kunstsammler und jene, die nach Andenken jagten, Menschen aus fremden Ländern und die, die süchtig nach Gold waren, die Sucher des Feinen und Seltenen ebenso wie jene, die nach Einfluß bei Selim trachteten, sich nach diesen Figuren umtaten und sie aufkauften und manchmal sogar für sie töteten. Diese Schachfiguren waren so vollkommen das Werk Selims, daß er ihnen nicht einmal ein Zeichen aufdrücken mußte. Er hatte ein Verfahren gefunden, mit welchem er seine Metalle so geschickt verschmelzen konnte, daß die zwei gegnerischen Höfe sich in jeweils zwei verschiedenen Farben von Gold, Rot und Weiß gegenüberstanden. Mit der ganzen Liebe Selims für die kleinsten Einzelheiten gearbeitet, führten die Schachmänner, die beiden Schachfrauen mit ihren entzückenden Tiaren und die beiden winzigen Hofgesellschaften den Betrachter in eine verzauberte Welt.

Hürü sann oft über die kriegsschauplatzähnliche Bühne nach, auf der die Hofgesellschaften standen, auf der sie so oft in Fallen gelockt, gedemütigt, getötet wurden und dennoch an einem anderen Tag wieder auftraten. Selims Schachmänner und die zwei Frauen waren wie die Bewohner eines göttlichen Weltenraums, in welchem nur die Taten flüchtig, die Gestalten jedoch ewig waren. Dahingegen waren in der faßbaren Welt die Gestalten flüchtig und die Taten ewig. Hier jedoch ruhten, nachdem sie einander gnadenlos vernichtet hatten, die Hofgesellschaften gemeinsam auf dem Brett und tranken Tee, ließen sich unterhalten oder womit auch immer formgewandte Hofgesellschaften sich in Friedenszeiten die Stunden vertrieben.

»Ich will dir etwas zeigen«, sagte Selim und entnahm einer Schublade einen roten Samtbeutel. »Doch du mußt einen Schwur leisten, darüber niemals ein Wort zu verlieren – niemandem gegenüber, auch deinem Vater gegenüber nicht, wenn du einen hättest.«

Hürü schwor auf den Koran; dann wurde ihr gezeigt, was sich in dem roten Beutel befand. Es war ein Amulett, das um den Hals getragen wurde, aus reinem Gold, in das das Profil einer Frau getrieben war.

»Ihr habt dies gefertigt?« frage Hürü. »Wer ist die Dame?«

»Jemand, dessen Anblick mir nur wenige kurze Augenblicke vergönnt war«, erwiderte Selim. »Ein einziges Mal. Es mag jedoch sein, daß ich ihr Ebenbild in der Spiegelung nur erahnt habe. Wüßte ich, wer sie ist, und sei sie eine Tochter Adams oder ein Sproß der Dämonen, ich zöge in Erwägung, sie zu lieben und zu gewinnen, ja selbst sie zu heiraten mit all dem Prunk, den Frauen schätzen.«

»Sie muß eine Märchenprinzessin sein«, sagte Hürü. »Und da sie unerreichbar ist, müßt Ihr Euch keine Sorge darum machen, daß Ihr Euch jemals verlieben könntet.«

»Finde sie für mich«, sagte Selim, »und ich werde dich nicht enttäuschen.«

»Wie sollte einem Kahlen Knaben das gelingen, was einem Prinzen verwehrt bleibt?«

»Das ist eine Aufgabe, die du zu lösen hast«, sagte Selim. »Meine Bürde ist groß genug, ohne daß ich mich auf den Weg mache, die Frau eines Traumes zu suchen. Ich bin weder bereit, meinen Verstand noch meinen Appetit zu verlieren. Findest du sie mir, mache ich dich zum Schah von Persien, wenn ich dies Gebiet erobert habe.«

»Eure Dankbarkeit würde mich den Kopf kosten«, erwiderte Hürü. »Sollte ich sie finden, so wäre es das Beste, mich dorthin zu begeben, wo Ihr mich nicht finden könntet.«

»Wie gut du deinen Prinzen kennst!« lachte Selim. »Wem immer das Leben lieb ist, der sollte sich nie meine Dankbarkeit zuziehen.«

»Und so werdet Ihr ohne Eure Traumfrau auskommen müssen!« sagte Hürü.

»Sie wird vor mir stehen«, sagte Selim, »mit oder ohne deine Hilfe.«

Seine Gewißheit stach sie wie ein plötzlicher, törichter Schmerz, einer erlittenen Grausamkeit nicht unähnlich. Sie wünschte, daß auch er litte.

»Ich würde Eure Dame nicht erkennen, selbst wenn ich sie sähe!« zischte sie. »Wie Eure Dichtung ist auch Eure Dame nichts weiter als eine feierliche Vorstellung. Sie gleicht ganz und gar dem Bild, das jedermann von Schönheit hat. Welche Farbe hatten denn ihr Haar und ihre Augen?«

»Wie sollte ich das wissen?« erwiderte der Prinz. »Das einzige, das ich bei Farben wahrnehme, ist ihre Leuchtkraft und ihre Tiefe. Das Haar und die Augen der Dame waren von mittlerer Leuchtkraft, doch von großer Tiefe.«

»Seid Ihr farbenblind?« fragte Hürü erstaunt. »Wollt Ihr damit sagen, daß Ihr nie den Himmel erblickt habt?«

»Natürlich habe ich ihn gesehen!« erwiderte der Prinz. »Manchmal leuchtet der Himmel.«

Hürü stöhnte. Nie hatte sie Selim mehr geliebt. Er lebte in einer Welt von Schatten, der Helligkeit von Weiß, der Dunkelheit von Schwarz und Abertausenden von Schattierungen des Graus. Kein Wunder, daß er so *wahllos* vor sich hin lebte. Selbst die Gesichter der Menschen mußten ihm grau vorkommen. Nie hatte er unsere wunderbare Schöpfung erblickt, die vor Überfluß an Farbschattierungen barst; seine Welt bestand aus Umrissen, denen er fast mathematische Werte zumaß, je nach Leuchtkraft oder Tiefe. Sie fiel auf die Knie und küßte Selims Hände.

»Mein armer Prinz«, schluchzte sie. »Armer, armer Prinz.«

»Sei kein solcher Schlappschwanz!« sagte der Prinz. »Ich komme sehr gut zurecht!«

Doch er war gerührt. Er hieß Hürü, sich in seiner Werkstatt zu setzen, und erzählte ihr die ganze Geschichte des ersten Kahlen Knaben. Wie sich ergab, war Prinz Selim ein hochbegabter Märchenerzähler, der aufregende Höhepunkte kunstvoll in den Fluß der Erzählung einfließen ließ, der Ereignisse zurückhalten und andere erahnen lassen, doch stets geschickt wie ein Adler auf seine Beute zustoßen konnte – wie es die besten Märchenerzähler, wie die Jäger, mit dem Witz, dem Kern und dem letzten Sinn einer Erzählung halten. Am Ende seines Vortrages bemerkte Selim, daß der Kahle Knabe das Sinnbild der türkischen Völker sei: ein armes, bemitleidenswertes Geschöpf mit dürrem Hals und einem Kopf voller Krätze, ein Bankert, ohne Bildung und ohne Anspruch auf Heim und Haus. Der Kahle Knabe lebt von seinem Verstand, seiner Ausdauer und dem Blut eines wackeren, kühnen Herzens. Er ist mehr Wechselbalg als Bastard, und seine Taten, denen sowohl fremde wie menschliche Eigenschaften anhafteten, sowohl schelmische Spielerei wie rührende Menschlichkeit, veränderten das Leben derjenigen, auf die er traf, indem er ihnen die Augen so öffnete, daß sie sich selbst ins Herz schauen konnten. Man erkannte den Mann in sich selbst, indem man wahrnahm, was nicht gänzlich Mann war. Prinz Selim heftete einen langen, durchdringenden Blick auf Hürüs Gesicht.

»Bist du nicht froh, daß meine Amme mir die Geschichte erzählt hat?« fragte Selim. »Ich habe dich in dem Wäldchen sofort erkannt.«

Hürü verstand, daß ihr das Leben geschenkt worden war, weil Selim das uneheliche, elende und krätzige Geschöpf in sich selbst annehmen wollte; er hatte alles unternommen, daß dieser unglückliche Junge rechtmäßig anerkannt wurde, geehrt und zu einem unschlagbaren Meister seines eigenen Schicksals. Selim, von einem Sklavenmädchen zur Welt gebracht, dessen Name niemals in einem Geschichtsbuch auftauchen würde, der, von Fremden aufgezogen, niemals die Wärme von Vater und Mutter gekannt hatte, war der verlorene kleine Junge, der stets in Angst um sein Leben und vor dem Ausmaß seiner Hoffnungen gelebt hatte, für die er angewiesen war auf seinen gesunden Menschenverstand, seine Ausdauer und das Blut seines Herzens. Und er begegnete der Welt in aller Grausamkeit und schützte sich gegen jegliches Gefühl und war sich kaum der wunderbaren Farbschattierungen der Welt bewußt.

Sie eilte ins Mevlana-Kloster, um dem Meister von ihrer neuen Erkenntnis hinsichtlich Selims zu berichten. Würde der Meister dieses Verständnis als wirklich oder nur als eingebildet erklären? Doch als sie gedankenverloren das Tor der Kaserne durchschritt, berührte der Fuß eines Gehenkten ihre Schulter. Sie hatte nicht einmal gewußt, daß eine öffentliche Hinrichtung stattgefunden hatte. Hürü blickte auf. Das schwärzliche Gesicht, aus dem die geschwollene, purpurfarbene Zunge quoll, gehörte niemand anderem als Mahmut Can. Ihrem Bruder war es gelungen, sich zum Opfer seiner eigenen Sache zu machen.

Hürüs Inneres drehte sich um und um vor Wut und Trauer. Sie fühlte den Stimmenwirrwarr um sie herum mehr, als daß sie es vernahm, fühlte das Pochen ihres Blutes. Sie mühte sich verzweifelt, nicht gleich dort, wo sie stand, zu Boden zu sinken. Sie versuchte, ihren verschwommenen Blick auf den Henker zu richten, der mit einem Korb neben dem Tor hockte, in welchem die Zuschauer ein paar Münzen für die wohlausgeführte Arbeit werfen sollten.

»Warum wurde dieser Mann gehenkt?« fragte sie.

»Er hat versucht, das Stadtvolk aufzuwiegeln«, sagte der Henker. »Ein Staatsfeind, das war er.«

»Ist er denn tapfer gestorben?«

»Ach, so durchschnittlich, in etwa«, erwiderte der Henker. Hürü spuckte in den Korb des Henkers.

Sie kehrte ins Hauptquartier zurück. Gerade jetzt, wo sie sich entschlossen hatte, ihr Leben Selim zu widmen, mußte Mahmut Can sich aufknüpfen lassen. Nun hatte sie keine Wahl mehr. Auch sie mußte sich dem Widerstand anschließen. Sie mußte Gewalt ausüben oder zu einer Last in dieser Welt werden. Ihr Kopf eilte ihr voraus, schmiedete Pläne. Sie sah sich mit einem Dolch in der Hand. Oder einem Gefäß mit Gift. Und doch wußte sie zur selben Zeit, daß sie so wenig gegen ihre innere Natur verstoßen würde, wie der Leopard seine Flecken loswerden konnte. Ihre innere Natur oder, wie der Meister der Gartenbaukunst sagen würde, ihre Voraussetzungen machten sie zur Heilerin. Sie war auf den Knien ihres Vaters dazu erzogen worden, zu heilen, Schaden zu beheben, zu erhellen. Niemals konnte sie eine Dienerin der dunkleren Seite sein. Eine Aufklärerin war sie; es war besser, einen Lichtschein in eine schmutzige Ecke fallen zu lassen, um festzustellen, daß die Ecke nur schmutzig war, wenn ein anderer Mensch sagen würde, daß sie böse sei. Es war besser, Gesundheit in die Welt zu bringen, zu nähren. Ihre Taten durften niemals von einem Wahn besessen sein – außer vielleicht von einem unaufhaltsamen Drang nach Ordnung, Sittlichkeit, Licht.

Der Raum des Heeresstabs dröhnte von aufgeregten Stimmen. Eine Nachricht besagte, daß Prinz Ahmed den ersten Schritt auf seinem unvermeidlich falschen Zug getan hatte. Der törichte Prinz hatte aus Angst vor Selims Einfluß bei den Janitscharen die Schlachtenfahne gegen seinen Vater gehißt und marschierte, Bursa einzunehmen und sich damit jegliche Unterstützung seines Vaters zu vergeben.

»Wir brechen sofort auf«, unterwies Selim seine Gefolgsleute, »und zwingen den Alten Mann abzudanken. Die Janitscharen werden sich uns augenblicklich anschließen, wenn sie erkennen, daß der Kindische Greis nicht einmal seinen Lieblingssohn im Zaum halten kann.«

Dies war kaum der Augenblick, Selim in all diesem Gelärme zur Rede zu stellen. Und doch sah Hürü keinen anderen Ausweg. Während sie pflichtschuldig Selim in seine Rüstung schnallte, überkam es sie plötzlich, auf den Boden spucken zu wollen. Sie spuckte auf Selims Zehen.

»Warum spuckst du, unbesonnener Knabe?« fragt Selim. »Heraus damit!«

»Ich kann Euch nicht länger als Page und Sklave dienen«, sagte Hürü. »Entlaßt mich sofort. Ich muß mich dorthin begeben, wo ich wieder atmen kann.«

»Die Luft hier ist dir wohl zu schlecht, sprich?« sagte Selim. »Man befiehlt mir nicht, wann und wie ich über meine Sklaven verfüge. Doch laßt uns, rein von der Vorstellung her, einmal annehmen, ich würde mich nach guten Gründen richten. Welche kannst du anführen, Kahler Knabe?«

»Ihr habt meinen Bruder gehenkt«, sagte Hürü. »Ich diene keinem Prinzen, an dessen Händen mein eigen Blut klebt. Da ziehe ich den Tod vor.«

Sie gestand, daß Mahmut Can ihr Halbbruder gewesen war. Daß sie nicht der Waisenjunge war, der sie zu sein schien, sondern der letzte lebende Nachfahr des Hauses von Karaman.

»Es ist mir bewußt, daß Ihr mich töten müßt ob meiner Verstellung«, sagte sie. »Doch Ihr habt angenommen, daß ich ein Bankert aus einem Märchen sei. Ich hätte niemals Euer Sklave sein können. Ich war immer ein feindlicher Prinz, der in Euer Haus eingedrungen ist. Und doch habe ich nie etwas getan, das gegen Euch gerichtet gewesen wäre, Prinz Selim, sondern Eure Freundschaft und Euren Schutz in dem Geiste angenommen, in welchem sie mir geboten wurden. Das kann ich nicht länger tun. Tötet mich augenblicklich. Außer natürlich, Ihr wolltet mich lieber freilassen. Was Euch selbst betrifft, Prinz, so bin ich nicht länger von Nutzen.«

Selim stöhnte tief.

»Allah sei mein Zeuge«, sagte er, »daß ich Euch weder freilassen noch Euch töten kann. Wenn Ihr geht, so müßt Ihr auf eigene Gefahr gehen. Seid versichert, daß ich Euch als abwesend ohne rechtmäßige Erlaubnis erklären werde. Die Wachtruppe, die ich zurücklassen werde, wird Euch verfolgen, Euch einfangen und Euch zweifellos töten.«

Selim wandte sich ab, um sich zu seiner Truppe zu begeben. Er schnalzte mit der Zunge nach seinem grauen Wolf, der zu Kriegszeiten aus dem Gehege geholt wurde. Diese graue Wölfin, nachdem sie Hürü einen unheilvollen Blick zugeworfen hatte, holte ihn ein und lief dann vor ihrem Herrn her. Die Wölfin war das letzte Bild Selims, das Hürü verblieb, dies halbgezähmte wilde Tier, das vor den Truppen herlaufen würde als Vorbote des wahllosen Abschlachtens, das folgte.

Hürü fragte sich, warum sie es nicht fertiggebracht hatte, dem Prinzen mitzuteilen, daß sie überdies ein Mädchen war, das sich als Knabe verkleidet hatte. Doch hätte sie das getan, wäre die Lage der Dinge noch schwieriger geworden. Es schien ihr, als hätte sie Selim fürs erste genug enttäuscht.

Sie entschloß sich, die Stadt still und heimlich zu verlassen. Zu flüchten. Auf alle Ewigkeit zu verschwinden. Sie hatte keine Wahl. Ihr Plan war einfach. Zuerst verbarg sich Hürü in einem Schrank, bis das Geklirre, das Wiehern und das Fluchen des Heeres abgeklungen war; dann, als die Nacht hereinbrach, schlich sie sich in

Selims Werkstatt. Dort nahm sie aus unerfindlichen Gründen das goldene Amulett an sich, in das Selim das wunderbare Profil einer Dämonin getrieben hatte. Sie wußte nicht, wie sie ihre *mizmar* aus der Kammer der Musiker holen sollte, ohne Aufmerksamkeit zu erregen. Sie hoffte, daß das Instrument in die Hände eines würdigen Knaben fallen möge, mit dem es eins werden konnte. Nachdem sie ihren mageren Lohn, den sie eisern gespart hatte, sowie die zwei Goldstücke des jüdischen Arztes an sich genommen hatte, trat sie ihre Fahnenflucht an.

Es war das Jahr 1512 unserer Zeitrechnung. In Hürüs Zählung war es das 918te Jahr nach der Flucht des Propheten. Sie war achtzehn Jahre alt; sie hatte das goldene Abbild einer Frau in ihrem Stiefel versteckt; sie verließ die Stadt, ohne ihrem Lieblings-Meister einen Abschiedsgruß zu entbieten.

Ihr habt das alles schon seit langem gewußt, nicht wahr? fragte sie den Meister im Geiste. Indem ich mich unter die Herrschaft eines starken Mannes begab, wollte ich meinem eigenen unbedeutenden Leben entfliehen. Doch wie kann ein Mensch auch nur hoffen, an der Größe eines anderen Menschen teilzuhaben? Was ich für mich begehre, ist dieselbe unerschütterliche Ergebenheit in mein eigenes Schicksal, wie Selim sie dem seinen gegenüber hat. Nicht nur weicht er ihm nicht aus, sondern er bereitet sich wohlüberlegt auf das Los vor, das ihn erwartet. Das ist recht so. Auch ich muß irgendwo ein Schicksal haben, das darauf wartet, von mir gelebt zu werden.

8
Eine Reise übers Meer

Ob sie will oder nicht, Hürü muß dem Alchimisten auf seiner Suche nach dem *Buch helfen*

Hürü zog gen Südosten. Sie mußte zu Fuß das Mittelmeer erreichen und dann ein Schiff nach Beirut besteigen. Von dort aus konnte sie dann nach Bagdad weiterreisen. Auch wenn ihre Eltern diese Stadt längst verlassen haben würden, so schien ihr der Weg nach Bagdad, ihrem ursprünglichen Ziel, der richtige zu sein. Und Allah sei gepriesen für all diese Unterrichtsstunden in Geographie! Sie beschloß, der kaiserlich-römischen Straße zu folgen, die die Byzantiner die Pilgerstraße nannten, und die jetzt der Weg nach Bagdad hieß, sich dann südlich nach Tarsus zu wenden. Der kürzeste Weg führte durch jenen Teil des Vorgebirges, der unüberschreitbar schien, doch die Flüchtende wußte genau, wo im Taurus-Gebirge sich ein Paß befand.

Selbst im Hochsommer bedeckte Schnee die Gipfel, und das Felsgebirge ragte steil im Süden der Hochebene von Konya empor. Von Zeit zu Zeit war die Straße kaum noch zu erkennen, ihre Pflasterung oft gänzlich überwuchert oder versunken.

Hürü konnte auch die Sterne, die Winde und den Moosbewuchs lesen. Sie wußte, wie man Nahrung, Wasser und Obdach fand. Zumindest würde die Uniform ihr Anspruch auf ein wenig bäuerliche Gastfreundschaft und Achtung verschaffen. Doch sie war auch eine Quelle der Gefahr, sollte man nach einem Fahnenflüchtigen suchen, dessen Beschreibung auf sie paßte. Da sie wußte, wo die Außenposten des Heeres stationiert waren, konnte Hürü vermeiden, den leichten Kavallerie-Brigaden zu begegnen, indem sie flink einen Bogen um die großen Wachpostenlager schlug, wo sie schliefen und sich ausbildeten.

Das letzte – und einzige – Mal, daß sie sich selbst überlassen gewesen war, war ihr Hilfe vom Grünen Alten Mann zuteil geworden, der, so hatte sie beschlossen, der Heilige Hidir selbst gewesen war. Nun jedoch bestand keine Notwendigkeit für überirdische Hilfe mehr – auch wenn die Gesellschaft derselben sehr nett gewesen wäre. Vielleicht beobachtete das grüne Geschöpf sie auch in diesem Augenblick, da sie gen Süden reiste, wachsam und voller Voraussicht sich gegen jedwedes Unglück versichernd, das eine Jungfer in Not befallen konnte. Doch nun war sie nicht länger eine dieser gepeinigten Jungfrauen. Und niemals wieder würde sie sich einsam und hilflos fühlen.

Hürü entsann sich, wie sie versucht hatte, dem Meister der Gartenbaukunst von ihrer Begegnung mit dem Heiligen Hidir zu berichten. Der Meister war nicht sehr beeindruckt gewesen von dem Grünen Alten Mann, der im einen Moment ein Baumstamm und im nächsten ein verehrungswürdiger alter Herr gewesen zu sein schien. »Habt Ihr denn den Heiligen Hidir selbst schon gesehen?« fragte Hürü ihn. »Nun, warum sollte er sich die Mühe machen, mir zu erscheinen?« war die Antwort des Meisters gewesen. Nun begriff sie, daß der Derwisch keinerlei überirdischer Hilfe bedurfte; die wahre Aufgabe seines Lebens war es, sein Wahrnehmungsvermögen zu steigern. Die wahren Derwische, ob sie nun herumzogen oder seßhaft waren, lebten im Einklang mit Rumis Ermahnung: Will man sein Wahrnehmungsvermögen steigern, so steigere man seine Unumgänglichkeit. Natürlich nahm Hürü nicht sehr viel des Unbeschreibbaren wahr. All ihre Aufmerksamkeit war auf die Einzelheiten ihres Überlebens gerichtet. Stets ruhte ihre Hand auf ihrem Dolch, auch wenn sie schlief. Sie erfreute sich weder an der Landschaft, wie sie es getan hatte, als sie mit Mahmut Can reiste, noch hielt sie inne, um mit den Bauern entlang des Wegs Gespräche zu führen. Sie war nicht nur eine Fahnenflüchtige, sie wußte obendrein alles über die Gefahren unter dieser Herrschaft.

Nachdem sie die Kilikischen Tore, einen natürlichen Paß im Taurus-Gebirge, hinter sich gelassen hatte, erreichte sie Adana, die erste größere Stadt auf ihrem Weg. Sobald sie den Marktplatz erreicht hatte, sah sie sich nach einem Händler von zweifelhaftem Ruf um und fand ihn in der Gestalt des Besitzers eines Ladens für gebrauchte Kleidung. Er war willens, ihre Heeresuniform gegen weniger auffällige Kleidungsstücke einzutauschen. Da er vorgab, ihre Uniform nicht ohne Gefahr für sein eigenes Wohlsein wieder loswerden zu können, versuchte sie, ihm den Handel dadurch zu versüßen, daß sie ihr Schwert als Dreingabe bot, eine herrliche Heeresklinge, auf die Selims wunderbares Zeichen geprägt war. Doch der Händler wollte auch ihre Stiefel, Stiefel aus festem schwarzen Leder mit klirrenden Sporen. Zum Tausch bot er ihr ein Paar von purpurfarbener Mißgestalt, der Art, wie sie die Armenier tragen mußten, damit die Menschen wußten, daß die Füße in den purpurfarbenen Stiefeln einem Armenier gehörten. Doch Hürü blieb eisern. Er konnte sie nicht haben; nicht mit dem, was im Absatz ihres einen schwarzen Stiefels verborgen war! Schließlich wurden sie handelseinig, als sie sich bereit erklärte, den gelben Turban eines Juden zu nehmen. »Eine gute Wahl!« sagte der Händler und blinzelte ihr zu. »Niemand würde einen Juden verdächtigen, ein Fahnenflüchtiger zu sein, da er von vornherein schlau genug wäre, sich nicht einziehen zu lassen.«

»Ihr sollt wissen«, widersprach ihm Hürü, »daß ich mich ehrenhaft im Ruhestand befinde.«

»Und Ihr sollt wissen«, erwiderte der Händler, »daß ich der Onkel eines Affen bin. Bin ich wohl gestern geboren? Noch kein Härchen auf Eurem Kinn, und Ihr erwartet, daß ich Euch glaube, daß Ihr ein Soldat im Ruhestand seid? Auf meinem Gebiet handelt man nicht nur mit Kleidern, sondern auch mit Menschen. Und so bewahrt man sich eine feine Nase, und man erkennt sie an ihrem Geruch. Junger Mann, Ihr riecht wie eine hochverdächtige Person.«

»Ihr riecht selbst nicht besonders gut!« sagte Hürü.

Gewandet wie ein Araber, mit einem Turban wie ein Jude, den

Stiefeln eines Türken und dem Heeresdolch in ihrer weiten, orangefarbenen albanischen Schärpe, bot Hürü einen merkwürdigen Anblick. Sie war der kunterbunte Untertan des Osmanischen Reiches. Zum Trost trug sie ihren kleinen Beutel mit Gold fest auf ihr Herz gepreßt.

Als sie Tarsus erreicht hatte, sonderbar wie sie aussah, erklärte der Kapitän eines Schiffes sich bereit, sie für ein paar Piaster an Deck zu lassen. Ihr wurde auferlegt, auf dem Deck zu reisen, wo die Ziegen und die Schafe, die Krüppel und die Kranken, die Stöhner und die Speier, die Verzehrer widerwärtiger Nahrung und die Ausrufer falscher Notsituationen, kurzum, der Bodensatz der Menschen- und der Tierwelt ebenfalls reisten. Sie alle waren erträglich, da die salzige Meeresbrise Hürü mit einem Gefühl erfüllte, daß die Freude nicht fern war. Und doch war dies nicht der Bosporus, nicht das Goldene Horn, an dem sie aufgewachsen war in der leichten, salzigen Luft, die sich anfühlte wie die Essenz des allumfassend Guten. Dies war das südliche Mittelmeer, weit und offen, und seine Leere warf das Schiff hin und her, als wäre es eine Nußschale. Ein steifer Westwind trieb das Schiff auf das alte Antiochia zu, von wo aus das Schiff, sollte es alsbald Ladung finden, nach Beirut in See stechen würde.

Kaum waren sie zwei Tage unterwegs, als der Horizont von unwillkommener Gesellschaft verunreinigt wurde. Unter Flüchen der Mannschaft und ängstlichem Gekreische der Reisenden wurde das Schiff von Piraten aus Rhodos geentert, die gründlich raubten, vergewaltigten und wüsteten. Nachdem sie die weniger reizvollen Reisenden abgeschlachtet hatten, welche den größten Teil der Menschen an Bord ausmachten, nahmen die Piraten die Wohlhabenderen für Lösegeldforderungen und die Gutaussehenden zum Verkauf als Sklaven gefangen. Hürü befand sich unter denjenigen, die auf das Piratenschiff verschleppt wurden, jedoch nicht ohne daß sie vorher um ihren kleinen Beutel mit Geld und ihren Heeresdolch erleichtert worden wäre. Nachdem einem jeden ein Schicksal zugemessen worden war, wurde das Schiff verbrannt und versenkt.

Zuerst wußten die Piraten-Ritter nicht, was sie mit Hürü anfangen sollten. Was sollten sie mit einem Juden-Jungen tun? Dann fiel einem unter ihnen eine reizvolle – wenn auch nur zeitweilige – Lösung des Problems ein. Sie steckten sie in ein Gehäuse, das wie ein Vogelkäfig aussah, und bespritzten sie mit Schmutzwasser und Spucke. Da sie keine der Kultursprachen verstanden, die Hürü beherrschte, wußten sie nicht die Verwünschungen zu schätzen, die Hürü ihnen zurückschleuderte. Es schien ihr, als hätte sie bereits eine Ewigkeit dort ausgeharrt, doch die Sonne war erst zweimal auf- und untergegangen, als das Piratenschiff in einer kleinen Bucht vor Anker ging.

Unter Flüchen und Schlägen wurde sie über Bord geworfen, ohne daß man sie gefragt hätte, ob sie schwimmen könne. Zum Glück für Hürü hatte die wunderschöne Amazone, die ihre Mutter war, ihr das Brustschwimmen und das Kraulen beigebracht, vom Schmetterlingsstil ganz zu schweigen. Sie schoß an die Wasseroberfläche und schnappte nach Luft.

»Verfluchte Hunde!« schalt sie sie. »Wo zum Teufel bin ich?« Ihr wurde mit einem letzten Eimer Schmutzwasser geantwortet, der in Richtung ihres offenen Mundes geleert wurde. Dann setzten die Piraten wieder die Segel.

Hürü schwamm auf den verlassenen Strand zu und schleppte sich auf den Sand. Und da war sie wieder – ohne einen Piaster, in vollkommener Unkenntnis ihres Aufenthaltsortes, hungrig wie Satan selbst. Hätte sie noch ihren Dolch, so hätte sie sich eine Art Speer herstellen und den einen oder anderen Fisch damit erlegen können. Sie begnügte sich mit einigen Seeigeln, die zu sehr nach halbgebrüteten Eiern schmeckten. Ohne etwas Brot, sie schmackhaft zu machen, ohne einen einzigen Tropfen Zitronensaft, bereiteten die Seeigel ihr Übelkeit. Sie erspähte einen Feigenbaum in einem Feld hinter dem Strand. Doch kaum hatte sie den Feigenbaum auch nur halb erklommen, da erschien eine gewaltige Wirtschafterin und bekannte Hürü ihre Meinung im gröbstmöglichen Griechisch. Da Hürüs Griechisch ebenfalls nur aus Verwünschungen bestand, bot sie der Wirtschafterin die Juwelen ihres Sprachschatzes. Die Wirtschafterin fühlte sich verpflichtet, ihren Standpunkt zu verteidigen. Mit Hilfe eines Hirtenhundes und eines Stokkes wurde Hürü an den Strand zurückgetrieben. Mutlos ließ sie sich dort nieder.

»Nun wissen wir also«, sagte sie und berührte den Absatz ihres Stiefels, in dem die goldene Dame verborgen war, »daß wir uns an einem Ort befinden, der von einer zotenreichen Griechin und einem unangenehmen Hirtenhund bewohnt wird.«

Sie begann, in Richtung Süden den Strand entlang zu laufen, und sie wanderte einen halben Tag lang, ohne einer Seele zu begegnen. Als es Mittag ward, kam sie an eine schmale Bucht, wo die Rippen eines Schiffswracks im Sand verrotteten. Sie suchte Schutz in dem Wrack, da sie gern ein kleines Schläfchen gemacht hätte. Doch just als sie die Augen schloß, erspähte sie aus dem Augenwinkel eine berittene Gestalt, die sich näherte. Sie verharrte regungslos in der Hoffnung, daß der Reiter sie in dem Wrack übersehen werde. Doch die Gestalt ritt geradewegs auf sie zu.

Als er sich genähert hatte, erkannte Hürü ihn als Maghrebiner, einen nordafrikanischen Araber, der vielleicht einer der Berber aus den Stämmen war, die die Berberei durchstreiften. Offensichtlich ein Fremder in dieser Gegend, saß der Maghrebiner auf einem Maulesel, der mit einem Paar bestickter Satteltaschen behangen war, und er selbst war mit überwältigender Pracht gekleidet und trug viel Silber und Gold an seinen Gewändern. Hürü war sich nicht ganz sicher, wo genau die Maghrebiner für gewöhnlich lebten, doch es erschien ihr ausgesprochen seltsam, ihn an einem Ort wie diesem anzutreffen. Die reichgekleidete Gestalt stieg ab und kam auf Hürü zu, die ihn voller Verwunderung anstarrte.

»Friede sei mit Euch, o Hürü, Tochter des Turhan!« sprach der Mann in verderbtem Arabisch, wobei er den Namen ihres Vaters genauso mordete wie den ihren.

»Friede sei mit Euch, o fremde Gestalt!« erwiderte Hürü in ihrem besten klassischen Arabisch.

Der Maghrebiner hielt sich nicht damit auf, sich ihr vorzustellen oder sich ihr durch höfliche Nebensächlichkeiten zu nähern und sich dadurch ihres guten Willens zu versichern und so weiter, bevor er ihr Arbeit anbot.

»O Hürü«, sprach er, »ich habe Arbeit für Euch.«

»Das ist schön«, sagte Hürü. »Der Mundvorrat dafür käme mir sehr zustatten.«

»Ihr werdet mehr erhalten als einen Mundvorrat«, sprach er. »Sprecht die Sure der Eröffnung des Korans, die *fatiha*, auf, damit ich Euren wahren Glauben bestätigen kann.«

»Nun denn, einverstanden«, sagte Hürü. »Gebt acht.«

So, man mußte also zu den Rechtgläubigen zählen, um die Arbeit zu bekommen. Der Maghrebiner sagte die Sure mit ihr auf und verwies damit auf die Wahrhaftigkeit seines eigenen Glaubens und band damit Hürü nochmals in die Gemeinsamkeit des islamischen Glaubens ein. Dann entnahm er einer Tasche seiner Gewänder eine geflochtene seidene Schnur und reichte sie Hürü.

»Bindet mir die Hände auf dem Rücken zusammen«, unterwies der Maghrebiner sie, »so fest, wie Ihr es nur vermögt. Dann schiebt mich ins Meer und wartet. Wenn Ihr meine Hände über der Oberfläche auftauchen seht, der Stricke befreit, dann werft dieses Netz über mich und zieht mich geschwind an Land. Doch wenn Ihr meine Füße zuerst auftauchen seht, dann wisset, daß ich ein toter Mann bin. In diesem Falle nehmt meinen Maulesel und meine Satteltaschen und begebt Euch auf den Basar der Händler. Dort werdet Ihr einen Juden namens Salomon finden. Gebt Salomon den Maulesel und die Satteltaschen; er wird Euch einhundert Goldstücke geben. Nehmt das Geld, schweigt und macht Euch von dannen.«

»In welche Stadt sollte ich denn aufbrechen?« fragte Hürü. »Ich weiß noch nicht einmal, wo ich mich befinde.«

»Die Stadt ist Famagusta«, erwiderte der Maghrebiner. »Wir befinden uns auf der glücklichen Insel von Zypern. Famagusta ist eine Hafenstadt weiter südlich. Folgt nur dem Pfad, auf dem Ihr mich habt kommen sehen.«

Hürü band die Hände des Mannes auf dessen Rücken wie angeordnet. Und die ganze Zeit über schrie dieser Genießer von Strafen: »Fester! Fester!«

»Nun führt mich zu diesen Felsen hinaus und stoßt mich ins Meer«, sprach der Maghrebiner. »Dort ist das Wasser sehr tief.«

Einmal im Wasser, sank der Maghrebiner wie ein Stein. Hürü wartete, doch er tauchte nicht auf. Just als sie ihre Stiefel auszog, um ihm nachzuspringen, erschienen die Füße dieses armen Wurms und tanzten auf und ab wie zwei Korken. Sie nahm den Maulesel und die zwei prachtvollen Satteltaschen und ritt den Pfad entlang, den der Maghrebiner ihr gewiesen hatte, auf die Stadt namens Famagusta zu.

Dort angekommen, fand sie den Basar wie vorausgesagt, und bald schon erspähte sie den gelben Turban des Juden, der auf einem Stuhl an der Tür zu seinem Laden saß. Als er Hürü auf dem Maulesel mit den herrlichen Satteltaschen heranreiten sah, erhob sich der Jude und begann, sich auf die Brust zu schlagen und zu stöhnen und zu klagen.

»Es ist wahr«, sagte der Jude schließlich, »der Mann ist umgekommen.«

»Das ist er«, erwiderte Hürü.

»Zu begierig«, sagte der Jude. »Er war zu begierig.«

»Was war denn seine Absicht?« fragte Hürü. »Wollte er nach versunkenen Schätzen tauchen?«

»Oiii!« sagte der Jude und schlug sich noch etliche Male gegen die Brust. »Oiii!«

»Man stelle sich das vor!« sagte Hürü. »Tauchen, während einem die Hände auf den Rücken gebunden sind! Doch andererseits ist die gesamte Angelegenheit höchst merkwürdig.«

Trotz allen Klagens nahm der Jude recht geschäftsmäßig den Maulesel und die Satteltaschen und überreichte Hürü die hundert Goldstücke, die der tote Mann ihr versprochen hatte, und bat sie, den Handel geheimzuhalten.

»Dessen könnt Ihr gewiß sein«, erwiderte sie. »Ich kenne keine

Seele hier.« Sie erstand für sich die Art Nahrung, die ihr am liebsten war: Trauben, Oliven, Käse, kleine Spinatküchlein, frisches Brot und eine Flasche Wein. Noch während sie vor den Auslagen der Händler stand, aß sie sich satt; den Rest der Nahrung barg sie in einem Korb, den sie erstand, und sie versprach sich selbst eine köstliche Mahlzeit im Freien, sobald sie die schmale Bucht wieder erreicht hätte, in der das Wrack lag. Dieser Ort war verlassen genug, daß sie dort nächtigen konnte; auch wollte sie den Sinn all dieser ungewöhnlichen Geschehnisse erkunden, in welchen sie sich gefangen sah. Warum wurde gerade sie unter allen Menschen ausgewählt, daran teilzuhaben? Welches Geheimnis umgab die Begierde des Maghrebiners? Und wie konnte er ihren Namen, ihre Herkunft und ihr Geschlecht wissen? Sie konnte der Verlockung des Geheimen nicht widerstehen.

Doch kaum war sie an diesen Ort zurückgekehrt und hatte sich häuslich eingerichtet, da erschien, man mochte seinen Augen nicht trauen, ein weiterer Maghrebiner, der noch prachtvoller gewandet war als der vorherige und ein entschieden edleres Maultier ritt. Dies muß wirklich die Lieblingsgegend der Maghrebiner sein, dachte sich Hürü; oder aber Unheil liegt in der Luft. Sie hatte sagen hören, daß Maghrebiner ein listenreiches Volk waren.

»Friede sei mit Euch, o Hürü, Tochter des Turhan!« sprach der neue Maghrebiner. »Ist Euch zufällig gestern ein anderer Maghrebiner begegnet?«

»Wer möchte dies erfahren?« fragte Hürü zurück.

»Ich möchte es«, sprach der Mann. »Habt Ihr ihn denn gesehen?«

Sie schätzte das Gebaren dieses Maghrebiners nicht besonders, nicht zuletzt, da er klüger aussah als der erste und in gewisser Hinsicht einflußreicher. Wenn sie zugab, daß sie den ersten Maghrebiner gesehen hatte, mußte sie auch zugeben, daß sie untätig dabeigestanden war, als er ertrank. Dann könnte diese unangenehme Person sie gar beschuldigen, einen seiner Stammesbrüder ertränkt zu haben.

»Nein«, sagte sie.

»O unbesonnenes Mädchen!« sprach der Maghrebiner. »Dieser Mann war mein Bruder. Er dachte, daß er vor mir diesen Ort hier erreichen würde. Sicherlich habt Ihr ihn gesehen. Habt Ihr ihm nicht die Hände auf den Rücken gebunden und ihn ins Meer gestoßen? Hat er Euch nicht aufgetragen, zu warten, bis er wieder auftauchte, entweder die Hände oder die Füße zuerst; ein Netz über ihn zu werfen, wenn er mit den Händen zuerst wieder erschien, oder, wenn seine Füße auftauchten, sein Maultier zu nehmen und es zu dem Juden Salomon zu bringen, der Euch einhundert Goldstücke dafür geben würde?«

»Wenn Ihr all das wißt«, sagte Hürü, »warum plagt Ihr mich mit Euren Fragen?«

»Weil ich möchte, daß Ihr das gleiche für mich tut«, erwiderte der Maghrebiner. »In haargenau derselben Weise wie für meinen Bruder. Sollte mein Schicksal dasselbe sein wie das seine, dann nehmt das Maultier und die Satteltaschen, gebt sie dem Juden, und Ihr werdet nochmals hundert Goldstücke erhalten.«

»Das Begräbnis ist das Eure«, sagte Hürü. »Doch erlaubt Ihr mir, zu versuchen, Euch davon abzubringen?«

»Nein«, erwiderte der Maghrebiner. »Keine Macht auf Erden kann mich zurückhalten.«

Sie fesselte dem Mann die Hände auf den Rücken und zog, als der Maghrebiner sie ermunterte, die seidene Schnur so fest, daß seine Handgelenke bluteten. Dann stieß sie auch ihn ins Meer. Eine kleine Weile verstrich. Seine Füße durchbrachen die Wasseroberfläche.

»Auch dieser hat seinen Weg in die Hölle gefunden«, sprach Hürü vor sich hin. »Was für merkwürdige Machenschaften! Wenn ich hier wartete, würde jeden Tag ein Maghrebiner auftauchen, der für sein Leben gerne auf der Stelle stürbe. Bald schon würde ich recht wohlhabend sein. Es scheint mir jedoch nicht recht zu sein, meinen Wohlstand auf Kosten dieser närrischen Menschen zu mehren.«

Nichtsdestotrotz führte sie das Maultier wieder zum Juden, der sich erhob, sich auf die Brust schlug und in fürchterliches Klagen ausbrach, bevor er sich des Tieres und der Satteltaschen annahm.

»Nun ist auch der andere tot«, sagte der Jude. »Dies ist der Lohn der Begierde.«

»Hört«, sagte Hürü. »Ich bin nicht begierig. Und ich bin bereits hinreichend entlohnt worden. Ihr müßt mir diesmal nichts zahlen.«

»Nein, nein«, erwiderte der Jude. »Nehmt diese einhundert Stücke für Eure Mühen. Doch verratet niemandem ein Sterbenswörtchen.«

Hürü wußte nicht so recht, ob sie an den Ort zurückkehren sollte, den Maghrebiner aufsuchten, um sich unter ihrer Aufsicht umzubringen. Was die Menschen sich von den Maghrebinern sagten, schien wahr zu sein; sie waren ein höchst sonderbares Völkchen. Würde sie diese unangenehme Aufgabe erledigen müssen, bis es nicht einen einzigen Maghrebiner mehr auf der Welt gab? Sie entschloß sich, noch ein einziges Mal zurückzukehren, nur ein einziges Mal noch, um der Sache Gerechtigkeit widerfahren zu lassen; schließlich war die Drei eine magische Zahl. Und siehe da, der dritte Maghrebiner nahm Gestalt an, noch prächtiger als die ersten beiden, auf einem weißen Maulesel, der so groß wie ein Pferd war und auf dem ein Paar Satteltaschen hingen, in deren Stickerei auch noch Juwelen eingearbeitet waren. Genauer betrachtet, war dieser Maghrebiner breiter, als er lang war, und die Splitter in seinem fetten Gesicht, die seine Augen waren, glitzerten wie schwarze Gehässigkeit. Dies muß der Anführer der Maghrebiner sein, dachte sich Hürü; wahrscheinlich kennt auch er meinen Namen.

»Friede sei mit Euch, o Hürü, Tochter des Turhan«, sprach der Mogul der Maghrebiner. »Sind einige Maghrebiner hier vorbeigekommen?«

»Zwei«, erwiderte Hürü.

»Und wohin sind sie gegangen?«

»Zur See«, sagte Hürü, »aus der sich ihre steifen Füße streckten.«

»Bedauernswert«, sagte der Maghrebiner ohne das geringste Mitgefühl.

»Ihr könnt es wahrscheinlich gar nicht erwarten, daß Euch das gleiche zustößt.«

»O unbesonnenes Mädchen!« lachte der Maghrebiner. »Wißt Ihr nicht, daß jedes Geschöpf sein eigenes Schicksal hat?«

»Dann laßt uns die Erfüllung des Euren so schnell wie möglich hinter uns bringen.«

Und dementsprechend fesselte sie den Mann und stieß ihn ins Wasser. Und siehe da, er streckte gleich darauf seine Hände empor und rief: »Werft das Netz, schnell, unbesonnenes Mädchen, bevor ich ertrinke!«

»Dies ist eine willkommene Abwechslung«, sagte Hürü.

Sie warf das Netz über den strampelnden Maghrebiner, der offensichtlich nicht schwimmen konnte. Dann band sie das Tau am Ende um einen Fels und zog mit all ihrer Kraft am Netz, das mit dem fetten Maghrebiner furchtbar schwer war, bis sie ihn herausgezogen hatte. Er war außer Atem, doch beglückt über die zwei kleinen Fische, die er in seinen Händen umklammert hielt, beide Fische so rot wie Korallen.

»Holt mir die zwei kleinen Schachteln, in jeder Satteltasche befindet sich eine«, sprach der Mann. »Und öffnet schnell ihre Deckel.«

»Ich bin erstaunt, daß ihr Maghrebiner euer Leben für ein Paar Seebarben aufs Spiel setzt«, sagte Hürü. »Wo ich herkomme, ist dieser Fisch, auch wenn er köstlich ist, keinerlei Grund für die Menschen, sterben zu wollen. Fischhändler verkaufen ganze Körbe davon.«

»Ist dem so?« sprach der Maghrebiner, während er seine geschätzten Fische in die Schachteln tat, jeden in eine, und schnell die Deckel zuklappte. Dann drückte er Hürü recht feierlich an seine breite Brust und drückte ihr, bevor sie es noch zu verhindern wußte, einen feuchten Kuß auf die rechte Wange und, noch bevor sie diesen hatte abwischen können, einen weiteren auf die linke.

»Möge Allah dich aus allen Nöten erlösen, Hürü-Mädchen!« sprach er. »Hättet Ihr mich nicht so pflichtbewußt herausgezogen, so hätte ich sicherlich den Geist aufgegeben, da ich auf keinen Fall die zwei Fische aufgegeben hätte.«

»Doch warum?« fragte Hürü, »seid Ihr erfolgreich gewesen und die anderen zwei nicht? Erzählt mir die Geschichte von den Fischen, den toten Maghrebinern, dem Juden und Euch.«

Wie es sich ergab, waren die drei Maghrebiner und der Jude Brüder. Sie waren auf recht ungewöhnliche Weise herangewachsen, da ihr Vater, ein großer Erahner und Wünschelrutengänger, sie bereits in zartem Alter in die Kunst des Aufdeckens von Geheimnissen und des Aufspürens verborgenen Wissens eingeführt hatte. Der alte Mann hatte sich viele Dschinns und *marid* zugelegt, die einen jeden seiner Wünsche ausführten. Als der alte Erahner starb und seinen Söhnen eine Überfülle herrlichster Besitztümer hinterließ, teilten die vier die Schätze und Zauber zu gleichen Teilen und in vollem Einvernehmen unter sich auf, bis der Zeitpunkt kam, auch die Bücher zu verteilen. Unter den seltenen und wunderbaren Bänden befand sich, wie es schien, eines, das den Titel *Die Erzählungen der Altvorderen* trug und auch bekannt war als *Tausend und eine Nacht*, und das alle vier Söhne begehrten.

Ein jeder der Söhne hatte einen Teil dieses Buches auswendig gelernt, als es sich noch im Besitz ihres Vaters befand. Doch keiner unter ihnen kannte seinen ganzen Inhalt. Natürlich wollte ein jeder von ihnen das Buch besitzen, um sich den gesamten Inhalt anzueignen. Eine so heftige Zwietracht erhob sich daraufhin unter ihnen, daß sie einen Erahner zu Rate zogen, dessen Name Der Tiefste war. Nun wies sie Der Tiefste, der der Lehrer ihres Vaters gewesen war, an, ihm das begehrte Buch zu bringen und es seiner Obhut zu überlassen.

»›Ihr alle seid Söhne meines geistigen Sohnes‹«, sprach Der Tiefste. »›Und so kann ich nicht einem von Euch Unrecht tun, indem ich entscheide, wer dieses Buch erhalten soll. Derjenige unter Euch soll es erben, der den Schatz des Höchsten der Hochgewachsenen zu öffnen vermag und mir die himmlische Planisphäre, den *kuhl*-Topf, den Siegelring und das Schwert bringt.‹«

Dem Erahner zufolge verfügten alle vier Gegenstände über die bemerkenswertesten Eigenschaften. Er verlangte alle vier Wunder im Tausch gegen das Buch, das sich jetzt in seinem Besitz befand.

»Das war dumm!« bemerkte Hürü. »Konntet ihr vier euch das Buch nicht einfach teilen?«

»Ich vermute, daß wir das nicht konnten«, erwiderte der Maghrebiner.

Wer immer seine Augen mit *kuhl* aus dem *kuhl*-Topf schmückte, würde alle Schätze dieser Welt erblicken können. Dem Siegelring war ein *marid* zu Diensten, und wer immer ihn besaß, war unbesiegbar gegen jedweden Sultan oder König; und sollte er es wünschen, so konnte er die Erde in all ihrer Länge und Breite sein eigen nennen. Und was das Schwert betraf, so mußte man es nur aus der Scheide ziehen und gegen einen Feind schütteln, und dessen gesamtes Heer wäre vernichtet, und wenn der Träger ausrief »Vertilgt dieses Heer!«, so vernichtete ein Blitz aus dem Schwert die gesamte Mannschaft. Die himmlische Planisphäre jedoch war das Wunderbarste von allen. Ein jeder, der die Planisphäre besaß, konnte alle Länder des Ostens und des Westens sehen: Um die Einwohner eines bestimmten Fleckens auf Erden betrachten zu können, brauchte er nur auf die Planisphäre zu blicken, ohne sich auch nur erheben zu müssen. Darüber hinaus konnte der Besitzer, sollte ihm eine bestimmte Stadt mißfallen, Strahlen von der Planisphäre aus senden, die diese Stadt zu einem Häuflein Asche verbrannten.

»Pfui«, sagte Hürü und erschauderte. »Was für eine sinnreiche Vorrichtung, den Gerichtstag herbeizuführen! Sollte es diese Gegenstände tatsächlich geben, so kenne ich einen Mann namens Selim, der die letzten drei gut gebrauchen könnte.«

»Meint Ihr Sultan Selim?« fragte der Maghrebiner und schüttelte den Kopf. »Manche Männer vollbringen Dinge, die andere nicht einmal mit Hilfe zaubrischer Gegenstände fertigbringen. Sultan Selim benötigt diese Mittel nicht.«

»Aha!« sagte Hürü. »Selim ist also doch Sultan geworden.«

»Weh' uns«, sprach der Maghrebiner, »das ist er.«

»Doch Ihr verfügt über die wundervollsten Mittel«, sagte Hürü, der das Herz sank. »Werdet Ihr sie nicht gegen Selim gebrauchen?«

»Noch werde ich das nicht tun!« erwiderte der Maghrebiner. »Das ist die Bewandtnis, die Euch auf den Plan ruft.«

Wie es sich ergab, wurde der Schatz des Höchsten der Hochgewachsenen von den Söhnen eines Dämonenherrschers, des Roten Königs, bewacht, die sich in jener schmalen Bucht verbargen, in welcher die Maghrebiner bekannterweise ertranken. Das Wasser wurde durch einen starken Talisman vor Eindringlingen geschützt. Doch Der Tiefste hatte Berechnungen angestellt und erahnt, daß der Schatz des Höchsten der Hochgewachsenen nur unter Schirmherrschaft einer Jungfrau aus Istanbul, eines Mädchens namens Hürü, der Tochter Turhans, geöffnet werden konnte. Sie würde in einer bestimmten schmalen Bucht an der Küste Zyperns an einem bestimmten Tage anzutreffen sein. Den sich streitenden Söhnen wurde dann mitgeteilt, auf welche Art und Weise sie sich ins Wasser zu begeben hätten, kurzum, das ganze Unheil, bis es einem unter ihnen gelingen würde, unter Wasser mit den zwei Söhnen des Roten Königs zu ringen und sie beide zu fangen.

»Sie töteten meinen ersten Bruder«, sprach der Maghrebiner, »und sie töteten meinen zweiten Bruder ebenfalls. Doch mich vermochten sie nicht zu töten. Und so fing ich sie beide.«

»Wo sind diese Dämonen, die Ihr gefangen habt?«

»Ihr habt sie gesehen!« rief der Maghrebiner aus, den ihre Begriffsstutzigkeit erstaunte. »Ich habe sie in die zwei Schachteln gesperrt.«

»Diese zwei kleinen Seebarben?« rief Hürü aus, die nun wiederum an der Reihe war, erstaunt zu sein. »Die sind doch ungefähr so gefährlich wie zwei Rosen.«

»Ah«, sprach der Maghrebiner. »Dies hier sind keine Fische! Es sind *ifrits* in der Gestalt von zwei kleinen Fischen.«

»Und ich bin die Tante eines Affen«, höhnte Hürü.

»O Hürü-Mädchen!« ereiferte sich der Maghrebiner. »Der Schatz kann nicht geöffnet werden ohne Euer wohlwollendes Schicksal. Werdet Ihr mich in die Stadt Kyrenia begleiten, wo ich lebe und arbeite? Es ist eine hübsche Stadt an der Nordküste, in welcher wir recht bequem abwarten können, bis die günstigste Zeit gekommen ist. Wenn Ihr mitkommt, so werde ich Euch erfüllen, was Euer Herz begehrt. Ich werde Euer Bruder durch einen Bund vor Allah werden, das schwöre ich. Und Ihr werdet gesund und munter in den Schoß Eurer Familie zurückkehren.«

»Noch habe ich wenig daran gedacht, nach Hause zurückzukehren«, erwiderte Hürü. »Mein Ziel ist Bagdad. Und dank Eurer toten Brüder habe ich ausreichende Mittel, dorthin zu gelangen.«

»Doch Bagdad birgt keinen Schatz unter Eurem Namen«, sprach der Maghrebiner. »Hier ist ein Beutel mit eintausend Goldstücken darin. Nehmt ihn. Er ist Euer, wenn Ihr mich nach Kyrenia begleitet.«

»Ich scheine eine besondere Begabung zum Geldverdienen zu haben«, sagte Hürü. »Doch scheine ich keinen Schritt vorwärtszukommen in der Erfüllung meines Schicksals.«

Und so ergab es sich, daß Hürü und der Maghrebiner, der sich endlich zu dem Namen Abd-es-Samad bekannte, das weiße Maultier bestiegen. Mit Hürü auf der knochigen Hinterhand des Tieres brachen sie in die Küstenstadt namens Kyrenia auf. Sie ritten von Mittag bis zum Abendgebet. Hürü, der alles schmerzte von den Hüftknochen des Maulesels, begann sich enger an Abd-es-Samad zu schmiegen. Sie war wie betäubt von den Gerüchen, die seinen Achselhöhlen in übelriechenden Wolken entströmten und der Hitze seiner fetten Hinterbacken, die über den Sattel in ihren Schoß quollen. Die Luft in den inneren Gebieten der Insel war so schwül, daß man selbst ohne die erdrückende Körperwärme des Maghrebiners hätte ohnmächtig werden können. »Ist es nicht ein Glücksfall, daß Ihr in dieser Hitze reiten könnt?« fragte Abd-es-Samad.

»Unbedingt«, erwiderte Hürü. »Doch wäret Ihr ertrunken wie Eure guten Brüder, so könnte ich jetzt im Sattel reiten.«

»Schlimm, schlimm«, sprach Abd-es-Samad. »Wollt Ihr eine Ruhepause einlegen?«

»O ja«, sagte sie. »Ich bin so hungrig wie zwei Maulesel. Was habt Ihr denn zum Essen mitgebracht?« Sie stiegen ab. Und Abd-es-Samad hob die wunderschönen Satteltaschen herunter.

»Nun«, sprach er, »was hättet Ihr gerne?«

»Wie wäre es mit etwas Brot und Käse?«

»Nicht doch!« sprach Abd-es-Samad. »Fragt nach etwas Ausgefallenerem.«

»Was könntet Ihr denn bieten?«

»Mögt Ihr im Ofen gebackene Hühnchen, kroß und braun?« sprach er.

»Sicherlich«, erwiderte Hürü.

»Mögt Ihr Reis auf die Art, wie die Perser ihn dämpfen?«

»Unbedingt«, erwiderte Hürü.

Er nannte ihr mindestens zwanzig Gerichte, welche Maghrebiner einem König vorsetzbar hielten. Hürü dachte sich, daß dieser Wahnsinnige wahrscheinlich versuchte, ihren Appetit anzuregen, so daß er sie auslachen konnte, wenn er Streifen von Trockenfleisch und einige schale Datteln hervorholte.

»Würde Euch diese Speisenzusammensetzung genehm sein?« fragte Abd-es-Samad, ein Muster an Gastfreundschaft.

»Aber ja«, erwiderte Hürü. »Tragt nur auf!«

Und so geschah es, daß Abd-es-Samad seine Hände in die Satteltaschen tauchte und ihnen eine goldene Schüssel entnahm, in welcher sich zwei dampfende gebräunte Hühnchen befanden; er steckte seine Hände ein zweites Mal hinein und zog eine Schüssel heißen Schisch Kebabs heraus; er hörte nicht auf, seine Hände hineinzustecken und noch eine der Mahlzeiten herauszuholen, bevor sie nicht ein Festessen von zwanzig Gerichten vor sich sah, die gänzlich und vollkommen zubereitet waren.

»Ihr seid wirklich ein Zauberer!« rief Hürü aus. »Fast glaube ich es Euch!«

»Das bin ich nicht«, erwiderte Abd-es-Samad bescheiden. »Der Zauber steckt in den Satteltaschen. Sie sind verwünscht.«

Doch Hürü aß die Speisen trotzdem. Sie schmeckten leibhaftig. In der Tat waren die Gerichte ein wenig fettig und schwer, wenn nicht gar direkt dafür verantwortlich, Herrscher überall auf der Welt in ein frühes Grab zu bringen. Als sie ihr Mahl beendet hatte, steckte Abd-es-Samad die goldenen Schüsseln wieder in die Satteltasche, wo, wie Hürü annahm, der Diener der Satteltaschen sie reinigte. Während sie ihre Sachen zusammenpackten, lud Abd-es-Samad Hürü ein, von nun an im Sattel zu reiten, während er sich mit der Hinterhand begnügte. Er war wirklich ein aufmerksamer Gastgeber, dieser Abd-es-Samad.

»In dieser Hitze«, sagte Hürü, »wird das arme Maultier unter dem Gewicht von uns beiden zusammenbrechen. Insbesondere, weil Ihr so fett seid.«

»Nun ratet einmal, wieweit wir bereits gereist sind«, sprach Abd-es-Samad und sah aus, als hätte er noch eine Überraschung in seinem Ärmel versteckt. »Ratet einfach nur.«

»Die Wegesstrecke von vier bis fünf Stunden«, erwiderte Hürü. »Was gibt es da zu raten?«

»Ratet noch einmal!« sprach Abd-es-Samad, der außer sich war vor Schadenfreude. »Wir haben bereits die Strecke gemeistert, die gewöhnlicherweise in fünf Tagesreisen zurückgelegt wird. Jede einzelne Stunde des Wegs auf diesem Maulesel entspricht der Reise eines ganzen Tages. Wisset denn, Hürü, daß diesem Maultier weder die Hitze noch das Gewicht etwas anhaben kann, da es schlimmere Reisen durch die Hölle angetreten hat. Es ist nicht wirklich ein Maulesel, sondern ...«

»Ich weiß, ich weiß«, sagte Hürü. »Es ist ein *ifrit* oder ein Dschinn oder jemand dieses Schlages.«

»Richtig!« sprach Abd-es-Samad, und seine Schlitzaugen funkelten. »Der Maulesel hat sich nur langsam bewegt, damit Euch nicht schwindelig wird von der Geschwindigkeit. Ich hätte ihn viel schneller laufen lassen können.«

»Ich danke Euch«, erwiderte Hürü. »Doch sagt, könnt Ihr gar nichts auf die übliche Weise tun, Abd-es-Samad?«

»Warum sollte ich«, fragte er zurück, baß erstaunt über eine solche Zumutung.

»Ihr würdet vielleicht nicht so fett sein«, sagte sie, »wenn Ihr von Zeit zu Zeit etwas selbst erledigen würdet.«

»Seit wann ist Fettsein denn ein Verbrechen?« wollte er wissen und rollte sein dreifaches Kinn. »Ein jeder unter uns wäre fett, wenn er nur die Möglichkeit dazu hätte.«

»Wo ich herkomme, versuchen wir, schlank zu bleiben«, sagte sie. »Und wir erheben uns von der Tafel, wenn wir immer noch ein wenig hungrig sind.«

»Erinnert mich daran, den Ort niemals aufzusuchen, wo Ihr herkommt.«

Sie reisten einen weiteren Tag lang, stritten sich darüber, was man essen sollte, hielten an für Nickerchen, aus denen Abd-es-Samad zu erwecken sich als schwierig erwies, und erreichten Kyrenia in sechzehn Tagen wirklicher Zeit.

»Abd-es-Samad!« sagte Hürü. »Seid Ihr Euch bewußt, daß Ihr Euer Leben verschwendet? Wo bleibt denn all die zaubrisch verkürzte Zeit?«

»Das ist ein Problem, dessen Lösung mir noch nicht gelungen ist«, gab er verschämt zu. »Ich bemühe mich um eine Lösung, doch bis ich sie gefunden habe, vermeide ich das Reisen, wo ich nur kann.«

Das Maultier hielt vor einem prachtvollen Hause. Abd-es-Samad klopfte an die Tür, die umgehend von einer reizvollen jungen Frau geöffnet wurde. Sie wackelte mit den Hüften in Hürüs Richtung, unter der Annahme, daß Hürü ein Junge sei, dessen Verstand ihn beim Anblick dieses Gewackels auf der Stelle verlassen würde.

»Ah, Rahmeh, meine wunderschöne Tochter«, sagte Abd-es-Samad, »bereite uns das Lusthäuschen vor, sei so lieb.«

»Auf meinen Kopf und meine Augen, o mein Vater«, erwiderte sie und warf Hürü noch einen Blick zu, der sie des Verstandes hätte berauben sollen.

»Ihr wohnt hier?« frage Hürü. »Wie kommt es, daß Ihr unter Ungläubigen lebt?«

»Die Nachbarn lassen mich in Ruhe«, sagte Abd-es-Samad. »Würde ich dort leben, wo ich aufgewachsen bin, so würde die Nachbarschaft ihrer Neugier freien Lauf lassen und mich daran hindern, meine Experimente durchzuführen. Es sind immer die Menschen Eures eigenen Volkes, die alles tun, um Euch zurückzuhalten, damit Ihr so bleibt wie sie, unwissend und arm. Die armen Teufel in dieser Gegend haben keinerlei Hoffnung, jemals so wie ich zu leben. Sie sagen sich, nun, er ist ein reicher Fremder. Und dann lassen sie mich in Frieden.«

Nachdem er die Satteltaschen vom Maulesel gehoben hatte, versetzte er dem Tier einen Schlag aufs Hinterteil.

»Mach dich fort!« sprach er zum Maulesel. »Allah sei mit dir!«

Und die Erde tat sich auf, wo das Maultier gestanden hatte; das Tier versank, und die Erde schloß sich, als wäre dort nie etwas gewesen.

»Das arme Tier!« rief Hürü aus. »Welch übler Streich, Abd-es-Samad!«

»Macht Euch darüber keine Sorgen«, sprach Abd-es-Samad. »Ich habe Euch bereits erklärt und nochmals erklärt ...«

»Es ist ein Dschinn«, sagte sie. »Das weiß ich. Doch er glich dermaßen einem Maultier, daß ich es immer wieder vergesse.«

»Kommt mit mir in das Lusthäuschen«, sprach Abd-es-Samad. »Seid willkommen in unserer unwürdigen Behausung.«

Er sprach dies durchaus stolzgeschwellt, denn es gab nichts Unwürdiges an Abd-es-Samads Behausung. Er blickte forschend in Hürüs Gesicht nach Zeichen ihrer Verwunderung, doch Hürü ließ ihm diese Genugtuung nicht.

»Schämt Ihr Euch nicht?« fragte sie. »Wie könnt Ihr in solchem Überfluß leben, wenn Eure Nachbarn in elenden Hütten hausen?«

»Ihr seid keine vergnügliche Person«, sprach er schmollend. »Ihr sagt immer das Falsche.«

»Es tut mir leid«, erwiderte Hürü. »Es war mir nicht bewußt, daß ich Euch regelmäßig angreife, wenn Ihr etwas Ungewöhnliches tut. Ein gewisser Derwisch-Meister, den ich kenne ...«

»Sprecht mir nicht von irgendwelchen Derwischen!« rief Abd-es-Samad aus. »Ich dulde keine Erwähnung der Derwische in meinem Hause!«

»Seid beruhigt, ich werde diesen Gegenstand nie wieder erwähnen«, sagte Hürü. »Doch könntet Ihr mir wohl etwas Sauberes zum Anziehen besorgen? Doch bitte bestellt nichts, was mich in Verlegenheit bringen könnte. Dann muß ich es nicht zurückweisen.«

»Mädchen- oder Jungenkleidung?«

»Wie wäre es mit etwas, das einem jungen Städter angemessen ist?«

Abd-es-Samad zog ein Umschlagtuch aus Seide aus einer Schublade, öffnete es und klatschte in die Hände. In dem Tuch erschien ein neues Paar Pluderhosen, ein Wams, ein Koller, ein linnenes Hemd und linnene Unterwäsche, ein mit Fransen besetzter Hut und ein kurzer Umhang aus blauem Samt; neben den Kleidungsstücken erschienen auch ein Dolch, ein Degen und eine Arkebuse.

»Wie wunderschön!« rief Hürü aus und klatschte in die Hände. »Doch sind dies nicht die Gewänder eines Venezianers?«

»Was soll's?« sprach Abd-es-Samad. »Ihr habt die Gestalt dafür. Und abgesehen davon, wenn auf venezianischem Herrschaftsgebiet, trage man, was sie tragen, und man trägt seine Gewänder bei besserer Gesundheit.«

»Ich sehe, daß Ihr mir keine Stiefel bestellt habt«, sagte sie.

»Ich nahm an, daß Ihr Euch von denen, die Ihr tragt, nicht gern trennen würdet. Wer ist die goldene Dame? Eure Mutter?«

»Nun, das ist wirklich erstaunlich!« sagte Hürü. »Ihr verfügt über Augen, die durch Leder hindurchsehen können?«

»Nein«, erwiderte er, »nur über die Voraussicht, mir Eure Stiefel genauer anzusehen, während Ihr schliefet.«

»Ich weiß gute Kleidung wirklich sehr zu schätzen«, sagte Hürü. »Ich danke Euch.«

»Dankt es dem Umschlagtuch«, sprach er. »Laßt uns essen.«

»Laßt uns hoffen, daß Eure Tochter eine bessere Köchin ist als Eure Satteltaschen.«

»Warum sollte sie kochen?« fragte er zurück. »Das ganze Haus wird von heimlichen Kräften betrieben.«

»Dem Dschinn für dieses, dem *ifrit* für jenes«, sagte Hürü. »Doch werden es diese Geschöpfe nicht müde, Euch Tag und Nacht zu Diensten zu sein?«

»Nur unter uns«, sprach Abd-es-Samad, »die Dschinns sind so dumm wie Steine. Da sie über keinerlei Vorstellungskraft verfügen, fällt ihnen niemals etwas ein, das sie nur für sich unternehmen könnten. Und deshalb lungern sie immer um Menschen herum und stecken ihre Nase in Dinge, die sie nichts angehen. Oder aber sie drücken sich im untersten Bereich des Himmels herum und hoffen, die Gespräche der Engel belauschen zu können.«

»Doch was sollte ihnen dies nützen?«

»Auf diese Weise erfahren sie Dinge«, sprach Abd-es-Samad, »denn die Dschinns selbst sind wahrhaft armselige Gesprächsführer. Überläßt man sie ihren eigenen Gesprächen, so langweilen sie sich gegenseitig schier bis zum Scheintod. Doch sie sind nützlich. Fängt man einen Dschinn, der etwas Wichtiges aufgeschnappt hat, und zwingt man ihn, es wiederzugeben, dann nimmt man teil an den Gesprächen der Engel. Die Engel wissen alles, doch man kommt nicht an sie heran, wißt Ihr? Es gibt nichts, mit dem man sie locken könnte, denn Engel bestehen gänzlich aus reiner Vernunft. Alles in allem sind Engel nicht sehr unterhaltsam. In etwa so wie Eure Freunde, die Derwische.«

Abd-es-Samad klatschte in die Hände, und seine Tochter betrat den Raum mit den Satteltaschen. Nicht schon wieder! dachte sich Hürü. Doch Abd-es-Samad zog bereits Fleischgerichte und Süßigkeiten und, offensichtlich, um Hürü einen Gefallen zu tun, riesige Bündel von Weintrauben, Bananen und einige tropische Früchte, die gepanzert aussahen, hervor.

»Ananas!« sprach Abd-es-Samad mit großem Stolz. »Kommt her und eßt, Ihr liebes Geschöpf. Und seid nicht ungehalten mit uns.«

Hürü nahm nun Abd-es-Samads Tochter Rahmeh in näheren Augenschein, deren Name ›Mitleid‹ bedeutete. Und sie wußte, daß sie sich in der Gesellschaft einer wahrhaft wunderschönen Frau befand. Ein mondrundes Gesicht, gewölbte Brauen, bleiche, weiße Haut, die von Haar gerahmt wurde, das so schwarz wie die tiefste Nacht war, korallenrote Lippen, perlweiße Zähne, Brüste wie Paradiesäpfel, eine Taille wie die einer Eieruhr und ein wogendes Gesäß. Vielleicht war Rahmeh das Geschöpf, das Selim erschienen war. Doch nein! Diese Frau war zu leidenschaftslos, zu freigebig mit ihren Reizen; und abgesehen davon lauerte hinter ihren trägen schwarzen Augen etwas, was Boshaftigkeit nicht unähnlich war.

»Wie konnte ein häßlicher Kerl wie Ihr«, fragte Hürü Abd-es-Samad, »eine so wunderschöne Tochter zeugen?«

»Sie ist nicht wirklich meine Tochter, sondern ...«

»Eine *dschinniye*!« sagte Hürü. »Ich hätte es mir denken können.«

»Und was nun?« sprach Abd-es-Samad. »Ich habe sie aus dem ewigen Arbeitshaus erlöst, wo sie dazu verurteilt war, die Böden zu schrubben. Alles in allem ist sie mir eine gute Tochter gewesen.«

Die Schönheit blinzelte Hürü zu. Diese *dschinniye* muß außerordentlich dumm sein, dachte sich Hürü, da sie nicht merkt, daß ich ein Mädchen bin. Dann keimte ein weiterer Gedanke in ihr, und sie beschloß, die Tür der Kammer zu verschließen, in welcher auch immer sie die Nacht verbringen würde. Sie war nicht im geringsten bereit, mit einer nichtsnutzigen *dschinniye* von irgendwelchen verbotenen Früchten zu kosten. Sie hoffte zutiefst, daß Schlösser auch für *dschinniyes* ein Hindernis darstellten.

»Macht Euch ihretwegen keine Sorgen«, sprach Abd-es-Samad. »Man muß ihr nur ein bestimmtes Zeichen geben, und sie wird sich genau wie vorgeschrieben verhalten. Allein, weil Ihr Hosen tragt, muß sie Euch ihre Reize anbieten. Sie hat keine Wahl. Ihr müßt wissen, daß ein dschinn oder eine dschinniye nichts anderes sind als gedankenlose Mittel zu einem Zweck. Und obwohl sie über übermenschliche Kräfte verfügen, ist ihr Verstand mit keinerlei Schöpfergabe gesegnet.«

»Arme Rahmeh!«

»Ihr versteht nicht«, sprach Abd-es-Samad. »Sie ist vollkommen zufrieden. Man hat ihr gesagt, daß sie die Tochter des Hauses ist, und dementsprechend verhält sie sich. Es ist kein Unterschied für sie, ob sie Böden schrubbt oder auf Kissen ruht, solange sie das ausführt, was ein Befehlsgewaltiger von ihr verlangt. Sie würde sich zusammenrollen und sterben, wenn ich es ihr befehle.«

»Die armen Dschinns sind also bösartig, weil sie keine andere Wahl haben?« fragte Hürü.

»Hat Euch Euer Freund, der Derwisch, nicht beigebracht«, erwiderte er, »daß es dumm ist, andere nach den eigenen Maßstäben zu beurteilen? Doch laßt es gut sein! Laßt uns nicht darüber sprechen. Meine Nackenhaare haben sich bereits gesträubt.«

Auch wenn er jeglichen Einfluß der Sufi haßte, so war Abd-es-Samad dennoch über zwanzig Tage ein großzügiger Gastgeber Hürüs. Doch jedesmal, wenn Hürü allein das Haus verlassen wollte, um einen Spaziergang zu machen und sich die Stadt und ihre Bewohner zu betrachten, geriet er in höchste Erregung. Er fürchtete, daß die venezianischen Herren der Insel sie zufällig entdeckten, sie verhaften und, wenn ihre Antworten keinen rechten Sinn ergaben, sie in den Kerker werfen könnten.

»Ich bin nicht Euer Eigentum«, teilte sie ihm mit.

Sie stand am Strand, von wo aus sie die fernen Berge ihres Heimatlandes über dem Wasser erblickte, blaß und wie vernebelt. Hätte sie gesagt, daß sie kein Heimweh verspürte, so hätte sie die Unwahrheit gesprochen. Sie fragte sich, ob sie je wieder dort leben würde, in diesem so nahen und doch so fernen Land, unter ihrem eigenen, mit eisernem Willen ausgestatteten Volke.

Auf dieser Insel erblickte sie ein ganzes Volk, das durch Freude zu Sklaven gemacht worden war. Und auch wenn die Zyprioten ihren venezianischen Herrschern nicht wohlgesinnt waren – wenn das faule Ei, das man ihr ins Gesicht schleuderte, ein verläßliches Zeichen war –, so unternahmen sie doch wenig außer kindischen Wutausbrüchen, um ihr Schicksal zu ändern. Fleißig, zum Handel begabt, geschickt mit ihren Händen, von flinker Zunge stampften sie pflichtbewußt ihre Trauben und schufteten in den Kupferminen. Doch ihre venezianischen Herrscher behandelten sie wie Kot, ernteten die Früchte ihrer Arbeit und untersagten ihnen, ihrem Gottesglauben nachzugehen. Und so trafen sich die Zyprioten heimlich, um ihrem Glauben zu frönen, und sie murrten, wenn sie untereinander waren, und sie ließen sich zu sinnlosen Zeichen des

Aufruhrs hinreißen, warfen faule Eier oder leerten Schmutzwasser aus den Fenstern auf den federgeschmückten Hut eines umherstolzierenden Venezianers, spuckten oder machten obszöne Gesten, welche sie natürlich schnurstracks in den Kerker führten.

»Wie kommt es, daß die Bewohner dieser Stadt nicht erkennen wollen, daß sie alle Phönizier sind?« fragte Hürü Abd-es-Samad. »Es gibt doch noch so viele mehr aus ihrem Volk auf der Insel. Sie könnten sich im Handumdrehen der Venezianer entledigen.«

»Ich mische mich nicht in die Angelegenheiten von Staatsgewalt ein«, sprach Abd-es-Samad. »Doch was ist das genau, was Ihr Volk nennt? Sind wir nicht alle Abkömmlinge von Adam und Eva?«

»Nun, ich jedenfalls bin Türkmenin«, sagte Hürü. »Wir Türkmenen würden nie ein fremdes Joch ertragen. Das haben wir niemals und das werden wir niemals.«

»Ihr wißt also, wer Ihr seid«, sprach Abd-es-Samad, um sie zu necken. »Nun, das ist schön für Euch!«

»Ihr denkt an niemanden außer Euch selbst«, erwiderte Hürü. »Was könnt Ihr schon über eine Gemeinsamkeit wissen, die stark macht?«

»Gerade, weil ich darum weiß, vermeide ich sie«, sprach Abd-es-Samad. »Mein Ziel ist es, die Geheimnisse des Universums zu erschließen. Und es kümmert mich weniger als Spatzendreck, ob das Wissen, das ich entdecke, der gesamten Menschheit dient oder ihr Schaden zufügt – ganz abgesehen von einem Haufen verkommener Maghrebiner!«

»Wer seid ihr denn nun wirklich, ihr Maghrebiner?« fragte Hürü.

»Maghrebiner sind ein Volk, das sich auf eine bestimmte Weise kleidet«, sprach Abd-es-Samad. »Da es sich um Menschen handelt, müssen sie sich offensichtlich in irgend etwas hüllen. Ansonsten würden sie dort draußen in der heißen nordafrikanischen Sonne verbrennen.«

»Und warum ist einer Eurer Brüder ein Jude?«

»Und«, sprach Abd-es-Samad, »warum sollte er das nicht sein?«

Abd-es-Samad war nicht beizukommen. Er mußte Macht über

so viele Kräfte haben. Und dennoch war Abd-es-Samad nur sich selbst treu – auch wenn er keinerlei sittlich hochstehende Werte vertrat, über keinerlei ureigene Gewohnheiten verfügte, die man als wünschenswert hätte betrachten können, noch über körperliche Reize, die ihn empfohlen hätten. Er war sich selbst treu, indem er darauf bestand zu leben, und das nur, um den Rahm seiner Kräfte abzuschöpfen. Abd-es-Samad machte keinerlei falsche Vorgaben. Hürü hatte begonnen zu denken, daß Abd-es-Samad auf eine widerwärtige Weise ganz reizvoll war.

Doch warum haßte Abd-es-Samad die Sufi-Meister? Vielleicht war das Wort Haß zu stark. Vielleicht befand sich Abd-es-Samad in einem Wettstreit mit den Sufis, und es gelang ihm nicht, gleichgültig wieviel Beweise seiner Macht er ansammelte, mehr als der zweite zu sein. Auch die Sufis kannten als ihr Ziel das Enthüllen von Geheimnissen: zum Beispiel das Enthüllen des größten Geheimnisses von allen – das des menschlichen Herzens. Und dennoch lag es nicht in ihrer Absicht, das entdeckte Geheimnis zu ihrem eigenen Vorteil zu verwenden. Das enthüllte Herz war für sie von keinem anderen Wert als seine eigene Vollkommenheit.

9
Die erste Aufgabe

Hürü entnimmt dem magischen Schatzhaus die Steinerne Lyra

Am zwanzigsten Tage ihres Aufenthaltes als Gast wurde Hürü mitgeteilt, daß die Zeit reif war, den Schatz des Höchsten der Hochgewachsenen zu öffnen. Sie verließen zu Pferde die Stadt, gefolgt von zwei Dämonen-Sklaven auf ihren Dämonen-Beinen. Und als sie die Küste erreicht hatten, begannen die übernatürlichen Maultiere gewissermaßen über dem Wasser zu schweben – und sie eilten gen Norden – auf die dunstige Küste ihres Heimatlandes zu. Die zwei Dämonen hinter ihnen, die wohl eher den Tauchern zuzurechnen waren, folgten ihnen unter Wasser.

»Aber«, sagte Hürü, »wir reisen ja gen mein Heimatland!«

»In der Tat«, sprach Abd-es-Samad.

Sie reisten eine Stunde lang, während der die Hufe der Maultiere die Wasseroberfläche leicht berührten. Dieser Flug über das Mittelmeer, das wußte Hürü nun, mußte einer ganzen Tagesreise gleichkommen. Als sie die Küste erreichten, bewegten sich die Maultiere mit schwindelerregender Geschwindigkeit. Und gerade als Hürü dachte, daß sich ihr der Magen umdrehen und sie ihre herrliche venezianische Kleidung beschmutzen würde, verlangsamten sie ihre Gangart auf die zögerliche Langsamkeit von Maultieren. Doch die Landschaft und die Farben strömten immer noch an Hürüs Augen vorbei. Als ihr Blick sich wieder fest auf etwas richten konnte, erkannte sie, daß sie in dem Kiefernwäldchen bei der klaren Lagune angehalten hatten, wo sie einst verlassen worden war und wo sie Hidir, den Hirten und den Prinzen getroffen hatte, die alle daran mitgewirkt hatten, Hürü zu verändern.

»Aber hier bin ich schon gewesen!« rief sie aus. »Ich bin wieder an dem Ausgangspunkt, an dem alles begann!«

»Manchmal muß man zurückgehen, um vorwärts zu kommen«, sprach Abd-es-Samad.

Neben der glasklaren Lagune errichtete einer der Dämonen-Sklaven ein Zelt, der andere schleppte ein bequemes Sofa herbei, auf welchem er dicke Kissen verteilte. Der erste Dämon brachte daraufhin die zwei kleinen Kästchen, in denen die kleinen korallenroten Fische gefangen waren, der andere näherte sich mit den Satteltaschen. Dann standen sie vor ihrem Gebieter, die Hände gefaltet, und erwarteten weitere Befehle.

»Ihr müßt stets alle Annehmlichkeiten eines Zuhauses um Euch haben, habe ich recht?« sagte Hürü zu ihrem fetten Freund. »Selbst wenn Ihr Euch auf dem wichtigsten Auftrag Eures Lebens befindet.«

»Laßt uns etwas essen«, sprach Abd-es-Samad. »Es ist keine Tugend, Unbehagen zu ertragen.«

Nachdem er königlich von den Gerichten des Zauberkochs der Satteltaschen gespeist hatte, nahm Abd-es-Samad die beiden Kästchen in die Hände und sagte einen Zauberspruch über ihnen auf.

»Zu Euren Diensten, o Alchimist Unserer Zeit!« sagte eine kleine, dünne Stimme in einem der Kästchen.

»Gnade!« sagte eine andere winzige Stimme in dem anderen. Die kleinen Stimmen hörten nicht auf, um Hilfe zu bitten, um Mitleid, schreckliche Flüche ebenso auszustoßen wie unaussprechliche Unflätigkeiten, doch Abd-es-Samad ließ sich durch nichts stören. Gnadenlos fuhr er fort, seine Zaubersprüche aufzusagen und die Eigner der kleinen Stimmen zu quälen, bis die Kästchen in tausend Stücke zerbarsten; und während noch die Splitter durch die Luft sausten, nahmen zwei Geschöpfe Gestalt an, deren Hände ihnen auf den Rücken gebunden waren.

»Schonung! O Alchimist Unserer Zeit!« sprach das eine. »Was begehrt Ihr von uns?«

»Mein Begehren ist es, euch zu kleinen Aschehäufchen zu verbrennen, wenn ihr mir nicht den Schatz des Höchsten der Hochgewachsenen öffnet.«

»Haltet Euer Feuer, ich flehe Euch an!« sprach das erste Geschöpf. »Wir versprechen Euch Gehorsam.«

»So sprichst du recht, Dämon«, sprach Abd-es-Samad.

»Wir werden Euch den Schatz herbeischaffen«, sagte das zweite, »unter der Bedingung, daß die Jungfrau, genannt Hürü, Tochter des Turhan, anwesend ist, um ihn zu öffnen. Denn der Schatz kann allein durch sie geöffnet werden.«

»Hier ist sie!« sprach Abd-es-Samad. »Hast du gedacht, daß ich ohne sie gekommen wäre, du Schwachkopf? Sie sieht dir zu, wie du dich zum Narren machst bei dem Versuch, dich aus einem Versprechen herauszuwinden.«

»Gnade!« sagte das erste Geschöpf ganz niedergeschlagen.

»Uns wurde gesagt, daß sie eine jungfräuliche Jungfrau sein würde, o Alchimist Unserer Zeit!« sagte das zweite. »Doch uns erscheint sie wie ein ungläubiger Herr.«

»Seht Ihr, welche Tölpel sie wirklich sind?« sprach Abd-es-Samad zu Hürü, während er eine Geste machte, die beide Geschöpfe erbeben und erzittern ließ, als seien sie vom Blitz getroffen.

»Schonung!« sagte das eine. »Wollt Ihr uns vernichten, o Alchimist Unserer Zeit?«

»Zu Euren Diensten«, sagte das andere, »ich flehe Euch an!«

Mit all ihren altmodischen Hilferufen, dachte Hürü sich, müssen diese Dämonen schon sehr lange Zeit nicht mehr unter den Menschen gewesen sein. Und doch sahen beide recht jung aus. Vielleicht sah man Dämonen das Alter nicht an.

Abd-es-Samad entnahm seinem Ärmel ein Glasröhrchen und einige Täfelchen aus rotem Karneol, welche er in das Röhrchen tat; dann hielt er ein Gefäß in Händen, in das er etwas Holzkohle gab und in das er mit einem einzigen Atemzug Feuer blies. Die Holzkohle brannte sofort.

»Nun, meine liebe Hürü«, sprach er, »ich werde Euch erst unterweisen, bevor ich den Zauberspruch aufsage. Denn sobald ich die notwendigen Zutaten in das Röhrchen getan und den Zauberspruch aufgesagt habe, kann ich nicht mehr sprechen. Sonst wird der Zauber gebrochen.«

»So sprecht«, sagte Hürü.

»Wenn ich den Zauberspruch aufsage, werde ich mich in einem tiefen Dämmerzustand befinden. Das Wasser der Lagune wird austrocknen; es wird eine Tür aus Gold auftauchen, die so groß wie ein Stadttor ist, auf der sich zwei metallne Türklopfer befinden. Steigt zu der Tür hinab und klopft ganz leicht. Wartet ein wenig. Dann klopft ein zweites Mal mit mehr Kraft. Niemand wird darauf eingehen. Alsdann klopft dreimal ohne Pause und mit großer Kraft. Ihr werdet jemanden sagen hören: ›Wer klopft an die Tür der Schatzkammer und weiß nicht, wie man Geheimnisse entschlüsselt?‹ Ihr werdet antworten: ›Ich bin Hürü, die Tochter des Turhan.‹ Dann wird Euch der Sprecher die Tür öffnen.

Er wird unmittelbar mit einem Schwert in der Hand vor Euch stehen. ›Wenn Ihr Hürü seid‹, wird er zu Euch sagen, ›dann streckt Euren Kopf vor, damit ich ihn Euch abschlagen kann.‹ Habt keine Angst. Streckt nur Euren Kopf vor. Und während er noch das Schwert auf Euren Nacken niedersausen läßt, wird er vor Euch zu Boden fallen. Er hat keine Seele. Sein Schwert kann Euch nichts zuleide tun. Doch wenn Ihr Euch ihm widersetzt, dann wird die Erscheinung die Kraft haben, Euch zu töten, denn sie wird Macht aus Eurer Angst beziehen.

Wenn Ihr diese Aufgabe folgsam ausgeführt habt, so werdet Ihr eine weitere Tür erblicken. Klopft dort an. Die Tür wird sich öffnen, und ein Reitersmann wird auf Euch zujagen, den Speer gezückt. ›Was bringt Euch an diesen Ort, den weder Dschinns noch Menschen betreten dürfen?‹ wird er von Euch wissen wollen, während er seinen Speer schüttelt. Antwortet ihm nicht, sondern öffnet ohne Furcht Euer Hemd und bietet ihm Eure Brust zur Durchbohrung an. Sobald er Euer Brustbein berührt hat, wird er leblos vom Pferd sinken. Ihr werdet sehen, daß auch er keine Seele hat. Doch wenn Ihr Euch ihm widersetzt, so wird er Euch das Herz durchbohren.

Dann klopft an die dritte Tür. Ein Bogenschütze wird sofort auf Euch anlegen. Lauft nicht fort. Bleibt ohne Furcht stehen. Sein Pfeil wird Euch nicht durchbohren. Doch auch er wird wie die beiden anderen unbeseelt zu Boden sinken, sobald er seinen Pfeil abschnellen läßt. Versucht Ihr jedoch, ihm auszuweichen, wird er Euch durchbohren.

Aus der vierten Tür wird ein wilder Löwe auf Euch zustürzen und seine Zähne fletschen. Flieht nicht vor ihm. Streckt ihm Eure Hand entgegen, die er beißen wird, nur um sofort vor Euch zusammenzusinken. Sein Biß wird Euch nicht schmerzen, solange Ihr nicht versucht, ihn zu vermeiden; tut ihr das, so wird er Euch zerreißen und verschlingen.

In der fünften Tür werdet Ihr einem schwarzen Sklaven begegnen. ›Wer seid Ihr?‹ wird der Sklave Euch fragen. Erwidert: ›Ich bin Hürü.‹ Und der schwarze Sklave wird sagen: ›Wenn Ihr Hürü seid, so tretet durch die sechste Tür.‹

Geht unverzüglich auf die sechste Tür zu, und dort sprecht folgendes: ›Oh, Jesus, befehlt Moses, die Tür zu öffnen.‹ Die Tür wird sich öffnen. Ihr tretet durch sie hindurch. Dann werden zwei abscheuliche Schlangen auf Euch zuschnellen. Streckt jeder der Schlangen eine Hand entgegen, damit sie gebissen wird. Und wie zuvor werden auch diese Erscheinungen sich vor Euch zusammenkringeln. Doch wenn Ihr zurückschreckt, wird ihr Gift tödlich für Euch sein.

Hinter der letzten Tür, der siebten, lauert die höllischste all dieser Erscheinungen. Die Erscheinung, die sich Euch nähern wird, wird niemand anderem als Eurem Vater gleichen, Eurem guten Vater, dem guten Arzt namens Turhan. ›Willkommen, meine liebste Tochter‹, wird sie sagen, ›tritt näher, damit ich dich umarme, meine süße Einfalt.‹ Doch Ihr müßt erwidern: ›Rühr mich nicht an, ekliger alter Mann!‹ Unter keinen Umständen laßt zu, daß er Euch umarmt. Statt dessen sprecht zu ihm: ›Fang an, deine Kleider auszuziehen, alter Mann; und wenn du keine mehr trägst, tanz vor mir wie der Teufel, der du in Wirklichkeit bist!‹ Er wird sagen: ›Ich habe dich großgezogen und dich geliebt, meine Tochter. Kennst du keine Scham? Keinen Anstand? Wie kann es nur sein, daß du verlangst, daß dein Vater sich vor dir entkleidet und erniedrigt?‹ Doch Ihr dürft nicht auf ihn hören. Sagt ihm: ›Wenn du nicht sofort beginnst, deine Kleidung abzulegen und nackt vor mir zu tanzen, so werde ich dich töten!‹ und dann zieht Euren Degen, um ihm zu zeigen, daß es keine leere Drohung ist. Und dann sagt: ›Zieh dich aus!‹

Nun, er wird sein Äußerstes geben, Euch zu betören, wird betteln und sich erniedrigen, wird Hunderte von Dingen erwähnen, die Euch lieb, Gedanken, die Euch teuer sind. Doch zeigt ihm keinerlei Gnade. Und jedesmal, wenn er ein Kleidungsstück abgelegt hat, verlangt, daß er den Rest ausziehe. Haltet nicht inne, ihm zu drohen, bis er nackt ist wie am Tag, als er geboren wurde. Dann laßt ihn tanzen, bis er erschöpft ist und leblos vor Euch niedersinkt. Auch er hat keine Seele. Laßt Ihr ihm gegenüber Gnade walten, so wird er Euch gegenüber keine zeigen.«

»Was geschieht, wenn ich meinen Vater nicht dazu bringe, zu tanzen?« fragte Hürü. »Was geschieht dann?«

»Es ist nicht Euer Vater, Ihr Närrin!« erwiderte Abd-es-Samad. »Er ist eine Erscheinung wie die anderen. Ihr müßt das begreifen. Tut Ihr das nicht, so wird er Euch die schwersten Prügel angedeihen lassen, die Ihr je erlebt habt, und von denen Ihr Euch nicht mehr erholen werdet.«

»Niemals mehr?« fragte Hürü. »Wollt Ihr damit sagen, daß er mich umbringen wird?«

»Er ist dazu fähig«, sprach Abd-es-Samad. »Oder er macht Euch für den Rest Eures Lebens zum Krüppel. Doch wenn Ihr das Abbild Eures Vaters sich entkleiden und nackt tanzen laßt, werden sich die geheimnisvollen Vorrichtungen aufgelöst haben, die Gegenzauber werden nichtig und Ihr in Sicherheit sein. Dann werdet Ihr die Schatzkammer betreten.

In dem Gewölbe werdet Ihr überall Berge von Gold und Edelsteinen angehäuft sehen. Kümmert Euch nicht darum. Gold und Edelsteine sind nicht das, was wir suchen. Am anderen Ende des Gemachs werdet Ihr ein Himmelbett erblicken. Öffnet dessen Vorhänge. Ihr werdet den Erz-Zauberer, genannt der Höchste unter den Hochgewachsenen, dort auf einem Lager von Gold liegen sehen. Diese riesige Gestalt ist die Mumie des Erz-Zauberers. Auf seiner Brust wird sich etwas Rundes befinden, das leuchtet wie der Mond; dies ist die himmlische Planisphäre. Die Mumie des Zauberers ist ebenfalls mit dem wunderbaren Schwert ausgestattet, das an seinem Gürtel hängt; an seinem Finger steckt der Siegelring; um seinen Hals hängt an einem Kettchen der *kuhl*-Topf. Er hat keinen Bedarf mehr für diese Dinge. Nehmt und bringt die vier dort verwahrten Gegenstände hierher zurück, ohne bei den anderen Schätzen zu verweilen. Nun, habt Ihr alles begriffen?«

»Ich denke schon«, erwiderte Hürü.

»Wiederholt, was ich gesagt habe, damit ich weiß, ob Ihr Euch alles gemerkt habt.«

Abd-es-Samad ließ Hürü die Anweisungen wiederholen, bis sie sie fehlerfrei hersagen konnte. Dann fuhr er fort, seine Zaubersprüche aufzusagen, bis er sich in einen tiefen Dämmerzustand gezaubert hatte, der ihn auf den Boden warf und um sich schlagen ließ wie ein Verrückter. Die Dämonen-Sklaven und die Dämonen-Maultiere waren ebenfalls ohne Bewußtsein. Nur Hürü war gegen die Zaubersprüche gefeit. Und siehe da! Die Lagune trocknete aus, gerade wie Abd-es-Samad es vorhergesagt hatte; und auf dem trokkenen Grund erschien das Tor zum Schatz. Bei einem letzten Blick auf Abd-es-Samad bemerkte Hürü, daß er immer noch die Sprüche durch den heißen Schaum vor seinem Munde sprach, vollkommen von Sinnen. Er gibt niemals auf, dachte sich Hürü.

Sie ging hinab zu der Tür und klopfte. Nun war sie auf sich gestellt, um das Entsetzen durchzustehen, das Abd-es-Samad ihr vorausgesagt hatte.

»Wer klopft an die Tür der Schatzkammer und weiß nicht, wie man Geheimnisse entschlüsselt?« ertönte eine Stimme dahinter.

»Ich bin Hürü«, erwiderte sie, »die Tochter des Turhan.« Die Tür öffnete sich, und die Gestalt trat ihr entgegen, zückte das Schwert.

»Streckt Euren Kopf her«, befahl die Gestalt, »damit ich ihn Euch abschlagen kann.«

Und so streckte sie den Kopf vor. Die Gestalt hieb ihr auf den Nacken, was überhaupt nicht schmerzte, und der feindselige Geselle brach vor ihr zusammen.

Das war der erste Streich, sagte Hürü zu sich selbst.

Abd-es-Samad hatte recht gehabt; die anderen Türen erwiesen sich als nicht schwieriger als die erste; die Erscheinungen, auch wenn sie erschreckend waren, erwiesen sich als so harmlos wie die Gestalten in ihren Träumen. Hürü schritt beherzt voran, bis sie zu der letzten Tür kam, hinter der, wie sie wußte, das Abbild ihres Vaters lauerte, den sie so lange nicht gesehen hatte und nach dem sie sich so sehr sehnte.

»Willkommen, meine liebste Tochter«, sagte Turhan Bey, während Freudentränen über seine lieben Wangen rannen, »wo hast du nur gesteckt, süße Einfalt? Komm näher, damit ich dich umarme.«

»Rühr mich nicht an, ekliger alter Mann!« sagte Hürü, während ihr Herz sich danach sehnte, sich in seine Arme zu werfen wie ein Kind, sich wünschte, geherzt und gehätschelt zu werden, sich geborgener als geborgen zu fühlen. »Fang an, dir das Zeug vom Leib zu reißen! Und wenn du splitternackt bist, tanz wie der eklige Teufel, der du in Wirklichkeit bist!«

»Ich habe dich großgezogen und dich geliebt«, sprach Turhan Bey. »Ich blieb bei dir, wenn du dich in deinem kleinen Bettchen gefürchtet hast, rieb dir das Bäuchlein, wenn es dich schmerzte; ich empfand Freude bei allem, was du sagtest, und ich fühlte deinen Schmerz, wenn du dich verletztest. Ist dies dein Dank? Kennst du keine Scham? Keinen Anstand? Es kann nicht dein Wille sein, deinen lieben Vater sich ausziehen und nackt vor dir tanzen sehen zu wollen, als wäre er ein *Natsch*-Mädchen.«

Hürü wollte ihm so sehr zustimmen, so sehr sich entschuldigen und ihren widersinnigen Befehl rückgängig machen, möge geschehen, was da wolle. Doch sie entsann sich der Ermahnungen Abd-es-Samads, daß dies nicht wirklich Turhan Bey war, sondern eine höllische Vorrichtung, die dazu diente, daß sie ihr Herz verlor.

»Hör auf zu plappern«, sagte sie, »und zieh dich aus. Zögere, und du bist ungesäumt des Todes! Siehst du diesen Degen? Ich weiß damit umzugehen!«

»So erhebst du deine Hand gegen deinen eigenen Vater!« sprach Turhan Bey voller Trauer und zog sein Übergewand aus. »Dein Herz muß aus Stein sein.«

Ich kann es nicht, dachte sich Hürü, und doch muß ich es durchstehen. Wie kann ich meine Hand gegen das Abbild eines Mannes erheben, der die seine nie gegen mich erhob, selbst wenn ich Strafe wahrhaft verdient hatte? Zu welchem Ungeheuer bin ich geworden? Abd-es-Samad muß den herzlosen Umstürzler in meinem tiefsten Inneren geahnt haben, der wahllos gegen die heiligsten Bande wütet.

Sobald Turhan Bey ein Kleidungsstück abgelegt hatte, zwang Hürü ihn, sich des nächsten zu entledigen, unter Aufforderungen, sich zu beeilen und ihr kein dummes Zeug von den Pflichten einer wahren Tochter vorzuschwätzen.

»Laßt mir zumindest meine Unterhosen«, bettelte Turhan Bey. »Ich flehe dich an bei allem, was uns heilig ist. Willst du wirklich deine Augen auf die Scham deines Vaters richten?«

»Wie könntest du mein Vater sein, du verfluchtes Abbild?« sagte sie. »Mein Vater lebt in Istanbul. Und er hat nicht das geringste Interesse daran, irgendeinen stinkenden Schatz zu hüten.«

Und doch war sie verunsichert: Das Abbild trat doch recht überzeugend auf, und demnach war nicht wirklich klar, was Kunst und was Leben war. Sie hatte Turhan Bey bereits bis zum Äußersten gedemütigt. Was machte es denn noch aus, wenn sie ihm seine Unterhosen ließe? Sie war zutiefst beschämt. Sie wollte das Gemächt ihres Vaters nicht sehen, wie es vor ihr schlenkerte, auf und nieder schlug und weich vor sich hin bebte, während er tanzte. All diese Jahre hatte sie noch nicht einmal daran gedacht, daß auch ihr

Vater darüber verfügen mußte. Wie sonst wäre sie in die Welt gekommen?

»Hast du mich nicht klar vernommen, alter Mann?« hörte sie sich selbst sagen. »Ich habe gesagt, zieh alles aus! Wie oft muß ich das noch wiederholen?«

»Allah wird dich dafür strafen!« sprach Turhan Bey und stieg aus seinen Unterhosen.

»Und nun tanze!« befahl Hürü. »Und tanz dir das Herz aus dem Leib! Ich will hier keine durchsichtigen Ausreden! Tanz den Bauchtanz. Richtig so! Aber schneller, schneller! Beweg die Hüften, das Becken! Richtig so! Siehst du, du kannst es doch!«

Turhan Beys Gemächt erschien ihr nicht als so schrecklich, wie sie sich das vorgestellt hatte. Es war nur eine Traube von hängendem und schlaffem Fleisch zwischen seinen Beinen, die ein wenig kraftlos in einem Wust von ergrauendem, gekräuseltem Haar aussah. Das Ganze bewegte sich recht traurig zu dem Rhythmus seines fürchterlich ungelenken Tanzes.

»Du hast das Tanzen nie gelernt, habe ich recht?« sagte sie. »Tanz schneller, sage ich! Mach weiter, alter Mann! Ich habe einfach keine Zeit, länger darauf zu warten, daß dein schwarzes Herz endgültig auseinanderbricht.«

Turhan Bey mühte sich eifrig, sich in der Geschwindigkeit zu bewegen, die seine herzlose Tochter vorgab, doch schlußendlich brach er erschöpft und leblos vor ihren Füßen zusammen. Sobald er sich nicht mehr bewegte, konnte Hürü erkennen, daß es gar nicht ihr Vater war: Es war einfach nur ein Körper, der so leer war wie das Flehen, die Ermahnungen, die Furcht vor Allah und die Familienbande, die er so geschickt beschworen hatte. Die Erscheinung hatte zu erreichen versucht, daß Hürü sich gemäß eines Versprechens verhielt, das sie als Kind abgelegt hatte: Vater, du bist der einzige Mann, den ich je lieben werde; ich werde nie jemand anderes sein als dein kleines Mädchen, ich schwöre es.

Sie betrat die Kammer, in welcher Berge von Gold und Hügel von Edelsteinen lagerten. Ohne den Reichtümern einen Blick zu schenken, zog sie an den Vorhängen, die den Höchsten unter den Hochgewachsenen verbargen, wo der Erz-Zauberer seinen versteinerten Schlaf schlief und die vier Gegenstände unbegrenzter Macht nutzlos auf ihm lagen. Sie trat noch einen Schritt vor und löste das Schwert von seinem Gürtel, nahm den Siegelring von seinem Finger und den *kuhl*-Topf von dessen Kette, und zuletzt hob sie die gleißend helle himmlische Planisphäre von seiner Brust. Und oh, höret nur! Himmlische Klänge erfüllten das Gewölbe. Kaum ihren Ohren trauend, blickte Hürü sich nach dem Ursprung der Klänge um. Es war eine steinerne Lyra, die ganz allein aufspielte, als ob unsichtbare Finger an ihren Saiten zupften. Sie lauschte entrückt, bis die steinerne Lyra ebenso plötzlich aufhörte zu spielen, wie sie begonnen hatte.

»Diese Lyra hätte ich gerne, wenn es Euch nichts ausmacht«, sagte Hürü zu der Mumie. »Ihr seid so versteinert, daß Ihr sie gar nicht spielen hören könnt. Die steinerne Lyra ist der Lohn, den ich mir selbst zuspreche, nachdem ich die letzte der Prüfungen durchlitten habe.«

Und auch wenn es nicht ihren Unterweisungen entsprach, nahm sie die Lyra nebst den vier Gegenständen unbegrenzter Macht mit. Sie wurde nicht von unbekannten Kräften niedergestreckt, weil sie die Lyra an sich genommen hatte, wie sie es fast erwartet hätte; statt dessen vernahm sie Stimmen, die ihr Wohlgefallen über diesen Raub ausdrückten.

»Möge dir das, o Hürü, was du dir verschafft hast, viel Freude bereiten«, sangen die Stimmen in polyphoner Harmonie, »mögest du damit lehren und verzücken.«

Die Stimmen erklangen, bis sie die Schatzkammer verlassen hatte und wieder an der frischen Luft war. Kaum hatte sie das Ufer betreten, nahm die Lagune wieder Gestalt an, ließ ihre Fußspuren verschwinden und nahm die Berge von Gold und Edelsteinen wieder an sich, die offensichtlich nicht zum Wohle der Menschheit gedacht waren. Abd-es-Samad erholte sich gerade von seiner Benommenheit, während noch immer dicke Rauchwolken um ihn schwebten. Er schien erstaunt, Hürü heil wieder zu erblicken.

»Aber es steht nicht geschrieben«, rief er aus, »daß Ihr gleich beim ersten Male Erfolg haben würdet! Ihr hättet halbtot geprügelt werden sollen. Und dennoch, hier seid Ihr mit den vier Gegenständen! Es steht geschrieben, daß Ihr der letzten Erscheinung erliegen würdet!«

»Ich vermute«, sagte Hürü, »daß derjenige, der dies niederschrieb, nicht wußte, daß ich einige Zeit in Selims Ausbildungslager verbringen und dort lernen würde, Befehlen zu gehorchen, die mir im tiefsten Inneren widerstrebten.«

»Doch es steht geschrieben, daß wir den gesamten Ablauf im nächsten Jahr zur selben Zeit am selben Ort wiederholen müßten. Wie konntet Ihr Eurem Vater widerstehen?«

»Fast wäre es mir nicht gelungen!« sagte Hürü. »Doch seht, was mein Lohn ist!«

»Was ist das?« fragte Abd-es-Samad und betastete die Lyra, die selbst dann stumm blieb, als seine dicken, fettigen Finger an ihren Saiten zupften. »Ist dies wirklich das, was ich denke? Ich ahnte gar nicht, daß die Steingeborene Lyra sich in der Schatzkammer befand.«

»Ein Beweis dafür«, sagte Hürü, »daß nicht einmal Abd-es-Samad alles weiß!«

»Aber die Steingeborene Lyra ist bisher erst zweimal erschienen!« rief Abd-es-Samad aus. »Einmal, vor undenklichen Zeiten, befand sie sich in den Händen eines Menschengottes, dessen Gesang selbst die wildesten Tiere beruhigte, doch Hausfrauen zur Raserei brachte. Sie haben ihn in Stücke gerissen, diese wahnsinnigen Mütter! So hat Orpheus das Zeitliche gesegnet. Das zweite Mal erwachte die Lyra in den Händen eines blinden Barden, vor vielen Jahrhunderten, dessen Stimme unsterblich wurde. Homer. Kennt Ihr ihn?«

»Ich kenne Homer nicht«, erwiderte Hürü, »doch ich besitze die Lyra.«

»Ich muß die Steingeborene Lyra haben«!« brüllte Abd-es-Samad und lief purpurrot an vor Begierde. »Ihr seid doch noch ein Kind, Hürü. Was wißt Ihr schon von der Sehnsucht des Menschen nach Unsterblichkeit! Letzten Endes werdet Ihr die Lyra doch nur verlieren. Wartet nur ab. Was leicht kommt, geht auch leicht wieder. Ich dagegen weiß, wie man Dinge für immer behält. Und daher laßt mich die Lyra haben, Hürü-Mädchen, und ich werde Euch etwas viel Schöneres dafür geben als ein stummes Instrument. Ich tausche Euch den Zauberkoch der Satteltaschen dafür ein. Was haltet Ihr davon?«

»Ihr wißt doch, was ich von Eurer fettigen Küche halte.«

»Was aber sagt Ihr zu all dem Gold und all den Edelsteinen in der Schatzkammer? Ihr wäret ungeheuer reich!«

»Spart Euch die Worte!« sagte Hürü. »Ihr wißt, daß mein Name auf der Lyra steht.«

Abd-es-Samad verfiel in eine solch wutschnaubende Raserei, daß er in seinem Zorn die beiden unglückseligen und fischigen Söhne des Roten Königs zu zwei Häufchen Asche verbrannte. Dann blickte er um sich nach weiteren Möglichkeiten, seine Wut auszulassen, während seine Dämonen-Maultiere und seine Dämonen-Sklaven sich im Gebüsch duckten und winselten.

»Ihr benehmt Euch wie ein Kind, Abd-es-Samad«, sagte Hürü. »Ihr habt den zwei Teufeln Gnade versprochen, wenn sie Euch zu Willen seien. Und sie waren es. Und dennoch habt Ihr sie verbrannt, nur weil Ihr einen Wutanfall hattet.«

»Ah«, erwiderte Abd-es-Samad, »wer hält sich schon an Versprechen, die Dämonen gegeben werden?«

»Ich würde es tun«, sagte Hürü. »Und deshalb liegt es nicht in Eurer Macht, mir die Steinerne Lyra zu nehmen.«

»Das ist wahr«, sprach Abd-es-Samad verdrossen. »Ich kann die Steingeborene Lyra nicht besitzen, es sei denn, Ihr gebt sie mir willentlich. Behaltet die dumme Lyra nur. Ich verfüge ohnedies über keinerlei Gehör für Musik.«

»Und doch könnt Ihr der Versuchung nicht widerstehen«, sagte

Hürü, »etwas Besonderes Euer eigen zu nennen. Ihr seid zu gierig, wie Euer Bruder, der Jude, es gesagt hat. Und ich fürchte, daß die vier Gegenstände, die Ihr so unbedingt haben wolltet, letztendlich Euer Verderben sein werden.«

»Ich lausche keinen Predigten«, sprach er, »die junge Mädchen erteilen. Also spart Euch den Atem.«

»Und nun«, sagte Hürü, »laßt uns in Euer Haus zurückkehren. Dort werde ich mir selbst beibringen, diese Lyra zu spielen, während ich auf ein Schiff warte, das nach Beirut segelt.«

»Wer hat Euch in mein Haus geladen?« sprach Abd-es-Samad, noch immer gereizt, trotz der vier wundervollen Gegenstände, die Hürü ihm mit heraufgebracht hatte. »Ihr befindet Euch wieder in Eurem teuren Heimatlande. Und so macht Euch auf zum Hause Eurer Eltern.«

»Ich lade mich selbst ein«, sagte Hürü. »Befehlt Euren Dämonen, uns zurückzubringen. Andernfalls werde ich ihnen sagen, weshalb sie Euch gar nicht gehorchen müßten. Und wo wäret Ihr dann? Dann müßtet Ihr Euch auf Euren eigenen zwei fetten Füßen bewegen. Wisset denn, Abd-es-Samad, ich widerstand dem Abbild meines eigenen Vaters. Glaubt mir, es wird ein leichtes sein, Euch zu widerstehen.«

»Was gibt es nicht für Menschen!« sprach er. »Man hilft ihnen, so gut man kann ...«

Doch zurück in seinem Hause war Abd-es-Samad viel zu sehr mit seinen Gegenständen beschäftigt, um sich an Hürü zu rächen. Er saß wie angewurzelt in seinem Studierzimmer und überlegte, ob er die vier wundervollen Gegenstände dem Lehrer seines Vaters übergeben oder für sich selbst behalten sollte. Vielleicht sollte er auf das Buch *Die Geschichten der Altvorderen* oder *Tausend und eine Nacht* einfach verzichten. Natürlich hätte er am liebsten die Gegenstände und das Buch obendrein. So ungeheuerlich war sein Dilemma, daß die zaubrischen Gegenstände Staub ansammelten, während Abd-es-Samad wie ein gefangener Tiger auf und ab lief.

Hürü begann mit Fingerübungen auf der Lyra. Die Lyra erklang.

Sie wußte nur wenig über Saiteninstrumente, doch die Lyra schien ihr eigener Lehrer zu sein. Abd-es-Samad war zu sehr in Gedanken an seine Besitztümer vertieft, um die goldenen Töne zu vernehmen, doch Rahmeh, seine *dschinniye*-Tochter, saß zu Hürüs Füßen und dachte, daß sie Hürü verfallen sei, weil die Musik der Lyra sie in ihren Bann schlug. Hürü konnte Rahmeh gar nicht mehr loswerden, die ihr überallhin wie ein Schatten folgte, mal in Ohnmacht fiel, mal schrie oder sich die Haare vor Entzücken ausriß. So heftig waren ihre Gefühle, daß Hürü fürchtete, das Geschöpf könne sie in Stücke reißen in einem Übermaß an Verehrung. Sie bat Abd-es-Samad, seiner Tochter zu befehlen, sich von ihr fernzuhalten, doch entweder schwand die Befehlsgewalt des Maghrebiners über sein dämonisches Kind oder aber der Zauber der Musik war stärker als der Zauber der Knechtschaft. Rahmeh warf sich zu Boden und flehte, in ihrer Gegenwart bleiben zu dürfen. Vielleicht war dieser weibliche Dämon doch nicht so seelenlos, wie Abd-es-Samad dachte. Als die *dschinniye* scheu die Finger über die Lyra gleiten ließ, blieb diese stumm.

»Siehst du«, erklärte Hürü dem armen Teufel, »mein Name muß auf der Lyra stehen.«

Trotz ihrer Bezauberung durch die Lyra wußte Hürü, daß sie nicht auf Zypern verweilen und zugleich ihrem Schicksal entgehen konnte. Ihr Schicksal würde sich nie offenbaren, wenn sie sich für ein Leben als meisterhafte Musikantin entschied. Sie mußte mehr noch als das haben. Sie mußte sich wieder auf den Weg machen. Und so faßte Hürü Reisepläne.

Just als die Nachricht Hürü erreichte, daß das Schiff, auf welchem sie eine Passage erster Klasse erworben hatte, bereit war, die Segel zu setzen, bohrte sich eine andere Art von Nachricht durch beide Ohren Abd-es-Samads. Er stürzte in die Kammer, in welcher Hürü ihre wenigen Habseligkeiten packte.

»Euer Selim hat gerade Persien eingenommen«, tat er ihr kund. »Er hat zu guter Letzt Schah Ismail in die Enge getrieben und ihn zwingen können, sich ihm zur Schlacht zu stellen. Schah Ismail floh und ließ seinen berühmten Thron auf dem Schlachtfeld zurück. Selim folgte ihm bis tief nach Persien hinein, verwüstete das Land, die Städte, schlachtete das Volk ab. Blut fließt in solchen Strömen durch die Straßen, daß Selim sich den Namen Selim der Grimmige erworben hat.«

»Allah der Barmherzige!« sagte Hürü, mit einer Hand ihr Gesicht bedeckend, die andere auf der Lyra. »Er hat sein Schicksal erfüllt. Ihm klebt das Blut von Muslimen an den Händen! Nun wird Selim niemals ins Paradies eintreten.«

Das Bild Selims, das in ihren Gedanken verblaßt war, stand nun mit einer Lebendigkeit wieder vor ihr, die ihr das Herz brach. Sie hatte Selim der schlimmsten Seite seines Wesens überlassen, der Wölfin, die vor ihm zum Gemetzel herlief, während sie, Hürü, sich sinnlosen Abenteuern hingab, Menschen der Art des schmierigen Abd-es-Samad aushalf und lernte, ein Instrument zu spielen, dessen Werk so flüchtig war wie die Zeit selbst. Urplötzlich war sie ihrer selbst müde. Wieviel besser wäre es doch, wenn sie keine Zeit hätte, in Selims Zeit zu leben! Eine Idee keimte in ihr.

»Welches Jahr schreiben wir?« fragte sie Abd-es-Samad, während sie ihre Tränen trocknete. »Ich meine, in der wirklichen Zeit.«

»Laßt mich nachdenken«, sprach er und zog seine Tabellen zu Rate. »In der guten Zeit schreiben wir das 920ste Jahr der Flucht des Propheten. In der Zeit der Ungläubigen schätze ich, daß wir das 1514te Jahr der Geburt Christi schreiben.«

»Wie furchtbar!« rief sie aus. »Ich habe zwei Jahre meiner kostbaren Zeit in Eurer Gesellschaft vergeudet. Und es schien mir nur wie zwei Monate! Wohin fliegt die Zeit nur?«

»Nirgendwohin«, sprach Abd-es-Samad.

»Könnt Ihr denn die Zeit nicht zurückdrehen?«

»Welch eine Närrin Ihr seid!« rief er aus. »Frauen können Zeit einfach nicht begreifen! Wisset, Zeit fließt davon, aber gleichzeitig verbleibt sie in bestimmten Formen. Es ist gar nicht so schwer, sich das vorzustellen. Denkt nur an ein Stundenglas, in welchem die Zeit der Sand ist, der davonrieselt, und wo sie doch zugleich den kleinen, kaum wahrnehmbaren und dennoch wiederverwendbaren Teilchen innewohnt. Die Menschen denken sich die Zeit als einen Fluß. Recht so. Doch die Einzelmaterie der Zeit verfügt über die Fähigkeit, sich auszuweiten oder zusammenzuschrumpfen, und daher kann sie sich mit verschiedenen Geschwindigkeiten in verschiedene Richtungen gleichzeitig bewegen. Zeit ist ein körperloser Puls, doch sie ist auch Körper. Begreift Ihr?«

»Nein«, erwiderte Hürü. »Gleichwohl, fahret fort.«

»Das Paradoxon«, bemerkte Abd-es-Samad, »verfügt über viel Kraft, die gebändigt werden kann. Wenn es irgend jemanden gibt, der Zeit bändigen kann, so ist es Euer werter Diener. Ich habe bereits Tiere durch die erweiterte Zeit geschickt. Einige davon habe ich wieder einfangen können. Andere Tiere blieben in der Zeit stecken, die wieder auf sich selbst zusammengeschrumpft war.«

»Nun denn«, sagte Hürü, »ich werde es dennoch wagen. Schickt mich, Abd-es-Samad! Schickt mich nach Bagdad zu Zeiten von Harun-er-Raschid. Er hat den Ruf, der letzte der gerechten und barmherzigen Herrscher gewesen zu sein. Ich möchte mit eigenen Augen sehen, wie ein Mann wie Harun-er-Raschid sich gebärdet.«

»Erspart Euch die Mühe«, sprach Abd-es-Samad. »Geht und spielt Eure Lyra wie ein wohlerzogenes Mädchen. Ganz abgesehen davon, kann ich Euch nicht versprechen, daß ich Euch auch nur mit annähernder Genauigkeit zurückkommen lassen kann. Ihr könntet Euch für immer in höchst unangenehme Zeiten verbannt finden.«

»Es kann keine schlimmere als die heutige sein«, sagte Hüru. »Schickt mich! Zumal, wenn Ihr meinen Ärger nicht beschwören wollt.«

»Ihr habt wahrscheinlich recht«, seufzte Abd-es-Samad. »Doch begreift Ihr auch wirklich, daß Ihr gänzlich auf Eure eigene Verantwortung hingehen werdet? Sprecht mich von jeglicher Sünde frei. Ich möchte nicht in der Hölle schmoren, weil ich nachlässigerweise die Vernichtung eines menschlichen Wesens verursacht habe.«

»Wie anrührend!« sagte Hürü. »Ich wußte gar nicht, daß Ihr von Gewissensbissen geplagt werdet, wenn Ihr mit Leben spielt, wenn man die Art und Weise bedenkt, wie Ihr mit Tieren und armen Teufeln umgeht.«

»Ich habe es Euch wieder und wieder gesagt«, antwortete er, »doch Ihr scheint es nicht zu begreifen. Teufel und Tiere sind nur Maschinen! Doch Ihr denkt, nur weil Euch meine Erscheinung mißfällt, daß ich ein böser Mensch bin. Das bin ich nicht.«

»Macht nur weiter so«, sagte sie, »und behandelt mich, als wäre ich nichts als eine Maschine. Das stört mich nicht.«

»Oh, nein!« sprach Abd-es-Samad. »Schwört, daß Ihr mich hiermit von jeglicher Verantwortlichkeit entbindet für Schäden, die ich Euch versehentlich zufügen könnte. Andernfalls werdet Ihr den Boden hier nicht verlassen.«

»Ich vergebe Euch hiermit jeglichen Schaden, den Ihr mir versehentlich zufügen könntet.«

»Haltet Euren Hut fest«, sprach Abd-es-Samad, »und Eure Steingeborene Lyra. Und nun, Allah der Allmächtige beschütze Euch!«

Die Zeit öffnete und weitete sich und saugte Hürü davon. Just bevor ihr der Sinn für die erfahrungsmäßige Zeit schwand, vernahm sie als letztes, daß Abd-es-Samad sie bat, ihm aus Bagdad etwas Gutes zu essen mitzubringen.

Zweiter Teil

Initiation

Verzauberte Reise zurück
in das Bagdad des 8. Jahrhunderts
und zum Buch der 1001 Nacht

10
Die Geschichte vom Zuckerbäcker

Hürü erwacht in Süßers Zuckerbottich
und singt für ihre Freiheit

Hürü erwachte in einem Bottich, der mit einer heißen, süßen und klebrigen Masse angefüllt war. Vom Geschmack und Geruch her schloß sie, daß es sich dabei um *lokum* mit Rosenwasser handelte, Türkischen Honig also. Ohne zu zögern wischte sie sich die klebrige Süßigkeit aus den Augen und lugte vorsichtig über den Rand des Bottichs. Sie befand sich im Laden eines Zuckerbäckers, dessen Eigner oder Aufseher entweder in die Ohnmacht oder in den Tod getrieben worden war durch die Tatsache, daß Hürü in seinem Konfekt Gestalt angenommen hatte.

»He da, so helfe man mir doch«, rief sie mit schwacher Stimme und kämpfte gegen die heiße, süße Schmiere, die an ihrer Kleidung zerrte. Glücklicherweise war die Mischung, wenn sie auch noch formbar war, inzwischen etwas abgekühlt. Und zugleich verhärtete sie sich mit großer Geschwindigkeit.

»He da, ist da jemand!« rief sie wiederum.

Jemand schlug die Augen auf, wo dieser Jemand wie tot dahingestreckt lag.

»Eisen!« rief er aus. »Eisen, o Gesegnete!«

»Es befindet sich nur ein Mensch hier«, sagte Hürü. »Also erhebt Euch bitte und helft mir hier heraus. Ich werde gerade zu Tode geliert.«

»Du hast den Türkischen Honig verdorben, erbärmlicher Knabe!« sagte der Zuckerbäcker, der mit Händen und Beinen ruderte, um sich aufzurichten. »Was hast du dir dabei gedacht, dich in einen tadellosen Bottich mit *lokum* schleudern zu lassen? Ausgerechnet, wenn ich ihn für den Empfang zum Geburtstag des Kalifen zubereitet habe? Nun habe ich nichts mehr vorzuweisen für all die Mühen.«

»Schöpft mich heraus«, erwiderte Hürü. »Der Kalif wird nie erfahren, daß sich in seinem Naschwerk ein Mensch befunden hat.«

»Da bin ich mir nicht so sicher«, sagte der Zuckerbäcker, »wenn du von solch schlechtem Geschmack bist, wie es deine Streiche sind.«

Doch indem er ihr seinen breiten Rücken bot, half er ihr gleichwohl heraus. Sie stemmte sich empor und griff nach seinen Schultern. Da noch eine beträchtliche Menge von rosenwasserdurchtränktem Gelee an ihr hing, sah sie aus wie ein feiner venezianischer Herr in Zuckerguß. Hätte sie sich noch auf der schönen Insel Zypern befunden, hätten die Einwohner mit Freuden die Federn zur Verfügung gestellt. Der Zuckerbäcker beschwerte und beklagte sich, daß dies keine Art sei, den vorzüglichsten unter den Süßwarenherstellern Bagdads zu behandeln; er wolle wissen, wer von seinen Gegenspielern Hürü zu solch bösem Streich angestiftet habe. So war sie also tatsächlich in Bagdad! Das reine und klare Arabisch des Zuckerbäckers entzückte Hürüs Ohren. Sie mußte sich in Bagdad in einer Zeit befinden, bevor die Sprache gemein gemacht und herabgewürdigt worden war. Selbst der Zuckerbäcker sprach mit der Kraft der Sprache des Korans.

»Ich bitte um Vergebung«, sagte Hürü. »Der Mann, der mich hierher geschleudert hat, muß an Türkischen Honig mit Rosenwasser gedacht haben.«

»Und du bist obendrein ein Ungläubiger!« rief der Zuckerbäcker. »Ohne jeden Zweifel ist der Türkische Honig verdorben. Niemals könnte ich den Gläubigen etwas so Unreines vorsetzen.«

»Es ist nur das Gewand eines Ungläubigen, guter Mann«, sagte Hürü. »Unter meinem Aufzug schlägt das Herz eines reinen Gläubigen. Ich bin derjenige, der sich zu beschweren hätte. Eure Süßigkeit hat meine herrliche venezianische Kleidung vollkommen verdorben. Und seht Euch nur meine Lyra an! Sie wird vielleicht nie wieder erklingen.«

»Wer hat dich gebeten«, erwiderte der Zuckerbäcker, »dort hineinzufallen? Gestatte mir, mich kurz zu entfernen und die Ordnungshüter zu rufen. Dann wollen wir sehen, wie es dir gefällt, wenn die Peitsche auf dir tanzt. Dann wirst du es dir zweimal überlegen, bevor du einen Mann halb zu Tode erschreckst.«

»Haltet ein!« rief Hürü. »Holt die Ordnungshüter noch nicht!«

»Dann gib mir einen guten Grund an, das nicht zu tun«, erwiderte der Zuckerbäcker und ließ seine Finger über die verzuckerte Lyra streichen, um sie dann aus unerfindlichen Gründen abzuschlecken. Unversehens änderte sich seine Miene. Er lächelte nicht nur strahlend, sondern schien recht begierig darauf, die Lyra sauberzulecken. »Köstlich«, sagte er immer wieder zwischen den männlich-deftigen Zungenstößen, die er der Lyra gab. »Gestattest du?«

»Wie es Euch gefällt«, sagte Hürü, die recht erstaunt war, wie schnell der Mann die Tonart gewechselt hatte. Es mußte die Lyra sein, die die Gedanken des Mannes versüßte. Gleichwohl hielt sie es für weiser, noch etwas Zeit zu gewinnen. »Wenn Ihr damit fertig seid, werde ich versuchen, die Lyra zu stimmen. Dann werde ich Euch ein Heldenlied vortragen, das mindestens zweitausend Zweizeiler umfaßt. Ich werde mehrere Tage brauchen, nur um es zu singen – und viele mehr, natürlich, um das *mathnawi* zu komponieren, das man ›Das Lied des Caudar‹ nennt.«

»Das muß ich hören!« sagte der Zuckerbäcker. »Entlockt diesem steinernen Ding nur einen einzigen Ton, und ich bin bereit zu vergeben und zu vergessen.«

»Nun sprecht Ihr recht«, sagte Hürü.

»Selbstredend«, fuhr der Mann fort, während er genußvoll schmatzend die Lyra bearbeitete, »ist meine Vorliebe für Musik größer als die der meisten Menschen für Zuckerwerk.«

»Sollte das der Fall sein«, sagte Hürü, »so müßt Ihr ein ganz außergewöhnlicher Musikliebhaber sein.«

»Das bin ich auch, Allah sei's geklagt«, erwiderte der Mann seufzend und reichte ihr die Lyra, die nun keinen süßen Guß mehr trug.

»Ich schließe besser meinen Laden. Die Sklaven des Kalifen werden uns keine Ruhe lassen, werden vor der Tür nach ihrem Naschwerk schreien. Diese Menschen im Palast! Man spreche mir nicht von gewohnheitsmäßigen Begierden!«

Der Zuckerbäcker verschloß seinen Laden, damit der Gesang nicht unterbrochen würde. An die Tür heftete er ein Schild, das besagte: ›Erhole mich von der Pest.‹ Nach all den Mühen, denen der Mann sich unterwarf, hoffte Hürü, daß sie solch eine getreue Zuhörerschaft nicht enttäuschen möge. Doch die Lyra schien nicht darunter gelitten zu haben, in Türkischen Honig mit Rosengeschmack getaucht worden zu sein. Genaugenommen hatte sie nie besser gespielt. Nachdem sie ein inprovisiertes Arpeggio gezupft hatte, um ihre Melodie zu finden, begann Hürü die Geschichte von einem jungen Mann nanems Caudar aus Kairo zu singen. Caudars Begabung oder aber auch sein tragischer Fehler bestand darin, daß er ein zu guter Sohn war. Sie staunte über sich selbst, als sie das arabische Versmaß und die Zweizeiler, von dem geforderten Reimschema ganz zu schweigen, so leicht über ihre Lippen kommen hörte – die gleichen Lippen, die vor nicht allzu langer Zeit nicht einmal einen einfachen Text richtig aussprechen konnten. Es war, als hätte sie die Kunst des Verseschmiedens im Schlaf gelernt. Und das überdies in einer fremden Zunge! Oder aber es war die Notwendigkeit, die sie singen ließ.

Sie sang von Caudar, der liebenswert und vom Glück bedacht war. Indes auch töricht. Sie sang mehrere Tage lang von ihm. Und der Zuckerbäcker, so beeindruckt, daß es sein Schädel kaum fassen konnte, setzte ihr beständig die leckersten Bissen Fleisch vor, neben den Süßigkeiten, tupfte ihr die Stirn mit sauberen Tüchern, wenn der Gesang und der Erfindungszwang sie in Schweiß ausbrechen ließen, und brachte sie ins Bett, wenn ihre Augen vor Erschöpfung zufielen.

Die Geschichte, die sie von Caudar erzählte, wurzelte in ihren eigenen Erfahrungen mit den drei Maghrebinern und deren jüdischem Bruder. Doch ihr Held war derjenige, der sich auf die verwickelte und gefährliche Aufgabe einließ, die Gegenstände dem Schatzhaus zu entreißen. Hingegen mußte die Geschichte, da Caudar mit diesem tragischen Fehler behaftet war, schlimm für ihn enden. Über mehrere Tage hinweg sang sie vom Leid Caudars, von seinem Glück, das ihn stets ins Verderben führte, von der Art, wie er vor Verlusten niemals etwas gewinnen konnte. Kaum hatte sie Caudar in Bewegung gesetzt, da bestimmte sein Wesen seine Taten, als verfügte es über eine ureigene Kraft. Sie wußte nun, wie Caudar enden würde, angesichts seines unwiderstehlichen Drangs, von allen geliebt zu werden. Jeder glückliche Zufall mußte als Gegengewicht ein Unglück erhalten. Und, was Caudars letzte Worte betraf, so mußte er jenen vergeben, die ihn getötet hatten. In der zwölften Nacht beendete Hürü ihren Gesang mit dem Begräbnis Caudars. ›Das Lied des Caudar‹ war erschaffen.

»Welch ein trauriges *mathnawi*!« sagte der Zuckerbäcker und tupfte sich die Tränen fort. »Und so wahr!«

Der gute Mann weinte bitterlich über das Schicksal Caudars. Er drückte Hürü an seine Brust und benetzte ihr Haupt mit seinen Tränen. Hürü war gleichfalls überrascht und erfreut über die Unverfälschtheit ihrer Erfindung, auch wenn die Geschichte teilweise erlogen war. Der Zuckerbäcker hatte keinerlei Mühe, die Lügen zu glauben. Er konnte sich dermaßen in Caudars Leben einfühlen, daß er annahm, daß ›Das Lied des Caudar‹ ununterscheidbar von Hürüs eigenem war. Das Schicksal aller Künstler, nahm sie an, war, stets unter dem Verdacht zu stehen, nur dürftig verkleidete eigene Lebensgeschichten zu singen. Dies war zweifelsohne in gewisser Weise wahr, denn sie war zu dem Menschen geworden, den sie dargestellt hatte. Eine Saite Caudars klang in ihrem Herzen noch nach.

»Bleib bei mir, mein lieber Caudar«, sagte der Zuckerbäcker. »Und ich werde dich annehmen wie einen Sohn. Ich werde dir sogar die Kunst der Herstellung von Süßigkeiten beibringen. Du singst gut, doch fahrende Sänger leben nicht halb so gut wie Zuckerbäcker. Ich spreche die Wahrheit! Die Menschen sind immer bereit, ihr Geld etwas Süßem hinterherzuwerfen. Doch nachdem sie deine Lieder gehört haben, mein Junge, machen sie sich von dannen, auch wenn diese ihnen gefallen haben, ohne dir auch nur eine Münze zu hinterlassen.«

Und so geschah es, daß Hürü ihre Kleidung eines feinen venezianischen Herrn gegen die Gewänder eines arabischen Straßenjungen tauschte und unter dem Namen Caudar blieb, einem Namen, den ihr Wohltäter ihr auf so einfache Weise zugesprochen hatte. Unter seiner Anleitung begann sie die Geheimnisse von zuckerhaltigem Pflanzensaft und Rahm, Nuß- und Mandelbrei und gebranntem Zucker, des Kandierens und des Pulverisierens, des Zuckergusses und der unsichtbaren Füllungen, des Sirups und des Sorbetts, des Fruchtgelees und der Düfte zu erlernen, die so berückend waren, daß die Zungen der Menschen ganz wild wurden. Niemand konnte mehr nach nur einem Bissen aufhören. So überwältigend waren die Genüsse, die dieser Zuckerbäcker bot.

Er war ein hellhäutiger Mann, der vor kurzem sein viertes Lebensjahrzehnt beendet hatte, dieser Zuckerbäcker, und immer noch von besonderem Reiz für die Frauen, auch wenn er seine machtvollen männlichen Reize nur wenig nutzte. Sein Name war Bedr-es-Din Hasan. Dieser allein füllte einem schon den ganzen Mund! Da sein Wesen derart seinem Handwerk angemessen war, fragte Hürü, ob sie ihn Süßer nennen dürfe. Er war einverstanden. Und so hieß er von nun an Süßer.

Jeden von Allah gegebenen Tag hielten die Sklaven des Kalifen in Süßers Laden, um die tägliche Befriedigung für das riesige Schlekkermaul, das der Palast war, zu holen. Die Bestellungen, die Süßer erfüllte, waren so umfassend, daß die Waren auf mehrere Kamele gepackt werden mußten. Der blühende Handel mit Zuckerwerk bedeutete, daß Süßer von dem Augenblick an, wenn die ersten Vögel zwitscherten, arbeiten mußte, bis die Waldkäuze sich zur Ruhe begaben. Hürüs Bereitschaft mitzuarbeiten wurde von Süßer durchaus gewürdigt. Er versprach ihr, daß sie einen der kommenden Tage ganz freinehmen und den Kalifen persönlich aufsuchen würden, wenn dieser sein öffentliches Gericht abhielt. Doch dieser Tag kam niemals. Sie waren viel zu beschäftigt, um sich auch nur an der Nase kratzen zu können.

Hürü war erfreut, zu vernehmen, daß der Kalif zu dieser Zeit niemand anderes war als der König der Zeit und der Herrscher der Gläubigen: Harun-er-Raschid selbst. Sie berichtete Süßer von ihrem brennenden Verlangen, den größten Herrscher aller Zeiten kennenzulernen.

»Die Not mit den Königen ist überall auf Erden die gleiche«, sagte Süßer. »Da sie keinem Menschen Rechenschaft schuldig sind, vergessen sie bald ihre Rechenschaftspflicht gegenüber Allah.«

»Süßer, was wißt Ihr schon von Königen?« lachte Hürü. »Es ist viel besser für Euch, daß Ihr keinen Königen direkt begegnet seid. Ihr seid ein glücklicher Mann. Letztlich habt Ihr Euer Leben dem Süßen geweiht.«

»Ah, ich weiß mehr, als du denkst«, erwiderte Süßer. »Doch du würdest mir nie glauben, was ich alles weiß, wenn du siehst, wie ich mich hier wie ein Sklave über den Feuerstellen plage. Du würdest annehmen, daß ich immer ein Handwerker gewesen bin. Doch einst war ich dem Thron sehr nah. In der Tat, zu nah.«

»Wie nah?«

»Wenn ich dir meine Geschichte erzählte«, sagte Süßer, »würdest du sie mir ohnehin nicht glauben. Niemand hat sie mir je geglaubt. Und daher erzähle ich sie nicht mehr.«

»Stellt mich auf die Probe«, sagte Hürü und goß heißen, gebrannten Zucker in einen Topf. »Auch ich habe einige ganz unglaubliche Dinge gesehen. Es liegt im Bereich des Möglichen, daß ich der Mensch bin, der Euch glaubt.«

Süßer kam, wie sich ergab, in Basra zur Welt. Doch sein Vater (genannt Nur-ed-Din) war einer der Zwillingssöhne des Großwesirs des Sultans von Ägypten und hatte in Kairo das Licht der Welt erblickt. Die Zwillinge wurden dort in großer Pracht erzogen, und als der alte Großwesir starb, wurden die beiden Söhne (Nur-ed-Din und Schems-ed-Din), beides hervorragende junge Männer, gemeinsam zum Großwesir von Ägypten berufen. Sie erfüllten die Pflichten ihres gemeinsamen Ranges so bewunderungswürdig, daß nicht einmal die Haarspalter Fehler in ihrer Verwaltung finden konnten. Doch die Zwillinge waren immer noch unverheiratet. Eines Abends, als sie über angenehme Dinge ebenso sprachen wie über Angelegenheiten der Regierung, beschlossen sie, sich nach Eheweibern umzutun und zu heiraten. Sie legten fest, daß die Hochzeit am selben Tage stattfinden würde. Und mehr noch, wenn ihre Ehefrauen ihnen jeweils einen Sohn und eine Tochter schenkten, dann würden sie die beiden schon in der Wiege mit einem Heiratsversprechen aneinanderbinden und sie miteinander verheiraten, wenn sie das Alter erreicht hätten. Hocherfreut über diesen Kunstgriff, ihr Leben noch enger miteinander zu verflechten, öffneten die Zwillingsbrüder eine weitere Flasche.

›Und nun‹, sprach Nur-ed-Din, ›welche Hochzeitsgabe sollte mein Sohn deiner Tochter machen?‹

›Ich meine‹, sprach Schems-ed-Din, ›daß dein Sohn meiner Tochter dreitausend Dinare, drei Gärten und drei Gehöfte geben sollte. Bei Allah, es wäre nicht recht, wenn der junge Mann versuchte, mit weniger auszukommen.‹

›Du scherzt!‹ schrie Nur-ed-Din auf. ›Du verlangst bei weitem zuviel. Denk daran, wir sind Zwillinge. Und darüber hinaus teilen wir beide uns hier Amt und Würde. Du dürftest gar keine Hochzeitsgabe verlangen! Es ist, als verlangte die rechte von der linken Hand eine Gabe. Möglicherweise liegt dir daran, die Welt zu blenden. Also gut, dann werden wir uns einigen. Auf eine Gabe nur dem Namen nach. Du bist klug genug zu wissen, daß ein Sohn mehr wert ist als eine Tochter. Bedenke, mein Sohn wird den Namen der Familie weitergeben. Und nicht deine wertlose Tochter!‹

›Und was hast du an meiner Tochter auszusetzen!‹ schrie Schems-ed-Din und sprang von seinem Sitz auf, das Gesicht roter als der Wein in seinem Kelch. ›Wenn du denkst, daß dein Sohn besser ist als meine Tochter, so solltest du nochmals denken! Und darüber hinaus hat eine dem weiblichen Geschlecht gegenüber derart voreingenommene Person nichts in einer Hälfte des höchsten Amtes im Lande zu suchen. Ich habe immer schon gewußt, daß du recht wenig Verstand hast. Ich habe dich all die Jahre aus Erbarmen mitgeführt, da ich doch deutlich erkannte, daß du es allein nie zu etwas gebracht hättest. Wisse, ich würde meine Tochter nicht deinen törichten Sohn heiraten lassen für allen Tee in China!‹

›Wer hat schon um ihre Hand gebeten?‹ sprach Nur-ed-Din, der vor Zorn im Gemach umherging. ›Ihr Vater ist durch Allahs Wille ein Tölpel, der in die Lehre geht, ein Narr zu werden.‹

Denke daran, beide waren noch unverheiratet und gewiß mit keinerlei Kindern gesegnet. Und doch stritten sie bitterlich und schworen sich, daß sie ihre Kinder nie einander sehen lassen würden, geschweige denn einander heiraten. Nur-ed-Din, der zukünftige Vater Süßers, war überzeugt, daß er nicht länger dieselbe Luft wie sein Zwilling atmen könne, verdorben wie die Luft Kairos vom faulen Atem jenes Bruders war. Und dieser sogenannte Zwilling hat ihm noch nicht einmal die Hilfe in der Amtsführung gedankt, auch wenn er stets betont hatte, daß zwei Köpfe besser seien als einer. Nun denn, dann soll der Hund in seinem eigenen Fette schmoren! Und so verließ Nur-ed-Din gekränkt und beleidigt Kairo und machte sich auf den Weg, ein neues Leben weit von Schems-ed-Din und seiner wertlosen zukünftigen Tochter zu suchen.«

Und so geschah es, daß Nur-ed-Din nach Basra kam, wo er durch seine Begabungen das Vertrauen und die Zuneigung des damaligen Großwesirs beim Sultan von Basra gewinnen konnte. Schon bald darauf heiratete er die Tochter des alten Großwesirs, und als die Zeit gekommen war, folgte er diesem in dessen Amt. Der glückliche Segen dieser Ehe zwischen der Tochter des alten Großwesirs und Nur-ed-Din war zufällig Süßer. Süßer wuchs in Basra auf, und ihm ward außerordentlich viel Zuneigung von seinen in ihn vernarrten Eltern, den Verwandten mütterlicherseits und gar dem Sultan von Basra selbst zuteil.

»Man hielt mich für einen gar reizenden Knaben«, gab Süßer bescheiden zu. »Es gab nichts, das mein Leben beschwert hätte.

Mein Vater war ein weiser und mitfühlender Mann, meine Mutter eine schöne und liebevolle Frau. Doch all das änderte sich schnell, als mein Vater starb. Zu der Zeit war ich fünfzehn Jahre alt.«

Auf seinem Sterbebett hatte Süßers Vater seinem Sohn berichtet, was zwischen ihm und seinem Bruder Schems-ed-Din, der immer noch in Kairo lebte, vorgefallen war. Er überreichte Süßer eine Schriftrolle, auf welcher Namen und Zeit festgehalten waren, und die mit dem amtlichen Siegel des alten Mannes verschlossen war.

»›Bedr-ed-Din Hasan, mein Sohn‹, weinte der sterbende Großwesir, ›hüte diese Rolle. Sie ist der Beweis deiner Herkunft, deines Standes und deiner Abstammung. Sollten die Dinge sich in Basra gegen dich wenden nach meinem Tod, so reise nach Kairo und frage nach deinem Onkel Schems-ed-Din. Geh zu ihm und berichte ihm, daß ich auf fremder Erde gestorben bin, doch daß ich mich stets nach ihm und meinem Heimatland gesehnt habe.‹«

Vielleicht hatte sein Vater gehofft, mutmaßte Süßer, daß das gebrochene Versprechen sich gleichwohl noch irgendwie erfüllen würde; vielleicht sah er voraus, daß die Dinge in Basra für Süßer recht bitter werden würden. Und so geschah es auch. Süßer fiel umgehend beim Sultan in Ungnade. Süßers Missetat gegenüber dem Thron war, daß er seinen Vater zu lange betrauerte und daher verabsäumte, sich bei Hofe einzufinden, um den Sultan zu unterhalten, der sich nach Süßers steter Gesellschaft sehnte. Der König von Basra war, wie es sich ergab, durch und durch eine Königin.

»Das war der Zeitpunkt, an welchem ich begriff, daß die Reize, mit welchen man ausgestattet ist, auch ein Fluch sein können«, sagte Süßer. »Der Sultan war voller Zorn, daß ich seine Liebe zu meiden schien.«

»Hat Euch der Sultan denn auf diese Art begehrt?« fragte Hürü erschüttert.

»Ich nehme es an«, erwiderte Süßer. »Weshalb sonst hätte er sich wie ein abgewiesener Liebhaber verhalten sollen?«

Allah sei Dank gab ein Höfling, der das Andenken des verstorbenen Großwesirs achtete, Süßer Nachricht, daß der Sultan vorhabe, alle Häuser, das Vermögen und das Land, welche nun nach dem Gesetze der Erbfolge Süßer gehörten, zu vereinnahmen; Süßer selbst sollte gefangengenommen, vor den Sultan gebracht und verurteilt werden. Es sei keine Zeit zu verlieren. Süßer müsse augenblicklich aus Basra fliehen. Während die Truppen das vordere Tor einschlugen, entfloh Süßer durch das hintere, den Saum seines Gewandes über den Kopf geschlagen. Nach allerlei Hakenschlagen und vielerlei knappem Ausweichen versteckte er sich auf dem Grabfeld bei seines Vaters Grab. Dort fiel er, erschöpft von all dem Gerenne, in tiefen Schlaf.

»Und nun geschah es, daß sich unerklärliche Dinge zutrugen«, sagte Süßer. »Ich erwachte in Kairo.«

»Wie habt Ihr das vollbracht?«

»Aus Gründen, die nur sie kennen«, erwiderte Süßer, »trugen mich eine *dschinniye* und ein *ifrit* durch die Lüfte dorthin. Als ich erwachte, saßen eine wunderschöne *dschinniye* und ihr Begleiter, der *ifrit*, das häßlichste Geschöpf, das ich je erblickt habe – von der Beschaffenheit derjenigen, die in Latrinen hausen –, vor mir und starrten mich an.«

Die beiden übernatürlichen Wesen setzten Süßer darüber in Kenntnis, daß die schönste Jungfrau Kairos, die Tochter des Großwesirs Schems-ed-Din, am selbigen Abend einem Buckligen zur Frau gegeben werden sollte. Diese Ehe war dem lieblichen Mädchen auferlegt worden durch einen Befehl des Sultans, da ihr Vater dem Sultan deren Hand verweigert hatte unter dem Vorwand, daß diese schon vor ihrer Geburt ihrem Vetter zugesprochen worden sei. Der Sultan, außer sich vor Wut über diese Zurückweisung, hatte dem Mädchen befohlen, einen Narren zu heiraten, der ein Buckliger war. Der *ifrit* und die *dschinniye* schienen sich nicht bewußt, daß sich mit Süßer der Vetter vor ihnen befand, dem die Jungfrau versprochen worden war. Süßer dagegen begriff das Omen sofort. Die beiden übernatürlichen Geschöpfe gaben zu, daß sie untereinander gestritten hatten, welcher von den beiden denn formvollendeter sei: die Jungfrau in Not oder Süßer. Sie hätten Süßer nach Kairo geflogen, um die Frage für immer zu klären. Und daher müsse Süßer mit zur Hochzeitsfeier kommen, die gerade stattfand. Sie wollten selbst sehen, wie sich die Schönheit des jungen Mannes an der der jungen Frau maß.

Bevor sie alle miteinander ungeladen auf der Hochzeitsfeier erschienen, übte der *ifrit* mit Süßer, wie er den Buckligen lächerlich machen, und die *dschinniye* mit ihm, wie er die Zuneigung der geladenen Gäste gewinnen könne. Und es ward wie vorausgesehen, je nachdrücklicher der Bucklige beleidigt wurde, um so stärker bekundeten die Hochzeitsgäste Süßer ihren Beifall, und um so stärker wuchs die Entschlossenheit des Buckligen, den Schatz zu genießen, den der Sultan auf seine verkrüppelte Gestalt hatte niederkommen lassen. Doch der Wille der beiden übernatürlichen Gestalten ging dahin, daß sie die beiden Jugendlichen gerne gemeinsam im Bett gesehen hätten, um sie noch besser vergleichen zu können. Und so geschah es, daß der *ifrit* von der Art, wie sie in Latrinen taucht, den Buckligen außer Gefecht setzte, indem er ihn so erschreckte, daß er von Sinnen ward und ihn dann kopfüber in das Loch der Latrine stülpte, die sich neben dem Brautgemach befand. Und so geschah es, daß Süßer die Hochzeitsnacht mit seiner lieblichen Base genoß, während der Bräutigam in der Latrine die ganze Nacht über auf seinen Kopf gefallen dalag.

Ungeachtet der unsichtbaren Augen der Dämonen, die auf sie gerichtet waren, erlebte das Paar viel Lust und Freude, Küsse und Girren, Sprechen von Schwüren, Singen von Liedern und Aufsagen von Dichtung bis in die frühen Morgenstunden. Dann verfielen sie leidenschaftlich dem Vollzug der Liebe, bis sie beide einschliefen, erschöpft von dieser himmlischen Tätigkeit. Das Versprechen, das sich ihre Väter gegeben hatten und das so hastig gebrochen worden war, hatte sich auf die eine oder die andere Weise erfüllt. Doch, so schloß Süßer, bedeuten menschliche Schicksale den Dämonen rein gar nichts.

»Ich erwachte am nächsten Morgen«, fuhr Süßer fort, »nicht neben meiner lieblichen Base und Frau in den Augen Allahs, sondern vor den Toren einer mir fremden Stadt. Und um es noch schlimmer zu machen, befand ich mich in meinem Schlafgewand, war kalt wie ein Stein, hungrig und ohne eine Münze in der nicht vorhandenen Tasche.«

Man könne sich nicht, erklärte Süßer, darauf verlassen, daß die Dämonen zum eigenen Vorteil eingriffen; ein Dämon kann einen Menschen ohne Rücksicht auf dessen Wesen davontragen, ganz unachtsam und nur, weil es für ihn nichts Besseres zu tun gibt. Derart wehrlos der Kälte ausgesetzt, fand Süßer bald von Vorübergehenden, die alle innehielten, um seine körperlichen Reize zu preisen, heraus, daß er sich vor den Toren von Bagdad befand. Nichtsdestoweniger, wenn Süßer den Menschen, die derart seine Schönheit bewunderten, erzählte, daß er aus Basra kam, in Kairo verheiratet wurde und in Bagdad aufwachte – und das alles innerhalb einer Nacht und eines Tages –, dann lachten sie ihn aus, und einige wollten ihn schon in das Narrenhaus Bagdads schleppen.

Glücklicherweise nahm sich ein Zuckerbäcker, der sich unter den Zuschauern befand, Süßers an und lehrte ihn die Kunst, Süßigkeiten herzustellen. Und da der alte Zuckerbäcker Süßer zu seinem Erben bestimmt hatte, führte Süßer noch immer denselben Laden und ertrug sein geheimnisvolles Schicksal mit, wie er hoffte, ungebrochenem Geiste. Er habe sich nie eine andere Frau genommen und auch jegliche Hoffnung verloren, jemals wieder mit seiner geliebten Base und seinem Weibe für eine Nacht vereint zu sein. Und obgleich manche der Jungfrauen und Witwen Bagdads ihn recht bedrängten, und sei es nur für die Vereinigung einer Stunde, so fände er, daß er keinen Geschmack habe an diesen angriffslustigen armen Tröpfen.

»Ihr könntet nach Kairo zurückkehren«, schlug ihm Hürü vor, »und Euch selbst ansehen, was geschehen ist. Ich für meine Person täte das.«

»Ah, doch etwas Seltsames ist über mich gekommen«, seufzte

Süßer. »Ich habe ein gebrochenes Herz, das mir von einem lieblichen Knaben zugefügt wurde, zu dem ich mich unerklärlicherweise hingezogen fühlte.«

»Also!« sagte Hürü. »Ihr zieht also doch Knaben vor!«

»Ich denke nicht, daß es das ist«, sagte Süßer voller Ernst. »Doch es war sicherlich Liebe auf den ersten Blick.«

Und Süßer berichtete von dem merkwürdigen Zusammentreffen mit dem Knaben namens Ajib. Wie es schien, reiste der Knabe durch Bagdad, unterwegs nach Basra. Nachdem sie die Stadt in all ihrer Schönheit erblickt hatten, den Tigris, den so viele Dichter besungen hatten, beschloß die Familie, ihre Zelte auf einem dafür bereiten Platz aufzubauen, damit sie die Sehenswürdigkeiten sehen, die berühmten Badehäuser besuchen und sich für ein paar Tage unterhalten konnte. Der Knabe Ajib, begleitet von seinem Eunuchen und anderen Sklaven, kam durch Allahs Wille an Süßers Laden vorbei. Süßer war ergriffen von der Schönheit des Knaben, seinen höfischen Gesten, von der sultanischen Art, wie er sich gab. Er hatte gerade ein Tablett mit Mandelmassenküchlein gefüllt.

›Oh, mein junger Gebieter‹, schrie Süßer aus seinem Laden heraus, obgleich es nicht zu seinen Gewohnheiten zählte, seine Ware lautstark anzupreisen. ›Wollt Ihr nicht hereintreten und von meinen Mandelküchlein kosten, damit sich mein Herz daran erfrische, zuzusehen, wie Ihr von meinen Süßigkeiten eßt?‹

Und während er noch diese Einladung, die so gar nicht der geforderten Form entsprach, ausrief, konnte Süßer die Tränen nicht zurückhalten, die ihm alsbald aus den Augen strömten, so sehr ward er von einem Gefühl ergriffen, das er nicht benennen konnte. Der höfisch gewandete Knabe, der eine Kamelpeitsche in der einen Hand trug, schien betört zu sein von Süßers Einladung.

›Laß uns hineingehen‹, sprach er zu seinem Eunuchen, ›und ein paar der Süßigkeiten dieses armen Mannes kosten. Mich barmt dieser Zuckerbäcker.‹

›Bei Allah, junger Gebieter‹, sagte der Eunuch, ›es geziemt sich nicht. Doch wenn Ihr darauf besteht, so werde ich die anderen Sklaven wegschicken, damit niemand erfährt, daß Ihr einen Zuckerbäckerladen betreten habt wie ein gemeiner Mensch.‹

›Allah sei mein Zeuge, Herr‹, sagte Süßer zu dem Eunuchen, ›mein Herz liebt diesen Knaben.‹

›Laßt mich dergleichen nicht noch einmal hören!‹ erwiderte der Eunuch entrüstet.

›Kommt auch Ihr herein, schwarzer Herr‹, sagte Süßer. ›Auch wenn Euer Gesicht schwarz wie Ruß ist, so werden die Engel im Paradiese Euch bedienen, wie sie es mit denen tun, deren Gesichter lilienweiß sind.‹

Der Eunuch war so erfreut über Süßers Einladung ins Paradies, daß er dem Knaben gestattete, den Laden zu betreten. Und Süßer setzte ihnen die Mandelküchlein vor, die er in Gestalt winziger Herzen geformt hatte; er schöpfte zwei Schüsseln Granatäpfel-Kompott für sie; er goß ihnen Sorbett ein, dem Moschus beigefügt worden war. Der Sklave und der Jüngling aßen und tranken unter angemessener Anerkennung der Kunst Süßers.

›Setz dich und iß mit uns, Zuckerbäcker‹, sprach der Knabe. ›Vielleicht wird Allah uns dann mit unserem Vater zusammenführen, den wir noch nie erblickten. Wir sind auf einer Pilgerfahrt, unseren verlorenen Vater zu suchen.‹

›Mein junger Gebieter, Ihr seid in einem noch so zarten Alter‹, sagte Süßer, ›und doch kennt Ihr bereits den Schmerz, jemand Geliebten zu verlieren.‹

Der Knabe seufzte und brach in Tränen aus. Als er diesen liebenswerten Knaben so bitterlich weinen sah, konnte auch Süßer die Tränen nicht zurückhalten; selbst der Eunuch schloß sich dem tränenreichen Auftritt an, und sie alle weinten, als gäbe es kein Morgen mehr. Nachdem sie die Tränen getrocknet hatten, erhoben sich der Jüngling und der Eunuch und boten ihre Abschiedsgrüße. Kaum hatten sie den Laden verlassen, ward Süßer von einer Trostlosigkeit übermannt, als hätte seine Seele selbst ihn verlassen. Eilends verschloß er den Laden und lief seinen beiden Kunden hinterher, ohne auch nur im geringsten zu wissen, warum er so etwas Ungehöriges tat. Schwerfällig und schwitzend holte er den Knaben und den Eunuchen schließlich ein.

›Was wollt Ihr noch, Zuckerbäcker?‹ fragte der Eunuch höchst verstimmt.

›Als Ihr beide von dannen gingt‹, erwiderte Süßer, ›empfand ich es, als ob auch meine Seele von dannen gegangen wäre. Ich werde Euch zu Euren Zelten begleiten und dann zu meinem Laden zurückkehren.‹

›Macht Euch davon!‹ schrie der Eunuch. ›Schamloser Geselle! Mein junger Gebieter, seht Ihr, was Ihr angerichtet habt? Der Zuckerbäcker ist es nicht zufrieden, daß wir uns herabließen, seine Ware zu kosten. Nun muß er uns von Ort zu Ort folgen.‹

›Du kannst ihn nicht von der offenen Straße verjagen‹, sprach der junge Ajib zu seinem Eunuchen, und ein tiefes Rot stieg in sein Gesicht, während er mit seiner Peitsche aufs Pflaster schlug, ›doch wenn er uns bis zu dem Platz folgt, wo die Zelte aufgeschlagen sind, wird ihm die Tracht Prügel zuteil werden, die er verdient hat.‹

Süßer wußte nicht, wie ihm geschah, und dennoch senkte er den Kopf und folgte dem erzürnten Paar. Sobald der Knabe und der Eunuch sich den Zelten näherten, blickte der Knabe zurück und sah, daß Süßer nicht aufgegeben hatte. Wer konnte wissen, wie es zum darauffolgenden Ablauf kam? Vielleicht fürchtete Ajib, daß seine Familie entdecken konnte, daß er einen gemeinen Laden betreten hatte; vielleicht dachte der Knabe, daß er ein Leuchten der Falschheit in Süßers Augen hatte aufblitzen sehen. Vielleicht hatte die Inbrunst des schönen älteren Mannes den Knaben mit Abscheu erfüllt. Aus welchem Grunde auch immer, Ajib schien außer sich vor Wut. So sehr, daß er einen großen Stein aufhob und ihn genau in die Mitte zwischen den beiden Augen Süßers schleuderte, die so entzückt von der Gestalt und der Anmut des Knaben waren. Der Stein traf Süßers Stirn wie ein Geschoß, und er fiel zu Boden wie ein Toter. Und als er wieder zu Bewußtsein gelangte, waren die

Zelte alle abgebrochen. Süßer schnitt ein längeres Stück Tuch von seinem Turban und verband sich damit die Stirn und machte sich die größten Vorwürfe, diesen unglückseligen Vorfall herbeigeführt zu haben.

»Ich tat dem Knaben unrecht«, erzählte Süßer Hürü. »Ich verschloß meinen Laden und folgte ihm, was ich niemals hätte tun sollen. Er muß gedacht haben, daß ich ein Widernatürlicher bin.«

»Ihr habt einen solchen jedenfalls recht gut dargestellt«, sagte Hürü. »Doch was saht Ihr nur in diesem unerträglichen Eigennutz?«

»Ich weiß es nicht«, erwiderte Süßer. »Ich wünschte, ich wüßte es. Und so kommt es, daß ich zur Zeit diesen Ort hier nicht verlassen kann. Ich warte darauf, daß die Karawane des jungen Ajib auf ihrem Rückweg nach Kairo hier wieder vorbeikommt. Ich muß ihm mein Verhalten erklären.«

»Allah sei Euch gnädig!« sagte Hürü. »Er ist wahrscheinlich inzwischen der Sultan von Basra.«

An jenem Abend, nachdem sie ihre Pflichten erfüllt hatte, belohnte sich Hürü mit ihrer verzauberten Lyra. Sie schuf ihr erstes Lied, das von der Sehnsucht der Liebe handelte. Ein alternder Zuckerbäcker verliebt sich in das süße Bildnis der Jugend. Er bewirtet den Geliebten mit Mandelkuchen, die zu Herzen geformt sind.

Und während der Mandelkuchen im Munde des Knaben schmilzt, schmilzt das Herz des Zuckerbäckers in unerklärlicher Zärtlichkeit. Er muß dem Knaben für immer folgen. Doch der Knabe ist härter als der Stein, mit dem er den älteren Mann zwischen die Augen trifft. Die Liebe des Zuckerbäckers tötet den Zuckerbäcker. Hürü nannte ihr Lied ›Tod in Bagdad‹.

»Der Tod kommt zum Zuckerbäcker«, erläuterte Hürü, die wieder aus tiefstem Herzen schluchzte, »in Gestalt eines wunderschönen Knaben. Wie traurig! Wie wahr!«

Um sich für den Gefallen zu bedanken, seine merkwürdige und beschämende Liebe in einem Lied unsterblich gemacht zu haben, erfand Süßer eine neue Süßigkeit, die er Dschaudar nannte. Aus Dattelpaste um einen Mandelkern bestehend, wurde diese Süßigkeit in Gestalt einer Schildkröte geformt.

»Du gehst langsam, lieber Caudar«, erklärte Süßer, »doch du kommst an.« Und im Verlauf der Zeit wurde diese Süßigkeit in der Stadt so beliebt wie das Lied, das ›Tod in Bagdad‹ hieß.

11
Die drei Herrinnen von Bagdad

Hürü singt, um das eine oder andere Herrscherhaupt zu retten

Hürü konnte nicht vergessen, daß sie weder in ihrem eigenen Land noch in ihrer eigenen Zeit lebte. Ungeachtet des Glücks, das sie empfand, wenn sie mit ihrer Steingeborenen Lyra musizierte oder Süßwaren mit einem guten Manne buk, überschattete eine beängstigende Unwirklichkeit ihr Dasein. Sie lebte in der Verbannung. Sie war gezwungen, in einer Sprache zu singen, die nicht die ihre war. Sie lebte verkleidet als Mann in der Welt der Männer. Und sie war der Barbar, der gekommen war, eine andere Kultur zu plündern.

Als sie an diesem Morgen erwachte, befand sie sich immer noch in Bagdad. Süßer schnarchte beruhigend auf dem Bretterbett unter ihr. Ihre Zunge schmerzte sie. Sie hatte im Schlaf so stark darauf gebissen, daß salziges Blut ihren Mund füllte. Was kann ich anderes tun? fragte sie sich selbst. Ich habe keine andere Wahl, als hölzern auf arabisch zu singen. Was für eine verhängnisvolle Sprache! Kehlig, aus einfachen Wörtern wie zusammengeklebt, dehnbar, mehrdeutig. Arabisch muß von einem Menschen erfunden worden sein, dessen Mund voller Lammfett und klebrigen Sirups war. Und gleichwohl hatten die schweren, klebrigen, mehrdeutigen Töne, die ihren Mund füllten, ihre eigene harte Schönheit. Die arabische Sprache vernichtete den natürlichen Drang, offen und klar zu sprechen, doch aus diesem Verlust entstand eine beeindruckende Abfolge von Lauten.

Das Türkische nun – ihre Muttersprache – war gänzlich anders. So süß, so direkt und klar. Und dennoch hat niemand, der nicht in diese Sprache hineingeboren wurde, je gut genug Türkisch gelernt, um zu vernehmen, wie dessen Dichtung eine Klarheit erreichte, die den Menschen das Herz brach. Im Türkischen mußte Dichtung niemals aus der Sprache erzwungen werden. Sie entstand von allein, einfach und ruhig, in den Lauten, die die Bauern auf den Feldern sprachen, der Krieger auf dem Pferd, die Frau bei den Wehen, das Kind in der Wiege, die betagte Großmutter auf ihrem Sterbebett. Warum also die natürliche Anmut des Türkischen für die entlehnten Schwierigkeiten des Arabischen aufgeben? Vielleicht, dachte Hürü, ist es der Reiz des Unmöglichen, der mich drängt, in Arabisch einherzuhumpeln. Vielleicht auch, weil der Koran das Maß geistreicher Sprache ist. Oder vielleicht auch, weil ich, wie meine Landsleute, meiner angeborenen Sprache die Ehre verweigere.

Wie verführerisch es doch war, sich unter dem Mantel der Nachahmung in einer Kultur auszuzeichnen, deren Bräuche so lange schon bestehen! Die wahre Schwierigkeit bestand darin, etwas aus reiner Freiheit heraus zu formen: aus der Freiheit, über keinerlei vorgefertigtes Erbe zu verfügen. Sie hätte sich der grenzenlosen Neuschöpfung widmen können. Und dessenungeachtet hatte sie sich den klobigen Überlieferungen der arabischen Formen geweiht. Tat sie dies, um Gußformen aufzubrechen und ihre Zunge zu befreien? Vielleicht befreite das, was einen band.

Endlich erwachte Süßer zu den Freuden eines Morgens in Bagdad. Hürü fühlte sich so sicher in der Geborgenheit, die sich dadurch ergab, daß Süßer sowohl ihre Arbeit wie ihr Herz kannte, daß sie es kaum erwarten konnte, ihm ihr wahres Selbst zu enthüllen. Sie konnte es nicht länger ertragen, daß Süßer annahm, daß sie Caudar aus Kairo sei. Sie dachte sich, daß sie ihm zuerst beichten würde, daß sie ein Türke war. Sollte das kein Unheil beschwören, würde sie ihr wahres Geschlecht beichten.

»Süßer«, sagte sie, »ratet, was ich wirklich bin.«

»Ein Prinz«, erwiderte Süßer, »ein Poet und ein Pechvogel.«

»Mag sein«, sagte Hürü. »Aber zufällig bin ich auch Türke.«

Süßer rang nach Luft und griff sich ans Herz, als wolle er dies belagerte Teil beschützen.

»Ein Türke!« stieß er schließlich verächtlich hervor.

»Ihr scheint erstaunt«, sagte Hürü. »Welches Gewicht hat meine Herkunft nun, da wir solch gute Freunde sind?«

»Die Türken sind der wahren Freundschaft unfähig«, sagte Süßer. »Ich sage es nicht gern, doch es ist wahr. Ich will nicht vorgeben, daß wir Araber nicht auch unsere Fehler hätten. Die haben wir zweifellos. Gleichwohl sind sie vernachlässigenswert gegenüber den Makeln der Türken. Ein jeder auf dieser Welt weiß, daß, was ich sage, wahr ist. Bei Allah, es steht geschrieben, daß neun von zehn Teilen aller Grausamkeit auf Erden in den Herzen der Türken schlummert.«

»Oh?« sagte Hürü. »Und nun nennt mir den Namen des Mannes, der das geschrieben hat.«

»Ich kenne ihn nicht«, erwiderte Süßer. »Doch es war ein weiser Mann, der die Herzen vieler Völker kannte. Ihm zufolge gehören neun Zehntel aller Ränkespiele den Kopten, neun Zehntel aller Treulosigkeit den Juden und neun Zehntel aller Dumheit den Maghrebinern.«

»Und welche neun Zehntel erhalten die Araber?« sagte Hürü, die versuchte zu scherzen.

»Tapferkeit«, erwiderte Süßer, ohne mit der Wimper zu zucken.

»Die Araber selbst«, sagte Hürü traurig, »gestehen sich neun Zehntel allen Neides auf Erden zu. Doch wohin führt Euch diese Neun-Zehntel-Narretei? Nirgendwohin. Sie verschließt Euch nur den Verstand. Indes muß man kein Maghrebiner sein, nehme ich an, um dumm zu sein.«

»Wen nennst du hier dumm, Knabe?« sagte Süßer angriffslustig und griff nach einer sehr großen Kelle, die er in die Höhe streckte, als wollte er Hürü damit eins auf den Kopf geben.

»Keineswegs Euch«, sagte Hürü. »Nur Eure Vorstellungen.«

»Nur Eure Vorstellungen«, ahmte Süßer sie nach, als verabscheute er plötzlich ihre Aussprache, und begleitete die Nachahmung mit einer schlaffhändigen Geste. »Wenn die Ordnungskräfte hier sind, werden wir sehen, wie sehr sie deine Aufsässigkeit schätzen. Die Ordnungskräfte hassen verweichlichte Widernatürliche wie dich. Sie hassen die gezierte Art, in der du sprichst. Und ich hasse sie ebenfalls.«

»Ich bin kein Widernatürlicher«, sagte Hürü, »und das wißt Ihr auch.«

»Nichtsdestoweniger«, sagte Süßer, »hast du dieses grausame Lied über mich erfunden. Ich habe mich sehr wohl gewundert, wieso ein dürrer Niemand wie du vom Tod wissen konnte, der in Gestalt eines wunderschönen Jünglings erscheint. Fast hättest du mich überzeugt, Knabe. Fast hättest du mich überredet, vor Liebe in Bagdad zu sterben. Ist es vielleicht richtig, so etwas zu tun?«

»Süßer!« rief Hürü aus. »Es ist doch nur ein Lied!«

»Nenn mich nicht Süßer, Knabe!« schrie Süßer. »Mein Name ist Bedr-ed-Din Hasan, ich bin ein Mann von Rang und Herkunft – ungleich dir. Wer bist du denn schon? Irgendein Abfall, den es Allah weiß woher mit Allah weiß welchen teuflischen Absichten hierhergeweht hat. Nein, ich sehe wahrlich nicht mehr, wie ich dich länger unter meinem Dach dulden kann. Ich könnte es nicht ertragen, deine Hand zu berühren.«

»Ich kann es nicht glauben! Euer Herz kann nicht so oberflächlich sein!«

»Wer hat dich nach deiner Meinung gefragt?« fuhr Süßer fort zu zetern. »Ich habe dich aus Barmherzigkeit aufgenommen, und nun erfahre ich, daß du mich durch und durch ausgenützt hast. Du bist ein Ausnützer, wie auch immer dein Name lautet – durch und durch schamlos!«

»Und Ihr«, gab Hürü zurück, »Ihr seid genau wie Euer Vater und Euer Onkel, diese halbgegorenen Zwillinge. Das ist es, was Ihr seid. Ihr seid ein Tölpel, der in die Lehre geht, ein Narr zu werden!«

»Hinaus mit dir!« brüllte Süßer. »Hinaus aus meinem Laden. Und mach dich aus Bagdad fort! Ich kann es nicht ertragen, den Gestank deines Atems zu atmen!«

Und so geschah es, daß Hürü, die ihren Freund über nichts verloren hatte, sich auf der Straße wiederfand. Man hüte sich vor guten Männern, dachte sie sich, denn sie vergeben nicht. Und vielleicht hatte Süßer in seiner Feindseligkeit den Türken gegenüber recht: Vielleicht konnte man ihre Hand nicht ohne Schauder berühren. Das Blut, das ihr Volk im Namen der Eroberung vergoß, mochte auch an ihren Händen kleben. Doch warum sollte sie sich für die Sünden ihres Volkes schuldig fühlen? Gleichwohl, ihr ward so elend zumute, daß sie hätte in Tränen zerfließen können. Und mitten auf der Straße, gegen den Korb eines Trägers gelehnt, der vor Süßers Laden zurückgelassen worden war, begann sie ernsthaft zu weinen. Sie weinte und weinte, weil es ihr gutzutun schien, zu weinen.

»He da, Knabe!« hörte sie eine Frauenstimme sagen. »Knabe, weine nicht. Sei ein guter Junge und bring deinen Korb. Folge mir.«

Vor Hürü stand eine wunderschöne Frau, die einen Schleier aus goldener Spitze trug, der so dünn war, daß man ihre schwarzen, dichtbewimperten Augen deutlich sah. Hürü nahm den Korb auf und ließ die Steinerne Lyra auf dessen Boden gleiten. Sie folgte der Dame, die zügig in ihren seidenen Gewändern vor ihr einherraschelte. Sie hielten vor einem christlichen Laden inne, in welchem die Dame einen Krug Oliven und zwei Gefäße mit Wein erstand, die sie in den Korb tat, der auf Hürüs Rücken gebunden war.

»Steh auf und folge mir«, befahl die Dame.

Als nächstes hielt die Dame vor einem Fruchtladen inne. Sie kaufte syrische Äpfel, persische Melonen, Pfirsiche aus Oman, Datteln aus Aleppo, Gurken, die von den Ufern des Nils stammten, kernlose Trauben aus Smyrna. Darüber hinaus kaufte sie getrocknete und frische Blumen: süß duftende Myrte, Zweige von Henna und Kamille, Anemonen, Veilchen, Granatäpfelblüten und Geißblatt. Sie brachte auch diese in dem Korb unter.

»Steh auf, Knabe!«

Dann suchten sie den Fleischer auf, wo die Dame jedes Maß zu verlieren schien, indem sie ein halbes Lamm erstand, das sie den Fleischer einzuschlagen und in den Korb zu geben befahl. Hürüs Rücken war dem Gewicht kaum noch gewachsen, doch die Dame war noch nicht fertig. Im Laden für Trockenfrüchte erstand sie ein wenig von jeder Sorte getrockneter Früchte; beim Zuckerbäcker, einem Gegenspieler Süßers, ließ sie den Mann die Nachspeisen nur so auf das Tablett häufen.

»Verehrte Dame!« wagte sich Hürü vor. »Ihr hättet mir gleich zu Beginn sagen sollen, daß Ihr den ganzen Basar aufzukaufen gedachtet. Dann hätte ich ein Maultier erbettelt, geliehen oder gestohlen. Ich ertrage nicht viel mehr!«

Die Dame lächelte, doch sie schenkte Hürüs peinlicher Lage keine weitere Aufmerksamkeit. Letzten Endes gab es Straßenjungen auf Erden, damit sie die Lasten höfischer Damen trugen. Diese hielt nun bei einem Dufthändler inne, um neun verschiedene Aromen zu erstehen: Rosenduft, Orangenblütenduft, Veilchenduft, Weidenduft, Nachthyazinthenduft, Moschus, Myrrhe, Aloe und Jasmin. Sie kaufte hohe Wachskerzen; sie kaufte versilberte Weihrauchschwenker; und sie kaufte Haschisch.

»Nimm es auf«, befahl sie.

Hürü folgte der Dame. Doch sie hatte kein Gefühl mehr in den Schultern: die Träger des Korbes schnitten in ihre Brust, und ihre Knie gaben nach, während sie von links nach rechts und umgekehrt torkelte. Und immer noch segelte die Dame ihr vorneweg, unter dem Rascheln ihrer seidenen Gewänder.

Zu guter Letzt hielt die Freigebige vor einem wohlgestalteten Stadtpalast. Die Türen waren aus Ebenholz gefertigt, die mit güldenen Verzierungen überzogen waren wie das Haus eines Prinzen. Die Dame klopfte sanft an die Tore, die von einer hochgewachsenen, noch schöneren Frau geöffnet wurden, die hellhäutig und mit hohen Brüsten ausgestattet war und sich mit der leichten Anmut einer Wettkämpferin bewegte.

»Komm herein«, sprach die Dame in der Tür. »Hast du alles bekommen?«

»Ich hoffe, daß ich nichts vergessen habe«, sagte die Einkäuferin.

Hürü stöhnte, während die beiden Damen von ihrer Notlage erheitert zu sein schienen.

»Auch du tritt ein, Trägerjunge«, sprach die wunderschöne blonde Frau in der Tür.

Die beiden Damen nahmen Hürü je an einer Hand und führten sie, deren Beine immer noch unter der Last zusammenknickten, in ein weiträumiges Gemach, das überaus reichlich mit geschnitzten Holzsäulen, Springbrunnen, Sitzgelegenheiten und Vorhängen ausgestattet war. Am anderen Ende des Gemachs befand sich ein Alabasterdiwan, der von einem roten Satinhimmel überdacht war. Auf diesem Diwan lehnte eine Frau auf der Höhe ihrer Weiblichkeit, eine beeindruckende Schönheit, deren rabenschwarzes Haar von reinem Weiß durchzogen war und ihr herzförmiges Gesicht noch bemerkenswerter machte. Nun denn, dies muß die edelste Tochter Arabiens sein, dachte sich Hürü.

Die Dame, unzweifelhaft die Herrin dieses großen Hauses, erhob sich und schritt zur Mitte des Gemachs, wo Hürü und die beiden anderen Damen standen; sie runzelte die Stirn und tätschelte Hürüs Turban. »Guter Junge«, sprach die große Dame. »Warum steht ihr beiden nur so herum? Nehmt dem armen Lastenträgerknaben seine Bürde ab!«

»Danke, meine Dame«, sagte Hürü.

Die beiden anderen Damen nahmen ihr den Korb ab und entluden seinen Inhalt auf einen Tisch. Schlußendlich kam die Lyra zum Vorschein und war, Allah sei gedankt, noch heil.

»Hier«, sprach die große Dame, »nimm diese zwei Goldstücke für deine Mühen und mach dich fort.«

Doch Hürü zögerte. Nicht nur war dieses Haus das großartigste, das sie je erblickt hatte, selbst im Vergleich zu dem Abd-es-Samads, sondern ihre Neugierde war geweckt durch diese wunderschönen Frauen, die ohne Hilfe und Gesellschaft von Männern zu leben schienen. Sie betrachtete den Wein, die Früchte, die süß duftenden Blumen, die alle auf ein zukünftiges Fest hindeuteten, und zögerte, sich von dannen zu machen, ohne den Damen eine einzige Frage gestellt zu haben.

»Was ist, Knabe?« fragte die Einkäuferin spöttisch. »Sind zwei

Goldstücke dir nicht genug? Schwester, gib dem Knaben noch ein Goldstück.«

»Bei Allah!« sagte Hürü. »Ich habe bereits mehr Lohn erhalten, als ich verdient habe. Ich bin nur einigen Gedanken nachgehangen, was Euch drei betrifft. Hier seid ihr und bereitet ein üppiges Festmahl vor, doch kann ich keinen Mann unter Euch erblicken, der euch mit seinen Gesprächen unterhielte. Man sagt, daß das Vergnügen der Frauen nie vollständig ist ohne Männer. Und so ging es mir durch den Kopf, daß ein feinfühliger, verschwiegener und verschmitzter Mann eine nicht unwillkommene Zugabe zu eurem Fest sein könnte.«

»Bist du dieser Mann, Knabe?« sprach die große Dame.

»Warum nicht?« erwiderte Hürü. »Ich verfüge über einen ausgezeichneten gesunden Menschenverstand und ich bin recht viel gereist. Ich habe Bücher gelesen und die Geschichten der Völker erlernt. Und abgesehen davon spiele ich leidlich die Lyra.«

»Wir meiden Männer«, sprach die Herrin, »weil auch wir Bücher gelesen und Einsicht in die Geschichte gewonnen haben. Man sagt, daß diejenige, die ihre Geheimnisse einem Mann anvertraut, die Frau sein wird, deren Geheimnisse überall bekannt sein werden.«

»Laßt ihn dennoch bleiben«, sagte die hochgewachsenste unter ihnen, die blonde Amazone bei der Tür. »Er sieht aus, als könne man ihm vertrauen.«

»Wir wissen, wessen Herz für jugendliche Männer schlägt«, sagte die Einkäuferin nicht ohne Bissigkeit zur Amazone, »doch denke daran, aus dem Kalb wird schneller ein Stier, als du denkst.«

»Nun, nun!« sprach die Herrin.

»Du hast gesehen, wieviel Geld ich für all diese Köstlichkeiten ausgegeben habe«, sagte die Einkäuferin zu Hürü, »nicht wahr? Es ist unser Brauch hier, die Kosten unter uns dreien aufzuteilen, und jede von uns trägt ihren Teil. Und wenn du den deinen nicht zahlen kannst, Knabe, dort ist die Tür. Mitnichten wirst du ohne Gegenleistung unsere wunderschönen Gesichter betrachten, noch unseren Wein schlucken, noch unsere Speisen schlingen.«

»Freundschaft, die nicht von Gold getragen«, reimte die Herrin des Hauses, »führt zu nichts als Klagen.«

»Bei Allah dem Barmherzigen!« rief Hürü aus. »Ihr Frauen seid dem Gegenständlichen verfallen! Wo ich herstamme, schätzen wir Gesellschaft höher als alles Gold aus König Salomons Minen.«

»Dann kehr dorthin zurück«, schlug die Einkäuferin vor.

»Bei Allah, Schwestern!« sagte die große Blonde. »Ich werde für ihn aus meiner Tasche zahlen. Also laßt ihn bleiben.«

»Ich bin bereit«, sagte Hürü, »für Speis' und Trank zu singen.«

»Wer wünscht sich deinen Gesang?« sagte die leicht erregbare Einkäuferin. »Eine jede von uns dreien singt und musiziert wie ein Engel.«

»Ich halte dafür, daß er bleiben kann«, sprach die Herrin des Hauses, »letzten Endes ist er nur ein Knabe. Damit wäre die Angelegenheit erledigt. Indes, du kannst nicht erwarten, daß du dich auf die faule Haut legen kannst, während wir anderen das Festessen vorbereiten. Du wirst mitwirken, auch wenn du den Stolz deiner Männlichkeit zwischen den Beinen trägst. Alles wird gleichmäßig geteilt, das ist der Brauch dieses Hauses.«

»Ich habe nichts gegen Frauenarbeit einzuwenden«, sagte Hürü.

Sie alle erhoben sich, schlangen ihre Schärpen fester um sich und gingen an ihre Verrichtungen. Während die Einkäuferin, deren Name Amine lautete, das Fleisch briet, bereitete die hochgewachsene Safiye die Tafel beim Wasserbecken. Die Herrin des Hauses befahl Hürü, den Wein durch ein Tuch zu seihen, während sie selbst die Früchte und die Blumen anordnete. Amine war eine beeindruckende Köchin, ungeachtet der Vornehmheit und Zierlichkeit ihrer Gestalt, und sie schwang das Hackmesser mit Meisterschaft, als sie das Lamm zerlegte, um es dann mit Knoblauch zu spicken und mit gewürztem Reis, Korinthen und Pinienkernen zu füllen. Dies sind Frauen, so hart wie Eisen und so zäh wie Leder, dachte sich Hürü, und sie haben den Stellenwert der Frau in eine ganze, eigene Welt verwandelt.

Als alles zubereitet war, ließen sie sich nieder. Die leicht reizbare

Amine nahm den Weinkrug, füllte einen Kelch und stürzte den Wein hinunter. Dann füllte sie einen anderen Kelch und reichte ihn ihren Schwestern, die jede einen Schluck nahmen und ihn an Hürü weiterreichten. Der Wein wurde unaufhörlich zwischen ihnen herumgereicht, bis sie bereit waren zu singen und zu tanzen. Alle drei waren in der Tat meisterhafte Musikanten. Die Herrin des Hauses, deren name Herrin Zubaida war, spielte die persische Harfe, die sie *dschunk* nannte (eine Verdrehung des persischen Wortes *dschang*, wie Hürü aus ihren Studien wußte), die reizbare Amine spielte die *oud*, die arabische Laute, die aus dem Holz des Pistazienbaums gefertigt wurde, und die blonde Amazone, Safiye, spielte die *kanun*, ein Instrument von entrücktem Klang, das Safiye über die Knie legte und mit zwei Hornplättchen, die an ihren Zeigefingern befestigt waren, zupfte. Die drei gestatteten nicht, daß Hürü sie mit ihrem Instrument begleitete.

»Das nennst du ein Musikinstrument?« wollte die reizbare Amine wissen. »Dies elende Ding ist aus Stein mit steinernen Saiten. Ich kann mir nicht vorstellen, daß ihm vernehmbare Klänge zu entlocken sind. Was stellst du damit an, Knabe? Schlägst du mit dem Kopf dagegen?«

Und in der Tat sah die Steinerne Lyra recht bemitleidenswert neben den Instrumenten der drei Schwestern aus, die liebevoll von Meistern des Instrumentenbaus mit Einlegearbeiten und Verzierungen versehen worden waren, Meister, die wußten, wie man etwas so schön für das Auge gestaltet, wie es für das Ohr klang. Und es war ebenso wahr, daß Hürü noch niemals zuvor andere Saiteninstrumente gespielt hatte. Und so lehnte sie sich zurück und erfreute sich an dem Spiel und dem Gesang der Schwestern, am Duft, der von den frischen Blumen und dem Weihrauch aufstieg; bald schon ward sie so trunken, daß sie begann, ihre Wohltäterinnen zu küssen und zu umarmen. Während die eine Hürü dafür ins Gesicht schlug, daß sie solch ein aufdringlicher Knabe sei, neckte und zog die andere an ihr, und die dritte schlug ihr süß duftende Blumen um die Ohren. Und während der Wein, die Düfte und die Musik ihnen zu

Kopfe stieg, legten die Schwestern einen Teil ihrer Kleidung ab; sie spielten mit Hürü, als sei diese wahrhaftig ein Jüngling. Die Stunden der Nacht schritten voran.

»Trägerjunge«, sagte die reizbare Amine, »zeig uns nun die Breite deiner Schultern.«

Hürü war zutiefst erschrocken, daß die reizbare Amine von ihr verlangen könnte, den Oberkörper freizumachen. Gleichwie betrunken sie sein mochte, sie war nicht bereit, sich nackt auszuziehen. Wie könnte sie das Vorhandensein der beiden kleinen Brüste erklären, die sich unter ihrem groben Hemd verbargen?

»Ich habe ein Muttermal auf der Brust«, sagte Hürü, »dessen ich mich schäme. Und daher kann ich mein Hemd nicht ausziehen, um Euch die Breite meiner Schultern zu zeigen.«

»Wo hast du nur bisher gelebt, Knabe?« sprach Herrin Zubaida und lachte. »Wenn jemand sagt, daß du ihm die Breite deiner Schultern zeigen solltest, dann handelt es sich um eine Redewendung. Sie bedeutet: mach dich fort, aus den Augen mit dir, verschwinde.«

»Aber ich habe keinen Ort, zu dem ich mich hinfort machen könnte«, sagte Hürü. »Laßt mich die Nacht über hierbleiben.«

»Laßt ihn bleiben«, kam ihr Safiye zu Hilfe. »Er ist so unschuldig, daß er geradezu komisch ist. Abgesehen davon liebe ich es, wie er gurrt wie eine Taube, wenn er spricht. Laßt den süßen Schuft bleiben.«

»Knabe«, sprach Herrin Zubaida, »du darfst die Nacht unter einer Bedingung hier verbringen. Du darfst auf keinen Fall um eine Erklärung der Vorkommnisse bitten, die deine Neugierde erwecken könnten.«

»Meine Lippen sind versiegelt«, erwiderte Hürü.

»Steh auf und lies die Inschrift über der Tür«, befahl ihr Herrin Zubaida. »Die meisten männlichen Besucher übersehen sie.«

Und so erhob sich Hürü und las die Inschrift, die in güldenen Buchstaben auf dem Türsims stand. »Sprich nicht von dem, das dich nichts angeht, damit du nicht das hörst, was dir nicht gefallen wird«, besagte die Inschrift.

»Ich verspreche«, sagte Hürü, »daß ich keine Fragen stellen werde.«

Da stand Amine auf und brachte das Fleisch herein, das herrlich durchgebraten war; nachdem sie ein wenig davon gegessen hatten, zündete Safiye die Kerzen an und verbrannte etwas Paradiesholz. Herrin Zubaida rollte eine Haschischzigarette, die sie herumreichte. Und während sie an Süßigkeiten knabberten, vernahmen sie ein lautes Klopfen an der Tür.

»Wer kann das zu dieser Stunde sein?« fragte Herrin Zubaida. »Safiye, meine Liebe, geh und sieh nach.«

Die hochgewachsene und blonde Safiye eilte behend. Sie kehrte mit drei Männern zurück, die allesamt in die Gewänder von Kaufleuten gehüllt waren, der eine ein großer schwarzer, der andere ein gebrechlicher alter und der dritte ein Mann im besten Alter, der innere Würde ausstrahlte und der Gebieter der anderen Kaufleute zu sein schien.

»Wer mögen diese Männer sein, Safiye?« fragte Herrin Zubaida voller Erstaunen. »Nun haben wir vier Männer zuviel im Haus!«

»Mich barmte dieser alte Mann«, erwiderte die blonde Safiye, »und ich konnte daher die anderen nicht fortschicken.«

»Ich bitte um Vergebung für unser Eindringen«, sagte der alte Mann, der vorgetreten war, »und ersuche Euch, keine Furcht zu haben, o mildtätige Herrin des Hauses. Wir sind drei Kaufleute aus Tiberias, die sich seit zehn Tagen in Bagdad aufhalten, um zu kaufen und zu verkaufen. Heute abend lud uns ein Kaufmann der Stadt zu einer Geselligkeit, doch er trank sich in die Besinnungslosigkeit; und so nahmen wir unseren Abschied ohne unseren Kaufmann, der in keinem Zustand mehr war, uns zu unserer Herberge zurückzuführen. Im Dunkeln einer fremden Stadt verirrten wir uns. Wir fürchteten, belästigt, überfallen und ausgeraubt zu werden. Als wir die Musik und das laute Vergnügen aus Eurem Hause vernahmen, hofften wir, daß Ihr die Güte haben würdet, uns für die Nacht Obdach zu gewähren. Allah wird Euch Eure Großzügigkeit gegenüber drei Fremden, die vom Weg abgekommen sind, vergelten.«

»Dann kommt herein«, sprach Herrin Zubaida, »angesichts der Tatsache, daß wir den Brauch des Hauses bereits gebrochen haben, als wir diesen Jüngling einließen.«

Die drei Kaufleute ließen sich nieder und blickten voller Staunen um sich und auf die drei Damen, die immer noch etwas zu dürftig gekleidet waren nach all ihren Trinksprüchen. Doch sie sagten kein Wort. Die reizbare Amine brachte mehr Speisen und Wein.

»Wir nehmen gerne von Euren köstlichen Speisen«, sagte der Kaufmann, der der Gebieter zu sein schien. »Doch keinen Wein für uns, wir danken Euch.«

»Ihr mißbilligt also das Trinken von Wein?« fragte Herrin Zubaida. »Ich bitte Euch, erspart mir die schale Dattel, die da besagt, daß Wein die Scheinheiligkeit im Herzen wachsen läßt, wie Wasser das Wachstum von Getreide fördert.«

»Wir werden es nicht erwähnen«, sagte der führende Kaufmann. »Wir sind keine Heuchler, die ihr Leben damit verbringen, andere zu mißbilligen. Auch wir haben schon Wein zu uns genommen, in Maßen natürlich. Doch zur Zeit sind wir drei Pilger, und Pilger müssen ihre Sinne beisammenhalten.«

Als sie vernahm, daß die drei Kaufleute Pilger waren, breitete die blonde Safiye ein besticktes Tuch vor ihnen aus und stellte einen chinesischen Krug darauf. Sie goß etwas Orangenblütenwasser in den Krug und tat Eisstücke und etwas Zucker dazu. Die enthaltsamen Kaufleute dankten ihr für ihre Fürsorge und nippten an ihrem Getränk und hielten ihre Sinne beisammen.

»Erhebe dich, Safiye, meine Schwester«, sprach Herrin Zubaida, »auf daß wir unsere Schuldigkeit tun.«

»Müssen wir?« fragte die hochgewachsene und blonde Amazone. »Selbst heute nacht?«

»Selbst heute nacht«, erwiderte Herrin Zubaida, »und jede Nacht.«

»Auf, auf, Knabe«, sagte die reizbare Amine, »hock nicht dort wie ein Klumpen Lehm! Steh auf und hilf uns!«

Amine zog einen Vorhang beiseite, hinter dem zwei Afghanenhündinnen aus dem Schlaf schreckten. Die seidigen Jagdhündinnen trugen schwere eiserne Halsbänder, an denen Ketten befestigt waren. Sie winselten erbarmungswürdig.

»Bring mir eine der Hündinnen«, befahl Herrin Zubaida Hürü.

Dann erhob sich Herrin Zubaida von ihrem Alabaster-Diwan, krempelte ihre Ärmel zurück und griff nach einer Peitsche, die an der Wand hing. Sie stand breitbeinig und bereit da. Hürü zog eine der Afghanenhündinnen, die Widerstand leistete, an der Kette, bis das Tier zitternd vor der Herrin des Hauses stand. Die Dame begann, die Jagdhündin auszupeitschen, ohne dem Geheul, dem Schmerzensgejaule, dem Blut, das durch das seidige Fell des Tiers sickerte, die geringste Aufmerksamkeit zu schenken; sie peitschte auf das Tier ein, bis sie vor Erschöpfung den Arm kaum mehr heben konnte und die Peitsche beiseite warf. Dann drückte Herrin Zubaida unerklärlicherweise die verprügelte Afghanenhündin an ihre Brust, wischte ihr die Tränen des Schmerzes fort, die in ihren Augen standen, küßte die Hündin, die immer noch winselte, und wiegte deren armen, blutenden Kopf.

»Bringt die Hündin fort«, befahl Herrin Zubaida Hürü, »und bringt mir die andere.« Daraufhin peitschte sie die zweite Jagdhündin, bis diese besinnungslos war, um dem Tier dann mit größter Zärtlichkeit zu begegnen und die Hündin ob der Schmerzen zu trösten, die sie selbst ihr so grausam zugefügt hatte. Hürü sah, daß der führende Kaufmann sich von seinem Sitz erhob, als wolle er eine Frage stellen, doch der ältere und weisere Kaufmann legte den Finger auf die Lippen und gab ihm zu verstehen, daß er zu schweigen habe. Hürü hatte bereits einen Eid abgelegt, daß sie den Mund halten würde, auch wenn sie vor Fragen brannte.

Nachdem sie ihre Pflicht erfüllt hatte, zog sich Herrin Zubaida auf ihren Alabaster-Diwan zurück und ließ sich dort in die Kissen fallen.

»Und nun ist es an dir, Amine, meine unglückselige Schwester«, sprach Herrin Zubaida. »Erfülle deine Pflicht.«

Die hochgewachsene und blonde Safiye ergriff ihren *kanun* und führte Amine an der Hand auf den podiumsartig erhöhten Teil des

Raumes hinauf. Die reizbare Amine stand dort oben wie auf einer Bühne, auf welcher Schauspieler ihre Kunst zeigen, und sah aus, als habe sie ihre Angriffslust gegen eine tiefe Melancholie getauscht. Die blonde Safiye setzte sich auf die Stufen und hub an, während sie die Finger zärtlich über ihre *kanun* gleiten ließ, ein Lied zu singen, das von der Liebe erzählte, als sei sie eine gefürchtete Krankheit: Der Schlaf ward geraubt, die Sinne verloren; die aufrechte Frau war vom feindseligen Blick eines Mannes verführt; sie vergibt ihm, daß er ihr Blut mit dem vergifteten Dolch seiner Wimpern vergoß, denn sie ist die Ursache ihres eigenen Mordes; ihr Geist ist der Spiegel, der sein sonnengleiches Antlitz wiedergibt und in ihr eigenes Inneres lenkt, das darob versengt und verbrannt wird.

Als das Lied vorgetragen war, zog und zerrte die reizbare Amine an ihren eigenen Gewändern. Sie hielt mit dem Ziehen und Zerren nicht inne, bis sie sich nicht das letzte Gewand vom Leibe gezogen hatte und so nackt dastand, daß nur noch ihr kastanienbraunes Haar ihren hellen Rücken und ihr Gesäß bedeckte. Ihre Brüste mit den zarten, rosafarbenen Aureolen reckten sich hoch und fest. Schamhaftigkeit scheint keiner der Bräuche des Hauses zu sein, dachte sich Hürü, die sich fragte, wie die drei Kaufleute mit soviel nacktem und lieblichem Fleisch zurechtkamen. Die streitsüchtige Schönheit hob ihr schimmerndes, kastanienbraunes Haar und entblößte die tiefen und unansehnlichen Narben auf ihrem schlanken Gesäß. Während Hürü noch voller Staunen auf den so unmenschlich entstellten reizvollen Rücken starrte, legte Safiye ihre *kanun* beiseite und brachte dem verunstalteten Opfer neue Gewänder.

Zu diesem Zeitpunkt hatte, auf Hürüs Seite des Gemachs, die Erregung unter den drei Kaufleuten einen fieberhaften Höhepunkt erreicht. Nicht nur waren sie es nicht gewohnt, Häuser zu betreten, in denen wunderschöne Frauen handelten, wie es ihnen gefiel, sie waren nicht daran gewöhnt, ihre männliche Anwesenheit auf diese Weise übergangen zu wissen. Sie waren aller Wahrscheinlichkeit nach von dem Gefühl erfüllt, daß sie, da sie Männer waren, Vernunft und Ordnung in die Vorgänge zu bringen hatten.

»Was sind das für Peitschennarben auf dieser wunderschönen Frau?« fragte der führende Kaufmann den alten. »Ich werde keine Ruhe finden, bis ich nicht den Sinn dieser merkwürdigen Vorfälle erfahren habe. Warum bei Allah wurde den beiden Hündinnen das Fell gegerbt? Und warum strafte die Dame sie erst, um sie dann um Vergebung zu bitten?«

»Gebieter«, sagte der alte Kaufmann. »Habt Ihr nicht die Inschrift über dem Türsims bemerkt? Ganz offensichtlich sind wir verpflichtet, nicht nach dem zu fragen, was uns nichts angeht, damit wir nichts hören müssen, was uns mißfallen würde.«

»Mein Gebieter kann fragen, was sein Herz begehrt«, sagte der schwarze Kaufmann.

»Wir sind«, sagte der alte Kaufmann, »nicht zuletzt Gäste hier, mein Gebieter.«

Doch Safiye hatte ihre *kanun* wieder aufgenommen, zupfte die Saiten und sang von hoffnungsloser Liebe: Wenn sie von Liebe sprach, was konnte sie da sagen? Wenn sie von Leidenschaft verzehrt ward, wie konnte sie dem entrinnen? Wenn sie einen Boten sandte, wie konnte dieser ihren Zustand deuten? Wenn sie geduldig wäre, was bliebe ihr außer Trauer und Klage? O abwesender Geliebter, der stets in ihrem Herzen wohnte, war er ihr treu? Hat er sich gewandelt? Am Tage des Gerichts wird sie Allahs Beistand erringen und ihn vor dessen Gericht bringen.

Während sie die ersten Verse hörte, wiederholte Amine ihre Gesten, zerrte sich die Kleider vom Leib, zerriß die neuen Gewänder, die sie gerade erst angelegt hatte. Die hochgewachsene Safiye brachte ihr wiederum neue Bekleidung.

»Ich ertrage das nicht noch einmal!« stieß der führende Kaufmann hervor. »Bei Allah, bin ich denn kein Mann?«

»Gebieter«, sagte der alte Mann, »ich wünschte, wir hätten dieses Haus nie betreten.«

»Wir sind vier Männer hier«, sagte der schwarze Kaufmann und fügte nach einem Blick auf Hürü hinzu, »nun denn, dreieinhalb Männer. Wir werden daher diese Frauen nach dem Sinn des Ganzen befragen. Wenn sie uns nicht freiwillig Antwort geben, dann werden sie es erzwungenermaßen tun, Allah sei mein Zeuge!«

»Das ist nicht recht«, sagte der alte Kaufmann. »Laßt sie für jetzt gewähren, mein Gebieter. Die Nacht ist fast vorüber, und bald schon können wir uns auf den Weg machen. Morgen, mein Gebieter, könnt Ihr nach den drei Frauen schicken lassen und sie nach Herzenslust ausfragen.«

»Ich kann nicht bis morgen warten«, erwiderte der führende Kaufmann mißmutig. »Ich muß die Antwort sofort haben. Doch wer soll ihnen die Frage stellen?«

»Der Knabe«, sagte der große schwarze Kaufmann. »Ich ernenne den Knaben.«

»Nicht ich!« rief Hürü. »Bevor ihr drei hierherkamt, habe ich einen Eid geleistet, den Mund nicht zu öffnen.«

»Nun, wenn dem so ist«, sagte der führende zu dem schwarzen Kaufmann, »dann bist du erwählt, Mesrur. Nur zu, Mann!«

In der Zwischenzeit war der Herrin des Hauses die Unruhe am anderen Ende des Gemachs aufgefallen.

»Ihr Männer dort drüben!« tadelte Herrin Zubaida, »warum summt ihr wie ein Stock voller Drohnen?«

»Herrin des Hauses, wunderschöne Frau«, sagte der Schwarze, dessen Name Mesrur lautete, und schritt auf sie zu, »bei Allah flehen wir Euch an, uns das Geheimnis der zwei Hündinnen zu entdecken, die Ihr halbtot gepeitscht habt und über deren Schmerz Ihr dann Tränen vergosset und deren Schnauzen Ihr küßtet. Dann erklärt uns, warum die entzückende Frau sich entkleiden muß, wenn sie Lieder über die Liebe hört, und dabei entsetzliche Narben auf ihrer Rückseite entblößt. Warum ist sie so streng ausgepeitscht worden? Und von wem? Sagt es uns, denn wir alle möchten es um unserer Leben willen wissen.«

»Ist es wahr?« fragte Herrin Zubaida. »Wollt ihr Männer um euer Leben gern alles wissen, der Schwarze eingeschlossen?«

»Aber ja doch«, sagte der leitende Kaufmann.

»Selbstverständlich«, rief Hürü aus.

Der alte Mann sagte kein Wort.

»In diesem Fall«, sprach Herrin Zubaida und steckte ihre Ärmel in ihrer Schärpe fest, »werdet ihr erhalten, was euch zusteht.«

Herrin Zubaida erhob sich und schlug auf den Gong neben dem Diwan aus Alabaster; augenblicklich öffnete sich die Tür, die erst zu einem Wandschrank zu gehören schien, und aus dieser stürzten etwa fünfzig kriegerische Jungfrauen aller Rassen und Beschreibungen, die Schlachtrufe ausstießen, die das Herz eines erfahrenen Generals eingefroren hätten. Die wilden Frauen trugen Schwerter, Speere und Knüppel, und ihre glänzenden Glieder deuteten auf eine wohlausgebildete Muskulatur.

»Was!« rief der leitende Kaufmann aus. »Ihr wagt es, Euch eine eigene Armee zu halten?«

»Was!« rief Herrin Zubaida aus, »Ihr wagt es, Fragen zu stellen?«

Und noch bevor Hürü begriff, wie ihr geschah, war auch sie gefesselt, und ihre Augen waren verbunden wie die der drei anderen. Ganz abgesehen davon, schlug irgend jemand stetig mit der Breitseite seines Schwertes auf ihre Nase.

»Tugendhafte Herrin«, sprach eine Stimme, die der Anführerin der Truppe kriegerischer Jungfrauen gehören mußte, »welchen dieser wertlosen Köpfe möchtet Ihr als ersten vorgesetzt bekommen?«

»Wartet!« schrie Hürü auf. »Ich habe mein Lied doch noch nicht gesungen!«

»Man hat es dir bereits gesagt, Knabe«, sprach Amines Stimme. »Niemand will dich singen hören.«

»Ihr braucht es dringend, Ihr reizbare Hündin!« rief Hürü. »Ihr wißt nichts von dem, das zu wissen in Eurem besten Interesse wäre. Ihr seid so voller Vorurteile, daß Ihr nichts mehr aufnehmt außer Euren eigenen furchtbaren Gesängen. Dann verlassen Euch die Sinne, und Ihr wankt wie eine von allen Sinnen Verlassene. Ich fordere Euch heraus: Ich bin der bessere Musikant. Ich wiederhole nicht, was ich schon immer gehört habe; ich erfinde meine Lieder, während ich singe. Tut es mir gleich, Amine! Und ich bin entschlossen, mein Lied zu singen, bevor ich sterbe!«

»Ich flehe dich auf meinen Knien an, Schwester Zubaida«, hörte Hürü die blonde Safiye sagen, die sich anscheinend für Hürüs Los einsetzte, »laß den Knaben sein letztes Lied singen.«

»Er spielt nur um Zeit«, sprach Herrin Zubaida und riß die Augenbinde Hürüs herunter. »Sollte dein Lied mir nicht gefallen, Knabe, werde ich euch allen den Kopf abschlagen lassen, und den Anfang mache ich mit dem leitenden Kopf, der sich so voller Würden gibt.«

Hilf mir jetzt! bat Hürü im Geiste die Steinerne Lyra; ich werde mein Äußerstes tun, dein zauberisches Wesen nicht zu beschämen, o Lyra, die du reinere und gesegnetere Hände gekannt hast als die meinen! Laß die Hände deiner früheren Meister meine Finger führen, die doch so ungeschickt deine magischen Saiten zupfen!

»Ich werde nun«, sprach Hürü, die so gut sie konnte ihre Fassung bewahrte, »ein Wiegenlied singen, das ich selbst geschaffen habe. Ich nenne es ›Wach auf, dämonischer Prinz‹.«

Sie sang ein Schlaflied über einen verzauberten Prinzen, dessen eine Hälfte seiner Natur den Schlaf eines Dämonen schlief; denn er verachtete die Tränen, die er selbst ausgelöst hatte. Der andere Teil seiner selbst, der über die Fähigkeit verfügte, zu weinen, schlief ebenfalls einen furchtbaren Schlaf. Es war die dämonische Frau in ihm, die er nicht mit ihrem wahren Namen benennen und daher nicht beschwören konnte. Könnte er nur die dämonische Frau in sich wecken, dann würde auch er seine menschliche Seele dazu befreien, die Doppeldeutigkeit der Liebe zu ertragen, ihre Mischung aus Grausamkeit und Zärtlichkeit, ihre Angriffslust und ihre Duldsamkeit, ihre Lust an der Besitzergreifung und ihre himmlische Selbstaufgabe. Doch der Prinz schlief seinen Halbschlaf, unruhig von dem Schmerz, dessen er sich nur halb bewußt war.

Die Zuhörer verharrten stumm, wie betäubt von dieser Einsicht, die sie für einen Moment befreite, während sie sich von der einen Art der Betrachtung überlieferter Liebe lösten und sich einer vollkommen neuen Sicht hingaben. Wie traurig doch alles war! Unsere von Überlieferungen überfrachteten Leben! Wie die Dämonen, deren Wesen reine Gewohnheit waren, kosten auch wir die Freiheit nur für einen Moment, diesen kurzen Moment, in welchem wir eine festgefügte Meinung aufgeben, ohne uns auf eine andere festlegen zu müssen. Dann aber löst sich der mächtige Zauber der Verwandlung auf, wenn wir den Mund öffnen, um unsere Versklavung zu rechtfertigen.

»Gewiß, ein langes und kompliziertes Lied«, sagte Amine, die sich als erste wieder faßte. »Doch ist es wahr?«

»Ahh!« sprach Herrin Zubaida, die Herrin der Lage ebenso war wie die Herrin des Hauses, und schlug sich gegen die Brust. »Mein Herz weiß, daß es wahr ist.«

»Dürfen wir uns jetzt entfernen?« fragte der schwarze Kaufmann.

»Es steht noch nicht fest, ob das Lied uns gerettet hat«, sagte der alte Kaufmann. »Man hofft, daß dem so sei, denn man ist letztlich daran gewöhnt zu leben.«

»Bindet sie alle los«, befahl Herrin Zubaida den kriegerischen Jungfrauen. »Doch geleitet sie zur Tür, um sicherzugehen, daß sie in Frieden das Haus verlassen. Wartet! Der Knabe darf bleiben.«

»Ich danke Euch, lieber nicht«, sagte Hürü.

»Was beunruhigt dich, Knabe?« sprach Herrin Zubaida. »Dein Lied zeigt mir, daß du die Frau in deinem Herzen gut kennst, auch wenn du nur ein Jüngling ohne Haar auf dem Kinn bist. Fürchtest du dich immer noch vor Frauen?«

»Ich bin noch nicht wirklich bereit, mich einer Schwesternschaft anzuschließen«, sagte Hürü. »Es gibt Männer, die ich noch kennenlernen muß.«

Die Frauen lachten alle angesichts der Drolligkeit dessen, was wie die ehrliche Absicht eines Knaben schien, sein eigenes Geschlecht für das andere aufzugeben.

»Komm wieder, wenn du möchtest«, sprach Herrin Zubaida und streichelte Hürüs Kinn. »Doch bringe diese Männer nicht wieder mit – sei ein braver Knabe.«

Kaum standen die befreiten Geiseln wieder auf der Straße, wo die Umrisse der Häuser Bagdads im allerersten Licht der Morgendämmerung auszumachen waren, fiel der alte Kaufmann auf die Erde, um Allah im Namen des Reiches zu danken, um Ihm, der Er im Himmel war, zu danken dafür, daß Er das, was rechtens in der Welt war, als rechtens bewahrt hatte. Der Schwarze schloß sich dem Gebet an, doch der führende Kaufmann hielt sich abseits.

»Ihr seid der Kalif, nicht wahr?« fragte Hürü ihn. »Ich setzte meinen Kopf, daß Ihr Harun-er-Raschid selbst seid.«

»Das ist richtig, Knabe«, erwiderte der führende Kaufmann.

»Doch weshalb setzt Ihr Euer Leben aufs Spiel», fragte Hürü, »indem Ihr verkleidet umherzieht? Es war durchaus vorstellbar, daß diese Frauen Euch das Leben gekostet hätten.«

»Warum setzt du dein Leben aufs Spiel, Knabe?« fragte der verkleidete Kalif. »Bist du dessen bereits überdrüssig?«

»Bei meinem Leben nicht«, sagte Hürü. »Ich genieße das meine außerordentlich. Und ich wäre Euch sehr dankbar, wenn Ihr es nicht in Frage stelltet.«

»Wir scheinen dir Unser Leben zu verdanken«, sprach der Kalif. »Wir haben auch nicht vor, es in Frage zu stellen, außer vielleicht insofern, als Wir es dir freistellen, die Stellung als Unseren Kelch-Gefährten im Palast sowie alle Vorzüge und Vergnügungen dieses Amtes anzunehmen. Du spielst eine heiße Lyra, Knabe!«

»War das ein Angebot?« fragte Hürü.

»Du bist nicht der Allerschnellste, nicht wahr?« sprach Harun-er-Raschid lachend. »Doch Uns gefällt das. Wir ziehen einfältige Männer vor.«

»Für wieviel?« fragte Hürü, die sich alles andere als einfältig vorkam.

»Was sagst du zu eintausend Dinar im Monat?« sprach der Kalif. »Wir werden dich in Gemächern unterbringen, die neben den Unseren liegen.«

»Einverstanden!« sagte Hürü und schüttelte die Hand des Kalifen, die an dessen Seite hing. »Abgemacht!«

»Diese Dreistigkeit!« sagte der Schwarze Mesrur und rollte die Augen.

»Seine Dreistigkeit hat uns gerettet«, sagte der alte Mann, dessen Name, wie Hürü aus ihren Geschichtsbüchern wußte, Dschafar lautete, der große Barmaki, der die Weisheit hinter dem Thron darstellte. Und sie wußte auch, aus denselben Quellen, wie der gute Dschafar Barmaki sein Leben beendete. Das war die Schwierigkeit, wenn man historischen Persönlichkeiten begegnete, man wußte Dinge, die zu erfahren sie ihren Augenzahn geben würden, doch welche, wenn man sie ihnen erzählt hätte, sie niemals geglaubt hätten.

12
Die Geschichte der Herrin Zubaida

Sie reist in die Zukunft.
Ihre Geschichte läßt sie jedoch leider
in der Historie steckenbleiben

Statt sich für eine Mütze Schlaf zurückzuziehen, wie Hürü gehofft hatte, tauschte der Kalif sofort, umringt von einer Schar Kammerdiener, seine Kaufmannskluft gegen königliche Gewänder ganz in Rot. Hürü entsann sich, den Geschichtsbüchern entnommen zu haben, daß es eine Gewohnheit Harun-er-Raschids war, Rot zu tragen, um seinen Ärger kundzutun. Ihm stand der Sinn nach Blutvergießen. Wann immer der Kalif rot sah, zitterten seine Untertanen, gingen in Deckung, ritten eilig aus den Stadttoren hinaus.

Nun saß der Kalif auf seinem Thron, alles andere als der Kaufmann in Lebensgefahr der letzten Nacht; mit finsterer Miene wies er seine Höflinge und die anstehenden Pflichten dieses Morgens von sich. »Bringt«, befahl er seinem Wesir Dschafar und dem Henker Schwarzer Mesrur, »augenblicklich die drei Frauen und die zwei Hündinnen zu mir! Nehmt euch von den Wachen, wen ihr dazu benötigt.«

Der Kalif hatte also vor, es den drei Frauen in gleicher Münze heimzuzahlen. Wahrscheinlich gab es ein Gesetz, das es Frauen verbot, unabhängig und von einer eigenen Truppe geschützt zu leben (selbst wenn diese Truppe aus wilden und atemberaubenden Jungfrauen bestand). Und sollte es ein solches Gesetz nicht geben, so konnte es der Kalif unverzüglich erlassen. Hürü versuchte, sich eine List auszudenken, mittels derer sie die drei wunderschönen Schwestern retten konnte, in deren Eintracht und Sicherheit sie eingedrungen war und deren geheime Ordnung sie unwissentlich zerstört hatte. Zumindest war diese befohlene Audienz eine vertrauliche, was verhindern konnte, daß das Geheimnis der Damen überall in den Straßen Bagdads bekannt wurde. Und sollte der Kalif allen dreien den Kopf abschlagen lassen, so war es für die drei Damen nicht weiter von Bedeutung, wenn ihr Geheimnis gelüftet wurde. Doch Hürü hoffte, daß es nicht soweit kommen würde.

In der Tat schienen die drei Damen, die zusammen mit den beiden Afghanenhündinnen in das Empfangsgemach gedrängt wurden, nicht mehr ganz so stolz und herrlich. Nicht nur mußten die Damen unter einem Kater leiden, der größer war als der, der Hürü plagte (wenn man bedachte, wie freizügig sie den Wein genossen hatten), ihnen war auch nicht gestattet worden, ihre Straßengewänder anzulegen. Aus dem Schlaf gerissen, zerzaust und mißhandelt, wirkten die drei Damen nicht unabhängiger als drei frischgefangene Sklaven. Die beiden Hündinnen jedoch waren nicht so verängstigt wie die Nacht zuvor, freudig bellend und um den Kalifen schwänzelnd, wedelten sie mit den Schwänzen in einem Zustand größten Entzückens. Die Hündinnen schienen den Anblick überaus zu genießen, wie ihre Herrinnen vor dem Kalifen knieten, die Hände gefaltet, den Kopf gesenkt.

»Nun denn!« brüllte der Kalif. »Ihr haltet euch den Männern ebenbürtig, nicht wahr? Hätte jemand mir mitgeteilt, daß drei Frauen nach ihren eigenen Gesetzen in Bagdad lebten, so hätte ich dem Gerücht keinen Glauben geschenkt. Doch sich eine eigene Truppe im Hause zu halten und euren Kalifen zu peinigen, wenn er euer Haus besucht, das sind Taten, die so abwegig und unglaubhaft sind, daß ich euch befehle, eure lachhafte Welt zu erklären. Wer seid ihr? Und weshalb besteht ihr darauf, euch gegen alle Macht aufzulehnen?«

Die älteste, Herrin Zubaida, trat vor und berührte mit der Stirn den Boden. Sie hub an, den Saum des roten Gewandes des Kalifen zu küssen, doch er wies sie mit einer Geste an, Abstand zu halten. Bei dieser Frau ging er keinerlei Wagnis ein.

»Oh, Herrscher der Gläubigen«, sprach Herrin Zubaida und erniedrigte sich vor dem Kalifen, »vergib uns unsere Vergehen Euch gegenüber. Wir erkannten Euch und die Herren in Eurer Gesellschaft nicht.«

»Raspelt kein Süßholz!« rief der Kalif. »Antwortet auf meine Frage!«

»Diese beiden Afghanenhündinnen«, sprach Herrin Zubaida, »sind meine beiden Halbschwestern. Die Wahrheit, die ich ausspreche, mag abwegig und unglaubhaft klingen, doch genauso ist es der Befehl, unter dem wir drei Damen unser Leben in Bagdad fristen. Die beiden anderen sind nicht meine Blutschwestern, sondern Schwestern meiner Seele.

Mein Vater, der ein listiger und vom Glück begnadeter Kaufmann war, hinterließ mir und meinen Halbschwestern ein großes Vermögen. Meine Halbschwestern, die älter als ich waren, heirateten bald nach dem Tod unseres Vaters, und eine jede von ihnen nahm einhunderttausend Goldstücke als Aussteuer mit. Das Leben als verheiratete Frau schien ihnen eine Weile zuzusagen, doch schon bald wurden ihre Ehemänner von Rastlosigkeit befallen. Nachdem sie die beiden Aussteuern zu einer Summe vereint hatten, trugen die Ehemänner ein riesiges Lager von Ware zusammen; dann begaben sie sich, begleitet von ihren Frauen, auf Handelsreise. Vier Jahre waren sie unterwegs, eine Zeit, während derer ich keinerlei Nachricht über ihren Aufenthaltsort noch über das Gelingen oder das Scheitern ihres Unternehmens erhielt. Eines Tages erschienen meine beiden Halbschwestern allein vor meiner Tür, müde, hungrig und in die Lumpen von Bettlern gehüllt. Ihre Ehemänner, die alles durch falsche Entscheidungen und Pech verloren hatten, hatten sie in einem fremden Land verlassen und sich mit unbekanntem Ziel davongemacht.

Im ersten Augenblick erkannte ich sie nicht einmal, so elend sahen meine Schwestern aus, so schäbig, mit Füßen getreten, voller Ungeziefer und offener Wunden. Als Jungfrauen waren sie an ein recht verwöhntes und entspanntes Dasein gewöhnt, keine von beiden hätte je ein Taschentuch aufgehoben, das sie fallen gelassen hatte, geschweige denn lernen wollen, sich selbst zu versorgen. Ich sandte sie in die Bäder, gab ihnen neue Gewänder, rief Ärzte herbei, ihre Wunden zu heilen, und nahm sie unter meinem Dach auf und dachte, da ich die jüngste war, die unerfahrenste und gänzlich auf mich selbst gestellt, daß es die Vorsehung war, die sie mir geschickt hatte. Meine Schwestern würden mich behüten, mein einsames Leben erquicken, meine Unerfahrenheit mit weisen Ratschlägen wettmachen. Zu dieser Zeit hatte ich ein Unterfangen begonnen, das nicht ohne Gefahr war. Meine Schwestern um mich zu haben, ließ die Last und die Sorgen weniger schwer erscheinen.

In ihrer Abwesenheit war das Glück mir hold gewesen. Mein Anteil von hunderttausend Goldstücken hatte sich verdreifacht, und ich war, was mich selbst betraf, eine recht vermögende junge Frau. Meine Handelspartner waren eine Gruppe von Juden, die mit Waffen handelten, doch wenn ich auch das Kapital zur Verfügung stellte, so verblieb ich als stumme Teilhaberin – eine Regelung, die mein Geschlecht notwendig machte. Wir lieferten Waffen an Völker, die unter weniger wohlwollenden Herrschern lebten, die wiederum, auch wenn sie ihr Volk nicht ernähren konnten, jedenfalls mit dem Gold aufwarten konnten, um Rüstzeug von uns zu erstehen. Da sich angenehme Gewinne erzielen ließen, setzte ich mein Vermögen ein, sowohl das Volk wie auch die Herrscher zu bewaffnen. Wie jeder einsehen wird, war dies ein Unternehmen, das ebensoviel Feingefühl erforderte, wie es Gefahren barg.

»Was!« rief Harun-er-Raschied aus. »Ihr versorgtet Fremde mit Waffen unter Unserer Nase und Wir wußten nichts davon?«

»Ich bin in diesem Handelsbereich nicht mehr tätig«, erwiderte Herrin Zubaida. »Vergebt mir, O Herrscher der Gläubigen, doch hätte ich nicht die Waffen geliefert, so wißt Ihr, daß es jemand anderes getan hätte. War es denn nicht sehr viel besser für unser Land, daß Waffen, die in Bagdad hergestellt wurden, den Markt überschwemmten, als daß es die, sagen wir, in Isfahan hergestellten täten?«

»Fahrt fort«, sprach der Kalif. »Laßt Uns wissen, welchen anderen schmutzigen Handel ihr noch betrieben habt.«

»Nun«, sprach Herrin Zubaida, »es war schön, meine beiden Schwestern wieder bei mir zu haben, um mit ihnen sowohl meinen Wohlstand wie auch meine Sorgen zu teilen. Ein ganzes Jahr über verblieben sie bei mir, doch ich konnte sehen, daß sie mit jedem Tag, der verstrich, rastloser wurden. Da sie die Freuden des gemeinsamen Schlafgemachs einmal gekannt hatten, mußten sie wieder heiraten. Sie könnten sich nimmermehr, so klagten sie, der Freuden des Geschlechtlichen enthalten.

›Aber ihr habt bisher keine Freude in der Ehe gefunden‹, gemahnte ich sie. ›Ein guter Ehemann ist ein Ding, das sich so leicht nicht finden läßt. Das Ende eurer Ehen hat *mich* einiges gelehrt. Wie kommt es also, daß ihr nichts daraus gelernt habt?‹

Doch sie wollten nicht auf mich hören und verheirateten sich wieder ohne meine Einwilligung. Und dennoch gab ich ihnen großzügige Aussteuern mit auf den Weg, die mir vom Herzen kamen und die an keinerlei Bedingungen gebunden waren. Und so geschah es, daß sie wieder in die Ehe eilten, obwohl sie die traurige Wertlosigkeit dieses Zustandes bereits erfahren hatten. Und wie man es erwartet hätte – schon bald waren sie auch von ihren neuen Ehemännern um ihr Vermögen betrogen worden. Beide verloren ihre Gatten, die eine an liederliche Frauen, die andere an zwanghaftes Glücksspiel. Und so geschah es, daß meine Schwestern wiederum vor meiner Tür standen, diesmal so beraubt, daß sie Mehlsäcke trugen, um ihre Blöße zu verdecken.

›Du bist die jüngste, Zubaida‹, sagte meine älteste Schwester, die zutiefst beschämt war von ihrer Unfähigkeit, Ehemänner zu halten, ›und doch bist du die reifste. Nimm uns wieder auf, Zubaida, wir versprechen, daß wir das Thema Heirat nie wieder erwähnen werden.‹

Was kann man mit dummen Schwestern anderes tun, als sie an die Brust zu drücken? Und sie schienen wahrhaftig zu bereuen und fest entschlossen, nie wieder einen Mann anzublicken. Ein ganzes

Jahr über erfreuten wir uns gegenseitig unserer Gesellschaft, lebten gemeinsam wie wahre Schwestern und teilten schlechte Nachrichten, wie wir die guten teilten.

Nach Ablauf eines Jahres wurde es notwendig, ein Schiff für eine Handelsfahrt auszustatten. Seit einiger Zeit hatte ich gehört, daß Eingeborene, die jenseits der bekannten Meere lebten, den Ruf hatten, Goldbarren gegen bloße Kügelchen und Nichtigkeiten aus unseren Basaren zu tauschen. Demgemäß belud ich ein geräumiges Segelschiff mit jeder Art von Putz und Nichtigkeit sowie mit Verpflegung für eine lange Fahrt, entschlossen, diese Reise selbst zu machen, um mich des Gelingens des Unternehmens zu versichern. Die Fahrt versprach viel Ärger und Gefahr und war nicht eine, auf die man sich begibt, ohne ernsthaft die Begleiterscheinungen zu bedenken. Und so geschah es, daß ich meinen Schwestern ausführlich die Verhältnisse darstellte, sie befragte, ob sie in Bagdad, in einschätzbarer Sicherheit, verweilen oder mich auf diesem höchst gefährlichen Abenteuer begleiten wollten.

Sie entschieden sich, ihr Leben und ihre Gesundheit auf dieser Reise mit mir aufs Spiel zu setzen, mit dem Argument, daß sie sich nicht von ihrer jüngsten und reifsten Schwester trennen mochten, die doch sicherlich alles, was dafür und was dagegen sprach, wohl abgewogen hatte. Nur den Abläufen, den Gefahren und Gewinnmöglichkeiten des Unterfangens zuzuhören, bereitete ihnen Kopfschmerzen.

›Du weißt es am besten‹, sagte die mittlere Schwester. ›Wohin du dich begibst, dorthin begeben wir uns auch.‹

Doch könnt Ihr Euch denken, daß ich nicht das gleiche blinde Vertrauen in dies Unternehmen hatte wie meine Schwestern, und so teilte ich, bevor wir segelten, mein Vermögen in zwei Teile. Einen Teil nahm ich mit mir, den anderen verbarg ich in dem Gedanken, daß, wenn uns ein unvorhergesehenes Unglück befiele und wir immer noch am Leben waren, wir zumindest eine hübsche Summe hätten, um von vorne anzufangen. Und so riskierten wir alle unser Leben auf den weiten Ozeanen, indem wir die Segel setzten zu unbekannten Gebieten, die hinter dem Meer der Dunkelheit lagen.

Eine ganze Weile lang waren das Meer ruhig und die Winde günstig. Doch zwei Tage, nachdem wir die gewaltige Meerenge von Gibraltar hinter uns gelassen hatten, brachte uns ein schwerer Sturm vom Kurs ab. Der Kapitän wußte nicht, in welche Himmelsrichtung er das Schiff steuern sollte, denn wir befanden uns auf einem Ozean, den er nicht benennen konnte, geschweige denn, daß er einen Kurs darauf hätte festlegen können. Selbst die Sternbilder stürzten ihn und den Steuermann in Verwirrung, so daß wir bald nicht mehr wußten, ob wir die Ozeane dieser oder einer anderen Welt befuhren. Es war, als hätten wir uns in einen Bereich begeben, der außerhalb unserer Zeit und außerhalb unseres eigenen Kosmos lag. Ganze sechs Monde lang segelten wir auf diese Weise, fast als wären wir gar erblindet, und erblickten nichts und niemanden.

In der Zwischenzeit zankten und keiften meine Schwestern. Sie waren mitgekommen, weil sie mir vertrauten; nun, da sie ihr vollkommenes Vertrauen in mich verloren hatten, waren sie verbittert. Sie waren der Meinung, daß die Verknüpfung ihrer Schicksale mit dem meinen sich als unglückseliger herausgestellt hatte, als eine Ehe mit dem schlechtesten aller Ehemänner je hätte sein können. Sie hätten es vorgezogen, daß irgendein Kerl sie geschlagen und ausgeraubt hätte, als ziellos auf einem Schiff nur Allah wußte welche Hölle anzusteuern.

Ich begann, die Schwierigkeiten der früheren Ehemänner mit diesen Schwestern zu begreifen, die sich in der Tat als ein widerwärtiges Gespann erwiesen, das Männern das Leben zur Hölle machen konnte, wenn die Unternehmungen nicht ihren Erwartungen entsprachen. Es regte sich sogar Mitgefühl in mir für diese armen Teufel! Ist Euch einmal aufgefallen, wie sehr eine Reise das wahre Wesen eines Menschen ans Licht bringen kann? Manchmal denke ich, daß junge Leute, die sich die Ehe versprochen haben, zuvor gemeinsam eine lange und schwierige Reise antreten sollten; lieben sie sich nach der Rückkehr immer noch, sollten sie erst dann die Ehe eingehen.

Wie dem auch sei, die Winde trieben uns voran, bis am Horizont ein Kontinent auftauchte. Wir segelten mehrere Tage die Küste entlang und hielten Ausschau nach natürlichen Merkmalen, die der Kapitän wiedererkannt hätte. Doch er war vollkommen hilflos. Endlich erhob sich vor uns in der Ferne etwas, das wie eine riesige Stadt aussah.

›Welche Stadt ist das?‹ fragte ich den Kapitän.

›Ich habe nicht die geringste Ahnung‹, erwiderte er. ›Ihr wißt, daß ich diesen Ozean noch nie befahren habe, noch stand ich je unter solch einer Bedrängnis. Doch da wir ohne großes Unheil bis hierher gelangt sind, können wir auch in diesem fremden Hafen vor Anker gehen. Wenn Allah will, werden wir vielleicht Gelegenheit zum Handeln finden, werden verkaufen und tauschen und Merkwürdigkeiten einkaufen können, die wir nach Hause zurücknehmen können. Und selbst, wenn die Geschäfte sich als schlecht erweisen sollten, so können wir uns doch zwei Tage ausruhen, frische Lebensmittel an Bord nehmen und herausfinden, wo in Allahs Namen wir uns befinden.‹

*

Bereits, als wir in den Hafen glitten, wußten wir, daß etwas Merkwürdiges geschehen war. Zum einen hatten wir niemals von solch hohen Gebäuden gehört, noch sie uns vorstellen können; von Menschen errichtete Türme, die Hunderte von Stockwerken hoch in den Himmel ragten. Wir segelten an einer kleinen Insel vorbei, auf der sich das Abbild einer Riesin befand, die mit einer Hand eine Fackel hochhielt, mit der anderen eine Steintafel umfaßte und einen heiter gelassenen Gesichtsausdruck sowie ein Diadem in Form eines Sternes trug. Als wir die Riesin auf der Insel und die hochaufragenden Gebäude auf dem Festland erblickten, waren wir uns sicher, daß wir in das Land einer Rasse von Riesen segelten. Wir zitterten in unseren Stiefeln, wir hätten auch gerne kehrtgemacht, doch zur gleichen Zeit brannten wir vor Neugier.

Der Hafen war still und menschenleer. Viele Schiffe, wie wir sie nie zuvor gesehen hatten, Schiffe ohne Segel und Ruder und einige riesige Wannen, die ganz und gar aus Metall gefertigt waren, und kleinere Kähne und Vergnügungsbarken drängten sich in der Bucht – doch unsere Augen vermochten keinerlei Treiben auszumachen. Wir machten am Kai fest, ohne eine einzige Menschenseele zu erblicken. Der Kapitän ging zuerst an Land, um zu erkunden, was uns an diesem Ort erwartete, an den das Schicksal uns getrieben hatte. Er kehrte schneller zurück, als wir erwartet hatten.

›Kommt herunter in die Stadt!‹ rief er zu uns herauf. ›Und seht und staunt, was Allah seinen Geschöpfen zugefügt hat! Und betet, daß Ihr niemals derart Allahs Zorn auf Euch ziehen möget!‹

Schweigend kletterten wir in diese wundersam stille Stadt hinab. O glaubt mir! Wenn ich erzähle, daß wir alle Bewohner in schwarzen Stein oder eine Art Kohle verwandelt vorgefunden haben, dann spreche ich die Wahrheit. Voller Staunen wanderten wir durch die Basare und Läden der Stadt und entdeckten, daß alle Gebäude und alles Mauerwerk, alle Fahrzeuge, alle Waren vollständig erhalten, wie unberührt waren. Viel Gold und Silber gab es hinter riesigen Scheiben aus Glas zu sehen, die Allahs Zorn nicht hatte bersten lassen. Wir konnten nicht anders, als dem Schöpfer danken, auch wenn wir voller Trauer an das Schicksal der Bewohner dachten, daß die Umstände uns soviel Gewinn zugestanden. Wir trennten uns in den Straßen, ein jeder von uns von anderen Gegenständen und Wundern in den Läden und Gebäuden angezogen. Niemals auf Erden hat es je eine Stadt gegeben, die derart reich an Waren und arm an Menschen war, die sich an diesem Reichtum hätten erfreuen können.

Was mich selbst betraf, so zog mich das höchste Gebäude der Stadt an, von dem ich hoffte, einen Blick aus der Vogelperspektive auf diesen einmaligen Ort werfen zu können. Ihr werdet es mir nicht glauben, Herrscher der Gläubigen, doch Türen öffneten sich vollkommen von allein, wenn man vor sie hintrat, und sie zischten dabei; dann schlossen sie sich wieder, wenn man eingetreten war. Es war, als ob ein unsichtbarer Dschinn sie bediente. In den Gebäuden erstrahlten all die riesigen Empfangsräume, die Gemächer und die Hallen in einem Licht, das nicht seine Quelle in Feuern hatte; und auch wenn jedes Licht mit der Helligkeit von tausend Kerzen erstrahlte, so verbrannte man sich nicht die Hand, wenn man die leuchtenden Kugeln berührte. Es herrschte solch ein Überfluß an Licht, daß der Ort Tag und Nacht hell erleuchtet war. Überall standen bequeme Sofas, Sitzplätze mit eingebauten, tiefen Kissen und Teppiche in einer einzigen, schmucklosen Farbe bedeckten jeden Winkel der Böden. Ich kam zu dem Schluß, daß die Bewohner die Annehmlichkeiten des Daseins sehr geschätzt haben müssen.

Stockwerk über Stockwerk sah ich Schwadrone von Männern und Frauen, die in wunderbare Stoffe gehüllt waren, unschätzbare Wolle und Seide in Farben, die unseren Färbern unbekannt sind. Und alle, die diese prächtigen Stoffe trugen, waren in Kohle verwandelt. Sultane und Wesire, Heeresführer und reiche Kaufleute, Prinzen und Prinzessinnen, Höflinge und Schreiber, Landbesitzer und Tagelöhner, Köche und Zofen, sogar kleine Kinder – alle waren sie versteinert, so wie sie gerade ihre Rede gehalten, ihre Köstlichkeit verspeist, jemanden bestraft oder die Hand auf dem Werkzeug, die Hand gegeneinander erhoben, sich die Nase geputzt oder einen Luftkuß zugeschickt hatten, ein jeder in seiner Geste eingefroren bis in alle Ewigkeit. Waren dies wirklich Menschen gewesen, die dadurch bestraft worden waren, daß sie in Kohle verwandelt wurden? Oder war dies nicht nur einfach Kohle, die dadurch bestraft wurde, daß man sie in die Gestalt von Menschen gepreßt hatte?

Wie betäubt betrat ich, was der Harem dieser Zitadelle gewesen sein mußte. Männer und Frauen waren in den anderen Stockwerken einträchtig beieinander gewesen, doch in diesem Gemach befanden sich nur Prinzessinnen, die sich in Kohle verwandelt hatten, während sie sich allerlei Behandlungen, die der Schönheit dienten, durch weiße Eunuchen und weibliche Gehilfen unterzogen. Einige saßen unter durchsichtigen Glocken, das Haar in winzige Rollen gewickelt, während immer noch heiße Luft aus einer unsichtbaren Quelle auf sie einströmte. Andere Frauen hielten immer noch Bücher in ihren geschwärzten Händen; wiederum andere lehnten den Kopf zurück in Becken, in die stetig heißes und kaltes Wasser rann. Und auch wenn die Gewänder, die diese Frauen trugen, für die Frauen Eures Harems viel zu unansehnlich gewesen wären, o Herrscher der Gläubigen, so konnte ich doch erkennen, daß alles auf eine unauffällige Weise recht kostspielig war. Es war nicht so sehr das Vorzeigen von Schmuck und Schmückendem, wie es bei uns der Brauch ist, sondern der selten edle Anspruch des Ortes, die Auszeichnung, sich miteinander dort aufhalten zu können und darüber zu gebieten, daß bestimmte Dinge ausgeführt wurden – wenn Ihr versteht, was ich meine.

Und als wäre all das noch nicht wunderbar genug, so fand ich mich, als ich das Gemach verließ, in einer kleinen Kammer, die nach oben stieg. Es war eine sehr, sehr kleine Kammer, die mit teuren Hölzern und Damast ausgeschlagen war, und unwillkürlich berührte mein Ellbogen einen Knopf an der Wand. Plötzlich schlossen sich zischend die Türen. Ich fand mich eingesperrt, und ich wurde von dem absonderlichen Gefühl übermannt, daß die gesamte Kammer sich bewege! Mein Magen krampfte sich zusammen. In aller Eile sagte ich meine Gebete auf, bereitete mich vor, dem Tod ins Angesicht zu blicken, als die Tür zum Gemach sich von allein wieder öffnete und ich aus der Kammer auf die Sicherheit eines festen Bodens stürzen konnte.

Direkt vor mir befand sich eine Art Maschine, die ganz von allein klickende und summende Geräusche von sich gab, mit Spulen und Rädern, die sich vor und zurück drehten, Lichtern, die an und aus gingen, und beschriftete Scheiben, über die sich feine Stäbe hin und her bewegten. Die Diener der Maschine saßen vor ihr, die geschwärzten Hände auf Knöpfen und kleinen Knüppeln, und nicht einer unter ihnen rührte sich. Diese Maschine dehnte sich über das gesamte Stockwerk aus und surrte wie mit einer geheimnisvollen Kraft, und plötzlich überkam mich die Gewißheit, daß sie die Macht über den ganzen Turm hatte, die kleinen Kammern hinauf und hinabsinken ließ, die Türen öffnete und schloß, kalte und warme Luft einführte, so daß überall eine gleichmäßige, angenehme Frische herrschte. Und fürderhin kam ich zu dem Schluß, daß sie sogar für die verwandelten Menschen gedacht haben mußte, denn es schien mir ganz eindeutig, daß die Maschine zu mächtig war, um nicht heilig zu sein.

Ich wanderte von einem Gemach zum anderen und erblickte viele Wunder und traf auf keine lebende Seele; doch als ich, betäubt und verwirrt, das Gebäude zu verlassen wünschte, fand ich das Eingangstor nicht mehr. Inzwischen war ich überaus hungrig geworden. Doch selbst wenn ich Speisen gefunden hätte, wären sie nicht voller Gifte gewesen?

Im Flur zwischen den Gemächern bemerkte ich einen geschwärzten Herrn vor einer großen, metallenen Schachtel, die von innen her beleuchtet war; dieser ehemalige Mann war dabei versteinert worden, als er eine Münze in einen Schlitz steckte. Ich sah, daß sich hinter den kleinen Fenstern dieser Schachtel verpackte Waren befanden, die in etwa eßbar aussahen. Ich nahm die Münze aus der Hand des zu Kohle verwandelten Mannes und ließ sie in den Schlitz fallen. Die Metallschachtel wurde lebendig, und nach einem Surren und Klappern fiel ein kleines Paket in eine niedrige Schale, die dort angebracht war. Ich riß das merkwürdige metallene Papier auf; darin befanden sich zwei dunkelbraune Rechtecke aus einer Masse, die uns bekannt ist. Ich nahm mein Leben in die Hand und biß ein Stück ab. Es war eine köstliche Süßigkeit, die hauptsächlich aus Kokosnußpaste bestand, und die braune Substanz bedeckte nur das Innere, das, davon abgesehen, äußerst wohlschmekkend war. Ich wartete eine Weile, und als nichts geschah, wußte ich, daß ihre Speisen nicht vergiftet waren.

Doch ihre Kaufleute waren keine Menschen, sondern diese metallenen Schachteln, die in Reihen die Flure entlang standen. In diesen fand ich noch andere Speisen. Aus den Taschen der geschwärzten Menschen nahm ich weitere Münzen, und obwohl ich einige davon in die Schachteln warf, ohne daß etwas geschah, so möget Ihr mir doch glauben, daß ich ein heißes Hühnchen aß, das eine der Schachteln in Windeseile kochte. Ich aß heiße Fleischkuchen, die zwischen zwei mit Sesam bestreuten Brotstücken lagen, und trank von einem dunklen, süßen, perlenden und erfrischenden Getränk. Diese Speisen mundeten meinem Gaumen nicht besonders köstlich, doch was kann man von Speisen erwarten, die nicht wie bei uns zubereitet sind? Was mir mundete, war eine Süßspeise, die um ein Stäbchen herum gefroren war, doch konnte ich nicht verstehen, wieso diese nicht neben dem heißen Hühnchen geschmolzen war.

Schließlich legte ich mich auf einem bequemen Sofa nieder, sagte einige Suren des Korans auf und hoffte, soviel innere Ruhe zu finden, um ein wenig schlafen zu können. Doch der Schlaf mied mich, todmüde wie ich war. Stets tauchten Fragen nach Kleinigkeiten und Einzelheiten in meinem Geiste auf. Wieso war dieses Gebäude nicht staubig? Wo befanden sich die Latrinen? Kamen die Bewohner zur Welt und starben sie, für immer in demselben Gebäude eingeschlossen? Wo waren die Tiere? Waren auch sie vom Schicksal der Menschen ereilt worden?

Da ich nicht schlafen konnte, erhob ich mich wieder, in der Absicht, den Gipfel dieses Gebäudes aufzusuchen, auch wenn es nun schon dunkel draußen war und die Stunde der Mitternacht, meinen Schätzungen nach, verstrichen war. Aus riesigen Fenstern, die vom Boden bis zur Decke reichten, konnte man die Stadt in ihrem künstlichen Licht erstrahlen sehen. Es war, als hätte man alle Sterne des Himmels in dieser Stadt gefangengenommen. Mehr als alles andere mußten die Bewohner Licht und Sauberkeit geliebt haben.

Endlich, erschöpft von all den Treppen, die ich hinaufgestiegen war, erreichte ich das letzte Stockwerk, öffnete ein schweres Tor und befand mich auf einer Terrasse hoch über der Stadt, wo ich die frische Luft tief einatmete – so tief, daß die Schmerzen in meinem Kopf allmählich nachließen, während ich die Luft einsog und ausstieß. Und so geschah es, daß ich hörte, wie jemand mit leiser, musikalischer Stimme, doch mit einer sonderbaren Aussprache, die erste Sure des Korans aufsagte.

Stellt Euch vor, wie überrascht ich war! Als ich mich umblickte, erspähte ich eine offene Tür, die zu einem Gemach führte, das man von der Terrasse aus erreichte und in dem das Licht von Kerzen schien. Ich wagte kaum, zu glauben, daß es Licht, wie wir es kennen, auch in dieser Welt gab, und trat durch die Tür und befand mich in einem kleinen Gebetsraum, der von wirklichen Kerzen erhellt wurde.

Und auf dem Gebetsteppich saß ein junger Mann, der, auch wenn seine Hautfarbe Schwarz war, nicht in Kohle verwandelt worden war. Er war einfach ein schwarzer Mensch, hübsch auf eine zierliche Art, der so sehr in sein Gebet vertieft war, daß er mich nicht einmal kommen gehört hatte. Ich fragte mich, wie er dem Schicksal der anderen entronnen war.

›Lob sei Allah‹, sagte ich. ›Friede sei mit Euch, junger Mann.‹

Er hob den Blick, und seine Augen waren sanft und von dunkler Tiefe, umgeben von langen, gewölbten Wimpern, und in diesen Augen erblickte ich eine heitere Gelassenheit, wie man sie manchmal bei älteren Menschen sieht, die ihren Frieden mit dem Tod gemacht haben, ihn ganz ohne Angst willkommen heißen. Und doch schien dieser junge Mann jünger an Jahren zu sein als ich selbst. Wir blickten einander über eine lange Zeit an – als hätten wir einander immer schon gekannt. Und auch wenn er mich zu erkennen schien, so wie ich ihn erkannte, sprach er kein einziges Wort.

›Sagt mir, ich bitte Euch, was ist hier geschehen?‹ bat ich. ›Ich weiß, daß Ihr mir die Wahrheit sagen werdet, denn ich hörte Euch aus dem *Buch der Wahrheit* hersagen.‹

Er lächelte ein bezaubernd scheues Lächeln, doch statt mir zu antworten, sprach er das Glaubensbekenntnis wie jemand, der mit unserer Sprache nicht vertraut ist.

›Es gibt keinen Gott außer Allah‹, bekräftigte er, ›und Mohammed ist sein Prophet.‹

›Ich weiß‹, erwiderte ich und legte die Hand auf seine wunderschönen schwarzen Finger. ›Sagt mir, warum Ihr allein in dieser Stadt der Toten geblieben seid?‹

›Es gibt keinen Gott außer Allah‹, wiederholte er, ›und Mohammed ist sein Prophet.‹

Da begriff ich, daß er von unserer Sprache nur das beherrschte, was er aus dem Buch gelernt hatte. Die Wege Allahs sind wunderbar: Ein heiliger Text muß nicht verstanden werden, damit seine Worte Wunder wirken. Und ein Wunder tat sein Werk in meinem kalten und jungfräulichen Herzen, das den Preis von allem berechnet, doch den Wert von nichts gekannt hatte. Von einem Augenblick zum anderen wußte ich, daß ich ohne diesen schwarzen Jüngling nicht leben konnte, auch wenn er zu keinen Antworten fähig war, nur dic heiligen Texte wiederholen konnte.

›Wollt Ihr mit mir nach Bagdad kommen?‹ fragte ich ihn und drückte seine beiden Hände an meine Brust. ›Kommt mit mir, dorthin, wo das Leben reichlich vorhanden ist. Oh, kommt mit dorthin, wo Ihr sowohl Euer Wissen wie Eure Wahrnehmung erweitern könnt. Wenn Ihr mit mir kommt, werde ich Eure Dienerin sein – auch wenn ich die Herrin eines großen Handelsreiches bin und Macht über Dutzende von Männern habe. Ich segelte auf einem Schiff, das mit Waren beladen ist, doch das Schicksal hat mich hierher getrieben. Denn es war mein Los, Euch zu finden, liebster Mann, und mein eigenes Leben. Ich fand mein Herz in dieser merkwürdigen Stadt der verkohlten Bewohner, in der nur Ihr überlebtet.‹

Er schien mich zu verstehen, denn mit einem Kopfnicken stimmte er zu. Wir umarmten uns. Ich fürchtete, daß er mich für zu dreist ansehen würde, doch ich konnte nicht an mich halten; ich berührte und streichelte ihn, küßte seine Hände, seine Stirn, seine Lider, seine Wangen, sein Kinn. Und ich fand seinen honigsüßen Mund. Oh, Allah steh mir bei, ich hatte noch nie eine Freude gekannt, die so nah dem Schmerze war.

Ich schlief diese Nacht zu seinen Füßen und ward mir kaum mehr der seltsamen Welt um uns herum bewußt; am Morgen erhoben wir uns, und er zeigte mir, wie man in der kleinen Kammer, die sich hinauf und hinab bewegte, wieder nach unten fahren konnte. Es gab noch viele dieser kleinen Kammern. Als er meine Neigung für Gegenstände entdeckte, die gering an Gewicht, doch hoch an Wert waren, führte er mich von einer Schatzkammer zur nächsten, wo ich alle Reichtümer einsammelte, die meine Lust erweckten. Beladen mit Gütern dieser verlassenen Welt, verließen wir die Zitadelle und begaben uns auf die Straße.

Doch statt, wie ich vorhatte, zum Hafen zu laufen, lud der Jüngling die Waren in eine Kiste auf Rädern, die dicht an dicht überall die Straßen entlang standen und sie versperrten. Aus Metall gefertigt und mit übertriebenen Farben bemalt, waren dies sonderbare Fahrzeuge. Mein wunderbarer Führer setze sich hinein, drehte einen Schlüssel um und ließ es lebendig werden. Das Ding zitterte und bebte und stieß einen ekelerregenden Darmwind aus. Ich fürchtete um mein Leben, es zu betreten, doch der Jüngling lachte und zog mich auf den Sitz neben sich. Er schloß die Türen und lenkte das Fahrzeug, indem er ein kleines Rad drehte, das ein wenig wie ein Steuerrad aussah. Keine Pferde, keine Kamele, keine Ochsen, keine Elefanten! Dies Fahrzeug schien seine Kraft aus einem außerordentlich unangenehmen Geräusch zu ziehen.

Und so legten wir den Weg zum Schiff zurück. Wir entdeckten, daß der Kapitän, meine Schwestern, die Mannschaft und die Sklaven alle nach mir gesucht hatten, voller Furcht, daß ich für immer in einer Stadt verloren war, die zu groß war, um innerhalb eines ganzen Jahres durchsucht zu werden, geschweige denn eines einzigen Tages. Sie alle stießen Schreie der Verwunderung über die sonderbare Eigenschaft des Fahrzeugs aus, das uns zum Kai gebracht hatte; denn obschon sie alle Tausende von Fahrzeugen wie dieses hier verlassen hatten stehen sehen, hatte keiner entdeckt, wie man sie in Gang setzen konnte. Ich erzählte ihnen, wie ich auf den jungen Mann, den ich mitgebracht hatte, gestoßen war, und auch sie waren voller Verwunderung darüber, daß er überlebt hatte, denn während all ihrer Wanderungen durch diese riesige, stille Stadt war niemand einer einzigen lebenden Seele begegnet.

›Sobald wir wieder unter Segeln sind‹, sprach ich zum Kapitän, ›wünsche ich, daß Ihr mich nach dem Recht der hohen See mit diesem Jüngling verheiratet.‹

›Allein, er ist schwarz wie ein Sklave!‹ rief meine älteste Schwester. ›Haben uns die Winde den ganzen Weg hierhergetrieben, nur damit du den Namen unserer Familie schänden kannst?‹

›Er ist kein Sklave!‹ rief ich. ›Er allein überlebte, weil er sich gänzlich Allah geweiht hatte. Allah die Seele zu weihen, befreit den Menschen von allen menschlichen Fesseln. Ist denn der Tatbestand seines Überlebens nicht Beweis genug, daß er ein freier Mann ist?‹

›Worte, Worte‹, sagte meine mittlere Schwester. ›Alles, was ich sehe, ist ein Jüngling mit pechschwarzem Gesicht. Nichts von all dem, was du sagst, kann die Farbe seiner Haut ändern.‹

Ich überließ meine zeternden Schwestern einem anderen Publikum. Und während mein Zukünftiger seine Finger fügsam mit den meinen verflocht, begannen der Kapitän und ich Vorstellungen über das geheimnisvolle Verhängnis auszutauschen, das diese Stadt befallen hatte. Der Kapitän dachte, daß die Bewohner Feueranbeter gewesen sein mußten. Er hatte eine wundersame kleine Schachtel gesehen, in der man Bilder erblickte, die sich bewegten, und in diesen beweglichen Bildern war der Zorn ihres Gottes festgehalten worden. Ihr Gott muß ein teuflisches Feuer gewesen sein, das heller leuchtete als eine Million Höllen und das einem Stamme ähnlich emporwuchs in einen wirbelnden Feuerball, der wuchs und wuchs, bis der Himmel brannte und es vernichtendes Feuer regnete.

›Doch wie erklärt Ihr Euch, daß die Gebäude und Gegenstände nicht ebenso vom Feuer verschlungen wurden wie die Menschen? Es ergibt keinen Sinn‹, sagte ich. ›Die Natur des Feuers ist es, alles ohne Ansehen zu verschlingen.‹

›Dies war kein Feuer, wie wir es kennen‹, sagte der Kapitän, ›dessen bin ich mir sicher. Es war ein Feuer, das von innen heraus brannte. Und daher denke ich, daß es eine Art Gott gewesen sein muß.‹

›Wir werden das Geheimnis niemals lösen‹, schloß ich und lächelte meinen süßen Geliebten an, ›es sei denn, wir lehren meinen Verlobten die lebende Sprache.‹

›Je früher wir diesen Ort verlassen‹, sagte der Kapitän, ›desto besser für uns.‹

Ungeachtet meiner Glückseligkeit mit meinem jungen Mann war ich nicht so entrückt, daß ich die gerade erworbenen Waren vernachlässigt hätte. Ich ließ den mitgeführten Tand löschen und ersetzte ihn durch die Kunstgegenstände dieser zerstörten Zivilisation. Die Wunder, die wir uns verschafft hatten, waren zu zahlreich, als daß ich sie hier benennen könnte; mögen wir es dabei belassen, daß wir die Vorbereitung trafen, Gegenstände nach Bagdad zurückzubringen, die unser Leben vollkommen verändert hätten. Sobald die Winde günstig waren, setzten wir die Segel, und ich heiratete meinen jungen Geliebten.

Die erste süße Zeit meiner Ehe war köstlicher, als ich sie mir vorgestellt hatte. Mein junger Ehemann suchte und fand nicht nur sein eigenes Vergnügen, sondern nahm mich mit auf seinen Reisen in die Lust. Meine Schwestern schienen ausgesöhnt mit meiner Wahl; sie machten sich gar die Mühe, meinem Ehemann ein paar Höflichkeitsformeln, die Namen von Dingen und so fort beizubringen. Bald hatten wir herausgefunden, daß der ursprüngliche Name meines Ehemannes Sam lautete, doch später gab er sich den Namen Latif. Und er war angenehm wie der von ihm erwählte Name. Viele seiner Rasse behaupteten nur, zu Allahs Kindern zu gehören, doch Latif war ein wahrer Gläubiger. Ihm standen nicht genügend Worte zur Verfügung, um alles erklären zu können, doch ich verstand, daß die Bewohner nicht Feueranbeter im wirklichen Sinne gewesen waren. Latif zeichnete ein Kreuz in die Luft, doch dann runzelte er die Stirn und deutete an, daß dieser Glaube nicht sehr fest und tief gewesen war. Wir verstanden, daß die Bewohner Christen gewesen waren, die vom Pfad der Wahrheit abgekommen waren. Ich war voller Trauer für diese Menschen, die so klug gewesen waren, so erfindungsreich, so fortgeschritten in ihren Annehmlichkeiten und Hilfen, um Arbeit zu sparen; sie schienen die Natur verstanden und die Geheimnisse des Universums entschlüsselt zu haben. Gleichwohl hatten sie das Verhängnis nicht vorhergesehen, das sie in Gestalt eines Feuers erwartete, das nur Lebendiges verbrannte. Oder vielleicht hatten sie die Gefahr vorhergesehen, doch ihre Erfindungskunst hatte sich wie ein Dämon selbständig gemacht. Ich freute mich auf die Zeiten, in welchen ich mich ohne jegliche Hindernisse mit meinem entzückenden Ehemann unterhalten können würde und von ihm die Philosophien und Wissenschaften erlernen konnte, die in seinem Geiste überlebt hatten wie seine Seele in seinem Körper.

Doch dem sollte nicht sein. Meine Schwestern, nachdem sie ein paar Sklaven bestochen hatten, ihnen bei ihrem Treuebruch zu helfen, ließen uns aus dem Schlaf reißen, in dem wir in fester Umarmung lagen, und über Bord werfen in diesen Ozean der Gefahren. Latif konnte nicht schwimmen. All meiner Mühe zum Trotz, meinen Ehemann zu retten, zog ihn die Unterströmung von mir. Latifs Name wurde unter die Märtyrer Allahs aufgenommen, während ich zu denen zählte, deren Leben noch zu erhalten war. Ich weinte salzige Tränen in den salzigen Ozean.

Zwei volle Tage und Nächte hielt ich mich über Wasser, erschöpft und gefühllos von der Kälte; dann sandte die Vorsehung mir ein schwimmendes Stück Holz, auf das ich mich hinaufzog. Die Wellen warfen mich auf den Strand einer Insel. Dort sank ich in einen todesähnlichen Schlaf.

Am nächsten Morgen entledigte ich mich meiner nassen Kleidung, um sie in der Sonne zu trocknen; während sie trocknete, durchschritt ich die Insel, die äußerst klein und so felsig war, daß sie kaum Pflanzen hervorbrachte. Dort befand ich mich also, nackt, nur meine trocknenden Gewänder zwischen mir und den Elementen, ohne ersichtlichen Lebensunterhalt und keinerlei Zeichen von Hilfe auf der offenen See oder im blauen Himmel.

Dann geschah es, daß ich eine kleine Schlange auf mich zukriechen sah, eilends verfolgt von einer großen Schlange, das Maul so weit aufgeklappt, daß es eindeutig war, daß sie die kleine, zierliche Schlange zu verschlingen gedachte. Das kleine Geschöpf war so erschöpft von seiner schlängelnden Flucht, daß seine Zunge erbarmungswürdig aus dem Maul hing, während es versuchte, seinem Schicksal zu entrinnen. Aus irgendeinem Grunde erweckte die Notlage der kleinen Schlage Mitgefühl in meinem Herzen, obgleich ich für gewöhnlich vor Geschöpfen, die gleiten und sich einrollen, zurückschrecke. Ohne einen weiteren Gedanken hob ich einen großen Stein auf und hieb ihn mit aller Kraft auf den Kopf der großen Schlange. Der abscheuliche Peiniger starb augenblicklich. Durch mein Dazwischentreten gerettet, entfaltete die kleine Schlange ein Paar Flügel fein wie Gaze, erhob sich in die Lüfte und ließ mich voller Verwunderung zurück.

Und obgleich das Töten der Schlange keine übergroße Anstrengung gewesen war, fühlte ich mich aufs neue vollkommen erschöpft und legte mich nieder zu einem gnädigen Schlaf. Wer weiß, wie lange ich schlief. Ich erwachte mit dem angenehmen Gefühl, daß jemand die Sohlen meiner Füße sanft rieb. Eine zierliche Dame von Adel saß zu meinen Füßen, als sei sie eine Dienerin oder ein Sklavenmädchen. Sofort setzte ich mich auf, beschämt, daß eine Dame mir solch einen niederen Dienst erweisen sollte.

›Wer seid Ihr?‹ rief ich aus. ›Und was wollt Ihr von mir?‹

›Wie schnell Ihr mich doch vergessen habt!‹ sagte sie und lachte geziert. ›Ich bin diejenige, deren Leben ihr so großmütig gerettet habt. Damals war ich eine kleine Schlange, doch nun seht Ihr, wer ich wirklich bin, eine *dschinniye* von Rang. Die häßliche Schlange war ein furchtbarer *ifrit*, der sich vorgenommen hatte, mich zu zerstören. Fast wäre es ihm gelungen, und niemand anders als Ihr kamt mir zur Hilfe. Und so beschloß ich, Euch etwas Gutes zu tun.‹

›Wie schön!‹ sagte ich.

›Eure Füße zu reiben ist nicht alles, was ich für Euch getan habe‹, sagte die anmutige *dschinniye*. ›Sobald Ihr mich gerettet hattet, flog ich zu dem Schiff, von welchem Eure Schwestern Euch und Euren Ehemann über Bord hatten werfen lassen. Zuerst verwandelte ich sie in Afghanenhündinnen und flog sie in Euer Haus in Bagdad; dann versenkte ich das Schiff.‹

›Das hättet Ihr nicht tun dürfen!‹ rief ich aus. ›Dieses Schiff barg wertvolle Fracht!‹

›Ihr seid in die Zukunft eingedrungen‹, sagte die *dschinniye* und runzelte die Stirn, ›durch eine Spalte in der Gegenwart. Doch die Mächte, die da sind, können es Euch nicht gestatten, die Kunstgegenstände der Zukunft zu behalten. Die Dinge, die Euch nicht gehören, dürft Ihr nicht behalten. Versteht Ihr denn nicht? Es ist gefährlich genug, daß die Menschen die Vergangenheit plündern, doch sie dürfen nicht noch die Zukunft plündern. Es tut mir leid, daß Euer junger Mann sterben mußte.‹

Und wieder weinte ich um meinen wunderschönen Latif, und diesmal waren die Tränen wirklich für ihn und nicht nur für meinen Verlust. Die *dschinniye* versuchte, mich zu trösten, doch ich war eine vernichtete Frau: das Schiff gesunken, die Schwestern in Hündinnen verwandelt, der Ehemann ertrunken. War dies die Art, in welcher die *dschinniye* sich für meine Großmut bedankte?

›Seht doch auch die guten Seiten‹, riet sie mir. ›Zumindest haben Eure Schwestern die Strafe erhalten, die sie sich so hündisch verdient haben. Und Ihr habt doch in Eurem Haus ein nicht unbeträchtliches Vermögen versteckt, mit welchem Ihr von vorn beginnen könnt. Ihr seid eine zu kluge Frau, als daß Ihr nicht noch wohlhabender werden könntet, als Ihr es wart. Zieht Eure Kleider über. Ich schlage vor, Euch auf der Stelle nach Hause zu fliegen. Wäre das nicht schön?‹

›Ich glaube nicht‹, erwiderte ich, ›daß irgend etwas noch von Bedeutung ist.‹

›Nur Mut‹, sagte die *dschinniye,* ›Ihr seid mit der wahren Kunst des Überlebens gegabt. Enttäuscht mich nicht! Es steht geschrieben, daß Ihr die mächtigste Frau Eurer Zeit werdet. Doch es gibt eine Bedingung, die Ihr erfüllen müßt.‹

›Welche?‹ fragte ich.

›Die Bedingung des Zaubers besteht darin‹, erwiderte sie, ›daß Ihr schwören müßt, jede Nacht jeder der Hündinnen-Schwestern dreihundert Peitschenhiebe zu geben, wenn nicht, so komme ich wieder und verwandle Euch in die dritte Hündin.‹

›Warum müßt Ihr solch eine grausame Bedingung über mein Leben und mein Wohlergehen verhängen?‹ fragte ich. ›Ist es denn nicht genug, daß Ihr meine Schwestern in Hunde verwandelt habt?‹

›Es tut mir leid‹, erwiderte die *dschinniye*, ›doch es liegt nicht in meiner Macht, die Bedingungen des Zaubers zu verändern.‹

Nun, ich mußte der kleinen Schlange von einer *dschinniye* Glauben schenken, denn sie flog mich wie versprochen nach Bagdad und setzte mich auf dem Dach meines Hauses ab. Und so geschah es, daß ich, um zu vermeiden, selbst zu einer Hündin zu werden, jede Nacht jeder Schwester dreihundert Hiebe mit der Peitsche versetze und mich stets gräme über den Schmerz, den ich ihnen zufügen muß.«

»Man höre und staune«, sprach der Kalif. »Dies sind also keine Hündinnen, sondern Frauen! Ich weiß nicht, ob ich Euch Eure Geschichte glaube oder nicht, doch ich leugne nicht, daß sie so unterhaltend wie erfindungsreich war, sicherlich wert, in einem Buche festgehalten zu werden. Was die Hündinnen betrifft, eine erinnert mich an eine gewisse Tante von mir – auch wenn das kein Grund ist, zu glauben, daß in diesen Tieren zwei Frauen gefangen sind.«

»Meine Geschichte ist wahr«, erwiderte Herrin Zubaida, »ob Ihr sie glaubt oder nicht.«

»Abgesehen davon«, fuhr der Kalif fort, »habe ich zwar viele Male von glücklichen Menschen gehört, denen es gelungen war, einen *dschinn* für sich dienstbar zu machen, doch viel öfter noch habe ich von Menschen gehört, denen der Umgang mit den übernatürlichen Kräften schlecht bekam oder sie vernichtet hat. Was ich nicht glauben kann, ist Eure Geschichte, daß Ihr in die Zukunft getrieben seid. Das ist einfach nicht möglich. Selbst ein *dschinn* kann nicht ergründen, was die Zukunft in sich birgt, da niemand wissen kann, was noch nicht vorhanden ist. Wenn Ihr mir nur einen einzigen Kunstgegenstand vorweisen könntet, das geringste kleine Ding, so wäre es möglich, daß ich Euch Eure Geschichte glaubte.«

»Ich bedaure«, sprach Herrin Zubaida. »Ich besitze nichts, das ich vorweisen könnte.«

»Auf jeden Fall«, sprach der Kalif nun doch mit Milde, »habe ich viel darüber gelernt, wie eine Frau wie Ihr über die Welt der Männer denkt.«

Hürü ihrerseits sah keinerlei Grund, Herrin Zubaidas Bericht über ihre Begegnung mit der Zukunft nicht zu glauben. Wenn die Vergangenheit für einen Menschen greifbar war, warum dann nicht die Zukunft?

»Die Zeit«, sagte Hürü, die versuchte, sich an das zu erinnern, was Abd-es-Samad sie darüber gelehrt hatte, »fließt voran und kreist zugleich auf sich selbst zurück. Sie vergeudet sich und stellt sich gleichwohl wieder her. Sie tut nicht nur das eine oder das andere, sondern beides zugleich.«

»Wie kann eine Sache zwei Sachen zugleich sein?« rief der Kalif aus. »Und wenn dem so ist, wie kannst du das wissen?«

»Weil ich selbst aus der Zukunft komme«, sagte Hürü unvorsichtigerweise. »Doch ich komme nicht aus der Zukunft, die Herrin Zubaida beschreibt. Zu meiner Zeit hatten wir solche Fortschritte noch nicht erreicht. Und wo ich herkomme, sind die meisten Menschen Muslime, die guten wie die schlechten. Die christliche Welt erbebte in ihren Stiefeln und hörte in unseren Schlachtentrommeln das Ende der Christenheit. Doch auf irgendeine Weise müssen sie sich gegen uns behauptet haben, wenn man Herrin Zubaidas Bericht folgt, nur um sich am Ende von innen heraus zu verbrennen.«

»Wo liegt diese Zukunft, aus der du stammst?« sprach der Kalif, der Hürü den Willen tun wollte.

»Konstantinopel«, erwiderte Hürü. »Wir nennen die Stadt Istanbul.«

»Ich habe schon immer gesagt«, bemerkte der Kalif, »daß man

kein Hellseher sein muß, um zu wissen, daß die Araber früher oder später Konstantinopel einnehmen werden. Man muß nicht aus der Zukunft kommen, um das vorherzusagen!«

»Nicht die Araber«, sagte Hürü. »Den Türken wurde Konstantinopel zugesprochen.«

»Nun, das ist wahrhaft ein Scherz!« sprach der Kalif. »Die Türken sind ein Haufen von Niemanden, die sich noch nicht einmal die Nase putzen können.«

»So mit der Zeit«, sagte Hürü, »lernen sie es.«

»Und wie entsinnt sich die Geschichte meiner?« fragte Harun-er-Raschid, der so belustigt war, daß er leise lachte. »Sag mir die Wahrheit.«

»Der barmherzigste der Herrscher«, erwiderte Hürü. »Eure Zeit war das letzte Goldene Zeitalter Arabiens; und so nahmen sie Euch in die Geschichte als einen besseren Mann auf, als Ihr seid.«

»Ich wußte, daß etwas Zwielichtiges an dir war, Knabe!« sprach der Kalif. »Du bist von Sinnen! Und wenn du nicht von Sinnen bist, dann rate ich dir, zu beweisen, daß du aus der Zukunft stammst. Nenn mir einen einzigen Umstand meines Lebens, der mir noch nicht bekannt ist.«

Ein Gedanke keimte in Hürü.

»Nun«, sagte sie, »die Geschichtsbücher halten fest, daß Ihr Euch eine rechtmäßige Frau nahmt, deren Name Herrin Zubaida war. Wenn Allah so will, dann ist es diese Herrin Zubaida, die zu Eurer Frau wird. Obschon ich selbst denke, daß es zu bedauern ist, eine unabhängige Frau auf diese Weise zu binden, nehme ich an, daß Ihr als Herrscher es Euch nicht leisten könnt, sie gehen zu lassen. Und Ihr könnt ihr ebensowenig vom Schwarzen Mesrur den Kopf abschneiden lassen, da ersichtlich ist, daß Ihr zu sehr in ihrem Banne steht, um sie beseitigen zu lassen. Und dennoch ist sie eine zu mächtige Kauffrau, als daß Ihr diese Macht nicht brechen wolltet, wenn Ihr versteht, was ich meine.«

»Das tue ich«, sprach der Kalif und warf Hürü ein Goldstück zu. »Doch wie sollte ich wissen, daß du die Zukunft nicht eher durch

Schläue als durch Wissen vorhersagst? Du könntest mit dem handeln, was man die sich selbst erfüllende Prophezeiung nennt.«

»Das«, sagte Hürü, »werdet Ihr niemals mit Sicherheit wissen.«

Doch der Kalif war nicht länger gefesselt von Hürüs Neuigkeiten aus der Zukunft. Seine Aufmerksamkeit wandte sich auf die gereifte Frau, die gezwungen worden war, sich ihrem Herzen zu stellen, und die diese Gegenüberstellung überlebt hatte.

»Was sagt Ihr, Herrin Zubaida?« fragte der Kalif, dessen Entschluß feststand. »Wollt Ihr Euch mit Eurem Herrscher verbünden unter dem Schutze des Gesetzes und der Gnade Allahs?«

»Mein Gebieter«, erwiderte Herrin Zubaida, »ich bin keine Prinzessin. Ich bin eine Kauffrau, die daran gewöhnt ist, selbst die Entscheidungen zu treffen.«

»Wenn ich es recht bedenke«, sprach der Kalif, »so muß in unserer Zeit eine Frau zweimal so klug wie ihr Mann sein, um ihm gleichgestellt zu sein. Euer erster Mann war nur ein Jüngling, ein frommer Papagei der Tugend. Er war ein Mann, den Ihr hättet bis ans Ende seiner Tage beherrschen können, und welcher sich, im Laufe der Zeit, gegen Euch gewandt hätte. Ihr mögt wohl klüger als ich sein, doch ich bin ein mächtiger Mann. Wollt Ihr gemeinsam mit mir der Gefahr trotzen?«

»Mein Gebieter«, sprach die Herrin, und ein zartes Erröten zog von ihrer Kehle in ihr ausdrucksvolles Gesicht.

»Ah, Ihr errötet« sprach der Kalif. »Ich vermute, daß ich gesiegt habe. Bringt mir den Kadi und den Imam, Dschafar! Ich werde diese Frau heiraten!«

Hürü war erstaunt, wie schnell der Ehevertrag aufgesetzt ward; ihr entging auch nicht, wie erpicht der Kalif darauf war, sicherzustellen, daß er zum Erben aller Vermögenswerte Herrin Zubaidas eingesetzt wurde, sollte sie dahinscheiden. Doch sie vernahm kein Wort darüber, daß Herrin Zubaida das Königreich der Abbasiden erben würde, sollte der Kalif zuerst ins Paradies eingehen. Noch war die Rede von einer Hochzeitsgabe an die Herrin. Wahrscheinlich war die eheliche Verbindung mir einem Kalifen Geschenk genug. Kameldung! dachte Hürü. Eine Frau solle niemals einem Manne vertrauen, insbesondere nicht einem Prinzen! Es schien Hürü, als sei die verläßlichste Waffe, über die eine Frau verfügte, der tief in ihrem Wesen begründete Argwohn; ohne diesen gerechtfertigten Argwohn war man dazu verdammt, barfüßig, schwanger und verstoßen herumzuwandern.

Hürü wußte aus ihren Kenntnissen der Geschichte, daß der Kalif Herrin Zubaida niemals treu bleiben würde; daß es ihm sogar gelingen würde, diese außergewöhnliche Frau in ein zänkisches, eifersüchtiges Eheweib zu verwandeln. Die Geschichtsschreibung erläuterte ausführlich die Vorkommnisse, in denen der Kalif diese beeindruckende Frau zum besten hatte und vermerkte niemals die Tage, an denen diese Frau triumphierte. Hürü wünschte, daß sie ihren dummen Mund gehalten hätte. Gab es etwas in ihr, fragte sie sich, das sie dazu trieb, stets die Aufmerksamkeit auf sich zu lenken?

13
Die Geschichte der Herrin Amine

Wie eine bekehrte Sklavin der Liebe
sich am Anfang aller Dinge wiederfindet

Auf der Hochzeitsfeier berief man Hürü, die Heirat des Kalifen mit Herrin Zubaida in einem Lied zu verewigen. Hürü, die sich noch nie in Heiratsliedern versucht hatte und noch nicht einmal das Wesen des Hochzeitsgedichtes verstand, überließ alles ihrer Lyra. Die Steinerne Lyra, nicht ganz auf der Höhe ihrer Kunst, gestaltete dennoch etwas über diese gefeierte Membrane, das Jungfernhäutchen. Oder jedenfalls war es das, von dem Hürü annahm, daß sie darüber singen sollte: das Gewebe, um das sich soviel webte. Kaum ein angemessenes Thema für Herrin Zubaida, deren Siegel auf hoher See gebrochen worden war, und sicherlich eine unglückselige Erinnerung für den Kalifen, daß er seine Ware aus zweiter Hand erstanden hatte. Doch es ließ sich nicht ändern. Sie war das Spielzeug der Lyra und mußte in das Schlechte wie in das Gute einstimmen. Und so sang sie, was die Lyra ihr vorgab.

> Hebt die Dachsparren, Zimmerleute
> *Hymen!*
> Der Bräutigam kommt wie der Gott des Krieges
> *Hymen!*
> Hochaufgerichtet wie die lesbische Poetin
> *Hymen!*

Der Applaus war höflich und verhalten. Niemand, Hürü eingeschlossen, wußte den Verweis auf die lesbische Poetin zu deuten. Jedermann hätte etwas Sinnlicheres den Dächern, Zimmerleuten, einem Bräutigam, der überragend wie ein Kriegsgott daherkam, vorgezogen.

»Sing nicht weiter«, riet der Kalif Hürü, »bis du nicht einige Unterrichtung erfahren hast.«

»Ich bin nicht im geringsten erstaunt«, sprach die Mutter des Kalifen, »daß der Knabe nicht ordentlich singen konnte. Habt ihr nicht gesehen, wie er gerade sein Essen verschlang? Ich will damit sagen, er verschlang es einfach! Als mein Gatte noch lebte, aßen die Musikanten in der Küche, so daß man nicht gezwungen war, zuzusehen, wie sie sich die Mägen vollschlugen.«

Die Musikanten des Hofes machten dort weiter, wo Hürü aufgehört hatte, da sie, wie sie sagten, über eine große Anzahl von Liedern verfügten, die mit Sicherheit gefielen. Das Gespräch bei Tisch – genaugenommen das Gespräch des Kalifen – wandte sich brennenderen Fragen zu, wie zum Beispiel der, was mit den Afghanenhündinnen zu tun sei, bis eine Entzauberin gefunden war, die den Zauberbann über ihnen wieder aufhob. Denn gewiß ziemte es sich nicht für den Kalifen, zwei Hündinnen als Schwägerinnen zu haben.

»Unter den jetzigen Umständen«, beschied der Kalif, »wird sich der Narr um die Hündinnen kümmern.«

Hürü brauchte ein paar Sekunden, bis sie verstand, daß sie gemeint war. Sie hatte gedacht, daß sie endlich die Lyraspielerin des Kalifen geworden war, doch siehe da, sie war wiederum zum Narren erklärt worden.

»Oh, Allah steh mir bei, das nicht!« rief Hürü. »Nur weil ich ein unangemessenes Lied vorgetragen habe, soll ich zum Hundediener gemacht werden? Ich verspreche Euch, Herrscher der Gläubigen, daß ich mich in Zukunft bessern werde. Bitte, Herr, laßt mich nicht die Hunde bedienen.«

»Warum nicht, Narr?« fragte der Kalif und blickte zornig drein.

»Weil ich sie beide lieben lernen werde«, erwiderte Hürü. »Ob sie nun Herrin Zubaidas unangenehme Halbschwestern sind oder nicht, für mich sind sie nur ein Paar unschuldiger Jagdhunde. Ich hatte einmal einen Hund, der noch nicht einmal reinrassig war wie diese hier, und ich weiß, was Hunde dem Herzen des Menschen zufügen können.«

»Hunde sind widerwärtig«, sprach der Kalif. »Unsere Freunde, die Perser, dulden nicht, daß Hunde sie berühren, da sie danach rituelle Bäder nehmen müssen, um sich davon zu reinigen. Ein gräßlicher Umstand, wenn man die Perser fragt, Hunde um sich zu haben.«

»Indessen«, sagte Hürü, »bin ich keine Perserin. Ich würde den Hunden gestatten, mich überall zu berühren, mein Herz eingeschlossen. Und dann könnte ich es nicht ertragen, zuzusehen, wie ihnen jede Nacht dreihundert Peitschenhiebe übergezogen werden. Laßt Mesrur sich um die Hündinnen kümmern; sein Herz hat durch die Rechtschaffenheit seines Gewerbes Widerstandskraft erlangt.«

Der Oberste Scharfrichter legte die Hand an sein Schwert, doch der Kalif bedeutete ihm, innezuhalten.

»Der Wicht hat einen Mund, der überfließt«, sprach der Kalif, »durch die Rechtschaffenheit *seines* Gewerbes, der Narretei. Nehmt keinen Anstoß, Mesrur, mein guter Vasall.«

»Bevor wir den Überblick verlieren«, sprach Herrin Zubaida, »sollte ich erwähnen, daß die *dschinniye* mir eine Locke ihres Haars übergeben hat. Ich trage diese Dämonen-Locke in diesem runden Goldanhänger um meinen Hals. Hier ist er. Die *dschinniye* sagte mir, daß ich, sobald ich sie zu vergegenwärtigen wünschte, nur ein paar Strähnen ihres Haares zu verbrennen brauchte, und sie würde vor mir erscheinen, selbst wenn sie sich hinter dem Berge Kaf befände.«

»So verbrennt denn ein paar Strähnen«, sprach der Kalif voller Begeisterung, »und laßt uns alle sehen, welchen Anblick eine *dschinniye* bietet.«

Das Haar ward in einen Weihrauchbrenner belegt und entzündet. Zum Erstaunen aller Anwesenden erhob sich eine adelige Dame, die unter ihnen saß. Sie sah aus wie ein Mensch.

»Ich bin die Frau, die Ihr gerufen habt«, sagte die adelige Dame. »Sobald ich von der Hochzeit des Kalifen mit der Herrin, die mein

Schützling ist, erfuhr, eilte ich hierher, um nach dem Rechten zu sehen. Solltet Ihr, o Herrscher der Gläubigen, es wünschen, daß diesen beiden Hündinnen ihre ursprüngliche Gestalt wiedergegeben wird, so werde ich Euch gewiß Euren Wunsch erfüllen. Doch ich warne Euch, o Kalif, es ist sehr viel besser, zwei Hündinnen zu Schwägerinnen zu haben als zwei, die reden können.«

»Ich werde mit ihnen fertig«, sprach Harun-er-Raschid, »ich bin der Kalif.«

»Auf denn«, sprach die *dschinniye*.

Sie begab sich zu den beiden Afghanenhündinnen, die eifrig einen goldenen Teller sauberleckten, auf dem ihnen ihr Fleisch gereicht worden war. Ehe man sich's versah, fanden sich zwei Frauen auf allen vieren, splitterfasernackt, und leckten an einem goldenen Teller. Die beiden vermenschlichten Hündinnen versuchten verzweifelt, ihre Blöße und ihre Scham zu bedecken. Doch alle Anwesenden hatten die Gelegenheit, zu bemerken, daß das, was reizvoll an reinrassigen Afghanen-Jagdhunden ist, nicht unbedingt an Frauen ebenso wirken muß.

»Hört, ihr beide«, sprach der Kalif zu den ehemaligen Hündinnen, »an diesem Tag meiner Hochzeit mit eurer guten Schwester verheirate ich euch beide mit meinem Sklaven und Obersten Strafrichter, dem Schwarzen Mesrur. Er ist der Mann, der weiß, wie er euch beide belohnen muß.«

»Allein, er ist schwarz!« rief die älteste Schwester voller Entsetzen.

»Und er ist ein Eunuch!« rief die mittlere und schüttelte sich.

»Das ist richtig!« sprach der Kalif und lachte, daß man um sein Leben fürchtete. »Was denkt Ihr, Gattin?«

»Teuflisch klug!« sprach Herrin Zubaida und erhob ihren Kelch zum Wohle ihres Gatten, ihres Herrn, ihres Gebieters, ihres Hauptpfeilers, des Trägers ihres Daches. Ah, der Dachbalken, der das Dach hebt! Hürü verstand nun endlich, was die Lyra gemeint hatte.

Da die Aufmerksamkeit der Hochzeitsgäste auf die Eheschließung der beiden ehemaligen Hündinnen-Schwestern mit dem Schwarzen Mesrur gerichtet war, die auf der Stelle und ohne weitere Umstände vollzogen wurde, bemerkte niemand das Verschwinden der *dschinniye*. Als man sich ihrer wieder entsann, war sie längst entschwunden. Und so geschah es, daß die Schwestern der Herrin Zubaida zum dritten Male einen Gatten, schwarz und mit leerem Gockelkamm, für sich fanden.

Die Neugierde des Kalifen wandte sich der streitbaren kleinen Dame namens Amine zu, deren Geschichte noch nicht gehört worden war.

»Nun denn, Herrin Amine«, sprach der Kalif, »unterhaltet Uns, Wir bitten Euch, mit Eurer Geschichte. Erzählt Uns, wer diese grausamen Narben auf Eurem wohlgeformten Steiß hinterlassen hat!«

Herrin Amine erhob sich, bezeugte dem Kalifen ihre Ehrerbietung und ließ sich auf den Knien nieder, um dem Kalifen die Geschichte zu erzählen, die er zu hören verlangte. Und während sie sprach, blitzten ihre tiefbraunen Augen, bald vor Trotz, bald vor Trauer. Hürü bemerkte nun zum ersten Male die Sorgenfalten, die bereits die elfenbeinerne Blässe ihrer Haut um den Mund und auf der Stirn entstellten. In der hellen Beleuchtung des Speisesaals des Kalifen waren die sanften Kurven Amines offensichtlich die einer jungen Frau, die vor ihrer Zeit gealtert war.

»O Herrscher der Gläubigen«, hub Amine an, »wisset denn, daß die Geschichte meines Lebens in keiner Weise außergewöhnlich ist. Ich bin nur eine einfache Sklavin der Liebe. Oh, sicherlich bin ich klug genug, daß ich hätte etwas anderes tun können, als mich zu verlieben. Doch ich tat es nicht.

Ich wuchs auf in einem Hause, in dem alles im Überfluß vorhanden war; nie gab es einen Grund für mich, eine Anstrengung zu unternehmen oder auch nur die Arme auszustrecken. Was immer ich wollte, wurde mir stets ungesäumt gereicht: Unterhaltung, Sicherheit, Entscheidungen, Reisen, Schmuck, wunderbare Gewänder. Mein Vater war ein Goldschmied. Und meine beiden Eltern wurden in den jüdischen Glauben geboren, wenn auch in unserem Hause so wenig Aufhebens um den Glauben gemacht wurde, daß uns niemand von den Christen unterscheiden konnte. Mein Vater suchte sogar Unterhaltung außerhalb des Hauses in der Gesellschaft anderer Frauen und benahm sich eher wie ein arabischer Herr denn ein wahrer Jude, der schwört, seiner einzigen ihm ehelich verbundenen Frau treu zu sein. Und meine Mutter war eine leicht reizbare Frau, vorsichtig und wachsam. Indes, kaum war mein Vater verstorben, verwaltete meine Mutter ihren Anteil des Erbes umgehend so schlecht, daß ich schwören könnte, daß sie an ihm Rache nahm, indem sie das Vermögen, das er ihr hinterließ, verlor. Sie wäre heute völlig mittellos, gäbe es nicht meine Schwestern, die sich mit Männern verheirateten, die fähig sind, ihren Wohlstand zu mehren.

Da wir keinen Bruder hatten, wurde meinen Schwestern und mir eine Erziehung, wie sie sich für die Töchter der Wohlhabenden geziemte, sowie arabische Namen zuteil. Bedenkt, wie unangebracht mein Name für eine Jüdin ist. Amine, wie wir alle wissen, war der Name der Mutter des Propheten Mohammed – ein guter Name, doch wohl kaum jüdisch. Ich wuchs heran und wußte nicht, was ich glauben sollte. Und so ist es nicht verwunderlich, daß ich mich, statt mich mit dem Glauben zu beschäftigen, wie es viele Frauen tun, den Wissenschaften zuwandte, für die ich eine große Neigung verspürte. Hingegen blieb mir die brennende Leidenschaft für die Wissenschaft fremd, die wahre Gelehrte vorweisen können.

Von Zeit zu Zeit suchte ich die Bibliothek meines Vaters auf, um nach Büchern zu bestimmten Fragen zu suchen. Das Gewicht der Bände gab mir, wenn ich sie in meine Kammer zurücktrug, das Gefühl einer gewissen Tugendhaftigkeit. Eine halbe Stunde lang fand ich dann beispielsweise die Astronomie von hohem Reize. Doch dann bemerkte ich immer wieder, daß ich mehrere Seiten gelesen hatte, ohne auch nur das geringste zu begreifen, während ich gleichzeitig Tagträumen nachhing von der übergroßen Liebe eines schönen und bezwingenden Mannes.

Oh, ich hatte einen guten Kopf für Zahlen. Den habe ich immer noch. Und ich lernte, mathematische Aufgaben zu lösen, stets gefordert von meinem Vater, der dieser Wissenschaft einen hohen

Wert zuschrieb. Doch ich brachte es nie soweit, daß ich selbst ein Theorem hätte erfinden können. Die Begabung für Musik, die oft die Neigung für Mathematik begleitet, ward mir ebenfalls zuteil, und in der Tat beherrsche ich mein Instrument vollendet. Hingegen habe ich es nie vermocht, ein Lied zu erfinden. Nicht in der Weise, wie es der bartlose Jüngling kann, der mich in Eurer Anwesenheit tadelte. O Kalif, ich bin zu sturköpfig zu hören, was ich hören sollte. Der Knabe hat recht, verflucht seien seine Ohren.

In mir lebt immer noch ein wenig das kleine Mädchen, das man zur Quelle führen kann, doch das nicht trinken will. Die Verweigerung war immer die Hauptquelle meiner Macht. Auf diese Weise siegte ich auch über meine Eltern. Eine wunderbare Auswahl köstlicher Speisen wurde mir vorgesetzt, und ich weigerte mich, auch nur einen Bissen zu mir zu nehmen. Dann beobachtete ich die Sorge meiner Eltern, die zusehen mußten, wie ich an Gewicht verlor. Ich vermute, daß ich zu Beginn nur meine Macht über sie spüren wollte, doch später, als ich zur Jungfrau heranwuchs, konnte ich in der Tat keinen Bissen mehr schlucken. Selbst eine einzige Pistazie kam augenblicklich wieder hochgeschossen, sobald ich sie hinuntergewürgt hatte. Wieso ich nicht starb, weiß ich nicht, wenn man bedenkt, zu welch wandelndem Skelett ich geworden war. Alles, was meine Eltern tun konnten, war, mich durch kräftige Sklaven gewaltsam zu füttern, und ich nehme an, daß die Reste der Speisen, die ich nicht wieder erbrach, mich nährten.

Sobald ich sechzehn Jahre alt war, vereinbarte mein Vater meine Heirat mit einem älteren Mann, ebenfalls einem Goldschmied, der älter als mein Vater selbst war. Sie vereinigten ihre beiden Handelshäuser mit mir als lebendem Verbindungsglied. Und welch zerbrechliches Glied ich doch war. Nicht nur konnte ich immer noch nicht die Speisen zu mir nehmen, mit denen mein Gatte mich versorgte, ich ertrug seine ehelichen Forderungen nicht. Glücklicherweise war er ein alter Mann, der sich nicht so oft erheben konnte, mich zu verspeisen, wie er es sich gewünscht hätte. Erst ein Jahr war verstrichen, als nur wenige Wochen hintereinander sowohl mein Gatte wie mein Vater starben. Ich trauerte tief um meinen Vater.

Unvermutet war ich nun eine reiche Frau durch das zweifache Vermächtnis, das meines geliebten Vaters und das meines unbeklagten Gatten. Und in gewisser Weise war ich nun gänzlich mir selbst überlassen und konnte tun, was mein Herz begehrte. Doch was in aller Welt begehrte ich? Mir fiel nichts ein, das angenehm, aufregend oder fesselnd gewesen wäre. Und so gab ich zehn Ausstattungen prächtiger Gewänder in Auftrag, ein jedes zum Preis von tausend Goldstücken, und ich schmückte mich Tag für Tag wie eine Königin, nur um mich zurückgezogen in meinem Hause aufzuhalten. Es war das vollkommene Versagen der Vorstellungskraft. Dann begann ich langsam, Geschmack an Speisen zu finden. Zu Beginn studierte ich fast wissenschaftlich das Wesen der Zusammenstellung der Speisen, die Eigenschaften der Pflanzen, der Körner, der Milchspeisen und des Fleisches, führte Versuche ob ihrer heilenden oder schädlichen Wirkung an meinem eigenen Körper durch. Diese Versuche umgaben meine Knochen wieder mit etwas Fleisch, und ich war erfreut, im Spiegel zu sehen, daß ich nicht ohne Reize war. Durch die Fortschritte meines Körpers ermutigt, begann ich, ihn sogar Leibesübungen zu unterwerfen, und sprang gewissenhaft wie eine Nymphe die Gartenwege entlang und dehnte mich in alle Richtungen beim Wasserbecken. Oh, hätte mein Vater mich nur sehen können! Er war so unbeweglich gewesen, daß er sich von Sklaven zur Latrine hatte tragen lassen.

Eines Tages, als ich keuchend und vor Schweißperlen glänzend meine Übungen gerade beendet hatte, die auszuführen mir zur Pflicht geworden war und ohne die ich nicht mehr gewußt hätte, wer und wo ich war, besuchte mich eine alte Frau. Sie war eine abscheulich häßliche alte Frau mit Warzen auf der Nase, aus denen dichte schwarze Borsten wuchsen, mit nur einem verfaulten Zahn im Mund und einem Atem, der ein Kamel mit einem einzigen Hauch umgebracht hätte. Ich nahm an, daß sie mich um eine milde Gabe aufgesucht hatte – viele Menschen in Not taten dies, da ich ihnen stets etwas gab, um sie wieder loszuwerden –, und so nahm ich einen Beutel mit Münzen von meinem Gürtel und reichte ihn ihr, ohne in ihr Gesicht zu blicken, noch bevor sie zu sprechen anhub. ›Meine barmherzige Gebieterin‹, sagte die alte Frau, ›ich kam nicht hierher, um Euch um Geld zu bitten, sondern um Eure Gegenwart. Ich habe eine verwaiste Tochter, deren Hochzeit heute abend gefeiert werden soll. Es bricht ihr das Herz, daß nicht eine einzige Dame von Rang unter ihren Gästen sein wird. Wenn Ihr meine Tochter mit Eurer Gegenwart belohnen würdet, so wäre das arme Ding außer sich vor Freude, denn sie hat keinen mächtigen Fürsprecher außer Allah in dieser Stunde, der wichtigsten Stunde im Leben eines jungen Mädchens. Und so ersuche ich Euch, die Feier mit Eurer Gegenwart zu schmücken, und Allah wird Euch Eure Güte lohnen.‹

Nun, dachte ich mir, es gibt junge Mädchen, deren Schicksal noch unglückseliger ist als das meine. Zumindest verfügte ich über Rang und Stellung in der Welt, die mir durch das Gesetz der Erbfolge zugesprochen worden waren. Es konnte mir doch nicht zum Schaden gereichen, jemandem einen Gefallen zu tun, der vom Schicksal weniger freundlich bedacht war als ich selbst! Ich versprach der alten Frau, daß ich bereit sein würde, sie zu begleiten, wenn sie am Abend zurückkehren und mich abholen würde. Ich hüllte mich in eines der zehn Prachtgewänder und behing mich mit genügend Schmuck, die weiblichen Gäste zu blenden, denn die Zurschaustellung von Reichtum schien meine Aufgabe auf Erden, das Wesen meines Daseins zu sein. Tief in meinem Herzen wollte ich nur ungern ausgehen. Ich haßte es, wenn man mich anstarrte, der Grund, weshalb ich mich in meinem Hause einschloß, um die langweiligen und abscheulichen Gaffer in den Straßen zu meiden. Ich wünschte, daß ich der alten Frau nicht mein Wort gegeben hätte, und hoffte, daß sie stürzen und ein Bein brechen möge, so daß ich statt dessen allein meinen Yoghurt mit Früchten zu mir nehmen könnte. Doch das ekelerregende alte Weib erschien zur verabredeten Stunde, um mich zu ihrem Haus zu führen.

›Oh, meine Gebieterin‹, sagte sie, ›die Frauen der Stadt sind eingetroffen. Und als ich damit prahlte, daß auch Ihr geladen wäret, kannte ihre freudige Erwartung keine Grenzen mehr. Kommt, damit sie Euch mit den Ehren empfangen, die Euch zustehen.‹

Und so zog ich mir Schleier und Umhang über. Ich nahm meine weiblichen Sklaven mit, um mich vor den Augen der Neugierigen zu schützen, und folgte der alten Frau, bis wir in einer Straße ankamen, in welcher ein sanfter Wind spielerisch meinen Schleier lüftete. Doch statt vor einer armseligen Hütte anzuhalten, klopfte die alte Frau an das Tor eines Palastes. Verwundert betrachtete ich die marmorne Verkleidung des Torbogens, staunte über die Pracht des Zuhauses dieser abscheulichen Frau. Wir betraten einen mit herrlichen Teppichen ausgelegten Gang, der von Lampen und Kerzen erleuchtet wurde und mit blauen persischen Kacheln und geschnitzten Schwibbögen geschmückt war. Von diesem aus gelangten wir in ein überwältigendes Gemach mit seidenen Sofas, von kristallnen Lampen erhellt und mit Damast und Samt ausgeschlagen. Von einem Diwan mit Baldachin erhob sich, um mich zu begrüßen, ein anmutiges Mädchen, sehr jung noch und doch ganz und gar Herrin ihrer selbst, und küßte mich auf beide Wangen. Sollte sie in der Tat ein Waisenkind sein, so trug sie es mit auserlesener Fassung.

›Willkommen in unserem dürftigen Heim, Herrin Amine‹, sagte sie. ›Eure Anwesenheit erfrischt das Herz.‹

Wir ließen uns nebeneinander nieder, nachdem ich meine Sklavenmädchen in die Küche entlassen hatte und die alte Hexe entschwunden war. Ich fragte mich, wo die Frauen Bagdads sich wohl verbargen. Wo war die freudige Erregung, die mein Name ausgelöst hatte? Doch bevor ich ihr noch meine Fragen stellen konnte, hub die vornehme Jungfrau zu sprechen an.

›Ich bitte Euch um Verzeihung‹, sagte sie, ›zu dieser List gegriffen zu haben, um Euch hierher zu locken. Sie wurde von der alten Frau ausgeheckt, doch es war mein Bruder, der sie bestach, sich etwas auszudenken, das ihm zu einer Unterredung mit Euch verhelfen könnte. Herrin Amine, mein armer Bruder brennt in hellen Flammen vor Liebe zu Euch.‹

›Und wie ist es ihm gelungen, sich ganz allein in diesen Zustand zu versetzen?‹ fragte ich, verblüfft über diese Verwegenheit. ›Ich verlasse mein Haus nur selten.‹

›Er besuchte ein Haus, das an Euren Garten grenzt‹, sagte die Jungfrau, ›und er erblickte Eure sylphenhafte Gestalt, die sich Leibesübungen hingab. Und er verliebte sich unrettbar.‹

Ich dachte bei mir selbst, daß der Bruder es auf mein Vermögen abgesehen haben mußte; wahrscheinlich war dies Schmuckstück von einem Heim bis zu den kristallnen Lüstern verpfändet und die Straße davor jeden Morgen mit Schlangen von Gläubigern gefüllt. Wahrscheinlich war ich die einzige Hoffnung der Familie, dem Armenhaus zu entgehen. Mir wurde bewußt, daß ich selbst die eine oder andere Hoffnung brauchen konnte, um diesem Haus wieder entfliehen zu können, wo ich, in gewisser Weise, gefangen war. Meine weiblichen Sklaven waren fortgebracht und konnten wenig dazu ausrichten, mich aus dieser Lage zu befreien, und diese Menschen konnten mich, wenn es sie danach verlangte, leicht gegen meinen Willen festhalten.

›Seid ohne Furcht‹, sagte die schöne Kupplerin. ›Meines Bruders Verlangen ist es, Euch im Namen Allahs und der Gesetze zu ehelichen. Es kann nichts Ehrenrühriges an dem sein, was rechtens und gesegnet ist.‹

›Nun‹, sprach ich, ›dann laßt uns sehen, welchen Anblick dieser Bruder bietet.‹

Sie klatschte in die Hände, und der Bruder, dessen Ohr am Schlüsselloch geklebt haben mußte, betrat das Gemach. Wie dem auch sei, der junge Mann, der sich so hinterrücks verliebt hatte, stellte sich als liebenswertes Schaustück der Schöpferkraft Allahs heraus. Er war nicht nur mit hohem Körperwuchs gesegnet, seine Schultern waren breit, seine Stirn hoch, seine Haut hell, und seine Augen funkelten mit Verstand. Bevor ich mich versah, liebte ich die Art, wie er so leicht auf seinen langen Beinen voranschritt, das

Gewicht auf der Innenseite der Fußsohlen, so sehnig mit der Verausgabung seiner Kraft geizend. Er muß sich von meinen Leibesanstrengungen angezogen gefühlt haben. Ich hätte mir keinen Geliebten aussuchen können, der mehr nach meinem Geschmack gewesen wäre; indes, aus Gründen, die nur er kannte, hatte *er* mich ausgesucht. Mein Vermögen allein hätte mir dies nicht eingebracht, selbst wenn ich mit aller Besonnenheit nach einem Ehemann gesucht hätte. Ihn hatte, ohne es zu wissen, die Sehnsucht meines Herzens in meinen Bann geschlagen.

›Dies ist mein Bruder Amin‹, sprach die kühle Edelfrau.

›Wollt Ihr mich heiraten, Herrin Amine?‹ fragte Amin ohne Feierlichkeiten und Umstände. ›Solltet Ihr mich zurückweisen, so werde ich so lange und mit solch Eifer darauf bestehen, daß Ihr mich letzten Endes doch heiraten werdet. Solltet Ihr mich dann immer noch zurückweisen, so werde ich sterben und Euch dann verfolgen, und mein Geist wird in noch größerem Maße das besitzen, was Ihr meinem Fleische verwehrt habt. Ob mit rechten oder unrechten Mitteln, ich werde Euch besitzen. Denn nun, da ich Euch aus der Nähe erblickt habe, gibt es nichts mehr, das mich aufhalten könnte.‹ Seine Stimme war so tief und samten, daß ich mich sehnte, meine Wange an ihr glattes, reiches Wesen zu schmiegen, an ihren starken Sog von purem Eisen, vermischt mit Überzeugungskraft. Zu diesem Zeitpunkt wäre ich, hätte er mich nicht heiraten wollen, mit Freuden seine Dirne geworden, ohne Bedrohung, ohne Versprechungen, sogar ohne Liebe seinerseits. Vielleicht möchte jede Frau ihren Willen aufgeben unter einem Mann, dessen Wille alles überragt?

Und so geschah es, daß wir uns kaum niedergelassen hatten, als ein Kadi und vier Zeugen das Gemach betraten, uns grüßten und begannen, den Ehevertrag aufzusetzen. Sobald die Gelöbnisse ausgesprochen waren, schickte mein Bräutigam den Kadi, die Zeugen und seine anmutige Schwester von dannen. Amin verschwendete keine Geduld mit Brauchtümern, die ihn davon abhielten, sein Begehren unverzüglich zu befriedigen.

›Und nun zu Bett‹, sprach er. ›Doch bevor ich dir so gründlich all das gebe, was du bisher in deinem Leben vermissen mußtest, nachdem du erst einen alten und schwachen Mann geheiratet und dann in deiner Witwenschaft dich dem Verzicht geweiht hast, möchte ich mit dir einen feierlichen Vertrag eingehen. Lehnst du ihn ab, so werde ich das Gemach ohne einen einzigen Blick zurück verlassen. Dann werde ich dich mit dem Brennen zwischen deinen Beinen zurücklassen. Ich werde dich mit einer Leere zurücklassen, die niemals mehr gefüllt werden kann. Gib dich keiner Täuschung hin, denn ich sehe in deinem Antlitz alle Zeichen dafür, daß du mich so sehr begehrst wie ich dich.‹

›Was immer du sagst‹, erwiderte ich, und meine Hüften bebten von seinem Versprechen.

›Dann schwöre auf den Koran, daß du nie und nimmer einem anderen Mann auch nur einen Blick zuwerfen wirst, ganz zu schweigen davon, daß du je eine Neigung zu einem anderen als zu mir entwickeln wirst.‹

›Dies ist ein so einfacher Schwur‹, sprach ich und legte die Hand auf sein heiliges Buch, ›da ich doch niemanden außer dir begehre.‹

›Für immer?‹

›Für immer und in alle Ewigkeit‹, schwor ich. Warum auch nicht?

Und dann nahm Amin mich. Und obgleich ich wild vor Leidenschaft war, wurde diese Leidenschaft nicht gestillt. Es war meine Schuld, wie ich jetzt weiß, denn ich wußte nichts darüber, was ich hätte tun können, mein eigenes Vergnügen zu steigern, für mich selbst zu erhalten, was ich am meisten begehrte. Auf dem Höhepunkt der Liebe selbst schien ich mich zurückzuziehen und überwältigt zu werden, statt gemeinsam mit ihm auch ihn zu überwältigen, den ich als freiwilligen Gefangenen in mir hielt. Und jedesmal, wenn ich zum Bett zurückkehrte, entschlossen zu nehmen, gab ich mich im letzten Augenblick mit dieser Genügsamkeit zufrieden. Just wenn ich den Tod kommen spürte, verließ mich der Mut, und ich konnte nicht den kleinen Tod der Liebe sterben.

Ich lebte in dem Glück, Eigentum dieses Ehemanns zu sein, dessen Besitzanspruch mich vor anderen Frauen auszeichnete, diesen bedauernswerten Frauen, die diese lauwarmen Ehegatten ertragen müssen, die nicht einmal imstande sind, eine zweite Vorstellung in derselben Nacht zu geben, diese Männer, denen man ausführlich schmeicheln muß, nur um sie erschlaffen zu sehen. Mein Gatte war unersättlich in all seinen Neigungen. Immer mußte er mehr als genug haben. Er säuerte mich, knetete mich, schob mich in den Ofen. Wenn er fühlte, daß ich nicht garte, so nahm er mich wieder heraus, um mich erneut zu säuern, mich zu kneten, zu walken und mich wieder übers Feuer zu schieben. Er überwältigte mich derart, daß ich gefühllos wurde. Er bewegte sich hin und her in einer gewissen schalen Kälte. Gleichwohl brannte ich den ganzen Tag vor Sehnsucht nach ihm, nur um am nächsten Morgen sein Bett zu verlassen, ohne das erhalten zu haben, für das ich mich hineingelegt hatte. Ich vermochte die Wahrheit vor meinem Ehemann zu verbergen, indem ich vorgab, daß meine Lust an der Schinderei so groß war wie die seine; und er war so von sich überzeugt, daß er sich ganz sicher war, daß ich sein Entzücken teilte.

Nachdem ein ganzer Monat auf diese Weise verstrichen war, bat ich ihn eines Tages mir zu gestatten, mich außer Hauses zu begeben, um einige Einkäufe zu tätigen und mein Heim, das ich verlassen hatte, in Ordnung zu bringen, indem ich es entweder verkaufte oder vermietete, bevor es dem Verfall anheimfiel. Er wollte dem nur zustimmen, wenn ich das furchtbar häßliche alte Weib als Aufpasserin mitnahm. Und abgesehen davon, so teilte er mir mit, habe er meine Angelegenheiten bereits selbst geordnet, und es bestünde keinerlei Anlaß, daß ich mir den hübschen Kopf über langweilige und schreckliche Geschäftsentscheidungen zerbräche. Und sollte ich dennoch einige kleine Besorgungen machen wollen, so müsse ich eben das alte Weib mitnehmen.

Die alte Frau begleitete mich, als würden wir uns auf eine gefährliche Reise begeben. Sie war voller Geschwätz über einen jungen Kaufmann, den sie kannte, und der wunderbare Ware von überall auf der Welt anbot, da ihm sein Reichtum erlaubte, ein einzigartiges Lager zu halten. Wir begaben uns auf kürzestem Weg zu seinem Laden, wo das Weib den Kaufmann aufforderte, mir nur die teuersten und kostbarsten Waren zu zeigen.

›Ist der Kaufmann nicht ein nobler junger Mann?‹ ließ das Weib nicht nach, mich zu bedrängen. ›Sind seine Augen nicht blau wie der Himmel und seine Lippen feuchter als Kirschen in Zuckerguß?‹

›Seht her, altes Weib!‹ erwiderte ich. ›Wir sind hier, um die Ware zu betrachten, nicht den Händler.‹

›Aber seht doch nur, wie entzückend er die Knie beugt‹, beharrte das Weib, ›wenn er Euch die Stoffe zeigt. Niemals habe ich einen so anmutigen jungen Mann erblickt!‹

Ich traf in aller Eile meine Wahl, so daß wir den Laden wieder verlassen konnten, in welchem die alte Frau mich mit ihrem geschwätzigen, losen Mundwerk in Verlegenheit brachte. Als ich bezahlen wollte, verweigerte der junge Händler jedoch mein Geld.

›Der Stoff ist Euer‹, sagte er. ›Eure Anwesenheit in meinem Laden ist mir Entlohnung genug.‹

›Gebt dem Kaufmann den Stoff zurück‹, befahl ich dem Weib, ›wenn er die Bezahlung zurückweist.‹

›Ich werde den Stoff aber nicht zurücknehmen, Allah sei mein Zeuge!‹ rief der junge Händler aus. ›Keine Macht auf Erden wird mich dazu bringen, das zurückzunehmen, was ich Euch zum Geschenk gemacht habe. Nein, bei Allah, ich werde kein Geld von Euch annehmen, wunderschöne Herrin. Alles, was ich dafür annehmen würde, wäre ein winziger Kuß.‹

›Was kann ein winziger Kuß schon ausmachen?‹ flüsterte das Weib. ›Ein Kuß ist gar nichts. Er hinterläßt keinerlei Spuren.‹

›Der Herrin gehört alles, was ich in meinen Lagern habe‹, sprach der junge Kaufmann, ›zum Preise eines winzigen Kusses. Soviel bedeutet mir ein Kuß von ihr.‹

›Sagt ihm, daß ich ihn nicht gehört habe‹, sprach ich zu dem Weib. ›Er muß entweder mein Geld annehmen oder den Stoff zurückerhalten. Kein Kuß von mir.‹

›Was bedeutet schon ein kleiner Kuß?‹ führte das Weib an.

›Warum seid Ihr so spröde? Überdies macht dieser junge Kaufmann solch geschäftigen Lärm, daß bald der gesamte Basar vor diesem Laden versammelt sein wird. Und es wird Eurem Gatten zugetragen werden, zweifellos auf dem Weg zu ihm verzerrt und aufgeblasen, daß Ihr Aufsehen auf dem Basar erregt habt wie ein gewöhnliches Weib. Wenn Ihr also diesen Unruhestifter zum Schweigen bringen wollt, so hebt Euren Schleier, haltet ihm die Wange hin, schließt die Augen und ertragt den Kuß dieses Störenfriedes. Und dann laßt uns diesen Ort verlassen.‹

›Doch ich habe einen Eid geschworen, nie einen anderen Mann auch nur anzusehen‹, widersprach ich.

›Ihr müßt ihn ja nicht *ansehen*‹, sagte das Weib. ›Schließt nur die Augen, und Euer Schwur wird nicht gebrochen sein. Wie könnte er gebrochen sein, wenn Ihr ihm nur erlaubt, Euch einen Kuß zu geben?‹

Und so geschah es, daß ich, um den jungen Kaufmann zu beruhigen, der in der Tat eine Menge um sich zu versammeln begann mit seinen Schreien nach einem Kuß, den man ihm schuldete, die Augen schloß und den Schleier anhob und dem schamlosen und beharrlichen jungen Mann die Wange hinhielt. Der Schurke setzte seine Lippen fürwahr auf meine Wange! Statt die Wange zu küssen, biß er so heftig in sie hinein, daß ich vor Schmerz die Besinnung verlor. Als ich wieder zu mir kam, war mein Kopf in den Schoß des Weibes gebettet, der Laden geschlossen und der ärgerliche Kaufmann verschwunden; und der Stoff mit ihm.

›Es ist nur ein blauer Fleck, Allah sei Dank!‹ sagte das Weib. ›Es hätte viel schlimmer sein können. Jemand hätte sehen können, wie Ihr ihm Eure Wange geboten habt. Und nun laßt uns eilen und nach Hause zurückkehren, bevor Euer Gatte dort erscheint. Sobald wir zu Hause sind, begebt Euch zu Bette und gebt vor, daß Ihr erkrankt seid. Ich werde einen heilenden Umschlag vorbereiten und ihn Euch bringen. Es ist ein sicheres Mittel gegen die Quetschung.‹

Ich nahm den Rat des Weibes an und begab mich sofort zu Bette. Schlußendlich wissen alte Frauen viel über heilende Umschläge und Listen. Mein Gatte kam, als er zurückgekehrt war und von meiner Krankheit erfahren hatte, ohne Verzug zu mir, um zu erfahren, woran ich litt.

›Ich hätte dir niemals gestatten sollen, das Haus zu verlassen‹, sagte Amin. ›Sieh nur, du bist umgehend erkrankt. Was schmerzt dich denn, meine Geliebte?‹

›Ich fühle mich nicht gut‹, erwiderte ich.

›Die zarte Röte deines Antlitzes‹, sprach er, ›ist schwarz und blau auf einer Wange. Was ist dir zugestoßen?‹

›Ein unseliges Begehren, etwas einzukaufen‹, gab ich zu. ›Auf der Straße scheute ein Kamel, das mit Feuerholz beladen war, gegen mich inmitten der Menge, zerriß meinen Schleier und quetschte mir die Wange. Eines ist sicher, die Straßen Bagdads sind zu eng.‹

›Bei Allah!‹ rief mein Gatte aus. ›Der Kameltreiber wird dafür büßen! Morgen werde ich den Kalifen aufsuchen und jeden einzelnen Feuerholzhändler der Stadt aufknüpfen lassen.‹

›Oh, bitte nicht!‹ rief ich aus. ›Lade nicht die Flüche eines jeden Feuerholzhändlers der Stadt auf dich. Nicht meinethalben! Die Wahrheit ist, daß ich nicht von irgend jemandes Feuerholz verwundet wurde. Ich ritt auf einem Esel, der scheute und mich abwarf. Ein Stöckchen auf der Straße stach mich in die Wange.‹

›Aha!‹ sagte er. ›Morgen früh werde ich den Großwesir Dschafar Barmaki aufsuchen und jeden einzelnen Eseltreiber der Stadt zum Tode verurteilen lassen.‹

›Wie kannst du nur unschuldige Menschen töten lassen?‹ sagte ich und weinte vor Qual und Furcht. ›Was mir zustieß, war mein eigenes Schicksal.‹

›Dann bist es zweifellos du selbst, die hingerichtet werden muß!‹

Er griff heftig nach meinen Haaren und zog mich aus dem Bett, wobei er ein Heulen ausstieß, das einem das Blut gefrieren ließ und das sieben schwarze Sklaven im Laufschritt in das Schlafgemach brachte, die Schwerter gezückt. Die Sklaven hoben mich auf und warfen mich in die Mitte des Gemachs. Und während ich hilflos zitterte, befahl mein Gatte dem einen Sklaven, mich an den Schultern niederzudrücken, einem anderen, sich auf meinen Kopf zu setzen, einem dritten, meine Knie zu halten, und einem vierten, meine Füße auf den Boden zu drücken. Und dann trat der fünfte heran, dessen blankes Schwert durch die Luft schwirrte.

›Mein Gebieter‹, fragte der Sklave, ›soll ich ihr den Kopf abschlagen? Oder soll ich sie in kleine Stücke hauen, damit wir mit ihr die Fische im Tigris füttern können?‹

›Hau sie in Stücke‹, sagte der Sklave, der auf meinem Kopf saß. ›Beste Bestrafung für eine Ehefrau, die ihr Versprechen ihrem Herrn und Meister gegenüber bricht.‹

›Nehmt das Schwert!‹ befahl mein Ehemann. ›Gleichwie!‹

›Sprecht Euer letztes Gebet‹, sagte der henkende Sklave, ›und gedenkt Eurer Missetaten. Dies, meine Dame, ist das Ende Eures Lebens.‹

›Guter Sklave‹, sprach ich, ›laßt mich los, während ich mich zu meinem Glauben bekenne und Frieden mit meiner Seele schließe.‹

Kaum befreit, warf ich mich vor meinen Gatten und flehte ihn weinend an. Dann sprach ich zwei Verse eines Liebesgedichtes; wie jeder wirkliche Herr liebte auch er die Poesie, und ich hoffte, sein Herz erweichen zu können. Und so fuhr ich fort, mich vor ihm niederzuwerfen und zu demütigen, ihn mit zärtlichen Worten anzusprechen, immer in dem Gedanken, daß ich ihn so bewegen könnte, daß er mich nicht hinrichten ließe, selbst wenn er am Ende Herr all meines Vermögens wurde. Doch mein Gatte hatte seinen Entschluß gefaßt.

›Haut sie entzwei!‹ befahl er. ›Sie ist für uns ohne jeglichen Wert. Begrabt die eine Hälfte von ihr und werft die andere den Fischen zum Fraß vor! Ihr ganzes Leben über ist sie wie zwei Frauen gewesen. Laßt sie die Ewigkeit damit verbringen, ihre andere Hälfte zu suchen.‹

Just als ich mich darauf eingestellt hatte, meinen Körper der Ewigkeit zu überlassen, stürzte das alte Weib in den Raum, veranstaltete einen fürchterlichen Aufruhr und warf sich zu Füßen meines Gatten und küßte seine Stiefel und bettelte um mein Leben.

›Gnade, mein Sohn, um meiner Milch willen, mit der ich dich aufzog‹, weinte sie. ›Vergib deinem Weibe, denn sie hat kein Verbrechen begangen, das solch eine fürchterliche Strafe verdiente. Euch selbst trifft die Schuld. Warum mußtet Ihr auch ihre Treue auf die Probe stellen? Warum mußtet Ihr sie mit einem Schurken zusammenbringen, der sich als Händler ausgab? Warum ermutigte und verführte ich sie, sich einen Kuß stehlen zu lassen? Ich fürchte um mein Leben, Sohn. Und ich fürchte um das deine. Wenn du das Blut einer Unschuldigen vergießt, kann uns allen beiden ein schreckliches Ende blühen.‹

›Sie hat sich nicht widersetzt‹, sagte mein Gatte. ›Sie hat den Weg des geringsten Widerstandes genommen, statt sich selbst treu zu bleiben.‹

›Eine Frau ist ein zartes Wesen, Sohn‹, sagte das Weib. ›Du kannst von ihr nicht die Standhaftigkeit eines Mannes verlangen.‹

›Euretwillen, Amme‹, sprach er, ›wird sie leben. Doch ich werde sie so zeichnen, daß sie für immer an ihren Verrat erinnert wird. Ihr Verbrechen wird in ihren Körper geschnitzt sein für den Rest ihres Lebens.‹

Mein Gatte befahl seinen Sklaven, mich meiner Weste und meiner weiten Hosen zu entkleiden; dann nahm er einen wuchtigen Stock, der aus einem Quittenbaum geschnitten war, und schlug mich höchstpersönlich aufs Gesäß und auf den Rücken, bis ich von den Schlägen die Besinnung verlor. Und als er damit fertig war, mich für mein Leben zu verunstalten, hieß er seine Sklaven mich in meinem eigenen Haus abladen. Alle meine vorherigen Sklaven waren auf und davon, nachdem sie nach dem Willen meines Gatten weiterverkauft worden waren, so daß ich niemanden hatte, der nach mir sah in den Monaten der Hinfälligkeit, die ich nach dieser Prügelei erleiden mußte. Er hatte die Voraussicht gehabt, jegliche bewegliche Habe, die ich besessen hatte, versteigern zu lassen, so daß ich nicht einmal mehr über eine Waschschüssel verfügte, in der ich mein Gesicht hätte reinigen können. Stöhnend und blutend lag ich viele Tage auf dem baren Boden, ohne daß auch nur eine Krume über meine Lippen gekommen wäre. Nicht einmal ein befreundeter Nachbar oder irgendeiner der Menschen, denen ich zuvor Gutes getan hatte, kam vorbei und brachte eine Suppe oder ein feuchtes Tuch für meine erhitzte Stirn, so sehr war ich entehrt und von allen verbannt. Doch nach dieser ersten Woche kam Herrin Zubaida, die von meinem schweren Schicksal gehört hatte und in ihrem Herzen Mitgefühl für mein Los empfand, um mir eine helfende Hand zu reichen. Sie bot mir nicht nur ihre Hand – sie brachte mich in ihrem eigenen Haus unter und pflegte mich, geleitet vom Rat ihres eigenen Arztes, bis ich gesundete. Und mit Herrin Zubaida verblieb ich bis heute. In ihr erkannte ich zum ersten Male, was eine Frau, die durch ihr Vermögen unabhängig ist, vermocht hätte. Sie ertrug Erfolg und Niederlagen wie ein Mann, ohne jemals an Fraulichkeit zu verlieren. Da ich, im Gegensatz zu ihr, dem ersten Mann, der danach fragte, mein Vermögen überlassen hatte, bewarb ich mich und erhielt die Stellung einer Einkäuferin für Herrin Zubaidas Haushalt und verdiente einen Tageslohn für einen Tag Arbeit. Zum guten Ende hatte ich die Beschäftigung gefunden, die Stetigkeit in mein unstetes Leben brachte. Ich hatte mich nie gerne auf der Straße aufgehalten, hatte jegliche körperliche Arbeit gemieden und einen langen Krieg mit jeglicher Nahrung geführt. Nun kaufte ich ein, feilschte, handhabte schwere Gerätschaften, führte das Haushaltsbuch – neben der nicht unbeträchtlichen Buchhaltung von Herrin Zubaidas Geschäften – und bereitete die Speisen zu wie die berühmten Köche, die alle Männer sind.

Und in der Tat hatte ich ein Heer zu verköstigen! Diese herrlichen Krieger-Jungfrauen, ehemalige Sklavinnen, die Herrin Zubaida befreit hatte, hatten sich selbst als ihre Streitkraft erkoren, wofür sie Lohn, Unterkunft und Ehre erhielten. Ah, diese Frauen! Sie starben lieber, als daß sie ihre Herrin den Truppen des Kalifen überlassen hätten – doch nicht, bevor eine jede von ihnen nicht fünf Männer getötet hatte. Das Haus Herrin Zubaidas war übersät mit ihren wunderschönen Leichen. Ihre Seelen müssen augenblicklich in das Paradies der Krieger eingetreten sein. Gleichwohl, wäre Eure

Neugierde über unsere geheime Gemeinschaft nicht so überwältigend gewesen, o Kalif, so freuten sich diese Krieger-Jungfrauen noch ihres Lebens. Wie kann ich auf Eure Gesundheit anstoßen, o Kalif, wenn diese tapferen Frauen tot dahingesunken sind?

Nachdem ich einige Zeit bei Herrin Zubaida gelebt hatte, schloß sich Safiye, die Himmelswölfin, unserer Schwesternschaft an. Und welch willkommene Bereicherung sie war! Safiye die Himmelswölfin, deren Kunstfertigkeit im Reiten und im Schwerterkampf alle übertraf, wurde Befehlshaberin der Streitkraft des Hauses und bildete die Jungfrauen aus und führte sie der Vollkommenheit zu. Man könnte sagen, daß sie Herrin Zubaidas Wesirin für äußere Angelegenheiten war. In diesem Haushalt fehlte es uns nicht an Gesellschaft, Liebe und Zärtlichkeit. Und um uns an jedem einzelnen Tage zu versichern, daß wir nichts vergessen hatten, mußte Herrin Zubaida ihre zwei Hündinnen-Schwestern auspeitschen, und ich entkleidete mich und ertrug die Schande, meine Narben zu entblößen. Wie es jeder Süchtige tun muß, um seiner Sucht zu entkommen, mußte ich offen meine Sucht nach Liebe bekennen. Noch immer sehne ich mich nach diesem gewalttätigen Manne; er erscheint mir in meinen Träumen, er entflammt meine Vorstellungskraft, nur um mich im Bewußtsein meines verschmähten Leibes erwachen zu lassen. Würde er mich auch nur ein einziges Mal berühren, so würde ich unmittelbar wieder meinem Dasein als Sklavin der Liebe verfallen.

Doch Beschäftigung birgt Sicherheit. Indem ich Köchin wurde, überwand ich meinen jungmädchenhaften Brechreiz. Ich habe mir nicht nur einige angenehme Rundungen zugelegt, ich fürchte auch den Erfolg nicht, der dem Versagen auf der Ferse folgt, auch wenn ich, würde mein Gatte mich wieder aufnehmen, wieder zu einem willenlosen Geschöpf werden könnte.«

*

Herrin Amine schwieg und blickte auf ihre feingliedrigen Hände hinab, deren Handwurzeln von einer gesunden Schicht Hornhaut bedeckt waren. Auch die Gäste schwiegen für einige Minuten und sannen über die Geschichte der jungen Frau nach. Wir alle wissen, daß unsere Nachbarn oft im verborgenen leiden, doch es erschreckt uns zu hören, was jemand zu erzählen hat, der zu den Überlebenden zählt.

»Wer denn nun«, verlangte der Kalif zu wissen, »war dieser ungerechte Frauenschläger? Ich hätte diesem Manne einiges mitzuteilen!«

»Ihr fändet keinen Gefallen daran zu wissen, wer er ist, o Kalif«, sagte Herrin Amine. »Es ist besser, daß Ihr es nicht erfahrt.«

»Gleichwohl, ich muß wissen«, beharrte der Kalif, »wer von meinen Untertanen sich zu solch unmenschlichem Übermaß hinreißen läßt. Ich befehle, daß man ihn vor mich bringt und für seine Dummheit bestraft.«

»Strafe«, erwiderte Herrin Amine voller Trauer, »käme zu spät, o Herrscher der Gläubigen. Ein wenig väterliche Fürsorge hätte früher etwas bewirken können. Hättet Ihr Eurem Sohn das Geschenk der Liebe gemacht, o Kalif, so müßte ich mich nicht vor Euch erniedrigen, indem ich der Öffentlichkeit das Geheimnis meiner Narben enthülle. Der junge Mann, um den es geht, ist niemand anderes als Euer Sohn, Prinz El-Amin.«

»Was!« rief der Kalif aus und schluckte schwer. »Ich wußte nicht einmal, daß er sich verheiratet hat! El-Amin heiratet, ohne seinem Vater Nachricht davon zu geben ... und seinem Kalifen. Das zählt zu den Dingen, die in die Bücher aufgenommen werden müssen!«

»Vielleicht«, bot Herrin Zubaida abermals an, »habt Ihr zu viele Söhne, um Euch um sie kümmern zu können, mein Gebieter.«

»Dies allerdings schmerzt mich«, beschwerte sich der Kalif bei seiner neuen Frau. »Ich nehme an, daß El-Amin dachte, ich mißbilligte die Verbindung mit einer Jüdin. Und schlimmer noch, er schlägt sie halb tot und sagte immer noch kein Wort. Finde diesen Schuft, Dschafar, und bring ihn her. Warum überhaupt ist er nicht bei meiner Hochzeitsfeier zugegen?«

»Vielleicht«, bot Herrin Zubaida abermals an, »weil Ihr nie seine Mutter geheiratet habt, mein Gebieter.«

»Kommt«, lud der Kalif seine gerade entdeckte Schwiegertochter ein, »und setzt Euch neben mich. Ihr seid eine so liebliche Schwiegertochter, wie ich sie mir nur vorstellen könnte – auch wenn Ihr sagt, daß Ihr im Bett nicht besonders gut seid. Allein, das sind die meisten Frauen nicht. Und die meisten geben vor, daß dem nicht so ist. Eine jede Frau sollte sich an dem Tage der fleischlichen Vereinigung hingeben, an dem sie die menschlichen Fehler ihres Geliebten kennt, und nicht einen Tag vorher. Oh, Bucklige und greuliche Krüppel, so wurde ich belehrt, lassen manche Frauen den einzig wahren Höhepunkt, den sie je gekannt haben, erleben. Es ist kein Platz für Träume in der fleischlichen Verbindung, wißt Ihr, für trügerische Einbildungen, die die reine tierische Lust mildern würden. Nun, da Ihr wißt, welch ein Ungetier El-Amin ist, Tochter, sollte keine trügerische Hoffnung Euch mehr davon abhalten, Eure Befriedigung zu finden.«

Herrin Amine sah verwirrt aus, doch sie ließ sich neben ihrem mächtigen Schwiegervater nieder und begann dann, wie von Dämonen besessen zu schluchzen. Als El-Amin unter lautem Widerspruch herbeigeschleppt worden war, schien der junge Mann vor Wut entbrannt, als er seine ihm entfremdete Gattin erblickte, die neben seinem Vater saß und von diesem getröstet wurde. Indes, er vollführte die rechten Ehrerbietungen, und ihm wurde gestattet, dem Kalifen die Hand zu kussen. Es ist nicht viel an ihm dran, dachte sich Hürü, zum einen ist er zu groß für Herrin Amine, die zierlich wie ein Spatz war. Abgesehen davon war El-Amins Haut in Hürüs Augen zu fahl, sein Gesicht irgendwie zu lang. Ein Pferdegesicht, dachte sie, das ist es!

»Ist es wahr, Amin, daß du diese entzückende Frau geheiratet hast?« erkundigte sich der Kalif mit aller Geduld, die er aufbringen konnte. »Und daß du ihr dann fast die Lebensgeister aus dem Körper geprügelt hast?«

»Ich hatte das Unglück, sie zu heiraten«, gab der Prinz voller

Verdruß zu, »doch das Glück, sie wieder loszuwerden. Diese Frau sieht stets auf andere, damit diese entscheiden, was sie tun soll. Nicht nur kann ein gewöhnlicher Straßenhändler ihren Treueschwur zunichte machen, ich hörte, daß sie sich nun unter dem Einfluß eines weiblichen Scheichs befindet, der ihr sagt, was sie zu tun hat. Wie kann ein Mann einer Frau vertrauen, die nicht weiß, was sie will?«

»Amine hat sich verändert, Amin«, sprach der Kalif. »Sie hat genug erlitten, um zu dem einen oder anderen eigenen Entschluß zu gelangen. Abgesehen davon kümmern mich deine Beschwerden nicht. Ich will, daß Recht obwaltet. Versöhne dich unverzüglich mit ihr!«

»Das kann ich nicht, o Kalif«, sagte der Prinz. »Zur Zeit habe ich eine lose Verbindung mit einer anderen.«

»Dann löse die lose Verbindung!«

»Aber ich habe mich bereits wiederverheiratet«, fuhr der Prinz in quengelndem Tonfall fort. »Und ich habe den Sohn meiner neuen Gattin an Kindes Statt angenommen.«

»Bei Allah!« donnerte der Kalif los. »Erstens heiratest du ohne meine Erlaubnis eine Jüdin; zweitens prügelst du sie halbtot; drittens heiratest du eine Frau, die ein anderer Mann übriggelassen hat; viertens nimmst du den Bastard dieser Frau an Kindes Statt an. Ist denn kein Ende in Sicht? Bist du denn nur auf die Welt gekommen, um deinen Vater zu kränken und ihm Schande zu bereiten?«

Prinz Amin stand vor seinem Vater, die Hände auf der Brust gekreuzt, und sah verlegen aus, doch ohne jegliche Reue.

»Nun, dann höre«, sprach der Kalif. »Du wirst Herrin Amine wieder aufnehmen und mit ihr in ihrem Hause leben, dessen frühere Pracht mit Mitteln aus meiner eigenen Schatulle wiederhergestellt werden soll. Darüber hinaus soll sie ein regelmäßiges Einkommen gemäß ihrer Stellung als Prinzessin dieses Reiches erhalten. Dein Unterhalt, auf der anderen Seite, erlischt umgehend. Deine Gattin wird dir Taschengeld nach ihrem Gutdünken geben. Und ich erwarte von dir, du mein verblüffender Sohn, daß du deine Schuld wie ein Ehrenmann abträgst.«

Und so geschah es, daß des Kalifen Sohn El-Amin dazu verurteilt wurde, mit seiner ihm entfremdeten Gattin Amine zu leben, die er nicht mehr liebte; er wurde unter das Dach seiner Frau verbannt und, in dem erlaubten Maße, unter ihre Herrschaft. Auch wenn es die Pflicht eines Kalifen ist, jedermann zu verheiraten und damit eine Vielzahl von schmerzlichen Knoten in jedermanns Leben aufzulösen, konnte Hürü nicht recht begreifen, wie der Kalif so unbekümmert Menschen zu ihrem Glück verurteilen konnte.

»Nun denn, auf ins Bett!« sprach der Kalif, der zutiefst mit sich zufrieden war. »Morgen werden wir Herrin Safiyes Geschichte hören. Jetzt aber erwartet mich meine Braut!«

Hürü, die nun schon zwei Nächte lang nicht geschlafen hatte, war überglücklich über die Aussicht auf ein Kopfkissen und ein weiches Bett. Wie konnte der Kalif, der kein Student mehr war, ebenso zwei Nächte wie ein Schüler aufbleiben und immer noch davon ausgehen, daß er im Bett eine gute Vorstellung geben würde, fragte sie sich. Doch das war sein Problem.

Zu ihrer Bestürzung entdeckte Hürü, daß man von ihr erwartete, sich auf einer der Bänke vor dem königlichen Schlafgemach zusammenzurollen, gemeinsam mit den anderen Kelch-Gefährten, die wie die Bettler nächtigten für den Fall, daß der Kalif nicht schlafen konnte und alle Mann aufbleiben hieß, mit ihm zu trinken. Kein Gemach für sie, wie der Kalif es versprochen hatte! Ach, die Versprechen der Prinzen!

Bittere Gedanken erfüllten Hürü, während sie sich auf der Bank von einer Seite auf die andere drehte. Trotz ihrer Erschöpfung fand sie keinen Schlaf. Kein Wunder, daß die Söhne Harun-er-Raschids das Goldene Zeitalter Arabiens dem Abgrund zusteuerten! Bei einem solch übermächtigen Vater konnten die Söhne es doch kaum erwarten, mit seinem Erbe umzugehen wie der Eseltreiber mit dem Federkiel! Sie versuchte, sich an den Nachkommen aus der Ehe des Kalifen mit Herrin Zubaida zu erinnern, doch ihr fiel der Name nicht ein. Man könnte erwarten, daß der Sohn einer großen, schönen Frau wie Herrin Zubaida, die überdies über bemerkenswerten Scharfsinn verfügte, einen guten Prinzen ausmachen würde, die Araber durch schwere Zeiten zu führen. Wer war es gewesen? Dann fiel Hürü die Geschichte des Gottergebenen Prinzen wieder ein. Ja! Der Gottergebene Prinz muß Herrin Zubaidas Sohn gewesen sein! Im zarten Alter von sechzehn Jahren entsagte der Gottergebene Prinz der Welt und erwählte sich den Weg des Sufi.

Die Geschichte, derer sich Hürü entsann, wurde in aller Schlichtheit, ohne erbauliche Ausschmückungen von den Derwisch-Lehrern erzählt, als sei ihre Botschaft ein alltägliches Vorkommnis. Wie es schien, traf eines Tages Harun-er-Raschid, umgeben von den Fürsten des Reiches und den Würdenträgern des Staates, auf seinen asketischen Sohn. Als sie des Prinzen in seinem härenen Gewand, den Kopf mit einem wollenen Tuch umhüllt, gewahr wurden, schämten diese hehren Amtsträger sich für den Kalifen. »Der Jüngling macht seinen Vater zu einem Narr unter den Königen«, raunten sie einander zu. »Ist dies die rechte Art für einen Prinzen, sich aufzuführen?« »Der Kalif sollte wirklich zusehen, daß der Prinz sich standesgemäßer verhält!«

Als er vernahm, was seine Höflinge zu sagen hatten, sprach der Kalif zu dem Prinzen: »Mein lieber Sohn, ihr bringt Schande über mich vor meinem Hof.«

Der Prinz blickte starr auf seinen Vater, doch er antwortete nicht.

»Was hast du dazu zu sagen?« beharrte der Kalif.

»Nur dies, o Kalif«, sprach der Prinz, »Ihr bringt Schande über mich vor den Heiligen.«

Und so geschah es, daß der Gottergebene Prinz Bagdad verließ und sich in die Stadt Basra begab, wo er schwerste Arbeit inmitten gemeiner Arbeiter verrichtete. Das Ende der Geschichte, wie es ein Zeuge berichtet, für den der Prinz als Steinhauer gearbeitet hatte, geht etwa so:

›Der Knabe‹, schilderte der Zeuge, ›nahm nur einen eringen Lohn für seine schwere Tätigkeit an. Doch ich bemerkte, daß jedesmal, wenn er innehielt für seine Meditationen, die Steine sich von allein zu einer Mauer türmten. So kam es, daß ich wußte, daß es kein gewöhnlicher Knabe war. Dann hörte ich, daß er krank geworden war. Da ich nach ihm sehen wollte, fand ich den Jüngling in einer elenden Hütte, wo er auf dem Totenbett lag. Er bat darum, daß ich mich um seine Beerdigung kümmern und alles, was sich in seinen Taschen befinden sollte, dem Kalifen bringen möge. Am nächsten Tage begrub ich ihn und fand in seiner Tasche einen unglaublich großen Rubin.

Als ich den Rubin Harun-er-Raschid brachte, wußte der Kalif augenblicklich, daß sein Sohn tot war.

»War der Knabe, Allah segne ihn, wirklich Euer Sohn, o Herrscher der Gläubigen?« fragte ich.

»Bei Allah, das war er!« erwiderte der Kalif. »Doch der Prinz mied alles, was ihm zu geben in meiner Macht lag. Dieser Rubin wurde ihm von seiner Mutter aufgedrängt, welche fürchtete, daß Armut ihn in fremden Gebieten überkommen könne, und die sich damit des Lebens und des Überlebens ihres Sohnes versichern wollte.«

›Dann reiste der Kalif‹, fuhr der Zeuge fort, ›mit mir nach Basra, wo ich ihm das Grab des Prinzen zeigte. Dort fiel der Kalif auf die Knie und weinte, als bräche ihm das Herz. Er flehte Allah und Seine Heiligen um Vergebung an. Und als der erste Schmerz der Trauer verebbt war, bat er mich, seinem inneren Kreis von Freunden beizutreten.‹

»O Kalif«, flehte ich, »vergebt mir meine Kühnheit. Doch ich muß Euer Angebot der Freundschaft zurückweisen. Das Beispiel Eures Sohnes ist mir eine Warnung, die ich nicht vergessen kann.«

Vielleicht, mutmaßte Hürü, war der Gottergebene Prinz die Frucht der Vereinigung in dieser Nacht. Vielleicht war der Prinz genau in diesem Augenblick damit beschäftigt, sich zeugen zu lassen.

14
Die Geschichte der Herrin Safiye

Warum stellt eine wunderschöne Amazone immer ihr Licht unter den Scheffel?

Kaum hatte der Kalif sich seinen mit Butter und Honig verschmierten Bart gewischt und das Eigelb von seinem Nachtgewand getupft, als er Safiye, der Himmelswölfin, befahl, das königliche Paar mit der Geschichte ihres Lebens zu unterhalten. Hürü war es nicht entgangen, daß die junge Braut hastig das Tablett mit dem Frühstück, das ihnen in ihr Bett gebracht worden war, so drehte, daß die leckersten Bissen ihrem kräftigen Ehemanne zugedacht waren. Und Herrin Zubaidas Hand verweilte einen Hauch zu lange auf dem Eierbecher des Kalifen. Hürü nahm an, daß der Kalif es seiner neuen Frau recht besorgt hatte oder gar noch besser. Hürü war froh. Sollte Herrin Zubaida doch alles erhalten, was sie sich zu nehmen verstand, solange das Bekommen und das Nehmen noch leicht waren.

Während der innere Kreis von Höflingen näher an das herrschaftliche Bett heranrückte, erhob sich Herrin Safiye in all ihrer anmutigen Größe, verneigte sich tief – nicht ohne einen Anflug von Schalk in den Winkeln ihres üppigen Mundes – und schwang mit einer Kopfbewegung ihre schweren blonden Zöpfe auf den Rükken. Hürü hielt Safiye für die wahrste Schönheit unter den Drei Damen von Bagdad, doch wahrscheinlich hatte Hürüs Voreingenommenheit ihre Wurzeln in Istanbul, wo die Menschen hellhäutiger waren. Und abgesehen davon war es diese Herrin, die Hürü am beständigsten ihr Wohlwollen hatte spüren lassen, seit sie als Lastenträger in ihrem Hause aufgetaucht war. Zu manchen Menschen fühlte man sich vom ersten Augenblick an hingezogen in dem Wissen, daß der andere sogar jene Gedanken verstehen würde, für welche man selbst noch nicht die Worte gefunden hatte. In Safiyes länglichen Augen blitzte dieses Erkennen von Hürüs Wesen. Als die Herrin anhub, dem Kalifen und seiner hehren Gesellschaft ihre Geschichte vorzutragen, ließ sie Hürü durch einen schnellen Blick wissen, daß sie sich ihrer Gegenwart bewußt war.

»Man sagt, o Herrscher der Gläubigen«, hub Safiye, die Himmelswölfin, an, »daß manche Menschen in die Größe ihres Daseins hingeboren werden, während andere gezwungen sind, über sich selbst hinauszuwachsen. So wisset denn, o Kalif, daß ich hoch oben in den kaukasischen Bergen zur Welt kam, in der Heimat des tscherkessischen Volkes. Die meisten Menschen in der kultivierten Welt würden meinen Geburtsort als Niemandsland betrachten. Doch wie meine Vorfahren hege ich eine gewisse Neigung zur Prahlerei, der ich immer dann nachgebe, wenn ich dies mit Witz und Verstand tun kann. Eine begabte Zunge, auch wenn diese ihrem Wesen nach vielleicht eher der Abwertung meiner eigenen Person zuneigt, erlaubte es mir, mich aus manch einer brenzligen Lage zu befreien, genauso, wie sie mich in ernsthaftere Schwierigkeiten brachte, als ich es mir hätte vorstellen können. Indes, Schwierigkeiten sind für die Menschheit das, was vollkommene heitere Gelassenheit für Allah ist. Es scheint, nun, da ich darauf zurückblicke, als hätte ich immer die Schwierigkeiten aufgesucht und sie in ihren vielfältigen Masken bereitwillig angenommen.

Bedenkt, was es bedeutet, als Tscherkesse auf die Welt zu kommen, mein Gebieter. Wir sind ein Volk, das sowohl verflucht wie auch gesegnet ist durch die Schönheit unserer Jugend, der männlichen wie der weiblichen. Überall auf den Sklavenmärkten sind wir hochbegehrt, und wir bringen auf dem Versteigerungsblock solch aberwitzig hohe Summen, daß verwegene Reiter und Sklavenhändler in Horden über uns her- und in die Städte und Lagerstätten einfallen, um uns unseren blondhaarigen und schmalhüftigen Nachwuchs zu entreißen. In sehr jungen Jahren noch befreunden wir uns bereits mit der Gefahr. Im Kaukasus, den jähen Klippen der

Welt, in welcher wir leben, lernen wir in der Gefahr am Abgrund aller Dinge zu überleben. Das Wagnis selbst ist für uns ein Rausch, der süchtiger macht als Wein.

Insbesondere die Mädchen, die die Natur nicht im selben Maße wie die Jungen mit Können und Tapferkeit ausgestattet hat, müssen dafür Sorge tragen, daß sie weniger verwundbar sind. Noch bevor es laufen kann, muß das Mädchen lernen zu reiten; bevor sie lernen kann zu reiten, muß sie ein Pferd stehlen. Pferde zu stehlen, ohne dabei erwischt zu werden, stellt eine Tugend bei uns dar, denn man muß das Stehlen und das sich Davonstehlen beherrschen. Ein Mädchen muß sich morgens vor ihrem Bruder erheben; sie muß sich auf ihre Stute schwingen, bevor er sich auf seinen Hengst schwingt; sie muß das Lager des Feindes erreichen, bevor er es tut; und sie muß ihrem Bruder den stinkenden Kopf eines Feindes bringen. Dieser Brauch wird während des Liebeswerbens wiederholt. Eine verliebte tscherkessische Jungfrau muß ihren Geliebten an Tollkühnheit übertreffen. Das ist der Grund, weshalb tscherkessische Bräute so begehrt sind bei unseren kriegerischen Nachbarn, den Männern der türkmenischen Stämme. Eine tscherkessische Jungfrau ist nicht nur mit dem jungen Mann ihrer Wahl die ganze Nacht unterwegs, sie ist auch eine tapfere Kriegerin, die ihrem Manne ein Festmahl und ausgelassenen, übermütigen Zeitvertreib bieten kann.

Ohne einen ernsthaften Kampf geben wir nicht auf, welches der Grund ist, weshalb tscherkessische Sklaven immer noch sehr selten sind. Ließen wir uns widerstandslos gefangennehmen, so hätte es längst eine Schwemme auf dem Markt gegeben, und ein jeder hätte seinen Hunger nach tscherkessischem Fleische befriedigen können. Man kann nur hoffen, daß eines Tages alle Menschen dieser Erde unsere körperlichen Vorzüge aufweisen werden, so daß auch wir uns eine Atempause gönnen und etwas Angenehmeres tun können, als uns gegen Plünderer zu wehren, die in uns nichts weiter sehen als eine Ware. Allah möge es fügen.

Als ich gerade die Geschlechtsreife erlangt hatte, verlor ich meinen Vater bei solch einem Überfall. Meine Mutter, mein strohblonder kleiner Bruder und ich konnten mit knapper Not entkommen, indem wir uns auf die Pferde schwangen, die wir ob ihres sicheren Tritts in diesen zerklüfften Bergen züchteten, während mein unglücklicher Vater die Sklavenjäger aufhielt. Mein Vater war Handwerker, das Besticken von Wandbehängen und Vorhängen sein Gewerbe. Ich begann eine Lehre in seiner Kunst, sobald ich einen Faden durch das Öhr einer Nadel fädeln konnte. In nur acht Tagen konnte er an einem Wandbehang Wunder vollbringen, indem er den Stoff mit buntem Seidengarn und goldenen und silbernen Fäden bestickte. Er stickte Vögel, wilde Tiere, Früchte, Bäume, Landschaften mit Springbrunnen, Berge und Gärten, in denen Nachtigallen sangen, auf die Behänge. Dann versiegelte er sein Werk und verkaufte es an fremde Händler, die fünfzig Goldstücke für einen Behang aus den Händen meines Vaters als wenig ansahen. Ich nehme an, daß sie den Preis auf fernen Märkten verdoppelten und verdreifachten. Doch die Menschen um uns herum besaßen nicht einmal rechte Häuser, in welchen sie selbst einfachste Behänge hätten aufhängen können, ganz zu schweigen von diesen Kunstwerken, die für Prinzen und Könige geschaffen zu sein schienen. Wie ich bereits erwähnte, waren wir zu sehr damit beschäftigt, uns gegen Sklavenjäger zu wehren, um uns in Ruhe der Aufgabe widmen zu können, den Wohlstand der Seßhaften zu erringen.

Dank dessen, was ich von meinem Vater gelernt hatte, konnte ich, solange ich meine Nadel dabeihatte, jederzeit und überall mein Auskommen finden. Und so geschah es, daß die Aufgabe, die Familie zu ernähren, nach dem Opfertod meines Vaters mir zufiel. Meine Mutter, der keinerlei Gespür für Farben und Formen mitgegeben worden war, half, indem sie Kleidungsstücke einsammelte, die die Nachbarn nicht mehr brauchten, um sie anderen weiterzuverkaufen, die noch Nutzen aus diesen Lumpen ziehen konnten. Sie war in der Stadt die Händlerin in gebrauchten Waren. Zu Beginn hatte ich nur etwa jedes Jahr einen Behang vollbracht. Dann, als ich die Kunst besser zu beherrschen verstand, verringerte sich die Zeit auf Monate, und bald schon konnte auch ich innerhalb von acht

Tagen einen Wandbehang herstellen, genau wie mein unglücklicher Vater. Auf die eine oder andere Art verbesserte ich sogar seine Ausführungen. Wir begannen soviel für unseren Lebensunterhalt einzunehmen, daß meine Mutter ihren Handel aufgeben konnte. Mein geliebter kleiner Bruder wuchs damit auf, daß er alles erhielt, was sein Herz begehrte. Der Luftikus hatte nichts anderes im Sinn, als sich in kostbarer Kleidung herauszuputzen und sein sorgloses Leben in der Gesellschaft von anderen Jünglingen zur Schau zu stellen, die ebenso unzähmbar waren wie er selbst. Vielleicht meinten meine Mutter und ich es zu gut mit ihm. Gleichwohl, es schien uns unmöglich, streng mit ihm zu sein. Er war nicht nur eine bedauernswerte Waise, er war zugleich der allerliebste Knabe, den man je erblickt hatte. Der Gedanke an seine süßen Grübchen läßt die Saiten meines Herzens immer noch erklingen.

Als ich zwanzig Jahre zählte, war ich immer noch unverheiratet, ging meinem Handwerk nach und übte mich in reiner Pflichterfüllung. Auch wenn ich mir Ähnliches selbst nie gestattet hätte, so brachte die liederliche Lebensart meines Bruders, seine Unordnung, der Tumult, der ihm überallhin folgte, doch Abwechslung in die Tage, die nur mit Nadel und Faden gefüllt waren. Mit nur vierzehn Jahren verschwand er manches Mal tagelang, nur Allah weiß wohin, um zu tun, was immer ihm gerade Vergnügen bereitete. Eines Tages wurden meine Mutter und ich vor den Stammesfürsten gerufen, der meinen Bruder gefangenhielt, weil dieser seine Wettschulden nicht beglichen hatte. Der Stammesfürst, dem die berittenen Krieger unseres Stammes unterstanden, war so erzürnt, daß er damit drohte, meinem Bruder das Leben zu nehmen.

›Wieviel schuldet er Euch?‹ sagte ich, die Hand auf meiner Börse an meinemGürtel. ›Ich werde seine Schulden bezahlen.‹

›Fünfhundert Goldstücke‹, sagte der Fürst.

Soviel! Ich war überrascht, daß ein erwachsener Mann mit einem Knaben um solch einen hohen Einsatz spielen konnte. Ich fragte ihn, ob es denn nicht in der Tat unweise sei, das Fohlen zu behandeln, als sei es bereits ein Hengst. Doch der Fürst hatte kein

Ohr für Weisheiten, es war sein Geld, das er haben wollte. Ansonsten! Doch solch eine Summe hatte ich nicht.

›Laßt mich Euch das Geld mit der Zeit abbezahlen‹, schlug ich ihm vor. ›Die Schuld kann in ungefähr drei Monaten beglichen sein. Ich gebe mein Wort darauf.‹

›Worte zählen nicht mehr!‹ rief der Fürst und packte meinen Bruder bei seinen blonden Locken und bog dessen Kopf, daß seine zarte Kehle der Klinge seines Messers dargeboten war. ›Zahlt augenblicklich oder verabschiedet Euch von diesem verwöhnten Balg.‹

›Ich flehe Euch an, gebt mir einen halben Tag, um die Summe aufzutreiben‹, bettelte ich. ›Ist die Schuld bis Sonnenuntergang nicht beglichen, so ist das Blut meines Bruders Euer.‹

Der Fürst gewährte mir einen halben Tag Frist. Was sollte ich tun? Mit meiner Mutter im Schlepptau ritt ich zu einem Warenhaus, in welchem die Sklavenhändler, zumeist Juden, um Waren feilschten, die ihnen von Plünderern gebracht wurden, wo sie sie untersuchten und befühlten und schätzten und den Wert eines jeden Stückes festlegten. Mein Blick fiel auf einen Juden, der mir ein gebildeterer Mann als die anderen schien. Er war ein älterer Herr, der ein wenig abseits von dem Gefeilsche saß und in einem Buch las. Ich nehme an, daß jemand mit einem langen weißen Bart Vertrauen im Herzen einer jungen Frau erweckt, denn wir alle sind von unseren Großvätern liebevoll behandelt worden.

›Guter Herr‹, sagte ich zu dem ehrwürdigen jüdischen Menschenhändler, ›ich bin hier, um Euch meine Freiheit zu verkaufen. Doch diese Freiheit wird Euch fünfhundert Goldstücke kosten.‹

›Das ist recht teuer‹, sagte er und blickte von seinem Buch auf, scheinbar keineswegs von meinem seltsamen Angebot überrascht. ›Du bist vorzüglich, indes, ich handle nur mit dem Vorzüglichen. Du hast es wahrscheinlich nicht bedacht, doch dieser Handel ist mit ungeheuren allgemeinen Kosten belastet. Oft kommt die Hälfte der Ware, die ich einkaufe, noch nicht einmal am Zielort an. Räuber, Soldaten, örtliche Herrscher, manchmal sogar hitzige Liebhaber nehmen sich ihren Teil – ohne zu zahlen, wie ich hinzufügen sollte. Heutzutage befindet sich der ergiebigste Markt in Bagdad. Doch diese Stadt zu erreichen dauert drei bis vier Monate, unter den besten Bedingungen. Und dann muß ich für alle Transportkosten geradestehen, die Unterbringung und die Verköstigung der Sklaven sowie für die Forderungen der Ärzte und der Geistheiler aufkommen, wenn die Ware ihrer Gesundheit oder ihres Mutes verlustig geht. Ich habe einen Vorschlag zu machen. Ich bin bereit, mich für dich von vierhundert Goldstücken zu trennen. Das ist viermal mehr, als was ich üblicherweise für ein gutes Stück wie dich bezahle.‹

›Fünfhundert‹, erwiderte ich, ›und nicht eine Kupfermünze weniger.‹

›Sprich‹, sagte der Händler, ›gibt es etwas an dir, das diese Summe rechtfertigen würde? Verfügst du über besondere Begabungen? Nur ins Bett fallen zu können reicht nicht ganz aus, weißt du. Das kann jede Frau.‹

›Ich bin Safiye, die Stickerin‹, erwiderte ich. ›Mein Werk ist recht begehrt. Vielleicht habt Ihr schon von mir gehört?‹

›Nun, da soll mich doch!‹ sagte der Händler. ›Du also bist Safiye, die Stickerin! Deine Hände sind aus vierzundzwanzigkarätigem Gold gemacht, so rein wie dein Name. Wußtest du, daß zwei deiner Behänge in meinem Hause in Bagdad hängen?‹

›Nein, das wußte ich nicht‹, sagte ich, ›doch es freut mich, daß Ihr mein Werk schätzt. Und nun, wie steht es mit den fünfhundert Goldstücken?‹

›Gemacht!‹ rief er und klappte sein Buch zu. ›Wem gebe ich die Summe? Dies alles ist nicht ganz dem Brauch entsprechend, weißt du das?‹

›Zahlt sie an meine Mutter‹, sagte ich. ›Doch bevor wir unseren Handel abschließen, habe ich noch eine Bedingung, die ich Euch stellen muß, guter Herr. Versprecht mir, daß Ihr mich nicht an den höchsten Bieter verkauft, sondern nur an den Menschen, den ich selbst erwählt habe.‹

›Höchst ungewöhnlich‹, sagte er. ›Die allgemeinen Kosten …‹

›Nehmt mich oder laßt mich‹, sagte ich. ›Andere Händler hier würden augenblicklich auf mein Angebot eingehen, wie Ihr recht gut wißt.‹

Nachdem meine Mutter ausbezahlt worden war, verließ sie mich unter Tränenströmen und sagte wieder und wieder, daß sie doch nur Sechs gegen ein halbes Dutzend austausche. Der Händler befragte mich nach den Ursachen dieses seltsamen Handels, bei welchem ich mich selbst in die Sklaverei verkaufte. Ich erzählte ihm von der Notwendigkeit, das Leben meines Bruders zu retten.

›Ts, ts‹, schnalzte er die Zunge. ›Das Leben eines anderen auf Kosten des eigenen zu retten ist eine gefährliche Angelegenheit. Da könnte man ebensogut versuchen, die Welt vor sich selbst zu retten.‹

Auch wenn es wahrscheinlich wahr war, daß ich meinen Bruder nicht mehr vor sich selbst retten konnte, so vertraute ich auf meinen eigenen Verstand und meine Begabung in der Absicht, mein Leben keinesfalls als Eigentum eines anderen verbringen zu müssen. Wenn es drei bis vier Monate dauern würde, bis wir Bagdad erreicht hätten, so könnte ich, wenn ich jeden einzelnen Augenblick nutzte, möglicherweise genug Wandbehänge herstellen, um mich selbst freikaufen zu können. Sollte ich erst auf dem Versteigerungsblock stehen, so würde ich natürlich mich selbst als Käufer erwählen und den Händler auf der Stelle ausbezahlen. Natürlich verlöre er die von ihm aufgebrachten allgemeinen Kosten. Doch daran war er ja gewöhnt.

Auf dieser langen, beschwerlichen Reise, auf der ich sogar zu Pferde stickte, fertigte ich fünfzehn Wandbehänge, wobei ich für die nötigen Materialien aus meiner kleinen Börse an meinem Gürtel zahlte. Jedesmal, wenn wir unterwegs in einer Handelsstadt ankamen, verkaufte ich die bis dahin fertigen Behänge. In den Herbergen, in denen wir übernachteten, erschienen stets Frauen, die mit Kurzwaren handelten. Es ist seltsam. Sklaven, die über nur geringes Geld verfügen, werden es immer für irgendeine überflüssige Ware ausgeben, die ihnen das Gefühl vermittelt, daß sie noch menschlich sind, noch jemand sind, der über Mittel verfügt, etwas Schmückendes und Teures zu besitzen. Und so blühte das Geschäft für diese umherziehenden Händler in den Herbergen, in denen die Sklavenkarawanen haltmachten. Ich verhandelte mit diesen oft abscheulichen Menschen und achtete sorgsam darauf, daß ich erhielt, was die Behänge wert waren. Kaum einer der Hausierer konnte meinem Werk widerstehen. Als wir Bagdad erreichten, hatte ich, ohne daß der jüdische Händler davon wußte, neunhundert Goldstücke verdient, sowie das wieder eingenommen, was ich aus der kleinen Börse an meinem Gürtel ausgegeben hatte.

Das Unvorhergesehene jedoch folgt uns wie ein treuer Hund auf den Fersen. Ein Sklavenhändler namens Raschid-ed-Din warf ein begehrliches Auge auf unseren Zug, sobald wir in der Karawanserei in Täbris eingetroffen waren. Und dieser Mann tauchte stets wieder auf, sobald wir Quartier genommen hatten, und überwachte unser Fortkommen. In meinen Augen sah Raschid-ed-Din wie eine Schlange aus. Aus einem knochigen, dreieckigen Gesicht starrten zwei blaue Knopfaugen, ohne zu blinken, als wolle er sein Opfer erstarren lassen. Oh, ich haßte ihn von dem Augenblick an, als er mich aufsuchte, von einer Hausiererin in unser Schlafquartier gelotst, und mir die doppelte Summe dessen bot, was ich üblicherweise für meine Wandbehänge erzielte. Doch ich weigerte mich, ihm etwas zu verkaufen. Ich wollte nicht einmal, daß üble Gestalt die Schale eines Apfels berührt hätte, die ich weggeworfen hatte, geschweige denn einen Behang, in welchen ich so liebevoll meine Figuren gearbeitet hatte. Gewöhnlich machte ich mir wenig Gedanken darüber, wer meine Arbeit kaufte, doch ein Blick auf Raschid-ed-Din genügte mir, um zu wissen, daß ich niemals dulden konnte, daß er etwas von mir in seinem Besitz hielt. Er war zutiefst verärgert. Er schwor, daß er zu guter Letzt mich ganz besitzen würde, mich nur für sich arbeiten lassen und mich, wie man so sagt, seinem Willen und Vergnügen gefügig machen würde.

Gewiß beunruhigte mich diese Drohung. Es ist niemals gut, von jemandem verfolgt zu werden, der Feindschaft geschworen hat. Ich erwähnte meine Abneigung für Raschid-ed-Din dem jüdischen Händler gegenüber und beschwor ihn, mich unter keinen Umständen an Raschid-ed-Din zu verkaufen, weder für dessen eigenen Gebrauch noch zum Wiederverkauf. Sollte ich unterwegs sterben, sollte nicht einmal meine Leiche an Raschid-ed-Din verkauft werden. Ansonsten käme ich als Geist zurück und verfolgte den Juden.

›Hab keine Angst, was Raschid-ed-Din betrifft‹, sagte der gute Jude. ›Auch ich hege keinerlei Zuneigung zu diesem Mann. Er ist ein doppelgesichtiger Schwindel auf zwei Beinen, überkrustet mit ekelerregenden Gewohnheiten des Leibes, die Art von Händler, die unserem Gewerbe einen schlechten Ruf gibt. Und er ist so vollkommen gewissenlos, daß er vorgibt, dem Islam anzuhängen, während ich genau weiß, daß er ein Christ ist – und ein schlechter Christ obendrein.‹

Sobald wir in Bagdad angekommen waren, trieb man uns in das Badehaus, wo man uns schrubbte, mit wohlriechendem Öl einrieb, unser Haar von Haarkünstlern richten ließ und unsere Körper in kostbar gearbeitete Gewänder steckte – alles ein Teil der allgemeinen Kosten, von denen zu sprechen der Jude nicht müde wurde. Und kaum hatten wir etwas geruht und waren herausgeputzt worden, brachte man uns auf den Sklavenmarkt. Dort ließ sich der altehrwürdige Händler, der uns hierhergebracht hatte, etwas abseits nieder, und der Makler nahm die Sache in die Hand. Ich wurde als letzte zurückgehalten, da ich die kostbarste Ware darstellte. Und während ich darauf wartete, an die Reihe zu kommen, betrachtete ich mir die Käufer aufs genaueste. Die meisten unter ihnen waren nur gekommen, um sich unterhalten zu lassen, zerlumpte Gestalten und Straßenhändler, die das Vergnügen suchten zuzusehen, wie Menschen gekauft und verkauft wurden. Wir wurden angestarrt wie Leckereien im Zuckerbäckerladen oder Edelsteine beim Goldschmied, nach denen man sich verzehren kann, selbst wenn die guten Dinge des Lebens außer Reichweite sind. Als ich dort stand, begriff ich, daß wir mehr waren als Warenposten, die zum Verkauf standen. Wir versahen das gemeine Volk mit lustvollen

Vorstellungen, als könne man ein hübsches Mädchen oder einen Jungen besitzen, wenn man ihn nur ansah. Und was die vermögenderen Kreise der Käufer betraf, so zogen sie ihre Erregung daraus, *selbst* gesehen zu werden, wie sie einander überboten und kauften, denn wie Ihr wißt, hatten die reicheren Käufer bereits mehr Sklavinnen auf Lager, als irgendein Mensch in seinem ganzen Leben beschlafen konnte.

Wie ich so meinen Blick schweifen ließ auf eine Art, die sicherlich hochmütig erschien und dadurch törichterweise jene Art Männer anzog, die es genossen, einen stolze Sklavin zu erstehen, um ihren Willen zu brechen, fiel mir ein junger Mann auf, der sich mit dem Ellbogen einen Weg bis in die vorderste Reihe der Zuschauer bahnte. Ganz offensichtlich war er nur zugegen, um sich die Zeit zu vertreiben, denn er schenkte den Preisen, die die Käufer zahlten, größere Aufmerksamkeit als den Reizen derjenigen, die verkauft wurden. Ohne zu wissen wie und warum fühlte ich mich stark zu diesem jungen Mann hingezogen, der nicht älter als achtzehn Jahre sein konnte. Seine honigfarbene Haut glänzte in der heißen südlichen Sonne; seine Augen waren dunkler als Oliven, sein Mund von süßerer Reife als die Beeren, die in den üppigen Wäldern meiner Heimat sprießen. Einen verrückten Augenblick lang wünschte ich mir, daß der Jüngling mich erstehen würde. Er sah aus, als hätte er das Gold dafür. Die Einwohner Bagdads mit den schwieligen Händen waren zurückgewichen, um ihn durchzulassen; er mußte der Sohn einer gewichtigen Persönlichkeit sein.

Als ich an die Reihe kam, zeigte der Makler mich von allen Seiten her vor; er befahl mir, die Lippen zu lecken, damit sie glänzten, mir verheißungsvoll das Haar aus der Stirn zu streichen – denn das war eine Geste, die Männer reizvoll fanden. Ich aber stand ganz still und beobachtete den jungen Mann, um zu sehen, ob meine Gegenwart ihn so erregte, wie die seine es in meinem Herzen tat. Der junge Herzensbrecher ließ sich nicht das geringste anmerken.

›O Kaufleute von Bagdad‹, begann der Makler seine Aufgabe. ›O ihr Besitzer von Vermögen! Wer will als erster bieten für diese Jungfrau, die Herrin über Schönheiten schön wie der Mond, die goldfingrige Stickerin namens Safiye, deren Ruhm bis in die weite Ferne gedrungen ist? Betrachtet nur diesen Gegenstand der Wünsche dessen, der sucht, des Entzückens dessen, der begehrt. Eröffnet die Versteigerung. Kein Gebot gilt als anstößig, noch können dem Bieter Schuld zugewiesen oder Vorwürfe gemacht werden.‹

›Laß sie für fünfhundert Goldstücke mir gehören‹, sagte ein Kaufmann, der den Stoff meiner Pluderhose befühlte.

›Und zehn‹, bot ein anderer.

›Und einhundert mehr‹, rief der abscheuliche Raschid-ed-Din darauf, der unvermittelt Allah weiß woher aufgetaucht war.

›Und zehn‹, bot der erste Kaufmann.

›Eintausend Goldstücke‹, schrie der hassenswerte Raschid-ed-Din.

Als sie das Gebot von eintausend vernahmen, erstarrten die Zungen der anderen Käufer. Und auch die meine. Dieser ekelhafte Mann hatte bereits alles überboten, was ich an meinem Gürtel trug. Der Makler begab sich zu dem guten Juden für eine kurze Beratung, die ich von meinem Platz aus hören konnte.

›Ich stehe unter Eid‹, sprach der altehrwürdige Jude, ›sie niemand anderem zu verkaufen als demjenigen, den sie selbst erwählt. Fragt also die Jungfrau.‹

›O Herrin über Schönheiten schön wie der Mond‹, sagte der Makler mit erhobener Stimme, damit die Menge mithören konnte, ›der Händler namens Raschid-ed-Din begehrt, dich für eintausend Goldstücke zu kaufen. Was sagst du dazu?‹

›Raschid-ed-Din ist der König unter den Heuchlern‹, tat ich kund, nachdem ich mich an die Menge gewandt hatte. ›Er ist *sooo* ungläubig ...‹

›*Wie* ungläubig ist er?‹ erwiderte die Menge unter Gelächter.

›... daß selbst die Christen leugnen, daß er zu ihnen gehört‹, sagte ich und löste damit einen Sturm der Heiterkeit auf Kosten Raschid-ed-Dins aus. ›Er kauft sich das zarteste Fleisch, doch er ist *sooo* alt ...‹

›*Wie* alt ist er?‹ erwiderte die Menge.

›... daß selbst Flaschenzüge es ihm nicht hochbringen würden‹, rief ich der Menge zu, die nun vor Lachen johlte und kreischte. ›Seht nur, sein Bart ist weißer als der des ehrwürdigen jüdischen Händlers. Von Raschid-ed-Din geküßt zu werden, wäre *sooo* abscheulich ...‹

›*Wie* abscheulich wär' das?‹

›... daß eine Sklavin sich lieber den Mund mit einem Pfropfen aus Baumwolle stopfen ließe.‹

›Bei Allah, du hast recht, Mädchen!‹ sagte der Makler. ›Geilen alten Männern wie diesem sollten so wertvolle Stücke wie du nicht in die Hände fallen. O Kaufleute von Bagdad, gibt es nicht einen unter Euch, der eintausend Goldstücke für diese Schönheit hier geben würde?‹

Und aus der angespannt wartenden Menge trat ein anderer Mann heraus.

›Ich nehme sie für eintausend‹, sagte er.

Ich bemerkte sofort, daß dieser Mann seinen Bart mit Henna gefärbt hatte, und konnte der Versuchung nicht widerstehen, die Menge noch ein wenig auf seine Kosten zu unterhalten.

›Dieser Mann ist eine so drollige Erscheinung ...‹, rief ich mit schmachtender Stimme.

›Wie drollig ist seine Erscheinung?‹ Die Menge folgte mir wie ein Hund, der Kunststücke gelernt hatte.

›... daß er es verdiente, daß man ihn mit Schuhen ins Genick schlägt, so entzückt ist er von der Röte meiner Wangen und der Länge meiner Beine, wie ich hier stehe, unberührt von künstlichen Schönheitsmitteln und Färbereien. Indes verbirgt er selbst seinen wahren Bart unter einem, den er sich vom Färber geliehen hat. Ist er denn eine Puppe oder was?‹

›Bei Allah, du hast recht‹, sagte der Makler. ›Der Mann hat sich den Bart gefärbt.‹

Der Käufer mit dem hennagefärbten Bart verschwand umgehend wieder in der Menge, zweifellos nicht ohne rechten Verdruß ob des

Gelächters, das von den Umstehenden kam. Doch ein weiterer Geselle sprang vor.

›Ich bin bereit, eintausend Goldstücke für die Jungfrau mit der scharfen Zunge zu zahlen‹, sagte er. ›Geld gegen Gut und Selbstbedienung.‹

›Willst du diesem Herrn hier verkauft werden‹, fragte mich der Makler, ›dessen Bart über seinen Gürtel hinauswächst?‹

›Dieser Mann‹, sagte ich, ›erinnert mich an einen anderen, dessen Bart in völlig unnütze Länge wucherte. Abgesehen davon ist dieser wie die Nächte des Winters: lang, dunkel und kalt.‹

›Wem dann, meine kluge und wunderschöne Gebieterin‹, fragte der Makler, ›willst du verkauft werden? Deute auf ihn.‹

›Diesem Bartlosen dort‹, sagte ich und zeigte auf den süßen Jüngling, der meine Aufmerksamkeit erregt hatte, ›und keinem anderen.‹

›Junger Herr, Ali Schir‹, sprach der Makler den Jüngling an, den er zu kennen schien, ›diese Jungfrau wünscht sich in Euren Besitz. Wollt Ihr sie nehmen? Sie ist ein besonders günstiges Angebot für eintausend. Kauft sie und Ihr habt einen guten Kauf getan. Sie läßt mit ihrer Schönheit nicht nur den Mond erblassen, sie verfügt auch über ein Gedächtnis, das bis oben hin mit anmutigen Versen gefüllt ist. Und solltet Ihr kämpfen müssen, so wird sie Euch mit der Spitze ihres Schwertes die Feinde vom Leibe halten. Und solltet Ihr einen Reiter brauchen, so galoppiert sie von hier bis Kairo und zurück, bevor Ihr noch mit den Augen plinkern konntet. Und ihre Hände sind mehr wert als Silber und Gold, denn sie fertigt einen prachtvoll bestickten Wandbehang in nur acht Tagen. Jeder ihrer Behänge bringt nicht weniger als fünfzig Goldstücke. Der Mann, der diese Jungfrau kauft, ist in der Tat ein reicher Mann. Reiht sie unter Eure Schätze ein, Ali Schir; sie wird den Wert aller Gaben, die Allah Euch so großzügig mitgegeben hat, verdoppeln. Was sagt Ihr, Ali Schir? Ersteht Ihr sie für tausend Goldstücke?‹

Der sich so seiner Reize bewußte Jüngling ließ den Kopf hängen und schwieg. Er findet mich nicht anziehend, dachte ich mir, und er ist zu höflich, es auszusprechen. Vielleicht ist er in eine andere verliebt. Bei dem Gedanken wurde mir das Herz schwer. Nun lag mir nicht mehr daran, mich selbst aus dieser Lage freizukaufen. Irgendwie *mußte* ich diesen hochmütig zurückhaltenden Jüngling dazu bewegen, sich mir gegenüber zu verpflichten. Doch wie?

›Bringt mir den Juden und den jungen Mann zu einer vertraulichen Unterredung‹, sagte ich zu dem Makler. ›Vielleicht bringen wir einen günstigen Handel zustande.‹

›Wie Ihr vernommen habt, Ali Schir‹, sprach der ehrwürdige Jude zu dem jungen Mann, ›will sie an niemand anderen als an Euch verkauft werden. Wie steht Ihr dazu?‹

Der junge Ali Schir ließ den Kopf hängen und schwieg.

›Ali Schir‹, sagte ich, ›mein Herz flog Euch zu, in dem Augenblick, als ich Euch zum ersten Mal sah. Warum wollt Ihr mich nicht unter Euer Dach und in Euer Herz aufnehmen?‹

›Muß denn ein Mann gezwungen werden, Euch zu kaufen?‹ fragte er und hob den Kopf, um mir in die Augen zu sehen. ›Noch nie bin ich solch drängendem Werben begegnet, etwas zu kaufen. Abgesehen davon ist Euer Preis zu hoch.‹

›Dann kauft mich für neunhundert Goldstücke‹, sagte ich.

›Nichts zu machen‹, sagte Ali Schir.

›Achthundert dann.‹

›Wie wäre es mit siebenhundert?‹

›Nein.‹

Nun, ich ging mit dem Preis bis auf nur einhundert Goldstücke herunter. Immer noch schüttelte er den Kopf.

›Ich besitze keine ganzen einhundert‹, sagte Ali Schir.

›Wieviel fehlt Euch noch zu dieser Summe?‹ fragte ich.

›Allah sei mir gnädig, ich besitze keine einhundert Goldstücke‹, sagte er, ›und auch keine Summe, die man dazu aufstocken könnte. In Wahrheit besitze ich nicht eine einzige Münze, weder eine rote noch eine weiße, eine goldene oder silberne. Wollt Ihr denn nicht verstehen, meine Dame? Ich bin zutiefst beschämt. Ihr habt es fertiggebracht, mich vor der Einwohnerschaft bloßzustellen. Und nun findet Euch einen anderen Käufer.‹

Schließlich und endlich drang die Erkenntnis von Ali Schirs Lage in meinen dicken Schädel. Mir war entgangen, wie sehr ich ihn beschämt hatte, indem ich mich ihm aufdrängte, während er nicht zugeben wollte, daß er mich abwies, weil er sich mich nicht leisten konnte. Mein Herz tat vor Freude einen Sprung. Wenn Ali Schir auch mittellos wie ein Fisch war – ein finanzieller Engpaß war etwas, das ich beheben konnte.

›Ich würde gerne einige vertrauliche Worte mit Ali Schir wechseln‹, verkündete ich dem Juden und dem Makler. ›Gestattet uns einige Minuten in dem kleinen Zelt dort drüben.‹

Kaum dort mit Ali Schir allein, reichte ich ihm die größere meiner Börsen, in der sich neunhundert Goldstücke befanden, die ich für meine Freiheit beiseite gelegt hatte, und unterwies ihn, weder dem Makler noch dem Juden den Wert einer einzigen Münze darüber hinaus zu versprechen. Ali Schir vermochte mich ohne weiteres Feilschen für neunhundert Goldstücke zu kaufen. Ich hege den Verdacht, daß der Jude den Handel zu fast jeder Summe abgeschlossen hätte, denn er hatte inzwischen soviel Zeit in Anspruch genommen, daß die Menge sich bereits verlaufen hatte. Unter der Führung von Ali Schir folgte ich ihm zu seinem Haus. Es hatte schon bessere Tage gesehen. Die Räume waren kahl. Nicht ein einziges Möbelstück noch ein verbeulter Topf waren in Ali Schirs Behausung auszumachen. Es war demnach nicht weiter verwunderlich, daß er sich zum Sklavenmarkt begeben hatte, um sich ein wenig zu unterhalten.

›Wo ist Euer Bett, Ali Schir?‹ fragte ich. ›Und wo ist Euer Schmortopf?‹

›Alles, was ich auf Erden noch besitze‹, erwiderte er verlegen, ›sind die Gewänder, in denen ich vor Euch stehe. Und nun besitze ich unglückseligerweise auch noch Euch.‹

›Doch was ist geschehen, Ali Schir? Ihr seht nicht aus wie jemand, der an Armut gewöhnt ist?‹

›Das bin ich auch nicht‹, erwiderte Ali Schir und ließ den Kopf wieder hängen. ›Doch man hat mir gesagt, daß es vierzig Tage dauert, und man gewöhnt sich an alles. Allein, bei Allah, ich würde mich lieber nicht an unangenehme Lagen gewöhnen.‹

Sodann hub er an, mir die Geschichte seines Lebens zu erzählen, das noch so jung an Jahren war. Ali Schirs Vater war ein persischer Kaufmann gewesen, dem kein Kindersegen gegönnt gewesen war, bis er das reife Alter von sechzig Jahren erreicht hatte. Dann aber kam Ali Schir zur Welt, das Herz des alten Persers zu entzücken und ihm als Gnade und Aufschub eines einsamen, unfruchtbaren Alters zu erscheinen. Und so war man gehörig in Ali Schir vernarrt, verwöhnte ihn, verehrte den Liebreiz seiner Gestalt, die Liebenswürdigkeit seines Wesens. Auf seinem Totenbett hielt der Perser lange Reden und sagte viele Zeilen der Dichter auf und führte alte Weisheiten an, denn Sorge um seinen Sohn belagerte das Herz des sterbenden Mannes. Er bedauerte, von dannen gehen zu müssen, ohne den Sohn das Mannesalter erreichen zu sehen, denn Ali Schir war ohne große Erfahrung in den grausamen Eigenheiten der Welt.

Doch der alte Perser erteilte Ratschläge, solange er es vermochte, da das, was auf dem Totenbett gesprochen wird, länger im Gedächtnis haftet als alltäglicher Rat, bedingt durch das Ziel, zu dem der Sprecher unterwegs ist. Der sterbende Perser riet seinem Sohne, niemals zuviel Vertrauen in einen anderen zu setzen, sich auf niemanden als auf sich selbst zu verlassen, nicht müßig dahinzuschwatzen, sondern sich in seine Bildung zu versenken. Er solle sich niemals mit einem gottlosen Manne verbünden, denn ein sündhafter Mann sei wie das Feuer eines Schmiedes, das den Betrachter nicht verbrennt, doch dessen Rauch ihm die Augen trübt. Er erinnerte Ali Schir daran, niemals zu vergessen, daß er ein Fremder in einem fremden Lande war, daß die Araber Freundschaft vorgeben mochten, doch daß sie einen Perser niemals wirklich in ihr Herz schlössen. Ali Schir selbst hingegen sollte sich allen Menschen gegenüber stets gut und richtig verhalten, unbesehen ihres Glaubens, ihrer Hautfarbe oder ihres Lebensunterhaltes; er müsse Wohltaten vollbringen, denn gute Absichten allein seien keine Leistung; das Gute müsse immer in der Tat Gestalt annehmen.

›Ganz sicher werde ich ein guter Mensch sein‹, versicherte Ali Schir seinem sterbenden Vater. ›Warum auch nicht?‹

Der sterbende Vater beschwor Ali Schir hinsichtlich seines nicht unbeträchtlichen Erbes, immer auf der Hut zu sein. Solange er wohlhabend sei, würden die Menschen seine Freundschaft zu schätzen wissen, sollte er jedoch seinen Reichtum verlieren, so würde es ihn überraschen, wie schnell er Feinde um sich sammelte. Als reicher Mann solle Ali Schir immer Barmherzigkeit gegenüber den Minderbemittelten zeigen; er dürfe jene nicht unterdrücken, die zu unterdrücken in seiner Macht stand; und – und dies sei das wichtigste – er müsse sich vorsehen und dürfe niemals Wein anrühren. Denn der Wein stiehlt die Gedanken und erniedrigt einen Mann, indem er ihn in den Zustand eines Kindes zurückführt. Und Kinder könnten nicht die Herren ihres Schicksals sein.

Nachdem er seine Ratschläge erteilt hatte, gab der alte Perser dies irdische Leben auf. Ali Schir trauerte in allen Ehren um das Ableben seines Vaters, wie es seinem Stande entsprach. Er ließ seinen Vater mit großem Gepränge zu Grabe tragen, und damit dessen Seele nicht in die Hände der Sunniten fiel, ließ er gar einen shiitischen *ayatollah* aus Persien kommen, seinen Vater angemessen zu verabschieden. Viele Monate lang speiste er die Armen im Namen seines verschiedenen Vaters. Kaum hatte er seine eigene Trauer überwunden, da fiel seine Mutter dem Kummer über den Verlust ihres Gatten zum Opfer. Auch sie wurde angemessen beweint, begraben und vermißt.

Ali Schir fühlte sich einfach zu traurig und zu einsam in dem großen Haus. Er neigte von seinem Wesen aus zu Geselligkeit, Schmeicheleien, zum Wohlleben. Er freundete sich mit denen an, die, wie er jetzt wußte, die Söhne von Huren gewesen sein mußten. Diese Gefährten weckten in Ali Schir eine Lust an zuchtlosem Betragen. Ali Schir trank nicht nur den Wein krügeweise, es zog ihn des Tags wie des Nachts in Häuser von üblem Ruf, in Gärten der Wonnen und Höhlen des Lasters. Seinem Vater, so rechtfertigte er sich, war es nicht möglich gewesen, seinen Reichtum mit ins Grab zu nehmen; warum sollte der Sohn ihn also nicht genießen, solange ihm das möglich war? Er zahlte für Unterhaltungen und Trinkgelage, die jeweils Wochen oder Monate dauerten. Er überhäufte leichte Frauen und Kuppler, Possenreißer und Scherzbolde mit Geschenken. Über eine nicht unbeträchtliche Zeit hinweg verlebte die Stadt Bagdad eine satanisch unterhaltsame Zeit auf Kosten Ali Schirs.

Erst am Abend zuvor war er wieder zu Sinnen gekommen, als die letzte Münze aus den Schatullen ausgegeben war. Ihm war auch nichts von den ererbten Gegenständen geblieben, von den Möbeln des Hauses, dem Gerät in der Küche, den Gewändern in den Truhen. Er war in dem leeren Haus in ein gramvolles Nachsinnen versunken und hatte die Nacht über auf dem kahlen Fußboden gedarbt, bis er den ersten Hahnenschrei vernommen hatte. Dann hatte er zu sich selbst gesagt: ›Nun, ich werde beim Haus eines Freundes vorbeigehen und zumindest ein Frühstück zu mir nehmen.‹ Doch der Freund, an dessen Tor er klopfte, ließ Ali Schir durch seinen Diener ausrichten, daß der Herr nicht zu Hause sei. Er klopfte an das Tor eines jeden, den er in Bagdad kannte. Die Antwort war stets dieselbe. Inzwischen quälte ihn der Hunger wie ein gnadenloser Gebieter.

›Und in diesem Augenblick traf ich auf die Menge‹, sprach Ali Schir zu mir. ›Und Ihr mußtet mich plagen, indem Ihr darauf bestandet, daß ich Euch kaufen solle. Warum mußtet Ihr so hartnäkkig sein? Da stand ich nun, ohne Frühstück im Magen, unaufhörlich bedrängt, eine teure Sklavin zu erstehen. Nie in meinem Leben bin ich so beschämt, so gekränkt worden! Was soll ich nur mit Euch machen, schöne Frau? Ich kann ja noch nicht einmal mein eigenes dummes Maul ernähren. Und selbst wenn ich noch über ein Bett verfügte, so bin ich zu schwach vor Hunger, um Euch dorthin mitzunehmen.‹

›Zerbrecht Euch nicht Euren hübschen Kopf‹, sagte ich, ›was Gelddinge angelangt. Ich habe etwas beiseite gelegt. Hier, nehmt diese drei Goldstücke. Mit dem ersten Stück kauft uns ein gutes

Abendmahl; mit dem zweiten kauft ein Bettpolster und Gerätschaft zum Kochen, mit dem dritten ein Stück Seide, groß genug für einen Wandbehang, sowie goldenes, silbernes und seidenes Stickgarn in sieben verschiedenen Farben.‹

Und so geschah es, daß Ali Schir und ich einen kärglichen Hausstand gründeten und es uns möglich war, die Leidenschaft auszuleben, die mich verzehrte. Am nächsten Morgen begann ich mit dem Besticken des schönsten Behangs, den ich je gefertigt hatte, auf welchem Liebende verzückt durch den Garten Eden tanzten. Während ich mich wie eine *dschinniye* abplagte, lief Ali Schir rastlos auf und ab, voll der Fragen danach, wie ein Mann den ganzen Tag in seinem Hause eingesperrt ausharren könne, ohne etwas zu tun zu haben. Er beschuldigte mich, ihn nicht mehr zu lieben, wenn ich nicht augenblicklich mit ihm auf das Bettpolster fiel, wenn es ihm in den Sinn kam, sich die Zeit zu vertreiben.

›Ich liebe dich über alles, Ali Schir‹, sagte ich, ›laß mich nur diese Reihe von Tulpen zu Ende sticken.‹

Ein Kunsthandwerk verlangt von seinem Schöpfer, daß er die Welt um sich vergessen kann. Das ist das Wesen der schöpferischen Tätigkeit. Der Künstler muß bereit sein, größere Teile seines Lebens in einen Gegenstand umzuformen. Diese Bereitschaft unterscheidet den wahren Künstler von demjenigen, der mit dem Handwerk nur spielt. Wenn die Schöpfung gut voranschreitet, vergißt ihr Schöpfer zu essen. All dies erklärte ich Ali Schir sorgsam. Er schien zu verstehen. Und doch, immer wieder bettelte er darum, daß wir uns zum Speisen außer Hauses begäben oder zumindest Speisen vom Schnellkoch an der Ecke kommen ließen. Wann wir uns denn endlich etwas Zerstreuung gönnen würden?

›Du könntest etwas lernen, Ali Schir‹, schlug ich ihm vor. ›Du könntest wenigstens einem Handwerk nachgehen. Du bist noch sehr jung.‹

›Ich bin kein Bauer‹, erwiderte Ali Schir, der sich bei dem Gedanken an die Plagen einer eintönigen Beschäftigung schüttelte. ›Ich bin ein Denker.‹

›Und worüber denkst du nach, Ali Schir?‹

›Oh‹, sagte er, ›über dies und jenes. Genaugenommen habe ich mich noch nicht entschlossen, worüber genau ich nachdenken soll. An einem dieser Tage werde ich wahrscheinlich einen großen Gedanken fassen.‹

Ich bot ihm an, ihn meine Kunst zu lehren, eingedenk der Tatsache, wie sehr eine gemeinsame Arbeit die körperlichen und die gefühlsmäßigen Bindungen zwischen Menschen stärkt, die zusammen leben. Ali Schir hielt den Vorschlag für abstoßend.

›Iih!‹ sagte er. ›Du willst, daß ich sticke wie eine Frau?‹

Nun denn, was in der einen Zivilisation als richtig gilt, mag einer anderen als abscheulich vorkommen. Ich dachte an meinen Vater, der sticken konnte wie ein Engel und doch mit den besten unter den Männern ritt und mit dem Säbel rasselte. Tscherkessische Männer kümmern sich nicht viel um ihre Männlichkeit, da ihnen bewußt ist, daß die Aufteilung der Arbeit zwischen Männern und Frauen niemals endgültig festgelegt ist. Doch ich war nicht gewillt, meinen Geliebten mit Gesprächen darüber zu belästigen, wessen Zivilisation die bessere war; ich arbeitete einfach weiter. Innerhalb etwa zehn Tagen war der Wandbehang vollendet. Ich lasierte ihn und übergab ihn meinem jungen Gebieter.

›Begib dich auf den Basar, Ali Schir,‹ sprach ich, ›und versichere dich, daß du nicht weniger als fünfzig Goldstücke für diesen Behang erhältst. Es ist der schönste, den ich je gefertigt habe. Verkaufe ihn niemals, unter keinen Umständen, an einen Mann namens Raschid-ed-Din, den Christen, der sich unter der Maske eines Gläubigen verbirgt. Er hat sich mir zum Todfeind gemacht. Er darf niemals, aber wirklich niemals erfahren, wo ich lebe und wem ich gehöre. Kaufe neues Arbeitsmaterial für ein Goldstück und bring den Rest hierher zurück.‹

Als Ali Schir schließlich wieder auftauchte, war er benebelt wie ein Fischerboot, bevor die Sonne aufgeht, und barst schier vor gutem Willen und Freude. Er hatte den Behang zu dem erwünschten Preis verkauft und auch die neuen Garne und den Stoff für einen weiteren Vorhang erstanden. Doch er konnte nicht anders, er mußte das Ganze in einer Weinschenke feiern, die auf seinem Weg lag. Später dann, auf dem Nachhauseweg, konnte er einem Gewand nicht widerstehen, das ein Händler feilbot.

›Ich habe mir selbst ein Geschenk gemacht‹, erklärte er mir, ›für die zehn Tage der Langeweile, die ich ertragen mußte, während ich zusah, wie du sticktest. Ich glaubte nicht, daß du dem nicht zustimmen würdest.‹

Er hatte fünfundzwanzig Goldstücke für ein Gewand ausgegeben, das er bei Hofe tragen konnte. Wenn man bedachte, daß er nie Gesellschaften und Feiern besuchte, versagte meine Vorstellungskraft, wo er es denn tragen wollte. Doch ich sprach kein Wort. Ich küßte seinen lieblichen Mund und wünschte ihm, sein neues Gewand in ewiger Gesundheit tragen zu können.

Ein ganzes Jahr über plagte ich mich emsig, und Ali Schir verkaufte die Früchte meiner Mühen. Wir lebten recht gut. Uns war es möglich, die Gegenstände des Überflusses zu erstehen, die Ali Schir solche Freude bereiteten. Ihm bereitete es sogar Vergnügen, das Haus mit neuen Möbeln auszustatten und alle Gemächer nach seinem Geschmack, einer Mischung aus Feinheit und eigenen Vorstellungen, einzurichten. Und in dem Maße, in dem wir unserem Haushalt Gewicht und Beständigkeit verliehen, lernten wir voneinander. Ich lernte, das Leben ein wenig leichter zu nehmen. Und Ali Schir lernte, es etwas ernsthafter zu nehmen. Bei seinen Versuchen, das Haus auszustatten, brachte er gelegentlich sogar etwas Nützliches mit, wie zum Beispiel den besten Backofen, der je in Bagdad geschichtet worden war. Er gab sein Äußerstes. Doch war er bedrückt von dem Gefühl, daß die Kaufleute im Basar ihn nicht ernst nahmen, da er über keinen eigenen Basar oder Laden verfügte, sondern das Werk seiner Sklavin aus dem eigenen Haus heraus verkaufte. Jedesmal, wenn ein Händler darauf anspielte, daß manche Perser ein unglaubliches Glück hatten im Auftun von Frauen, die ihnen ihren Lebensunterhalt verdienten, brach sein Herz.

›Alle bewundern dich, Safiye‹, beschwerte er sich. ›Selbst diejenigen, die sich als unsere Freunde erklären, dulden mich nur, weil sie deine Gesellschaft wünschen. Du bist so schön und so begabt. Es ist fast, als wärst du überhaupt keine Sklavin. Auch ich möchte jemand sein, den die Menschen bewundern. An einem dieser Tage werde ich euch alle überraschen. Ich fühle, daß große Gedanken in mir aufkeimen.‹

›Aber ich liebe dich doch‹, sprach ich, ›und ich bewundere dich.‹

›Das ist alles schön und gut‹, sagte er, ›doch nicht genug. Ein Mann muß Anerkennung finden unter ihm Ebenbürtigen.‹

Eines Tages kehrte er im Zustand höchster Erregung vom Basar zurück und blickte wiederholt voller Furcht hinter sich, als er mich bat, ihm einen Krug Wasser zu holen. Eine eigentümliche Vorahnung zog mir das Herz zusammen.

›Sag mir die Wahrheit, Ali Schir‹, sagte ich. ›Kann es sein, daß du den Wandbehang jemandem verkauft hast, dem du ihn nicht hättest verkaufen sollen? Wer hat ihn erstanden? Derselbe Händler wie sonst? Oder Raschid-ed-Din?‹

›Derselbe wie sonst‹, erwiderte er und bot den Anblick von einem, der lügt.

›Und wohin‹, fragte ich weiter, ›bringst du diesen Wasserkrug?‹

›In die Gemächer der Männer unten im Haus‹, erwiderte Ali Schir, ›um einem durstigen Makler, der mir nach Hause gefolgt ist, einen Erfrischungstrunk zu bieten.‹

Sobald Ali Schir nach unten gegangen war, folgte ich ihm auf Zehenspitzen und drückte mein Ohr ans Schlüsselloch. Ali Schirs Stimme wurde laut vor Ärger.

›Was!‹ schrie Ali Schir. ›Ist es nicht genug, daß ich dich in die Gemächer der Männer geladen habe? Was drückst du dich hier im Flur herum, du Hund?‹

›Erzürnt Euch nicht, junger Gebieter, Ali Schir‹, erwiderte der beschimpfte Mann. ›Welchen Unterschied gibt es schon zwischen den Gemächern der Männer und dem Hausflur?‹

Die abscheuerregende, winselnde Stimme gehörte niemand anderem als Raschid-ed-Din. Ich hätte den übelkeiterregenden Tonfall der Stimme wiedererkannt, selbst wenn sich fünfzehn Türen zwischen mir und der Häßlichkeit dieser Zunge befunden hätten. Ich gab mir alle Mühe, die Beherrschung nicht zu verlieren und augenblicklich auf die beiden zuzustürzen, um ihn zu töten. Das also war der große Gedanke gewesen, den Ali Schir in seinem Kopfe bewegte: mich an Raschid-ed-Din zu verraten! Dann vernahm ich, wie Ali Schir versuchte, den schamlosen Sklavenhändler abzuweisen.

›Du hast dein Wasser bekommen‹, sagte Ali Schir, ›und nun mach dich fort.‹

›Ali Schir, mein gnädiger junger Gebieter‹, sprach Raschid-ed-Din. ›Allah segne Euch, daß Ihr einem durstigen Manne Wasser gereicht habt. Doch wie steht es mit einem Bissen zu essen? Ich bin völlig ausgehungert. Ich würde alles zu mir nehmen, alles, was sich gerade in diesem Hause finden ließe. Und sei es eine Brotkruste oder auch nur eine einzige Zwiebel.‹

›Es befindet sich rein gar nichts Eßbares im Hause‹, erwiderte Ali Schir. ›Steh auf und geh. Und ich will keinerlei Widerspruch hören.‹

›Was werden die Kaufleute des Basars wohl dazu sagen?‹ sagte Raschid-ed-Din voller List. ›Wenn ich ihnen erzähle, daß Ihr mir die geringste Gastfreundschaft verweigert habt, werden sie sich die Zunge über Euch zerreißen, Ali Schir. Sie werden sagen, daß Ali Schir ein geiziger und ungastlicher Mann ist. Um Euch vor diesem Verlust Eures Rufes zu bewahren, hier, nehmt diese hundert Goldstücke und bringt uns etwas zu essen vom Basar – selbst wenn es nur ein Fladen Brot ist, den wir miteinander brechen können, um die Bande der Freundschaft zwischen uns zu festigen. Und, Ali Schir, bitte behaltet das Wechselgeld.‹

Ali Schir muß der Versuchung erlegen sein, auf diese Weise seine Börse zu füllen. Seine erste Vorsichtsmaßnahme war, die Tür abzuschließen, gegen die ich mein Ohr gepreßt hatte; dann machte er sich zum Basar auf, wo er für ein paar Silbermünzen dem christlichen Hund etwas zu essen besorgen wollte – nur um den größeren Teil des Goldes dieses abscheulichen Sklavenhändlers sein eigen zu nennen. Er ließ mich mit dieser gottlosen Person im Hause zurück, mit nur einer verschlossenen Tür zwischen uns. Ich kochte schier vor Wut. Hätte dieser Schwachsinnige mich nicht eingeschlossen, so hätte ich mir ein Messer aus der Küche gegriffen und wäre damit über Raschid-ed-Din gekommen, hätte ihn überrascht, hätte ihm das Leben genommen. Und wenn ich ihn getötet hätte, hätte kommen mögen, was kommen mochte. In diesem Augenblick fürchtete ich weder den Tod noch die Gefangenschaft. Doch ich war eingesperrt, wie Raschid-ed-Din ausgesperrt war, und der Schlüssel befand sich in Ali Schirs Tasche.

Ali Schir kehrte zurück, wahrscheinlich mit irgendeiner wohlfeilen Speise, und die beiden begaben sich in die Gemächer der Männer, damit der tollwütige Hund von einem Christen sich dort den Bauch vollschlagen konnte. Ich konnte es kaum glauben, daß Ali Schir meinen Erzfeind unter unserem Dache bewirtete, nachdem ich ihn so viele Male gewarnt und gebeten hatte, sich vor dieser Schlange zu hüten. Ich mußte mich damit zufriedengeben, untätig die Zeit verstreichen zu lassen; dann hörte ich, wie das Tor geöffnet und wieder geschlossen wurde. Aus dem Fenster sah ich, wie Raschid-ed-Din sich davonmachte. Nach einem tiefen Seufzer der Erleichterung dachte ich an die Schelte, die Ali Schir gleich von mir erhalten würde. Doch Ali Schir kam nicht, um die Tür aufzusperren. Ich klopfte und rief nach ihm. Kein Laut war zu vernehmen. Das Haus war totenstill bei all meinem Klopfen und Schreien. Verflucht, dachte ich, Ali Schir muß zuviel von dem Wein des tollwütigen Hundes getrunken haben und wohl seiner Sinne nicht mehr mächtig sein.

Dann hörte ich Geklapper und Schreie vom Tor. Als ich vorsichtig aus dem Fenster sah, erblickte ich zu meinem Entsetzen, daß Raschid-ed-Din nicht nur zurückgekehrt war, sondern daß er auch noch die beiden anderen Kaufleute mitgebracht hatte, die ich auf dem Sklavenmarkt beleidigt hatte, die Puppe mit dem gefärbten Bart und die kleine Kugel von einem Mann mit dem unendlich langen Kinnhaar.

Immer noch war kein Laut von Ali Schir zu vernehmen. Kaum hatte ich mich versehen, hatten die Bastarde die verschlossene Tür aufgebrochen und jagten mich von einem Winkel unserer privaten Gemächer zum anderen. Ich verfluchte mich selbst, daß ich nicht die Voraussicht besessen hatte, mir eine tödliche Waffe zuzulegen, mit welcher ich mir alle drei hätte vom Leibe halten können. Da fiel mir ein, daß ich sie auch mit gewöhnlichem Haushaltsgerät außer Gefecht setzen konnte. Mit diesem Gedanken floh ich in die Küche, meine Verfolger knapp auf den Fersen. Dort zog ich zuerst Raschid-ed-Din eine Bratpfanne über den Schädel, dann stach ich der Puppe mit dem gefärbten Bart mit einer Teigwalze ins Auge. Während ich damit beschäftigt war, dem dritten mit einem Küchenmesser den Bart zu stutzen, stürzte Raschid-ed-Din, der offenkundig nicht so tot war, wie ich angenommen hatte, von hinten auf mich und zog mir ein dickes Seil um Arme und Oberkörper. Beschädigt wie sie waren, saßen die beiden anderen auf mir, während Raschid-ed-Din mich fesselte.

›Was für eine Wildkatze!‹ sagte die Puppe mit dem gefärbten Bart und hielt die Hand auf sein blutendes Auge.

›Sie hat meinen Bart verstümmelt‹, beschwerte sich der haarige Kopf. Ich spuckte sie nur an.

Gefesselt und mit verbundenen Augen, mit gezückten Messern, die mich von allen Seiten stachen, wurde ich davongeschleppt, vielleicht in die ewige Sklaverei. In Raschid-ed-Dins Haus wurde ich unter die anderen Sklaven und Konkubinen in einen schäbigen Aufenthaltsraum mit vergitterten Fenstern geworfen.

›Sieh dich nur um, du schamlos freches Weib!‹ rief er unter hämischem Gegacker aus. ›Ich habe dich, wenn man es genau nimmt, ganz umsonst erhalten. Dein Geliebter dachte, daß er mein Gold bereits in seinen zarten Fingern hielt, doch ich besaß die Geistesgegenwart, es ihm wieder abzunehmen, während ich den Schlüssel zum Tor an mich nahm. Und die ganze Zeit über schlief der Schwachkopf den Schlaf der Gerechten und träumte Opiumträume infolge des reichlichen Mohnsaftes, den ich seinem Wein beigegeben habe. Wie wird er doch überrascht sein – sollte er je wieder erwachen! Nun aber habe ich dich, und du wirst mir nie wieder entkommen. Und dann werden wir sehen, wie du dich jetzt über ehrbare Kaufleute auf dem Sklavenmarkt lustig machst!‹

›Allah wird dir deine Strafe schon zukommen lassen, du gottloser Hund!‹ schrie ich. ›Und Allah wird mich wieder mit meinem geliebten Ali Schir vereinen. Wart's nur ab, du alter Pißtopf!‹

›Zuerst werde ich dich taufen lassen‹, sprach er, ›und dann werde ich dich zureiten, wie es dir gebührt. Wart es nur ab.‹

›Soll die Pest dich und deinen Glauben holen!‹ sagte ich und spuckte ihm ins Auge.

Er wurde so zornig, daß er seine riesigen schwarzen Eunuchen kommen und mich fesseln und mit der neunschwänzigen Katze auspeitschen ließ. Ich rief um Hilfe, doch mir ward nicht geholfen. Möge Allah mich behüten, dachte ich mir und hörte auf zu stöhnen, denn ich hatte die Besinnung verloren. Als ich wieder zu mir kam, tropfnaß von mehreren Eimern eiskalten Wassers, hörte ich, wie Raschid-ed-Din befahl, daß ich in der Spülküche Dienste verrichten, doch daß man mir nichts zu essen geben solle. Diese Nacht über fastete ich. Am nächsten Morgen erhielt ich wieder unzählige Hiebe und wurde in die Küche zurückgeworfen. Auf diese Weise verbrachte ich einige Zeit; den Tag über plagte ich mich in der Küche, ohne Speise zu erhalten, und jeden Morgen wurde mir eine entsetzliche Strafe zuteil. Die Köchin erbarmte sich meiner und steckte mir heimlich Reste zu, wenn die anderen Sklaven nicht hinsahen. Sie war eine ältere Frau, die ihr eigenes Leben damit aufs Spiel setzte, denn es war offenkundig, daß Raschid-ed-Din mich verhungern lassen wollte. Ich warnte die Köchin, daß ihr Gefahr drohte, wenn ich nicht wie vorgesehen stürbe, doch sie bestand darauf, mir gerade genug zukommen zu lassen, daß ich von einem Tag auf den nächsten überlebte. Und wenn ich auch nicht starb, so wurde ich doch zu einem Schatten meines früheren Selbst, zu schwach, Allah sei mein Zeuge, um meine Flucht zu planen.

Sobald sich Raschid-ed-Din auf eine Reise begab, war es diese

Köchin, die sich ihre Schleier umlegte und sich auf die Suche nach Ali Schir machte. Sie kehrte erst gegen Abend zurück, denn es war nicht leicht gewesen, ihn zu finden. Die Nachbarn hatten ihr erzählt, daß Ali Schir nach meinem unerklärlichen Verschwinden den Verstand verloren und sich für immer auf die Straße begeben hatte, sich die Gewänder zerfetzte, weinte, sich auf die Brust schlug und die traurigsten Verse unserer Dichtung vor sich hin murmelte. Die Kinder folgten ihm durch die Straßen und riefen ›Irrer! Irrer!‹ Zu guter Letzt fand die Köchin ihn, zusammengerollt und in tiefem Schlaf in einer dunklen Gasse. Nachdem sie ihn geweckt hatte, gab sie ihm Nachricht von mir. Es ist ihm hoch anzurechnen, daß er augenblicklich von seinem Irresein genas, der Köchin die Hände küßte und Überlegungen anstellte, wie man mich trotz der wachsamen Blicke der Eunuchen aus meiner Lage befreien könne. Und die Köchin, Allah möge sie segnen, fand einen Plan für Ali Schir.

›Heute um Mitternacht‹, erklärte mir die Köchin, ›wird Ali Schir hier eintreffen und sich auf der steinernen Bank neben dem Tor niederlassen. Er wird dein Lieblingslied pfeifen. Wenn du ihn hörst, pfeife zurück und lasse dich an diesem Seil zu ihm herab. Und beide müßt ihr euch dann sputen und davonmachen. Und möge Allah euch beistehen.‹

Ich wartete am Fenster auf die Mitternacht. Als sie gekommen war, öffnete ich das Fenster und band das Seil fest, an welchem ich mich herablassen wollte. Doch von Ali Schir war nichts zu vernehmen. Kein Pfeifen. Keine Schritte. Die Nacht war pechschwarz; kein Mond und keine Sterne waren zu sehen, die die finstere Gasse erhellt hätten. Dann bemerkte ich den Schatten eines Mannes, der bei der steinernen Bank stand. Ich pfiff, und der Schatten pfiff zurück. Da war Ali Schir nun also, zu spät wie immer. Zuerst ließ ich zwei Satteltaschen herab, die ich mit einigen der wertvolleren Gegenstände, die Raschid-ed-Din in seinem Hause hütete, gefüllt hatte, sowohl, um dem alten Hund zu schaden, wie auch, um unsere Flucht aus Bagdad zu gewährleisten. Sobald Ali Schir die Taschen abgenommen hatte, zog ich das Seil wieder hinauf und ließ mich diesmal selbst daran hinab. Zu meiner Überraschung umarmte mich Ali Schir nicht einmal oder sprach ein paar eilige Worte der Zärtlichkeit, sondern warf mich über seine Schulter und begann zu laufen wie ein geölter Blitz. Ich war verblüfft über die unerwartete Gabe von Kraft und Schnelligkeit, die Ali Schir zuteil geworden war.

›Die Köchin sagte mir, daß deine Gesundheit gelitten habe‹, sprach ich, während er rannte, ›und doch bist du nun stärker als ein Pferd.‹

Ali Schir gab keine Erwiderung, sondern eilte weiter, mit mir über der Schulter und den Satteltaschen unter beiden Armen. In der Dunkelheit tastete ich sein Gesicht ab. Bei Allah! Sein Bart war struppig und verfilzt wie ein Latrinenbesen!

›Ihr seid nicht Ali Schir!‹ rief ich. ›Wer im Namen aller Teufel seid Ihr?‹

›Schweig, Weib!‹ sagte der Geselle. ›Oder ich schneide dir die Kehle durch! Wenn du es wissen willst, ich bin Dschawan der Kurde von der Ahmad-ed-Denef-Bande. Schweig also!‹

›Laß mich herunter, Schuft!‹ befahl ich. ›Sonst wird mein Ali Schir uns einholen und dich mit einem einzigen Schlag töten. Ich erwartete ihn bei der Bank vor dem Haus des verfluchten Raschid-ed-Din. Er wird jeden Augenblick dort auftauchen und wie der Wind hinter dir her sein!‹

›Meinst du den Gesellen, der in tiefem Schlaf auf der Bank lag?‹ fragte Dschawan der Kurde spöttisch. ›Er war so wenig seiner Sinne mächtig, daß ich ihm sogar den Turban vom Kopf stehlen konnte. Seine Taschen waren so leer wie seine Versprechungen.‹

Ali Schir mußte eingeschlafen sein, während er auf die Mitternacht wartete; ich hatte einen Halsabschneider für meinen Geliebten gehalten.

›O Allah der Barmherzige‹, weinte ich, während ich mit den Fäusten auf den Kopf des Diebes einhieb. ›Wo bist du, Allah der Barmherzige?‹

›Was für eine gunstvolle Nacht dies doch war‹, sagte der Dieb, dessen Schädel gänzlich aus Stein sein mußte. ›Ich kam wegen ein paar Kleinigkeiten, doch davon machte ich mich mit einem Schatz, der mir in den Schoß gefallen war. Stell dir nur das Entzücken der anderen Gesellen vor, wenn sie dich sehen! Wir haben nun schon eine ganze Zeit über keine Frau mehr unter uns gehabt und fürchteten schon, daß wir alle am Beutelfieber eingehen müßten. Und wir sind vierzig an der Zahl! An Beschäftigung wird es dir nicht fehlen, Weib!‹

›Laß mich los!‹ schrie ich und schlug ihm ins Gesicht und trat mit aller Kraft nach ihm.

Das erzürnte den Dieb dermaßen, daß er mich absetzte und mir mit seinem beschlagenen Stiefel einen solchen Tritt versetzte, daß ich die Besinnung verlor. Als ich mit ungeheuren Schmerzen im Kopf wieder erwachte, befand ich mich in einer Höhle und wurde von der häßlichsten Frau bewacht, die ich je gesehen hatte. Ihr dünnes, graues Haar klebte in Fettklumpen an ihrem Schädel. Ihr Geruch war so durchdringend, daß Fliegen auf ihrer Gestalt eine Heimat gefunden hatten und eine schwarze, surrende Wolke eine jede ihrer Gesten begleitete.

›Einen schönen guten Morgen wünsche ich Euch, Großmutter‹, sagte ich so liebenswürdig, wie ich es vermochte. ›Möge Allahs Friede mit Euch sein. An wen habe ich denn die Ehre, das Wort zu richten?‹

›Spar dir die Worte!‹ raunzte sie mich an. ›Man nennt mich nicht umsonst die Verfluchte Kurdin! Ich bin die Mutter von Dschawan dem Kurden, wenn du es wissen willst.‹

›Ah, in meinen Augen seht Ihr gar nicht verflucht aus‹, erwiderte ich. ›Ihr erinnert mich an meine eigene Großmutter. Wenn Euch das Haar gewaschen und gesteckt würde, so wirktet Ihr wie eine der Besten unter den Edelfrauen. Wir könnten ja vielleicht aus dieser dunklen, feuchten Höhle in das Sonnenlicht treten, in welchem ich Euch Euer schönes langes Haar waschen und kämmen könnte.‹

›Wenn ich es bedenke‹, erwiderte die ekelerregende alte Frau und kratzte sich ihr fettiges Rattennest, ›so habe ich schon recht lange das Bad nicht mehr aufgesucht. Das ist der Dank dafür, daß ich diesen vierzig Wildschweinen von Ort zu Ort folge. Ich kann mir einfach nicht erklären, warum Allah in seiner Weisheit Läuse erschaffen mußte.‹

›Ich werde Euren Kopf waschen und entlausen, Großmutter‹, sagte ich. ›Und danach werde ich Euch das Haar so kämmen, wie alle schönen Frauen es in Bagdad zur Zeit tragen.‹

›Vergiß nur dies hier nicht‹, sagte die Eklige und zog einen kleinen, scharfen Dolch aus ihren geräumigen Pluderhosen. ›Mein Freund hier kennt alle todbringenden Treffpunkte an deinem Körper.‹

Draußen fiel mein Blick auf die Leiche eines Mannes, die vollkommen nackt in der Sonne verweste. Der Gestank war so umwerfend, daß ein Großteil der summenden schwarzen Wolke, die die alte Frau begleitete, sich von ihr trennte und auf die Leiche zustürzte.

›Wer ist das?‹ fragte ich. ›Und warum hat man ihm ein gesittetes Begräbnis verwehrt?‹

›Irgendein türkischer Krieger‹, erwiderte die ekelerregende Kurdin. ›Wer hat schon die Zeit, einen Türken zu begraben? Laß ihn verwesen, sage ich! Dschawan, Allah segne ihm das Fell, fand den Türken schlafend vor der Höhle, sein Pferd an einen Baum gebunden. Also metzelte Dschawan den wertlosen und gottlosen Türken auf der Stelle hin und zog ihm die Uniform aus. Gemeinsam verbargen wir seine Waffen und Gewänder in der Höhle. Dort drüben grast das Pferd des Türken.‹

›Das Glück hat es letzte Nacht ja wirklich gut gemeint mit Dschawan‹, bemerkte ich schmeichlerisch. ›Zuerst fiel ich ihm in den Schoß, dann fand er einen schlafenden Türken.‹

›In der Tat‹, sagte die Kurdin und schwoll förmlich vor Stolz. ›Ahmad-ed-Denef war recht erfreut über Dschawans Beute.‹

›Wo befindet die Horde sich jetzt?‹ fragte ich. ›Sie planten doch sicherlich ein klug erdachtes Unterfangen.‹

›Sie ritten gen Westen‹, erwiderte die Kurdin. ›Sie planen einen

Hinterhalt für eine Karawane von Pilgern. Und rate mal, wer die Pilger zuerst erblickt hat?‹

›Dschawan!‹ sagte ich. ›Er hat die scharfen Augen des Adlers!‹

Die Kurdin schien recht erfreut darüber, daß sich ein Weib in ihrem Besitz befand, dem gegenüber sie viel der Prahlerei loswerden konnte, die wohl lange niemand hatte hören wollen; sie schilderte mir die Höhepunkte aller Raubzüge, Mordtaten und Vergewaltigungen, die Dschawan so unternommen hatte. Folgte man den Erzählungen der liebenden Mutter, so entkam die Horde Ahmad-ed-Denefs allein dank Dschawan stets in allerletzter Minute. Die vierzig Räuber horteten ihre Beute in einem verzauberten Schatzhaus, dessen Tür sich nicht öffnete, wenn nicht ein ganz bestimmtes *Schibboleth* gesprochen wurde: Sesam öffne dich. Es gab keinen König und keinen Sultan, der über solchen Reichtum verfügte, zumal Könige und Sultane das, was sich in ihren Schatullen anhäufte, auch wieder ausgaben, während die vierzig Räuber nicht die geringste Münze dessen anrührten, was sie gehortet hatten. Ich erkundigte mich, warum die Horde sich nicht aus ihrem tätigen Leben zurückzog, in Anbetracht der Tatsache, daß sie bereits mehr als genug angesammelt hatten für mehrere zukünftige Generationen kleiner Diebe.

›Das ist eine Frage der Berufsehre‹, erwiderte die alte Vettel. ›Was für Diebe wären sie denn, wenn sie nicht überall den Rahm von der Milch schöpften? Nein, ehrbar zu leben würde ihnen keine Freude bereiten.‹

Man sollte dankbar für kleine Wunder sein. Dschawan hätte im Stolze seiner Berufsehre auch Ali Schirs Kehle durchschneiden können, wenn er ihm schon den Turban stahl. Vielleicht war es mein unerwartetes Hinabgleiten in seine Arme, das ihn davon abhielt, sein Werk zu vollenden.

Ich führte die große alte Dame der Diebe bei der Hand zu einem Bach in einiger Entfernung von der Höhle, wusch ihr abscheuliches Haar, trocknete es an meiner eigenen Bluse und begann sie schließlich mit einem Kamm, den ich zufällig im Gürtel trug, in der warmen Sonne zu kämmen. Die Hitze, das Spiel mit ihrem Haar, während ich die Läuse zwischen meinen Fingernägeln knackte, das besänftigende Streicheln des Kammes ließen eine tiefe Ruhe über die alte Vettel kommen, so daß sie schon bald heftig zu gähnen begann. Unterdes sprach ich beruhigend auf sie ein, bis ich ganz sicher war, daß sie fest schlief. Ich erwog, ihr den Schädel mit einem großen Stein einzuschlagen, Viper, die sie war, doch ich wollte die Kurdin nicht den Rest meines Lebens auf dem Gewissen haben. Niemand kann wissen, ob er oder sie das Zeug zum Meuchelmörder in sich hat, bis die Gelegenheit sich ihm oder ihr bietet. Ich nahm sie nicht wahr. Jemanden im Schlaf zu erschlagen war nicht dasselbe, wie einen Gegner im Kampf niederzumachen. Die Horde Ahmad-ed-Denefs war stolz auf ihre Anmaßungen, darauf, daß sie diejenigen, die ihr in die Hände fielen, gefangennahm, ihnen Gewalt antat, sie ermordete; doch in Wirklichkeit waren sie ängstliche kleine Männer, die sich zusammengetan hatten, um ihrem ungewissen Dasein durch unerhörte Schandtaten Halt zu geben. Wie konnte man es dieser elenden alten Frau verdenken, daß sie mit ihrem erbärmlichen Sohn prahlte? Denn was taugt letzten Endes schon ein Sohn, mit dem die Mutter nicht prahlen kann? Und abgesehen davon hatte ich mich mit Raschid-ed-Dins Kostbarkeiten davongemacht; es stand mir also keineswegs zu, über vierzig Räuber zu Gericht zu sitzen.

Und so ließ ich die alte Vettel weiterschlummern. Dann eilte ich in die Höhle, wo ich mir die Uniform des Türken überzog und seine Waffen anlegte. Sobald ich die Satteltaschen mit Raschid-ed-Dins Kostbarkeiten wieder an mich gebracht hatte, sattelte ich das Pferd des toten Türken. Noch während ich aufsaß, weckte das Klirren und Wiehern des Pferdes die Verfluchte Kurdin. Voller Wut, den Dolch in die Luft gereckt, lief sie mir fluchend nach, doch ich schickte ihr einen Luftkuß und trieb das Pferd an. Und schon waren wir unterwegs.

Ich war von einer großen Angst besessen, daß wir durch eine Stadt oder ein Dorf kommen könnten, in welcher die Familie oder die Freunde des toten Türken das Pferd wiedererkennen und Rache nehmen könnten, weil sie dachten, daß ich für das Ableben des Kriegers verantwortlich sei. Ich beschloß, jegliche Siedlungsgebiete zu meiden, bis wir Arabien weit hinter uns gelassen hatten. Statt dessen würde ich den Weg durch die Wüste gen Osten und dann gen Norden zu meiner Heimat hoch oben im Kaukasus wagen. Zu diesem Zeitpunkt war es mir gleichgültig, ob ich Ali Schir jemals wiedersehen würde.

Der Weg durch die Wüste war außerordentlich kräftezehrend, sowohl für mich wie für mein Pferd. Das Pferd erwies sich als ein ganz wunderbares Tier – es war von der Art kleiner, zottelhaariger, brauner Pferdchen – wie die Türken sie züchten –, die verblüffend zäh und eher klug als listig sind. Obendrein schien das Pferd eine bestimmte Strecke zu kennen. Es und ich teilten uns die Pflanzen der Erde und tranken dasselbe Wasser der Oasen, deren jeweilige Lage dem Pferd bekannt zu sein schien. Schon sehr bald ließ ich das Pferd den Weg allein finden, da offensichtlich war, daß es gelernt hatte, eine bestimmte Richtung einzuhalten, die sein toter Herr viele Male mit ihm eingeschlagen haben mußte. Und des Nachts, während ich schlief, wachte das Pferd über mich und drückte die Nüstern in mein Haar und gegen meine Hände. Mein ganzes Leben über hatte ich noch nie ein Pferd gekannt, das so um die Wohlfahrt seines Reiters bemüht war. Ich wünschte mir, daß ich ihm als Dank etwas wirklich Nahrhaftes hätte bieten können. Doch alles, was uns zur Verfügung stand, waren die immer gleichen geschmacklosen Pflanzen. Und so zogen wir des Wegs, einen Wüstenpfad nach dem anderen entlang. Lange schon hätten wir in Persien sein müssen, doch ich erblickte nichts, was mich an die persische Landschaft erinnerte, die ich einst mit der Sklavenkarawane durchmessen hatte. Ich glaubte irrtümlicherweise – da ich kaum über geographische Kenntnisse verfügte –, daß Persien gebirgig war und von grünen Tälern geschmückt und von klaren Bächen durchzogen. Ich wußte damals nicht, daß Persien auch und zum größten Teil aus Wüste besteht. Vielleicht hatte ich einen Fehler begangen, indem ich das Pferd unseren Weg suchen ließ. Wir hatten uns womöglich verirrt.

Dann erblickte ich in der Ferne einen Gebirgszug, der so dunkel wirkte, daß er schwarz zu sein schien; als wir näher heranritten, sah ich, daß die Felsen schwarz wie Ruß waren. Verblüfft über die Färbung und die Kahlheit dieser Berge, ließ ich mich vom Pferd über den Paß bringen, wobei wir uns auf Pfaden bewegten, die die Nomaden in Tausenden von Jahren ihrer Wanderschaft in die Erde gekerbt zu haben schienen.

Jenseits des Gebirgszuges bot sich uns eine heile und freundliche Hochebene, groß und weit wie der Geist Gottes. Der Winter mit seinem kalten Schwert hatte dies schöne Land verlassen, und der Frühling war gekommen und hatte Blumen mitgebracht. Die Hochebene schien mit tausend und einer Blumenart zu leuchten, durch die der Wind strich. Ich dachte mir, daß, sollte Allah einen Gebetsteppich besitzen, dieser nun vor mir lag! Ich sprang von meinem zotteligen braunen Pferd und küßte den Boden. Das Pferd fuhr mit den Nüstern durch mein Haar und ließ sich dann in einem Bett süßen Klees nieder.

›Von nun an sei dein Name Deli Kachar‹, teilte ich dem Pferd mit. Ihm schien der Name zu gefallen, der der Sprache entstammte, die er wahrscheinlich als Füllen vernommen hatte. Der Name bedeutete *Verrückter Flüchtling* auf türkisch, einer Sprache, die wir Tscherkessen notwendigerweise erlernen, denn unsere Nachbarn können recht kriegerisch sein, wenn sie, wie es ihr Brauch ist, in Horden daherkommen. Auch wenn sie nie lange bleiben, so empfiehlt es sich, mit ihnen in ihrer Sprache auszukommen, während sie verweilen.

Nachdem Deli Kachar und ich uns ausgeruht und ein paar frische Mandeln zu uns genommen hatten, die noch grün und saftig waren, nahmen wir beide ein Bad in dem Bach, der klar wie Kristall über ein Bett von Kieseln dahinströmte. Welche Glückseligkeit! – dachte ich mir. Allah in seiner Weisheit hat eine Wüste geschaffen, in welcher er die Araber brät, doch er hat auch diese blühende

Hochebene geschaffen, auf welcher er ein gesegneteres Volk angesiedelt hat. Vergebt mir, o Kalif, doch zu jener Zeit fand ich, angesichts meines Mißgeschicks in Arabien, wenig in meinem Herzen, das mir die Araber und die Stämme, die unter ihrer Herrschaft lebten, empfohlen hätte.

Doch für den Fall, daß die Menschen, die dieses gesegnete Stück Erde bewohnten, nicht gar so liebreizend waren wie ihre Heimat, stopfte ich mir das Haar gänzlich unter die Mütze des toten Türken, in der Hoffnung, für einen Mann gehalten und nicht von jenen aufgehalten zu werden, die der Überzeugung sind, daß Frauen nur in diese Welt gesetzt wurden, um belästigt zu werden.

Und so geschah es, daß ich in der Ferne einer Stadt gewahr wurde, einer herrlichen Stadt ohne Festungsmauern, die hell und frei in der frühen Morgensonne leuchtete. Und selbst als wir uns ihren ersten Behausungen näherten, zwitscherten die Vögel noch in den Obstgärten, und der junge Weizen wogte in der sanften Brise. Auf einem weitläufigen Platz wurde entweder ein Fest oder ein Turnier abgehalten. Einfache Bewohner hatten sich ebenso wie Krieger versammelt, um einer Aufführung zuzusehen. Nun ist es um mich geschehen! – dachte ich mir. In Anbetracht der Tatsache, daß die Krieger dieselbe Uniform trugen wie die meine, mußte ich mich im Lande des Turan befinden, der Gegend, die als Türkestan bekannt war. Deli Kachar hatte mich in seine Heimat zurückgebracht!

Immer noch verwundert darüber, daß all diese Menschen sich vor der Stadt versammelt hatten, seit man meine Ankunft hatte wahrnehmen können, beschloß ich, jedwede Herausforderung anzunehmen, wie auch immer ich empfangen werden würde. Ich war dankbar, daß ich mich der Mühe unterzogen hatte, Türkisch zu lernen, und so mit einer Geschichte aufwarten konnte, die halbwegs glaubhaft klingen würde. Ich würde den Einwohnern erzählen, daß ich ein türkischer Edelmann sei, dessen Familie sich im Kaukasus niedergelassen hatte, und somit meine Sprachfärbung erklären, und daß ich meine Heimat verlassen hätte, da die Familie meine Heirat mit einer Jungfrau niederer Herkunft nicht geduldet habe.

Als ich näherkam, eilte mir die berittene Truppe entgegen. Die Soldaten sprangen von ihren Pferden und küßten den Boden vor Deli Kachar. Die Offiziere und Generäle stellten sich in Reih und Glied auf und grüßten mit erhobenem Säbel. Sie verwechselten mich mit jemand anderem! – dachte ich mir. Oder aber der tote Türke war eine bedeutendere Persönlichkeit gewesen, als er mir in der heißen arabischen Sonne der Verwesung anheimfallend erschienen war. Oder Deli Kachar war vielleicht ein kostbareres Pferd, als seine zottelige braune Gestalt vermuten ließ.

›Allah sei mit euch‹, begrüßte ich sie. ›Doch was bedeutet dieser ungewöhnliche Empfang?‹

›Lang lebe unser Khan, der König der Welt!‹ rief der Soldat, der die meisten Auszeichnungen trug, und verneigte sich so tief, daß seine Stirn die Erde berührte. ›Möge Eure Herrschaft vom Glück gesegnet sein, mein Khan!‹

›Lang lebe der Khan!‹ erscholl der Ruf der Truppe.

›Lang lebe der Khan!‹ hallte es wider von den Einwohnern in der Ferne.

Daß ich ein Khan sei, überraschte mich in der Tat. Das Herrschen war nicht eine Beschäftigung, der ich mich freiwillig unterzogen hätte. Wie man sagt, ist das Haupt, das die Krone trägt, ein Haupt, das unter dem Arm getragen wird. Die glückliche Fügung, die einen Menschen zu solchen Höhen emporträgt, kann ihn ebenso recht fest unter die Erde bringen.

›Wer unter Euch ist Euer Großwesir?‹ fragte ich. ›Ich wünsche, daß er mir das eine oder das andere erklärt.‹

›Zu Euren Diensten, mein Khan!‹ erwiderte ein tüchtig wirkender Herr.

Der Großwesir war ein Mann in den besten Jahren und schien den bisherigen Khan bei bester Gesundheit überlebt zu haben. Er kniete nieder und legte den Kopf gegen meinen Steigbügel. Nun, dachte ich mir, zumindest muß dieser Geselle etwas vom Verwalten verstehen; vielleicht kann ich ihn sogar überreden, mir diese Aufgabe abzunehmen.

›Wohlan, Großwesir, so erkläret Euch‹, sagte ich. ›Heute morgen erst war ich ein freigeborener Rittersmann, der tat, wie ihm gefiel. Nun aber sagt Ihr mir, daß ich euer Khan bin, und ladet damit mehr Sorgen auf mein Haupt, als mir lieb ist.‹

›Die Götter haben Euch Ihre Gunst geschenkt, mein Khan‹, sprach der Großwesir, ›und Euch zum Khan über das Volk der Karamanen ernannt. Ihr seid der Auserwählte, uns aus der herrlichen Stadt Karamankand zu regieren.‹

›Die Götter‹, erwiderte ich, ›haben mich nicht in ihre Pläne eingeweiht. Warum muß ich über das Volk der Karamanen herrschen?‹

›Habt Ihr so schnell unsere Bräuche vergessen, o mein Khan?‹ sprach der Großwesir, der erstaunt über meine Vergeßlichkeit und verlegen ob der Notwendigkeit schien, mir eine Erklärung abzugeben. ›Doch vielleicht wart Ihr zu lange fort aus unserem schönen Land. Zeit und Entfernung waschen manchmal das Gedächtnis aus wie Wasser den Stein. So wisset denn, o mein Khan, daß es unser Brauch ist, wenn der herrschende Khan verschieden ist, daß sich das Heer und die Einwohner von Karamankand drei Tage lang vor der Stadt versammeln. Am dritten Morgen wird der erste Mensch, der sich uns aus der Richtung der Schwarz-wie-Ruß-Berge, welches die Heimat der Ahnen der Karamanen und die Heimstatt der Heiligen Wölfin ist, nähert, dazu bestimmt, als Khan über uns zu herrschen. Wir wissen, daß die Heilige Wölfin es Euch gestattet hat, ungehindert die Berge zu durchqueren und Euch somit mit ihrer besonderen Begabung gesegnet hat. Gelobt sei die Wölfin, daß sie uns einen Sohn der Türken und eine reizvolle Gestalt obendrein gesandt hat! Denn hätte Sie uns an Eurer Statt einen mißgebildeten Ungläubigen geschickt, so wären wir dennoch verpflichtet gewesen, ihn zu unserem Khan zu küren. Wir alle sind überaus erfreut darüber, daß uns ein Mann gesandt wurde, dem wir nicht nur gehorchen, sondern den wir auch lieben werden können.‹

Nun denn! Wenn ich also ein Khan war, so verhielt ich mich

besser auch wie ein Khan. Ich verteilte die silberne und goldene Beute aus Raschid-el-Dins Haus unter die Truppe, die einen weiteren Hochruf erschallen ließ. Und so geschah es, daß ich zum Khan von Karaman wurde und Deli Kachar zum König unter den Pferden und eine Legende noch zu Lebzeiten. Wie ich bereits erwähnte, war es ein überaus kluges Pferd. Es muß Deli Kachar gewesen sein, der ein Bündnis mit dieser Heiligen Wölfin eingegangen war, was immer für eine Göttin sie auch für diese leichtgläubigen Menschen sein mochte.

Und soweit es mich betrifft, o Kalif, so werde ich Euch nicht mit den alltäglichen Kleinigkeiten der Herrschaft über ein Königreich langweilen. Laßt mich nur sagen, daß mein Palast nicht größer war als das kleinste Eurer Jagdhäuser, Herrscher der Gläubigen, und sicherlich nicht so prächtig. Die Menschen nannten den Palast immer noch das Große Zelt, auch wenn er aus Steinen errichtet war; in der Mitte des Gebäudes stand aufrecht ein Balken, der an die Mittelstange des Zeltes eines Kriegers erinnern sollte, und der ihnen sehr viel bedeutete. Die Bräuche und die Verwaltung der Karaman-Türken waren nicht so vielschichtig wie in Eurem Reich, auch wenn meine Untertanen mich den Khan des Zeitalters und König der Welt riefen. Man muß diesen Menschen ihren unschuldigen Stolz vergeben, denn obgleich sie vor nicht langer Zeit erst die Vorteile eines seßhaften Lebens für sich entdeckt hatten, lebten sie immer noch nach den Vorstellungen von Nomaden. Sie hielten es immer noch für bemerkenswert, daß sie nicht mehr gezwungen waren, von Weidegrund zu Weidegrund zu ziehen und den Pfaden ihrer Vorväter zwischen tiefen, dunklen Brunnen und klaren Bächen zu folgen, stets unterwegs, unfähig, Gerätschaften und ortsgebundene Künste zu entwickeln. Doch nun hatten sie unter den Anweisungen der Heiligen Wölfin die Kunst des Schmiedens und die des Ackerbaus erlernt. Sie dachten, daß ihnen eines Tages die ganze Welt unter ihrem himmelblauen Banner gehören würde, der mit dem grauen Kopf der Wölfin bestickt war. Sie nannten ihn die Fahne der Wölfin, die ihre höchste Göttin war.

Ich muß zugeben, daß die Kunst der Stickerei recht fortgeschritten war in diesem Königreich, da dieses Volk auf seiner Wanderschaft auch irgendwann einmal die chinesische Kunst der Stickerei kennengelernt hatte. Unter ihren Kunstfertigkeiten, derer es nur wenige und sehr einfache gab, war die bemerkenswerteste die des Teppichwebens. Nicht nur waren die Farben von großer Leuchtkraft und Beständigkeit, die Kunsthandwerker, Männer wie Frauen, hatten die faßbare Natur in feinsinnige und erfindungsreiche Linien und Formen verwandelt.

Und auch ihre Religion war bestimmt von kindlicher Verwunderung, die durch die Kräfte der Natur geweckt wurde: den Wind, den Himmel, fließendes Wasser, Berge, Bäume und die Herrscher unter den wilden Tieren, die durch ihr Gelände streiften. Nirgendwo ist mir je ein Volk begegnet, das die Wildnis mit solch einer Leidenschaft liebte. Ihre Lieder feierten die Eintracht mit jenen wilden und gefährlichen Elementen der Natur, die Furcht und Ekel in den Herzen der Einwohner Bagdads auslösen würden. In Bagdad lieben wir die Natur, wie sie vom Menschen gezähmt wurde: Gärten, Springbrunnen, die Kühle der Nacht, die Zutraulicheren unter den Tieren, nicht die Dinge, wie sie geschaffen wurden.

In Karaman blieben die Söhne namenlos, bis sie sich durch kühne Taten ausgezeichnet hatten. Dann wurden diesen Helden die Namen von Tieren verliehen: des Stiers, des Wolfes, des Löwen, des Widders, des Falken. Und sollte einer dieser Jugendlichen den Erwartungen nicht gewachsen sein, konnte ihm für immer ein Hahn, eine Ziege, ein Maulwurf, ein Schmetterling oder ein Käfer als Bezeichnung übergestülpt werden, dem ein passendes Beiwort zugefügt wurde, wie beispielsweise Gerupfter Hahn oder Schwarzer Käfer.

Sobald der Adel des Landes mich unter den Achseln ergriffen und auf meinen Thron gehoben hatte, wie es der Brauch war, überkamen mich Entsetzen und Furcht, daß nun von mir erwartet würde, daß ich meine Männlichkeit in einem wohlbestückten Harem beweisen müßte. Ich war entzückt, daß der Brauch, sich einen

Stall von Frauen zu halten, den Karamanen unbekannt war. Sie heirateten nur ein einziges Mal. Da auch der Brauch der vorherbestimmten Ehen hier nicht gegeben war, ehelichten Liebende jene, die sie liebten. Wie ich bereits erwähnte, verfügten sie nur über eine geringe Vorstellungskraft betreffs zivilisierter Bräuche, und daher war ihnen die Idee einer Heirat aus wirtschaftlichen Gründen noch überhaupt nicht geläufig. Und nicht verheiratet zu sein war bei ihnen auch keine Schande. Nicht nur war ich sicher, daß ich nie in eine Ehe gezwungen würde, die Zeugung eines Nachfolgers befand sich ebenfalls nicht unter den Pflichten des herrschenden Khans, da sie die Wahl ihres Khans einer Übereinkunft mit dem Schicksal überließen.

Angelegentlich meiner Besteigung des Throns erließ ich allen die Steuern für die Dauer eines Jahres, eine Maßnahme, die mich in die Herzen des Volkes schloß, auch wenn einige der Besitzer besonders harter Helme und kriegsfreudiger Herzen murrten. Nachdem ich die Lage einige Zeit überdacht hatte, beschloß ich, daß das Königreich hinfort durch Gesetze regiert werden solle, die eine Mehrheit in Zusammenkünften zum Zwecke der Verwaltung des Landes gefunden hatten, die einem jeden der Bewohner offenstanden. Diese Art des Regierens war diesen Menschen, die immer frei gewesen waren, zu sagen, was sie dachten, gar nicht so fremd; die Neuheit dieser Herrschaft bestand darin, daß meine Stimme kein größeres Gewicht hatte als die des Großkämmerers. Und derart war gewährleistet, daß der Rat der Kämmerer in Übereinstimmung mit dem Wunsche des Volkes handelte, und es nicht, wie es früher oft der Fall war, in umgekehrter Weise geschah. Das Volk war begeistert von der Aussicht, an Ratssitzungen teilzuhaben, in denen ihr Wille über das Wahlverfahren Gewicht bekam.

Unter den Arabern gilt das Sprichwort, daß es besser sei, die Tyrannei eines Tyrannen hundert Jahre zu ertragen, als die Tyrannei des Volkes auch nur einen Tag. Doch die Weisheit einer Binsenwahrheit in Bagdad ist nicht gezwungenermaßen wahr oder weise in Karaman. Eine Regierung durch den Willen des Volkes schien diesen Menschen überaus angemessen, da doch auch die Herrschaftsverhältnisse in der Familie vorgaben, daß selbst die Jugendlichen eine Stimme bei Entscheidungen hatten, die die ganze Familie betrafen. Sie alle waren daran gewöhnt, einander anzuhören.

In der Zwischenzeit verbrachte ich sehr viel Zeit damit, mich der inneren Versenkung hinzugeben, zu beten und zu fasten in der Weise eines Menschen, der sich gänzlich dem Willen Allahs unterwirft, neben dem es keinen Gott gibt. Zum Teil geschah dies, um jedwede unglückselige Tochter eines Adeligen davon abzuhalten, sich in mich zu verlieben. Sollte es mir gelingen, mir einen Namen als Asket zu machen, so würde ich keinerlei Erwartungen oder Hoffnungen in närrischen Mädchenherzen erwecken. Ich weiß nicht, warum ich mein wahres Geschlecht nicht offenbarte, angesichts der Tatsache, daß diese Menschen nichts Schändliches darin sahen, eine Frau zu sein. Sie hätten aller Wahrscheinlichkeit nach gesagt: Was soll es? Hinfort werdet Ihr unsere *Khanum* sein. Doch die Furcht um und vor meinem Geschlecht war inzwischen zu tief in mein Herz gegraben, um die Männlichkeit wieder aufgeben zu wollen, die mir unerwartet zuteil geworden war.

Sobald ich meine Gebete vollzogen hatte, wurde ich nach dem Sinn meiner Waschungen befragt, nach dem Sinn des Betens, nach dem Namen meines Gottes. Und wenn ich dann von der Rechtschaffenheit des Islam sprach und ihnen die neunundneunzig wunderbaren Namen Gottes entdeckte, sehnten sie sich danach, mehr zu lernen. Und so geschah es, daß ich zur geistigen Führerin meiner Untertanen wurde, eine Aufgabe, der ich sehr viel besser gewachsen war als der einer Tyrannin. Im Laufe der Zeit bekannten meine Untertanen sich aus eigenem, freiem Willen zum Islam. Es war ein Bekenntnis aus Liebe, nicht durch Gewalt. Auch wenn islamische Gelehrte dem widersprechen und mir eine Schuld zuweisen würden, so sah ich keine Verdammnis in der früheren Anbetung der Kräfte der Natur durch meine Untertanen; in der Tat war mir sogar daran gelegen, den Glauben ihrer Vorväter zu bewahren. Ich hatte sie ohne bewußte Absicht dem neuen Glauben zugeführt, fast wie durch Zufall. Und vielleicht war es diese Zurückhaltung, die sie erpicht darauf und willig sein ließ, ihren früheren Göttern zu entwachsen und nun wie mit einer Stimme zu bekennen: Es gibt keinen Gott außer Allah.

Hätte ich es als meine Berufung angesehen, jedermann zu bekehren, so hätte das Volk der Karamanen den Glauben an Allah wohl zurückgewiesen und mich aus der Stadt gejagt. Oder aber jene, die den Glauben angenommen hätten, hätten jene unterdrückt und mißhandelt, die dies nicht taten. Doch je mehr ich zögerte, sie zu lehren, desto eifriger forderten sie zu lernen. Wie Kinder, die das besser lernen, was man sie nicht zwingt zu lernen, so entrissen sie mir schier die Lehrsätze des Islam.

Die Einwohner betrachteten den Palast nicht nur als ihr Zuhause, in dem sie jederzeit ohne Vorankündigung auftauchen und ein Frühstück erwarten konnten, das der Khan ihnen genauso zubereitet hatte wie angenehme Gespräche, vom Khan wurde ebenfalls erwartet, daß er seinen Untertanen jeden Monat ein Fest ausrichtete, das sie ›Plünder-Fest‹ nannten. Dies hieß, daß die Gäste des Khans – mit anderen Worten, alle, die in seinem Herrschaftsgebiet lebten – nach einem ausgedehnten Festessen alles mit sich davontrugen, was unter den Besitztümern des Khans ihr Gefallen erregt hatte. Keine Familie trug je mehr als einen Gegenstand davon, obwohl es kein Gesetz gab, das sie daran gehindert hätte, mehr mitzunehmen. Gier wurde geächtet. Das monatliche Fest wurde auf dem für Reiterspiele angelegten Platz abgehalten, auf welchem Zelte errichtet und Teppiche ausgebreitet wurden und die Menschen herzhaft speisten und sich fröhlich unterhielten und sich die königlichen Geschenke erwählten. Das war ein vernünftiger Brauch, durch welchen die Güter des Khans wieder unter sein Volk zurückverteilt wurden. Die schönfärberische Umschreibung für diese Geschenke war ›Zahn-Miete‹, da das Wort ›Plündern‹ verpönt war. Mit anderen Worten, der Khan zahlte Miete für den Gebrauch der Zähne seiner Untertanen beim Verzehr der Speisen, die er zur Verfügung stellte. Es galt, daß das Volk dem Khan einen Gefallen erwies, indem es seine Zähne an seinen Festessen verschliß. Und auf eine seltsame Weise war es tatsächlich ein Gefallen. Während sie aßen und tranken, erfuhr der Khan, was seine Untertanen so dachten. Die unterschiedlichen Bräuche der verschiedenen Völker sind etwas Wunderbares. Wäre es mir möglich, so verbrächte ich mein Leben damit, von Land zu Land zu reisen und die Bräuche des einen Volkes zur Erhellung der Bräuche des anderen zu studieren.

Es geschah während meines zweiten Jahres als Khan, daß während eines solchen Plünder-Festes mein Blick auf den verfluchten Sklavenhändler Raschid-ed-Din fiel, meinen abscheulichen Feind. Er hatte seinen Bart mit Henna gefärbt und trug das Gewand eines Webers. Doch trotz des flammenden Bartes und der einfachen Tracht erkannte ich seine kleinen blauen Augen und seinen haßerfüllten Blick. So war er also auf seinen eigenen zwei Beinen gekommen, daß ihm Gerechtigkeit widerfahre! Er wollte wahrscheinlich das Sklavenmaterial unter den Karamanen auskundschaften, die selbst noch nie von der Möglichkeit des Menschen als Ware gehört hatten. Den Karamanen waren Kriegsgefangene bekannt, doch sie hatten noch nicht gelernt, daß ein Mensch sich im Besitz eines anderen befinden konnte. Kriegsgefangene wurden entweder gegen gefangene Karamanen ausgetauscht, in anderen Gebieten angesiedelt, aus denen her sie keine feindlichen Übergriffe mehr unternehmen konnten, oder aber allesamt freigelassen, um damit den mächtigen Göttern Dank abzustatten. Die Karamanen opferten niemals Menschenleben, noch nahmen sie Gefangene, es sei denn, daß es unumgänglich war. Sie zogen es vor, bis in den Tod zu kämpfen, wenn sich das Schlachtenglück gegen sie wandte, und so nahmen sie an, daß auch ihre Feinde lieber stürben, als gefangengenommen zu werden. Sie zogen klare Schicksalslinien vor. Indes, hier saß nun Raschid-ed-Din in der Absicht, den Karamanen unsaubere Handlungsweisen beizubringen.

Als ein Kreis, der bereits gespeist hatte, sich erhob, um Neuankömmlingen Platz zu machen, bahnte sich dieser Raschid-ed-Din, die Knopfaugen auf die freie Speisung geheftet, mit den Ellbogen einen Weg direkt neben ein ganzes Lamm, das am Spieß gebraten wurde. Nachdem er sich an dem Fleisch, das er mit seinen gelblichen Hauern vom Knochen riß, den Magen vollgeschlagen hatte, wandte er seinen gierigen Blick einer Schüssel mit dampfendem Reis zu, der mit Herzkirschen gekocht war. Die Schüssel stand nicht in seiner Reichweite. Er lehnte sich über mehrere Gäste hinweg und zog sie vor seinen eigenen Platz.

›He da, Geselle!‹ sagte einer der Gäste, ›nehmt von den Speisen, die vor Euch stehen.‹

›Wo bleibt Eure Höflichkeit, Fremder?‹ fragte ein anderer Gast. ›In diesem Land greift man beim Speisen nicht an anderen vorbei.‹

›Hast du die Speis' bezahlt?‹ fragte Raschid-el-Din verächtlich. ›Nun denn, ich esse, was immer mir schmeckt. Spar dir deine Höflichkeiten.‹

›Dann eßt nur!‹ sagte der erste Gast. ›Doch ich hoffe, daß Euch die Speise nicht bekommen wird.‹

Ein Haschisch-Kopf, der neben Raschid-ed-Din saß, beklatschte das schlechte Benehmen des schamlosen Sklavenhändlers.

›Laßt den Mann von dem Reis essen‹, sagte der Haschisch-Kopf. ›Auch ich hatte Lust auf dieses Gericht. Ihr alle habt die Schüssel gierig an euch gerissen, während wir hier auf dieser Seite nichts davon abbekommen.‹

›Nimm deine schmutzigen Finger aus meinem Reis!‹ schrie Raschid-ed-Din und schlug nach der Hand des Haschisch-Kopfes. ›Iß das, was einer Person deiner Klasse zusteht!‹

›Meiner Klasse?‹ sagte der Haschisch-Kopf. ›Was meint Ihr damit, Fremder? Es gibt keine Schule der Haschisch-Schlucker. Und daher auch keine Klassen.‹

›Rang, ich meine Rang, Kiffkopf!‹ wütete Raschid-ed-Din. ›Ich meine, daß du ein Bettler bist, das ist es, was ich meine.‹

›Aber er ist kein Bettler‹, sagte der Anführer der berittenen Truppe, ein großer Mann namens Schnaubender Bulle. ›Er ist der Sohn unseres ehemaligen Khans.‹

›Ihr seid vielleicht ein wirres Volk!‹ rief Raschid-ed-Din aus. ›Ihr macht Bettler aus euren Prinzen und ihr macht Prinzen‹ – und hier warf er mir einen bösen Blick zu – ›aus Bettlern.‹

›Ich bin ganz allein zum Prinzen der Haschisch-Esser geworden‹, sagte der Haschisch-Kopf. ›Gebt Ehre, wem Ehre gebührt.‹

Was zuviel ist, ist zuviel. Just als Raschid-ed-Din sich eine weitere Faustvoll in den Mund schob, wandte ich mich an die zwei Soldaten, die zu beiden Seiten des Throns standen.

›Schnell!‹ sagte ich. ›Ergreift den Fremden, der dort den süßen Reis verschlingt! Laßt ihn nicht schlucken, was er im Munde hat. Wenn es sein muß, steckt ihm den Finger in den Hals.‹

Die Soldaten griffen sich Raschid-ed-Din, zwangen ihn, den Reis auszuspucken und brachten ihn vor den Thron. Der anmaßende Lump stand so wenig förmlich vor mir, als sei er der Khan und ich die Sklavenhändlerin. Doch als die Menschen sahen, wie der Lump gepackt wurde, verging ihnen die Lust an den Speisen; sie wischten sich die Münder und blickten starr vor Staunen auf mich. Denn während des Plünder-Festes war jegliche gewalttätige Handlung geächtet, sei es, daß sie vom Volke oder vom Khan ausging.

›Ui, bei meinem Barte!‹ sagte der hascherfüllte Prinz. ›Wie froh bin ich doch, daß der Fremde mich vom Reis abhielt! Der Khan schätzt es nicht, wenn man nach seinem Reis angelt und mit den Händen in die Schüssel fährt!‹

›Sch!‹ sagte Geschmeidige Blume, eine Frau, die eine Division von Bogenschützen anführte. ›Halt du dich an deinen Hanf.‹

›Unglückseliger Lump!‹ sprach ich zu Raschid-ed-Din mit der furchteinflößendsten Stimme, die mir zur Verfügung stand. ›Du mit den blauen Knopfaugen der Hinterlist und der hennagefärbten Abtrittbürste von einem Bart, laß uns deinen Namen wissen und was dich nach Karamankand gebracht hat.‹

›O König der Welt und Edler Khan von Karam‹, log der verfluchte Sklaventreiber, ›mein Name ist Ali der Weber. Nachdem ich von dem Ruhm der Weber in Eurem Reich vernommen hatte, begab ich mich hierher, um von Euren Webern zu lernen.‹

›Du lügst!‹ rief ich. ›Es ist bekannt, daß dein Name Raschid-ed-Din lautet und dein Gewerbe in Wirklichkeit das des Handels mit Sklaven ist. Wir wissen ebenso, daß du hierherkamst auf der Suche nach jemandem.‹

›Mit Verlauf, o Khan, verratet Eurem Diener, wieso Ihr seinen wahren Namen wißt‹, sagte Raschid-ed-Din.

›Viele Dinge sind den Khans von Karaman bekannt‹, sagte ich. ›Wir wissen, daß du ein Christ bist, der sich als Muslim ausgibt. Und wir wissen, daß du keinen nadelkopfgroßen Flecken ehrlicher Haut auf deinem Körper hast.‹

›Vergebt Eurem nichtsnutzigen Diener Raschid-ed-Din‹, flehte der Lump, der sich vor mir auf die Nase warf und versuchte, die Sohlen meiner Stiefel zu küssen, woran ich ihn hinderte, indem ich ihm in sein Schandmaul trat. ›Ich habe gefehlt, mächtiger Khan‹, fuhr er fort. ›Doch nun laßt mich meine Entschuldigung vorbringen, indem ich die Wahrheit spreche. Ja, es ist wahr, daß mein Name Raschid-ed-Din lautet und daß ich mit Sklaven handele. Und es ist ebenso wahr, daß ich ein Christ bin. Das Christentum wurde vom Propheten Mohammed als wahre Religion anerkannt. Und demnach bin ich also eindeutig ein Rechtgläubiger.‹

›Wenn dein Glaube ein wahrer ist‹, sagte der Großwesir, ›warum verbirgst du ihn dann?‹

›Aus handelsbedingten Gründen, mein guter Großwesir‹, sagte Raschid-ed-Din. ›Glaubt ihr wirklich, daß Muslime einen christlichen Händler bezahlen würden, wenn sie das straflos auch nicht tun könnten? Niemals! Ich würde nicht nur mein Geld und meine Ware verlieren, ich könnte jederzeit einer öffentlichen Auspeitschung unterworfen werden, sobald ein Muslim auch nur eine Beschwerde gegen mich vortrüge. Und das ist der Grund, warum das Wort Gottes nicht über meine Lippen kommt.‹

›Wie schrecklich für dich‹, sagte der Großwesir. ›Doch nenn uns nun deinen wirklichen Namen.‹

Einen Augenblick lang schien Raschid-ed-Din aus der Fassung gebracht zu sein, während er nach seinem wirklichen Namen unter den vielen, vielen Schichten seiner Lügengewebe suchte.

›Nun weiß ich es wieder!‹ sagte er schließlich. ›Er lautet Barsum. Ich habe den Namen nie gemocht. Es ist gewiß kein Name für einen einflußreichen Kaufmann.‹

›Darin stimme ich mit dir überein‹, sagte der Großwesir lachend. ›Dein wirklicher Name klingt wie der Furz eines fetten Mannes. Doch sag uns, Bar-*suuum*! Ist das Kaufen und Verkaufen von Menschen ein einträglicher Handel?‹

›Das könnt Ihr wohl sagen!‹ antwortete Barsum, ehemals Raschid-ed-Din, ehemals Ali. ›Ich handele nur mit Sklaven aus dem Norden. Die Händler im Süden können gar nicht genug weißes Fleisch bekommen.‹

›Du gibst also zu, daß du ein Sklavenhändler bist?‹ fragte der Großwesir. ›Und bist du nach Karaman gekommen, um dafür Menschen aufzutun?‹

›Im Namen aller Götter, nein!‹ sagte Barsum. ›Die Karamanen sind zu wild, um angenehme Sklaven abzugeben. Was ich suche, ist ein Sklavenmädchen, das sich mir mit den Ersparnissen meines Lebens davongemacht hat. Und ich bin entschlossen, das diebische Weib zu finden und ihr die Gliedmaßen einzeln abzuhacken.‹

›Wie du mit eigenen Augen sehen kannst‹, sprach der Großwesir, ›befinden sich keine Sklaven in unserer Gesellschaft. Und nur damit du es weißt, wir mögen keine Menschen, die unter falschen Angaben in unser Land kommen. Unser Khan, in seiner Weisheit, hat dich augenblicklich durchschaut, Barsum.‹

Die Gäste waren beeindruckt, daß ich die Lebensgeschichte eines Mannes allein dadurch wissen konnte, daß ich ihm beim Essen zusah. Es gibt ein Sprichwort unter den Türken: Man erkennt die natürliche Veranlagung eines Mannes daran, wie er seinen Yoghurt ißt. Und nachdem dies Sprichwort sich nun einmal mehr bewahrheitet hatte, wandten die Gäste mir ihre Gesichter voller Verehrung zu und seufzten zutiefst befriedigt auf.

›Barsum betreibt den verfluchtesten aller Handel‹, tat ich dem Volke ebenso wie den Fürsten und Wesiren kund. ›Er bestreitet seinen Lebensunterhalt, indem er Menschen kauft und verkauft, die ebenso frei geboren wurden wie ihr selbst. Friedfertige Menschen werden aus ihren Heimen gerissen und in die Sklaverei gepreßt auf Betreiben dieses Gesellen.‹

›Wenn auch die Christen ein Volk des Buches sind‹, fragte der Großwesir, ›wie ist es dann möglich, mein Khan, daß dieser Mann ungehindert unter dem Auge des Allmächtigen lebt?‹

›Eine sehr gute Frage!‹ erwiderte ich. ›Vielleicht hat Allah uns diesen Lumpen geschickt, damit ihm seine gerechte Strafe widerfährt, und wir sind das Werkzeug Allahs.‹

Nun da dieser elende Barsum seine Falschheit eingestanden hatte sowie seinen Handel mit Menschen, welchen das Volk der Karamanen als abscheulich empfand, stellte sich die Frage, was mit diesem unverbesserlichen Ungläubigen zu geschehen habe. Ein hitziges Wortgefecht fand statt, das darin gründete, daß es keinerlei Beispiel für Barsums Missetaten gab, auf das man hätte zurückgreifen können. Man verfügte über kein angemessenes Strafmaß für dies Vergehen. Während die beherzte Geschmeidige Blume die Verteidigung Barsums übernahm, schien es, als würde das Volk damit zufrieden sein, Barsum außer Landes zu bannen, eine beliebte Art und Weise der Karamanen, mit fast jedem Verbrechen umzugehen. Das Volk nahm diesen Urteilsspruch gewöhnlich zum Anlaß für ein Fest, während dem sie den Missetäter mit dem Gehörn und dem Fell eines Ziegenbocks ausstatteten und ihn mit Tritten in die Wildnis davonjagten. Geschmeidige Blume führte an, daß Barsum, auch wenn er unter falschen Angaben ins Land gekommen war, noch keinerlei Vergehen begangen hatte, außer höchst anstößige Tischsitten zu zeigen. Ihn zu verbannen sei genug. Man lasse ihn woanders hinziehen und wie ein Tier fressen.

Doch der Abscheu, den ich für Barsum in meinem Herzen hegte, war mir inzwischen so natürlich geworden, so wesenhaft, daß er mir in Fleisch und Blut übergegangen war. Und so bedrängte ich meine Untertanen, sich nicht zu scheuen, das schärfste Urteil über ihn zu fällen. Es war entweder Barsum oder ich, o Kalif. Ich vermochte nicht in einer Welt zu leben, in welcher Barsum sich ebenfalls aufhielt und in welcher er tatkräftig darauf aus war, mich zu vernichten. Es war möglich, daß der Schurke mich trotz des Gewandes der Herrschaft auf meinen Schultern, dem Szepter in der einen Hand und der Weltkugel in der anderen, während ich der Verhandlung vorsaß, erkannt haben konnte. Und was dann? Indem ich das Volk warnte, daß das Land zu einem Ort unmenschlichen Handels werden würde, sobald Barsum seinen Spießgesellen im Sklavenhandel und anderen Vergehen weitererzählt hätte, welch leichte Beute in Karaman zu machen sei, ward meine Redekunst so überzeugend, als ich die Gefahren beschwor, die uns bedrohten, ließen wir Barsum mit dem Leben davonkommen, daß, auch wenn ein paar wenige, deren Herz leicht vor Mitleid blutete, dagegen sprachen, eine gestrengere Mehrheit deren Vorbehalte ausräumen konnte. Nach weiteren Wortgefechten, ob man Barsum einer festen Tracht Prügel unterziehen solle, sprach sich das Volk schließlich für die Todesstrafe aus, die einzige Strafe, die mir angemessen schien. Barsum, ehemals Raschid-ed-Din, wurde vor die Wahl gestellt, ob er von vierzig Pferden oder von vierzig Äxten gevierteilt werden wollte. Barsum entschied sich für die vierzig Pferde.

Wie zu erwarten war, starb der betrügerische Sklavenhändler wie das Schwein, das er in seinem Leben gewesen war. Doch das Volk der Karamanen schwor, nie wieder einen Bissen Reis, der mit Herzkirschen gesüßt war, zu sich zu nehmen, war dieses Gericht doch der Grund, weshalb ein Fremder, wenngleich verrucht, sein Leben verlor. In gewisser Weise verstand ich das Unbehagen meiner Untertanen. Barsum, ehemals Raschid-ed-Din, wirkte mehr wie das Spottbild eines einzigen Wesenszuges – in diesem Falle dem des Verrats – als wie ein wahrhaftiger Mensch. Daß ich die Maske von diesem Wesenszug gerissen und sein häßliches Geheimnis in aller Öffentlichkeit entdeckt hatte, gefiel selbst der gestrengen Mehrheit nicht, die das Urteil gefällt hatte, als sei die Strafe im schöngeistigen wie im sittlichen Sinne falsch gewesen. Das Volk war mißmutig ob dessen, was es getan hatte, und dieser Mißmut übertrug sich leicht und natürlich auf ihren Khan. Ich hoffte, daß meine Untertanen im Laufe der Zeit vergeben und vergessen würden. Doch der Vorfall wurde zu einem Wendepunkt in der bisher so liebevollen Geschichte des Volkes mit seinem neuen Khan. Beim Plünder-Fest im folgenden Monat bemerkte ich, wie die Gäste den Platz neben der Schüssel mit dem mit Kirschen gesüßten Reis mieden. Und nicht nur das, sie sprachen so laut miteinander, daß der Khan sie vernehmen mußte.

›He da, Schnaubender Bulle‹, sagte der eine zum anderen, ›hör mich an.‹

›Was willst du mir sagen, Unbefleckter Widder?‹

›Meide den süßen Reis, Schnaubender Bulle, wenn dir dein Leben lieb ist.‹

›Tu du desgleichen, Unbefleckter Widder‹, sagte der Bulle.

Nein, es war nicht daran zu zweifeln, das Volk war verstimmt. Nun, da sie dafür gestimmt hatten, Barsums Tod zu besiegeln, flüchteten sie in Scherze, die mit schwarzer Galle durchsetzt waren, und gaben vor, daß die elenden Tischsitten eines Fremden ihn sein Leben gekostet hatten und daß der allmächtige Zorn eines Herrschers, möge dieser noch so mild aussehen, durch etwas so Unbedeutendes wie eine Schüssel Reis geweckt werden konnte. Und so schien es mir, als sei die Zeit für mich gekommen, weiterzuziehen. Doch bevor ich mir noch einen Plan zurechtlegen konnte, wie ich mich aus diesem Königreich wieder befreien konnte, ratet einmal, wer auf dem Platz der Reiterspiele auftauchte, um sich die Zähne an freien Speisen zu wetzen? Niemand anderes als Dschawan der Kurde! Was bei Allah hat ihn nur hierhergebracht? dachte ich voller Schrecken. Er wird wohl ebenfalls auf der Suche nach mir sein, in der Hoffnung, Rache zu nehmen.

Zuerst konnte der Dieb keinen freien Sitz finden, doch dann fiel sein Blick auf den leeren Platz, vor dem die Schüssel von Reis mit Kirschen unberührt vor sich hin dampfte. Dschawan ließ sich nieder und griff nach dem Reis.

›Hast du den Verstand verloren, Bruder?‹ fragte Unbefleckter Widder. ›Was tust du da?‹

›Ich nehme mir etwas Reis, das tue ich‹, erwiderte der grobe Kurde. ›Und was geht es dich an, zudringlicher Geselle?‹

›Bruder‹, mischte sich Geschmeidige Blume in den Austausch, ›wenn du von dem Reis ißt, hast du zwei Möglichkeiten, dich vierteilen zu lassen. Die Wahl liegt bei dir!‹

›Schweig, Weib!‹ rief der Dieb. ›Frauen haben zu schweigen, es sei denn, man fragt sie etwas. Hast du gehört, daß ich dich etwas gefragt habe? Nun denn! Geh nach Hause, wohin du gehörst, statt wie eine schamlose Dirne hier zu essen, das Gesicht unverschleiert vor denen, die über dir stehen.‹

Während die Gäste sich laut verwunderten, wer denn über Geschmeidige Blume stehen könnte, in Anbetracht der Tatsache, daß sie genauso gut und ehrbar war wie sie alle, stieß Dschawan der Kurde seine Hand, die sich durch seine Gewohnheit, Dinge an sich zu reißen, zur Klaue verformt hatte, in die Reisschüssel. Gierig preßte er den flockigen Reis in einen Ball von der Größe einer Orange und schob diesen in seinen höhlenartigen Mund. Der Reisball glitt seine Kehle hinab mit einem gurgelnden Geräusch, das an ein Abtrittloch erinnerte.

Dort, wo er nach dem Reis gegriffen hatte, konnte man auf den Grund der Schüssel blicken.

›Allah sei Dank, daß ich keine Reisschüssel bin, die man dir vorsetzt, Fremder!‹ scherzte der Großwesir. ›Du hast die Schüssel mit einem einzigen Mundvoll geleert!‹

›Laßt den zum Tode Verurteilten essen!‹ rief der Haschisch-Kopf und rückte noch weiter von Dschawan ab. ›Wenn ich den Lumpen nur ansehe, sehe ich bereits, wie er auseinandergerissen wird.‹

Just als Dschawan der Kurde sich ein weiteres Reisbällchen formte, ließ ich ihn von den Wachen greifen. Die Wachen verdrehten Dschawan die Arme so gründlich, daß der Reisball dem Großwesir ins Gesicht flog. Und wie der Großwesir so dasaß und Reis von seinem Gesicht tropfte, schien sich das Volk nicht sicher, ob Gelächter angebracht sei. Die Wachen brachten Dschawan, dessen natürlichste Eigenschaft die Dieberei war, vor den Thron.

›Siehst du?‹ sagte der Bulle zum Widder. ›Habe ich es dir nicht gesagt?‹

›Der Mann war gewarnt‹, sagte der Widder zum Bullen.

›Wir sollten dem Gericht einen neuen Namen geben‹, schlug Geschmeidige Blume schelmisch vor, ›Schlachter-Reis.‹

›Warum bist du hier?‹ fragte ich den Kurden. ›Nenn uns deinen Namen und deine Tätigkeit.‹

›Mein Name ist Osman, o Khan‹, sagte der Dieb. ›Ich kam in Euer Land auf der Suche nach etwas, das ich verloren habe. Dinge zu verlieren entspricht nicht meiner Natur. Und so habe ich beschlossen, das, was ich verloren habe, zu finden und es dorthin zu stecken, wo der Mond nicht hinscheint. Von meiner Tätigkeit her bin ich Gärtner.‹

›Viel eher‹, schrie ich ihn mit donnernder Stimme an, ›erntest du, was du nicht gesät hast! In meinen Augen spricht dein Gesicht von einem altbewährten Dieb und Halsabschneider. Es sagt mir, daß es einem Kurden namens Dschawan gehört, Spießgeselle des blutrünstigen Ahmad-ed-Denef und seiner Bande der Vierzig Räuber. Habe ich nicht recht? Dein Gesicht verrät der Welt obendrein, daß deine Mutter eine so bösartige Hexe ist, daß die Menschen sie die Verfluchte Kurdin heißen.‹

›Mein Gesicht verrät all das?‹ erwiderte Dschawan der Kurde. ›Vergebt mir, o Khan, aber ich stehle mir wohl besser ein anderes Gesicht.‹

›Aufsässigkeit wird deine Lage nur verschlimmern!‹ schrie ich. ›Und was den Grund angeht, weshalb du in unser Land gekommen bist, so sprachst du nur die halbe Wahrheit. Du hast etwas verloren. Doch das hat dir niemals gehört. Du kannst nicht einen Menschen stehlen, als sei er ein Gegenstand, und dann erwarten, daß er bei dir bleibt. Sag die Wahrheit, herumtreiberisches Schwein, oder ich lasse dich ohne Gerichtssitzung hinrichten.‹

›Wenn Ihr meinen Namen, meine Tätigkeit und meine Absichten kennt, o Khan‹, sagte der Dieb, ›warum plagt Ihr mich dann mit so vielen Fragen? Ihr habt recht, es ist ein Weib, das ich suche. Sie führte meine arme Mutter hinters Licht und rannte davon. Und ich verprügelte in meinem gerechten Zorn meine Mutter so kräftig, daß mir die alte Frau unter den Händen starb. Ich suche nach dem Weib, damit ich den Tod meiner Mutter rächen kann.‹

›O Volk von Karamankand!‹ sprach ich. ›Der Dieb und Halsabschneider legt Zeugnis wider sich selbst ab. Erst tötet er die eigene Mutter in Zorn und Hast, dann gibt er einer Maid die Schuld, die seinen mörderischen Händen entkommen konnte. Darüber hinaus ist dieser Kurde für den Tod von Tausenden verantwortlich, darunter für den eines türkischen Soldaten, den der Kurde abschlachtete, während der Türke vor der Diebeshöhle schlief. Dieser unglückliche Soldat war niemand anderes als der Eigentümer des wunderbaren Pferdes namens Deli Kachar, welches mich in euer Land gebracht hat. Und zur Zeit liegt der Soldat immer noch der arabischen Sonne preisgegeben da, weil dieser Sohn einer Hure ihn nicht begraben wollte.‹

›Ich verstehe nicht‹, sagte der Großwesir, ›warum böse Menschen es sich zur Gewohnheit gemacht zu haben scheinen, hier aufzutauchen. Aus unerfindlichen Gründen erscheinen sie, um sich den Bauch mit süßem Reis vollzuschlagen. Was hast du zu deinen Gunsten anzuführen, Dieb?‹

›Daß die Toten nicht lügen‹, warf der Haschisch-Kopf ein. ›Das hat der Dieb zu seinen Gunsten zu sagen. Ich höre bereits sein letztes Röcheln.‹

›Sind wir auf diese Welt gekommen‹, fragte Geschmeidige Blume, ›um das Urteil über die abstoßenden Wesen unter den Menschen zu sprechen?‹

›Ich sage, daß der Khan sein schlimmes Werk selbst ausführen soll‹, sagte Schnaubender Bulle. ›Ich werde keine Stimme mehr abgeben!‹

›Wahrhaftig!‹ sagte Unbefleckter Widder. ›Laßt den Khan sein Gebieten und Verbieten, sein Verurteilen und sein Köpfen selbst ausführen. Ich habe meine eigene Arbeit zu tun. Bitte ich den Khan etwa, statt meiner zu kämpfen?‹

›Warum spricht der Khan soviel?‹ fragte Geschmeidige Blume, die damit der Meinung aller Gäste des Plünder-Festes Ausdruck gab. ›Wenn er so rechtschaffen ist, soll doch der Khan seine eigenen Urteile fällen.‹

›Wie wahr gesprochen, Honigkuchen‹, pflichtete ihr ein aufgeputzter junger Mann bei, dessen Fingernägel mit Henna gefärbt waren. ›Ich hätte es selbst besser nicht sagen können. Wenn der Khan ein Mann ist, so soll er sich betragen wie einer.‹

›Verstehe ich euch dahingehend richtig‹, fragte ich, ›daß das Volk der Karamanen keinen Gefallen an den unangenehmen Seiten der Selbstverwaltung findet? Dann sagt es nur frei heraus. Und gerne werde ich das Gebieten und Verbieten übernehmen und über euch herrschen, wie es mir gefällt.‹

›Das Volk ist der Meinung, o mein Khan‹, sprach der Großwesir, der sich von seinem Sitz erhob, ›daß es nicht das Werkzeug der Vergeltung Eurer ureigensten Kränkungen sein will. Wenn Ihr Klagen zu führen habt, so solltet Ihr sie in aller Öffentlichkeit führen. Doch wir wollen nicht, daß Ihr uns zu Richtern macht, Männer zu verurteilen, die uns nichts zugefügt haben.‹

›Doch dieser Mann ist ebenso wie der Mann vor ihm ein Übeltäter, der seine Taten eingesteht‹, erwiderte ich. ›Beide haben wider sich selbst Zeugnis abgelegt.‹

›Indes, Ihr wart im Vorteil, indem Ihr sie überraschtet, o Khan‹, sprach der Großwesir, ›so daß sie sich nicht auf ihr Recht besannen, auch schweigen zu dürfen. Hätten sie ihren Mund gehalten, so hätten wir nie etwas erfahren. Ihr habt, o Khan, die wahre Natur dieser Gesellen entdeckt. Doch ist Euer allwissendes Auge nicht auch ein Mittel, jemanden in einer Falle zu fangen? Denn letztendlich sah niemand sie hier Missetaten begehen, auch wenn ihre Sitten zugegebenermaßen haarsträubend sind.‹

Die Karamanen waren ein seltsames Volk. Sie metzelten schlitzäugige Tataren und bierbäuchige Slawen nieder, ohne mit der Wimper zu zucken. Doch was ihre Bräuche der Gerechtigkeit betraf, so waren sie die empfindsamsten Haarspalter, denn sie gingen davon aus, daß feindliche Krieger aufs Schlachtfeld zogen und genau wußten, was sie erwartete, während Schurken sich zufällig auf einem ihrer Plünder-Feste einfanden, ohne die geringste Vorstellung, daß sie in ihren Tod gestolpert waren. Wie Kinder es tun, verlangten auch die Karamanen die genaueste Einhaltung der Regeln. Sie waren voller Abscheu gegenüber den schattenhaften Bereichen der Rechtsprechung.

›Wird es mir gestattet sein, mich zu verteidigen?‹ fragte der Kurde, ermutigt durch die Schwierigkeiten des Herrschers, für sein Anliegen zu werben.

›Sprich‹, sagte der Haschisch-Kopf, der ihm damit die Erlaubnis erteilte.

›Nun denn‹, hob der Dieb an. ›Euer Khan muß in der Tat ein großer Seher sein, Allah sei mein Zeuge! Er hat mein unglückseliges Leben so wahrhaftig durchschaut, daß ich vor eurem Volke schwöre, nie wieder die Hand gegen einen anderen zu erheben oder zu nehmen, was mir nicht gehört. Sollte ich das je wieder tun, so werde ich höchstselbst mir beide Hände abhacken.‹

›Ich begreife, wie du dir die erste Hand abhacken könntest‹, bemerkte der Haschisch-Kopf spitzfindig, ›doch wie du es mit der zweiten halten willst, ist mir nicht recht einleuchtend.‹

›Eine Redewendung‹, erwiderte der Dieb. ›Ich will damit sagen, daß ich nicht mehr stehlen werde. Ich will damit sagen, daß ich meine Hände gerne behalten würde. Und hätte ich noch eine Mutter auf Erden, so schwöre ich, daß ich sie nie wieder verprügeln werde.‹

›Wenn du glaubst, daß solche Angewohnheiten durch Worte allein aufgegeben werden können‹, sagte ich, ›dann glaube auch, daß mir dein Wort rein gar nichts gilt, Dschawan der Kurde. Ich habe die Absicht, dich deiner Angewohnheiten zu entwöhnen. Hiermit verurteile ich dich, kraft der Macht, die mir gegeben ist, dazu, daß dir beide Hände und beide Füße abgeschlagen werden mögen, damit du den Rest deines Lebens als Krüppel verbringest.‹

›Wie soll er denn seinen Lebensunterhalt verdienen?‹ wunderte sich laut Unbefleckter Widder. ›Oder sich von einem Ort zum nächsten begeben?‹

›Ein weiterer strittiger Punkt‹, sagte der Haschisch-Kopf, ›wie soll er sich Reisbällchen in den Mund stopfen?‹

›Dschawan der Kurde wird auf Kosten des Volkes versorgt und ernährt werden‹, sagte ich, ›so daß er uns allen stets als Beispiel dienen möge.‹

›Dann sollte er besser aus der Schatulle des Khans unterhalten werden‹, schlug Geschmeidige Blume vor. ›Ihn vom Volk aushalten zu lassen, ist ein schwerer Mißbrauch unserer Steuern.‹

›He da, haltet ein!‹ rief Dschawan der Kurde. ›Wie könnt ihr alle so über mich sprechen, während ich vor euch stehe und meine Hände und Füße noch an mir trage? Schrecklich! Was für ein blutrünstiger Haufen! Und was wird mit meinen Händen und Füßen geschehen?‹

›Du darfst deine Hände und Füße behalten‹, sagte ich.

›An mir?‹ fragte Dschawan. ›Oder neben mir?‹

›Neben dir‹, sagte ich.

›Schrecklich!‹ würgte ein junges Mädchen hervor und hielt sich die Hand vor den Mund.

Sobald Dschawan den Kurden die Gerechtigkeit ereilt hatte, konnte ich die Kälte meiner Untertanen mir gegenüber bis ins Mark spüren. Vielleicht war die Zeit, geziemend abzudanken, längst verstrichen. Als Herrscherin hatte ich kläglich versagt; ungeachtet all meiner Bemühungen, die Verantwortung der Verwaltung mit meinen Untertanen zu teilen, hatte ich ihr Vertrauen, daß die Dinge gerecht ihren Lauf nähmen, zerstört, indem ich mich an eigenen Feinden rächte. In jeder Hinsicht war es mir nicht gelungen, die schwierige Lage in meinem eigenen Herzen zu meistern und das Ureigenste mit dem Öffentlichen zu vermählen. Als Frau geboren, deren Reize sie zu einem Gegenstand der Begierde machten, hatte ich mich heillos verfangen bei der Aufgabe, Herrin und Dienerin meines eigenen Schicksals zu sein. Hier in Karamankand wurde mir zum ersten Male eine wirkliche Aufgabe zuteil und zugleich die untertänigste Hingabe; nun war ich der Gegenstand vielfältigen aufständigen Hohns. Diese Art des Versagens konnte ich nicht ertragen. Doch warum konnte ich es nicht ertragen? Die Antwort schien stets außer Reichweite.

Das Plünder-Fest, das nach Dschawans Urteil stattfand, war nur spärlich besucht, um es höflich auszudrücken. Zum einen war der handlose und fußlose Mann für alle sichtbar, wie er von zwei Wachen gefüttert wurde. Ein einziger Blick auf ihn ließ selbst dem robustesten Menschen den Hunger vergehen. Dschawan, nicht dumm, war sich sehr wohl bewußt, in welcher Weise seine Anwesenheit zu einer Strafe geworden war, zu der ich mich selbst verurteilt hatte; um so herzhafter führte er der Welt sein Unglück vor Augen.

Doch es geschah auf diesem freudlosen Fest, daß mein wunder Blick auf eine wahrhaft unerwartete Freude fiel. Ein junger Fremder ließ sich vor der verlassenen Reisschüssel nieder. Augenblicklich erkannte ich Ali Schir. Als die Gäste seiner anmutigen Gestalt gewahr wurden, wie sie geziert zugriff und sich mit zwei Fingern aus der Reisschüssel bediente, hielten sie alle beim Essen inne, ihn zu beobachten.

›Oho‹, sagte der Haschisch-Kopf. ›Alles noch einmal!‹

›Junger Mann‹, flehte ihn die Mutige Geschmeidige an, ›um Eures süßen Lebens willen, eßt diesen süßen Reis nicht.‹

›Wie wahr gesprochen, Honigkuchen‹, mischte sich nun der aufgeputzte junge Mann mit den hennagefärbten Fingernägeln in das Gespräch. ›Wer von dem Reis ißt, dem werden entweder das Leben oder die Gliedmaßen gekürzt.‹

›Tu es nicht, kleiner Bruder‹, beschwor ihn Schnaubender Bulle. ›Dieser Reis ist der sichere Tod.‹

›Ich gebe dir mein Wort darauf‹, sagte Dschawan der Kurde und wedelte mit seinen Armstümpfen.

›Dann ist er mir gar nicht so unwillkommen‹, sagte Ali Schir. ›Ich bin dieses Lebens müde. Ich habe versucht, es zu verwirken, doch es gelang mir nicht. Der Tod will mich nicht holen, gleichwie ich um ihn werbe. Der Tod meidet mich, als hätte ich die Glückseligkeit des ewigen Schlafes nicht verdient.‹

Und ohne zu zögern machte sich Ali Schir über den Reis her. Zuerst wollte ich ihn sogleich vor mich bringen lassen, doch dann ließ ich ihn sein Mahl beenden. Vielleicht hatte der Arme ja seit Tagen nichts gegessen. Er aß, bis er gesättigt war, und lehnte sich dann zurück.

›Was ist nur geschehen?‹ fragte Unbefleckter Widder.

›Er ist immer noch unter den Lebenden‹, sagte der Hanf-Kopf, ›obgleich der Reis fast gänzlich verschwunden ist.‹

›Vielleicht gefällt dem Khan dieser Jüngling‹, sagte der herausgeputzte junge Mann mit den hennagefärbten Fingernägeln. ›Und wer will dem Khan das auch verdenken? Der Jüngling ist eine Schönheit.‹

›Junger Mann‹, sprach ich, ›du, der du von dem verbotenen Reis gegessen hast, ich will dir einige Fragen stellen. Willst du nicht vor den Thron kommen?‹

›Einen Abschiedsgruß euch allen, denn‹, sagte Ali Schir, der vor Begierde brannte, sich zu opfern. ›Niemanden trifft eine Schuld. Ich war gewarnt.‹

›Aha‹, sagte Schnaubender Bulle. ›Würde der Khan dem Jüngling nach dem Leben trachten, so hätte er ihm nicht gestattet, soviel Reis zu essen, wie er begehrte.‹

›Vielleicht ist dies eine neue Zutat‹, stellte Geschmeidige Blume anheim, ›in der alten Reisschüssel des Khans.‹

Ali Schir verneigte sich vor dem Thron bis auf den Boden und wartete ehrerbietig, während ich seinen Gruß durch einen Händedruck auf seine Schulter erwiderte.

›Nenn uns den Grund, weshalb du nach Karamankand gekommen bist‹, sprach ich, ›sowie deinen Namen und deine Tätigkeit.‹

›Mein Name ist Ali Schir, o Khan‹, erwiderte er. ›Das Land meiner Vorväter ist Persien, wenngleich ich selbst in Bagdad zur Welt kam. Die einzige Tätigkeit, die ich bisher erfolgreich ausgeübt habe, ist das Nichtstun. Die Namen, die man meinem Gewerbe gibt, sind

Nichtsnutz, Tunichtgut und Verlorener Sohn. Was den Grund betrifft, weshalb ich hierher kam, so bin ich auf der Suche nach einem Sklavenmädchen, das ich verloren habe. Sie war mir kostbarer als mein Augenlicht. Indes, ich wußte nicht, wie sehr ich ihr ergeben war, bis sie mir genommen wurde. Solch ein Narr bin ich. Laßt keine Gnade walten, o Khan! Vielleicht könnt Ihr mir helfen, den Opfergang zu gehen, nach dem ich mich so sehr sehne.‹

Hier wurde Ali Schir derart von seinem Kummer überwältigt, daß er in Tränen ausbrach, bis er besinnungslos zu Boden sank; kaum war ihm aromatisches Wasser ins Gesicht gespritzt worden, kam er wieder zu sich, doch nur, um sich weiteren Schluchzern hinzugeben.

›Trauere nicht mehr, Ali Schir‹, sprach ich. ›Mein Gefühl sagt mir, daß das Glück auf dich wartet. Ich glaube, daß du hier in Karamankand deine innere Festigkeit wiedererlangen und all diese dich selbst herabwürdigenden Namen, mit denen du dich so gnadenlos bezeichnest, ablegen kannst. Nie wieder wirst du der Nichtsnutz, der Verlierer, der Verlorene Sohn sein; du mußt nicht einmal aus Liebe zu einem abhanden gekommenen Sklavenmädchen sterben. Du bist nicht der einzige Mensch auf Erden, der leidet, Ali Schir, auch wenn du den Kummer der anderen bisher vielleicht nie bemerkt hast, weil du zu beschäftigt bist, Ali Schir zu strafen.‹

Er blickte mich voller Verwunderung, doch, wie ich hinzufügen sollte, ohne jegliches Wiedererkennen an. Und ich hatte immer angenommen, daß die Augen der wahren Liebe durch alle Verkleidungen hindurchsähen! Doch sei's drum. Ich befahl, daß man Ali Schir zu den Bädern führte, ihm ein Ehrenkleid übergab und ihn dann auf den Platz der Reiterspiele zurückbrachte, wo ich entscheiden würde, welches sein Schicksal sein sollte.

›Zumindest‹, bemerkte Geschmeidige Blume, ›ging der Khan mit dem Jüngling höflich um. Das ist ein Gewinn.‹

›Sagte ich nicht, daß der Khan dem Jüngling nichts Böses will?‹ erwiderte Schnaubender Bulle voller Befriedigung.

›Der Jüngling ist süß wie eine Frucht‹, lachte der herausgeputzte junge Mann mit den hennagefärbten Fingernägeln etwas einfältig. ›Der äußere Schein eines Menschen ebnet jeden Weg, auch den in das Bett des Khans.‹

›Ich habe noch nie bemerkt, daß der Khan dich zweimal angesehen hätte‹, tat Unbefleckter Widder dem sich wiegenden herausgeputzten jungen Mann kund.

›Mich ebensowenig‹, sagte der Haschisch-Kopf, ›wenngleich ich zweimal so schön bin wie jeder andere hier und obendrein ein Prinz.‹

Sie alle unterhielten sich gar prächtig, und ein jeder steuerte sein Scherflein nach Herzenslust bei. Schließlich kehrte Ali Schir aus den Bädern zurück und roch so süß, wie er aussah. Das Ehrengewand gereichte seiner Gestalt in der Tat zum Vorteil und hatte sein Gemüt aufgehellt. Ich stimmte mit meinem Volk überein: Ali Schir war entzückend. Einen kurzen Augenblick lang bedauerte ich das, was ich sogleich tun würde – doch mein Entschluß stand fest.

›Volk von Karamankand‹, sprach ich, ›schenkt mir Gehör. Heute fühle ich, wie eure Herzen sich mir gegenüber ein wenig erwärmen, nachdem ich lange dachte, daß ich an deren Kälte erfrieren müßte. Vielleicht sollte ein Herrscher niemals die Liebe seines Volkes begehren und sich dafür mit dessen Furcht begnügen. Doch es bleibt mir noch so viel zu lernen, bis ich euch lehren und führen kann. In Karamankand mußte ich eine harte Lehrzeit durchlaufen. Wie es scheint, möchte ich wie ein Gewaltherrscher über euch verfügen, während ich mich zugleich stets nach eurer ungeteilten Liebe sehne; ich möchte euer Freund sein und will doch zugleich stets gebieten und verbieten. Nun ist der Zeitpunkt gekommen, an welchem ich nicht mehr weiß, wie ich die Widersprüche in meinem Herzen aussöhnen soll. Dies nun ist meine letzte Bitte. Es ist mein Wunsch, nach Bagdad zurückzukehren, von woher ich gekommen bin, um dort tief in mein Herz zu blicken und von den Weisen zu lernen, die nicht davor zurückschrecken, sich selbst zu erkennen. Mein Vorschlag an euch, Volk von Karamankand, lautet, mir eine Zeit der Abwesenheit zu gestatten. Während dieser Zeit, so lautet mein Wunsch fürderhin, möchte ich Ali Schir als meinen Stellvertreter einsetzen, damit er über euch herrsche, bis ich zurückkehre und, so Allah es will, das Steuer als besserer Mann wieder übernehmen kann.‹

›Dies, mein Khan‹, sagte der Großwesir, ›ist in der Tat eine ungewöhnliche Bitte. Die Frage, ob einem Khan eine Zeit der Abwesenheit gestattet werden soll, ist bisher ohne Beispiel. Vielleicht sollte über diese Bitte abgestimmt werden.‹

›Unbedingt‹, sagte Schnaubender Bulle. ›Ich bin sehr dafür, den Khan ziehen zu lassen.‹

›Doch sind wir bereit‹, führte Geschmeidige Blume an, ›einen Stellvertreter anzuerkennen, der uns so vollkommen unbekannt ist?‹

›Wir kannten diesen Khan ebenfalls nicht‹, sagte Schnaubender Bulle, ›als er von den Rußschwarzen Bergen zu uns herübergeweht kam. Und dennoch stellte sich heraus, daß der Khan ein wohlmeinender Mensch ist, bei all seinen Fehlern.‹

›Warum können wir uns nicht einen Stellvertreter aus unserem eigenen Volk erwählen?‹ fragte eine ältere Frau, die als Unfruchtbare Tante bekannt war.

›Weil wir, liebe Unfruchtbare Tante‹, sagte Unbefleckter Widder, ›unsere eigenen Fehler untereinander nur zu gut kennen. Ein Herrscher, der von außerhalb zu uns stößt, birgt Hoffnung.‹

›Hoffnung, die wieder und wieder enttäuscht wird‹, sagte der Haschisch-Kopf.

›Wir wissen, Unfruchtbare Tante‹, fuhr Unbefleckter Widder fort, ›daß ein großer Groll in deinem Herzen herrscht, weil es dir nie gegönnt war, Kinder zu haben. Und ihr alle wißt, daß ich selbst viel zu streitlustig bin. Und dann wissen wir alle, daß der Haschisch-Kopf seine Prinzenträume in dem angenehmen Kraut vergißt.‹

›Wir sind alle unheilbare Schwärmer‹, sagte der herausgeputzte junge Mann mit den hennagefärbten Fingernägeln. ›Stets sind wir auf der Suche nach einem Helden, dem wir untertan sein können.‹

›Wir können nicht wissen, was in den Köpfen unserer Vorväter vor sich gegangen ist‹, sagte der Großwesir hinzu, ›doch unsere Herrscher sind immer Fremde gewesen. Und in gewisser Weise ist das sinnvoll. Ein fremder Khan hat weder Freunde noch Familie in Karamankand, die er bevorzugen und beschützen könnte. Er steht zu einem jeden von uns gleich.‹

›Doch er bringt‹, bemerkte Geschmeidige Blume, ›seine ureigensten Lasten mit sich, seine Klagen und seine Rachsüchte.‹

›Ich schlage vor, daß wir uns unsere Zahn-Miete nehmen‹, sagte Schnaubender Bulle, ›und abstimmen. Obgleich wohl ich der geeignete Mann als Stellvertreter wäre, so fehlt mir doch die Neigung, für mich zu werben und Versprechungen zu machen, die ich nicht einhalten kann.‹

›Ich zöge lieber an jedem Tag, den Allah uns schenkt, in den Krieg‹, stimmte ihm Unbefleckter Widder bei, ›als Versprechungen zu machen.‹

›Wir sollten eine Frau als Herrscherin wählen‹, sagte Geschmeidige Blume. ›Letzten Endes sind es die Frauen, die die Kinder gebären. Das Begehren einer Khanum wäre es stets, zu erschaffen, statt zu vernichten. Manche unter euch Männern zerstören, nur weil es einer flüchtigen Neigung entspringt. Ich habe einige von euch auf dem Schlachtfeld gesehen.‹

›Wir stehen vor einem Rätsel‹, neckte sie der Haschisch-Kopf, ›wer birgt da wohl eine geheime Sehnsucht in seinem Herzen? Wenn du unsere Khanum sein möchtest, Geschmeidige Blume, dann sprich es aus!‹

›Nein, das möchte ich nicht‹, erwiderte Geschmeidige Blume. ›Ich würde es erwägen, wenn ich nicht verheiratet wäre.‹

›Bei Allah, Geschmeidige Blume!‹ warf ihr Gatte ein. ›Versage dir nichts um meinetwillen. Nie sollst du mich beschuldigen können, daß ich dich zurückgehalten habe. All die Jahre über habe ich die Kinder versorgt, während du deine Kunst des Bogenschießens mit der der Besten unter den Tataren gemessen hast.‹

›Du sprichst die Wahrheit, mein Lieber‹, sagte Geschmeidige

Blume. ›Das ist dein Lohn dafür, daß du die größte und die schönste Frau im Reich geheiratet hast.‹

›Nach meinem Urteil‹, sagte Schnaubender Bulle, ›sind Frauen zweimal so grausam wie Männer.‹

›Wie wahr!‹ stimmte ihm Unbefleckter Widder bei. ›Nicht umsonst pflegten unsere Vorfahren zu sagen: Stelle dich nie im Nahkampf einem Mädchen und laufe nie mit der Stute um den Sieg. Nichts ist so sicher, wie daß du verlierst.‹

›Werden wir den ganzen Tag noch mit närrischen Reden vertun?‹ verlangte Geschmeidige Blume zu wissen. ›Ich würde keinen Pferdeapfel für das Urteil eines Mannes eintauschen. Da du nie eine Frau gewesen bist, mein Herr, wie kannst du da wissen, was eine Frau begehrt oder wozu sie fähig ist?‹

Ali Schir blickte immer verblüffter um sich, während sich sein Schicksal langsam entschied. Ich dachte, welch ein Scherz des Schicksals es war, daß Ali Schir sich all die Zeit über, ohne es zu wissen, darauf vorbereitet hatte, ein Prinz zu sein. Er verfügte über kein Handwerk, keine eigenen Gedanken, keine eigenen Sehnsüchte. Seine Untertanen würden ihn sich zu dem Khan formen, den sie haben wollten. Er war der vollkommene Herrscher für das ernsthafte, junge und reizvolle Volk der Karamanen. Und in gewisser Weise würde ein Teil von mir durch meinen geliebten Ali Schir in Karaman verbleiben, da ich sicher war, daß er niemals ein Gewaltherrscher sein würde, der sein Volk unterjochte. Er würde eine reizende und einnehmende Puppe sein, vom Volk geliebt und gehegt und beschützt.

Zumindest würde Ali Schir die Geschichte seines unglücklichen Lebens vergessen und damit aufhören, sein Leben der Liebe opfern zu wollen. Und dennoch bedauerte ich zutiefst, daß ich Ali Schir nicht für mich selbst behielt! Es hätte kaum den Flügelschlag eines Schmetterlings gebraucht, und ich hätte ihn in meine Schlafkammer geführt, doch ich liebte Ali Schir zu sehr, als daß ich ihn zu einem Objekt meiner Leidenschaft machen wollte – nicht noch einmal! Diesen Pfad war ich bereits entlanggeschritten und war schwer bestraft worden für die Gier, meinen Geliebten zu besitzen.

Es erstaunte mich nicht, daß die Mehrheit des Volkes Ali Schir für einen geeigneten Stellvertreter hielt. Sollte ich nicht zurückkehren, was auch gar nicht meine Absicht war, so würde man Ali Schir langsam mit der wahren Aufgabe betrauen, unter der Voraussetzung, daß er das Talent, Menschen zu gefallen und sich ihnen lieb zu machen, über das er bereits verfügte, weiter wachsen ließ.

Ich umarmte Ali Schir mit, wie es schien, herrschaftlicher Zuneigung, reichte ihm das Szepter und die Weltkugel und das Gewand, das die Macht darstellte. Dann hoben ihn die Noblen von Karaman, indem sie ihn unter den Achseln faßten, auf den Thron. Hochrufe ertönten für Ali Schir.

›Wir haben ein Geschenk für Euch, mein Suchender Khan‹, sagte Geschmeidige Blume zu mir. ›Das Volk ist der Meinung, daß Ihr Euch einen Namen verdient habt.‹

›Und wie lautet der Name, den ihr mir verliehen habt?‹ fragte ich. ›Ich hoffe, daß ich ihn wohl tragen möge.‹

›Der Name, den wir Euch verleihen‹, erwiderte Geschmeidige Blume, ›lautet Himmelswolf. Wir hoffen, daß er Euch erfreut, denn es ist unser kostbarster Name.‹

›Und hier sind zwei Satteltaschen voller Goldes‹, sagte der Großwesir. ›Das Volk wünscht, daß Ihr sie erhaltet, um Euch Euren Weg leichter zu machen. Wir wünschen uns, daß wir in Eurer Erinnerung verbleiben, so, wie wir sind.‹

›Wie wahr!‹ rief Schnaubender Bulle und schneuzte sich. ›Wir hoffen, daß Ihr einen Lehrer findet, der Euch lehrt, in Euer Herz zu sehen.‹

Einen Augenblick lang mußte ich gegen die Tränen kämpfen, die mir in die Augen stiegen. Dann kam mir Ali Schir mit der ihm so natürlichen Anmut zu Hilfe.

›Glücklich ist der Mann, Himmelswolf‹, sprach Ali Schir und drückte mir die Schulter, ›der nicht Herrscher sein muß, um ein wichtiger Mensch zu sein. Seid versichert, daß ich Euren Platz verwalten werde, bis Ihr zurückgekehrt seid. Allah behüte Euch, mein

Bruder, und kehrt alsbald wieder. Ich empfinde, daß Bande zwischen uns bestehen, die stärker sind als jene Bande der Pflicht, die das Schicksal uns teilen läßt. Seit mein Blick auf Euch fiel, Himmelswolf, stelle ich mir die Frage: kenne ich diesen jungen Mann nicht von irgendwoher?‹

›Dein Herz kennt mich‹, erwiderte ich, ›auch wenn es deine Augen nicht tun.‹

›Nun, da alle Knoten so prächtig gelöst sind‹, sagte der Haschisch-Kopf, ›laßt uns alle nach Hause gehen und in Frieden unser Haschisch schlucken.‹

›Sprich für dich selbst, Hanf-Kuchen!‹ gab es ihm Unbefleckter Widder ärgerlich zurück. ›Ich habe eine Schar Slawen zu schlagen, bevor ich ruhen kann.‹

Ah, die Art und Weise, in welcher die Karamanen schwächliche Gefühle meiden, ist wahrhaft wunderbar! Und so geschah es, daß ich das Herrschaftsgebiet meinem Geliebten Ali Schir überließ, ohne daß mein wahrer Name bekannt geworden wäre. Indes habe ich das Gefühl, daß er mich nun besser kennt als zu der Zeit, als wir ein Kissen teilten. Denn nun kennt er mich als den wahren Freund, der ich ihm immer schon gewesen war.

Sobald ich mich wieder in Bagdad befand, suchte ich Herrin Zubaida auf, deren Ruhm als kluge Kauffrau an meine Ohren gedrungen war. Ich wollte von ihr lernen, wie eine Frau mit der Macht umgehen müsse, in die sie entweder hineingeboren oder aber die ihr auferlegt wird. Sie begann damit, daß sie mich zur Befehlshaberin ihres Heeres und zur Freundin ihres Herzens machte.

Und dies, o Herrscher der Gläubigen, ist das Wesentliche meiner Geschichte.«

15
Die zweite Aufgabe

Hürü nimmt sich eine Frau zur Frau und vollzieht eine heilige Ehe

»Und hat meine Gattin Euch das gelehrt, was Ihr zu wissen begehrtet?« erkundigte sich der Kalif, der außerordentlich erfreut darüber wirkte, daß seine neue Frau für eine große Lehrmeisterin gehalten wurde.

»Es ist offenkundig geworden«, erwiderte Herrin Safiye, ehemals Himmelswölfin, »daß die Kenntnis seiner selbst ein Feld des steten Weiterlernens ist. Herrin Zubaida lieh mir ihr Gehör, o Kalif, während ich die Geschichte meines Lebens in ihren unterschiedlichen Fassungen erzählte. Denn wisset, so wahr ich Herrin Safiye bin, so sehr bin ich ebenfalls Raschid-ed-Din, ehemals Barsum, der wetterwendische Christ. Ich bin ebenfalls Dschawan der Kurde, der Dieb, den ich seiner Hände und Füße beraubte. Ich bin hinterlistig und diebisch. Und dann bin ich auch noch Ali Schir, ein Tunichtgut mit einem sanften Herzen, der sich danach sehnt, ein Mensch von Bedeutung zu sein.«

»Ich verstehe nicht, warum Ihr so streng mit Euch selbst seid«, sprach der Kalif. »In Anbetracht der Tatsache, daß Ihr eine Frau seid, so meine ich, daß Ihr Euch ganz bewundernswert in diesem Königreich der Narren gehalten habt. Und Ihr wart vernünftig genug, die Macht dorthin zurückzugeben, wohin sie gehört. Das Traurige daran ist nur, daß Ihr Euch nicht dazu entschlossen habt, dortzubleiben und Ali Schirs Königin zu sein. Eine Frau braucht einen Mann, der sie liebt, führt und beschützt. Was wollt Ihr nur mit einem kalten, einsamen Bett, wenn Ihr doch nach den Maßstäben jedes beliebigen Mannes eine recht saftige Handvoll seid? Also spreche ich: wenn Ali Schir nicht der Mann für Euch ist, so heiratet einen Mann, den Ihr achten könnt. Und laßt ab von diesem endlosen Lernen ob der Tiefen Eures Herzens.«

Der Kalif spähte in seinem Schlafgemacht umher, um zu sehen, wer von seinen Noblen und Wesiren ein angemessener Gatte für Herrin Safiye, die Himmelswölfin, sein könne. Sein Blick fiel auf den berühmten Dschafar Barmaki, einen älteren Mann – genaugenommen, ein alter Mann –, der die Erfahrung eines Lebens darin hinter sich hatte, wie man das mächtigste Königreich der zivilisierten Welt steuerte.

»Dschafar!« rief der Kalif aus. »Nimm diese Frau als deine rechtmäßige Gattin. Ich gebiete es dir!«

»O mein Kalif«, sagte Dschafar Barmaki, der ängstlich nähertrat. »Ich habe bereits eine rechtmäßige Gattin, wie Ihr wohl wißt.«

»Der Prophet erlaubte den Gläubigen vier rechtmäßige Gattinnen«, erwiderte der Kalif. »Euch stehen noch drei weitere zu.«

»Doch der Prophet versah in seiner Weisheit dieses Gesetz mit einer Bedingung«, sagte Dschafar Barmaki. »Ein Mann, der mehr als eine Frau zur Gattin nimmt, muß sie alle *vollkommen gleich* behandeln, was Haushaltung, Wertschätzung, Liebe und die Anzahl der ehelichen Vergnügungen betrifft. Sollte er dies nicht fertigbringen, so darf er nicht mehr als ein einziges Mal heiraten. Legt man nun dies Gesetz in dem Geiste aus, in dem es verfaßt wurde, so wird augenblicklich deutlich, daß der Prophet damit meinte, daß kein Mann mehr als einmal die Ehe eingehen und zugleich ein reines Gewissen bewahren kann. Er wußte aus eigener Erfahrung, außergewöhnlicher Mann, der er war, daß es unmöglich ist, mehrere Gattinnen gleich zu behandeln. Unserem Propheten Mohammed war es nicht möglich, seine jüngste Frau nicht den anderen vorzuziehen, obschon es sein Wunsch war, alle gleichermaßen zu lieben.

Betrachtet nun, o Kalif, die liebreizende Herrin Safiye, ihre Gelehrtheit, ihre Begabungen, ihre Geschichte als Herrscher. Ein Mann ist sie, ein wahrer Mann! Sie ist jemand, der sich – als Mensch – offen ihrer Menschlichkeit gestellt hat. Und dann, o

Herrscher der Gläubigen, betrachte meine Gattin, welche, obschon sie einst eine Schönheit war, inzwischen viel Nutzbrauch gesehen hat. Nicht nur verfügt meine Gattin über keinerlei Begabungen, sie hat das Haus kaum verlassen. Ihre ausschließliche Tätigkeit war die einer Gattin, Mutter und nun einer Großmutter gewesen. Sie und ich, wir sind in des Lebens Strom so nah beieinander umhergewirbelt worden, wir haben einander die scharfen Kanten abgeschliffen. Ich könnte es nicht ertragen, eine neue Gattin einschleifen zu müssen. Ich liebe meine alte Frau, o Kalif. Ich hege eine große Achtung für meine alte Frau.

Doch sollte ich Herrin Safiye Himmelswölfin heiraten, wie sollte ich meiner alten Frau dieselbe Zeit im Bett zuteilen? Ich befände mich bei Herrin Safiye, sooft der alte Knabe zwischen meinen Beinen sich erheben könnte. Es bliebe kein Saft mehr übrig für meine alte Frau. Auch ich bin ein Mann, o Kalif, auch wenn ich alt bin. Ich bitte um Vergebung, aber nein, ich kann Herrin Safiye nicht zur Frau nehmen.«

»Was!« schrie der Kalif. »Du wagst es, dieses kostbare Geschenk zurückzuweisen? Schnell, Mesrur, zieh dein Schwert. Ich will den Kopf dieses närrischen alten Mannes!«

»Wenn Ihr es wünscht, o Kalif«, sprach Dschafar Barmaki, der es gewohnt war, auf sein besseres Wissen im Tausch gegen seinen Kopf zu verzichten, »werde ich selbstverständlich Herrin Safiye Himmelswölfin ehelichen.«

»Oh, nein, das werdet Ihr nicht tun!« rief unsere Hürü, die nicht länger an sich halten konnte. »Ihr könnt nicht Herrin Safiye verheiraten, ohne sie zu fragen, o Kalif. Ihr habt gerade die Geschichte ihres Lebens vernommen. Zum einen wissen wir alle nun, daß sie Männer vorzieht, die jung und bartlos sind. Stürzt sie nicht ins Unglück! Dschafar Barmaki ist älter als der Sand der Wüste, und sein Bart ist so lang wie seine Zähne spärlich.«

»Narr!« sprach der Kalif. »Es ist nicht das, was sie *mag*, was Herrin Safiye *braucht*! Doch sage mir um des Gespräches halber, wen würdest du für sie wählen?«

»Mich!« rief Hürü aus. »Ich würde mich wählen.«

»Dich?« fragte der Kalif unter brüllendem Gelächter. »Warum sollte eine Frau dich je haben wollen, elendiger Knabe? Und obendrein ist Herrin Safiye alt genug, deine Mutter zu sein.«

»Ich zähle zwanzig Jahre«, sagte Hürü. »Man mag es mir nicht ansehen, doch es ist die Wahrheit.«

»Dann bist du in der Tat ein Jüngling, der nie einen eigenen Bart sehen wird«, sprach der Kalif. »Und was ist es, das du begehrst? Eine Gattin? Oder eine Mutter? Ah, jetzt weiß ich es! Du möchtest jemanden, der dir die Nase putzt.«

»Seid Ihr denn nie zwanzig Jahre alt gewesen, o Kalif?« fragte Hürü. »Ist Euch nie das Wasser im Munde zusammengelaufen bei einer Frau, die vollkommen über sich selbst verfügte? Habt Ihr sie nicht mehr begehrt als alle gezierten Maiden zusammengezählt?«

»Sollte ich das getan haben«, erwiderte der Kalif, »dann habe ich sie wohl auch besessen. Ich kann mich nicht erinnern.«

»Nicht alle sind wir zu Kalifen geboren«, sagte Hürü. »Noch ist es uns gestattet, Frauen wie Herrin Safiye zu erobern – außer natürlich, daß wir einen Kalifen zum Freund hätten, der uns behilflich ist, die Himmelswölfin unser eigen zu nennen.«

»Was sagt Ihr dazu, Herrin Safiye?« fragte der Kalif nun endlich die Dame, um die es ging. Gefällt Euch dieser Welpe?«

Herrin Safiye ging, statt dem Kalifen zu antworten, auf Hürü zu und ergriff deren Hände. Dann blickte sie lang und forschend in deren Gesicht.

»Deine Augen«, sprach Herrin Safiye, »sind oval und nußbraun wie die Flüsse im Gebirge. Ich mag dich, Rotschopf! Doch ich möchte dich daran erinnern, daß ich bereits fünfunddreißig Jahre zähle. Wenn du vierzig sein wirst und die Unruhe dich packt, die mit den ersten Ahnungen der eigenen Sterblichkeit einhergeht, werde ich eine Frau von fünfundfünfzig Jahren sein.«

»Und?« fragte Hürü.

»Unsere Welt ist eine der Veränderung«, sagte Safiye, die Himmelswölfin, »des Abstreifens alter Haut. Ich nehme dich, solange ich dich nehmen kann, unter der Voraussetzung, daß du folgendes verstehst. Wenn ich sage, daß ich dich liebe, so sage ich damit nicht, daß ich dich immer lieben werde. Ich sehe mich selbst in dir, als ich zwanzig war. Auch ich bin kühn und jung gewesen und dachte, daß ich klüger als diese Welt sei.«

»Wollt Ihr mich zum Gatten haben?« fragte Hürü.

»Ja«, erwiderte die Himmelswölfin.

»Dann ist der Fall erledigt«, sprach der Kalif und gähnte. »Wo sind der Richter und der Imam?«

»Sie warten vor der Tür«, sagte hocherfreut Dschafar Barmaki.

»Und was«, sprach der Kalif, der Hürü necken wollte, »wirst du Herrin Safiye als Hochzeitsgabe schenken?«

»Ich bin nicht ganz so arm, wie Ihr annehmt«, sagte Hürü. »Ganz ohne Euer Zutun trage ich zwölfhundert Goldstücke in meinem Gürtel. Ich wünsche, daß jedermann weiß, daß ich sie mir mit dem Schweiß meiner Stirn verdient habe, indem ich stink-mundige Zauberer ertrug und Trugbilder von Ungeheuern jagte. Und jedes Goldstück gehört der Himmelswölfin, von Herzen gegeben, daß sie nach Lust und Laune darüber verfüge. Und ich gebe selbst meine Lyra dazu, die mehr wert ist, o Kalif, als all Euer Reich.«

»Ich nehme das Gold, das du dir verdient hast, an«, sagte Himmelswölfin. »Wir werden es nicht ausgeben müssen, da das Gold der Karamanen, das ich mitbrachte, sich dank der Klugheit Herrin Zubaidas und der Rechenkunst Herrin Amines im Handel vermehrt. Doch ich werde deine Lyra nicht annehmen, da ich weiß, daß die Lyra und du ein unzertrennliches Paar sind. Ich habe nicht vor, zu einer Gattin der Art zu werden, die sich zwischen ihren Gatten und dessen Begabung stellt.«

»Ich überlasse dem glücklichen Paar«, sagte Herrin Zubaida, »mein Haus im Herzen von Bagdad. Möge es ein fruchtbares Heim für sie sein.«

»Halt!« sprach der Kalif. »Haltet ein! Die Hälfte dieses Hauses gehört mir. Du kannst nicht verschenken, was zur Hälfte mir gehört.«

»O mein Kalif«, sagte Herrin Zubaida, »mein Gatte.«

»Nun, dann möge dem so sein«, sprach der Kalif verdrießlich. »Laßt sie das Haus haben. Wenn ich mich nicht irre, ist es ohnedies voller Leichen. Doch versichere ich, daß die neuen Besitzer wissen, daß sie die Toten auf ihre eigenen Kosten begraben müssen und nicht auf die meinen. Hast du das vermerkt, Dschafar?«

»Ja, mein Gebieter«, sagte Dschafar Barmaki und wandte sich an den Schreiber. »Schreibe, daß jedwede Kosten, die bei der Inbesitznahme des genannten Grundbesitzes auftreten könnten, in die alleinige Verantwortung der neuen Besitzer fallen und von diesen getragen werden.«

Sobald das glückliche Paar darum gebeten hatte, bei Hofe entschuldigt zu werden, um als Mann und Frau den Palast in Besitz zu nehmen, seufzte Hürü erleichtert auf. Sie hatte befürchtet, daß jeden Augenblick eine gewisse Entdeckung gemacht werden könnte, die ihre Verbindung mit der Himmelswölfin verhindert hätte. Und wenn diese Entdeckung gemacht worden wäre, so hätte der Kalif den Entschluß fassen können, daß Hürüs Kopf schon viel zu lange mit ihrem Hals verbunden gewesen sei.

Der Palast war, wie vorhergesagt, mit den Leichen der weiblichen Krieger übersät. Und das Verstreichen zweier langer, heißer Tage war nicht von Vorteil gewesen für diesen traurigen Ort des Gemetzels. Es waren einst Frauen von einzigartiger Pracht gewesen, bekleidet mit ihren Fellen wilder Tiere, mit Stroh und Federn, die Haut schimmernd vor Gesundheit und den Vorzügen ihrer verschiedenen Rassen.

»Was denkst du«, sagte Hürü, »sollten wir nicht unsere Toten selbst begraben?«

»Selbstverständlich«, erwiderte die Himmelswölfin. »Im Garten.«

»Gibt es nicht ein Gesetz der Stadt, das dagegen spricht?«

»Das mag sein«, sagte die Himmelswölfin und zuckte mit den Schultern, um zu zeigen, was sie von der Stadt hielt. »Doch was die Menschen nicht wissen, kann ihnen auch nicht schaden.«

»Ich schätze, nein«, sagte Hürü lachend. »Ich könnte mir vorstellen, daß die Menschen ganz grün im Gesicht werden, wenn sie sich vorstellen, daß die Toten langsam in ihr Trinkwasser sickern.«

»Schlimmeres als die Toten sickert in ihre Brunnen«, sagte die Himmelswölfin. »Das ist der Grund, weshalb sie glauben, daß *dschinn* da drunten hausen, die dort pissen und scheißen.«

Das Paar verbrachte seinen Hochzeitstag sowie mehrere darauf folgende Tage damit, Gräber auszuheben; des Nachts waren sie zu erschöpft, um mehr zu tun, als in den Armen des anderen einzuschlafen. Hürü war erstaunt, wie tröstlich es war, in den Armen der Himmelswölfin gehalten zu werden. Sie war nicht mehr in dieser Weise umarmt worden, seit ihre Mutter nach Mekka aufgebrochen war. Indes, sie fürchtete den Augenblick, in welchem die Wahrheit ans Licht mußte.

Schließlich hatten alle Jungfrauen-Krieger ihre letzte Ruhestatt in dem weitläufigen Garten gefunden, und ein Rosenstrauch kennzeichnete jedes Grab. Bei den Blumenverkäufern im Basar wurde jede einzelne Rose sorgfältig von Hürü selbst ausgewählt. War es eine dunkelhäutige, beharrliche Maid gewesen? Dann mußte die Rose kräftig und dunkel sein.

Nun aber konnten die Neuvermählten sich baden und ruhen und ihre Kraft erfreulicheren Aufgaben zuwenden. Hürü war von einer schrecklichen Angst erfaßt. Doch der Augenblick der Wahrheit konnte nicht für immer hinausgezögert werden.

»Ich habe gute Nachrichten«, sagte sie zur Himmelswölfin, »und schlechte. Welche möchtest du zuerst vernehmen?«

»Die gute Nachricht.«

»Mein wirklicher Name ist Hürü«, sagte sie. »Und was ich dem Kalifen sagte, ist bei Allah die Wahrheit. Ich bin von einem anderen Ort, aus einer anderen Zeit hierhergekommen. Niemand kann wissen, wann ich zurückgerufen werde. Jeden Augenblick kann ich in die Zukunft zurückgerissen werden, so schnell, wie man mit den Fingern schnippt.«

»Das nennst du eine gute Nachricht?« fragte die Himmelswölfin. »Dann laß mich die schlechte hören.«

»Ich bin ein Mädchen«, sagte Hürü und zog das Hemd aus.

»Das kann ich sehen«, sagte die Himmelswölfin.

»Stört es dich?«

»Das weiß ich noch nicht«, sagte die Himmelswölfin.

»Vergib mir«, sagte Hürü, »doch ich dachte, daß die einzige Möglichkeit, dich nicht in die verschmutzten Hände irgendeines Mannes geraten zu lassen, darin bestand, daß ich dich heiratete.«

»Allah der Barmherzige!« rief die Himmelswölfin aus.

»Ich habe dich unter falschen Vorspiegelungen geheiratet«, sagte Hürü. »Wenn du es wünschst, lassen wir uns sofort scheiden.«

»Laß uns nicht nochmals überstürzt handeln«, sagte die Himmelswölfin und drückte mit beiden Handwurzeln gegen ihre Schläfen. »Man stelle sich das vor! Ich habe ein Mädchen geheiratet!«

»Du wußtest es nicht«, sagte Hürü.

»Ich muß es gewußt haben! Warum wäre ich sonst augenblicklich auf dein Angebot eingegangen? Oh, mein törichter, törichter Kopf! Hat man in der Tat fünfunddreißig Jahre auf dieser Welt verbracht, kann man es nicht länger vermeiden, Frau zu sein. Verzicht auf Fleischeslust ist eine einfache Antwort auf eine schwierige Frage. Was nicht mehr zu leugnen ist, ist, daß man nicht länger ein Mädchen ist.«

»Was ist denn so Wunderbares daran, ein Mädchen zu sein?«

»Ein Mädchen verfügt noch über alle Möglichkeiten«, sagte die Himmelswölfin. »Ich selbst wählte die Selbsterkenntnis als Führer, der mir den Weg durch dunkle Zeiten erhellte, so, wie der Derwisch Allah erwählt. Glaube nicht, daß ich nicht mit Zweifeln gerungen habe, was meine Weiblichkeit, meine Aufmerksamkeit, meine Verstandeskräfte betrifft. Du wirst mir kaum glauben, welches Ausmaß die Kopfschmerzen erreichen, die ich von Zeit zu Zeit erleide, wie zum Beispiel in diesem Augenblick.«

»Es tut mir so leid«, sagte Hürü. »Darf ich dir etwas dagegen bringen?«

»Nichts hilft«, erwiderte die Himmelswölfin. »Nichts, genaugenommen, außer der Entdeckung der Wahrheit.«

»Leg dich hin, und ich werde dir den Rücken reiben. Meine Mutter rieb mir immer den Rücken, wenn ich unter einem schmerzenden Kopf litt. Doch in letzter Zeit schmerzte er mich nicht mehr. Auf irgendeine Art und Weise, wie auch immer, hörte die Pein auf, mich zu quälen.«

»Wie schön für dich«, sagte die Himmelswölfin, die dem wenig Anteilnahme entgegenbrachte, deren Muskeln aber unter Hürüs Händen ihre Härte verloren.

»Du gehst zu hart mit deinem Körper um.«

»Wer würde das nicht tun, befände sie sich in meiner Lage?« bemerkte die Himmelswölfin. »Nach all meinen Reden über Selbsterkenntnis gehe ich hin und heirate das junge Mädchen in mir selbst. Und all die Zeit über denke ich, daß ich nun bereit sei, Frieden mit dem männlichenTeil unserer Gattung zu schließen. Indes, in Wirklichkeit heiratete ich eine Frau!«

»Ich ebenso«, sagte Hürü. »Doch braucht nicht jede Frau eine Gattin?«

Die Himmelswölfin setzte sich auf, und ihre smaragdgrünen Augen funkelten vor Erregung.

»Warum, bei Allah, ist mir dieser Gedanke nicht selbst gekommen? Jede Frau braucht in der Tat eine Frau! Es ist wahr! Doch nicht jede Frau hat das Glück, eine zu ehelichen.«

»Hat der Schmerz in deinem Kopf nachgelassen?«

»Ja!« rief die Himmelswölfin.

»Dann«, sagte Hürü, »hast du die Wahrheit entdeckt. Und nun, möchtest du noch eine Nachricht erfahren?«

»Keine Wiederholungen!« seufzte die Himmelswölfin.

»Diese Nachricht wird dir nicht zur Last, denn sie betrifft die Zukunft. Ich bin die Enkelin des letzten Khans der Karaman-Türken. Dies ist die Wahrheit. Die Karamanen verließen ihre Heimat auf der Suche nach einer neuen. Sie ließen sich im Herzen Kleinasiens nieder. In der Tat müßten sie sich in diesem Augenblick auf die Wanderschaft machen. Die Karamanen bildeten das Herz des mächtigen Seldschukenreiches.«

»Doch haben sie etwas aus sich gemacht? Haben sie sich in der kultivierten Welt auszeichnen können?«

»Bei Allah, und ob!« sagte Hürü. »Ein ganzes Jahrhundert über waren sie die größte Macht auf Erden, was die Verwaltung eines Staates betraf, was das pure Denken betraf und was die Ordnung des Zusammenlebens betraf. Unglückseligerweise verfiel ihre Kultur so schnell, wie sie erblüht war.«

»Warum?«

»Ich habe zwei unterschiedliche Erklärungen gehört«, sagte Hürü. »Die erste besagt, daß sie sich zu vielen Kreuzfahrern gestellt haben – das sind blindwütige christliche Heere –, da sie selbst als erst kürzlich zu Allah Bekehrte es mit großem Eifer auf sich nahmen, den gesamten Islam zu schützen, die Araber also vor den Christen zu verteidigen. Die zweite besagt, daß sie gänzlich die persische Kultur übernahmen, die bereits im Verfall begriffen war.«

»Ich frage mich, was mit Ali Schir geschehen ist«, sagte die Himmelswölfin. »Ist dir das bekannt?«

»Nicht in allen Einzelheiten«, erwiderte Hürü. »Doch ich kann Vermutungen anstellen. Wenn man bedenkt, wie sehr sich die Karamanen in alles verliebten, was persisch war, so muß es ihm gelungen sein, dies Volk zu beglücken.«

»So hat Ali Schir also ein ganzes Volk verführt. Man stelle sich das vor!«

»Wenn es mir gestattet ist, noch einige weitere Vermutungen anzustellen«, sagte Hürü, »so ist es denkbar, daß in diesem Augenblick ein paar Tropfen des Blutes Ali Schirs durch meine Adern fließen.«

»Das wäre ein zu wunderbarer Zufall, um wahr zu sein!« sagte die Himmelswölfin. »Doch warum sollten die Karamanen ihre Heimat verlassen? Sie hatten dort, wie mir schien, die beste aller Welten.«

»Vielleicht lag der Grund ihrer Wanderschaft in deiner Abwesenheit. Als du nicht zurückkehrtest, packten sie ihre Habe und begaben sich auf die Suche nach dir; mit ihren Zelten und Packeseln,

Ziegen und Schafen, Kindern und Großmüttern zogen sie in die weite Welt hinaus. Es gibt genügend Hinweise auf eine Himmelswölfin in ihren Sagen, um dieser Möglichkeit Gewicht zu verleihen. Ein Khan, der wie vom Erdboden verschwunden ist, wird zur Legende. Was denkst du?«

»Allah der Barmherzige!« sagte die Himmelswölfin. »Kann es möglich sein, daß Ali Schir und ich das Paar waren, das schuld daran war, daß die Karamanen aus ihrem Paradies vertrieben wurden?«

»Du führtest an, daß unsere Welt eine der Veränderung ist«, sagte Hürü, »und die des Abstreifens alter Gestalten.«

»Alles verändert sich«, sagte die Himmelswölfin, »und alles bleibt, wie es ist. Magst du daraus schlau werden.«

»Ich werde es dich wissen lassen«, erwiderte Hürü, »wenn ich die Erklärung gefunden habe. Doch erwarte meine Antwort nicht so bald.«

»Wir dürfen nicht zulassen«, sagte die Himmelswölfin, »daß du säumig wirst in deiner Aufgabe, Harun-er-Raschid zu unterhalten. Ob neuvermählt oder nicht, die Narren des Sultans müssen bei Hofe sein. Vergiß also bitte nicht, daß du morgen früh aufstehen und dich dorthin begeben mußt.«

»Bist du des Gespräches bereits müde? Wir haben doch erst begonnen.«

»Es gibt noch morgen nacht«, sagte die Himmelswölfin, »und noch viele Nächte, die darauf folgen. Manche unter uns können nicht mehr die ganze Nacht aufbleiben.«

»Ja, Mutter«, sagte Hürü.

»Wie freundlich du bist«, sagte die Himmelswölfin und schürzte schmollend die Lippen. »Komm her, du hochmütiges Mädchen, leg dich hier neben mich und betrage dich wieder.«

Indes, es war die Himmelswölfin, die sich nicht zu betragen wußte. Sie führte Hürüs Hand zu einer ihrer Brüste, reif und immer noch fest, da sie niemals Kindern und selten Männern gedient hatten. Ihre Brustwarze stand hart und aufrecht unter Hürüs Berührung.

»Küß mich«, flüsterte die Himmelswölfin, »küß mich jetzt gleich.«

Und sie ließ ihre starken Hände über Hürüs Brüste gleiten, die Hürü immer als zu klein empfunden hatte. Doch sobald sie darüber strich, erwachte in Hürü das unerklärliche Gefühl, daß ihre empfindlichen Brustwarzen mit einem dunklen, schäumenden Ort darunter verbunden waren. Sie küßte entrückt Himmelswölfins volle Lippen, und ihr war, als würden die Sinne sie vor Entzücken verlassen wollen. Dann zog sie sich zurück, voller Scham. Was würde ihre Mutter sagen? Hürü war doch nicht eine Frau dieser Art!

»Warum nicht, Geliebte?« flüsterte die Himmelswölfin. »Wie erlesen ist doch das Gefühl süßer Lippen auf süßen Lippen! Laß mich mich auf dich legen, Geliebte, Brust an Brust, Knospe an Knospe.«

»Sprich nicht so«, sagte Hürü und setzte sich auf. »Es ist nicht recht.«

Indes, die Himmelswölfin war eine überaus verführerische Frau. In ein loses Gewand gehüllt, ihr langes blondes Haar schimmernd auf dem Kissen ausgebreitet, lehnte sie sich zurück, ein Bein über das andere geschlagen, und ein bestickter Pantoffel baumelte an ihrem hübschen Fuß mit der zartrosaroten Ferse.

»Zieh deine Hosen aus«, sagte die Himmelswölfin. »Hast du viel Haar dort unten?«

»Das werde ich dir nicht sagen!« erwiderte Hürü entsetzt.

»Berühr das meine«, sagte die Himmelswölfin und zog Hürüs Hand zwischen ihre Schenkel. »Fühl das glatte, süße Fleisch. Laß deine Finger in meiner Passionsblume ruhen, zwischen den prallen Lippen, dem seidigen Haar. Da, laß sie da ruhen, meine Süße!«

Hürü antwortete nicht, doch sie fühlte tief in die Himmelswölfin hinein, und ihre Finger ruhten in der wohlgeformten Passionsblume ihrer Ehefrau. Die Himmelswölfin schien unter ihren Fingerspitzen zu brennen, obgleich sie beide regungslos verharrten.

»Wie feucht sie ist!« sagte Hürü.

»Ist es denn die deine nicht?«

»Ein wenig«, erwiderte Hürü. »Vielleicht.«

»Wir begehren einander«, sagte die Himmelswölfin. »Laß mich fühlen.«

»Laß es genug sein«, sagte Hürü.

Die Himmelswölfin atmete in kurzen Stößen, und ihre Augen waren fast gänzlich geschlossen, als Hürü ihr erlaubte, ihr die Hosen auszuziehen. Nun, da sie bis auf ihre Stiefel nackt war, fühlte Hürü, wie die Bereitschaft zu sterben sie überkam, unter dem unnachgiebigen Mund der Himmelswölfin auf ihrer Brust. Und als sei es damit nicht genug, begann die ältere Frau ein wildes Spiel der Finger mit ihrer Passionsblume.

»Ist es nicht schön? Öffne deine Schenkel noch ein wenig mehr, meine Geliebte, und laß mich diese zarte, jungfräuliche Blume gänzlich spüren.«

Hürü keuchte.

»Du bist so wunderschön«, sagte die Himmelswölfin, »und mein Begehren ist unendlich. Es wird dich nicht schmerzen, denn ich habe nichts, das dir Schmerzen zufügen könnte.«

»Nein, tue es nicht«, flüsterte Hürü kaum vernehmbar.

Die Himmelswölfin drückte sie sanft in die Kissen zurück und hob die Beine. Da Hürü keinerlei Widerstand bot, schwang die Himmelswölfin ihre Schenkel über Hürüs Becken und schmiegte sich flach auf sie, so daß ihre Blumen einen Strauß bildeten. Die Himmelswölfin begann, ein Feuer zu entfachen, indem sie Feuer an Feuer rieb. Sie ritt Hürü wie die Reitkünstlerin, die sie war, ohne auch nur das geringste Nachlassen an Kraft und Geschwindigkeit; ihre Lippen tranken Hürüs Mund, während sie ritt, bis sie sich beide in wollüstigem Auflodern verausgabt hatten. Dann ruhten sie beide schweigend und betrachteten einander gedankenschwer.

»Welchen Namen gibt man dem?« fragte Hürü.

»Mußt du den Namen aller Dinge wissen?«

»Hat das unser Begehren gestillt?« fragte Hürü. »Was ich meine ist, ist es so schön wie mit einem Mann?«

»In der Tat, oder besser ganz sicherlich«, sagte die Himmelswölfin. »Und nun laß mich dir die gleiche Verzückung nochmals bereiten, doch feiner noch. Mit meinem Mund, meinen Lippen und meiner Zunge.«

Und die Himmelswölfin behielt recht. Die Glückseligkeit, unter dem Mund und der Zunge der Himmelswölfin den Tod in den Wellen zu finden, durchtränkte Hürü und trug sie über sich selbst hinaus in eine dunkle Höhle, die in riesige purpurfarbene Blumen zerbarst.

»Purpurfarben«, flüsterte Hürü mit verzerrter Stimme. »Die Farbe der Glückseligkeit ist Purpur.«

»Dein Acker ist herrlich«, sagte die Himmelswölfin. »Er duftet so köstlich, daß ich die ganze Nacht von ihm essen könnte.«

Und sie vertrieben sich die ganze Nacht damit, wechselten sich ab, wurden nicht müde, die geheimsten Orte der anderen zu entdecken und zu bereisen, entflammten einander mit schamlosem Geschwätz, erfanden Neues und erfanden dasselbe kurz darauf wieder und hatten das Schamgefühl aus dem Gemach gebannt, während Hürü sich ihrer Lehre mit Muskeln und Herz widmete.

»Du bist eine großartige Frau«, sagte Hürü. »Und obendrein schamlos.«

»Du ebenfalls!« sagte die Himmelswölfin. »Doch wie köstlich wir noch duften! Wäre eine von uns beiden ein Mann, so würde das Bett inzwischen wie der Fischmarkt auf dem Basar riechen. Und du, die Uneingeweihte, wüßtest nicht einmal, wie das zustande kam.«

»Ihr Lebenssaft ist übelriechend?«

»In der Tat.«

»Hast du all das je zuvor mit Frauen gemacht?« fragte Hürü. »Gab es andere vor mir?«

»Nicht wirklich«, erwiderte die Himmelswölfin. »Als ich noch ein Kind war, spielte ich mit einer Dienstmagd, die nur wenige Jahre älter war als ich, und wir spielten, was der Vater mit der Mutter macht. Es war eine erstaunliche Entdeckung für ein Kind von fünf Jahren, daß es eine geheime, irgendwie unreine Lust gab. Das ältere Mädchen warnte mich, niemals je ein Wort darüber zu verlieren. Wir hoben einfach unsere Röcke und taten es ohne Umschweif, ohne uns des Unterkleides zu entledigen. Von allen guten Geistern verlassen! Und so geschah es, daß ich wußte, was mich erwartete, als ich Ali Schir in mein Bett holte. Hatten denn deine Eltern keine unternehmungslustigen Dienerinnen?«

»Keine, die mich etwas gelehrt hätten«, erwiderte Hürü.

»Wie erstaunlich«, bemerkte die Himmelswölfin. »Wo ich herstamme, lernen die meisten jungen Mädchen voneinander. Natürlich ist das alles nur zur Vorbereitung. Es ist nicht das Wahre, wie bei uns beiden.«

Doch Hürü fragte sich, ob es wahrlich das Wahre war. Ihre Empfindungen für Selim waren anders gewesen, auch wenn sie sie nie hatte erproben können. Er hätte all ihre Körperöffnungen zugleich gefüllt und sie obendrein noch verschlungen. Sie stellte sie sich selbst als eine Nußschale vor, die von einem Sturm getrieben wurde, als eine Maus, um die sich die Schlange bereits gewunden hat; sie wäre gestorben, hätte sie sich einer Kraft überlassen, die stärker war als ihre eigene. Bei der Himmelswölfin ... nun, es war versonnen; zärtlich, gegenseitig, verletzlich. Die Himmelswölfin schien ihre Zweifel zu erraten.

»Du hast einen Mann geliebt«, sagte sie. »Erzähle mir von ihm.«

Hürü bekannte, daß sie einmal gedacht hatte, vor Liebe zu einem allmächtigen Mann zu sterben, der alle Gesetze selbst bestimmte; der mürrisch, schroff, anspruchsvoll, selbstbezogen und herablassend war. Er war nicht einmal, wie sie bezeugen konnte, wenn er sie zwang, ihm zuzusehen, ein guter Liebhaber. Indes, es hatte sie danach verlangt, in der Schmiede dieses Mannes zu schmelzen, sich rotglühend von seinem Hammer schlagen zu lassen.

»Er mißt einhundertsechsundneunzig Zentimeter, zählt vierzig Jahre und ist noch grausamer, als er sich selbst hält«, verkündete sie.

»Ah«, sagte die Himmelswölfin, »jetzt verstehe ich! Er ist der schlafende Dämon in deinem Lied!«

»Ja«, sagte Hürü. »Doch er hat nie erfahren, was ich für ihn empfand. Ich war zu ängstlich und zu hilflos. Abgesehen davon verbot mir meine Verkleidung als Knabe den Zugang zu den anderen Frauen, selbst wenn ich mein Geheimnis einer von ihnen hätte anvertrauen können.«

»Hm«, summte die Himmelswölfin gedankenverloren. »Ich habe niemals ein ehrliches und rechtes Gespräch mit einer anderen Frau geführt, bis ich in dieses Haus gelangte und mit Zubaida und Amine lebte. Und doch mußt du wissen, daß man mit Frauen über andere Dinge sprechen kann als über Männer. Letztendlich ist die körperliche Lust nicht unsere einzige Aufgabe auf Erden.«

»Und nun«, bemerkte Hürü, »sind diese beiden Damen durch unser Tun einem schwerwiegenden Verdacht ausgesetzt.«

Ungeachtet der Gefahr, die darin lag, bei Hofe nicht aufzutauchen, setzte Hürü keinen Fuß außer Hauses. Lasse man den Kalifen sich eine andere Unterhaltung suchen! Ein ganzer Monat verstrich wie auf hurtigen Schwingen. Hürü, die es auf Bitten der Himmelswölfin hin unterließ, sich den Kopf zu barbieren, wuchs ein rötlich schimmernder Schein ums Haupt. Die nachwachsenden Haare lockten sich, was Hürü bestürzte, denn sie hatte ihr Haar als glatt und seidig in Erinnerung. Doch die Himmelswölfin war entzückt von diesem neuen Reichtum an Locken. Da sie sich die Pflege ihrer selbst und die des übergroßen Hauses teilten, verbrachten sie ihre Nachmittage im Garten oder ruhten in den schattigen Höfen, während die Palmen im Wind raschelten und Hürü ihre Lyra zupfte und sang. Die Himmelswölfin bestickte Wandbehänge, während sie dem Erfindungsreichtum ihrer Geliebten lauschte, ihn wertete und pries. Am frühen Morgen liefen sie im Garten, maßen sich im Fechten im Gemach oder im Ringen auf den weichen Teppichen. Keine Zeit des Honigs und des Mondes war je so süß oder derart in silbernes Licht getaucht, wie dieser Name es für diese kurze Zeit einer Ehe beschreibt. Hier, an diesem ruhigen, heiteren Ort stand keine der Liebenden je unter dem Zwang, sich beweisen zu müssen; keine von ihnen fürchtete sich, etwas zu verlangen, noch fürchtete sie, es verneint zu hören; keine von beiden suchte danach, sich selbst in der Liebe zu verlieren. Und es herrschte das vorrangige Entzücken; daß beide eine Liebe genossen, die mehr war als die fleischliche Lust.

Die Himmelswölfin sprach von ihrer Furcht, daß es Abd-es-Samad dem Zauberer gelingen könnte, Hürü wieder in ihre eigene Zeit fortzureißen, bevor sie aneinander genug hatten. Sie wünschte sich, daß sie ganz einfach die verstreichende Zeit genießen könnte, ohne nach mehr zu verlangen, doch sie konnte nicht vergessen, daß dies nicht Hürüs wahre Zeit war. In Hürüs wirklicher Zeit war die Himmelswölfin eine Frau, die bereits seit mehreren Jahrhunderten tot war, so tot, in der Tat, daß nicht einmal ihre Knochen mehr verblieben waren. Für Hürü war die Himmelswölfin bereits eine Handvoll Staub.

»Was immer geschehen mag«, sagte Hürü, »du wirst nicht sterben. Nicht in Wahrheit. Weil du die Himmelswölfin bist. Du bist nicht nur meine Ehefrau Safiye in Bagdad, sondern auch eine Legende, die noch lange lebendig sein wird, wenn ich nicht mehr sein werde.«

Und dennoch mußte Hürü bekennen, daß sie von Gefühlen der Schuld erfaßt wurde, die Himmelswölfin fleischlich zu lieben. Diese Empfindung, etwas schrecklich Falsches oder Böses getan zu haben, hing wie eine Gewitterwolke über ihrem Kopf, aus welcher jeden Augenblick die Vergeltung wie ein Blitz auf sie herabfahren konnte.

»Warum sollte die Liebe etwas Falsches oder Böses sein?« fragte die Himmelswölfin. »Dich zu lieben, bereitet mir Freude und es bereitet dir Freude. Wem fügen wir damit einen Schaden zu? Warum sollten wir dafür büßen?«

»Was sagte Allah dazu?« fragte Hürü. »Wir dürfen Ihn nicht vergessen.«

»Wenn Allah allwissend ist«, erwiderte die Himmelswölfin, »so weiß Er von den Möglichkeiten, mit denen Er uns ausgestattet hat. Ich weigere mich zu glauben, daß Allah harmlose Freuden seiner Geschöpfe vernichtet sehen möchte.«

Ein lautes Klopfen am Tor hallte durch das Haus, man vernahm

Geklirr und Stimmen. Während Hürü in aller Eile ihre Hosen, ihre Stiefel und ihren Turban wieder anlegte, begab sich die Himmelswölfin zum Tor. Es war nur Herrin Zubaida mit ihrem Gefolge, die einen Besuch abstattete. Nicht etwa eine Horde der strengeren Engel Allahs. Die oberste Gebieterin des Reiches sandte ihren Hofstaat von dannen und gesellte sich in einem der Höfe zu ihnen. Sie ließ sich vor dem Stickrahmen der Himmelswölfin nieder und ließ gedankenverloren die Finger über die Ornamente gleiten.

»Ich bin ganz und gar aus der Fassung geraten«, hub Herrin Zubaida unvermittelt zu sprechen an und zog ein Taschentuch aus ihrem Ärmel. »Ich kam, um Trost zu suchen.«

»Was ist geschehen?« fragte die Himmelswölfin und ergriff ihre Hand. »Dein Gesicht hat die Farbe feinster Asche.«

»Harun«, schluchzte Herrin Zubaida, »ließ Dschafar Barmaki kreuzigen. Er ließ diesen liebenswürdigen alten Mann an ein Kreuz auf dem Dunghaufen hängen. Als wäre er ein gemeiner Verbrecher. Harun stand mitten in der Nacht auf und ließ es ausführen. Als ich erwachte, war alles vorüber.«

»Ich dachte, daß die Drohungen des Kalifen, Dschafar das Leben zu nehmen, nichts als ein galliger Scherz waren«, sagte die Himmelswölfin. »Oder eine absonderliche Posse. Es wirkte wie ein fortgesetztes Spiel zwischen ihnen.«

»Das ist das, was jedermann dachte«, erwiderte Herrin Zubaida. »Doch Harun hat es diesmal tatsächlich ausführen lassen – ohne sich selbst Bedenkzeit zu geben. Ich wußte, daß Harun verdrossen war in diesem letzten Moment, doch ich hatte keine Vorstellung von dem, was da am Himmel aufzog. Ich dachte, er würde seine Laune verwinden, wenn ich ihn gänzlich in Ruhe ließe.«

»Ist der Kalif vom Wahnsinn befallen worden?« verlangte die Himmelswölfin voller Zorn zu wissen. »Dschafar Barmaki hat nicht nur die schlimmsten Fehler des Kalifen in der Verwaltung des Reiches ausgeglichen, seine Barmherzigkeit milderte die Schläge des Kalifen gegen sein eigenes Volk! Allah stehe mir bei! Dieser alte Mann ertrug die unerträglichsten Launen Haruns mit der Geduld

Aijubs, den manche noch Hiob nennen. Und nun hat dieser sechsfüßige Esel niemanden anderen als seinen eigenen langohrigen Kopf, der ihm raten könnte, nachdem er ja nun die gesamte Familie Barmaki ins Paradies befördert hat. Wo, bei Allah dem Barmherzigen, wird er einen anderen tüchtigen Großwesir finden?«

»Ich weiß es nicht«, sprach Herrin Zubaida.

»Was wirst du nun unternehmen?«

»Die Zeit ist gekommen«, sprach Herrin Zubaida, »mein Vermögen anderweitig anzulegen – sollte es mir möglich sein, das Barvermögen außer Landes zu bringen. Ich blicke nach Osten. Große Kräfte sammeln sich dort in den Steppen im Herzen Asiens. Deine ehemaligen Untertanen, so kam mir zu Gehör, haben sich mit anderen türkischen Stämmen verbunden und sind dabei, langsam und stetig Persien einzunehmen. Man ist auf mich zugekommen, ob ich nicht zu meinem Vorteil mit meinem Gold ihre Wanderschaft nach Westen unterstützen wolle, während sie sich unter ihrem himmelblauen Banner mit dem Kopf des Wolfes immer weiter vorkämpfen.«

»Ali Schir!« rief die Himmelswölfin aus.

»Er nennt sich Ali Khan, der König der Welt«, sprach Herrin Zubaida. »Und ich denke, daß in dieser Sache mein Vermögen recht gut aufgehoben sein wird.«

»Seht ihr?« rief die Himmelswölfin. »Meine Kinder sind erwachsen geworden!«

»Welche Kinder?«

»Die Karamanen«, sagte die Himmelswölfin, als sei sie mit ihren Gedanken weit weg. »Sie haben sich für den Weg der Welt entschieden: Großkapital, Imperialismus und religiöse Hegemonie.«

Herrin Zubaida wandte sich an Hürü, die mit offenem Mund lauschte. »Bitte sag mir, wer folgt Harun-er-Raschid?«

»El-Amin«, erwiderte Hürü, als hätte sie es auswendig gelernt. »Wartet! Ja, ja, ich bin mir recht sicher, daß es El-Amin ist, Herrin Amines schwieriger, pferdegesichtiger Gatte. Doch er wird nur vier magere Jahre herrschen.«

»Und dann?«

»El-Mamun, El-Mutasim, El-Wathik, El-Mutawakkil«, leierte Hürü die geschichtlichen Namen herunter, die sie so ungern gelernt hatte. »Doch sie alle herrschen nur sehr kurz. Dann nehmen die Mongolen Bagdad ein.«

»Und was tun sie mit Bagdad?«

»Die Mongolen verbrennen alle Bücher«, sagte Hürü, »und vernichten eure Abbasiden-Kultur.«

»Meine schlimmsten Befürchtungen werden wahr«, sprach Herrin Zubaida und schluckte schwer. »Ich bin keine gute Verbindung eingegangen. Doch der eheliche Kummer einer Frau namens Zubaida wiegt wie eine Feder gegen die Last des Verhängnisses, das das Reich der Abbasiden erwartet. Bei Allah, ich sehe die Handschrift an der Wand vor mir. Daß Dschafar tot an einem Kreuze hängt, wirft einen sehr langen Schatten auf die Herrschaft Haruns.«

»Habe ich nicht gerade dies zu dir gesagt?« fragte Hürü ihre Ehefrau. »Allah kann sehr wohl harmlose Freuden vernichtet wissen wollen.«

Dritter Teil

Rückkehr

Hürü wird in die wirkliche Zeit entrissen,
in ein Leben, das darauf wartet,
von ihr gelebt zu werden

16
Von Angesicht zu Angesicht

Hürü erwacht im Hof Scheherazades

Ein blauer Donnerschlag und Trompetenschall öffneten erneut die Winkelzüge der Zeit, die die Reisende durch ihren Kreislauf saugte wie einen menschlichen Fisch. Was dachten Sie denn? Natürlich war es schmerzhaft! Man sagt, daß man sich an nichts mehr erinnern kann. Und das tut man auch nicht. Doch manchmal vernimmt man für einen winzigen Augenblick den Aufruf und antwortet aus dem Körper heraus. Man ist bereits zuvor zur Welt gekommen. Ja, und einstmals lebte man an einem anderen Ort. Nein, es war kein Traum. Die Zeit verfügt über Dinghaftigkeit und Zähflüssigkeit in dehnbarer Anziehungskraft. Es ist so vertraut, daß einem übel wird, und zugleich nur ein merkwürdiges Gurgeln in den Abflußrohren. Man täusche sich nicht, es sind nicht nur die Heizkörper, in denen es klopft, in denen Dampf durch die Ventile strömt. Man ist zutiefst verunsichert durch etwas, was lange zuvor geschah und durch dessen Nachwirkungen; bald schon wird der Sinn sich enthüllen. Doch das geschieht nicht. Nicht ganz. Was immer es war, es nimmt nur eine andere Gestalt an; hier sitzen Sie und rauchen. Sie wissen, daß es schlecht für Sie ist. Indes, Sie rauchen immer noch, denn Sie sehen die Stofflichkeit Ihres Atems im Rauch, den Sie ausstoßen. Sie sind unumstößlich vorhanden: Ihr Atem. Im Heizkörper klopft es, der Briefträger rüttelt am Deckel des Briefkastens. Briefe sind an den Namen gerichtet worden, den Sie jetzt vorsichtig tragen; wenn Sie ihn laut aussprechen, scheint er jemandem in einer anderen Zeit an einem anderen Ort zu gehören. Sie erinnern sich plötzlich, daß das arabische Wort für den Mutterleib auch *Mitleid* heißt.

Hürü setzte sich auf, die Hände um ihren Turban geklammert.

Der gleiche Hof und doch verändert. Der Palast ist nun viel älter, Risse ziehen sich durch die steinernen Mauern, und die Türen sitzen nicht mehr so ganz passend in ihren Rahmen. Töpfe mit roten Geranien sonnen sich um den Springbrunnen. All die Rosen sind verschwunden. Geranien sind die Blumen einfacherer Menschen. Und Hürü weiß nicht, warum Dschafar Barmaki ans Kreuz gehängt wurde.

»Habe ich nicht gerade dies zu dir gesagt«, wiederholte Hürü. »Allah kann sehr wohl harmlose Freuden vernichtet wissen wollen.«

Keine Antwort. Wasser plätscherte in dem Brunnen und vertiefte den Eindruck heiterer Gelassenheit. Herrin Zubaida und die Himmelswölfin waren nicht nur nirgends zu sehen, die Frau, zu der Hürü sprach, ein riesiges, schwarzes Ungeheuer von einer Frau, lag besinnungslos neben ihr. Kaum war die Schwarze wieder zu sich gekommen, war sie von noch weniger Hilfe, als sie es als ohnmächtige Frau gewesen war. Nun, am Rande vollendeter Nervenschwäche, gurgelte ihre Stimme tief in ihrer Kehle unter einem Zuviel der Empfindungen.

»Gluh-gluh-gluh!« sagte die Schwarze.

Diese Laute hervorzubringen, schien sie soviel Kraft zu kosten, daß das Weiße der Augäpfel dieser Frau aus ihren Lidern zu quellen schien, die zu zart wirkten, dem Druck zu widerstehen.

»Hat die Katze deine Zunge gestohlen?« fragte Hürü und bedauerte im selben Augenblick ihre dumme und geradezu grausame Frage. In der dunklen Höhlung des offenen Mundes der Ungeheuerin erkannte Hürü einen roten, vernarbten Stumpf, der nutzlos gegen die lautbildenden Stellen am Zäpfchen flatterte. Die arme Riesin war stumm! Die Zunge war ihr herausgeschnitten worden, um sie daran zu hindern, böse Geschichten außer Haus zu tragen.

»Es tut mir aufrichtig leid, meine Dame«, sagte Hürü.

»Gluh?« erwiderte die Schwarze. »Gluh!«

»Meine Ankünfte«, sagte Hürü, »bringen jene in große Not, die sich dort zufällig in der Nähe aufhalten, wo ich auftauche. Ich weiß nicht, was mit jenen Menschen geschieht, die mein Verschwinden erleiden müssen. Vielleicht bemerken sie gar nicht, daß ich fort bin. Oder vielleicht löst mein Verschwinden das gleiche Gefühl aus wie die verschwundenen Menschen aus unseren Träumen, die wir uns ebenfalls nie mehr vergegenwärtigen können, während die Erinnerung an sie uns dennoch stetig quält.«

Das Gespräch über verschwundene Menschen schien die riesige Schwarze wieder zur Besinnung zu bringen. Während sie eben noch vor Furcht erstarrt war, hob sie nun Hürü an den Ohren empor, als wäre sie ein Kessel mit zwei Henkeln oder ein Welpe, den sie in eine Höhe zu bringen gedachte, um sie dort genauer zu betrachten.

»Das schmerzt!« rief Hürü und hieb mit einer Faust gegen die eisenharte Kinnlade der Ungeheuerin. »Laß mich los, du Rohling! Laß mich hinunter! Hilfe! Oh, helft mir, ihr Muslime! Oh, ihr Christen! Oh, ihr Juden! Irgend jemand! Hilfe! Feuer!«

Vier kleine Schulmädchen stürzten in den Hof und füllten, als sie Hürü an ihren Ohren hängen sahen, die Luft mit glockenhellem Gelächter.

»He da!« schrie Hürü. »Sagt ihr, sie soll mich loslassen! Meine Ohren halten das nicht mehr lange aus!«

Die Schulmädchen berieten sich flüsternd untereinander und machten keinerlei Anzeichen, etwas zugunsten Hürüs zu unternehmen, die sie anscheinend für spaßiger hielten als eine Tonne mit Affen. Die Ungeheuerin, die nun alles von und an Hürü gesehen hatte, was sie in Augenschein nehmen wollte, ließ sie nicht fallen, sondern fast sanft nach unten schweben. Während Hürü noch dahockte und sich die Ohren rieb, trat eine Frau mit dem Gang einer Löwin, die mit jedem Schritt ihr Gebiet sichert, aus der Schiebetür zu dem marmornen Gemach. Die Brauen gerunzelt, trat sie behend, mit wehenden Röcken auf sie zu. In der Hand hielt sie einen tintenbefleckten Federkiel.

»Wie soll Mutter denn ihrer Arbeit nachgehen können!« wies sie die vier kleinen Mädchen zurecht. »Auf, auf, ihr alle, zurück in den Schulraum.«

Die kleinen Mädchen schwiegen und rührten sich nicht und deuteten auf Hürü, die versuchte, sich, soweit es möglich war, hinter den umfangreichen Röcken der schwarzen Ungeheuerin zu verbergen. Die Mädchen kicherten, schubsten sich, zuckten mit den schmalen Schultern.

»Wen haben wir denn da?« fragte die achtungsgebietende Herrin des Hauses. »Einen Knaben oder eine Maid?«

»Oh, Kampfer«, sagte die Herrin, an die Mohrin gewandt. »Wie oft muß ich dir noch sagen, daß ich morgens Ruhe benötige? Und nun nimm diesen Mensch mit in die Küche und gib ihm oder ihr etwas zu essen. Dann sei mir so ergeben, o Kampfer, und werde ihn los.«

»Vergebt mir, Gebieterin«, ließ sich Hürü nun vernehmen, »daß ich ungeladen in Euer Haus gedrungen bin. Doch ich wohnte einstmals selbst hier.«

»So, so, das tatest du«, erwiderte die Herrin. »Und warst du ein männliches oder ein weibliches Wesen, einstmals, als du hier lebtest?«

»Beides«, sagte Hürü. »Oder auch keines von beiden, wie immer man es nimmt.«

»Und wann war das, daß du hier lebtest, wenn ich diese Frage stellen darf?«

»Zur Zeit der Herrschaft Harun-er-Raschids«, sagte Hürü. »Natürlich weiß ich nicht, in welcher Zeit wir uns im Augenblick befinden. Doch wenn ich in Betracht ziehe, wie sehr Ihr diesen Palast habt verfallen lassen, so schätze ich, daß es viel später ist. Ich muß mit einem Sprung in die Zukunft gelangt sein.«

»Nenne mir nur denjenigen, der dir diese Posse aufgetragen hat!« sprach die Herrin lachend. »Mein Gatte? Oh, er muß der Meinung sein, daß dies ein ausgezeichneter Scherz ist. Die Zeit Harun-er-Raschids, in der Tat! Sag mir, hat Schahriyar dich gesandt?«

»Es muß Abd-es-Samad gewesen sein«, erwiderte Hürü. »Doch ich bin mir gewiß, daß Ihr nicht der Ankunftsort seid, den er beabsichtigte. Er muß sich schon wieder geirrt haben. Das erste Mal ließ er mich in einen Bottich mit heißer Zuckermasse sausen. Ganz im Vertrauen, Abd-es-Samad hat weniger Macht über die Zeit, als er denkt.«

»Was schwatzt du da vor dich hin?« fragte die Herrin ungeduldig. »Welcher Abd-es-Samad?«

»*Der* Abd-es-Samad«, sagte Hürü. »Der maghrebinische Ober-Alchimist – oder Magier, ich bin mir nicht sicher. Doch er ist ganz sicherlich derjenige, welcher über den *kuhl*-Topf, das Zauberschwert, den Siegelring und – was am bedauernswertesten ist – über die himmlische Planisphäre gebietet, während ich diejenige bin, die ihm dabei half, all dies in seine fetten Finger zu bekommen. Als ich Abd-es-Samad das letzte Mal erblickte, konnte er sich nicht entscheiden, ob er die vier magischen Gegenstände behalten oder sie alle für ein Buch eintauschen sollte, das *Die Geschichten der Altvorderen* oder *Tausend und eine Nacht* genannt wird.«

»Dschaudar?« sagte die Herrin des Hauses erstaunt. »Ist es der, der du behauptest zu sein? Aber Dschaudar war verbürgtermaßen ein junger Mann.«

»Man hat mich schon Dschaudar geheißen«, sagte Hürü, »auch wenn das nicht mein wahrer Name ist. Ein ganz besonderer Zuckerbäcker pflegte mich so zu nennen. Doch dann verstieß er mich aus seinem Herzen und aus seinem Laden.«

»Nun weiß ich, in wessen Lohn du stehst!« sagte die Herrin und runzelte bedrohlich die Stirn. »Du bist der Schleicher, der heimlich mein Manuskript liest! Und ich weiß auch genau, wer dich als Späher geschickt hat! Du kannst diesem Al-Masudi sagen, daß seine Darstellung nur eine Textfälschung ist, durch seine Einschübe. Die meine ist die wahre Darstellung. Er kennt nicht einmal den Unterschied zwischen Schöpfung und Abschreiben!«

»Ich bitte Euch, Gebieterin«, sagte Hürü, »ich kenne keinen Al-Masudi. Und abgesehen davon, habe ich noch niemals einen Blick auf Euer Manuskript geworfen, weder heimlich noch bei Tageslicht.«

»Oh, Kampfer«, sprach die Gebieterin, »werft diesen Menschen aus dem Haus. Und spare nicht den Stiefel!«

»Wartet!« rief Hürü. »Ich kann Euch beweisen, daß ich die Wahrheit sage. Irgendwo in diesem Haus befindet sich eine Lyra, die aus Stein ist. Sie gehört mir. Leider bin ich ohne sie wieder aufgetaucht. Wisset, das Instrument ist stumm. Es wird für niemanden außer mich ertönen.«

»Wir wissen nichts«, sagte die Gebieterin, »von einer Steinernen Lyra. Die einzige Stumme in diesem Hause ist Kampfer, die Arme.«

»Aber Mutter«, sagte eines der kleinen Mädchen.

»Im Kellergelaß«, sagte ein anderes.

»Sie gibt keinen Ton von sich«, sagte das dritte.

»Man kann sie auch nicht zerbrechen«, gestand das vierte.

»Es ist eine magische Lyra«, fügte Hürü hinzu.

Die Steinerne Lyra, einmal mehr befreit, schien in Hürüs Händen zu schmollen. Die ersten beiden Male, die Hürü an ihren Saiten zupfte, schnellten sie mit einem Mißlaut zurück, als schimpften sie wie eine verlassene Ehefrau. Hürü flüsterte dem ungetümen Instrument Liebkosungen zu und spielte nur zart mit den Saiten, in der Hoffnung, es mit der Zeit zu versöhnen. Die Lyra jammerte und klagte noch ein wenig, doch letztendlich bot sie eine feucht klingende, dünne Tonfolge, als hätte sie sich während ihrer Gefangenschaft in einem feuchten Kellergelaß erkältet. Nach einem kurzen Arpeggio – das sie recht schuldbewußt spielte – begann Hürü, von der Lust des süßen Wahns zu singen, die nur närrischen Liebenden bekannt ist.

»Ein sehr altes Lied«, bemerkte die Herrin des Hauses. »Doch es hat mir immer gefallen. So sehr, daß ich es Ali Schir singen lasse, als er das Sklavenmädchen verliert und seiner Sinne nicht mehr mächtig ist. Man muß den alten Erzählungen immer ein paar Verzierungen hinzufügen, schon um den weitblickenden Geist und die Bildung dessen hervorzuheben, der sie aufschreibt. Indes, sobald das Lied auf der glatten Seite wiedergegeben ist, verliert es an Geist.«

»Aber dies ist kein altes Lied!« widersprach Hürü. »Ich habe es erst gestern erfunden, eben hier in diesem Hofe. Und Ihr sagt mir, daß es die Jahrhunderte unverändert überstanden hat.«

»Sag mir«, sprach die Gebieterin, »wie singt eine Steinerne Lyra? Ich selbst fertige Geschichten aus all dem in meinem Leben, was ich nur unscharf wahrnehme und dann Menschen und Gespräche benötigt, um sich zu entfalten. Ich bin nur ein Handwerker – stets der Zuträger, der über die Mauer lugt, um es so auszudrücken, und ich beneide die Dichter um ihre Aufgabe. In der Dichtung gibt es keine Lügen.«

»Ich verstehe Euch nicht«, sagte Hürü. »Was für Lügen?«

»Schöne Lügen«, erwiderte die Gebieterin. »Fiktionen.«

»Ich verstehe immer noch nicht«, sagte Hürü. »Für mich sind Dichtung und Fiktion ein und dasselbe: menschliche Rede, die nicht natürlich ist. Warum also die Lyra des Dichters beneiden, die so überspannt, so starr ist, daß die Saiten sich in Stein verwandelten?«

»Weil ich«, erwiderte die Gebieterin, »vierzig Jahre alt bin.«

»Was soll's, wenn Ihr nicht singen könnt?« sagte Hürü. »Ihr habt ein Haus voller kleiner Mädchen. Sind denn Kinder nicht genug?«

»Ja«, sprach die Gebieterin, »und nein zugleich. Nichts genügt als das, was mehr als genug ist. Du verstehst nicht, weil du nur die Hälfte meiner Jahre zählst und gesegnet bist mit den Wahrheiten deines Herzens, die du nicht verstehen mußt. Für dich ist die Wahrnehmung allein genug. Komm mit mir in mein Schreibgemach, und ich werde dir zeigen, was ich meine. Kannst du lesen?«

»Ich denke schon«, sagte Hürü, »daß ich lesen kann. Doch ich verstehe nicht alles, was ich lese. In anderen Worten, ich bin keine Gelehrte.«

»Die Geschichte von Ali Schir«, sprach die Gebieterin, »und seiner eindrucksvollen Sklavin wird dein Wissen und deine Vorstellungskraft nicht überfordern. Ich habe sie in den letzten zwei Tagen aufgeschrieben, als schüttelte ich sie aus meinem Ärmel. Der Stil zeugt von der Hast. Indes, ich habe das Gefühl, daß der Ursprung der Geschichte nicht in Bagdad liegt.«

»Ich habe das Gefühl«, sagte Hürü, »daß ich die Geschichte bereits kenne.«

»Natürlich«, sagte die Gebieterin, »jeder Mensch kennt sie. Ich lebe davon, daß alle sie kennen.«

»Wer seid Ihr?«

»Man nennt mich Scheherazade«, erwiderte die Gebieterin.

»Scheherazade und weiter?«

»Einfach nur Scheherazade aus Bagdad.«

»In diesem Fall bin ich Hürü aus Istanbul.«

Das Schreibgemach Scheherazades war die mit Marmor ausgekleidete Halle, in welcher vormals Gäste unterhalten wurden. Hürü, die der Auffassung war, daß Schreibgemache nicht mehr Raum beanspruchen konnten als Schränke für die Besen, begriff, daß für Scheherazade die Arbeit über allem stand und das Unterhalten von Gästen nichts war. Mehr noch Bibliothek als Schreibgemach, ächzten dort die Bretter entlang den Wänden unter dem Gewicht der gebundenen Manuskripte, und ein schaler und zugleich scharfer Geruch lag in der Luft, von der Tinte, die eben erst unter den Händen der Schreiber getrocknet war. Türme von Pergamentseiten hatten sich auf ihrem niedrigen Schreibtisch angesammelt, vor dem sie mit gekreuzten Beinen sitzen mußte, um tagein, tagaus wie ein gemeiner Schreiber zu kritzeln.

Offensichtlich war Scheherazade eine vermögende Frau, auch wenn die Möbel und die Behänge über die Jahrhunderte, seit Hürü die Halle zuletzt gesehen hatte, eine vornehme Schäbigkeit angenommen hatten. Der literarische Eifer dieser Frau schien so unerschöpflich wie undankbar, wenn man bedachte, wie wenig Menschen in diesen Tagen zu lesen vermochten oder bereit waren, die Mühe des Lesens aufzubringen. Wer wollte schon lesen, wenn man sich ebensogut eine Geschichte anhören konnte? Das geschriebene Wort war zu Kalk geworden. Andererseits sprach die Unmittelbarkeit für die erzählte Geschichte, das Gelächter und die neuesten Deutungen, die den Zeiten entsprachen und der Begabung des Erzählers.

Scheherazade wandte keinen Blick von Hürüs Gesicht, während diese *Die Geschichte von Ali Schir und seinem Sklavenmädchen* las.

Hürü hätte es vorgezogen, wenn Scheherazade sie nicht gar so bedrängt hätte! Sie wollte die Wirkung des Textes sehen oder zumindest ein Lächeln. Doch Hürü nahm an, daß auch der Schreiber sich nach ein wenig Lobpreisung sehnte für ein Werk, dessen geistiger Horizont und dessen Absicht so umfassend waren, daß selbst die Erstellerin ihr gesamtes Werk nicht mehr überblicken konnte. So zwang sich Hürü zu einem Lächeln, als die Gäste beim monatlichen Fest der Himmelswölfin der Vorstellung erlagen, daß der Genuß von süßem Reis neben der Nahrung auch den Tod mit sich brachte.

Scheherazade schien die Himmelswölfin nicht wirklich zu kennen. Zum einen hatte sie Safiye der Himmelswölfin einen Namen gegeben, der einer Sklavin angemessen gewesen wäre. Sie hatte die wunderbare Amazone und berühmte Kunsthandwerkerin mit dem arabischen Wort für Smaragd benannt, einem Edelstein, den zu besitzen mit Gefahr verbunden war. Scheherazade hatte die Geschichte aus der Sicht eines allwissenden Erzählers wiedergegeben, als hätte sie sowohl auf Smaragds wie auf Ali Schirs Schulter gesessen. In ihrer Darstellung entdeckte Smaragd sich ihrem Geliebten und verließ ihr Reich mit fast dem gesamten Schatz des Volkes, den sie auf Kamele und Maultiere geladen hatte, um sich in Ali Schirs Geburtsstadt zu begeben, wo sie die Mutter seiner Kinder wurde. Scheherazade erwähnte mit keinem Wort die Qualen, die Macht und Herrschaft der Himmelswölfin aufgebürdet und sie in die Selbstverbannung gezwungen hatten. Als Sklavin namens Smaragd lebte und starb die Himmelswölfin, ohne daß ihr Leben eine Spur hinterlassen oder auch nur verstanden worden war.

»Was macht Ali Schir der Liebe Smaragds wert?« fragte Hürü die Schreiberin. »Er ist ein einzigartig einfallsloser Mensch.«

»Er benötigt keinen Einfallsreichtum«, erklärte Scheherazade. »Gemäß der Kunstrichtung der Wahrheitstreue, wie sie in Bagdad gepflegt wird, ist er der vollkommene Liebhaber. Er erträgt den Schmerz der Trennung mit Geduld und Gleichmut. Doch statt ihre Zwangslage aufzulösen, vergehen die Liebenden vor Sehnsucht und bereiten sich auf den Liebestod vor. Liebe in dieser Form ist ein Zustand zum Tode. Begreifst du? Sie ist ein Zustand, der weder Veränderung noch Erfüllung zuläßt. Und demnach leiden die unerfüllt Liebenden gewohntermaßen, singen und sterben. Das Ungewöhnliche an meiner Geschichte ist, daß Smaragd, die offensichtlich nicht aus Bagdad stammt, sich als so heldenhaft gewitzt erweist. Sie entreißt Ali Schir dem Liebestod, dem er so anmutig zuneigt.«

»Doch ich kenne diese Dame leibhaftig, die Ihr Smaragd nennt«, sagte Hürü. »Ich weiß, daß sie jemand anderen heiratete. Ali Schir war nicht einmal in ihrer Nähe, da er sie zu der Zeit als Khan in Karamankand vertrat.«

»Was für eine Art Schluß einer Geschichte ist das schon?«

»Die Wahrheit«, erwiderte Hürü.

»Dann erzähle mir deine Darstellung«, sagte Scheherazade.

»Zuerst einen Bissen zu essen«, sagte Hürü. »Ich weiß nicht, wie Euch zumute ist, doch ich bin überaus hungrig. Der Magen scheint sich nicht zu füllen, wenn man durch die Jahrhunderte reist.«

»Ach!« rief Scheherazade und stieß sich mit dem Handgelenk an die Stirn. »Ich werde derart von meiner Aufgabe mitgerissen, daß ich mittags zu speisen vergesse.«

»Vielleicht ist das der Grund, daß Ihr nicht fett seid«, gab Hürü zu bedenken.

Während die riesige Kampfer im Schreibgemach das Essen auftrug, betrachtete Hürü sich Scheherazade genauer, die sehr wenig aß, mit der Begründung, daß es sie zu träge mache, wenn sie mehr als zwei verlorene Eier zu sich nahm. Scheherazade leuchtete mit einem unerklärlichen inneren Feuer, als würde sie sich selbst verzehren, obgleich ihr Antlitz bleich wie der Winter war. Ihr braunes Haar fiel ihr in wilden Locken den Rücken herab, da es nicht dem gegebenen Brauch gemäß gezähmt und gesteckt war. Der einzige Schmuck, den sie trug, war ein einfacher Ehering. Die gazeartigen Gewänder, in die sie gehüllt war, umgaben ihren Körper nur lose, der sich, wenn sie ging, als fest und zierlich wie der einer Jungfrau erwies. Scheherazades klare und laute Stimme unterstrich die Feingliedrigkeit ihrer Gestalt. Diese schnelle Zunge hatte noch nie die Sprache verloren. Während Scheherazade schnell und deutlich sprach, drehte sie langweilige und bekannte Sprachbilder einfach um, störte die arabische Grammatik in ihrem langen Schlaf, weckte die Sprache mit Stöcken und Worten, wie man sagen könnte. Hürü zog ihre Plaudereien ihren Geschichten vor. Scheherazade lachte gerne. Indes, ihre Zähne waren schlecht. Als sie einen fehlenden Eckzahn in Scheherazades Mund bemerkte, oben links, dachte Hürü sich, daß sie diese Lücke liebgewinnen könnte, wo einst ein Augenzahn geglänzt haben mußte, der so gefährlich aussah wie der, welcher oben rechts verblieben war.

Hürü war erstaunt, wie leicht Scheherazade sie als ebenbürtige Gefährtin annahm, als wäre sie nicht ein elternloses Kind, das unerklärlicherweise in ihren Hof geweht war, sondern eine Freundin, die Scheherazade ihr Leben lang gekannt hatte. Sie vermutete, daß Scheherazade es nicht gewohnt war, lange Vorreden und Prüfungen zu veranstalten, bevor sie jemanden zur Freundin erkor. Als junges Mädchen mußte sie zu Schelmenstreichen geneigt haben. Ob das wahr sei?

»Ja«, erwiderte Scheherazade. »Und dazu kam noch, nicht die Wahrheit zu sagen.«

Da sie wenig von falscher Bescheidenheit hielt, erzählte Scheherazade, daß sie wußte, was sie wollte, seit sie vier Jahre zählte. Und wenn sie ihre Streiche in der wirklichen Welt nicht soweit treiben konnte, wie es sie verlangte, führte sie die Streiche in ihrer Vorstellung aus. Vielleicht war diese starke Vorstellungskraft der Ort, von welchem ihre besondere Ausstrahlung ausging. Ungeachtet ihrer zierlichen Gestalt, schlug ihre Gegenwart alle um sie herum in ihren Bann. Hürü wurde sich gewahr, daß ihr das Wasser im Munde zusammenlief, während sie Scheherazade lauschte. Und dennoch, dachte Hürü bei sich, gab es etwas in Scheherazade, das dazu neigte, die Gefühle anderer zu verletzen, ein Trieb, der vor einen Wagen gespannt worden war, der Geschichtenerzählen hieß.

Hürü erfuhr, daß Scheherazade nicht nur vier Töchter zur Welt gebracht hatte, ihre drei Söhne wurden auswärtig erzogen.

»Ein kleiner Stamm von Wilden«, sagte sie liebevoll. »Doch ich bin froh, daß sie auf die Welt gekommen sind, alle ohne vorherige Planung natürlich. Wenn es nur nach mir gegangen wäre, so wäre mir nie der Gedanke gekommen, Kinder zu haben. Doch zum Glück weiß Allah es besser.«

Einstmals, so gab Scheherazade zu verstehen, hatte sie sich viel mit Menschen abgegeben. Sie hatte es geliebt, Festlichkeiten für die Freunde ihres Gatten auszurichten.

»Seid Ihr denn nun Witwe؟« fragte Hürü.

»In der Tat«, erwiderte Scheherazade, »auch wenn Schahriyar noch lebt.«

Doch in diesen Tagen zog Scheherazade es vor, über die Gestalten in Geschichten zu sprechen, statt über Menschen, die sie gekannt hatte. Sie reiste lieber in ihrem Kopf als auf einer Straße. Sie liebte die Gewohnheit und die altbekannte Umgebung, in welcher sie uneingeschränkt herrschte. Kam sie zügig mit ihrer Aufgabe voran, so konnte sie es kaum erwarten, morgens aufzuwachen und sich in ihre Geschichten zu begeben. Kam sie nicht voran, so wagte sie sich vor ihr Tor, um Ereignisse auszulösen. Sie forderte Bagdad heraus durch Verstöße gegen das Brauchtum. Scheherazade zwang das Leben, die Fiktion zu imitieren. »Und wie bewerkstelligt man das؟« wollte Hürü wissen.

»Das wirst du schon sehen«, erwiderte Scheherazade geheimnisvoll.

Es ergab sich, daß Schahriyar, Scheherazades Gatte dem Gesetze nach, in seinem eigenen Palast lebte und seinen eigenen Neigungen folgte. Wie Hürü erfuhr, war Schahriyars Palast kein anderer als die Heimstatt der Barmakis, die ihnen entrissen worden war, sobald der gute alte Dschafar am Kreuz hing. Gatte und Gattin waren zu guten Freunden geworden, seitdem Scheherazade hierher in ihren eigenen Palast gezogen war. Dies mochte Hürü merkwürdig vorkommen, doch Scheherazade *schätzte* ihren Gatten tatsächlich, seitdem sie weggezogen war. Selbst die Fehler Schahriyars schienen ihr dieser Tage liebenswert, solange sie sich nicht in seiner Nähe aufhalten, ihn beschwatzen, ihm Ratschläge erteilen oder ihm lehrreiche Geschichten erzählen mußte.

»Dieses Haus gehörte der Familie meiner Mutter«, erzählte Scheherazade. »Doch es war seit längerer Zeit nicht mehr bewohnt gewesen. Es bereitet mir große Freude, hier zu leben. Und ich muß mich nicht länger mit Schahriyar messen oder aber des Lebens nur durch ihn gewahr werden. Was er nun mit sich selbst anstellt, liegt in seiner eigenen Verantwortung. Doch ich muß nicht länger hinter dem Thron stehen und meinen Willen mittels seiner sogenannten Herrschaft durchsetzen.«

Schahriyars Aufgabe war es, über Bagdad und dessen Gebiete zu herrschen, die Überreste des Abbasidenreiches. Wenn man von Herrschaft sprechen konnte. Er war vielmehr ein Verwalter, ein tüchtiger Rechtsgelehrter, dessen Aufgabe darin bestand, den Willen des Mamelucken-Sultans mit dem Wohlergehen des Volkes zu verbinden. Schahriyar war ein Mittelsmann, der die Gebote und Verbote eines fremden Herren den Untertanen übersetzte, unter Einsatz seines eigenen, unterjochten Kopfes.

Scheherazade hegte den tiefen Wunsch, daß ihr Mann das ihm Eigene zum Ausdruck bringen würde. Wie jeder andere Mann, verdiente Schahriyar es, an seinen eigenen Verdiensten und Fehlern gemessen zu werden. Doch sie sah keine Möglichkeit, daß er zur Tat schritt. Schahriyar saß in der Klemme. Und doch hatte er sein Schicksal der Bewegungslosigkeit nicht ohne Anmut angenommen. Schahriyar verfügte über ein gutes Ohr zuzuhören, eine Begabung, Nachrichten den richtigen Menschen zukommen zu lassen und sich gegenüber seinem Mamelucken-Herren zu behaupten, der sich nicht um die Einzelheiten seiner Herrschaft kümmern mochte. Indes, manchmal erfaßte ihn der Zorn über seine Machtlosigkeit: Er verfügte über kein Heer, keine Nachbarländer. Er war ein König ohne Königreich, ein Vater ohne Kinder und vor allen Dingen ein Gelehrter ohne Schüler. Denn Scheherazade war der

Meinung, daß die größte Begabung ihres Gatten darin lag zu lehren.

»Es geht merkwürdig zu auf dieser Welt«, seufzte Scheherazade. »Ich hätte Schahriyar nichts von all dem auf den Leib gewünscht, selbst als ich so zornig mit ihm war, wie ich es nur vermochte. Seine gesamte Lebensgeschichte, so könnte man sagen, war nichts anderes als eine Verschwörung, ihm Fähigkeit innerhalb von Unfähigkeit, Macht im Unvermögen zu geben.«

Sie erklärte, wie die Mamelucken als Sklaven ins Land gebracht worden waren. Daß in der Tat einst das Wort *mameluck* dasselbe bedeutete wie *Sklave*. Aus tscherkessischen und mittelasiatischen Gebieten verschleppt und als Leibwachen eingesetzt, nahmen die Mamelucken mit der Zeit den Platz des arabischen Heeres ein. Als Sklaven waren sie hervorragende Befehlsempfänger, auch wenn der Befehl dem Tod auf dem Schlachtfeld und einer unbeugsamen Rangfolge galt. Die Araber waren nur zu willig gewesen, ihre Sklavenarmeen für sich sterben, für sich arbeiten und, im Verlaufe der Zeit, für sich denken zu lassen. Nun waren die Mamelucken die Herren und die Araber die Sklaven. Arabische Nasen in arabischen Kot zu stecken, war eine der beliebtesten Vergnügungen der Mamelucken. Vergangen war die goldene Zeit eines Harun-er-Raschid!

»Die Araber sind wie die Tiere behandelt worden«, sagte Scheherazade. »Ich nehme an, daß das der Grund ist, weshalb meine Geschichten die Zeiten beschwören, die noch golden waren. Ich streife von Harun all jene Schatten ab, die naturgemäß auf einen Herrscher fallen müssen. Ich poliere das Bild eines Bagdad, das wohlhabend und leuchtend war.«

»Vergebt mir meine Unwissenheit«, sagte Hürü, »doch wer, bei Allah dem Barmherzigen, sind diese Mamelucken denn überhaupt, daß sie sich so überlegen fühlen?«

»Hm!« sprach Scheherazade voller Verachtung. »Sie sind eine Art Türken.«

»Oh!« sagte Hürü.

»Manchmal denke ich, daß Allah die Türken in die Welt gesetzt hat«, sagte Scheherazade, »damit sie sie für alle anderen unerträglich machen. Was, frage ich dich, was haben sie je zur Geschichte des Geistes dieser Welt beigetragen؟«

»Bei Allah, das weiß ich nicht«, erwiderte Hürü. »Wie es der Zufall will, bin ich selbst Türkin. Und so dumm wie ein Stein.«

»Bei Allah!« sagte Scheherazade. »Und du bist gekommen, um meine Welt unerträglich zu machen؟«

»Nennt mir zuerst das Datum des heutigen Tages«, sagte Hürü. »Ich weiß ja noch nicht einmal, ob ich mich hier in der wirklichen Zeit befinde – geschweige denn, ob ich Euch etwas verderbe.«

Scheherazade teilte ihr mit, daß es der erste Tag des *schafars* sei, im neunhundertzweiundzwanzigsten Jahr nach der Flucht des Propheten. Hürü wollte wissen, wie sich dies Datum in die Zeit der Ungläubigen umrechne. Scheherazade suchte eine Weile unter den Aufzeichnungen auf ihrem Schreibtisch und gab dann an, daß es der 29. Januar im Jahre 1516 sei.

»Bei Allah!« rief Hürü aus. »Dann bin ich also wirklich hier vorhanden! Dies muß mein Schicksal sein, denn ich bin in meine eigene Zeit zurückgekehrt. Dies muß das Ende meiner Reise nach Bagdad sein. Sagt mir, ist dies das Ende meiner Reise؟«

»Wie sollte ich das Ende kennen«, sprach Scheherazade, »wenn ich nicht den Anfang und die Mitte deiner Geschichte kenne؟«

»Dann werde ich Euch alles erzählen«, sagte Hürü.

Drei ganze Tage lang breitete Hürü ihre Geschichte aus, wobei sie Lieder und Verse zu Hilfe nahm, wenn die Aufzählung der Gegebenheiten nicht genügte. Als orientalische Dichterin und Sängerin traf sie keine Unterscheidung zwischen Prosa und Vers, zwischen dem Alltäglichen und dem Heiligen, zwischen dem, was sich in die Zukunft bewegt, und dem, was zurückkommt und wiederaufnimmt. Sie trug Scheherazade ihr Leben so vor, daß ihre Stimme stets unter der höchsten Tonlage der Steinernen Lyra blieb. Ihre Stimme floß über die Sprachbilder wie ein Bach über Kiesel und Steine.

Und Scheherazade folgte dem Fluß mit jeder Biegung. Ohne jemals zu unterbrechen, beeinflußte sie den Verlauf der Geschichte, denn auf der ganzen Welt hat es nie eine bessere Zuhörerin gegeben. Um Mitternacht des dritten Tages verstummte Hürü. Sie hatte zu Ende erzählt. Nicht gänzlich alles, wie sie es versprochen hatte. Sie hatte etwas zurückbehalten, etwas, das sich wie Schuld anfühlte. Hürü erzählte Scheherazade nichts von ihrer leidenschaftlichen, unerklärlichen Liebe zu Selim dem Grimmigen. Sie schämte sich zu sehr, ihre Liebe einzugestehen.

Auch Scheherazade verharrte schweigend, den Blick auf ihre Hände gerichtet. Gelobt sei der Vollkommene, denn Er allein ist ewig. Als sie wieder aufblickte, schienen ihre Augen die brennenden Fragen in Hürüs Herzen zu kennen.

»Ein außergewöhnlicher Vortrag«, sagte sie schließlich, »gemessen daran, daß du nicht viel mehr bist als ein Kind. So vielversprechend! Es mag als Beweis dafür dienen, daß die Dichtkunst den Jungen Heimat ist wie das Nest dem Vogel. Und du beherrschst die einprägsame Zeile, das Sprachbild, den natürlich gegebenen Rhythmus, den künstlerischen Rhythmus und den besinnlichen Moment außerordentlich gut.«

»Und doch?« sagte Hürü, die noch einen Vorbehalt spürte.

»Und doch«, sagte Scheherazade, »ist der Verlauf deiner Geschichte noch etwas uneben. Du kannst die Sterne noch nicht wahrnehmen. Du mußt dir den Himmel genau betrachten, um das Muster in den Sternbildern zu entdecken. Eine Geschichte gibt es, um damit Erwartungen zu erfüllen. Oder diese zu ändern. Oder sie zu enttäuschen. Die Geschichte muß ihre Zuhörer völlig in ihren Bann schlagen. Sie muß die Leere in unserem Leben füllen. Sie muß uns trösten, schmeicheln, überreden, Fallen stellen, verzaubern und uns Erholung bieten. Wie der Bauchredner, muß der Geschichtenerzähler unsere Aufmerksamkeit ablenken, während er die Grundregeln der Verzauberung ausführt. Das Erzählen von Geschichten mißt sich an der Klugheit der Täuschung. Verstehst du?«

»Bei Allah!« sagte Hürü, deren haselnußbraune Augen sich geweitet hatten. »Ihr müßt der Lehrer sein, um den ich einst im Rosengarten gefleht habe. Ihr seid diejenige, die Hidir-Ilyas mir zugedacht haben. Ihr seid diejenige, die den Anfang, die Mitte und das Ende kennt.«

»Du bist wahrlich lang genug zur Schule gegangen.«

»Ja, aber«, sagte Hürü, »wer lernt schon wirklich etwas in einer Heeresschule?«

»Niemand lernt jemals das, was wichtig ist, in der Schule«, erwiderte Scheherazade. »Du lernst die Wahrheit, indem du in dein Herz blickst. Und das hast du getan. Was mich erstaunt, ist, wie klar du dein Herz sprechen läßt. Deine Stimme ist ein Wind, der Atem Allahs. Dieser Atem wird nicht ewig wehen, doch er berührt Innerstes, das sprachlos ist und so dunkel wie der Mutterschoß. Wenn der Atem abstirbt, so wird auch dessen Prophet absterben, das Schlagen deines Herzens. Keine Vorspiegelungen, keine Täuschungen, deine Dichtung ist nur wegen der schrecklichen Wahrheit wütend, die sie ausspricht.«

»Bei Allah!«, sagte Hürü. »Und welch schreckliche Wahrheit ist das?«

»Die des Todes«, sagte Scheherazade. »Die des Todes.«

»Bei Allah!« sagte Hürü nochmals. Und sie erschauerte.

17
Der falsche Kalif

Das Leben im Reich der Fiktion

»Krankheit gehört dem Körper«, sprach Scheherazade und öffnete die größte ihrer schwarzen abbasidischen Truhen, »wie Wahnsinn dem Geist. Die Kunst gehört der zerbrechlichen geistigen Kraft zwischen dem, was verfällt, und dem, was bleibt.«

»Trifft das auch auf die Dichtkunst zu?« fragte Hürü. »Ich nahm immer an, daß die Kunst des Dichtens einfach das endlose Aneinanderreihen des einen und des anderen sei.«

»Heute abend«, sagte Scheherazade, die Hürüs Frage überhörte, »müssen wir das Geheimnis des ›Falschen Kalifen‹ begreifen lernen. Ich bin der Falsche Kalif, du bist der Falsche Dschafar Barmaki, und Kampfer wird den Falschen Mesrur darstellen, den Obersten Scharfrichter. Hier sind deine Gewänder. Sie wurden tatsächlich vom wahren Dschafar einst getragen.«

»Das ist richtig«, sagte Hürü. »Als ich ihn das letzte Mal erblickte, trug er dies Halstuch. Wußtet Ihr, daß es Dschafar Barmaki war, der die Halsbinde erfand, die später den Kroaten zugeschrieben wurde? Es scheint, daß er sich als junger Mann recht gern herausgeputzt hat.«

»Richtig«, sagte Scheherazade. »Und nun müssen wir Schahriyar benachrichtigen. Auch er muß sich verkleiden, und zwar als der echte Kalif, der sich als Kaufmann verkleidet hat. Sein engster Vertrauter wird den Echten Barmaki darstellen, der sich als der zweite Kaufmann verkleidet hat. Und der Oberste Kadi des Reiches, der ein Mohr ist, wird der Echte Mesrur sein, ebenfalls als Kaufmann verkleidet.«

»Doch woher sollen diese Männer wissen, was Ihr vorhabt?«

»Ach, das ist einfach«, erwiderte Scheherazade, deren Augen vor Vergnügen sprühten. »Die Geschichte des ›Falschen Kalifen‹ ist eine merkwürdige Geschichte, die jedermann geläufig ist. Alle kennen sie, aber sie verstehen sie nicht. Das ist der Reiz der Geschichte, verstehst du? Sie stellt ein Gleichnis dar, dessen Bedeutung unter vielen Schichten von überlieferten Legenden um Harun-er-Raschid verborgen ist. Ich selbst war immer der Meinung, daß sie durch ihr Ende verdorben wird. Heute nacht werden wir die wahre Bedeutung der Geschichte neu erschaffen. Ich werde Schahriyar die Bitte übermitteln lassen, daß ihm sein Oberster Geschichtenerzähler die Geschichte des ›Falschen Kalifen‹ nochmals erzählen möge. Er wird dann sogleich wissen, was zu tun ist.«

»Bei Allah«, sagte Hürü. »Wird Schahriyar denn bereit sein, mitzuspielen?« fragte Hürü.

»Warum nicht? In Anbetracht der Tatsache, daß ich die einzige in der Stadt bin, die zu spielen versteht?«

»In gewisser Weise«, murmelte Hürü undeutlich vor sich hin, »hatte ich den Eindruck gewonnen, daß Schahriyar ein ... ein recht eintöniger, trockener Mensch sei.«

»Oh, ja! Das ist er! Indes, er ist auch recht interessant. Denn wisse, auch er möchte sich selbst verstehen lernen.«

»Dann erzählt mir hurtig die Geschichte«, sagte Hürü, »damit ich nicht die einzige Unwissende in Bagdad sein möge.«

»Nun denn«, sprach Scheherazade und ließ sich auf der Truhe nieder. »Die Geschichte des ›Falschen Kalifen‹ beginnt damit, daß Harun-er-Raschid unter einem seiner häufigen nächtlichen Anfälle von Niedergedrücktheit leidet. Er ruft Mesrur zu sich und läßt Dschafar Barmaki, seinen weisen alten Wesir, aus dem Bett holen. Als Kaufleute verkleidet begeben sich alle drei in die Vergnügungsviertel Bagdads. Das nächtliche Leben in den Straßen treibt sie an die Ufer des Tigris. Dort erblicken sie einen alten Mann, der in einem Ruderboot hockt. Sie bitten ihn, sie ein wenig umherzufahren.

Der alte Bootsführer lehnt ihr Ansinnen rundherum ab. Es sei nicht mehr sicher, sagte er ihnen, zum Vergnügen auf dem Tigris umherzufahren; der Kalif habe es sich letztlich zur Gewohnheit gemacht, auf einem prachtvollen Galaboot den Strom hinabzugleiten. Jede Nacht. Und nicht nur das, er habe jegliches Befahren des Flusses bei Nacht verboten. Die Strafe, sollte das Verbot übertreten werden, sei hart. Der Kalif verlange den Kopf desjenigen, der es wage. ›Sehet nur, hier kommt das Galaboot des Kalifen gerade!‹

›Bei Allah dem Allwissenden‹, rief der verkleidete Kalif aus. ›Ich gebe dir zwei Dinar, alter Mann, wenn du uns unter die Bögen der Mittleren Brücke ruderst. Laßt uns einen genaueren Blick auf diesen Nächtlichen Kalifen werfen!‹

Nun, zwei Dinar waren viel Geld. Der Bootsführer geht das Wagnis ein. Er läßt sein Boot vorsichtig unter einen Brückenbogen gleiten und bedeckt seine Passagiere mit einem schwarzen Tuch. Nachdem sie dies geringfügig gelüftet haben, nimmt die wahre königliche Gesellschaft das prachtvolle Galaboot in Augenschein. Auf dem Schiffsschnabel hält ein Mann eine aus rotem Gold gefertigte Fackel hoch, deren Flamme er mit Aloe aus Sumatra speist. Der Mann trägt einen kurzen Umhang aus rotem Satin; über eine Schulter verläuft eine Schärpe aus gelber Seide, die mit Silberfäden bestickt ist; sein Turban ist aus dem feinsten Musselin. Am Heck steht ein weiterer Mann, in die gleichen Gewänder gehüllt, der eine ähnliche Fackel hochhält.

In der Mitte des Galabootes stehen zu beiden Seiten eines erhöhten Thrones aus Gold zweihundert Sklaven stramm. Auf dem Thron sitzt ein junger Mann, wohlgebaut und anmutig, der in die Gewänder der Abbasiden-Kalifen gehüllt ist: schwarzes Tuch, mit Gold bestickt. Vor ihm steht eine vornehme Gestalt, die niemand anderes zu sein scheint als der Großwesir Dschafar. Hinter ihm überragt ihn ein schwarzer Eunuch, das gezückte Schwert in der Hand, zweifellos Gebieter Mesrur selbst.

Das hellerleuchtete Vergnügungsboot gleitet vorüber. Der wahre Kalif, verborgen inmitten der Schatten und schwarzen Formen der Mauern, sieht zu, wie sein Doppelgänger seines Wegs zieht, thronend in flackerndem Lichterschein. Harun ist erstaunt, doch da er ist, wer er ist und sich seiner selbst gänzlich sicher, zürnt er dem jungen Mann nicht einmal, der ihn nachäfft. In der Tat ist er auf das höchste erregt vom Anblick seines Doppelgängers.

›Sahet Ihr, was ich sah?‹ ruft Harun. ›Dort zieht das lebende Ebenbild des Kalifen dahin! Du, Dschafar, schienst vor ihm zu stehen. Und du, Mesrur, hinter ihm.‹

Von ihrer Neugier verführt, machen sich die drei in der folgenden Nacht wieder auf, ihre Doppelgänger zu beobachten. Harun fühlt sich nicht länger gelangweilt und leer. Diesmal folgen sie dem Falschen Kalifen bis zu einem herrschaftlichen Haus, in welchem ein Festmahl stattfindet. Es gelingt ihnen so leicht, sich unter die Gäste zu mischen, daß man sie fragt, ob sie nicht erwartet wurden, ob es sich nicht um eine Falle für den wahren Kalifen handelt.

Den dreien wird Speis und Trank geboten, doch ihre Blicke sind auf den angeberischen jungen Mann geheftet. Zu gegebener Zeit steht der Falsche Kalif auf und beginnt, unter dem Einfluß von Liedern über unerwiderte Liebe, sich die Kleidung zu zerfetzen. Er sinkt besinnungslos darnieder, viermal in der Folge. Auf seiner milchweißen Haut sind tiefe Narben zu erkennen. Irgend jemand hat den Falschen Kalifen schrecklich ausgepeitscht.

Wer? Und warum? Der wahre Kalif muß es wissen. Der Falsche Kalif gesteht alles. Wie sich ergibt, wurde der Falsche Kalif von einer Dame umworben und auch geehelicht, die im eigentlichen Sinne die Pluderhosen und den Turban trägt. Diese Dame ist, wie es sich trifft, die Halbschwester Dschafar Barmakis und von brennender Eifersucht gequält. Während ihrer häufigen Handelsreisen, die sie aus Bagdad fortführen, wünscht sie, daß ihr junger Gatte sich im Hause aufhält. Ein Zuwiderhandeln wird mit nicht näher bezeichneten Strafen belegt. Da er der wohlgestaltete, anmutige junge Mann ist, als den Allah ihn erschuf, zieht der Falsche Kalif die Aufmerksamkeit der Herrin Zubaida auf sich, der mächtigen Frau des Kalifen. Es ist ihm nicht möglich, die Einladung Zubaidas zu einem Festmahl in ihren privaten Gemächern auszuschlagen. Doch als er davon zurückkehrt, hat seine Gattin herausgefunden, daß er vom vorgezeichneten Pfad oder, in diesem Falle, aus dem Hause gewichen ist. Voller Zorn läßt sie ihn halb totpeitschen und wirft ihn auf die Straße. Doch der Falsche Kalif gesteht, daß all seine Sinne sich immer noch nach seiner Gattin sehnen. Damit nicht genug, läßt er durchblicken, daß er die wahren Namen der drei Kaufleute erraten hat. Er sagt, daß er jede Nacht diese merkwürdige Vorstellung abhält, um die Bewohner Bagdads zu beeindrucken und somit den wahren Kalifen in seine eigene Geschichte miteinzubeziehen. Sein Ziel sei, sagt er, nichts anderes, als Harun-er-Raschids Hilfe erbitten zu dürfen. Ob der wahre Kalif seine Gattin dazu bringen könne, ihn wieder aufzunehmen?

Nun, Harun stellt sich wahrer Liebe nicht in den Weg. Er zwingt die unliebenswürdige Dame des Hauses Barmaki, ihr nasses Kätzchen von einem Gatten wieder in ihr Haus zu nehmen. Du fragst dich, warum, nicht wahr? Was für eine Enttäuschung! Solch ein herrlicher Anfang und solch ein schäbiges, kleines Ende.

Und das ist die Frage, der wir auf den Grund gehen wollen, Hürü-Mädchen. Warum muß Scheherazade ihren Namen unter eine unerfreuliche, kleine Ehegeschichte setzen? Wir werden heute nacht das Schwarz der Abbasiden tragen und in voller Pracht den Tigris hinabgleiten!«

»Warum?« fragte Hürü.

»Warum, o warum!« rief Scheherazade ungeduldig aus. »Weil Schahriyar immer schon die Pluderhosen tragen und sich als Kalif verkleiden wollte. Deshalb! Bist du nun zufrieden?«

»Unbedingt«, erwiderte Hürü. »So reicht mir Dschafars Hosen. Ich werde sie tragen.«

»Und binde dir diesen langen, weißen Bart um«, sagte Scheherazade. »Der Wesir, der den wahren Dschafar darstellt, trägt einen echten. Einen hübsch gestutzten weißen Bart. Es ist mein guter, alter Vater.«

»Euer Vater!« rief Hürü aus. »Euer Vater läuft durch Bagdad und spielt Verkleidungsspiele? Bei Allah, was für eine Familie!«

»Das verdankt meine Familie nur mir!« sagte Scheherazade. »Ohne mein Zutun würden sie stets versuchen, sich selbst treu zu sein. Starr wie die Felsen sind sie. Welches Vergnügen könnte es schon bereiten, stets an dieselbe menschliche Gestalt und Geschichte gebunden zu sein?«

»Manche von uns wären schon erfreut, wenn es ihnen gelänge, sich die eine zu schaffen«, sagte Hürü. »Manche von uns haben noch nicht einmal eine verläßliche erste Gestalt und Geschichte. Ich zum Beispiel.«

»Das ist es, was ich so an dir schätze«, erwiderte Scheherazade. »Du bist immer noch in gewissem Maße unbestimmt. Genau wie mein Gatte. Jedesmal, wenn man meint, man wisse genau, wie er denkt, sagt er etwas Überraschendes. Oder er tut etwas völlig Unvorhergesehenes.«

Die Nächte in Bagdad waren immer noch voller Zauber. Und voller Gefahren. Inmitten flackernder Lichter den Tigris hinabzugleiten, war nicht schlecht. Auf einem geliehenen Galaboot. Mit einer Truppe von Schaustellern, die anderweitig keine Arbeit gefunden hatten. Hürü erblickte nicht nur Schahriyar leibhaftig, sie erblickte auch die tiefen Narben, die Scheherazades Rücken verunzierten. Und sie wunderte sich. Wie konnten diese beiden so gelehrt und sittsam sein und dennoch ...? Und was war mit Scheherazades Vater? Diesem schlanken, anmutigen alten Mann, der Hürü so sehr an ihren eigenen Vater erinnerte? Warum spielte er diese Verkleidungsspiele mit?

Schahriyar machte den Eindruck von Milde. Hochgewachsen und rotbäckig, ähnelte er nicht im geringsten dem hakennasigen, dunkelhäutigen Araber aus Hürüs Vorstellung. Seine Haut war zart und weiß und seine Finger lang und sauber; er sprach wenig, und was er sagte, war nicht ohne Gewicht. Er schenkte Hürü keinerlei Aufmerksamkeit ... als sei diese neue Schülerin seiner Frau nicht vorhanden, oder, wenn es sie gab, nicht wichtig. Er verunsicherte Hürü, die sich gerne als ein Mensch sah, der sich durch nichts verunsichern ließ. Dem war vielleicht so, weil sie augenblicklich wußte, daß sie Schahriyar langweilte. Auch war er nicht gerade das Sinnbild von Güte, so wie er ging – wie eine große Katze, ein Panther vielleicht, dem etwas Unheimliches zu seiner katzenhaften Kraft hinzugefügt worden war. Er war der Panther, das Gegenbild zu der Wölfin, die Scheherazade darstellte. Katze und Hund. Hürü mochte und vertraute Scheherazade vom ersten Augenblick an, ungeachtet aller bösen Legenden, die Wölfen nachgesagt wurden.

Wer kann schon sagen, was der mächtige Schahriyar letztlich aus diesem Verkleidungsspiel gelernt hatte. Er schien sich recht gut zu unterhalten, fast so gut wie die mächtige Kampfer, die den schwarzen Henker darstellte, als habe sie ihn leibhaftig gekannt. Als Schahriyar sie verließ – nachdem er sich den Bauch an dem Essen vollgeschlagen hatte, das Kampfer zubereitet hatte –, war er das geblieben, als was er erschienen war.

»Ha!« rief Scheherazade aus, die rank und kräftig in ihren schmalen schwarzen Hosen, dem wehenden schwarzen Hemd und den schwarzen Lederstiefeln aussah. »Ich bin Scheherazade, das zänkische Weib, eine stimmgewaltige und stürmische Araberin, deren Worte so unangenehm sind wie ihre Fürze! Kein Wunder! In solch vergifteter Luft ist selbst ein Palast zu eng, um *zwei* Möchtegern-Kalifen zu beherbergen! Möge es Schahriyar gelingen, nun, da ich meinen falschen Anspruch auf das Kalifat aufgegeben habe, den seinen auf das wirkliche durchzusetzen!«

»O Allah steh mir bei!« rief Hürü.

Doch bevor sie weitersprechen konnte, wurde Hürü von lautem Klopfen am Tor unterbrochen. Auf der Schwelle stand eine außergewöhnlich hochgewachsene Frau, in dichte Schleier und umfangreiche Gewänder gehüllt. In der Hand hielt sie eine schwere, geflochtene Lederpeitsche. Offensichtlich hatte sie ein Pferd hierhergetragen.

»Sei mir willkommen, geliebte Schönheit!« sprach der Falsche Kalif und trat mit ausgebreiteten Armen auf sie zu. Die unnahbare Frau ließ die Peitsche gefährlich züngeln. Doch dann schritt sie wie eine Vertraute des Hauses hinauf zu den Schlafgemächern. Die katzenhafte Art, mit welcher die Fremde ging, mit solch anmutigem Muskelspiel, erinnerte Hürü an jemand anderen. Allah der Barmherzige! Es mußte Schahriyar selbst sein, in Frauengewändern! Und diesmal stellte er Dschafar Barmakis grausame Schwester dar.

Kein Wunder, daß die Schreie, die die ganze Nacht über aus dem Hauptschlafgemach drangen, Hürü wachhielten. Zwei Tiere, dachte sie sich. Sie zerfleischen einander.

»Auch ich bin in einer berühmten Stadt zur Welt gekommen«, sagte Scheherazade, während sie die Morgenmahlzeit einnahm. »Und auch ich wurde einer großen, schönen Frau geboren! Safiye, der großen, blonden Amazone, die in jeder dritten Generation in meiner Familie wiedergeboren wird. Das nächste Mal wird Safiye von einer meiner Töchter zur Welt gebracht werden.«

»Oh«, sagte Hürü. »Ich wünschte, ich hätte sie treffen können! Doch meine wirkliche Zeit scheint nicht auf ihre Wiedergeburten abgestimmt zu sein.«

»Safiye war so erfolgreich«, sagte Scheherazade, »daß sie sich ihren Töchtern nicht in den Weg stellen mußte, weder Dunjazade noch mir. Doch meine Mutter starb jung. Mein Vater war gänzlich den Büchern ergeben, den schönen Künsten, der geistreichen Gesellschaft. Er liebte es, mich vorzuzeigen. Ich war ein wie durch Wunder begabtes Kind.

Bald schon überflügelte ich meine Lehrer. Ich mußte mich als Knabe verkleiden, um den Studierkreis der Stadt besuchen zu können. Ich liebte die höhere Ausbildung, da ich zu diesen glückseligen Kindern zählte, das die Leere und Langeweile der mittleren Bildung überspringen konnte. Als ich mein sechzehntes Jahr vollendete, war ich, glaube es mir, der gebildetste Bewohner Bagdads.

Doch ich hatte meinen Platz als Frau verloren, ohne jemals wahrhaftig die Welt der Männer zu gewinnen. Um ein Beispiel zu nennen, wen hätte ich heiraten können? Abgesehen von einem bestimmten Gelehrten der abstrakten Logik, einem Mann, der sich der Vollendung des siebten Jahrzehnts auf Erden näherte, bereitete mir kein männliches Wesen auch nur das geringste Vergnügen. Und wer hätte auch schon ein Mädchen geheiratet, das sich wie der Urahn aller lästigen Esel anstellte?

Doch was sollte mich das kümmern. Ich würde für immer Jungfrau bleiben. Und eine liebevolle Tante werden. Dunjazad, rund und süß, zeigte keinerlei Neigungen außer denen ihres eigenen, lustvollen Körpers. Selbst als Kleinkind saß sie stets so da, daß eine Hand mit dem kleinen Kuchenstück zwischen ihren Beinen spielen konnte. Sie saugte an Mutters Brust, als wolle sie diese wunderschöne Frau in ihrer kindlichen Leidenschaft vollends verschlingen. In der Schulstube nutzte Dunjazad das federige Ende ihres Federkiels, träumte schwitzend, die Lippen halb geöffnet, und keuchte schamlos, wenn sie kam. Allah segne ihre Sinnlichkeit, sie jedenfalls hatte keinerlei Verwendung für das spitze Ende des Federkiels.

Ich traf Schahriyar zum ersten Male in der Anstalt für höhere Studien. Er hatte alle allgemeinen Prüfungen abgelegt und studierte weiter. Das gleiche tat ich, die ich mich immer noch als junger Mann ausgab. Er forderte mich zu einem sprachlichen Duell heraus. Nun, ich schlug den Kronprinzen dermaßen, daß er fast die Hosen verlor. Er nahm es ohne Rachegelüste hin, und bald schon wurden wir enge Freunde. Indes, ich vermied jegliches körperliche Messen untereinander und entzog mich seinen ungestümen Herausforderungen, indem ich vorgab, sie als Scherze aufzunehmen. Ich spottete darüber, daß er weiter pissen konnte als andere, über das Ausmaß seiner Manneskraft, über seine unmäßigen Nächte in Gesellschaft von Dirnen.

›Du bist nichts als ein Schlappschwanz!‹ neckte mich Schahriyar zurück. ›Deine Hoden sind in deinen Kopf zurückgeschrumpft!‹

Und dennoch fand er Gefallen an unserem Verhältnis. Seine körperlichen Betätigungen erwiesen sich als Ausgleich. Eines Tages sahen wir Ringern auf offenem Felde zu. Ganz plötzlich packte mich Schahriyar am Nacken, warf mich zu Boden und machte mich mit einem kunstvollen Griff unbeweglich. Da ich nicht wußte, was ich tun sollte, versuchte ich, ihm durch Winden meines Körpers zu entkommen. Nun, es gelang ihm, mir die Hemdbrust zu zerfetzen. Und während er noch meine beiden Schultern zu Boden preßte, erblickte er meine nackten Brüste. Niemals wird es mehr einen Augenblick geben, der reizvoller und entflammender wäre! Und wir versuchten auch keineswegs, dieser Lust eine andere Zeit oder ein anderes Gesicht zu geben. Augenblicklich und auf der Stelle gaben wir uns ihr hin, ungeachtet der Ringer, die uns mit offenem Munde anstarrten. Und die meisten unter ihnen schlichen sich auf Zehenspitzen von dannen, da sie den Kronprinzen nicht beschämen wollten. Doch wer hätte schon beschämt sein können? Wir liebten einander, bis die Kühe heimkamen. Und wir alle wissen, daß die Kühe nicht von allein heimkommen. Oh, es herrschte Krieg in unseren Umarmungen. Die ganze Nacht über und den größten Teil des nächsten Morgens ebenfalls.

›Ich fragte mich bereits‹, gestand Schahriyar, als er sich schließlich aufsetzte, ›ob ich dem eigenen Geschlecht zuneigte ... so, wie ich für dich empfand. Diese Nacht enthebt mich einer bedrückenden Sorge. Und mein Gemächt ebenso!‹

›Wir könnten heiraten‹, schlug ich ihm vor.

›Warum auch nicht‹, sagte Schahriyar. ›Ich habe mir immer eine Frau gewünscht, die das Lesen und Schreiben für mich erledigt.‹

Was macht eine Frau im Zweifelsfalle schon? Sie heiratet. Nun, da die Wahrheit heraus war, durfte ich auch nicht lehren und mein Wissen weitergeben. Warum also sich nicht verheiraten? Und Arbeit als Gattin des Sultans zu finden war ja auch nicht das Schlechteste. Doch die Ehe war gar nicht so vergnüglich. Schahriyar gefiel sie auch nicht besonders. ›Ein großer Fehler‹, sagte er, ›eine Frau zu heiraten, die selbst gerne Sultan wäre.‹

Lag es nur an mir? Oder passen Männer und Frauen ihrem Wesen nach einfach nicht zusammen? Ich kenne die Antwort immer noch nicht. Als ich Schahriyar darum bat, mir ein eigenes Leben zu ermöglichen, hatte ich bis dahin nichts Einfallsreicheres als eine Einkaufsliste geschrieben. Und nichts Aufregenderes getan, als die Aufgaben zu lösen, die mir meine Lehrer stellten. Eine große Angst vor dem Unbekannten erfüllte mich.

›Du verläßt mich‹, sagte Schahriyar voller Trauer. ›Du ziehst für immer fort.‹

›Ich habe einige furchtbare Dinge getan.‹

›Erzähle mir nichts‹, erwiderte er und legte mir den Zeigefinger auf die Lippen.

›Der Gedanke an mich erfüllt dich mit Trauer‹, sagte ich. ›Ist das nicht die Wahrheit?‹

›Vielleicht‹, erwiderte er. ›Doch vielleicht ist es auch etwas anderes. Liebe zum Beispiel.‹

Und ich zog hierher. Die Wände dieser Halle wurden mir für meine Bibliothek hergerichtet, die Söhne in gute Erziehung außerhalb gegeben, Kampfer gekauft. Dann legte sich eine Stille ungeheuren Ausmaßes über das Haus. Eine stumme Anwesenheit bewohnte es, die so allgegenwärtig und so widerspenstig war wie Kampfer. Leben in ein unbewohntes Haus zu bringen, war nicht dasselbe, wie die Unbehaustheit aus meinem Leben zu bannen. Ich weinte viel und lang. Ich weinte ein zweites Mal viel und lang. Und ich genoß beide Male aus tiefstem Herzen.

Ich war endlich frei zu tun, was mein Herz begehrte. Doch was begehrte mein Herz wirklich? Mohammed empfahl den Frauen das Spinnen. ›Eine Stunde mit dem Spinnrocken verbracht geziemt den Frauen mehr‹, sprach Mohammed, ›als ein Jahr des Gebets. Für ein jedes Tuch, welches sie aus dem Garn gewoben haben, das sie gesponnen haben, werden die Frauen im Paradiese den Lohn der Märtyrer erhalten.‹ Ermutigend, nicht wahr? Doch ich hatte als Kind keine geregelte Erziehung zur Frau genossen. Ich konnte nur Worte spinnen. Und mein einziger Spinnrocken war mein Verstand. Doch welche Worte sollte ich spinnen? Und in welcher Reihenfolge?

Irgendwo, direkt greifbar, mußte sich ein ganzes Warenhaus von Worten befinden – wenn ich nur über den Gleichmut verfügte, mir dieses Schatzes gewahr zu werden. ›Sesam öffne dich‹ mag Ali Baba zu Reichtum geführt haben, doch für mich öffneten diese Schlüsselworte nicht einmal einen Sesamfladen. Ich befand mich in meiner Bibliothek, tief in den Gedanken versunken, daß ich einen Dschinn oder Dschann benötigte – irgendeine übernatürliche Kraft wie in der alten Geschichte von Aladins Lampe.

›Dschann Baarth!‹ stieß ich voll Leidenschaft hervor. ›Wo im Namen der Hölle bist du, wenn du wirklich gebraucht wirst?‹

Kaum waren die Worte über meine Lippen gekommen, als ein Wesen unmittelbar aus diesem Bord für Manuskripte dort drüben Gestalt annahm. Aus dem Bord, auf dem sich die Geschichten der Vorväter befinden. Die fremdartige Gestalt gewann unter meinen Augen an Substanz. Er sah nicht nur aus wie ein echter Mann, er war das Spiegelbild von Schahriyar. Nur daß er merkwürdig in ein dürftiges Hemd und noch dürftigere Hosen gekleidet war, die das meiste seiner muskulösen Beine freigaben, und daß er gebräunt wie ein Seemann war. Etwas Freies und Leichtes haftete an diesem Wesen, das da vor mir stand. Sei's drum! Ich hatte nach dem Geist der Wiedererweckung nach dem Ende gerufen, nach dem der Postmoderne, nach Dschann Baarth.

›Ihr habt mich gerufen‹, sprach er und sah so heiter und rundherum befriedigt aus wie eine Katze, die sich gerade etwas Gutes gestohlen hatte. ›Kann ich wirklich meinen Augen trauen? Ihr seid Scheherazade, nicht wahr? Ich befand mich auf meinem Segelboot und unterhielt mich gerade mit einem Freund. Ich hatte gerade gesagt: ‹Selbst Scheherazade fallen keine neuen Geschichten mehr ein ...› als Ihr mich beim Namen riefet. Und hier bin ich nun, Euch zu Diensten.‹

›Dschann Baarth, ist das Euer Name?‹ fragte ich. ›So seid Ihr also ein Dschann. Und seid Ihr Euch ganz sicher, daß Ihr kein Dschinn seid?‹

›Ich bin kein Dschinn – außer natürlich, daß Ihr in Erwägung zöget, daß das deutsche Wort *Genie* von dem arabischen Wort *dschinn* abstammt.‹

›Ihr bezeichnet Euch also als Genie?‹ erwiderte ich. ›Bei Allah dem Allwissenden!‹ Er errötete mit ungeheurer Geschwindigkeit und in einem Blutrot. Ich mochte ihn augenblicklich.

Er schien unter dem Eindruck zu stehen, daß wir Deutsch/Englisch miteinander sprachen. Ich hatte von beiden Sprachen nie etwas gehört. Seine Zunge setzte über ins Arabische, wie seine Gestalt nach Bagdad übergesetzt hatte. Doch ich glaubte ihm, als er sagte, daß er vom gegenüberliegenden Teil der Erde kam. Wie ich bereits erwähnte, hätte er Schahriyars Zwilling sein mögen, und dennoch war er auf irgendeine wesentliche Weise von ihm verschieden. Hellhäutig wie mein Gatte, doch mit rosigem Schimmer in der Haut, wie ihn Menschen haben, die zuviel Rindfleisch zu sich nehmen, war das halbkahle Haupt meines Genies glatter und samtiger als eine Honigmelone, die in einen sanften Halbmond störrischen, rotgoldenen Haares eingelassen war. Über seinem scheuen Lächeln wuchs ein borstiger Haarwald. Ich schätze Bescheidenheit bei Männern, vor allem bei solch hochgewachsenen und offensichtlich satanisch klugen. Wir begannen, Geschichten auszutauschen. Er sagte, daß auch er ein Schreiber von Fiktionen sei, genau wie ich. Ich möge ihm doch mitteilen, welcher Art meine Fiktionen seien.

›Euer Buch von *Tausend und einer Nacht*‹, sagte er, ›auch wenn es in der mir zugänglichen Zukunft nicht mehr sehr viel gelesen wird, hat einen festen Platz auf meinem Arbeitstisch.‹

›Wie schön, lieber Dschann‹, erwiderte ich. ›Doch was sind Tausend und eine Nacht?‹

›*Alf Laylah Wa Laylah*‹, sprach er mit großem Ernst und Nachdrücklichkeit.

Und nun hub dieser Dschann Baarth zu einem wahren Redestrom an. Wie sich herausstellte, zählte er zu den wahrhaft Gelehrten. Er pries, führte Beispiele an und sagte ganze Teile des Textes auf; er spielte wörtliche Reden und Gegenreden vor, er legte Philosophien aus, er sang vor; er sprach so laut und lange und leidenschaftlich auf mich ein, bis ich schließlich begriff, daß es meine Aufgabe sei, ein Werk zu schreiben, das alle Zeit überdauern sollte. Und nicht nur das, sondern daß ich bereits alle Geschichten kannte, die ich niederschreiben sollte. Das Buch bestand schon im Gedächtnis des Volkes. Ich war empört. Wie unvornehm! Ich, Scheherazade, sollte eine Unzahl von Geschichten weitervermitteln, die man Kindern und kindischen Erwachsenen erzählte? Niemals! Unter all diesen Geschichten, teilte ich ihm mit, gibt es so gut wie keine einzige, die man in guter Gesellschaft wiederholen könne!

Und ich fuhr fort, dies Genie zu schelten. Ich verfügte über einen der klügsten Köpfe des Zeitalters, sagte ich; ich dächte gar nicht daran, mein Denkvermögen an ein liederliches Durcheinander von Geschichten zu vergeuden, die unter schreibunkundigen Bauern vom Land der Maghrebiner bis nach China hin entstanden waren. Falsch verstanden, von jedem einzelnen der Völker verändert und als ureigenst ausgegeben, hatten diese Geschichten soviel von einer Hure an sich, daß selbst die Beduinen in der Wüste sie nicht ertragen konnten. Da sie die menschliche Seele auch nicht annähernd wahrhaftig einfingen, da sie keinerlei philosophischen Grundsätzen folgten und da sie nicht die geringsten neuen Erkenntnisse aufweisen konnten zu der Art und Weise, in welcher wir heute lebten, waren diese Geschichten nichts anderes als leere Gehäuse. Und abgesehen davon waren sie oft nur schlechte Wiederholungen voneinander, daß alle Geschichten zu lesen dem Vergnügen zu vergleichen sei, in einem Barbierstuhl zu hocken und sich alle Zähne ziehen zu lassen. Ich lobte Dschann Baarth für die Geduld und die Weitherzigkeit, die er aufgebracht haben mußte, als er sich mit diesen Geschichten beschäftigte. Wie sich herausstellte, war es jedoch das Gefüge dieser Geschichten, welches die Aufmerksamkeit des Genies fesselte. Dieses Gefüge sei einzigartig ›orientalisch‹, wie er es nannte. ›Muster innerhalb von Mustern, Ornamente innerhalb von Ornamenten.‹

›Ich weiß nicht, was Ihr mit *orientalisch* meint‹, erwiderte ich. ›Orientalisch gemessen an was? Doch sagt mir, welche Art von Klebstoff hält denn diese Muster zusammen?‹

›Euer eigenes Leben natürlich‹, sagte Dschann Baarth. ›Das ist das kostbarste aller Lösegelder: Euer eigenes Leben, mein liebes Mädchen.‹

Ich konnte nur noch staunen! Konnte Dschann Baarth denn nicht erkennen, daß ich eine Frau fast seines Alters war, die eine ganze Horde eigener Kinder hatte und eine unglückselige Ehe hinter sich? Vielleicht sah er nur die Scheherazade seiner Vorstellung vor sich. Er belehrte die gelehrte Prinzessin seiner Einbildung. Wie anrührend. Wie köstlich. Ich mußte mehr erfahren.

Wie es schien, erfreute sich dieser Schahriyar in der Geschichte jede Nacht an einer neuen muslimischen Jungfrau. Und am nächsten Morgen ließ er sie hinrichten. Da Frauen Schahriyars Meinung nach so treulos wie Säue waren, wollte er damit vermeiden, daß sie ihm Hörner aufsetzten. Dieses Blutbad unter Jungfrauen nahm kein Ende, bis eines Nachts Scheherazade auf ihrem Schlachtroß, den Worten, daherkam.

Unter Einsatz ihres Lebens erzählte Scheherazade dem frauenhasserischen König jede Nacht Geschichten, doch verriet sie niemals das jeweilige Ende. Um dies zu erfahren, mußte ihr Leben bis zum nächsten Einbruch der Nacht verschont werden, wobei sie immer, wenn sie eine Geschichte abgeschlossen hatte, mit einer neuen begann, die sie vor Sonnenaufgang wieder abbrach, kurz bevor man ihren Höhepunkt vernehmen konnte. Der König mußte ihr in der folgenden Nacht wieder lauschen, wollte er Höhepunkt und Auflösung der geschürzten Knoten erleben. Und so verfuhr Scheherazade während tausend und einer Nacht, schob ihre Hinrichtung auf, gebar Kinder und gewann Zeit sowohl für sich wie auch für Schahriyar. Denn auch Schahriyar brauchte Zeit, um zu einem liebenden Gatten gezähmt zu werden. Das war keine schlechte Geschichte! Gar nicht schlecht!

›Mir ist also‹, sagte ich leichthin, ›letztendlich doch noch Rache an Schahriyar vergönnt?‹

›Euer Beweggrund ist nicht Rache‹, sprach Dschann Baarth. ›Begreift Ihr denn nicht? Auch wenn sich Schreiber oft an den Bösewichtern ihres wirklichen Lebens rächen, ist Euer Beweggrund, Schahriyar zu *erlösen.* Ihr verführt ihn, seinen Frauenhaß aufzugeben, Allah segne Euer sanftes Herz. Ihr rettet ihn davor, sein Leben als die groteske Überzeichnung eines orientalischen Herrschers zu Ende leben zu müssen.‹

›Und wie kam ich zu diesem sanften Herzen?‹ fragte ich, auch wenn ich zugleich wünschte, daß urplötzlich meinem Herzen wirklich die himmlische Gabe des guten Willens zuteil werden möge.

›Ah, indem Ihr schreibt, *als ob* Ihr bereits über ein sanftes Herz verfügtet‹, rief dieser Dschann aus, und seine hellen Augen funkelten gutmütig. ›Und dadurch eine Leserschaft der sanften Herzen erschafft. Das ist der Zauber der Kunst. Auch wenn die Kunst die Grausamkeiten der Geschichte nicht wiedergutmachen noch uns den Schrecken des Lebens und des Sterbens ersparen kann, so kann sie zumindest auf dem langen Weg unsere Lebensgeister nähren, erfrischen, entfalten, adeln und bereichern.‹

›Als ob‹, sagte ich.

›Als ob‹, wiederholte Dschann Baarth.

Und mit diesem letzten Wort verschwand dieser gewisse Dschann wieder in dasselbe Regal, aus dem er erschienen war. Hatte ich ihn wirklich gesehen? Oder war er nur eine Frucht meiner Einbildungskraft? Hatte ich eine Art Guten Schahriyar erfunden? Einen Schahriyar, wie ich ihn gerne hätte? Oder kam er aus dem Bereich des Übernatürlichen? Vielleicht war er ja ein echter *dschann*, der mir eine Aufgabe überbrachte. Ich weiß es nicht. Und zu guter Letzt ist es auch unwichtig.

Vielleicht, dachte ich mir, vielleicht gelingt es mir ja in der Tat, ein Werk zu schaffen, das alles Bisherige übertrifft. Könnte ich nur unser Schatzhaus von Worten den höhnischen und verrohten Einwohnern Bagdads wieder öffnen, dann könnte ich vielleicht ihre Seelen wie durch eine magische Verwandlungskraft wiederbeleben. Ja, ich würde die Fliegenden Pferde aus ihrem Lagerhaus holen, die Verzauberte Prinzessin, den Verliebten Prinzen, der bei allem Unglück, das ihn befällt, immer treu bleibt. Ich würde die Leser an die mit allen Wassern gewaschenen Kaufleute erinnern, denen es dennoch möglich war, wunderbare Welten innerhalb ihres Alltags zu durchqueren. Vielleicht gelänge es mir auch, ein Volk nobler Araber wiederaufstehen zu lassen.

Man weiß, daß der geschriebene Zauber mächtiger ist als der gesprochene. Manch einer ist der Meinung, daß das Schreiben ein Zauber ist, der heilt, Ordnung schafft und schützt. Selbsterkenntnis setzt das bessere Selbst eines Menschen frei, insbesondere das der Menschen, die mit Macht und Verantwortung zu tun haben. Natürlich denke ich dabei an Schahriyar. Meinen Gatten, meinen Gönner und natürlich meinen Kalifen. Ich erschaffe dieses Buch für seine Augen, auch wenn er sagt, daß er Schriften, die zur Flucht aus dem Alltag anleiten, wenig schätzt und es nicht lesen wird. Hast du eine Vorstellung davon, wie teuer es sein wird, ein Buch dieses Umfanges zu verbreiten? Ich kann es mir nicht einmal leisten, es unter die Öffentlichkeit zu bringen. Warum also schreibe ich weiter?«

»Ich bin mir fast sicher«, unterbrach Hürü sie, »daß Abd-es-Samad etwas mit Eurem Eifer zu tun hat. Als ich ihn das letzte Mal sah, starb er fast vor Verlangen, Euer Buch in seinem Besitz zu haben. Ich glaube fast, daß dieser alte Windbeutel Euch verzaubert hat.«

»Zur Hölle mit Zauberern!« rief Scheherazade aus. »Es ist mir vollkommen gleichgültig, wer sich dieses Buches bedienen, wer es plündern, wer davon Gebrauch machen möchte. Alles, was ich will, ist, es vollkommen zu schreiben. Nein, Abd-es-Samad bedeutet mir nichts.«

»Ihr kennt diesen Abd-es-Samad nicht«, sagte Hürü. »Er stiehlt alles.«

»Dann gönne ich ihm alles von Herzen!« schrie Scheherazade nun. »Bei Allah, wer bin ich denn schon? Jemand, der Bagdad niemals verlassen hat. Eine unbekannte Schreiberin. Ich konnte nicht einmal den Haushalt in einem mittelmäßigen Palast führen, in welchem ich abwechselnd die bittere Königin, die unzulängliche Mutter und, was am meisten zu beklagen ist, die verhinderte Denkerin spielte.

Obendrein bin ich die Eintausend und eine Gestalten, die in meiner Einbildung zum Leben erwacht sind, selbst. Ich bin Sindbad der Seefahrer. Ja, mein Geist ist zu dem herrlichen Ort des Todes gereist, den man die Messingstadt nennt. Ich habe Königreiche unter dem Meer erblickt, habe mich in Gesellschaft von Landstreichern, Ausgestoßenen, Verbrechern und Betrügern befunden unter ehrlichen wie unter unreinen Umständen, ich gab mich hundertmal dem Liebestod in Bagdad hin und hundertundeinem Ehebruch in Kairo. Ich habe Dämonen und böse Zauberer überlistet und wurde von einem *dschinn* nach China und zurück geflogen. Ich bin in Vögel verwandelt worden, in wilde Tiere, in Heilige, Juden, Christen, in Possenreißer, Ghule, in Kaufleute von der vorsichtigen wie von der unvorsichtigen Art, in liederliche Müßiggänger, Bucklige, Kobolde, in Verführerinnen mit Horden von Geliebten und in Könige, deren Herrschaftszeit golden war.

Doch welches ist meine natürliche Veranlagung? Mein Wesen? Genau das ist es, was es mich zu wissen verlangt. Ich begehre, alle Gestalten meines Wesens erschöpfen zu können. Sobald eine Geschichte zu Ende erzählt und abgelegt ist, so geschieht das gleiche mit einer weiteren Maske, einer weiteren Lust, einem weiteren Traum. Eines Tags wird das Gebäude namens Scheherazade leer sein, und ich werde das Antlitz Allahs erblicken.«

Scheherazade hielt inne.

»Bei Allah!« rief Hürü aus. »Ist es wahrhaft so? Kann man wirklich Sein Gesicht erblicken, indem man alle Gesichter anlegt und auslebt?«

18
Die irdische Ehe

Hürü heiratet Selim den Grimmigen, Sultan der Osmanen

Noch bevor Scheherazade antworten konnte, hatte Kampfer die Türen zur Bibliothek aufgerissen. Und herein schritt Schahriyar, in Schweiß gebadet, den roten Bart ungekämmt, den schwarzen Turban schief auf dem Haupt. »Rufe die Mädchen zusammen«, stieß keuchend der Große Kalif hervor. »Wir müssen euch alle an einen sicheren Ort bringen ... wenn es noch einen sicheren Ort gibt.«

»Ich kann jetzt hier nicht fort!« rief Scheherazade und deutete auf ihren Arbeitstisch. »Du weißt, meine Arbeit ...«

»Selim der Grimmige«, erwiderte Schahriyar, »hat gerade Aleppo eingenommen. Er vernichtete die Mamelucken noch vor den Toren der Stadt. Und der Große Mameluck selbst liegt tot auf dem Schlachtfeld. Wie es scheint, war der Große Alte Mann so mitgenommen, daß sein Herz versagte.«

»Demnach ist Al-Ghawri also tot!« rief Scheherazade aus. »Der arme Sünder!«

»Handelt es sich um denselben Großtürken«, wollte Hürü wissen, »der Schahriyar am Zwickel hatte?«

Nachdem er Hürü einen unheilvollen Blick zugeworfen hatte, wandte sich Schahriyar wieder seiner Frau zu, als habe Hürü nicht gesprochen. Und Hürü wünschte, sie hätte nichts gesagt.

»Wisse«, teilte er Scheherazade mit, »Selim marschiert. Zur Stunde nimmt er Damaskus. Ein Bote kam gerade geritten, der mir ausrichtete, daß Selim der Grimmige mich so bald als möglich in Damaskus zu sprechen wünscht. Dies, Scheherazade, könnte unser letzter Abschied sein.«

»Schahriyar!« rief Scheherazade aus. »Ich werde dich begleiten! Welch Schicksal auch immer Selim über dich verhängen wird, ich werde es mit dir teilen.«

»Aber deine Arbeit ...«

»Zur Hölle mit meiner Arbeit!« schrie Scheherazade und warf die Arme um Schahriyar.

Der Herrscher mit dem wankenden Thron nahm die Hände seiner ihm entfremdeten Gattin in die seinen, die wie Pranken wirkten. Die beiden ließen sich nebeneinander nieder, den Blick fest in die Augen des anderen gerichtet – als gewährte ihnen die Zeit einen Augenblick der inneren Ruhe.

»Du mußt leben, Scheherazade«, sagte der Kalif. »Ich selbst habe nie herausgefunden, was mein Herz wirklich begehrt. Ich habe nie etwas geschaffen, das sowohl von *Reiz* für mich wie von *Nutzen* für andere war. Dir aber ist das gelungen. Ich weiß, daß ich dich zu oft ob deiner Arbeit geneckt habe, darob, daß du dein Leben an vergnügliche Lügen verschwendest. Und doch habe ich dich auch für deine Zielstrebigkeit zärtlich geliebt und bewundert. Lebe, Scheherazade, und laß deine Mühen Früchte tragen.«

»Ich werde dich dennoch begleiten«, beharrte Scheherazade.

»Gebrauche deine Vernunft«, sagte Schahriyar. »Viele Dinge sprechen dafür, daß mein Leben verwirkt ist.«

»Nicht unbedingt«, warf Hürü mit vor Aufregung hoher Stimme dazwischen, da sie nicht länger an sich halten konnte. »Wie es sich trifft, kenne ich Selim recht gut. Er ist keineswegs immer unberechenbar grausam, und für gewöhnlich liegen Sinn und Verstand seiner Grausamkeit zugrunde.«

»Ist *es* ein Mädchen oder ein Knabe?« sagte Schahriyar verächtlich. »Und wovon schwatzt *es*?«

»*Sie*«, erwiderte Scheherazade mit Betonung, »ist eine alte Freundin Selims, wie es sich trifft. Und *ihr* Name ist Hürü. Sie hat sich, wie man sehen kann, in männliche Gewänder hüllen müssen, denn sie ist gereist. Und nur so ist es ihr gelungen, an Körper und Seele unversehrt in Bagdad anzulangen, unbehelligt von raubgierigen

Mistköpfen. Und nun bietet Hürü dir ihre Kenntnis Selims an. Wenn sie sagt, daß Selim nicht immer unberechenbar grausam ist, so ist diese Aussage zu unserem Vorteil. Nutze sie.«

»Vielleicht könnte ich ja behilflich sein«, sagte Hürü. »Und in der Tat würde ich es gerne versuchen.«

Schahriyar stöhnte.

»Manchmal«, sagte Scheherazade, »muß man sein Vertrauen in schwächere Werkzeuge setzen.«

Sobald er überredet war, Scheherazade und Hürü in sein Gefolge aufzunehmen, begab sich Schahriyar hastig in seinen Palast, um sich angemessene Gewänder anzulegen für den so gefürchteten Empfang durch Selim und um nachzusehen, ob ihm ausreichend Vollblüter in seinen Ställen zur Verfügung standen. Niemand in seinem Gefolge würde irgendeine Schindmähre reiten, wenn es sich vermeiden ließe. Er wollte Selim beeindrucken. Nun, da Selim der Grimmige damit begonnen hatte, die Herrschaft der Mameluken zu brechen, könnte es sein, daß es ihm genehm erschien, Schahriyar als Vasallen-Prinz von ganz Arabien beizubehalten. Und warum auch nicht? Es gab keinen anderen arabischen Prinzen mit einem rechtmäßigeren Anspruch. Natürlich war es gefährlich, ein Vasall Selims zu sein, doch es gab ja wohl keine Möglichkeit, in dieser Welt voranzukommen, ohne daß man seinen Kopf mit aufs Spiel setzte. Indes, er fürchtete, daß er den Ansprüchen nicht genügen würde. Schahriyar verfügte nicht über die geringsten Mittel, die Bagdad einen erhabenen Untergang beschert hätten. Es gab kein Heer, das sich Selim hätte entgegenstellen können. Bagdad mußte untergehen mit dem Wimmern einer jungen Katze.

In der Zwischenzeit hatte Scheherazade ihre abbasidischen Truhen von neuem geöffnet, die mit Gewändern aus der Vergangenheit vollgestopft waren. Bei hellem Tageslicht sah abbasidischer Samt, verknittert und abgeschabt, nicht unbedingt prächtig aus.

»Bei Allah!« sagte Scheherazade. »Ich habe nichts anzuziehen.«

Seufzend kleidete sie sich in ein weißes Untergewand, das die Flecken aufwies, die unerklärlicherweise die schönste Kleidung befallen, sobald sie in Truhen weggeschlossen wird. Über das weiße Gewand zog sie ein Kleid aus schwarzem Samt, das mit echtem Gold bestickt war, auch wenn die Stickerei schon zu bröseln angefangen hatte und aussah, als wolle sie die einzelnen Ornamente wie durch einen Windstoß überallhin verteilen. Auf ihr wunderschönes, wallendes, braunes Haar setzte sie ein Diadem aus Smaragden.

»Eine Kopie aus Glas«, erläuterte sie Hürü. »Die echten Edelsteine wurden schon vor langer Zeit verkauft.«

Nachdem sie sich so sorgfältig eingekleidet hatte, verhüllte Scheherazade die ganze schäbig-königliche Pracht mit einem schwarzen losen Tuch, das ihre gesamte Gestalt bedeckte. Ihre schönen Gesichtszüge wurden von einem Schleier aus schwarzem Musselin verdeckt, der ihr bis zur Hüfte reichte.

»Nun seht Ihr aus wie die Braut des Todes«, bemerkte Hürü.

»Und ich fühle mich auch so«, erwiderte Scheherazade mit einem weiteren Seufzer. »Und nun wähle du dir etwas aus den Truhen. Oder willst du als Straßenjunge reisen?«

»Die Zeit ist gekommen, mich in weibliche Kleidung zu hüllen«, sagte Hürü. »Selim wird mich wohl erkennen. Aber er wird mich doch nicht, wenn er sieht, daß ich ein Mädchen bin, augenblicklich gräßlich bestrafen?«

»Das weißt nur du«, erwiderte Scheherazade. »Ich kenne den Mann nicht. Und du solltest dich nicht auf solch eine grausame Gefahr einlassen ... nicht für uns. Vielleicht solltest du nicht mitkommen, Hürü. Letzten Endes ist Bagdad nicht deine Sorge.«

»Doch Selim«, sagte Hürü, »ist meine Sorge. Er muß mein Gesicht sehen und wiedererkennen.«

Hürü entnahm Scheherazades Truhen seidene Pluderhosen in der Farbe des Himmels, eine Bluse aus Musselin, so fein wie Spinnweben, und eine kurze Weste aus schwarzem Samt, die mit goldenen Paradiesvögeln bestickt war, zweifellos ein Werk Safiyes, der Himmelswölfin, das sie vielleicht vor über sechs Jahrhunderten für eine ihrer Töchter gefertigt hatte. Eine große Trauer füllte Hürüs

Herz: Wie traurig es doch war, daß ein fadenscheiniges bißchen Stickerei die kräftige Schönheit überlebt, die sie geschaffen hat.

»Du denkst«, erriet Scheherazade, »an deine Frau.«

»Ja«, erwiderte Hürü. »Und daran, welche Schönheit sie war. Würdet Ihr gerne ein vollkommenes Ebenbild von Safiye, der Himmelswölfin, sehen?«

»Bei Allah, ja«, sagte Scheherazade voller Neugier.

Hürü entnahm einem ihrer Stiefel die Goldene Dame, die Selim aus dem innersten Begehren seines Herzens heraus gehämmert hatte. Der arme Selim. Nie wird er die Frau seiner Träume wahrhaftig erblicken. Sie war seit sechs Jahrhunderten tot. Welche Wesensart Selims es doch war, das Unmögliche zu begehren!

»Betörend«, sagte Scheherazade, als sie das goldene Abbild zurückreichte.

Und während Hürü das Medaillon wieder in ihrem Stiefel verbarg, holte Scheherazade drei kostbare Leichentücher aus einer anderen Truhe, eines für sich, eines für ihren Gatten und eines, bei Allah dem Erbarmer, für die junge Hürü.

»Warum so verzagt?« fragte Hürü.

»Ein arabischer Brauch«, erwiderte Scheherazade mit einem Schulterzucken. »Und abgesehen davon habe ich mich noch nie zuvor auf eine Reise begeben. Wer weiß. Vielleicht müssen uns andere Reisende begraben. Da ist es besser, wenn wir unser eigenes Grablinnen dabeihaben.«

Schahriyar kam mit einer kleinen Gefolgschaft vor das Tor geritten, mit Nahrung für die Reise und zwei reiterlosen arabischen Vollblütern, der eine kastanienbraun, der andere schwarz. Scheherazade würde selbstverständlich das schwarze Pferd nehmen. Und als Schahriyar Hürü anbot, ihr beim Aufsitzen behilflich zu sein, bemerkte sie den kunstvoll gestopften Flecken auf seinem schwarzen abbasidischen Gewand. Sie war derart gerührt, daß sie seine Hilfe annahm. Und auch ihr traten die Tränen in die Augen, als sie zusah, wie beide Eltern von den vier kleinen Mädchen Abschied nahmen, und sie sich der Abreise ihrer eigenen Eltern entsann – die für immer war, wie sich herausstellte. Die vier kleinen Mädchen schluchzten an Kampfers mächtiger Brust.

»Behüte dich wohl, Kampfer«, sagte Scheherazade. »Und vergiß nicht, Dunjazade zu rufen, sollte jemand krank werden. Allah segne euch alle und bewahre und schütze euch.«

Freudlos wie ein Begräbniszug machten sie sich auf den Weg nach Damaskus. Hürü ihrerseits sah mit einer gewissen Verzagtheit dem Treffen mit Selim entgegen. Ihre weiblichen Gewänder könnten unter Umständen die zuvorkommendere Seite in Selims Natur ansprechen, welche, selbst wenn sie nicht wahr und tief war, zumindest ihre Wurzeln in seiner Vorliebe für ritterliche Romanzen hatte. Und abgesehen davon, könne man doch annehmen, daß bei all dem Ruhm, der ihn nun krönte, es nicht länger ein Anliegen Selims sein könne, sich an dem Kahlen Knaben zu rächen. Auch sie mußte fest an Selims gute Seiten glauben. Denn schließlich vertrauten ihre Freunde aus Bagdad auf dieser gefahrvollen Reise sogar ihr, die sie zu ihren historischen Feinden zählte.

Und wie sie so über Scheherazades Befürchtungen um den Kampf zwischen den Geschlechtern nachsann, entschied Hürü nun, daß schon aus Notwendigkeit das Mitgefühl beim weiblichen Teil der Menschheit beginnen mußte. Scheherazades Leben war, belastet von Erfolgen wie Mißerfolgen, ein leuchtendes Beispiel für die Möglichkeit, sich selbst zu erschaffen. Warum also sollte sie, Hürü, Selim als lächerliche Überzeichnung eines orientalischen Herrschers in die Geschichte verweisen? Sie mußte Selim von seinem Frauenhaß ebenso befreien wie von seinem Menschenhaß. Sie durfte nicht zulassen, daß Selim als ein Kriegsfürst lebte und starb, der niemals den Wert menschlicher Hoffnung und menschlicher Verzweiflung kennengelernt hatte. Irgend jemand mußte, einem Wunder gleich, alle Farben des Regenbogens in seiner schwarzen und weißen Welt erstrahlen lassen; irgend jemand mußte zu seinen *unterscheidungsfähigen* Augen werden. Ganz offensichtlich hatte Hürü bereits sich selbst für diese Aufgabe erkoren, auch wenn sie noch über keinen klugen Plan verfügte, wie sie sie angehen sollte.

Doch wie sollte sie Schahriyars Leben retten? Seid gnädig zu Schahriyar, würde sie zu Selim sagen, denn dieser Mann ernährte und unterstützte die Frau, die das Buch schrieb, welches als Krone der verlorenen Herrlichkeit Bagdads gilt. Ja, sie würde um Schahriyars Leben flehen, nicht weil er der Vater von sieben Kindern war, die ihn erwarteten, sondern weil er der Schutzherr der Literatur war. Und aller Wahrscheinlichkeit nach war Selim letzten Endes doch unfähig, die Kunst als solche zu mißachten.

Sie ritten gen Westen durch die Wüste von Badiyat-ash-Sham, die vom Schirokko versengt wird, der den Sand aufwirbelt und die Reisenden zwang, sich in Mohairzelten zusammenzukauern und abzuwarten, bis die schlimmsten Stürme vorüber waren, und wo in der Nacht das Wasser in den Tierblasen Eiskristalle bildete. Von Sandflöhen zerbissen, jegliche Körperöffnung mit Sand gefüllt, konnte Hürü nun verstehen, warum die seßhaften Araber es haßten zu reisen. Es war schlicht kein Vergnügen. Und jeden Morgen hieß es wieder aufsitzen und westwärts weiterziehen.

Als sie sich schon nahe an Damaskus glaubten, wurden sie gewahr, daß es nicht der Wind war, der den Sand aufwirbelte, sondern die mannigfachen Heerscharen Selims des Grimmigen. Die Heere flogen dahin wie der Wind. Unverzagt vor dem Wagnis, solch unbekanntes und feindliches Gebiet zu durchqueren, bewegte sich diese große Kriegsmaschine mit erstaunlicher Geschwindigkeit, sobald die Trommeln erschallten, niemals aus dem Tritt, niemals anhaltend, in einem Willen vereint in ihrer steten Bereitschaft zur Schlacht. Und da es keiner schweren Geschütze bedurfte, die schlecht befestigten Wüstenstädte einzunehmen, konnten Selims Heere mit leichten Waffen zu Felde ziehen; in einer Nacht konnten sie die Strecke zurücklegen, für die beispielsweise ein christliches Heer drei Tage und drei Nächte gebraucht hätte.

Da Schahriyar und sein Gefolge sich ebenfalls vorwärtsbewegten, konnte Hürü schon bald in der blassen Ferne den Zug von Selims berittener Brigade ausmachen, der sich wie eine prachtvolle Schlange durch die Dünen wand.

»Bei Allah dem Erbarmer!« rief Schahriyar aus und verengte die Augen unter der Hand, die er sich schattenspendend an die Stirn gelegt hatte. »Ist dies ein menschliches Heer? Oder sind es die Hüter der Hölle?«

Er erklärte sich die Sachlage damit, daß Selim offensichtlich in Damaskus die Geduld verloren hatte und voller Begier war, Bagdad zu erreichen, die krönende Frucht auf dem sandigen Wüstenkuchen, den zu verschlingen Selim kaum noch erwarten konnte. Voller Vorsicht ließ Schahriyar die eigene Fahne hissen und, um die Sache abzurunden, eine weiße noch dazu. Er trieb sein Gefolge zur Eile an; man dürfe diesen Kerl nicht warten lassen. Und daß auch ja niemand sich wie ein Narr benehme oder wie ein solcher spreche!

Als sie auf Selims Vorhut trafen, dessen Aufgabe es war, wie man Hürü einst gelehrt hatte, das Gelände für einen geplanten Angriff zu öffnen, konnte Hürü der Versuchung nicht widerstehen, sich ihrer Muttersprache zu bedienen.

»Allah sei mit Euch, guter Bruder Akinci«, sagte sie zu dem Hauptmann und war erstaunt, wie wohl sich der Fluß ihrer Sprache auf der Zunge anfühlte. »Wie kommt Ihr mit der Eroberung voran?«

»Mit Sand in jeder Ritze, Schwester«, erwiderte der Hauptmann der Akincis. »Doch der Feind ist nichts als ein Nest von Läusen.«

Hürü war froh, daß Schahriyar sie nicht verstand; sich selbst als Laus beschrieben zu hören, hätte Schahriyars Gefühle verletzen können. Doch Scheherazade, die über genügend Kenntnisse der türkischen Sprache verfügte, um ein einfaches Gespräch zu führen, stöhnte unter ihrem Schleier. Es war erstaunlich, daß die arabischen Edelleute unter der Knechtschaft ihrer fremden Herrscher sich nie die Mühe gemacht hatten, die maßgebende Sprache zu erlernen. Schahriyar wußte nicht mehr über das türkische Denken und das türkische Wesen als das, was direkt in seine eigene Sprache zu übertragen war; ihm war die kulturelle Logik vollkommen unbekannt, welche der Beziehung von Hauptwort und Tuwort entspringt. Selim andererseits verfügte über umfassende Kenntnisse der Sprachen sowie der Sitten und Aberglauben der Völker, welche er zu beherrschen trachtete, und er unterschätzte niemals die Bedeutung auch nur des geringsten Zeichens. Auch Scheherazade unterschätzte niemals die Geheimnisse der Sprache. Da sie von einer türkischen Amme erzogen worden war, kannte sie die Märchen und Erzählungen aus dem Herzen Asiens in ihren ursprünglichen Fassungen, und mit ihrem Einfühlungsvermögen erschloß sie sich die Wurzeln, aus denen diese Geschichten sprossen. Auch Scheherazade zählte zu den Menschen, die sich bewußt auf ihr Schicksal vorbereitet hatten.

Sobald sie über Schahriyars Auftrag in Kenntnis gesetzt waren, begleitete die berittene Vorhut die Reisenden zum Sultan, der seinem Heer voranritt, umgeben von der ehrfurchtserregenden Musik der Mehter, der größten und der ersten Militärkapelle in der bekannten Welt. Die Heere Europas würden wie eben flügge gewordene Vögel vor diesem Klang fliehen.

»Bei Allah!« wiederholte Schahriyar sich. »Diese Musik erweckt wahrlich Furcht und Schrecken in der Brust eines Mannes. Der arme alte Al-Ghawri hatte weniger Aussicht auf Erfolg als ein Bettler, über Nacht reich zu werden! Allah sei gepriesen, daß unsereins nicht gezwungen ist, all dies zu bekämpfen! In meinem Alter würde mich der Schlag treffen!«

Auch Hürüs Herz klopfte ihr bis in den Hals in Erwartung der Dinge, aber auch mit einem ganz besonderen und merkwürdigen Stolz. Sogar mit Sehnsucht nach der Vergangenheit. Bevor Scheherazade ihre Schleier noch enger um sich schlang, nahm Hürü wahr, daß die Blässe dieser großen Dame sich vertiefte beim Anblick der Wölfin, die sofort auf sie alle zusprang, da sie den Geruch Hürüs wiedererkannte, allerdings ohne Freude zu zeigen. Hürüs Pferd, erschreckt von dem wölfischen Schnuppern an seinen Genitalien, bäumte sich auf. Hürü hielt sich mit letzter Kraft am Nacken ihrer zitternden Mähre fest und versuchte mit Zungengeschnalze beide Tiere zu besänftigen. Schließlich ließ die Wölfin sich endlich nieder und ließ erkennen, daß sie gezähmt war.

»Du bist ein wunderbares Mädchen«, log Hürü der Wölfin vor.

»Ho!« rief Selim und brachte seinen schaumbedeckten weißen Hengst damit augenblicklich zum Stehen.

Die Truppen hinter Selim kamen so urplötzlich zum Stillstand, als bildeten Zehntausende von Männern nur einen einzigen Muskel. In der gesammelten Stille, die sich über die Wüste legte, konnte man das Rieseln der Sandkörner vernehmen. Nun, da die Wölfin Selims Blick auf sie gelenkt hatte, wurde Hürü von diesen raubvogelartigen grauen Augen durchdringend gemustert, deren ganz genaue Blickrichtung man niemals wirklich angeben konnte.

»Bei Allah, meine Gebieterin!« stieß Selim keuchend hervor. »Ihr seid es!«

»So ist es«, erwiderte Hürü.

Der Sultan saß so plötzlich ab, daß Schahriyar gezwungen war, ihm mit der Geschwindigkeit eines fallenden Steins zu folgen. Selim schritt auf Hürü zu und reckte ihr die Hand entgegen, ihr beim Absitzen zu helfen. Doch Hürü war keineswegs bereit, sich auf die Hand eines Sultans zu verlassen; statt dessen lehnte sie sich in ihrem Sattel vor und schüttelte Selims hingestreckte Hand.

»Und dies hier«, sagte sie auf arabisch, »sind meine guten Beschützer, Schahriyar und Scheherazade aus Bagdad. Sie sind den weiten Weg hergekommen, um Euch die Schlüssel der Stadt zu überreichen.«

»Wohlgetan«, sprach Selim und nickte dem königlichen Paar zu. »Nun müssen wir unsere Zeit nicht mehr in Bagdad vergeuden. Wir werden uns ohne Umweg nach Jerusalem aufmachen. Doch zuerst«, fuhr er fort und wechselte ins Türkische über, »werde ich mich mit Euch betten, meine flüchtige Gebieterin.«

»Ohne Hochzeit«, sagte Hürü, »keine Bettzeit.«

»Dann werde ich das Aufgebot bestellen«, erwiderte er.

»Euch heiraten?« sagte Hürü. »An einem Ort wie diesem?«

»Man sagt«, sprach Selim, »daß für den Liebenden die Wüste zu Bagdad wird.«

»Die gleichen Menschen raten ab, der Geliebten gegenüber Bagdad zu erwähnen.«

»Dann werden wir Bagdad wieder zum Blühen bringen, damit nie wieder ein Liebender darob Tränen vergießen muß.«

»Kein Liebender hat je eine Träne vergossen«, sagte Hürü, »weil Bagdad darnieder liegt.«

»Warum dann?« fragte Selim, dem das Gespräch übermäßiges Vergnügen bereitete.

»Ihr wißt sehr wohl, warum«, sagte sie. »Die Liebe richtet zugrunde.«

»Nicht die meine!« rief Selim nun ganz von sich überzeugt aus. »Meine Liebe hat mir der Himmel geschickt. Mir wurde Euer Ebenbild gesandt, als ich das salzige Wasser einer Lagune in einem kleinen Wald kostete. Und während Euer Gesicht in den Kreisen des Wassers schimmerte, dachte ich, daß Ihr meine dämonische Geliebte sein müßtet; Ihr entschwandet meinem Blick und verführtet mich, nach Euch zu suchen. Doch zur damaligen Zeit konnte ich mich nicht dem salzigen Geschmack der Liebe widmen. Und dennoch hat Euer Ebenbild mich stets begleitet und der faden Alltäglichkeit einen köstlichen Geschmack verliehen. Und so stellt Euch meine Freude vor, Euch in der Wüste wiederzufinden, nicht nur als Menschentochter, sondern auch als Edelfrau meines eigenen Volkes.«

Es war also nicht der Kahle Knabe, den Selim in Hürü wiedererkannte; er war auf das Abbild einer Vorstellung seines Geistes gestoßen, das jener vollkommenen Frau, deren formvollendete Schönheit er in ein Stückchen Gold getrieben hatte, welches zur gleichen Zeit an Hürüs Ferse haftete. Niemanden sollte das Unglück treffen, die Vorstellung der Vollkommenheit eines anderen darzustellen.

»Was läßt Euch denken, daß ich Euch zum Manne nehme?« fragte Hürü. »Es könnte sich erweisen, daß ich bereits verheiratet bin. Habt Ihr das bedacht?«

»Seid Ihr es?« fragte Selim zurück, dessen Brauen sich augenblicklich bedrohlich zusammenzogen. »Um des Lebens dessen willen, dem Ihr Euch versprochen haben mögt, hoffe ich doch, daß dem nicht so ist! Niemand soll es wagen, sich mir in den Weg zu stellen!«

»Sehr Ihr?« erwiderte Hürü. »Wie schnell Ihr doch mit Drohungen bei der Hand seid! Wenn Ihr mich so liebtet, wie Ihr vorgebt, mit einer Liebe, die vom Himmel gesandt ward und so fort, würdet Ihr dann daran denken können, jemanden ins Unglück zu stürzen, dem ich mich vor Allah versprochen habe?«

»Nun«, sprach Selim, »die Truppen warten. Seid Ihr verheiratet?«

»In der Tat«, erwiderte Hürü, »das bin ich.«

»Die Angelegenheit entwickelt sich zu einer Qual«, sprach Selim. »Und ich schätze Qualen der Liebe nicht im geringsten. Wer ist die Laus, die Ihr geheiratet habt?«

»Meine wunderschöne Ehefrau«, sagte Hürü, »schloß sich vor rund fünf Jahrhunderten der Mehrheit menschlicher Seelen an. Ich bin, was man wohl einen geschichtlichen Witwer nennen könnte.«

»Ihr liebt es zu scherzen, wie ich sehe«, sagte Selim und lachte ohne große Überzeugungskraft. »Wie sich herausstellt, schätze ich Witz bei einer Frau.«

»Aber ich spreche die Wahrheit«, sagte Hürü und zog sich den einen Stiefel aus. »Laßt mich Euch ein Bild meiner Gattin zeigen, welches ich im Futter meines Stiefels trage. Hier. Meine Gattin war nicht nur ein König, sie war auch eine große Schönheit.«

»Das gehört mir!« rief Selim aus und riß das Amulett an sich. »Meine Gebieterin!«

»Das ist nicht richtig«, erwiderte Hürü. »Sie war meine Ehefrau.«

»Aber ich habe sie gefertigt!« sprach Selim. »Und ich habe sie verloren.«

»Doch ich habe sie geheiratet«, gab Hürü nicht nach. »Ist das nicht, als ob man von einem Esel getreten wird? Aber so ist wohl das Leben!«

»Ich geb's auf«, erwiderte Selim und reichte ihr das Amulett zurück. »Ihr müßt Euch selbst geheiratet haben. Eine andere Erklärung gibt es nicht.«

Schahriyar, der kein einziges Wort verstand, trat von einem Fuß auf den anderen. Doch Scheherazade hatte ihren Schleier zurückgeworfen; ihre leuchtenden Augen verfolgten den Zweikampf der Worte, entzückt von den Offenbarungen, daß die Zeit Knospen trieb, blühte und kurz davor stand, Früchte zu tragen – Scheherazades Gegenwart konnte die Dinge noch zum Guten wenden. Vielleicht war das Schreiben wirklich ein Zauber. Vielleicht vermochte Scheherazade gar die Sternbilder zu verrücken, wenn es zum Wohle der Liebe, der Beständigkeit und der Wahrheit war. Überließe man sie Hürü, so könnte die Liebe in der Wüste stärker ausbleichen als ein gehörnter Schädel. Hürü war es ohne weiteres zuzutrauen, daß sie Selims Liebe und Ernsthaftigkeit von sich wies, so wie sie ihn zur Zeit quälte, mit einem erschreckenden Mangel an Menschlichkeit. Doch wie die Verderbnis des Augenblicks überwinden? Ein grausames und kaltes Kind fragt ein anderes grausames und kaltes Kind: Willst du mich heiraten? Irgend jemand mußte den Kindern diesen Augenblick aus den Händen nehmen und sie davor bewahren, die Liebe zu verhöhnen, Schlag für Schlag, Lüge für Lüge.

Auch Selim schien die magische Anziehungskraft zu spüren, die von der Herrin ausging, die auf dem schwarzen Pferd saß, den Schleier von ihrem blassen Gesicht zurückgeschlagen, die schwermütigen braunen Augen leuchtend vor Verstand. Er schritt auf Scheherazade zu und legte die Stirn auf ihren Sattel wie ein Bittsteller.

»Sprecht für mich, Herrin Scheherazade«, sprach er. »Ich allein kann dies grausame Mädchen nicht für mich gewinnen.«

»Und doch nennt man Euch Selim den Grimmigen«, sagte Scheherazade.

»Es ist wahr«, sprach Selim, den Kopf gebeugt.

»Um sich mit Euch messen zu können«, fuhr Scheherazade fort, »muß Hürü zweimal so grimmig sein.«

»Hürü?« sprach Selim, als der Name in sein Bewußtsein sank. »Hürü!« rief er aus. »Hürü«, flüsterte er.

»Hier bin ich«, sagte sie, »mein Schlafender Prinz.«

»Ich werde Euch keine Fragen stellen, Hürü«, sprach Selim, der augenblicklich in purpurfarbene, blütenreiche persische Sprachwendungen verfallen war, »weder Euer Name noch Euer Mund noch Euer strenger Witz sind die derjenigen, deren Spiegelbild in die Lagune fiel. Meine Lippen auf ihrem kalten, salzigen Munde, hatte ich sie nie zuvor wahrgenommen noch hatte ich sie in meinen Träumen wiederkehren sehen. Indes, sie war wirklich. Sie war wirklich. Vielleicht hat sie mit Szepter und Krone vor langer Zeit einmal gelebt und ist nun wiedererstanden, gestorben am Geheimnis zwischen Euch und mir, Hürü, an einem Versprechen, das gegeben ward, bevor wir geboren waren, einem Versprechen ihrerseits, die sie uns beide berührte, in Erinnerung an ihre Augen, in die wir beide geblickt haben, ihre Lippen, die wir beide geküßt haben, ihren Namen, den wir beide niemals wußten. Sie wurde zu Euch. Und Ihr wurdet sie.

Ich werde warten, bis zu sprechen es Euch genehm ist«, fuhr er fort. »Schweigt Ihr, so werde ich Eure Entscheidung achten. Wollt Ihr mir das Herz brechen, so gehört es Euch, brecht es! Ich werde meine Heere sammeln und von dannen ziehen, ohne Euch oder Euren Freunden im Wege zu stehen. Solltet Ihr mich heiraten, so werde ich beständig und treu sein, ohne die Ehre jener Gelöbnisse anzutasten, die Ihr selbst abgegeben habt. Dies schwöre ich bei Allah und meiner Ehre als der Sultan der Osmanen, auch wenn Ihr Euch, wie ich weiß, als schwierige Gattin erweisen solltet. Ich wage meine Männlichkeit, meine Herrschaft, mein Leben. Mein Körper und mein Ruhm, mein Herz und mein Gut, all dies ist Euer zu handhaben oder zu mißhandeln, zu retten oder zu vergeuden, zu besitzen, zu behalten, zu bestimmen wie es Euer Wille ist, solange ich lebe und selbst nach meinem Tode.«

»Enttäusche mich jetzt nicht, Hürü!« rief Scheherazade. »Sei ihm ebenbürtig!«

»Ich kann es nicht mit dieser hübschen Rede aufnehmen«, sagte Hürü. »Ich bin nur eine ungebildete Musikantin. Doch ich kann es mit seiner Leidenschaftlichkeit aufnehmen! Selim!« rief sie, »ich will dich als meinen Gatten, da komme Hölle oder Sintflut!«

»Ah, in der Hauptsache Sintflut also!« stieß Selim unter Gelächter nun wieder in Türkisch hervor. »Weil ich dir verspreche, daß ich dich mit mehr überfluten werde, als Noah je Wasser befahren hat, mehr Samen, als die Frauen der Erde je erhalten und deren Männer je vergossen haben, mehr Zeugungskraft, als Allah je beabsichtigte oder die Heiligen je glaubten! Ich werde dich keuchen lassen in Meeren!«

»Und ich werde es alles nehmen«, sagte Hürü, »und um mehr bitten.«

»Schnell!« rief Selim seinen Adjutanten zu. »Holt den Imam, bevor ich an diesem Übermaß sterbe!«

19
Brautzeit und Verrat

Selim kann nicht gezähmt werden,
Scheherzade kann nicht vertraut werden

Scheherazade und Schahriyar begleiteten die Frischvermählten bis nach Jerusalem. Dann nach Bethlehem und nach Gaza. Das Land der Propheten, das über Jahrhunderte Kreuzritter verschluckt hatte, war nun Selims. Überall feierten geschmückte Städte mit weitgeöffneten Toren Selim als ihren Erlöser von den gehaßten Mameluk-ken. Und er wirkte in der Tat wie ein Erlöser, nicht nur weil seine wahre Ehefrau nun neben ihm ritt, sondern auch weil seine unmäßige Wut, die Persien verschlungen hatte, sich wundersamerweise gelegt hatte. Geschichtlich gesprochen, erwies Selim sich als dem Versprechen treu, das er Hürü gegeben hatte: Gewinnst du, lasse ich gegenüber den Arabern Gnade walten. Kein sinnloses Töten mehr.

Sultan Selim verkörperte auf seinem langmähnigen milchweißen Hengst in jeder Weise eine huldvolle Gestalt. In Jerusalem pilgerte er zu den Gräbern der jüdischen Propheten und zum Heiligen Fels des Abraham. Doch damit nicht genug, die Ehrfurcht, von welcher Selim auf dieser Pilgerfahrt erfüllt ward, war so tief und wahr, daß selbst die jüdischen Bewohner der Stadt nicht anders konnten, als sich zu ihm hingezogen zu fühlen. Er behandelte die arabischen Fürsten nur dem Namen nach wie Vasallen und bat sie, um seinetwegen, jene freizulassen, die in den Kerkern schmachteten, sowie den Handel mit tscherkessischen Sklaven einzustellen. Es geziemt sich für uns gute Muslime, so teilte er ihnen mit, den Juden und Christen gegenüber Verständnis und Duldsamkeit zu zeigen.

»Laßt uns das Heilige Land allen Pilgern öffnen«, schlug er seinen

Scheichs vor. »Wie steht Ihr dazu? Wenn das Heilige Land allen Völkern des Buchs der Bücher gehört, so können wir uns nicht rechtens zwischen die Suchenden und das Gesuchte stellen. Laßt uns der Welt unsere Barmherzigkeit vor Augen führen.«

Und so geschah es, daß Selim die Steuern, Tarife und Gebühren, die Pilger in Jerusalem zahlen mußten, auf ein Mindestmaß ermäßigte. Er trat für die Freudlosen, die Vernachlässigten, die Kranken und die Alten, die Entrechteten, die Enttäuschten und die wenig Liebenswerten ein. Niemals hatten die Araber je einen milderen Eroberer erlebt als Selim den Willensstarken. Es ist wahr! Nicht Selim der Grimmige. Der Willensstarke.

Nicht alles war allerdings ganz so friedvoll, wie es schien. Ein verstimmter und entrechteter Mann reiste mit Selim. Sein Name lautete Schahriyar. Selim, dessen raubvogelartigem Blick nichts entging, war sich Schahriyars Enttäuschung bewußt. Und doch unternahm er nichts, um dem Kummer des Mannes abzuhelfen. Selim schätzte es, jemanden um sich zu haben, den er schmähen konnte. Schahriyar zu verhöhnen, bereitete Selim Vergnügen.

War es wirklich so undenkbar, daß Selim Schahriyar ein wahrer Freund geworden wäre? Es war nicht undenkbar, und dennoch geschah es nicht. Selim berief augenblicklich einen Türken zum Statthalter Arabiens, einen Prinzen namens Tuman. Schahriyars Rat wurde nicht eingeholt. Selim hielt viel auf Scheherazade, doch ihren Gatten nahm er nur leichthin zur Kenntnis, als sei Schahriyar ein Tölpel, der nur geduldet ward, weil er sich im Gefolge einer ungewöhnlich begabten Herrin befand. Er weigerte sich, Schahriyars wahres Wesen wahrzunehmen: daß er ein guter Verwalter einer Dynastie, eines Reiches, einer Kultur war. Er hatte bereits bewiesen, wie geschickt er mit wenig Hilfsmitteln walten konnte durch die Art, in welcher er sich sparsam und weise um das Wohl Bagdads verdient gemacht hatte. Doch ihm mangelte es an innerem Feuer, und Selim liebte große Auftritte, Überheblichkeit und Verwegenheit.

Und so geschah es, daß Selim Schahriyar stets und ständig bloßstellte. Er unterbrach dessen Ausführung mitten im Satz mit nichtigen Bemerkungen. Er erteilte Schahriyar Befehle in der Gegenwart anderer arabischer Fürsten. Er hielt sich im Umgang mit diesem Mann nicht an Sitten und Gebräuche, als sei Schahriyar niemand anderes als sein Kahler Knabe. Er pries die Gattin des Mannes zu sehr.

Hürü nahm an, daß Selim Schahriyar auf die Probe stellen wollte. Doch Schahriyar war nicht jemand, der sich auf einen Wink hin beweisen konnte. Er hielt seine Fähigkeit, zu eigenen Urteilen kommen zu können, für sein höchstes Gut und haßte es, sich den Ansprüchen anderer fügen zu müssen. Schahriyar wußte, daß Selim ihn für einen sechsbeinigen Esel hielt. Und ihm mißfiel das. Hürü warnte Selim: Warum Schahriyar solchermaßen das Gefühl von Ohnmacht geben?

»Weil ich sechsbeinige Esel hasse, die über Macht und Einfluß verfügen«, erwiderte Selim. »Gesellen wie Schahriyar leben in der Annahme, daß ihnen alles zusteht, nur weil sie hochwohlgeboren sind und einflußreiche Beziehungen haben. Der selbstgefällige Bastard! Laß ihn sich seine Stellung von Anfang an verdienen, wenn er das kann. Ich glaube nicht, daß er es kann.«

Es mußte einen Weg geben, der Schahriyar erlaubte, sich ehrenvoll aus den Diensten zurückzuziehen. Da Selim nur Achtung vor denen empfinden konnte, die die Frechheit besaßen, ihm zu widersprechen, und da Schahriyar nicht in der Lage war, eine eigene Fassung des Spiels als Kahler Knabe aufzuführen, war er es also nicht wert, als Statthalter Arabiens in die engere Wahl zu kommen. Jawohl, Selim wußte um Schahriyars heimlichen Ehrgeiz; er hielt ihn für äußerst spaßig.

»Ich würde Eure Gattin auf der Stelle zur Statthalterin Arabiens machen, Schahriyar«, sprach Selim und lachte brüllend. »Doch sie will diese Aufgabe nicht.«

Sie befanden sich in Akko, wo sie ein paar Tage im Sommerpalast des örtlichen Kalifen verbrachten. Selim wußte dem Leben am Meeresgestade wenig Vergnügen abzuringen – außer, indem er allen anderen das Leben schwer machte. Hürü war von denselben Gefühlen erfüllt, als hätte man ihr einen eisernen Kochtopf über den Schädel gezogen.

Scheherazade konnte sich unter dem Schutz ihrer Arbeit in ein ruhiges Gemach zurückziehen, wo sie die Geschichte des Prinzen Kamar-es-Zaman aus Persien und der Prinzessin Budur von China fortschrieb. Es handelte sich um das Märchen von einer Ehe, die im Himmel geschlossen wurde und der alle schwärmerischen Verzierungen mitgegeben waren: Der persische Prinz verliebte sich in das Bild einer Prinzessin, die ihm so ähnlich sieht, daß sie sein Zwilling sein mochte.

Hürü begab sich in die königlichen Gemächer, um über Scheherazades seltsames Märchen nachzusinnen. Während sie in dem verdunkelten Raum ruhte, vernahm sie, wie Selim im Innenhof Schahriyar zu einer Wildschweinjagd lud.

»Ich danke Euch, doch nein«, erwiderte Schahriyar verdrießlich. »Mir ist der Trieb, Blut zu vergießen, fremd.«

»Wohlan denn, sprecht!« höhnte Selim. »Was habt Ihr gegen ein Messen der Manneskraft einzuwenden, Schahriyar? Oder kann es angehen, daß Ihr Euch vor dem Wildschwein fürchtet?«

»Wartet auf mich!« hörte Hürü Scheherazade sagen. »Ich werde Euch begleiten.«

Wie gut ich meine Scheherazade doch kenne, dachte sich Hürü. Sie lenkt Selims Aufmerksamkeit von ihrem Gatten ab. Wie kunstvoll ihr doch diese Schachzüge gelingen, im Leben wie in der Fiktion. Und auf der Jagd würde Scheherazade dann Selim ganz nach Lust seines unechten Herzens beleidigen und ihn damit stärker noch als zuvor mit ihrer geheimnisvollen Macht über die Sprache in ihren Bann schlagen.

Der arbeitslose Kalif blieb am Strand zurück, wo er sich selbst das Schwimmen beibrachte. Im Umgang mit Selims Beleidigungen war es sein einziges Recht, Widerspruch zu erheben. Schahriyar nahm sich Kritik zu Herzen: Wurde er abgelehnt, so mußte Selim im Recht sein, ihn abzulehnen.

Als sie ihn so ungeschickt herumplanschen sah, ohne daß es ihn in der Weite des Mittelmeers auch nur ein wenig voranbrachte, brach Hürü fast das Herz vor Mitgefühl und einem tiefen Wiedererkennen. Auch Schahriyar wollte nichts, als einen Ausweg finden. Doch er verfügte über keinen Ort, an welchen er sich zurückziehen konnte. Selbst in die Kerker konnte er sich nicht begeben. Auch Köpfen konnte er sich nicht lassen. Er war, auf eine merkwürdige Art, Selims Gast auf dieser Welt. Und Schahriyars Kräfte wurden damit vergeudet, Selim zu widerstehen, nicht dessen höchstpersönlichem Machtbereich willenlos und rechtlos ausgeliefert zu sein. Sein Reich war dem bereits unterworfen. Es wäre ihm soviel lieber gewesen, Selims Vertrauen zu erringen – das eines Herrschers zum anderen –, doch Selim traute ihm nicht, weil er ihn für gleichwertig ansah. Hürü erkannte, daß sie sich in genau derselben Stellung zu Selim befand wie Schahriyar. Auch sie war unterworfen und einem Herrschaftsbereich angegliedert worden, und es gefiel ihr ganz und gar nicht.

Erst zwei Tage zuvor, während er weitere Posten und Stellungen an allerlei arabische Scheichs vergab, während eine Gruppe schmieriger Nichtskönner zusah, hatte Selim Schahriyar die Aufgabe eines Aufsehers über das Gefängnis in Bagdad angeboten.

»Wir verbrecherischen Gesellen«, hatte Selim Schahriyar vertraulich mitgeteilt, während letzterer Höllenqualen ausstand, »geben den Ton in den Gefängnissen dieser Welt an. Doch es seid Ihr, Schahriyar, und die anderen ehrlichen Gesellen, die das System aufrechterhalten. Ihr haltet jene, die sich Unserer Herrschaft widersetzen, hinter Schloß und Riegel.«

»Mit Verlaub, mein Gebieter«, erwiderte Schahriyar, der all jenes Wohlverhalten an den Tag legte, welches für solch eine Begebenheit vorgeschrieben ist, und den Saum von Selims Gewand küßte, »bitte ich darum, diese Ehre an mir vorübergehen zu lassen. Mein Gebieter, lieber sähe ich Bagdad niemals wieder, als der Gefängnisaufseher dortselbst zu sein.«

Auf, auf, setzt Euch gegen Selim zur Wehr! dachte sich Hürü.

Spuckt ihm ins Auge! Das ist es, was er mag und versteht! Ihr lag eine bitterböse Bemerkung zugunsten Schahriyars auf der Zunge. Doch dann fiel ihr Blick auf Scheherazades Gesicht, das weiß und grimmig war. Mit einer Handbewegung gab sie Hürü zu verstehen, daß sie schweigen solle: Schlage um Allahs Willen nicht Schahriyars Schlachten für ihn! Laß ihn in Ruhe!

Und so sprach Hürü kein Wort, bis sie sich mit Selim in ihrem Schlafgemach befand.

»Der Mann ist ein Einfaltspinsel!« brüllte Selim. »Er ist die Trokkenfäule auf dem Leben dieser klugen Frau!«

»Ich wünschte, daß sich der arme Schahriyar an einem anderen Ort befände«, sagte Hürü. »Ich wünschte, wir alle befänden uns an einem anderen Ort.«

»Warum bei Allah kann er nicht von allein zurückschlagen?« wollte Selim wissen. »Worauf wartet der Narr denn noch? Daß das Schwert herniedersaust?«

Allah ist Zeuge, daß beide versuchten, fortzugehen. Doch Selim wollte Scheherazade nicht ziehen lassen – nicht bevor er nicht das Wesen Scheherazades, das ihn derart beeindruckte und verwirrte, in sein eigenes Dasein aufgesogen hatte. Wie konnte jemand, der nur eine Frau war, dermaßen auf seiner Aufgabe, seinem Lebenswerk beharren? Warum ruhte Scheherazade so vollkommen in sich selbst? Selim mußte es wissen. Er mußte Scheherazade verschlingen, so daß er sie in sich aufsaugen konnte. Das war die Art, wie Selim dachte und wirkte. Er mußte verschlingen, was er wissen mußte. So war er auch mit Persien umgegangen – ein Land, das ihn ebenso verwirrt wie beeindruckt hatte.

Selims Bedingungen waren überaus klar und deutlich: Es gab nur einen Weg, eine Frau zu begreifen: er mußte sie besitzen.

»Ganz abgesehen davon«, vertraute er seiner jungen Frau an, »gefallen mir Scheherazades Brüste. So spitz. Und das bei ihrem Alter! Ich weiß, was wir unternehmen werden, Hürü-Mädchen. Du wirst ein Bett für uns drei herrichten. Du glaubst gar nicht, welche Wonnen dich zwischen den Laken erwarten!«

»Aber sie mag dich nicht einmal!« rief Hürü erschrocken und verletzt.

»Das hier mag sie schon!« sprach Selim schamlos und deutete auf den geschwollenen Turm in seiner Lendengegend. »Ich werde sie durch die Hintertür aufsuchen, wenn du verstehst, was ich meine. Und ich bin sicher, daß sie das überaus genießt. Ich würde sie angehen wie den Mann, der sie eigentlich ist!«

Vielleicht nahm er an, daß er sie, wenn er nur gewöhnlich genug wäre, damit vertreiben könnte. Vielleicht wollte er auch, daß Hürü sich aus dem Staub machte. Und er beleidigte sie und beleidigte sie wiederholt, weil sie das nicht verstand. Vielleicht sollte sie ihre Hochzeitsnacht nicht überleben – war das ihr vorbestimmt? Doch warum? Wenn Selim sie im Bett in den Armen hielt, zitterte er immer noch vor Gefühlen. Er murmelte in ihr Ohr, daß er sein ganzes Leben auf sie gewartet hatte. Er nannte sie den Schmelzer seiner Arme, den Mond für seinen aufgehenden Stern, den süßen Schüttler seines Säckchens. Ihr Acker war Manna, ihr Mund Honig, ihr Speichel die Quelle im Paradies. Er konnte bis in alle Ewigkeiten in ihr bleiben. Manchesmal nickte Hürü an der abendlichen Tafel gar mit Speisen im Mund ein, so nahm er sie im Bett in Anspruch. Dann nahm er sie in seine starken Arme, hob sie auf, trug sie zu Bett und versicherte ihr, daß er so an sie gebunden war wie sie an ihn. Sie waren Mann und Frau, doch darüber hinaus Blutsbrüder. Und wenn er sie zum Weinen brachte, küßte er ihr die Tränen fort. »Alles ist gut, mein Liebling, Selim ist hier. Alles ist gut, meine Süße.«

Und doch lähmte er sie mit seinen Unberechenbarkeiten. Sein Wille zu verletzen bäumte sich urplötzlich und mit großer Gewalt auf. Versuchte Selim seiner jungen Frau zu zeigen, daß sie auf keinen Fall in die Ehe vorgegebenes Vertrauen setzen sollte? Wollte er sie von den Regeln und Begrenzungen ehelicher Liebe befreien? Was wollte er?

Wie konnte er es wagen, Hürü an seiner Lust auf Scheherazade zur Mittäterin zu machen? War es ihm ein Bedürfnis, die Liebe zwischen zwei Frauen auszumerzen? Das würde Selim natürlich entsprechen. Und Scheherazade? Würde sie sich mit Selim messen? Bei Allah nein! Nicht Scheherazade!

Hürü entsann sich, daß sie nur ein winziges Stück ihres Herzens Scheherazade vorenthalten hatte: sie hatte ihr nie gebeichtet, daß sie von je her Selim geliebt hatte. Unerklärlicherweise, schamloserweise, unerbittlicherweise.

Also wußte Scheherazade nicht, daß Hürü Selim aus wahrer Liebe geheiratet hatte. Sie dachte immer noch, daß Hürü Selim ehelichte, um ihnen zu helfen, Bagdad zu retten. Als würde Hürü bereit sein, ihr Leben in den Dienst einer Sache zu stellen, geschweige denn der Sache Bagdads! Konnte Scheherazade denn denken, daß Hürü eine Dirne war? Sie für jemanden halten, der seine Unversehrtheit verkaufte? Vielleicht sollte sie ihrer Freundin die Wahrheit sagen. Doch es war recht entblößend, vor Scheherazade zuzugeben, daß sie einen Mann wie Selim liebte. Es war so ... wie sollte sie das sagen ... es war so dumm weiblich. Also spielte Hürü das Maskenspiel weiter. Sie war immer noch das sorglose, jungenhafte Mädchen, das ihrem älteren Mann den Preis seiner Leidenschaft für ihre Jugend abverlangte. Scheherazade, die das gleiche Alter wie Selim hatte, dachte, daß sie die Anziehungskraft von Hürüs Unschuld begriffen hatte.

»Armer Selim«, sagte Scheherazade voller Schalk. »Er ist in dem Alter, in welchem man sich nach einem mit Rosen gefüllten Gemach sehnt, in welchem man einen Knaben hätschelt, welcher einen ins Paradies und zurück begleitet. Selbstverständlich gibt es das in der Wirklichkeit nicht. Glaube mir, ich weiß das, weil ich es selbst versucht habe.«

Und so geschah es, daß Hürü zögerte, der klugen Herrin die Wahrheit zu sagen. Sie konnte wohl kaum eingestehen, daß sie einen Mann verzweifelt liebte, der die Krise in der Mitte seines Lebens erreicht hatte.

Eines Nachts träumte sie, daß Selim tot sei. Eine Vorahnung. Es war in ihrem Traum, als wüßte sie, daß Selim schon lange tot war. Als sie erwachte, entzündete sie eine Kerze, um sicherzugehen, daß Selim lebte. Sein schlafendes Antlitz löste solch ungerechtfertigte Zärtlichkeit aus! Allein das Vergnügen, seine sorgfältig rasierten Wangen zu sehen! Und seinen langen Schnurbart, der sich auf dem Kissen ausbreitete!

Indes, nach dem Frühstück gelang es ihm immer, sie wieder zu kränken. Zuerst verlangte er von Scheherazade, die Geschichte vom Prinz Amar-es-Zamar und der Prinzessin Budur zu sehen, die sie gerade beendet hatte. Und während er Scheherazades neues Werk las, dieses äußerst verwundene und doppeldeutige Märchen, tauchte er seine Feder beständig ins Tintenfaß, um den einen oder anderen Rechtschreibfehler zu verbessern. Wie konnte er es wagen! Selbst wenn er sich dazu herablassen mußte, Geschriebenes zu überprüfen, tat er es, um auch hier seine Macht aufzuzeigen! Selbst über den Bereich des Märchens mußte er herrschen. Für jegliches Geschehen mußte er die Verantwortung übernehmen, es sich aneignen ... sogar die beiden Königinnen im Märchen, die sich in ihre Stiefsöhne verlieben.

»Ich habe einen Vorschlag für Euch«, bot Selim Scheherazade an. »Ich bin gewillt, sowohl Euch wie auch Hürü einen Sohn zu zeugen. Wenn die Knaben das Alter erreichen, in welchem ihnen feste Türme wachsen, könnt Ihr beide jeweils den Turm des Sohnes der anderen erklimmen. Was haltet Ihr davon? Ich selbst hätte gar nichts dagegen. Ihr beide könntet Euch nach Herzenslust an den Knaben erfreuen.«

»Menschenverachtung«, sprach Scheherazade mit eiskalter Stimme, »ist das Opium derjenigen, deren Gefühle abgestorben sind.«

»Wie sieht Eure Passionsblume wohl aus?« sprach Selim und sah sie von oben bis unten prüfend an. »Hat sie große Blütenblätter? Bei meinem Haupte, sicher hat sie das! Selbsternannten Witwen wie Euch wachsen oft besonders große Blätter, das weiß ich. Ihr streichelt die Blume zu oft. Habe ich recht?«

Scheherazade plinkerte mehrmals mit den Augen, bevor sie ihre Fassung zurückgewann.

»Ich stelle fest«, erwiderte sie, »daß Ihr versucht, so ungesittet wie nur möglich zu sein. Und dennoch könnt Ihr Euch auch darin nicht mit mir messen. Ihr seid nicht grob genug. Und nun, wenn es Euch nicht zu sehr anstrengt nachzudenken, wüßte ich gerne, was Ihr von meiner Geschichte haltet?«

»Voller Unebenheiten«, sprach Selim und gähnte rüde. »Mit anderen Worten, eine Frau hat sie geschrieben.«

»Warum wolltet Ihr sie denn dann lesen?« fragte Scheherazade. »Wenn Ihr doch wußtet, daß sie voller Unebenheiten sein würde?«

»Oh, ich dachte, daß ich dort ein paar würzige Geheimnisse über Euch finden würde«, sprach Selim. »Und ich habe Euch entdeckt, Scheherazade. Wie lange schon pflegt Ihr die Liebe zum eigenen Geschlecht? Und wie oft belästigt Ihr Eure Söhne? Aha, Ihr errötet? Ich habe herausgefunden, was ich wissen wollte, also brauche ich nicht weiterzulesen.«

»Vielleicht«, schlug Scheherazade vor, »ist die Spanne Eurer Aufmerksamkeit zu kurz ... etwa so wie Euer Ihr-wißt-schon-was!«

»Meiner ist mindestens eine Elle lang«, sprach Selim und zerrte an seiner Hose. »Wollt Ihr ihn sehen? Werdet Ihr Euch auch nicht zu sehr erschrecken? Ich weiß, daß Ihr an einen Narr mit Fingerlänge gewohnt seid.«

»O hört auf damit!« rief Scheherazade aus und verließ das Gemach.

Hoffnungslos, so schien Hürü die Lage der Dinge. Die Pflege eines süßen und sanften Lebens nach der Art der Edelleute, diese Kunst des anmutigen Lebens am Meeresgestade, blieb eine unerreichbare Kunst. Was immer auch die Voraussetzungen der Edelleute waren, das Wesen eines solchen Lebens blieb für immer unerreichbar, solange ein Tier wie Selim mitwirkte. Scheherazades Genie der Zukunft ließ sich nicht blicken, um sie alle zu lehren, wie man sich aufzuführen hatte. Abgesehen davon fühlte Hürü sich krank. Sie konnte Speisen nur noch selten bei sich behalten, vor allem nach dem Morgenmahl. Irgend etwas vergiftete sie von innen heraus. Irgend etwas schien sich verschworen zu haben, sie zu töten, noch bevor Selim den Henker rufen konnte. Sollte sie dem Tod widerstehen? Oder sich ihm fügen? Und wessen Geschichte war dies überhaupt? Wenn es Hürüs Geschichte war, warum rannte sie dann hinter Selim her, um ihn zu verändern? Hürü war doch die Heldin, die es zu verändern galt, und nicht eine weitere Leiche auf Selims Weg.

Sie vertraute Scheherazade an, daß sie nicht mehr lange auf dieser Welt hatte. Vielleicht ließ Selim ihre Speisen mit einem langsamen Gift versetzen. Oder aber das Wesen dieser Krankheit entsprang einer tiefen Lebensangst. Was immer es auch war, das sie quälte, Hürü starb an Würgreiz mit leerem Magen.

»Du bist schwanger«, sprach Scheherazade. »Dieses Ungeheuer hat dir ein Brot in den Ofen geschoben, fürchte ich. Und die ersten Monate können grausam sein.«

»Aber ich dachte«, erwiderte Hürü, »daß die Schwangerschaft ein natürlicher Zustand für Frauen ist. Mir hingegen ist ständig zum Erbrechen übel.«

»Und du magerst ab«, sprach Scheherazade. »Mein armes Kind, ich wünschte, ich könnte dich nach Bagdad mitnehmen für dein Wochenbett. Dort wärest du wenigstens vor Selims gierigen Angriffen sicher.«

Aber ich will seine hungrigen Angriffe, dachte sich Hürü; ich wünschte nur, daß ich nicht schwanger wäre, so daß ich noch mehr davon haben könnte. Doch sie sagte nichts. Statt dessen gab sie Selim zu verstehen, daß sie sein Kind trug.

»Na und?« wollte Selim wissen.

Hürü hätte nie gedacht, daß sie je in ihrem Leben so verletzt sein könnte.

Ungefähr eine Stunde Wegs zum Sommerpalast entfernt in den Hügeln hinter dem Strand befand sich ein Zedernwald, in welchem halb verborgen ein einäugiger Turm stand. Vielleicht eine ehemalige Windmühle. Vielleicht auch ein Wachturm, den die Kreuzritter zurückgelassen hatten. Hürü dachte, daß man einen wirklich schönen Blick von dort oben haben mußte: das war der Grund, weshalb sie ohne Selims Erlaubnis zu dem Turm gewandert war. Hier war ein Ort, um nachzudenken, ein Ausguck, sich die Welt um sie herum und auch ihr Leben genauer zu betrachten.

Einige der steinernen Stufen, die zu den Zinnen führten, fehlten, und der Geruch der Verwesung lag über allem. Es schien, als käme niemand jemals in diesen Turm – außer um seine Notdurft zu verrichten. Doch kaum hatte sie die Spitze erreicht, schien die Welt zurückzuweichen, und ein goldener Regen von Licht, noch strahlender und durchsichtiger durch den Duft der Zedern, durchtränkte sie. Sich so hoch oben zu befinden war, als träumte man sich eine Landschaft im Inneren des Kopfes. Das Blau des Mittelmeers verschmolz mit dem Blau des Himmels, und die Luft und das Wasser wurden zu einem einzigen Stoff. Das Summen einer Fliege wurde zum Schlüssel, der den Sinn des Lebens erschloß. O dies alte, alte Land! Die Zeit schien hier ihren Nabel zu öffnen und die ganze Ewigkeit anzubieten.

Hürü nahm ihren mit schwerem Geschmeide behängten Turban ab. Sie schüttelte ihr rotgoldenes Haar. Ihr Haar war inzwischen soweit gewachsen, daß es ihren Nacken umspielte. Niemals würde Selim sie so erblicken, das Haar wie loderndes Feuer unter sengender Sonne. Dieser farbenblinde Selim! Hier bin ich nun, dachte sich Hürü, in meiner Zeit als Braut. Und ich bin nicht frei, mich der Liebe hinzugeben. Ich muß fortgehen. Ich muß verschwinden, als hätte die Erde sich geöffnet und mich verschluckt.

Ein Reh trat aus dem Wald und beugte sich anmutig, aus einem Bach zu trinken. Neben dem Bach befand sich ein aus Stein gemeißelter Sitzplatz, alt und verwittert. Die tiefe und sanfte Ruhe dieses Anblicks gab Hürü das Gefühl, daß sie in ein Märchen gewandert war, das so golden war, daß das Glück mit Sicherheit seinen Weg bis zum Ende finden würde. Plötzlich schrak das Reh auf und sprang in die Tiefen des Waldes zurück. Dann vernahm Hürü Pferdehufe auf dem Pfad durch den Wald. Kurz darauf sprengten zwei Rosse auf die Lichtung, und die Reiter zügelten sie bei dem steinernen Sitz unter dem Turm. Hürü wich von den Zinnen zurück. Die beiden Ritter waren niemand anders als Selim und Scheherazade.

Was, bei Allah, konnten die beiden hier oben suchen? Vielleicht waren auch sie des Blickes wegen gekommen. Hürü sollte sich bemerkbar machen, bevor die beiden die Treppe erklommen, und sie wäre auch sofort zu den Zinnen geeilt und hätte sie gerufen und ihnen zugewunken, hätte sie nicht diesen Ton von *Vertrautheit* in Scheherazades Lachen vernommen. Eine Flutwelle der Eifersucht stieg augenblicklich in ihrem Herzen auf. Unfähig, den Forderungen dieses furchtbaren Gefühls zu widerstehen, steckte sie ihren Kopf zwischen die Zinnen, um jene beiden Menschen heimlich zu beobachten, die sie liebte.

Selim war bereits abgesessen. Er reckte seine Arme, damit Scheherazade in ihnen auf die Erde gleiten konnte. Doch dann hielt er Scheherazade um die Taille in der Höhe, um langsam und sinnlich ihren schlanken Körper an sein Gesicht zu führen und, was wie eine Ewigkeit schien, an ihrer Passionsblume zu riechen, um dann sein Gesicht in ihrem Busen zu vergraben und dann langsam ihren Körper in ganzer Länge gegen seinen harten Körper zu pressen, bis Scheherazades Füße anmutig auf der Erde aufsetzten. Die Zärtlichkeit dieser Bewegung und die sexuelle Macht, die daraus sprach, ließen Hürü den Atem stocken. Bei Allah dem Erhabenen, dachte sich Hürü: sie machen einander den Hof!

Die Liebenden verharrten kurz in ihrer Umarmung. Um Selim in die Augen blicken zu können, mußte Scheherazade, die einen guten Kopf kleiner als er war, den Kopf zurückwerfen, so daß ihre dunklen Haare ihr in wilden Wellen den Rücken herabwallten. Wenn Hürü so vor Selim stand, waren ihre Augen auf der Höhe seines Mundes, und ihre Beckenknochen stießen direkt auf die seinen, da Hürü für eine Frau außergewöhnlich hochgewachsen und ihre Beine so sehr lang waren. Hürü hatte stets gedacht, daß sie körperlich ein ausnehmend gutes Gegenstück zu Selim bildete... sie konnte seine ehrfurchterregende Länge und Breite gut auffangen. Konnte Scheherazade das auch? Eine weitere, sich bäumende Welle der Eifersucht reckte sich in schwindelerregende Höhen.

Selim ließ Scheherazade los und schritt zu seinem weißen Hengst. Er entnahm den Satteltaschen die Speisen für ein Mahl im Freien. Wein, Brotfladen, ein gebratener Vogel, Trauben. Ein leichtes Mahl im Freien. Hier stand der Herrscher, der aus offensichtlichen Gründen nicht zuviel zu sich nehmen wollte. Er breitete einen Teppich auf dem Gras neben dem Bach aus. Und er wandte sich um, die Hand Scheherazade entgegengestreckt. Seine Geste war die eines scheuen Liebhabers aus dem Schäferstand.

»Komm«, sprach er. »Alles soll wirklich rechtens sein. Daß wir so lange auf diese Begegnung warten mußten, bedeutet nicht, daß wir uns jetzt überstürzen müssen. Ich möchte, daß du dich für alle Zeiten an diesen Gipfel erinnerst, Scheherazade. Die Leidenschaft zwischen zwei Ebenbürtigen muß, so will es die Natur, immer eine der Besinnung sein. Und eine der tiefen inneren Ruhe.«

»Du bist solch ein gefühlsseliger Narr, Selim«, erwiderte Scheherazade voller Gesten des Reizes. »Doch die meisten der unverbesserlich verderbten Männer sind es.«

»Alles in mir schrie nach dir, Scheherazade«, sprach Selim. »Es ist wie im Märchen. Doch irgend etwas steht dem stets im Wege. Und dann, wenn es letztendlich gelingt, dann richten sich die Türme auf, nur durch das Lesen. Das ist die Art von Geschichten, die ich mag. Leidenschaft zwischen zwei Menschen, die einander dermaßen begehren.«

»Auf, auf, denn«, sprach Scheherazade. »Bitte, Selim. Ich fühle einen solchen Hunger nach dir, ich muß dich einfach haben, sofort.«

»Nein, nicht so schnell«, sprach Selim. »Ich will nicht wie der Wind nehmen. Ich werde dir das süße Entzücken geben, so sanft und ausgemessen, daß du dich ewig daran erinnerst. Und wenn du darüber schreibst, und ich weiß, daß du das tun wirst, werden deine Leser feucht sein und bereit, genommen zu werden, für immer und ewig. Ein jedes Mal, wenn jemand von dieser körperlichen Vereinigung liest, werde ich Scheherazade die Liebe machen.«

Das also ist es, dachte Hürü sich. Selim möchte, daß sein Gemächt in der Literatur gefeiert werde! Die Eigenliebe dieses Mannes! Leidenschaft zwischen Gleichgestellten, so also klingt das! Nun, Allah sei mit ihnen! Sie hätte sich gerne entfernt, doch Selim saß so, daß er den einzigen Ausgang des Turmes im Blick hatte. Doch Hürü wollte auf keinen Fall zur Zeugin dessen werden, was folgen würde, jedenfalls nicht, ohne erheblichen Schaden an ihrer Seele zu erleiden. Und so geschah es, daß sie sich in das Innere des Turmes zurückzog, in das Treppengehäuse, und sich auf einer abgetretenen Stufe niederließ. Sie bohrte ihre Fäuste in die Augenhöhlen, die Augen fest geschlossen. Sie wünschte, daß sie ihre Atmung ebenso stillegen könnte. In diesem Turm war der Gestank von Fäkalien so stark wie eine Faust in ihrer Magengrube. Und dann versank sie unerklärlicherweise in einen gnädigen Schlaf und erwachte recht erfrischt wieder.

Als sie es endlich wieder wagte, durch die Zinnen herabzublikken, war die Nachmittagssonne bereits dem Horizont nah. Das Meer war wie bestickt mit Edelsteinen des Lichts auf der sanften Woge eines Nachmittags. Was für ein außerordentlicher Ausblick auf die Welt! Es war, als sei alles künstlich nur für Hürüs Augen erstellt worden – so daß sie von ihrem Ausblick aus die befremdliche und furchtbare Entfaltung ihres Schicksals wahrnehmen konnte. Sie fühlte sich wie eine schützende Gottheit, die über den beiden Liebenden schwebte. Es schien, als hätte eine göttliche Kraft sie während ihres kurzen Schlafes in den bedrückenden Wolken von Gestank der Notdurft über ihre eigene, elende Lage erhoben.

Als sie sich so umblickte, dachte sie, daß sie die Gestalt eines ihrer Schutzengel erkannte, den Grünen Alten Mann in der Gestalt einer königlichen Zeder, die in einem leichten Winkel dem Turm zuwuchs. Und auch wenn sie sich nicht entsinnen konnte, daß eine Zeder so nah am Turm sich reckte, war dies in der Tat einer der Orte, an welchem sich der alte Mann gern aufhalten mochte.

»Kommt hervor«, flüsterte sie. »Ich kann Euch sehen, Alter Mann.«

Nichts geschah. Die Zeder stand einfach dort, starr und stumm wie ein Baum. Vielleicht bin ich, dachte Hürü sich, zu alt für Zauberei. Sagenhafte und fabelreiche Gebiete sind mir nun verschlossen, oder aber meine Augen können das Wundersame nicht mehr wahrnehmen. Selbst nicht länger mehr ein Kind, trage ich ein Kind in mir.

Und dennoch war ganz ohne Zweifel, während sie schlief, eine Wandlung in ihr vorgegangen. Als sei die Welle der Eifersucht in ihrer Brust aufgehalten, ihrer Macht enthoben und aufgelöst worden. Wer sonst als der Grüne Alte Mann hätte sie zu der Erlösung von ihrer hündischen Besitzgier führen können? Ja, Selim war von unwiderstehlichen Zwängen gehetzt, und natürlich hatte er sich genötigt gesehen, Scheherazade zu besitzen. Und Scheherazade, die ebenso neugierig war wie er, hatte keinerlei Tugend darin gesehen, sich ihr Begehren zu versagen. Die beiden paßten gut zueinander, denn sie waren beide aus dem Holze geschnitzt, aus welchem Herrscher gemacht sind. Und so war dies Stelldichein so unvermeidlich, als sei es von Anfang an vorgesehen gewesen.

Daß das Unvermeidliche geschehen war, nahm Hürü nichts von ihrer Würde als Frau und als Mensch. Ganz offensichtlich waren Hürü zwei Möglichkeiten gegeben. Sie konnte sich der gefallenen Welt der Eitelkeiten anschließen: Eifersucht, Böswilligkeit und Rache. Oder sie konnte erfrischt erwachen. In ihrem Schlaf hatte sie sich für das letztere entschieden. Und doch erschien ihr all das nicht wie ein Traum. Hier war sie, hellwach angesichts der unverbrämten Wahrheit über sich selbst, in einem einäugigen Turm, in welchem der Geruch der gefallenen Welt so stark war.

Es war, als sei sie aufgefordert worden, ihre Unschuld zu bewahren. Als würde ihr jemand Mut machen. Und selbst als sie ohne eine einzige Träne den Sieg über ihren Gattinnenstolz davontrug, war es, als gäbe es etwas in ihr selbst, das ihr Kraft gab ... Aber natürlich! Es gab jemanden, der wollte, daß sie beständig, klar und gerecht bliebe: das zaubrische Kind, das sie unter dem Herzen trug. Ihr Sohn. Sie schuldete ihm ihre Unschuld. Sie würde die Quelle der ewigen Liebe nicht verlassen.

Unter ihr lag das Paar der Ebenbürtigen, nachdem ihr Mahl verzehrt und die Liebe vollzogen war, in tiefem Schlaf unter einer Seidendecke in königlichem Purpur. Offensichtlich waren sie nicht hierhergekommen, um Hürü zu betrügen. Sie waren gekommen, um das Feuer zu löschen, das zwischen ihnen gelodert hatte – diese beiden gleichwertigen Gegner. Sie hatten Krieg geführt und dann Frieden geschlossen. Alles so vorhersehbar, wenn man so von der Höhe des Turms auf sie herabblickte. Sie hatten nichts weiter getan, als Unerledigtes zu erledigen. Indes, diese beiden beeindruckenden Gestalten der Geschichte brachten nicht viel mehr freien Willen in ihre Vereinigung ein als ein Paar wilder, brünstiger Tiere. Hürü allein, die junge Namenlose, war mit einem freien Willen gesegnet worden.

Auf denn, dachte sich Hürü, nun ist der Zeitpunkt, ungesehen davonzukommen: Und sie rannte den einäugigen Turm hinunter, rannte den Pfad durch den Wald, rannte auf den Sommerpalast zu. Als sie ganz außer Atem den Innenhof betrat, verkrampfte sich ihr Herz, als sie Schahriyar lesend am Brunnen fand. Sie brachte es nicht über sich, ihm in die Augen zu blicken. Vielleicht konnte sie sich noch in die königlichen Gemächer stehlen, ohne seine Aufmerksamkeit auf sich zu ziehen. Doch der arme Schahriyar schien nur darauf gewartet zu haben, Hürü zu stellen.

»Es ist Euch doch wohl bekannt«, sagte er barsch, »daß Euer Gatte meine Gattin begattet.«

»Schahriyar!« rief Hürü aus. »Ihr seid in der Tat ein unglückseliger Mann! Niemand braucht Euch, um offene Geheimnisse zu entdekken. Es zeugt von schlechtem Geschmack und ist obendrein überflüssig.«

»Dann tragt Eure Hörner bei guter Gesundheit!«

»Ihr desgleichen!« zischte Hürü ihn an.

Aus Kairo traf die Nachricht ein, daß Prinz Tuman, der sich der Macht erfreute, die Schahriyar so sehr begehrte, sich losgesagt und als unabhängig erklärt hatte. Während Selim damit beschäftigt war, seine Zeit als junger Bräutigam am Gestade des Meeres zu feiern, hatte Prinz Tuman ihm eine Nase gedreht und sich als neuen Sultan der Mamelucken und Nachfolger Al-Ghawris ausrufen lassen, ganz als hätte Selim diese Herrscherfolge nicht längst ausgelöscht.

Nun, Selim mußte sich um die Geschäfte seines Vaters kümmern. Seine Aufgabe war es, Widerstand und Aufstand in die Schranken zu weisen. Abgesehen davon war er überaus talentiert darin, Gegenspieler wie die Käfer zu zerdrücken, in der Tat so gut wie kein anderer in der gesamten Geschichtsschreibung. Selim lachte frohlockend, daß Tuman wohl zu hastig einen zu großen Bissen in den Mund genommen habe. Wie gut es doch war, daß Tuman sich als solch eine Landplage erwies. Dies sei eine hervorragende Gelegenheit, das Gras wieder zu zertrampeln, das ihm unter den Füßen gewachsen sei. Und es war Selim nicht entgangen, daß seine Hochzeitsreise nicht ganz den Erwartungen entsprach.

Auch sein Heer brannte darauf, Arabien zu plündern, das sie für Schlachtenbeute hielten, die ihnen bisher ungerechterweise vorenthalten worden war. Im Namen der Barmherzigkeit und der Brüderlichkeit mit den arabischen Völkern. Jedermann wußte, daß die Araber der Treue und Brüderlichkeit vollkommen unfähig waren. Wenn sie sich Prinz Tuman anschließen wollten, um so besser! Die Bastarde sollten nur genießen, was nun auf sie zukam.

Als Selim nun wieder einmal seine Truppen in Bewegung setzte, als er seine Sänger und Geschichtsschreiber aus der Untätigkeit wieder zu ihren Aufgaben trieb, seine Janitscharen-Truppen in Bereitschaft versetzte, seine vielsprachigen Mietsöldner anheuerte, seine stummen Henker und seine Vorhut, die wahrhaftig wahnsinnig und mitleidslos furchtlos war, da seufzte sein Haushalt einen tiefen Seufzer der Erleichterung: Allah sei Dank, daß er von dannen zog – bevor etwas wirklich Schreckliches geschah.

»Die anderen Umstände«, teilte Selim Hürü mit, »in denen du dich befindest, lassen es nicht zu, daß du uns ins Feldlager folgst. Am besten wäre es, wenn du mit deinen Freunden nach Bagdad zurückkehrtest.«

»Einverstanden«, erwidert Hürü.

»Was? Keine Tränen? Keine Vorwürfe? Kein Klammern und Küssen?«

»Nichts dergleichen«, sagte Hürü. »Aber auch keine Versprechungen.«

Und so geschah es, daß Selim Hürü in die Obhut des Ehepaares aus Bagdad gab. Nur um wirklich jedermann zu beleidigen, versprach er Schahriyar reichen Lohn, vielleicht sogar einen Thron. Vielleicht auch ein Königreich im weiten Westen: Ungarn, Serbien. Sogar Griechenland. All diese Länder standen Selim zur Verfügung, und er konnte sie jedwedem Schurken überlassen, der ihm dazu einfiel.

»Es würde Euch wahrscheinlich gefallen, über irgendein Hirtenvolk zu herrschen, Schahriyar«, sprach er. »Ich weiß mit Sicherheit, daß Scheherazade eine Ortsveränderung guttun würde. Sie ist ein wunderbares Weib. Aber diese Wüstenluft trocknet ihre Lebenssäfte aus. Ich sähe sie ganz gern als Königin von Ungarn, zum Beispiel. Sie würde den sogenannten Edelleuten dort das eine oder andere noch beibringen können. Wußtet ihr, daß die Fürsten in Ungarn immer noch in aller Öffentlichkeit in der Nase bohren? Und sie baden niemals.«

»Wir brauchen keinen Lohn, mein Gebieter«, erwiderte Schahriyar in aller Höflichkeit. »Eure Freundschaft ist uns Lohn genug.«

Sicher, sicher. Doch Selim hätte Scheherazade gern Ungarn geschenkt. Er suchte in Scheherazades Gesicht nach der Wirkung seiner Versprechungen. Natürlich hatten alle Anwesenden Selim längst durchschaut. Es könnte sein, daß er sich morgen noch an Scheherazade erinnern würde. Oder vielleicht auch nicht. Es könnte sein, daß er sie zur reichsten Frau seines Reiches machte. Oder aber sie köpfen ließ. Und doch, zu diesem Zeitpunkt schien er irgendein Zugeständnis von seiten Scheherazades zu benötigen, ein Zeichen einverständiger Anerkennung. Doch die Geschichtenerzählerin aus Bagdad hatte ihr Gesicht verschlossen und gestand Selim dem Grimmigen nicht das geringste zu.

Und so geschah es, daß Selim versprach, daß er schneller in

Bagdad zurücksein würde als der Engel des Todes. Niemand solle besorgt sein. Und noch bevor die Gebete für seinen schnellen Sieg in der Großen Moschee zu Ende gesprochen waren, führte Selim seine Truppen durch die Sinai-Halbinsel auf Ägypten zu. Als sie ihn in das Land der Pyramiden davoneilen sah, fühlte Hürü sich wie befreit und zugleich untröstlich. Auch Selim mußte wissen, daß die einzig gute Witwe die Kriegswitwe war. Sollte Selim diesen Krieg überleben, so glaubte Hürü nicht, daß er sie je in Bagdad aufsuchen würde.

Wachstum und Wandlung mögen die Werte, die den Menschen kostbar sind, steigern, sie mögen den Horizont erweitern und Trost bieten auf dem schwierigen Weg der Erfahrung, und doch enthält der Schmerz des Versagens etwas, das klärt und reinigt. Hürüs Hoffnung auf eine Zukunft mit Selim war ausgeblichen in der Wüste wie der gehörnte Schädel eines Tieres: rein, weiß und trocken.

Vierter Teil

Die Freiheit zu leben

Es bläst der furchtbare und herrliche
Marsch der Welt

20

Schwangerschaft und Keimung

Das Leben und die Arbeit gehen weiter
im Haus der Frauen, Bagdad

Der alte Palast in der Innenstadt Bagdads wurde zum Schauplatz großer Häuslichkeit. Zuerst machte Kampfer viel Aufhebens um Schahriyar, da sie überaus erfreut war, wieder einen Mann im Haus zu haben, für den sie üppige Speisenfolgen zubereiten konnte, ein Brauch, den die Herrin des Hauses so sehr lange vernachlässigt hatte. Doch als er sich in der geräumigen Küche niederließ, gefiel es Kampfer ganz und gar nicht, daß sie ihr Reich teilen sollte.

»Gluh! Gluh!« schalt sie ihren ehemaligen König, während sie wie besessen mit dem Scheuertuch herumwirtschaftete.

»Verdammt, Weib!« schrie Schahriyar zurück. »Kann ein Mann denn keine Ruhe finden¿«

Schahriyar war in sein erstes Werk aus Holz vertieft: einen Schreibtisch für Scheherazade, versehen mit vielen Fächern, verschiebbaren Flächen, eingearbeiteten Kerben für ihre Federn, ihr Tintenfaß, Borden für ihre Nachschlagwerke, einen Buchständer zum Lesen, ohne daß man seinen Platz im Text verlor, und hübsche Schnitzereien zur Erbauung Scheherazades, wenn sie die Augen von der Seite hob. Er schuf sein Werk nicht aus dem Nichts. Statt dessen suchte er sich einige zerbrochene und unbrauchbare Möbelstücke zusammen sowie andere Bruchstücke bereits bearbeiteten Holzes, und er verband die unterschiedlichen Stilrichtungen und Holzarten zu einem neuen Gegenstand, einem neuartigen Gegenstand. Dies war ein Schreibtisch, an welchem man saß – in einem *Stuhl*. Er hatte beobachtet, daß Scheherazades Blutkreislauf einschlafen mußte, wenn sie so über ihren tiefen Tisch gebeugt mit gekreuzten Beinen dahockte; wäre es da nicht besser, sich etwas einfallen zu lassen, das ihrem Wohlbefinden ebenso diente wie ihrer Klugheit, indem es dem Blutkreislauf freiere Bahn gewährte? Die Vorstellung eines Stuhles hatte er durch den zusammenklappbaren Hocker gewonnen, den Selim auf seinen Feldzügen mit sich führte, um die Beine von sich strecken zu können, wenn er Karten studierte und den genauen Verlauf seiner Truppenbewegungen in sein Kriegstagebuch eintrug. Man brauchte nicht unbedingt einen Thron, um darauf zu sitzen, hatte Schahriyar sich überlegt, man konnte ebensogut auf einem Stuhl Platz nehmen.

Scheherazade nahm Schahriyars Rückzug aus dem Leben machtbewußter Entscheidungen voller Verständnis zur Kenntnis, ein Zustand, von dem sie sagte, daß Schahriyar sich sein Leben lang auf ihn vorbereitet habe. Niemals hatte es einen Mann gegeben, dem es besser gestanden hatte, all seiner Aufgaben entbunden zu sein. Schahriyar summte fast vor Glück, während er das Holz rieb, bis es sanft schimmerte, während er mit verschiedenen Harzen Versuche unternahm und oft Allah dankte, daß er sich nicht mehr um die Einhaltung dieses oder jenes Gesetzes kümmern mußte. Indes, es fehlte dem Haushalt an Vermögen, nun, da Gatte und Gattin zwar übereifrig an ihren Werken saßen, jedoch keinerlei Lohn damit verdienten. Ohne ihren Hausgast, Hürü, die großzügig ihren Anteil an den Kosten trug, hätten die beiden so nicht überleben können.

Außerdem gab es all die Kinder, die eine Erziehung erhalten mußten. Schahriyar gestand ihnen ein, daß er viel lieber durch die Welt ziehen würde, auch wenn er ebenso bereit sei, sich mit einer eigenen Werkstatt abzufinden, wohlausgerüstet mit den besten Werkzeugen. Sein früheres Selbst verfolgte ihn in Bagdad wie ein Schatten. Ah, all die Orte zu durchwandern, in denen er keine Geschichte hatte!

»Das wäre es, was mir wirklich gefallen würde«, sagte er. »In meinem Herzen bin ich ein heimatloser Geselle.«

Doch fortzulaufen, so seufzte er, war einfach nicht möglich. Er war ein Mann, der sich in das Haus seiner von ihm früher verschmähten Frau geflüchtet hatte und der den Haus-Ungeheuern dankbar sein mußte für ein Plätzchen in der Küche, sei es ihm noch so ungnädig überlassen. Nein, er suche auch kein Mitgefühl. Und daß auch ja niemand etwas Herablassendes sage oder tue. Und auch du, Kampfer, hütest besser deine Zunge!

»Aber ich kann Euch mit Reisegeld aushelfen, Schahriyar!« sagte Hürü und zog die eiserne Schatulle hervor, die viel osmanisches Gold enthielt, auf das Selims Zeichen geprägt war – Selims Art, für den Unterhalt seiner fernen Gattin aufzukommen.

»Nein«, sagte Schahriyar. »Doch ich danke Euch trotzdem.«

Glaubte Hürü, daß sie ihn auf so leichte Weise loswerden konnte? Außerdem hatte ein Mann ein Recht auf seine Tagträume, ohne daß ihm eine Frau die Mittel aufzwang, diese Träume zu begraben, indem man sie sich in der Wirklichkeit erfüllte. Und Hürü mußte sparsam mit ihrem Vermögen umgehen, nun, da jeden Tag ihr Kind kommen konnte. Er hatte gehört, daß Selim bereits nach Konstantinopel zurückgekehrt war. Doch es gab keinerlei Anzeichen, daß daherjagende Boten eingetroffen wären, Hürü in den sagenumwobenen Topkapi-Palast zu laden. Nein, er wolle keineswegs der Schwarzseher unter den Bewohnern des Hauses sein, doch warum sollte irgend jemand aufstehen und in Jubel ausbrechen, weil Selim sein Ziel erreicht hatte, und das überaus gründlich?

In Bagdad traf die Nachricht ein, daß Selim, wie er es versprochen hatte, Tuman in zwei Schlachten geschlagen hatte. Selim hatte darauf bestanden, daß der Kopf des Aufrührers immer noch am Stadttor aufgespießt stak, um die Bewohner Kairos mit dem Preis des Widerstandes zu beeindrucken. Nun verfügte Selim über den Schellenbaum und den Mantel des Propheten, Zeichen für seine geistige wie weltliche Herrschaft über den Islam. Schahriyar war nicht beeindruckt. Selim mochte beanspruchen, was er wollte, doch er würde niemals der Wahre Kalif in den Augen der Araber sein, denen, wenn man es genau betrachtete, der Islam schon aufgrund ihrer Sprache gehörte. Letzten Endes war es das Arabische, dessen Gott sich bediente. Hatte Allah je ein einziges Wort zu Selim in dessen Muttersprache gesagt? Da lachten ja die Hühner! Schahriyar war überzeugt, daß etliche weniger wichtige Götter bei dem Versuch verblichen waren, dieser unmöglichen Lautabfolge, genannt Türkisch, einen Sinn abzuringen. Hürü möge ihm vergeben, doch ihre Muttersprache klang in Schahriyars Ohren wie ein Stall voller Tiergeräusche. Und auch Selim würde, soweit es ihn anging, bellend und wiehernd, freundlos, gottlos, krank und alt, als Bastard und grausamer Mensch sterben. Nein, es gab rein gar nichts, das für Selim spräche. In Wahrheit nämlich schielte Selim so sehr nach außen wie ein Hecht.

»Er schielt nicht nach außen!« warf Hürü zur Verteidigung ihres abwesenden Gatten ein. »Es wird der *Blick eines Schahs* genannt und deutet auf den tiefen und auf geheimnisvolle Weise durchdringenden Blick eines Königs hin.«

»Wie gut ich dich doch verstehe«, bemerkte Scheherazade. »Es ist schwer, das heitere Leben der Liebe aufzugeben.«

Schahriyar schien sich auch keinerlei Freunde gemacht zu haben, während seiner Zeit als oberster Verweser des Reichsgebietes. Wo immer die ehemals Mächtigen, die ebenfalls ihrer Ämter enthoben worden waren, sich auch wiedersahen, keiner unter ihnen besuchte je Schahriyar, um mit ihm kenntnisreiche Gespräche zu führen, die guten alten Tage zu loben und die neue Zeit zu verteufeln. Natürlich jagte er auch nicht gerade Boten mit Einladungen durch die Stadt, nachdem er alle Fenster, die auf die Straße hinausgingen, hatte zunageln lassen, als erwarte er ein Unheil durch die Himmelskräfte.

»Es hält das Haus kühler«, sagte er zur Begründung dieser Mauer zwischen sich und den Einwohnern. Er begann, seine Mahlzeiten in der Küche einzunehmen.

Hürü hatte sich verpflichtet, nach der täglichen Überwachung der Fortschritte im Unterricht der kleinen Mädchen, Scheherazades umfangreiches Buch zu lesen, damit sie eigene und neue Gedichte und Lieder beisteuern konnte. Scheherazade war der Meinung, daß Hürüs Beiträge den Ausschlag gaben zwischen ihrer Niederschrift und jener Al-Masudis. Die Zeit mußte reif sein, folgerte Scheherazade, all die alten Märchen aus der Luft zu greifen: die Geschichten waren über Jahrhunderte frei umhergeschwirrt und der Zeit, dem Ort und dem Erzähler gemäß verändert worden, daher lagen in der Zukunft nunmehr nur noch Al-Masudis und ihre eigene Niederschrift, für immer fest und unabänderlich, was ihren Inhalt betraf, das geschriebene Wort. Al-Masudi nannte seine Schrift *Eintausend Nächte*. Welche ihrer Schriften würde wohl überleben? Nun, Scheherazades Name für ihre Schrift schien anziehender, versprach sie doch ein Vergnügen mehr: *Tausend und eine Nacht*. Eine einzige weitere Nacht ist alles, was wir verlangen, so dachte sie, um die Vollkommenheit mit dem Vergnügen zu krönen.

»Doch überlaste dich nicht mit den Mühen der Erschaffung der Verse«, warnte Scheherazade Hürü. »Du bist bereits recht umfangreich, was eine schwere Geburt bedeuten kann.«

Doch Hürü fühlte sich kräftig, wenn auch etwas schwer auf den Treppen. Kampfer war überaus um sie besorgt und bereitete ihr dunkle Getränke zu, wobei sie Schahriyar mit giftigen Blicken bedachte, der die Arznei der Ungeheurin gern als unnütz abtat. Hürü war verpflichtet, Aufgüsse aus den gräßlichsten Wurzeln Afrikas zu kosten, denen, nur Allah wußte welche, Essenzen aus Tierdrüsen und verschiedenen menschlichen Teilen beigefügt waren. Die Große Kampfer hatte ein Mittel gegen alles, wobei das meiste davon rein gar nichts bewirkte, nicht nur, weil die Einflüsse der Luft dagegensprachen, sondern vor allem, weil ihr die Sprache nicht zur Verfügung stand, mittels derer sie ihre Kranken hätte in ihrer Heilung unterweisen können. Ohne die Worte, die die Vorstellungskraft beflügelt hätten, verlor ihre Kunst stark an Wirkung. Doch all das hielt Kampfer nicht davon ab, es weiterhin zu versuchen.

Es wurde entdeckt, daß Kampfer heimlich dem Essen Schahriyars den Kot einer bestimmten afrikanischen Kobra beifügte. Ein fahrender Händler in geheimnisvollen Arzneimitteln klopfte ans Tor, um Kampfer eine Bestellung zu liefern, und erklärte, nachdem Schahriyar darauf bestanden hatte, den Gegenstand dieses Handels. Der getrocknete Schlangenkot kam von einer Kobra, die ihr Gift über eine Entfernung von zwei Metern spritzen konnte und damit ihr Opfer lähmte. Jedermann im Hause hoffte, daß Schahriyar keinen Schaden dadurch erlitten hatte, daß er dies Zeug zu sich nahm, welches Kampfer in letzter Zeit in immer größeren Mengen eingekauft hatte. Schahriyar hielt es für vollkommen gewissenlos, daß er die gräßlichen Versuche der Ungeheurin mit dem Haushaltsgeld unterstützte. Was den Grund betraf, weshalb Kampfer Schahriyars Speis und Trank mit Schlangenkot versetzte, so konnte sich ihn niemand auch nur vorstellen, zumal es Kampfer nicht gegeben war, die Gründe ihres Handelns mitzuteilen.

»Dieser bösartige schwarze Speckbeutel!« sprach Schahriyar. »Sie haßt mich!«

»Vielleicht wirkt ihre Arznei durch die Regeln der Gegensätzlichkeit«, schlug Scheherazade vor. »Wenn die Kobra durch das, was aus ihrem Mund kommt, lähmen kann, dann könnte doch das, was aus ihrem anderen Ende kommt, in Bewegung setzen. Ich denke, daß Kampfer möchte, daß du wieder eine Aufgabe übernimmst.«

»Dessen kannst du gar nicht sicher sein!« rief Schahriyar aus und runzelte die Stirn. »Und dennoch kommen die Erklärungen aus deinem Mund geschossen, immer auf deine Opfer gerichtet, die sich in einiger Entfernung befinden.«

»Das macht mich zu einer guten Geschichtenerzählerin«, sagte Scheherazade und zog die Brauen hoch, »wenn auch zu einer jämmerlichen Ehefrau.«

»Wenn du möchtest, daß ich dein Haus verlasse«, sprach er, »dann sprich es aus! Es ergibt keinen Sinn, daß wir beide unglücklich sind.«

»Das habe ich nicht gesagt!«

»Ich bin es leid, Dung zu essen«, sprach Schahriyar.

Er brach seine Arbeit an Scheherazades Schreibtisch ab, kurz bevor dieser vollendet war. Statt dessen begann er sich brütend seinen Gedanken hinzugeben. Zuerst entfernte er seine Meißel, seine Schabeisen, Harze, Bimssteine, Hobel, Bohrer, Hämmer und

Sägen aus der Küche; dann versenkte er das Ganze sorgsam im Brunnen. Er verbrannte seine Erinnerungsstücke, seinen Stammbaum, seine Eheurkunde und sah sich dann im Hause nach anderen Gegenständen um, die seine Anwesenheit verraten hätten. Indes war es erstaunlich, wie wenig Zeichen seiner Gegenwart Schahriyar während seiner Zeit als Verweser Bagdads angehäuft hatte. Sobald er all seine Gewänder vernichtet hatte, hüllte Schahriyar sich in ein großes weißes Laken und lauschte den Termiten in den hölzernen Teilen des Hauses. Er bemerkte nicht, daß die Große Kampfer überall um ihn herum Myrrhe verbrannte. Auf seinem Sitzplatz in seinem Gemach, auf dem er regungslos verharrte, bemerkte er nicht einmal, daß seine kleinen Töchter ihn in ihre Spiele mit einbezogen und seinen wilden Bart mit Bändern und Perlen schmückten. Er zahlte dem Unglück das Kopfgeld mit beiden Händen.

Hürü versuchte, Schahriyar in Gespräche zu verwickeln, damit er sein Wesen nicht verlöre, dieser Mann, der durch die Anstrengungen seiner Frau mit Sicherheit unsterblich würde. Doch er verweigerte sich. Ungeduldig mit seiner Widerspenstigkeit, erklärte sie ihm, daß die vollkommene Leugnung aller Pflichten den Nächsten gegenüber weder einnehmend noch eine Möglichkeit sei, die eigene Seele zu retten. Fühlte man sich unnütz, so war die beste Lösung die, die eigene Nutzlosigkeit zuzugeben und sich in Allahs Hände zu geben. Schahriyar gab keine Zeichen von sich, ob er ihre Ermahnungen vernommen hatte oder nicht, sondern erhob sich von seinem Sitz, ohne sich die Mühe zu machen, sein Laken um sich zu halten, und erleichterte sich an der Wand seines Schlafgemachs. Wir alle würden so sehr gerne ein wenig Weisheit weitergeben, um einen anderen Menschen dem Narrentum zu entreißen, dachte sich Hürü, doch oft ist jeglicher Rat sinnlos, da es leichter ist, weise zu sein als hilfreich. Alles in allem schien es den Umständen angemessener, Schahriyar sich selbst zu überlassen.

Und so geschah es, daß Hürü sich ganz dem Lesen widmete. Aus den Geschichten erfuhr sie, wie manche ihrer Freunde und Bekannten aus der Vergangenheit ihr Leben beendet hatten. Das Schicksal Süßers, ansonsten bekannt als Bedr-ed-Din Hasan, wurde klar wie ein Bach in den türkischen Bergen, als der aufgeblasene junge Mann, in den Süßer sich so seltsam verliebt hatte, sich als niemand anderes als Süßers Sohn herausstellte, der während der einzigen Brautnacht, die Süßer in Kairo verbracht hatte, gezeugt worden war. Süßer war nicht der gegen die Natur liebende, der zu sein er fürchtete, sondern nur der wahre Vater, angezogen, wie Scheherazade es überzeugend in Worte gefaßt hatte, von den Banden des Blutes. Doch Hürü verstand immer noch nicht, warum Süßer derart bis in seine Eingeweide von der Tatsache betroffen schien, daß Hürü Türkin war. Warum hatte er sie aus seiner Zuckerbäckerei verbannt? So, wie Scheherazade die Geschichte erzählte, fehlte jede Spur von Hürü.

Während sie den Text weiter nach bekannten Namen durchsah, fand Hürü, daß ihr anderes Selbst, das unter dem Namen Dschaudar bekannt war, ebenfalls das Glück gefunden hatte, welches das Schicksal für ihn ausersehen hatte, jedoch nur für kurze Zeit. Der Zauberer Abd-es-Samad schenkte ihm einen seiner vier mächtigen Talismane, den Zauberring. Indes, im Verlaufe der Zeit brachte dieser Ring Dschaudar den Tod.

»Doch was ist denn mit Abd-es-Samad geschehen?« fragte Hürü und zupfte an Scheherazades Ärmel. »Er war auf seine manchmal etwas abstoßende Weise sehr gut zu mir. Ihr erzählt gar nicht, wie Abd-es-Samad mit den einflußreichen Zaubern umging, in deren Besitz er gelangt war.«

»Es ist nicht Abd-es-Samads Geschichte«, erwiderte Scheherazade und zuckte die Schultern.

Hier handelte es sich jedoch um eine zu wichtige Nebenhandlung, als daß man sie mit einem Schulterzucken hätte erledigen können.

»Dann stellt es Euch doch wenigstens vor«, bettelte Hürü. »Wenn Abd-es-Samad der wahre Held der Geschichte ...«

»Laß mich nachdenken«, sprach Scheherazade und kratzte sich

an der Nase. »Abd-es-Samad stellt Versuche mit seiner Himmlischen Planisphäre an, welche ihm die Abbilder ferner Länder und deren Bewohner übermitteln kann. Er erfreut sich an dieser Weitsicht oder diesem Fernsehen und pflegt die Ereignisse aus aller Welt zu betrachten, während er seine übermäßigen Abendmahlzeiten einnimmt.

Doch er stirbt fast vor Neugier, ob die Himmlische Planisphäre auch als stärkste und letzte Waffe der Menschheit taugt. Da er nicht wirklich menschenfeindlich ist, wählt er eine unbewohnte Insel in den Ozeanen, die unsere Welt ringsum umgeben, und richtet die zerstörerischen Kräfte der Himmlischen Planisphäre auf diese Koralleninsel. Augenblicklich sieht er in dem fernsehenden Auge des Planisphäre die Insel bis auf ein paar verkohlte Überreste verbrennen. Abd-es-Samad hat sich zu seiner Genugtuung bewiesen, daß sein wunderbares Spielzeug auch eine Weltuntergangs-Maschine ist, die reibungslos abläuft.

Doch er hat auch gesehen, daß unvorstellbare Vernichtungskräfte die Insel zerstörten: wilde Tiere wurden bei lebendigem Leibe gebraten, die Insel ist bis auf den letzten Grashalm für alle Ewigkeiten sämtlicher Pflanzenwelt beraubt, und Abd-es-Samads Maschine hat Berge von Fischen in ihren wäßrigen Lebensräumen zerkocht.

Abd-es-Samad fühlt sich elend. Und er ist über sich selbst überrascht, denn schließlich hat er sich mit dem Versprechen in die Wissenschaft vertieft, niemals vor einem ihrer Ergebnisse zurückzuschrecken, sei es gut oder schlecht. Um zukünftige Besitzer der Himmlischen Planisphäre zu warnen, schreibt er eine Abhandlung. Es wird zwecks sittlicher Erbauung der Gemeinde der Wissenschaftler veröffentlicht. Doch Allah sei es geklagt, statt irgend jemand abzuschrecken, löst die Abhandlung eine weltweite Gier danach aus, die Himmlische Planisphäre zu besitzen.

Abd-es-Samad wird verfolgt und tagtäglich von feindlichen Kundschaftern, im Untergrund kämpfenden Weltverbesserern und Amtsträgern aus Ländern, die Krieg führen, bedroht. Alle nur denkbaren Arten von Dieben und Königen wetteifern miteinander, die Himmlische Planisphäre zu stehlen. Und so geschah es, daß Abd-es-Samads zurückgezogenes, ganz den Forschungen gewidmetes Leben für immer zerstört wurde. Er verbringt sehr viel Zeit damit, von einem Land in das andere entführt zu werden. Und er wird, damit er endlich das Geheimnis preisgibt, so entsetzlich gefoltert, daß er schließlich dem Wahnsinn verfällt.

Doch bevor er dem Wahnsinn anheimfiel, besaß Abd-es-Samad die Voraussicht, ein schreckliches Spielzeug seinem überlebenden Bruder anzuvertrauen, Solomon dem Juden. Und so sind es bis auf den heutigen Tag die Juden, die über die Himmlische Planisphäre verfügen.«

»Bedeutet das«, fragte Hürü, »daß die Juden, wenn ihnen der Sinn danach stünde, die ganze Erdkugel verbrennen können?«

»Das wäre ein schöner Schluß«, erwiderte Scheherazade und zuckte die Schultern.

»Mich jedoch betrübt er«, sagte Hürü. »Wer möchte noch ein Kind auf solch eine Welt bringen? Ich weiß, daß mein Glück meine Jugend nicht überdauern wird. Bereits jetzt vermisse ich meine alberne Jugend. Ich vermisse die klare Stimme, mit welcher ich sang. Schon jetzt ist meine Stimme belegt, weil ich durch die Aborte der Welt gewandert bin. Vielleicht wird es mir nie wieder gelingen, einen reinen Ton zu singen.«

»Deine Stimme wird zurückkehren«, sprach Scheherazade. »Glaube mir.«

»Und wird Selim zurückkehren?«

»Wer kann das schon wissen?« sprach Scheherazade. »Und wen kümmert das?«

Mich kümmert das, dachte Hürü sich. Selim ist der Mann, dem ich Treue gelobt habe. Treue, ein Wort, das in seinen Wurzeln den Keim zu den Worten Waffenstillstand und Beständigkeit trägt.

Sie suchte in *Tausend und eine Nacht* nach einem weiteren Freund, dem Grünen Alten Mann, bekannt als der Heilige Hidir. Doch sie mochte suchen, solange sie wollte, sie fand weder eine

Spur des Grünen Alten Mannes noch von dessen Blauem Bruder, dem Heiligen Ilyas. Wenn sie doch nur die Wahrhaftigkeit ihres alten Freundes in den Seiten von Scheherazades allumfassendem Werk bestätigt fände. Alles, was sie jedoch dort fand, waren dunkle und verworrene Hinweise auf die Guten Brüder. Scheherazade schien anzunehmen, daß die Brüder zum Reich der unwirklichen Wesen gehörten.

»Die Guten Brüder«, erklärte Scheherazade ihr, »sind ein Kunstgriff aus dem Volksglauben. Es gibt sie, damit man sie anrufen kann, wann immer ein gläubiger Mensch ganz schnell einer Lösung in der Not bedarf.«

»Und dennoch«, ließ Hürü nicht locker, »spüre ich die Gegenwart der Hüter.«

»Ach, hör auf damit!« sprach Scheherazade. »Du bist doch inzwischen ein großes Mädchen.«

Sie weiß nicht alles, dachte Hürü sich. Aber das macht sie nicht weniger zu einer Scheherazade.

Obwohl sie viel darüber gelernt hatte, wie man Geschichten erzählt, dachte Hürü nicht, daß sie je die Kunst der Fiktion ausüben könne. Ihr lagen stets die einfachen und direkten Wahrheiten am Herzen. Nicht die fein ausgearbeiteten Lügen.

Eine Fiktion war wie eine Maschine, manchmal so einfach wie das Spielzeug eines kleinen Kindes. Eine Fiktion war nur ihrem eigenen, inneren Ablauf von Wahrheit verpflichtet. Die Fiktion kümmerte sich nicht den Preis einer faulen Feige, ob ihre Vorbilder aus dem wirklichen Leben verfälscht oder vernichtet wurden, nur damit sie eine Wirkung erzielte.

»Was für eine verderbte Art, sich der Wahrheit zu nähern!« rief Hürü aus.

»Die Wahrheit, die Wahrheit!« bellte Scheherazade zurück. »Gibt es denn gar nichts anderes, um das du dich kümmern könntest?«

»Ich glaube nicht«, erwiderte Hürü. »Eure Behandlung Dschafar Barmakis, zum Beispiel: Ihr habt diesen großen alten Mann zu einem reinen Besitztum Harun-er-Raschids verkleinert. Dieser rastlose Herrscher bedroht ihn ständig mit dem Kreuz, dem Galgen, dem Schwert des Henkers.«

»Das waren Vorausdeutungen«, sprach Scheherazade, »auf Barmakis schimpfliches Ende.«

Indes, alles was Hürü in *Tausend und eine Nacht* über Dschafars Tod fand, war eine Anekdote. Sie begann mit diesen seltsamen Worten:

»Als Harun-er-Raschid den Barmekiden hatte kreuzigen lassen, befahl er, daß jeder, der um ihn weinte oder trauerte, ebenfalls gekreuzigt werden solle, und so vermieden die Menschen es, um ihn zu klagen.«

Doch ein Dichter der Beduinen aus einer fernen Wüste hatte das Gebot nicht vernommen, daß es untersagt war, um Dschafar zu trauern. Dieser Dichter der Wüste hatte die Angewohnheit, Dschafar jedes Jahr eine Ode zu bringen. Da die Ode das Lob Dschafars besang, erkannte Dschafar dem Dichter eintausend Dinar als Belohnung zu. Dieser Lohn ernährte den Dichter und dessen Familie das ganze kommende Jahr über – und das auf Art der Beduinen sogar recht üppig.

Und so geschah es, daß der Dichter mit seiner jährlichen Ode in Bagdad eintraf. Gerade, als er durch das Stadttor schreiten will, erblickt er Dschafar Barmaki auf dem Dunghaufen, an einem Kreuz hängend. Erschrocken und untröstlich wirft der Dichter sich vor dem Kreuz nieder und trägt dem toten Mann seine Ode vor. Dann beginnt er, von Trauer übermannt, zu weinen und zu weinen, bis er vor Erschöpfung einschläft.

Während er schläft, hat er einen Traum, und in diesem Traum erscheint ihm Dschafar Barmaki.

»Geh zu dem Händler namens Narr«, gebietet dem die Traumgestalt. »Richte ihm einen Gruß von mir aus und trage ihm deine Ode vor. Dann verlange tausend Dinar von ihm für deine Mühen, *beim Zeichen der Bohne*.«

Als der Dichter erwacht, sucht er den Händler namens Narr auf und unterzieht den Mann einem Vortrag seiner Ode.

»Gebt mir tausend Dinar«, spricht der Dichter, »beim Zeichen der Bohne.«

Das Wort *Bohne* versetzt den Händler in solch einen außerordentlichen Zustand, daß auch er es wagt, um den gekreuzigten Mann zu klagen und zu weinen. Er belohnt den Dichter nicht nur mit den tausend Dinar, er fügt diesen noch fünfhundert aus freiem Willen hinzu.

»Bringt mir nächstes Jahr wieder eine Ode, die den Barmekiden lobt«, fordert er den Dichter auf, »und alle darauffolgenden Jahre ebenfalls. Seht es als Lebensaufgabe an.«

»Was hat es nur mit dieser Bohne auf sich?« wundert sich der Dichter.

Nun, einst war der Händler ein einfacher Bohnenverkäufer gewesen. Er rief seine Bohnen die Straßen Bagdads hinauf und hinunter aus. Eines düsteren, regnerischen Tages kam er an dem *kiosk* vorbei, in welchem Dschafar Barmaki saß und den dichten Regenteppich betrachtete, den der Himmel über die Erde gehängt hatte. Aus Mitgefühl um die Not des Verkäufers hieß Dschafar den Mann in den *kiosk* bringen. Und für jedes Maß Bohnen, welches er den Bewohnern seines Hauses verkaufte, füllt Dschafar die Kelle des Verkäufers mit Gold. Zu guter Letzt waren keine Bohnen mehr in dem Topf verblieben, bis auf eine einzige, die am Boden feststeckte. Es war diese Bohne, die Dschafar selbst herausgriff und in zwei Teile brach. Die eine Hälfte gab er seiner Frau, die andere behielt er für sich selbst.

»Was würdest du dem Mann für eine halbe Bohne geben?« fragte Dschafar seine Frau.

»Natürlich das Doppelte dessen, was er bereits erhalten hat!« rief die Herrin Barmaki.

»Für meine Hälfte«, sprach Dschafar Barmaki, »werde ich die Summe verdoppeln, die meine Gattin verdoppelt hat.«

Und der Bohnenverkäufer verließ sie als reicher Mann. Mit der Zeit konnte er sein Vermögen durch günstige Handel so vermehren, daß er nun in Gold hätte baden können.

»Beim Zeichen der Bohne«, sprach der Händler, »Lob sei Dschafar Barmaki, tot oder lebendig. Und möge die Gnade Allahs, Dessen Name der Erhabene ist, nun mit Dschafar sein.«

Diese Anekdote über Dschafar schien die einzige wahre Geschichte über den Mann im gesamten *Tausend und eine Nacht* zu sein. Indes, sie war ihnen wie eine Nebensächlichkeit beigefügt worden.

»Warum in aller Welt habt Ihr aus Dschafar einen Feigling und einen Schwächling gemacht«, wollte Hürü wissen, »der stets nur über Umwege und hinterrücks tätig ist?«

»Es ist nicht notwendig, daß eine Anekdote wahr ist«, erwiderte Scheherazade, »damit sie beispielhaft ist. Und was die Gestalt namens Dschafar Barmaki betrifft, diesen übertrieben geschäftigen und nutzlosen Minister, so habe ich ihn nicht erfunden. Diese Gestalt ist, so wie sie dargestellt ist, der Vorstellungskraft des Volkes entsprungen. Um der Geschichten in dem Kreis der Harun-Erzählungen willen, das mußt du wissen, durfte niemand auch nur die geringste Ablenkung von der Weisheit, dem Edelmut, der Pracht Harun-er-Raschids selbst bieten. Als dessen Gegenbild und Hintergrund muß Dschafar so etwas wie ein Schwächling sein.«

»Also wird Dschafar sogar noch in der Literatur gekreuzigt!« rief Hürü. »Doch der wahre Barmekide war ein wunderbarer alter Mann.«

»Gestatte mir, anderer Meinung zu sein«, sprach Scheherazade. »Der geschichtliche Dschafar zählte erst siebenunddreißig Jahre, als er starb. Ja, das ist so. Wie du selbst einmal erwähntest, erfand er das Tragen der Krawatte. Weißt du warum? Nun, er hatte einen außerordentlich langen Hals, und das störte ihn. Und so beschloß er, seinen ungelenk wirkenden Hals unter einem Tuch zu verbergen. Er zählte zu den herausgeputzten Männern der Stadt. Sieht man es in günstigem Licht, so verfügte er über ein großes Talent als mitreißender Redner, sehr gelehrt in der Astronomie, und die Anmut seiner Handschrift wurde von niemandem erreicht. Abgesehen davon, macht er mir den Eindruck eines hochmütigen jüngeren Sohnes einer Familie, aus der stets Großwesire hervorgegangen sind. Ganz abgesehen davon fand er es nicht unter seiner Würde, sich an Harun zu messen. So erscheint zum Beispiel Dschafar Barmakis Name auf einigen Goldmünzen der Zeit. Und daher deute ich das Prägen seiner eigenen Münzen als Zeichen für einen Barmaki-Aufstand im Abbasidenreich. Des weiteren wird in der Geschichte einiges über Dschafars wahre geschlechtliche Neigung gemunkelt. Manche sagen, daß er so schnell und so jung an die Macht kam, weil er mit Harun nicht nur die Pflichten der Herrschaft, sondern auch das königliche Bett teilte.«

»Das kann ich nicht glauben!« rief Hürü. »Beide Männer liebten die Frauen.«

»Und noch etwas«, fuhr Scheherazade fort, »um der geschichtlichen Wahrheit willen muß ich erwähnen, daß Harun Dschafar nicht ans Kreuz hängen ließ. Er ließ ihn enthaupten. Später dann wurde Dschafars Körper von oben nach unten in der Mitte entzweigespalten. Sein Kopf wurde bei der Mittleren Brücke aufgepfählt, die Körperhälften jeweils bei den anderen beiden Brücken. Was sagst du nun?«

»Ich kann es immer noch nicht glauben«, sagte Hürü verbissen.

»Dann lies es selbst«, erwiderte Scheherazade und reichte Hürü einen umfangreichen Folianten. »Es steht im Ibn Khallikan.«

Hürü sog die Berichte in sich auf wie jemand, der des Durstes stirbt. Und dennoch, sie war noch nicht überzeugt. Sollte sie ihren eigenen beiden Augen trauen? Oder konnte sie sich auf jene verlassen, die anerkanntermaßen das Wissen verwalteten? Auch Geschichtsschreiber konnten Weber eigener Vorstellungen sein, ohne daß sie sich die Mühe gaben, ihrem Werk den Ehrentitel einer Fiktion zu verleihen. Wenn dem so war, dann war die Geschichte nicht der Ort, einen Streitpunkt aufzuklären. Sie wußte immer noch nicht, warum Harun Dschafar zum Tode verurteilt hatte. War die ungeschickte Handhabung des Herrscherwillens der Anlaß? Oder die Dschafar nachgesagte Vergötterung des Feuers? Oder ein

Liebesstreit, der über sich selbst hinauswuchs? Die Seiten waren durchtränkt von Vermutungen und Anspielungen.

»Ich selbst bin einem ehrwürdigen, alten Barmekiden begegnet«, sagte Hürü, »der durch und durch den Eindruck machte, ein wahrer Großwesir zu sein. Der Mann, dem ich begegnete, war keine langhalsige Feige zum Streicheln.«

»Du hast den Mann gesehen, den zu sehen du erwartet hattest«, sprach Scheherazade. »Schließlich haben diese Volkserzählungen auch die weniger kultivierten Teile der Welt längst erreicht. Als Kind mußt du einen Teil oder gar den ganzen Kreis der Harun-Erzählungen vernommen haben.«

»Kann es denn möglich sein«, sann Hürü laut nach. »Das Auge sieht, was der Geist erwartet? Wenn er nicht der liebenswürdige alte Mann war, den ich sah, wie kann ich dann um seinen Tod trauern?«

»Warum quälst du dich so mit dem Barmekiden?« fragte Scheherazade. »Dein eigener Gatte wechselt seine Großwesire öfter als seine Untergewänder.«

»Mein eigener Großvater«, erwiderte Hürü, »war ein solch entbehrlicher Großwesir. Vielleicht sah ich meinen eigenen Großvater in Dschafar Barmaki.«

»Und welche Bedeutung hat das?«

»Und ich selbst bin eine entbehrliche Gattin«, sagte Hürü voller Trauer. »Leicht errungen, leicht ersetzt. Niemand nimmt mich ernst. Niemand strengt sich an, sich meine Freundschaft zu erhalten. Stets wird angenommen, daß ich allein zurechtkomme, ohne Rücksicht auf das, was ich ertragen und durchleiden muß.«

»Aber du verfügst über eine kräftige Seele«, sprach Scheherazade leichthin. »Um die Wahrheit zu sagen, bist du meine einzige Freundin, die nicht neurotisch ist.«

Hürü, betroffen und verärgert, packte Scheherazade an ihrem schmalen Handgelenk. Sie hatte fast Lust, ihr Schmerzen zuzufügen.

»Keine Neurotikerin also«, sagte sie und drehte Scheherazades Arm nur ein wenig um. »Heißt das daselbe wie ›ohne Anziehungskraft‹? Nehmt Ihr an, daß ich in meinen Gefühlen zurückgeblieben bin? Oder einfach nur, daß ich unheilbar die Gute Maid bin?«

»Um ganz ehrlich zu sein«, sprach Scheherazade, »denke ich nur wenig über dich nach. Es besteht auch keine Notwendigkeit. Du bist genau diejenige, die zu sein du scheinst. Niemand sorgt sich um deine geheimen Ansprüche. Du hast keine. Du bist aufs herrlichste durchschaubar.«

»Was Ihr seht, Scheherazade, ist die Reinheit meiner Werte. Meiner eigenen Sittlichkeit. Ihr führt Euch auf, Scheherazade, als stündet Ihr über jeglicher sittlicher Regel, und vielleicht tut Ihr das auch. Einerseits bewundere ich Euch so sehr, daß ich vor Bewunderung sterben könnte – für Eure angestrengte Gesammeltheit, Eure Klugheit, Eure Anziehungskraft. Doch andererseits«, fuhr Hürü fort, »fallen mir Eure kleinen Diebstähle ins Auge, Eure Eitelkeiten, Eure Grausamkeiten. Ich sehe, wie Ihr lacht, wenn jemand die Treppe hinunterfällt und in einem Zuber mit Wasser landet, selbst wenn derjenige eine Eurer kleinen Töchter ist. Immer jemand anderes muß Euer Kind aufheben, es trösten. Doch Ihr lacht den ganzen Weg bis in Eure Bibliothek.

Ich sehe, wie Ihr auf dem Basar Dinge stehlt. Kleinigkeiten für Eure Eitelkeit. Ich sehe, wie Ihr die Aufmerksamkeit des Händlers ablenkt, um einen unnützen Gegenstand in Eurer Tasche verschwinden lassen zu können. Ihr scheint davon auszugehen, daß die Menschen um Euch herum nur als Eure Sündenböcke auf die Welt gekommen sind. Ihr zahlt beispielsweise Eure Rechnungen nicht. Und doch hängt der Lebensunterhalt vieler davon ab, daß Ihr zahlt, was Ihr schuldet.

Die Neuartigkeit einer Frau, die über mehr und besser ausgebildeten Verstand verfügt als die meisten Männer, übt eine große Anziehungskraft auf Selim aus. Natürlich fühlt Ihr Euch geschmeichelt, daß dem mächtigsten Herrscher der Welt die Zunge nach Euch aus dem Munde hängt. Wie aufregend muß es doch sein, ihn auf seinen Platz verweisen zu können! Und welch Vergnügen das nicht doch bereiten muß! Ihr könnt nicht nur Eure Lüste befriedigen wie ein Mann, Selim hat obendrein keinerlei Macht über Euch! Und sollte Schahriyar sich gedemütigt fühlen, dann ist das sein Pech. Er sollte seinen eigenen Wert nicht an der Treue seiner Gattin messen. Niemand sollte das. Auch Hürü sollte das nicht tun, habe ich nicht recht? Und wenn es sie kränkt, wenn es sie beschäftigt, dann muß sie noch viel lernen.«

»Nun, gewissermaßen«, sprach Scheherazade, »kümmert es dich denn so sehr?«

»Das Bild von Euch und Selim unter der purpurnen Decke«, sagte Hürü und ihre Lippen bebten, »schmerzt mich inzwischen nicht mehr so sehr. Ich möchte nur, daß Ihr wißt, daß ich, wenn ich keinen Haß und Ärgergefühle zeige, dies nicht daher rührt, daß ich ein Hohlkopf bin. Oder daher, daß es mich nicht bekümmerte. Oder daher, daß ich mich für ein anderes Tier als die restliche Herde halte. Ich bin aus freiem Willen Eure Freundin geblieben, Scheherazade, obwohl ich es gehaßt habe, daß Ihr Euch heimlich mit Selim traft.«

»Doch weshalb sollte dir das etwas ausmachen? Selim ist nicht nur der erklärte Feind deiner Familie, du selbst hast mir gesagt, daß er der Feind der Liebe ist. Und ein Frauenhasser obendrein. Ich hätte gedacht, daß dir mein Sieg über Selim höchst willkommen hätte sein müssen. Ich verführte ihn, ich zähmte ihn und ich ritt ihn, bis er schrie. In der Tat. Und als ich fertig war, war ich es, die ihn wegschob.«

»Das ist der Grund, weshalb Ihr gefährlicher seid als Selim«, sagte Hürü. »Die Menschen wissen, daß er ein Ungeheuer ist. Doch Ihr wirkt allem Anschein nach durch und durch menschlich.«

»Und du hältst mich für unmenschlich? Nur weil ich meine Künste an Selim versucht habe?«

»Ich bin nicht ohne Schuld daran«, seufzte Hürü. »Ich führte Euch in die Irre, indem ich Euch meine wahren Gefühle für Selim verschwieg. Und ich schämte mich so sehr, als daß ich die Wahrheit meines Herzens hätte zugeben können. Ich weiß, daß Selim grausam, lasterhaft und voller Menschenverachtung ist. Indes, ich habe auch die Seite an ihm wahrgenommen, die unverdorben, zart und aufopferungsvoll ist.

Ich bin wie besessen von diesen zwei Seiten seines Wesens, und ich hasse die sklavische Abhängigkeit, in die es mich zwingt. Sobald ich mich in Selims Nähe aufhalte, schmilzt mein Wille in eine schwärmerische und unerfüllbare Leidenschaft für ihn dahin. Es ist, als hypnotisiere er mich.

Doch er wurde meiner überdrüssig und lachte mich aus, weil ich ihn nicht verließ. Viele Male schon habe ich versucht, mich aus dieser Verstrickung zu lösen, doch sobald mein Blick auf Selim fiel, verließ mich der Mut, und mein Herz öffnete sich. Er hat mir nie Abscheu eingeflößt oder Erbitterung in mir ausgelöst. Er hat mich nur unendlich müde gemacht. Ich bin nur mit Euch nach Bagdad geflüchtet, weil er mich so erschöpft hat.

Ich bin nur frei von Selim, wenn ich zugebe, daß ich nicht frei von Selim bin. Das, welches bindet, befreit.«

»Meine arme Hürü«, sprach Scheherazade. »Hätte ich all das doch nur gewußt! Für mich war Selim nichts mehr als eine Herausforderung. Ich wollte es ihm in gleicher Münze heimzahlen. Doch ich könnte ihn niemals als steten Geliebten in meinem Bett ertragen. Er verlangt zuviel, und ich bin mir bewußt, daß seine Vorherrschaft den Geist einer Frau zerstören kann. Ich ziehe es vor, daß die Männer in meinem Leben einen gewissen Abstand halten.«

»Und Schahriyar? Hat er sich in Wahrheit von Euch gelöst?«

»Ich fühle mich wohl mit Schahriyar«, erwiderte Scheherazade. »Wir schätzen einander voller Ruhe, wie es Männer tun. Ich heiße mich selbst einen Mann der Feder.«

»Und einen Lügner«, fügte Hürü hinzu, »und einen Betrüger. Bei Allah! Nun habe ich es ausgesprochen!«

»Oh, meine liebe Hürü«, sprach Scheherazade und warf ihre Feder hin und eilte auf Hürü zu, sie zu umarmen und ihr die geschlossenen Lider zu küssen. »Ich weiß, daß es schmerzt. Und es wird noch einige Zeit lang schmerzen. Auch ich habe den Schmerz gekannt, der mit zuviel weltlicher Eitelkeit einhergeht. Meine schönsten Augenblicke sind jene, in welchen ich mir eine kleine Freude gönne. Etwa Tee zu trinken, der mit Jasminblüten versetzt ist, oder einem schlafenden Kinde zuzusehen. Oder in meinem Bett zu bleiben und den Geräuschen Bagdads zu lauschen.«

»Oh!« schrie Hürü und umklammerte ihren Leib. »Oh-ho! Ho!«

»Kampfer!« rief Scheherazade über die Schulter. »Setz Wasser auf, mein großes Mädchen. Und laß uns unsere Hürü zu Bett bringen.«

»Ist die Zeit gekommen?« fragte Hürü

»Fürchte dich nicht«, sprach Scheherazade.

21
Die unterbrochene Reise

Hürü darf ihr geliebtes Kind Osman nicht mit nach Hause nehmen

Hürü verliebte sich auf den ersten Blick in den zahnlosen, kahlen kleinen Prinzen, der ob seines Blutes in Lebensgefahr und in das gnadenlose Haus Osmans hineingeboren wurde. Wann immer ein Prinz der Osmanen den Thron bestieg, verließen winzige Särge das hintere Tor. Oder kleine Säcke sanken wimmernd von der Serailspitze in den Bosporus. Und was die Überlebenden betraf, welche das Mannesalter vor dem Tod des Herrschers und Vaters erreichten, so zettelten sie oft Aufstände gegen den Bruder an, welcher den Thron bestieg, da sie nur zu gut wußten, daß alles dagegen sprach, daß sie am Leben bleiben würden. Geschlagen, gefangengenommen, starben sie in der gefetteten Schlinge des Henkers in einem dunklen Kerker. Selbst jene friedvollen Prinzen, die sich der Gotteslehre oder den schönen Künsten widmeten, kamen nicht mit dem Leben davon: Das Wesen eines Herrscherbruders galt als dem einer Schlange im Gras gleich. Wie viele Halbbrüder mochte Hürüs Kind haben? Doch sei's drum. Selbst ein einziger wäre einer zuviel. Selim mußte überall Bastarde gezeugt haben, ebenso wie rechtmäßige Söhne. Und der Kronprinz ließ zuerst töten und beweinte die Toten später. In unserer großen, ungewissen Welt suchten die Menschen derart verzweifelt nach unumstößliche Regeln, daß selbst eine solch armselige Unumstößlichkeit wie das göttliche Recht zu herrschen die Herzen zu Stein werden ließ gegen das Blut, das durch die Herzen der Osmanen floß, Herzen so vergänglich wie Dynastien.

Hürü hoffte, daß sie den Mund halten konnte. Am besten wäre, wenn dieser kleine Prinz nie seine wahre Herkunft erführe. Wenn er in der Annahme aufwüchse, ein gewöhnlicher junger Mann zu sein, dann konnte er vielleicht lernen, an andere Dinge zu denken als an seine Möglichkeiten als absoluter Herrscher. Sie fragte sich, wie die anderen Mütter im Serail es ertrugen, ihren dem Tode geweihten Söhnen beim Schlafen zuzusehen. Vielleicht blühte in den Herzen dieser Frauen die Hoffnung, daß ihre Söhne eines Tages, entgegen aller Wahrscheinlichkeit, leben und emporsteigen und ihre Mütter an die Spitze des Reiches mitnehmen könnten, wo selbst eine Frau Achtung und Ehrung als Mensch erfahren konnte, nebst der stets sittlich zersetzenden Macht einer Königsmutter.

Hürü dankte Allah, daß er sie und ihren Sohn diesen Machtkämpfen ferngehalten hatte. Hier in Bagdad hatte sie in jeder Hinsicht einen Waisenknaben auf die Welt gebracht. Und doch nannte sie ihn, wenn auch nach Überwindung innerer Widerstände, Osman, ein Name, der so verbreitet war, daß ihn der Stiefelputzer mit den Prinzen teilte. Als Vatersname gab sie ihm eine Hälfte ihres Mädchennamens: Kara. Also Osman Kara, ein Name, der ihm mit Segen zuteil wurde. Doch letztlich rief sie ihn Karacuk, die Verkleinerung von Kara, also den Kleinen Schwarzen.

Das Kind war nicht schwarzhaarig und dunkelhäutig, wie sein Name vorgab. Er hatte die Farben von Pfirsichen und Sahne, sobald die Rötung der Geburt nachgelassen hatte. Er war kräftig, augenblicklich lebhaft, und ihm wuchs sehr schnell dichtes, rot-goldenes, seidiges Haar. Hürü dachte, daß sie in seinen Augen den nie fest auf etwas gerichteten Blick Selims wiedererkannte, grau und geheimnisvoll. Doch Scheherazade versicherte ihr, daß alle Neugeborenen eine Weile lang schielten. Hürü schämte sich zu sehr, als daß sie hätte zugeben wollen, daß sie in Wahrheit hoffte, daß das Kind diese Schwäche seines Vaters beibehalten möge.

Als Karacuk das Alter von sechs Monaten erreicht hatte, bot er den Anblick des kleinen, goldenen Prinzen, der er in Wirklichkeit war, rundlich, mit Grübchen versehen, fröhlich und hungrig nach dem, was man ihm auf einem silbernen Löffel bot. Hürü sehnte sich danach, ihn ihren Eltern zu zeigen, ihre Freude mit jenen beiden geliebten Menschen zu teilen, die so grausam ihrer Hoffnungen für die Zukunft beraubt worden waren. Tag für Tag und mit stets wachsender Eindringlichkeit träumte sie, daß sie beim Tor ihres elterlichen Hauses ankäme und Karacuk in die Arme ihres guten Vaters und der Herrin, die ihre Mutter war, legte. Sie stellte sie sich zitternd und weinend vor, ob des Ausmaßes dieses unerwarteten Glücks.

Es bedrückte sie, daß Karacuk seine ersten Worte in arabisch sprechen würde, die Sprache, in welcher Scheherazades Töchter ohne Unterlaß auf ihn einredeten, entzückt von der großen, lebendigen Puppe, auch wenn sie sich nicht zu schade waren, ihn, wenn Hürüs Blick abgelenkt war, zu kneifen oder ihm Salamandersuppe und die Eier von Skorpionen zu essen zu geben. Ein weiterer Grund, Bagdad zu verlassen, war Schahriyar. Er verkörperte schlicht keine günstige Vaterfigur, wie er so stumm und unbeweglich in seinem Schlafgemach hockte. Hürü hielt es nicht für weise, einen Sohn in einem Hause voller Frauen großzuziehen.

»Die Zeit ist gekommen«, teilte Hürü Scheherazade mit, »Karacuk nach Hause zu bringen. Manchmal brenne ich vor Heimweh wie in einem Fieber. Merkwürdig. Über so lange Zeit hinweg schien ich den Gedanken, daß ich ein Zuhause habe, einfach vergessen zu haben.«

»Es ist besser, wenn du hier bei uns bleibst«, sprach Scheherazade, »ohne Selim. Es ist mein Wunsch, daß du bleiben mögest. Doch bist du einmal fort, werde ich dich bald vergessen.«

»Werdet Ihr mich nicht wenigstens vermissen?« fragte Hürü. »Mein Wunsch wäre es, daß Ihr mich vermißtet.«

»Ich werde dich gar schrecklich vermissen«, erwiderte Scheherazade, »und zugleich werde ich dich überhaupt nicht vermissen. Ich lebe umgeben von denen, die ich liebe, doch wie du weißt, lebe ich allein.«

»Ganz gleich, ob Ihr ersteres oder letzteres fühlt«, sagte Hürü, »ich muß nach Hause zurückkehren.«

»Ah, aber das Reisen ist so gefährlich«, sprach Scheherazade, »zu gefährlich.«

»Einen Teil dieser Reise habe ich bereits einmal zurückgelegt«, sagte Hürü, »auch wenn ich die schwierigere Strecke mit Hilfe von Abd-es-Samad zurückgelegt habe, der mich über Zeit und Raum hinweggeschleudert hat. Doch nun muß ich mich um Karacuk sorgen. Warum kann ich mir nicht irgendeine Art von Begleitung anheuern? Ein halbes Dutzend Männer in etwa.«

»Vertrauenswürdige Menschen sind dieser Tage so sehr schwer zu finden«, sprach Scheherazade. »Ich wüßte nicht einmal, wo man mit der Suche nach ihnen beginnen sollte.«

Da geschah es, daß ein unerwartetes Angebot in der Gestalt Schahriyars auftauchte, welcher, ohne Wissen der Bewohner des Palastes, Gespräche durch die hölzernen Teile des Bauwerks belauschen konnte. Nachdem er sein Laken um sich gezogen oder sich selbst in seinem Laken zusammengerissen hatte, stand er vor der Tür zur Bibliothek und lauschte ohne Umweg.

»Was ist mit mir«, fragte Schahriyar mit rostiger Stimme, da er zum ersten Male wieder sprach, seit ihn die Krankheit des Zweifels am Leben befallen hatte. »Konstantinopel. Ich würde diese Stadt gerne sehen.«

»Istanbul«, verbesserte Hürü ihn in einem plötzlichen Anfall von Heimatstolz.

Schahriyar als verantwortlichen Begleiter zu verpflichten, schien ein guter Gedanke und überaus peinlich zugleich zu sein. Einen ehemaligen König als Untergebenen anzuheuern? Hürü hätte vor Scham in den Boden versinken mögen, als sie den Vertrag schriftlich festgehalten hatten, unterzeichnet, versiegelt und beurkundet, was die Pflichten Schahriyars und die Verantwortung Hürüs als Herrin hinsichtlich Gehalt, Vorrechten und Reisegeld betraf. Dieser Vertrag war mit solch liebevoller Genauigkeit verfaßt, daß Hürü erkannte, warum er einst als solch großartiger Verwalter galt. Schahriyar fühlte sich wohl, wenn die Dinge der Welt sich schwarz auf weiß festhalten ließen.

»Hiermit ist gewährleistet«, sagte er, »daß wir nicht über geheime Erwartungen in unseren Köpfen in Streit geraten. Formalitäten bewahren beide Parteien vor dem Unerwarteten.«

Der ehemalige König und Herrscher von Bagdad schien sich keineswegs dadurch erniedrigt zu fühlen, daß er Lohnarbeit annahm. Sein Begehren zu reisen war so übermächtig, daß er die erste Gelegenheit am Schopfe packte, dies Haus verlassen zu können, wo seine einzige Aufgabe darin bestand, allen anderen schwer auf dem Gewissen zu liegen. Als sie ihn erst vielfältige Tätigkeiten in Angriff nehmen sah, überließ sie das Anheuern einer Begleitmannschaft vollkommen Schahriyar, der eine Liste ehemaliger treuer Gefolgsleute aufsetzte, die in aller Wahrscheinlichkeit nun ohne Arbeit und verarmt waren. Er wurde von einem solchen Eifer gepackt, alles zu erledigen, daß er das Tor schon hinter sich gelassen hatte, bevor ihm bewußt wurde, daß er nur in ein Laken gehüllt war.

»Bring deinem Herrn etwas Ordentliches zum Anziehen!« brüllte er Kampfer an.

Doch da er all seine eigenen Gewänder verbrannt hatte, mußte er sich mit der Uniform eines Mamelucken-Sklaven begnügen, die Kampfer in einem Gemach voller lang vergessener Dinge fand. Sie beeinträchtigte Schahriyars Eifer jedoch nicht im geringsten. Er schoß aus dem Tor wie eine Kanonenkugel. Hürü fragte sich, was man in den Straßen von Bagdad von ihm denken mochte.

»Er hat sich endlich wieder seiner Kräfte entsonnen!« flüsterte Scheherazade und umarmte Hürü. »Dank sei Allah, dem Erhabenen! Und Dank auch dir, meine Liebe!«

Schahriyars Ungeduld zum Trotze verschlangen die Vorbereitungen fast zwei Wochen. Ein Heer für eine Schlacht vorzubereiten war leichter, als mit einem Neugeborenen eine Reise anzutreten. In der Küche trieb Schahriyar Kampfer an und schüchterte sie ein, Hürü erging es ob ihrer Reisekoffer so, Scheherazade ob ihrer Tränen in der Bibliothek, da ihre Arbeit zu einem schmerzhaften Stillstand gekommen war. In jenen Tagen war es so, daß ein Abschied von einem Freund bedeutete, daß man sich verabschiedete bis zu einem Wiedersehen im Jenseits. Mit seinem ersten Lohn zahlte Schahriyar stolz ein wenig von dem ab, was der Haushalt schuldete.

»Sag meiner Gattin«, sagte er zu Hürü, da er immer noch nicht bereit war, mit Scheherazade zu sprechen, »daß ich kein Wort mehr über Geldnöte vernehmen möchte.«

»Sage meinem Gatten«, erwiderte Scheherazade, »daß Geld noch nie etwas war, über das ich mir Sorgen gemacht hätte.«

»Sage meiner Gattin«, gab er zurück, »daß sie sich diese Sorgen machen sollte. Ich verlasse dieses Haus in annehmbarem Zustand. Sie muß einfach versuchen, mit dem Geld auszukommen, bis ich zurückgekehrt bin.«

»Sage meinem Gatten«, sprach sie, »daß meine Gebete ihn begleiten und daß sein Leichentuch sich in der linken Satteltasche befindet.«

»Sag ihr, daß es gar nicht so einfach ist zu sterben«, sagte Schahriyar.

»Sag ihm, daß ich hoffe, daß er nach Hause zurückkehrt.«

Sie küßte Schahriyar und umarmte ihn lange. Er nahm Scheherazades körperliche Umarmung an und gab sie gar zurück; er befand sich nicht im Krieg mit ihrem Körper: er haßte ihre Worte.

Schahriyar hatte eine Begleitung von sechs Männern zusammengestellt: drei Schwarze, einen Türken – alle ehemalige Sklaven Schahriyars, nun freie Menschen – und zwei freigeborene Araber. Er hatte Verträge aufgesetzt, die zugunsten der Begleiter waren, da er als ehemaliger Verwalter von Geldern, die dem Volk gehörten, daran gewöhnt war, das freigebig zu verteilen, was ihm nicht gehörte. Oh, Hürü verteilte gerne das Geld mit beiden Händen, alles, was sie wollte, war der bestmöglichste Schutz für Karacuk.

Das Kind auf einer Hüfte, die Steinerne Lyra in der einen Satteltasche und die Schatulle mit Selims Gold – nun nicht mehr ganz so voll – in der anderen, brach Hürü auf. Kaum war sie aufgesessen, durchnäßte das Kind, vielleicht, weil es die Aufregung spürte, seine Windeln. Alle mußten absitzen und warten, bis das Kind gesäubert und frisch gewickelt war; Karacuk hatte das Muster seines Reiseverhaltens festgelegt. Jeden Morgen wartete Karacuk, bis alle aufgesessen waren, bevor er seine Notdurft verrichtete. Und er ließ auch jedermann wissen, wie sehr er eine Wiege vermißte, in der schon die Kinder Scheherazades gelegen hatten; er quengelte und schrie und weigerte sich, in der kleinen Hängematte zu schlafen, die für ihn aufgehängt wurde, wenn sie rasteten. Statt dessen verlangte er nach Hürüs Schlafdecke, nahm ihr Kissen in Besitz und stieß mit seinen zarten, rosigen Füßen ihr Gesicht weg. Ihre Milch verursachte ihm Koliken und Alpträume, und er erwachte urplötzlich, voller Ängste. Alles in allem schien Karacuk das Reisen zu hassen. Hürü hoffte, daß es ihr gegeben sei, ihn weiterhin zu lieben, ohne daß ihre Reizbarkeit überhandnahm; das war es schließlich, wofür Mütter da waren. Allah in seiner Weisheit hatte kleine Kinder entzückend und liebenswert gemacht. Wie sonst hätte man das Herz einer Mutter dazu bringen können, gegen ihr eigenes Wohlbefinden zu handeln. Hürü magerte stark ab.

Die Reise blieb, auch wenn sie schwierig war, von den üblichen schrecklichen Zwischenfällen verschont, wie etwa Überfälle von Räuberbanden, Ansteckungen mit furchtbaren Krankheiten oder Einkerkerung, weil ihre Gesichter den Ordnungskräften irgendeines Ortes nicht gefielen. Es schien, als hielte die Herrschaft Selim des Grimmigen die Menschen davon ab, allzu schnell und leicht gegen die Gesetze zu verstoßen. Das Schlimmste, das ihnen zustieß, war, daß sie etwa in einer Herberge nichts zu essen erhielten oder von Bettwanzen, Flöhen und Läusen gepeinigt wurden. In und um Syrien herum kam eine bestimmte Art von Milbe vor, kleiner Tatar genannt, deren Biß bei Menschen zu eiternden Wunden führte, die die Opfer für immer mit Narben kennzeichneten, die als Aleppo-Knöpfe bekannt waren. Hürü erstickte sich selbst und das Kind fast in den heißen syrischen Nächten unter Fliegennetzen, in der Hoffnung, die zarte Haut Karacuks zu schützen.

Auch Schahriyar verfügte über ihm eigene Arten und Weisen, verborgene Auslöser von Fieberkrämpfen und allerlei anderen Elends zu vermeiden. Es läge alles am Wasser, sagte er. Wasser zu trinken, an das man nicht gewohnt war, lieferte den Reisenden sämtlichen örtlichen Plagen aus. Das beste sei, so riet er ihnen, Wein oder andere gegorene Getränke zu sich zu nehmen, und er befolgte seinen eigenen Rat überaus tatkräftig. Die liebenswürdigste Art, Schahriyars steten Zustand sowie den seiner Männer zu beschreiben, wäre, sie sturzbetrunken zu nennen. Die sieben Männer begannen lange vor dem Frühmahl damit, ihre Gesundheit zu schützen, und sparten nicht an der vorbeugenden Medizin, bis ihre Sinne sie verlassen hatten. Und ihr von allen Sinnen verlassener Zustand war allen anderen höchst willkommen! Angenehm beschwipst am Morgen, tränenreichen und unverständlichen Reden zuneigend am Mittag, war die Begleitmannschaft gegen Mitte des Nachmittags derart betrunken, daß die wütenden Streitereien unter ihnen nicht mehr zu ertragen waren. Und des Nachts, während Hürü versuchte, ihr Kind zu besänftigen, waren ihre lustvollen Blicke auf Hürü, als sei sie nur eine Frau und nicht ihre Herrin und Entlohnerin, noch weniger zu ertragen.

Dieser Zustand war das, so nahm Hürü an, was dem Verbot des Weines zugrunde lag: der Zustand des selbsterniedrigenden Zusammenspiels mit dem Dämon in der Flasche. Schahriyars Trinkfestigkeit erwies sich als außerordentlich hoch; indes dachte Hürü sich, daß er, auch wenn er sich nicht so gehenließ wie seine Männer, kaum imstande war, die Landschaftsbetrachtungen anzustellen, die vorzunehmen der Grund für seine Teilnahme an der Reise gewesen waren. Statt dessen widmete er sich ausschließlich den Vorzügen und Nachteilen der Weine, die an den verschiedenen Orten gekeltert wurden. Er begann mit vorsichtigem Prüfen und Kosten, um dann ein kenntnisreiches Urteil abzugeben; wenn die Nacht hereinbrach, hätte er auch Essig trinken können, ohne es zu bemerken, so gelähmt waren ihm Zunge und Verstand. Warum nur trank sich ein Mann wie Schahriyar – ein letztendlich guter Mann trotz seiner Barschheit, seiner Zeiten der Todessehnsucht, seiner hartherzigen Gesprächsführung – mit solcher vorgeplanten Genauigkeit in solch einen beschämenden Zustand?

Doch selbst wenn er so voll des Weines war wie drei Segel im Sturm und keinerlei Bedürfnis hatte, die Welt zu sehen, so kümmerte Hürü das wenig. Solange er seine Männer im Zaume hielt. Über eine lange Zeitspanne der Zweifel und Qualen hinweg griff sie wieder mit Rat noch Tat in dies Geschehen ein; noch bat sie um Mäßigung, da sie erkannt hatte, daß Schahriyar es vorzog, seinen Weg in die Hölle ohne die Hilfe seiner Freunde zurückzulegen. Sie ermahnte ihn nicht einmal als seine Lohngeberin. Doch sie konnte es nicht lassen, ihn wieder und wieder vorwurfsvoll anzublicken.

»Hier, sprödes Weib, nehmt einen Schluck!« forderte er sie unter wieherndem Gelächter auf und reichte ihr den Schnabelkrug. »Tut Euch was Gutes!«

»Wisset, Schahriyar«, sagte sie schließlich nach Wochen der Erbitterung, »Ihr habt einen Vertrag zu erfüllen. Ihr habt ein Schriftstück unterzeichnet und versiegelt, welches Euch verpflichtet, meinen Sohn und mich gesund und munter am Tor zu meines Vaters Haus abzuliefern.«

»Und?« erwiderte Schahriyar. »Ist Eurem kostbaren Bengel ein Haar gekrümmt worden? Oder Euch selbst, wenn man es genau nehmen will?«

»Aber es könnte eine Gefahr auftreten. Und Ihr seid stets zu betrunken, Eure Aufgabe dem Vertrag gemäß zu erfüllen.«

»Zeigt mir doch diesen Vertrag«, sagte Schahriyar. »Ich kann mich nicht einer Bedingung der Nüchternheit entsinnen.«

»Aber Nüchternheit wird vorausgesetzt!« rief Hürü.

Ganz offensichtlich wartete eine unschöne Überraschung auf Scheherazade, wenn Schahriyar zu ihr nach Bagdad zurückkehrte. Ihr Gatte war kaum noch er selbst, so oft war sein Haupt von Weinblättern verhüllt. Was sie selbst betraf, so zog Hürü einen nüchternen Widerpart vor, einen Gatten, dessen Verstand unter einem Zuviel des Lebens statt einem Zuviel des Weines litt. Ach, die arme Scheherazade. Ihr Gatte verhielt sich eher wie ein wilder Satyr als wie ein Vater, Ehemann und Haushaltsvorstand eines Palastes in Bagdad.

Hürü konnte die Reise nicht genießen. Sie war von dem Gedanken besessen, daß sie Unheil dadurch fernhalten konnte, daß sie sich übermäßig Sorgen machte, vor allem, da der Begleiter, der dafür entlohnt wurde, sich Sorgen zu machen, diese weit von sich wies. Als sie schließlich die arabische Wüste durchquert hatten und die Ausläufer der Berge des südlichen Anatoliens erreichten, atmete sie auf. Die Berge waren eine Landschaft, in der sie sich auskannte, und die schneeweißen Wolken über den purpurnen Gipfeln verliehen ihrem Gemüt Auftrieb.

»Siehst du?« sagte sie zu Karacuk, den sie in die Höhe streckte. »Dies sind die Berge deiner Heimat!«

Holde Gebirgsbäche entsprangen so klar und rein ihren verborgenen Quellen, daß sie Schahriyar darauf hinwies, daß er nun keine unsichtbaren Krankheitserreger im Wasser mehr fürchten müsse.

»Solange man nichts an Kuhfladen«, erwiderte er, »oder Otterwasser auszusetzen hat.«

Vier Graubären machten sich vor den Reisenden davon; ein fünfter, eine Bärenmutter mit zwei Jungen, warf einen kurzen Blick auf die Gefolgschaft, bevor sie ihren Jungen folgte, die sich glücklicherweise in die andere Richtung davonmachten. Hürü hielt ihren Begleiter, ob betrunken oder nüchtern, nicht für jemanden, der einem ausgewachsenen Graubären gewachsen war, nachdem sie einst auf die sterblichen Überreste eines Soldaten gestoßen war, den just solch eine Bärenmutter in ihren Tatzen hatte. Und wie sie so bemerkte, daß sie nicht von wilden Tieren verfolgt wurden, dachte sie sich, daß Hidir wieder über sie wachen müsse. Eines Morgens dann entdeckten sie, daß einer der Packesel in der Nacht von, der Fährte nach zu urteilen, einem Leoparden gerissen worden war. Auch die Wildnis wachte um sie herum. Sie drückte Karacuk an ihre Brust und lauschte die folgende Nacht über, ohne sich oder dem Kind Schlaf zu gönnen, dem umheimlichen Geheul der Wölfe, dem Kreischen der Hyänen und den Rufen der Waldkäuzchen, die sie frösteln ließen.

»Wenn du einmal ein Mann bist«, sagte sie zu Karacuk, »dann

unterschätze nie die Natur, denn die Natur schickt uns stets das Unerwartete.« Und dennoch war sie froh, daß sie ihre Gefolgsleute nicht entlassen hatte, wie sie es sich täglich vorgenommen hatte, seitdem sie durchs Gebirge zogen. Allein schon die Anzahl der Reisenden barg ein wenig Sicherheit. Dann öffnete sich die Landschaft vor ihnen auf die weite Hochebene hin. Sie näherten sich Konya, der Heimat ihrer Vorfahren.

Als die das Kiefernwäldchen erreichten, in welchem sich in ihrer Vergangenheit so viel zugetragen hatte, bat sie darum, daß man hier das Nachtlager aufschlage. Dies war der Ort, an welchem sie Hidir begegnet war, dem Hirten, mit welchem sie die Kleidung tauschte, und wo Selim anscheinend ihr Spiegelbild in der salzigen Lagune erblickt und sich in sie verliebt hatte, wohin sie auf Mauleseln mit Abd-es-Sadam geflogen war, wo sie die vier Zauberdinge und die Steinerne Lyra dem Schatzhaus des Größten der Hochgewachsenen entnommen hatte.

»Dieser Ort,« sagte sie zu Schahriyar, »ist reich an Unsichtbarem.«

»Wird sich das Unsichtbare denn sichtbar machen?« spöttelte Schahriyar und ließ einen ganzen Krug *mavrodaphne*-Wein durch seine Kehle rinnen, der süß und fast schwarz war und von den christlichen Winzern in Konya gekeltert wurde.

»Sofern Ihr es fertigbringt, wach zu bleiben«, erwiderte Hürü kurz angebunden. »In der Wildnis ist die Sorge um das Überleben die erste und die letzte.«

»Was überleben?« fragte er und blickte hinauf zu einem Sonnenstrahl, der durch die Wipfel drang. »Niemand überlebt jemals.«

Schahriyar und seine Männer ließen sich zu einem flüssigen Mahl nieder und erzählten sich Geschichten von der Jagd auf wilde Tiere, deren leuchtende Augen wie eine Kerze verlöschten, wenn man sie zum richtigen Zeitpunkt erlegte, und von solchen, die sich in die Wälder zurückschleppten und nicht wiederzufinden waren, da das verletzte Tier nicht richtig sterben wollte. Irgend jemand sollte diesen Männern sagen, daß auch sie Tiere sind, dachte Hürü sich. Das hatte niemals jemand getan.

Sie löste ihr Haar und entkleidete sich hinter den Beerensträuchern, die am Ufer der Lagune wuchsen, bis auf ihr Untergewand. Karacuk, nackt und fröhlich, kroch durch den Sand, geradewegs auf das Wasser zu. Das Kind brabbelte auf sein Spiegelbild im stillen Wasser ein. Welche Glückseligkeit, dachte Hürü sich, während sie ins kühle Naß tauchte, unter dem sich ein ganzes Schatzhaus befand. Karacuk fest im Griff, zeigte sie ihm, wie er sich vom Wasser tragen lassen konnte.

Wie bedauerlich, daß sie Schahriyar nicht davon überzeugen konnte, daß die kristallne Lagune nicht austrocknen würde, wenn er in ihr stünde, daß die Bäume freundliche Geister waren, daß der blaue Himmel der sichtbare Wächter des Ortes war. Er hielt die Lagune für nichts anderes als ein Gewässer, das die ihm zustehende Anzahl von Ertrunkenen forderte, eine Ansicht, die ihm der süße, klebrige Wein eingab, in welchem er nur seine eigenen Sorgen ertränkte. Überall war Hilfe, auch wenn sie unsichtbar war. Doch Schahriyar wußte nicht, daß die Wunden seiner Vergangenheit hier geheilt werden konnten. Daß sich in diesem Augenblick in der Beuge seines Armes eine leuchtend grüne oder eine leuchtend blaue Gestalt befinden konnte, die es nicht zuließ, daß man sie mit bloßen Augen sah.

Während Hürü und das Kind sich in dem klaren, salzigen Wasser reinigten, betrank die Gefolgschaft sich lachend und zankend. Hürü beschloß, daß nun wirklich der Zeitpunkt gekommen war, sie alle davonzujagen. Hastig kleidete sie sich und Karacuk wieder an, während sie sich die Worte zurechtlegte, mit welchen sie Schahriyar und seine Männer entlassen würde. Sie kämmte ihr Haar, als Schahriyar sich ohne ihre Erlaubnis zu ihr gesellte und sich auf einem Baumstumpf niederließ, wilde Gesten mit dem Schnabelkrug in der Hand ausführte und sie mit einer ihr nur zu gut bekannten Lüsternheit betrachtete. In aller Eile steckte Hürü ihr Haar auf und bedeckte den Kopf mit ihrem Tuch.

»Bedeckt Euch nicht«, sagte Schahriyar. »Seitdem Euer Haar bis zu Euren Schultern reicht, seid ihr fast schön zu nennen.«

»Wisset denn, Schahriyar«, sagte sie, »ich habe einen Entschluß gefaßt. Von hier aus kann ich den Weg nach Hause allein zurücklegen. Es gibt keinen Grund, daß ich Euch und Eure Männer länger bei mir behalte.«

»Mein Vertrag besagt, daß die Reise bis Konstantinopel geht«, erwiderte er. »Und ich werde mich an meine vertraglich festgelegten Pflichten halten, Allah sei mein Zeuge! Abgesehen davon, könntet Ihr und ich noch einigen Gewinn aus unserem Beisammensein ziehen. Ich bin ein Narr, daß ich Euch so lange vernachlässigt habe.«

Hürü hielt es für besser, ihn nicht zu verstehen.

»Im Gegenteil«, sagte sie, »Ihr seid überaus zuvorkommend gewesen.«

»Wagt es nicht, mir zu widersprechen!« sagte Schahriyar streitlustig. »Ich habe lange genug unter einer widerspruchssüchtigen Frau gelitten!«

»Mögt Ihr etwas Tee?« fragte Hürü.

»Ich brauche weder Tee noch Sympathie«, sagte er. »Aber der Duft einer Passionsblume käme meinen Bedürfnissen gerade recht. Wie wäre es damit? Ein paar kleine Leibesübungen unter guten Freunden haben noch niemandem geschadet. Gute, frische Luft wie hier – da müssen Eure Säfte doch fließen. Und abgesehen davon muß die Witwenschaft für eine so junge Frau doch schwer zu ertragen sein.«

»Ich danke Euch, doch nein«, erwiderte Hürü. »Die Triebhaftigkeit des Menschen kann für eine Frau so entwürdigend sein, daß es am besten ist, man verzichtet vollkommen darauf. Und abgesehen davon würde Euch nicht einmal eine Dirne in Eurem jetzigen Zustand nehmen.«

Irgend etwas in dem entschiedenen Tonfall ihrer Bemerkung schien Schahriyar so zu verärgern, daß er Hürü das Kind aus den Armen riß. Und sie, die völlig unvorbereitet auf solch einen Angriff war, überließ ihm Karacuk ohne Gegenwehr. Sie benötigte einige Augenblicke, bevor sie begriff, was vorgefallen war. Sie konnte immer noch nicht wirklich begreifen, daß Schahriyar ihr so deftig ihr Kind entrissen hatte. Karacuk, der es nicht gewohnt war, so grob behandelt zu werden, brüllte ärgerlich und mit ganzer Kraft.

»Der Blitz treffe Euch, Schahriyar!« sagte sie. »Gebt mir mein Kind zurück!«

»Das werde ich«, erwiderte er. »Doch zuerst gebt Ihr mir, was ich begehre.«

»Bedenket wohl, Schahriyar, was Ihr über uns beide bringt«, sagte Hürü. »Es ist wider alle Sitten und wider jedes Vertrauen. Ich bin es doch nicht, an der Ihr Rache nehmen wollt.«

»Ihr kommt mir recht«, sagte er.

»Wir sind doch Freunde«, bettelte sie. »Verderbt nicht unsere Freundschaft.«

»Ich habe keine Freunde!«

»Oh, doch, das habt Ihr!« erwiderte sie. »Ich bin Eure Freundin.«

»Zieht Euch aus!« brüllte er. »Oder ich werfe diesen Welpen in den See.«

»Ich werde mich nicht entkleiden«, ließ Hürü ihn mit fester Stimme wissen. »Und Ihr werdet niemanden nirgendwohin werfen.«

»Das werde ich nicht?« höhnte Schahriyar und ließ Karacuk, den er am Kragen hielt, über dem Wasser baumeln. »Ich werde es, bei Allah!«

»Ich bin nicht so leicht zu verängstigen«, sagte Hürü. »Ihr werdet meinem Sohn kein Leids zufügen, weil auch Ihr ein Vater und ein sittsamer Mann seid. Ihr seid nur so betrunken, daß Euch die Fähigkeit des Danks abhanden gekommen ist. Geht und schlaft Euren Rausch aus. Ich erwarte nicht einmal eine Entschuldigung morgen früh.«

»Sagt mir nicht, was ich zu tun habe!« schrie Schahriyar, dessen Gesicht purpurn anlief. »Ich lasse mir nichts befehlen!«

Und er warf Karacuk in die Lagune.

Wie bei einer Handlungsabfolge in einem Traum scheinen die Arme und die Füße plötzlich so unabänderlich schwer zu sein, daß man sich um seines Lebens willen nicht bewegen kann. Sie sah, wie ihr Sohn, einer Seerose gleich in seinem Gazehemdchen, für einen kurzen Augenblick auf dem Wasser schwebte; dann sah sie, wie er sank wie ein Stein. Als ringförmige Wellen sich von der Stelle aus ausbreiteten, an welcher das Kind verschwunden war, kam Hürü zur Besinnung und stürzte sich ins Wasser. Doch Schahriyar folgte ihr auf den Fersen.

Er rang mit ihr im Wasser. Verrückt vor Wein und Erbitterung, umklammerte er sie wie ein Graubär. Doch Hürü, verrückt vor Angst um ihren Sohn, kämpfte wie eine Wölfin und biß ihm ein Ohrläppchen glatt ab. Schahriyar, wie gelähmt von dem Blut, daß ihm vom Ohr strömte, begann so laut zu brüllen, daß seine Männer herbeigeeilt kamen und sahen, wie Hürü ihm das Knie in die Leistengegend stieß. Und just als sie sich dem Griff ihres Angreifers entwunden hatte, der nun blutend vornübergeneigt dastand, fielen mehrere Männer über sie her und hielten sie an den Armen, den Füßen, und es hockte gar jemand auf ihrer Brust. Einer der Männer stand daneben und sah zu.

»Bruder!« rief sie dem gleichgültigen Mann auf türkisch zu. »Laßt nicht zu, daß diese schmutzigen Araber deiner Landsmännin dies antun! Hilf mir!«

»Ich habe kein Land, das mir gehört«, sagte der ehemalige Sklave und zuckte die Schultern. »Und abgesehen davon, es gibt sechs von denen und hier nur mich.«

»Schahriyar!« schrie Hürü, die nun wirklich um Gnade bat, alle viere von sich gestreckt auf dem Boden festgehalten. »Tut es nicht! Laßt mich los! Laßt mich meinen Sohn retten!«

»Verfluchte widerspenstige Hündin!« sprach Schahriyar, der sich ein Stück von seinem Turban schnitt, um sein Ohr zu verbinden. »Seht nur, was Ihr mir zugefügt habt! Wo ist mein Ohrläppchen? Habt Ihr es verschluckt? Verfluchtes und blutrünstiges Nomadenweib, das Ihr seid!«

»Laßt mich meinen Sohn retten« flehte Hürü weinend. »Haltet mich nicht länger.«

»Der osmanische Welpe ist längst ertrunken«, erwiderte Schahriyar. »Und jetzt seid Ihr an der Reihe. Euer Körper oder Euer Leben! Eines davon werde ich besitzen!«

»Warum tut Ihr das alles?« fragte Hürü, die nun zu seinem Verstand sprach.

Schahriyar zuckte die Schultern.

»Was begehrt Ihr in Wahrheit?« fragte sie. »Wenn es Gold ist, so gehört Euch alles, was ich besitze. Denkt an Eure Gattin. Ertrüget Ihr, daß ein Schurke ihr das antäte, was Ihr mir antut?«

»Vielleicht hat sie ja irgendwann einmal das Glück«, sprach er. »Denn auf anderem Wege wird sie es nicht bekommen.«

»Euer Ohr hört nicht, was Euer Mund spricht,« sagte sie. »Ich flehe Euch an, seht in mir nicht die Ehefrau Selims. Seht mich so, wie ich bin: ein Mensch namens Hürü, die stets eine gute Freundin Eurer Familie gewesen ist.«

»Hat man Freunde wie Euch«, sprach er, »verliert man sein Ohrläppchen. Freundschaft, das ist ein Gedanke, der wahrhaft überflüssig ist.«

»Wenn ich Eure Feindin bin«, sagte sie, »so behandelt mich nicht achtlos. Die Demütigung des Feindes ist Achtlosigkeit gegenüber der eigenen Würde.«

»Werdet Ihr nun schweigen?« fragte er. »Oder soll ich Euch zum Schweigen bringen lassen?«

Sie konnte immer noch nicht glauben, daß all das geschah. Sie verstummte für einige Augenblicke und sammelte sich, bevor sie noch einen weiteren schweren Fehler begehen konnte.

»Ich gebe nach, Schahriyar«, sagte sie. »Ihr habt gewonnen. Ich ziehe es vor, daß Ihr mir das Leben nehmt. Doch zuerst muß ich mich auf den Tod vorbereiten. Gestattet mir einige Minuten des Gebets und der Besinnung, daß ich Allah gegenübertreten kann als jemand, der seinen Frieden mit dem Leben geschlossen hat.«

»Mein Gebieter«, sagte der betrunkene Schwarze, der auf Hürüs Brust saß, »laßt die Frau ihre letzten Gebete sprechen.«

»Einverstanden«, erwiderte Schahriyar. »Auf denn, betet!«

»In dieser Lage kann ich nicht beten!« sagte Hürü. »Gebt mir ein wenig Ruhe und Abgeschiedenheit. Bei Allah dem Allmächtigen! Hat Euch jeglicher Sinn für Sittlichkeit verlassen, Schahriyar?«

»So sputet Euch denn«, sprach Schahriyar, der seinen Männern bedeutete, von ihr abzulassen. »Wir hier müssen uns noch den Rest der Welt ansehen.«

»Ich danke Euch«, sagte Hürü, die sich erhob. »Allah wird sich, wenn er Euch richtet, jeglichen Zuvorkommens entsinnen, das Ihr mir entgegenbrachtet.«

»Sprecht Ihr immer noch?«

Augenblicklich eilte Hürü hinter das Brombeergebüsch. Sie blutete aus Wunden, die sie zuvor noch nicht bemerkt hatte. Einen kurzen Moment lang kniete sie sich nieder, um Atem zu holen. Ihre Gedanken wirbelten durcheinander wie ein Feuer, das sich ausbreitete. Nun gab es keine Möglichkeit mehr, daß Schahriyar ihr das Leben schenkte; geschändet oder nicht, sie mußte getötet werden. Schahriyar würde nie zulassen, daß diese Mutter dem Sultan Selim auch nur ein Sterbenswörtchen darüber verriet, wie sein neugeborener Sohn seinen viel zu frühen Tod gefunden hatte. Hürü war zutiefst darüber entsetzt, daß sie so klar ihre Lage erfassen konnte, während ihr Sohn auf dem Grund der Lagune lag – als sei ein Anfall des klaren Denkens aus dem Nichts plötzlich über sie gekommen. Als gäbe es die Notwendigkeit, daß sie überlebte!

»Sch!« sprach eine Stimme hinter ihr, während eine Hand sich ihr über den Mund legte. »Schreit nicht. Es ist Euer alter Freund, der Hirte. Versprecht mir, daß ihr nicht schreien werdet.«

Hürü nickte wie jemand, der den Verstand verloren hatte. Kaum war sie frei, drehte sie sich um, um ihren alten Freund zu sehen, den Hirten, viel älter nun und auch gewichtiger.

»Braucht Ihr einen schnellen Kleidertausch« flüsterte er.

»Allah sei Dank, du bist es!«

»Niemand anders!« erwiderte der Hirte trocken. »Beeilt Euch. Hier ist ein Umhang. Legt diese prächtigen Gewänder ab, bevor diese Männer wieder über Euch herfallen.«

»Was ist mit dir?« fragte Hürü. »Sie werden keine Gnade kennen, wenn sie erfahren, daß du mit mir die Kleidung getauscht hast. Sie planen gerade eine Vergewaltigung.«

»Soll der Große dort drüben nur versuchen, mich zu besteigen!« erwiderte der Hirte.

In aller Hast tauschten sie die Kleidung aus.

»Sehe ich nicht reizend aus in diesen Schleiern?« fragte er. »Wie das Schicksal es will, habe ich gerade für Euch eine Schafblase bei mir. Wollt Ihr sie? Als ich Euch und Eure schurkische Gefolgschaft in dies Wäldchen reiten sah, dachte ich mir, daß Ihr vielleicht früher oder später Euer Haupt zu bedecken wünschtet. Und so geschah es, daß ich vorbereitet hierherkam.«

»Gib mir diese Blase!« rief Hürü, die sie sofort und mit Übung über ihr Haar zog, da die jahrelange Verstellung ihr plötzlich wieder gegenwärtig war.

»Hab' Euer Pferd gleich mitgebracht«, sagte der Hirte und schnalzte mit der Zunge, bis die weiße Stute das Dickicht durchdrungen hatte. »Seht Ihr? Das ist der Schimmel, auf dem ich Euch habe ankommen sehen.«

»Allah segne dich«, erwiderte Hürü und saß auf. »Und gib meinen Segen an deine hübsche Braut weiter.«

»Wir beide sind längst verheiratet«, sagte der Hirte und ließ schüchtern den Kopf hängen. »Und drei Kleine haben wir ebenfalls! Diese Ohrringe von Euch, erinnert Ihr Euch? Ich hatte genug, um ihrem Vater den Brautpreis zu zahlen.«

»Oh, bei Allah dem sich Erbarmenden!« sagte Hürü. »Ich kann es nicht zulassen, daß du dein Leben wagst! Nun, da ich weiß, daß du Vater und Gatte bist! Diese sieben Männer sind sehr wütend und sehr betrunken!«

»Macht Euch um mich keinen Sorgen«, erwiderte er. »Ich werde ihnen sagen, daß ich immer noch Hürü bin, doch daß mich der Heilige Hidir, als er meine Not sah, in einen Mann verwandelte. Wie gefällt Euch diese Erklärung?«

»Woher kennst du meinen Namen?«

»Weiß ich nicht«, sagte er. »Ist mir nur so eingefallen, glaube ich. Es liegt an diesem Ort, wißt Ihr? Selbst ich werde klug, wenn ich dieses gesegnete Wäldchen betrete, als wäre ich plötzlich kenntnisreich, gebildet und so. Außerdem fühle ich mich besser.«

»Und dennoch ...«, zögerte Hürü, der das Herz bis in den Hals klopfte, »mein Junge. Mein armer kleiner Junge.«

»Alles was ich weiß, ist, daß dem Menschen gegeben ist zu leben«, sagte der Hirte. »Ihr müßt fliehen. Selbst wenn Ihr in den Wahnsinn reitet.«

»Ich muß von hier fort«, flüsterte Hürü in das Ohr ihrer weißen Mähre, während sie ihr zugleich Flügel wünschte, »ich muß leben.«

22
Verwandlung und Wahnsinn

Hürü wird zu dem Verzückten Kahlen

Ließe sie es zu, daß sie etwas empfände, würde sie wahnsinnig. Vielleicht war es der Wahnsinn, den das Schicksal ihr nun anbot. Eine beharrliche innere Stimme ließ nicht nach, sie zu warnen, daß sie dem widerstehen müsse; daß sie sich nicht in den Wahnsinn treiben lassen dürfe. Wie aus weiter Ferne lockten flüsternd andere Stimmen, die sie melodiös in Versuchung führten: *gib auf,* sagten die säuselnden Stimmen, *gib augenblicklich auf.* Es waren die sanften Stimmen von Tieren und Gemüsen, die ihre Früchte einem Orden überließen, der nur die sehr jungen, die ganz zarten und die saftigsten pflückte. Lauter und lauter vernahm sie deren verführerisches Zischen, ihr melodiöses Locken; leiser und leiser die Stimme ihres inneren Widerstandes. Sie zügelte die weiße Stute mit dem grauen Streifen auf dem Rücken. Ihr Blick fiel auf die glatte, weiße, längliche Form eines Marmorsteines, ungefähr so groß wie Karacuk, der in einem Kleefeld lag und im Regen wimmerte. Sie hob den Stein auf und bürstete die Erde ab, die an seiner Unterseite haftete. »Sch, mein Kleiner«, flüsterer sie und küßte ihn. »Mutter wird dir dein kleines Gesäß reinigen und dir etwas Warmes und Trockenes anziehen.«

Sie hüllte ihn in Säuglingsgewänder und band eine spitzenbesetzte Kappe um seinen Kopf. Sie drückte das steinerne Kind an ihre Brust. Sie wußte zugleich, daß es ein wirkliches Kind war und daß es das nicht war. Und während sie weiterritt, das harte Bündel fest an die Brust gepreßt, gewann der Stein an Wärme und Nähe. Sie sang ihm Wiegenlieder, die so traurig waren, daß der Stein seufzte und sich im Schlaf bewegte.

Und wie sie so durch Städte zog, deren Namen sie nicht erfragte, luden die Menschen sie an ihre Feuerstellen und spendeten ihr Mehlsuppe und Trost, des Kindes willen. Eine ferne Erinnerung stieg in ihr auf, daß sie irgendwo etwas Gold bei sich hatte, doch nachdem sie nichts davon in ihren Satteltaschen fand, nahm sie an, daß sie sich täuschte. Sie mußte immer schon eine Bettlerin gewesen sein, die nur in ihrer Vorstellung ein Leben voller irdischer Bequemlichkeiten und Genüsse gelebt hatte. Sie war nicht einmal mehr sicher, ob sie ein Mann oder eine Frau war.

»Junger Mann«, wurde sie oft gefragt, »wie kommt es, daß Euer Kind nie weint?«

»Weil«, erwiderte sie dann, »mein Liebster ihn mir geschenkt hat.«

Und sie sang Wiegenlieder, die so traurig waren, daß das Kind im Schlaf seufzte. Die Menschen kamen in Scharen zu den Hauptplätzen der Städte, wo sie unter alten, knorrigen Eichen saß, die immer den Mittelpunkt einer jeden Stadt und eines jeden Dorfes bildeten, die Beine ausgestreckt, ein Kissen unter den Füßen, und ihr steinernes Kind wiegte. Ihre Stimme war der der Steinernen Lyra zu vergleichen. Sie war übelriechend, in die armseligen Gewänder eines Hirten gehüllt, den Kopf von einer Krätze bedeckt, die ganze Haarbüschel ausfallen ließ und die Kopfhaut ganz fürchterlich entstellte. Indes, die Menschen hatten niemals eine klarere Stimme vernommen; niemals waren Wiegenlieder so überreich an Schmerzen des Lebens gewesen; niemals wurde den Neugeborenen so mitfühlend gesungen, daß sie in dem Augenblick zu sterben beginnen, in dem sie ihren ersten Atemzug tun.

Andere fahrende Musikanten wurden durch den Verlust von Liebe, den Verlust der Freiheit, den Verlust des Glaubens zu ihren Liedern getrieben und fanden in diesen Liedern das wieder, was sie verloren hatten. Allah hatte diesem Spielmann ein so verzückendes Rätsel aufgegeben, daß er den Verstand verlor. Alles um diesen jungen Spielmann war aus Stein; die Steinerne Lyra, das steinerne Kind, das steinerne Gesicht. Denn die Menschen brauchten nie lange, um zu wissen, daß ein Stein in die Gewänder des Kindes gehüllt war. Doch sie ließen den verrückten Spielmann gewähren, gaben ihm Suppe für das Kind, ein paar Münzen, eine Schlafstatt für die Nacht. Sie lauschten Liedern von steinernen Winden, die im Rückgrat heulten, einer Leere, die mit toten Sternen gefüllt war, versteinerten Ozeanen, Schiffen mit marmornen Segeln, Fruchtkernen aus Granit, an denen Eremiten sich die Zähne ausbissen: einem so unbeweglichen Stoff, daß selbst der Engel des Todes nicht durch ihn hindurchreisen konnte. Die Menschen konnten die Wiegenlieder des Spielmanns nur in ihren eigenen Ohren öffnen, aus denen heraus es keine Übersetzung gab. Steinerne Stille, das war es, um steinernden Schlaf gehüllt. Sie nannten den verrückten Spielmann, dessen Ruf ihm vorauseilte, den Verzückten Kahlen. Doch sie wußte nicht, wer dieser Verzückte Kahle sein könnte, von dem die Menschen annahmen, daß sie seinen Namen kannte. Sie wußte nicht einmal, daß der Kahle eine Steinerne Lyra so unglaublich schön spielte, daß die Menschen zu Stein erstarrten, verzückt. Und so geschah es, daß sie durchs Land zog, kaum gewahr, daß ihr Herz schlug, geschweige denn, woher sie kam und wohin sie reiste. Die Erwähnung des Namens Bagdads ließ sie weinen. Doch sie wußte nicht, warum. In jedem Dorf und in jeder Stadt, jedem Zelt und jeder Feuerstelle, an welcher sie Rast machte, entsann sie sich, daß sie einst jemanden zurückgelassen hatte, jemanden, den es nicht gab und der doch der Grund von allem war, eine unsichtbare Abwesenheit, die durch die Gitterstäbe entfliehen konnte, es jedoch nicht tat. War es ein Er oder eine Sie? Oder war es die Abwesenheit seiner selbst? Was schlug da gegen das Gitterwerk, als hätte es greifbare Flügel? Es zeigte sich weder noch ließ es von ihr ab.

Sie entsann sich, daß sie in einer anderen Sprache gesprochen hatte, die sich nun mit ihren Lippen nicht mehr formen ließ; doch der Schmerz der Wortlosigkeit ließ nicht nach. Eine Stille legte sich über ihre Träume, als erwarteten die Träume jemanden. Die fehlende Gegenwart stellte sich nicht ein. Doch dann sprach eine Stimme: »Habibi«, sagte sie, »möchtest du eine schwarze Olive? Oder nur den Kern?«

»Wo bin ich?« fragte sie manchmal. »Und welches Jahr zählen wir?« Und immer wurde ihr eine freundliche Antwort zuteil. Doch sie war taub. Auf den frischgeprägten Münzen, die man ihr in die Hand fallen ließ, suchte sie den Ort der Prägung zu lesen, das Datum, den Namen dessen, der sie prägen ließ. Doch sie konnte nicht lesen. Nur das vage Empfinden, daß sie lesen konnte, war ihr verblieben. Sie mußte geträumt haben, daß sie einst viel gelesen hatte, ein wenig so wie das Erwachen nach einem Traum, daß man fliegen könne. Ihre Hand malte Zeichen mit Holzkohle an weiße Wände; die Handschrift war da, doch zwischen dem Schreiben und dem Lesen mußte jemand eine Wahl getroffen haben. Sie schwebte auf solchen nur teilweise getroffenen Wahlen. Sie verschluckte den Kern und warf das bittere schwarze Fruchtfleisch fort. Sie umarmte den Stein, der damit bestraft worden war, in ein Kind verwandelt zu werden.

Nachdem sie einmal ihr Pferd nicht finden konnte, zog sie zu Fuß weiter und lief die Sohlen ihrer Stiefel durch, in denen die goldene Dame immer noch verborgen war. Dann lief sie barfuß; ihre Füße bluteten auf blaue Disteln, Felsen, Eis. Sie trug das Kind und die Lyra durch Schneestürme, sintflutartige Regenfälle, über ausgetrocknete Böden; kein Leid durfte diesen beiden zustoßen, denn beide mußten unversehrt abgeliefert werden. Kleinkinder und verzauberte Lyren durfte man nicht behalten, sondern mußte sie an die Entfernung zurückgeben. Sie zog still vorüber, ohne Entfernung zwischen sich und überall und jedermann.

»Eine Stadt wie Bagdad, es gibt nichts, das sie übertrifft«, formte sich ein volkstümliches Liedchen auf ihren Lippen, »in der wahren Liebe gibt es nichts, das die Mutterliebe übertrifft.«

Sie nahm an, daß sie nach Bagdad unterwegs war, wo ihre Mutter gestorben war. Doch wer war ihre Mutter? Eine gescheckte Kuh. Ja, so ist es. Doch sie konnte sich nicht entsinnen, wo sie ihre Mutter zuletzt gesehen hatte, zweifarbig und voller Milch. Die Menschen errieten ihr Reiseziel aus ihren Wiegenliedern und wiesen ihr jeden Morgen den Weg nach Norden, gaben ihr Brotfladen, ein Säckchen mit Quark und eine Handvoll Johannisbrot. Manchmal nahm ihr ein anderer Reisender die Nahrung weg. Das berührte sie nicht. Sie aß Geißkleesamen und die Wurzeln des Löwenzahns, saugte einen Tropfen Nektar vom Geißblatt, kaute die zarten Herzen von Glyzyniensträußen. Manchmal aß sie gar die hochmütige Rose eines anderen und wurde streng dafür bestraft.

Und von Zeit zu Zeit traf sie auf andere fahrende Musikanten, die, da sie von der Besessenheit des Verzückten Kahlen wußten, Wiegenlieder für das steinerne Kind erfanden. Sie vernahm diese Wiegenlieder sehr wohl, doch deren Traurigkeit schien ihr irgendwie nicht die eigene Geschichte widerzuspiegeln. Und so sang sie die Wiegenlieder und gab sie weiter. Da sie die höfischen Lieder vergessen hatte, die mindestens drei Sprachen voraussetzten, um auch wirklich höfisch zu sein, gab ihre klare Stimme und ihre schnörkellose Wiedergabe dem alten Wiegenlied eine neue Farbigkeit.

Diese Stimme brach durch die Schale und entsprang dem Mark. Sie war die Verbindung von Wesen und Wort. Der Sänger wußte nichts von der Liebe der Menschen für althergebrachte Werte, doch ihre Worte fanden ein Heim in ihren Herzen. Ihr Atem formte die Worte, ohne selbst bemerkbar zu sein. Hätte sie sich ihrer Ausbildung entsinnen können, so hätte sie gestockt. Doch segensreicherweise hatte sie vergessen, wie man zwischen dem Armseligen und dem Überreichen unterschied. Nun sang sie, ohne sich je der Steinernen Lyra zu unterwerfen. Die Brust vorgestreckt, sang sie mit einer Stimme, die so fest und kraftvoll wie die Berge war, einer menschlichen Stimme, die dem edelsten, dem magischsten Instrument entsprang.

Niemand hätte sich vorstellen können, daß sie einst in kunstvollen Rhythmen und Reimen sang, daß sie einst über Fallenjagden und Kriegführung mit Prinzen gesprochen hatte, über Apologetik mit Ayatollahs, Regierungsgeschäfte mit Sultanen, Gotteslehre mit Kalifen. Hätte je jemand erraten, daß sie die rechtmäßige Sultana des Reiches war, so wäre er weder überrascht noch freundlicher zu diesem unglücklichen Spielmann gewesen mit der furchtbaren Krätze auf dem Kopf und den Silben von Wiegenliedern auf den Lippen. In jenen Tagen verehrten die Menschen jene, die Allah dadurch auserwählte, daß er ihnen göttlichen Wahnsinn schenkte. Die Hölle ist stets da, doch es sind nur die Verzückten, die sie liebend durchqueren. Und hätten sie erraten, daß der armselige Wandersmann einst rechtmäßig mit Sultan Selim verheiratet war, so hätten sie auch das geglaubt. Es wäre den Menschen leichtgefallen zu glauben, daß ihre Sultana sich vor Verzweiflung in einen Verzückten Knaben verwandelt hatte, der nun für ein Stück Brotfladen Wiegenlieder sang. In jenen Tagen wünschten die Menschen jemandem, den sie verfluchen wollten, er möge ein enger Gefolgsmann Selims sein.

»Mögest du Selims Wesir sein!« fluchten sie.

Damals hätten sie auch einer gehaßten Frau die Aufgaben einer Sultana an den Hals gewünscht. Doch bisher hatte noch niemand eine Vorstellung von der Art und Weise dieser Aufgaben, ob der Geheimhaltung, der sie unterlagen.

Als sie die Küste das Meeres erreichte, das zu einem Fluß wird, der zwei Kontinente teilt, wußte sie nicht, daß sie die schlanken Minarette Istanbuls betrachtete. Sie nahm an, daß der Zufall sie hier hatte ankommen lassen. Ein Bootsführer ruderte sie hinüber um den Preis eines Wiegenliedes, das sie für ihn erfand, und er schenkte ihr eine Kupfermünze. Sie wollte sie nicht annehmen.

»Nimm sie«, sagte der Bootsführer. »Du hast mich bereits mit Gold entlohnt.«

Der Bootsführer setzte sie an der Serail-Spitze an Land und redete etwas von Menschen, die sich die Sehenswürdigkeiten ansahen, die Taschen voller Geld, das sie ungewöhnlichen Begabungen gerne zuwarfen; der Spielmann könnte dort den geeigneten Ort finden, seinem Handwerk nachzugehen. Wer weiß. Vielleicht reichte seine starke Stimme bis in den Palast hinein und verschaffte ihm die Stelle, die Kinder des Palastes in den Schlaf zu singen. Sie vernahm den Bootsführer, und zugleich vernahm sie ihn nicht. Sie erwiderte nichts, sondern preßte das steinerne Kind an die Brust, weil es begonnen hatte, unruhig zu werden.

»Allah sei mit dir«, sagte der Bootsführer und deutete auf die hohe Mauer des bewehrten Topkapi-Palastes.

Sie schloß sich den Menschenströmen in dieser unbekannten Stadt an. Es war sehr laut hier. Ein gewisser Geruch von kochender Milch stieg von den Straßen auf, als würden tausend Milchspeisen in tausend Häusern zubereitet. Vom Minarett der größten Moschee des Viertels rief der Muezzin die Gläubigen zu einem Totengebet. Sie hielt sich im Hofe der Moschee auf, bis die Gebete beendet waren. Dann sah sie, wie die in grüne Tücher gehüllte Leiche inmitten Tausender von Freunden und Verwandten hinausgetragen wurde. Jeweils das letzte Paar des Zuges der tausend Trauernden rannte nach vorne, um mitzutragen; das Paar an der Spitze des Zuges trat einige Schritte zurück, um zum zweiten Paar zu werden, in steter Abfolge. Die Anzahl der Lebenden trat immer paarweise auf; die Anzahl der Toten war immer unteilbar. Immer die Eintausendundeinsten, waren die Toten allein.

Sie folgte dem Zug und machte dadurch auch die Anzahl der Lebenden unteilbar, eine Nachzüglerin, die weder die unteilbare Gestalt in den grünen Tüchern mittrug, noch von der Menge mitgetragen wurde. Als der Zug sich durch eine Seitenstraße wand, blieb sie urplötzlich stehen. Obwohl sie das Tor vor ihren Augen nie erblickt hatte, noch es ihr je beschrieben worden war, erkannte sie augenblicklich die hölzernen Schwibbögen wieder, die von der salzigen Luft zerfressen waren, das verkohlte hölzerne Gitterwerk, die zerstörten Balkone aus Sandelholz. Und ebenso plötzlich konnte sie wieder lesen, als sie auf das schäbige Schild blickte, das am Tor befestigt war: *Zu verkaufen.*

Es hatte ein Feuer in diesem Haus gegeben. Sie setzte sich auf die Stufen zum Tor und blickte dem Trauerzug nach, der um eine Ecke bog und verschwand. Ein Bettler kam des Wegs und ließ sich neben ihr nieder, kratzte sich ausführlich und zog ein Glasfläschchen aus einem schmutzigen Säckchen.

»Nimm«, sagte der Bettler. »Der Arzt, der hier wohnte, gab mir einst diese Salbe. Für meine Krätze. Ist sofort geheilt.«

Als er sah, daß der Befallene die Medizin nicht annahm, steckte der Bettler sie wieder weg.

»Wie du auch willst«, sagte er. »Du mußt zu denjenigen gehören, die den Arzt selber sehen müssen. Wenn das der Fall ist, junger Mann, dann sage ich es dir. Nimm die Straße nach Eyyub, wo der Heilige begraben liegt. Es ist ein recht passender Heiliger für jemanden wie dich. Er liebte sein Leid, sagt man. Saß einfach nur da, tagein, tagaus, und hatte die Lepra wie kein anderer. Und immer wenn eine Made aus seinem verwesenden Körper fiel, hob er den gierigen Wurm vom Boden auf und setzte ihn an die Stelle zurück, von der er kam. Die Menschen sagen, daß er das tat, weil er Mitleid mit allen Lebewesen hatte, die essen müssen, um zu leben. Ich aber glaube, daß der Grund dafür was anderes war. Willst du hören, was ich glaube?

Nun, ich erzähle es dir trotzdem«, sagte er, nachdem er keine Antwort erhalten hatte. »Ich glaube, daß der Heilige Eyyub ein so empfindsamer Mann war, daß er wußte, daß es ihm besser gehen würde, wenn die Maden in ihm waren, als wenn nicht. Die Maden reinigten seinen Körper von der Verwesung, wenn du verstehst, was ich damit meine. Ich bin kein Arzt nicht, aber das eine oder andere habe ich schon gelernt. Es muß einen guten Grund geben, warum Allah die Made erschaffen hat. Wie du sehen kannst, bin ich ein kleiner Philosoph. Das Betteln ist mühselig und langweilig, wenn man keine passende Philosophie dazu hat. Und wahrscheinlich wäre die Philosophie, meiner Meinung nach, genauso mühselig und langweilig so ohne Bettelei auf den Straßen. Die Menschen füttern den Leib des Bettlers, und der Bettler versorgt die Menschen mit Futter für ihren Kopf. Deshalb trenne ich mich auch von der einen oder anderen Krume Weisheit.«

Der Bettler legte die Hand auf das in Tücher gewickelte Kind.

»Geht's deinem Kind nicht gut?« fragte er. »Bei Allah, es ist kalt wie ein Stein! Was hat das arme Wurm denn? Auf, auf, junger

Mann. Der Trauerzug wird dich bis vor die Tür des Arztes bringen. Just bevor du Steinstadt erreichst – das ist ein kleiner Scherz von mir –, wirst du ein steinernes Haus sehen, dessen Tür schwarz gestrichen ist. Der Arzt ist so eine Art Einsiedler. Hat seine beiden Kinder verloren. Er sieht gerne auf den Friedhof, den ganzen Tag lang, den Armenfriedhof, weißt du. Aber klopf dennoch an seine Tür. Er wird dich freundlich empfangen. Ich kann dir nicht versprechen, daß er dein Kind wieder gesund macht. Er wird es dir selber sagen, aber er wirkt nicht mehr als Arzt.«

Zum Erstaunen des Bettlers ließ der junge Mann eine Kupfermünze in den Zinnbecher des Bettlers fallen. Er warf die Münze in den Schoß des jungen Mannes zurück.

»Bei Allah«, sagte der Bettler beleidigt. »Ich nehme nichts von anderen Bettlern. Ich kenne die Höflichkeitsregeln in meinem Gewerbe. Also los, steh auf! Ansonsten ist der Trauerzug schon zu weit weg, um dich zum Haus des Arztes zu führen. Bei der Kälte, die ich bei deinem Kinde gespürt habe, solltest du keine Zeit vergeuden.«

Immer noch saß der unglückselige junge Mann da, ohne sich zu rühren, als sei er an die Stufe geklebt. Plötzlich blitzte Erkenntnis in den Augen des Bettlers auf.

»Jetzt habe ich es!« sagte der Bettler. »Du bist ein Taubstummer! Ich schätze, daß ich dich besser selbst dorthin führe. Komm schon, du Elendsbündel, nimm meine Hand. Ich werde dich schon dorthin führen, keine Sorge.«

Der Bettler zog sie die Straße entlang und bog um die Ecke, hinter welcher der Trauerzug entschwunden war. Als er sah, daß es seinem Schützling schwerfiel, sowohl eine Steinerne Lyra wie auch das Kind zu tragen, bot ihr der barsche Philosoph an, das Was-immer-es-auch-ist zu tragen.

»Was ist das überhaupt?« fragte er sinnloserweise. »Sieht aus wie die Statue eines Saiteninstrumentes. Was in aller Welt macht man damit?«

Als sie die Stadtmauern hinter sich gelassen und das offene Land erreicht hatten, fielen die Trauernden paarweise zurück; die Last des Todes wurde leichter. Der Bettler hielt am Rande des Friedhofes inne, der sich durch die Gegenwart eines wahren Heiligen auszeichnete. Sie standen vor einem steinernen Haus mit schwarzer Tür. Es war das einzige Haus auf dem Hügel, von welchem man zu einer Seite den Armenfriedhof überblicken konnte, auf dem die Grabsteine sich ohne erkennbare Ordnung reckten. Von der anderen Seite des Hügels aus überblickte man eine Bucht, in welcher sich Boote und Lastkähne tummelten und die Fische für silberne Sekunden flogen. Als er bemerkte, daß der armselige Jüngling die Augen nicht vom Wasser wenden konnte, das mit dem vollen Drang des Lebens lockte, beschloß der Bettler, den Taubstummen über den Namen der Bucht aufzuklären.

»Das ist das Goldene Horn«, sagte er.

Irgendwie vernahm sie den Gesang des Namens nur für Sekunden in ihrem Ohr. Dann erinnerte sie sich an eine Kuh, größer als ein Pferd. Erinnerte sich an den Geruch der Stiefel eines Mannes, an den Geruch von Wölfen und den von Straßenstaub. Ein Hund rannte vor den marschierenden Soldaten her. Ein junger Mann, der kein Mann war, spielte eine Marschflöte. Er trug eine Uniform, die nach Mohairzelten und tiefem Schnee roch. Dann stieg ein anderer Geruch auf, eine Mischung aus Gerüchen, die so fein aufeinander abgestimmt waren, daß er tausend Jahre alt sein mußte: der Geist von Kampfer, Eukalyptus und Alkohol an Händen, die so rein waren, daß unter diesen Geistern der Geruch von Seife nachwehte, die aus Gummiarabikum hergestellt wurde. Sie entsann sich des Geruchs einer Berührung, der dem frischgewaschener Bettlaken glich, die vor dem Kamin erwärmt wurden. Dann war alles vorbei wie in einem Märchen. Vielleicht war dies ja ihr Land.

Der Bettler klopfte nicht an die Tür. Auf den Stufen des steinernen Hauses stand ein alter Mann, so geschrumpft und verwelkt, daß man es kaum glauben mochte, und doch hatten seine Knochen das Fleisch einer Magerkeit überlassen, die die Schönheit einer Ulme hatte, die ihre Blätter dem Frost des Winters anheimgegeben hat. Sein volles Haar war so weiß, daß es schimmerte wie die blasse Mähne eines Pferdes. Neben ihm stand eine ehrfurchtgebietende Herrin, die ihn um eine Kopfeslänge überragte, zutiefst verschleiert und in ein schwarzes Übergewand gehüllt. Der Bettler trat auf das Paar zu und lüftete seinen Fez, was eine ganze Familie von Kopfläusen zwang, sich ein anderes Heim zu suchen.

»Ich hab' Euch einen wahren Jammersack mitgebracht, Arzt«, sagte er. »Ich flehe Euch an, weist ihn nicht ab.«

»Aber ich habe das Gewerbe des Arztes aufgegeben«, erwiderte der alte Mann.

»Faßt das Kind an«, sagte der Bettler. »Das ist alles, was ich von Euch erbitte.«

Der alte Mann trat zu ihnen, leicht wie ein Vogel, so daß seine Füße kaum das Kopfsteinpflaster zu berühren schienen. Sein Anblick durchschnitt sie wie ein durchsichtiges Messer, das die Wunde bloßlegt, während es schneidet. Ihre Knie trugen sie nicht länger. Und sie sank auf die Straße. Der Arzt berührte das Bündel in ihren Armen.

»Mein Sohn«, sprach der alte Mann. »Du hast mein Mitgefühl. Vielleicht ist die Geburt das Verlassen der Quelle. Und der Tod ist die Rückkehr.«

»Ahh!« sagte sie.

»Komm, meine Liebe«, sprach der alte Mann zu der Herrin. »Hilf mir, diesen jungen Mann ins Haus zu bringen. Du sollst Wasser haben, mein Sohn, und eine erfrischende Schale Yoghurt mit Minzeblättern und Dill.«

Sie legte das steinerne Kind in die Arme der Herrin. Die Herrin nahm das Bündel ohne jegliches Zögern entgegen. Als sie das Kind fest in ihrer Armbeuge hielt, hob sie die Decke von dessen Gesicht. Dann lüftete die Frau in aller Hast die Schleier vor dem eigenen Gesicht und blickte angespannt auf das Kind, als wolle sie sichergehen, daß sie nicht träumte.

»Ist er tot?« fragte der Bettler. »Was fehlt dem Wurm denn?«

»Wahrhaftig«, erwiderte die Herrin, »er ist so gesund, wie er je sein wird.«

»Doch der Arzt sollte trotzdem etwas tun«, sagte der Bettler.

»Es tut mir leid«, erwiderte der alte Mann. »Doch ich übe die Heilkunst nicht mehr aus.«

Der Bettler folgte dem Arzt, seiner Gattin und dem Fremden mit dem merkwürdigen Kind in den Innenhof. Er hatte da noch die eine oder andere Frage, die er klären wollte.

»Warum übt Ihr die Heilkunst nicht mehr aus«, fragte der Bettler. »Das ist etwas, das ich einfach nicht verstehe. Allah schenkt einem Mann die Gabe zu heilen, warum weist ein solcher Mann die Gabe zurück?«

»Der Engel des Todes«, erwiderte der Arzt, »ließ mich wissen, daß ich seinem Werk nicht länger in die Quere kommen soll. Es gibt da ein Knirschen in meinen Knochen, ein unsichtbares und heimliches Reiben kurz vor der Morgendämmerung. Und es wird mir kalt in meinem warmen Bett. Der Hahn kräht vor Schreck, denn es ist die Stunde, in welcher der Engel des Todes seine Besuche macht und nachsieht, ob ich bereit bin, meinen Olivenkern auszuspucken.«

»Habt Ihr Angst, Arzt?« fragte der Bettler.

»Ich warte auf ein Zeichen«, erwiderte der alte Mann, »von jenen, die gestorben sind. Sie ziehen vorüber, hocken auf den Schultern der Lebenden, üben leise in ihren Grabtüchern das Handwerk der Ewigkeit aus. Geduld hat nur die Krankheit, nicht der Mensch. Die Krankheit überlebt unbeschadet im Körper, bis sie durch ein blendendes Licht gereinigt wird. Ich stand zu lange, ein Blitz von Schatten gegen das ewige Licht.«

»Dieses Kind«, sprach die Herrin, »ist vielleicht das Zeichen, auf das du wartest, Gatte. Ich bitte dich, wirf einen Blick nur.«

Der alte Arzt nahm das Bündel in den Arm. Er betrachtete das versteinerte Kleinkind mit Augen, die wie zwei sehr tiefe, sehr dunkle Brunnen waren. Mit dem Blick auf das Antlitz steinernen Schweigens schien der Arzt von einer schrecklichen Erregung erfaßt zu werden. Er begann zu zittern wie jemand, der von einem plötzlichen Fieber befallen wird.

»Ahh!« sagte er mit einem tiefen Seufzer. »Das hier ist ein Kind, das nicht weint.«

»Das arme Wurm«, sagte der Bettler und stieß den unglückseligen Taubstummen in die Seite. »Hier, nimm dein Instrument. Ich mach mich davon.«

Weder die Herrin noch der Arzt wußten, was sie mit dem Taubstummen anfangen sollten, außer ihn bei sich zu behalten. Sie hatten sich in die Tatsache gefügt, daß ihre Fragen ohne Antwort blieben. Das Schicksal hatte ihnen den Stummen gesandt. Allahs Gast in ihrem Hause. Und so geschah es, daß der Taubstumme in dem weißgekalkten Haus am Friedhof des Heiligen Hiob verblieb.

Sobald der unglückselige Gast sein Kind der Herrin und seine Statue einer Lyra dem Arzt übergeben hatte, schien er diese Gegenstände vergessen zu haben. Der Gast scheint wesentlich jünger als sein (oder ihr) körperliches Alter. Nein, sie konnten sich nicht einigen über das Geschlecht des Fremden. Sie schätzten das Alter des Gastes auf etwa einundzwanzig, doch die Art und Weise, wie er an einem dürren Daumen nuckelte, als würde er von lang entschwundenen Sinnen verfolgt, ließ ihn wie ein Kleinkind erscheinen.

Der Arzt und seine Gattin, deren Name Herrin Gülbahar lautet, versicherten den anderen Gästen des Hauses, daß der Stumme sehr wohl verstehen konnte, doch daß ihm die Fähigkeit zu sprechen nicht vergönnt war. Die beiden anderen ständigen Gäste empfanden augenblicklich eine tiefe Abneigung gegen diesen Zuwachs. Die eine, Jungfer Kevser genannt, war die Lehrerin der verschollenen Tochter des Gastgebers gewesen. Der andere war ein Mann Gottes, der Imam, der der geistige Führer ihres verschollenen Sohnes gewesen war.

Obwohl sehr viel jünger als der Arzt, war der Imam bereits Opfer des Altersschwachsinns. Der Arzt beobachtete, wie die geistigen Kräfte kamen und gingen, und er wußte, daß seine Arterien so hart wie Steine waren. Manches Mal verließ das Blut das Hirn des Imam, ohne einen Tropfen Verstandes zurückzulassen. Es geschah zu ebensolch einer Zeit, daß der Imam Feuer in dem noblen, aus edlen Hölzern errichteten Haus neben dem Topkapi-Palast gelegt hatte.

Und nun genügte ein Blick des Imam auf den Taubstummen, um ihm sein Blut aus dem Hirn zu jagen und ihn besinnungslos auf den Kacheln des Innenhofes zurückzulassen. Als er wieder zur Besinnung kam, kochte der Imam vor Zorn.

»Entfernt diesen grünen Teufel von diesem Ort!« schrie der Imam. »Seht ihr nicht seine häßliche grüne Haut?«

»Diese Färbung rührt von unzureichender Ernährung her«, erwiderte der Arzt, der dem Imam seine Launen nicht übelnahm. »Dieser Jüngling leidet an einem Hunger, der älter ist als Ihr und ich.«

»Doch er wird Pflege brauchen«, schaltete sich die Lehrerin mit piepsiger Stimme in das Gespräch ein. »Viel zuviel Pflege.«

»Ich bin sicher, daß wir alle unser Bestes tun werden«, erwiderte Herrin Gülbahar.

»Auf mich könnt Ihr nicht zählen«, schimpfte die Lehrerin. »Wenn Ihr Euch mit weiteren Pflichten belasten wollt, dann ist das Eure Angelegenheit.«

Die Lehrerin konnte ihren Körper nicht mehr bewegen. Sie war so fett wie mehrere Berge, die ausschließlich aus Speck bestanden. Und so trug es sich zu, daß sie alle verfügbare Liebe und Pflege für sich beanspruchte. Der Arzt und Herrin Gülbahar mieden die körperliche Arbeit nicht. Immer noch hielten sie ihr steinernes Haus in vollkommener Ordnung, trotz aller Hinderungsgründe, die sich ergaben, da sie so weit vor der Stadt lebten und zu arm waren, sich Diener zu halten. Doch der gepflasterte Innenhof schien wie gewachst, da der Arzt die Steine täglich mit sanfter Ölseife reinigte. Um den gesamten Innenhof herum nickten in angelegten Beeten Blumen die Köpfe im Wind. Hinter dem Haus befand sich ein gepflegter Obstgarten, ein Gemüsegarten, ein kleiner Weinberg und ein großes Feld mit Heilkräutern und Küchenkräutern.

Man konnte hören, wie der dünne, entschlossene und fleißige Arzt in der Küche Geschirr abwusch. Und während er arbeitete, sang er besonders häufig Wiegenlieder aus dem Land der Karamanen. Und nie deutete er seiner großen, schönen Frau gegenüber an, daß er den Haushalt für sie mit führte.

»Um es freundlich auszudrücken«, flüsterte die Hauslehrerin Besuchern zu, »der Arzt ist nicht wie andere Männer, wenn Ihr versteht, was ich damit sagen will.«

Wann immer die Hauslehrerin den Arzt erwähnte, begleitete sie dies mit einer kurbelnden Handbewegung auf der Höhe ihrer Schläfe. Sie verbreitete überall, daß hohes Alter und Unglück den alten Mann merkwürdig hatten werden lassen. Man sehe sich nur an, wie der alte Mann sich dort draußen auf dem Armenfriedhof mit dem Tod anfreundete! Was sie selbst anging, so war die Hauslehrerin keine Freundin des Todes, da sie, wie sie wiederholt beteuerte, sich noch im vollen Besitz ihres Verstandes befand.

»Das ist wahr«, sprach der Arzt traurig, »unser neuer Gast wird viel Pflege benötigen. Nun, da ich beschlossen hatte, mich aus der Welt der tiefen Gefühle zurückzuziehen, in der Hoffnung, mir meine Gegenwart hier zu erleichtern, schickt Allah mir dieses Wesen, das einen Stein bringt, der einst lebendig war. Vielleicht hatte der Bettler recht, mich nach meinen Gründen zu fragen. Vielleicht war es ein Fehler, mich vorzeitig zurückzuziehen. Wenn ich unvoreingenommen wäre, so könnte ich meinen Pflichten nachgehen, ohne je einen Blick zurückzuwerfen. Vielleicht ist es falsch, sich auf den einen Besucher vorzubereiten, der allem Entzücken ein Ende setzt und Liebende trennt. Vielleicht ist es uns bestimmt, diese Welt zu verlassen, während wir noch mit ganzem Herzen an ihr hängen und wir bedauern, sie verlassen zu müssen.«

»Hab ich es Euch nicht immer gesagt?« barst es aus der Hauslehrerin. »Und wieder und wieder gesagt? Habt Ihr mir zugehört? Nein. Doch sobald ein Bettler daherkommt, der einen sonderbaren Jammerlappen mitschleift, da seid Ihr ganz Ohr.«

Der armselige Gast trank ein Glas Wasser, doch die Schale mit Yoghurt und Minze und Dill wollte er nicht anrühren. Statt dessen saß der Gast vor der Schüssel und betrachtete sich das Muster, das die Kräuter auf dem Yoghurt ergaben. Herrin Gülbahar selbst nahm einen Löffel und bot dem halbverhungerten jungen Mann eine winzige Menge der Speise an. Doch auch füttern ließ er sich nicht.

»Laß ihn«, riet der Arzt. »Er wird von selbst wieder zu sich kommen.«

Doch der Gast weigerte sich, menschliche Speisen zu sich zu nehmen, und knabberte heimlich die Samen des Ginsterbesens aus der Küche, Grashalme, Gartenblumen und wilde Blumen. Dieser kaum nachvollziehbare Hunger beunruhigte Herrin Gülbahar. Sie beschwerte sich, daß sie gesehen hatte, wie ihr Gast sich eine Handvoll Erde in den Mund stopfte. Da sie keine Möglichkeit sahen, den Namen ihres Gastes zu erfahren, nannten sie diesen merkwürdigen, heimatlosen Mensch Kampfer – der Name eines sich verflüchtigenden Geistes. Man wagte nicht, jemandem wie ihm einen ordentlichen muslimischen Namen zu geben, der ja vielleicht in einen anderen Gottesglauben hineingeboren sein konnte.

Das in die Jahre gekommene Ehepaar wollte die Dinge des Lebens nur noch mit großer Vorsicht angehen. Ihnen war soviel Unglück und Leid zugestoßen, weil sie es einstmals unterlassen hatten, sich um die kleinen Anfänge großer Entwicklungen zu kümmern. Und das Schicksal hatte darauf geantwortet, indem es ihnen mehrere schwere Schläge austeilte.

»Es geht ihm schon viel besser«, sagte Herrin Gülbahar voller Hoffnung. »Es geht ihm besser, seitdem wir auf den Gedanken gekommen sind, ihn Kampfer zu rufen.«

Sowohl der Mann wie seine Frau sahen, daß Kampfers Zustand sich keineswegs gebessert hatte. Als Herrin Gülbahar in ihrem Drang nach Sauberkeit versuchte, ihn zu baden, bekam Kampfer einen Wutanfall und rollte sich wie eine Schlange, die zum Biß ansetzt, auf dem steinernen Boden des Badehauses zusammen. Die armseligen Lumpen, die als seine Gewänder galten, an den Körper gepreßt, schrie er wortlos etwas, was wie »Gluh! Gluh!« klang. Wie ein Mensch, dem man die Zunge abgeschnitten hatte, obwohl er offensichtlich eine heile Zunge im Munde hatte.

»Kampfer hat große Angst vor einem Bad«, berichtete sie ihrem

Gatten. »Natürlich ist es nicht recht, daß ich ein männliches Wesen bade. Versuche du es doch.«

»Laß Kampfer in Ruhe«, sprach der Arzt.

»Erinnert dich Kampfer nicht an jemanden?« fragte sie beharrlich immer wieder.

»Nicht sehr«, erwiderte der alte Arzt.

Und so geschah es, daß sie Kampfer in Ruhe ließen. Und sie waren angenehm überrascht, als Kampfer die Pflege des Kohlbeetes übernahm. Unter Kampfers Mühen sprachen die Reihen von Kohlköpfen begeistert auf ihr Dasein an, wie eine Reihe von Schülern unter der Anleitung eines geduldigen Meisters. Nicht eine einzige Raupe verunstaltete ihre dicken, grünen Blätter.

»Ich glaube, Kampfer ist kopflastiger, als Kampfer uns glauben machen möchte«, sagte der Arzt. »Siehst du? Er ist eins mit dem kopflastigsten Bewohner des Reichs der Gemüse.«

»Er ist ein Idiot!« sagte die im Ruhestand lebende Hauslehrerin namens Jungfer Kevser.

23
Sühne

Hürü kehrt aus dem Reich des Schreckens zurück,
und Selim der Grimmige rettet sein Herz

Ohne das Wissen Herrin Gülbahars bewegte sich der Heilige, der an seinem verwesenden Körper gestorben war, durch das weißgekalkte Steinhaus beim Friedhof und zeigte sich dem unglückseligen Taubstummen. Manchmal, wenn die Herrin ihrem Wunsch nicht widerstehen konnte, Kampfer mit einem Frühstück im Bett zu lokken – Brotfladen mit Käsestücken, die von ihrer duftenden Marmelade geziert waren (und die sie alle unberührt später wieder mitnehmen mußte) –, vernahm sie murmelnde Stimmen, die sofort schwiegen, wenn sie die Tür zu der Kammer öffnete, in welcher Kampfer schlief. Kampfer sprach mit jemandem. Doch mit wem? Oder jemand sprach mit Kampfer. Doch wer?

Oft schienen Herrin Gülbahars Erinnerungen ein listenreiches Spiel mit ihr zu spielen. Fiel ihr Blick auf den schlafenden Kampfer, zusammengerollt auf einer Matte in der Ecke, vermeinte sie die ausgeprägten Wangenknochen dieses unglückseligen Heimatlosen wiederzuerkennen, die vollen Lippen und die blassen Handgelenke, in denen man das Blut mit solcher Kraft pulsieren sehen konnte. Doch da sie wenig Zeit für Gefühle aufbringen konnte – sie hatte ihre Pflichten als Herrin des Hauses und die Sorge um das Wohl der merkwürdigen Mitmenschen, die es anzuziehen schien –, widmete sie dieser undeutlichen Sprache ihres Herzens nur wenig Aufmerksamkeit. Sie berichtete ihrem Mann, daß Kampfer heimliche Unterredungen mit jemandem führte. Der Arzt nahm an, daß der arme Kerl wahrscheinlich Wahnvorstellungen unterlag. Was ein gutes Zeichen war.

»Wir führen hier ein Haus für Irre«, teilte er ihr mit. »Ich weiß nicht genau, was mit den beiden anderen ist, doch Kampfer ist kein hoffnungsloser Fall. Kampfer kann augenblicklich sein Gedächtnis und seine Sprache wiederfinden, wenn etwas geschieht, das eine so große Umwälzung aller Dinge darstellt wie das, was ihn dieser Fähigkeiten beraubte. Sein Fall wird erschwert durch ein Nervenleiden, das man Anexoria nennt. Sie befällt junge Menschen, die man zwang, neben Speisen auch Vorstellungen und Gefühle, die sie ablehnen, zu sich zu nehmen. Es ist eine Art Aufstand, bei dem der Aufständige den Hungertod erleiden kann. Ich habe Kampfers merkwürdigen Hunger beobachtet. Er ißt nur, was alle gesitteten Menschen ablehnen würden, doch er ißt gerade genug, um zu überleben. Doch abgesehen davon, da dieses Leiden wenn überhaupt nur äußerst selten bei Männern auftritt, habe ich da so meinen Verdacht, was Kampfers Geschlecht betrifft. Er könnte ein Zwitter sein.«

»Das arme Ding!« sagte Herrin Gülbahar. »Wie können wir das je sicher wissen?«

»Das werden wir nicht«, erwiderte er. »Du erwartest doch nicht von mir, daß ich Kampfer die Hosen herunterziehe?«

Jungfer Kevser deutete bei jeder sich bietenden Gelegenheit an, daß der Arzt Freude an jeglicher Ehrfurchtslosigkeit zu haben schien, an sündigen Vorstellungen und an seiner Feindseligkeit der Moschee und den Dienern Allahs gegenüber. Der Arzt trug der im Ruhestand lebenden Lehrerin ihre Mißbilligung nicht nach. Er war sich der Gegenwart einer Kraft bewußt, die man auch Allah nennen konnte. Doch für ihn war Allah die Summe alles Guten im Universum. Wenn ihn dieser Glaube zu einem Ketzer machte, nun, dann war er eben ein Ketzer.

»Der Imam und Jungfer Kevser«, ermahnte er oft seine Gattin, »sind von Nutzen für uns als die Abgesandten des Chaos, damit wir in unserem ordentlichen und geschützten Leben nicht die verheerende Kraft der Überzeugungen der Unwissenden vergessen.«

Auf den Arzt und seine Frau übte das Denken eine große Anziehungskraft aus. Manchmal dachten sie, daß sie die einzigen freien Denker waren, die es in dieser Welt noch gab. Sie hatten aus ihrer Vergangenheit einen bestimmten Einfluß beibehalten, der immer auf Erfahrungen beruhte: das Denken der Sufis. Im Falle des Arztes war es der Einfluß der Bektaschi, der Lehrer, die auch zugleich Spaßmacher waren und die viel zu frei dachten, als daß sie darauf bestanden hätten, daß Gott immer gut war. Der Arzt war der Überzeugung, daß das, was sich in unseren Köpfen abspielte, sich immer schon abgespielt hatte. Die Vorfahren hatten sich ungehindert dem Denken hingegeben, bevor die Großen Religionen sich herausgebildet hatten. Und demgemäß lehnten der Arzt und seine Frau jeglichen Umgang mit ungeprüften Überzeugungen ab. Auch übten sie keinerlei Gotteslehre aus, die als Brutalität gegenüber anderen in Erscheinung trat.

Ohne die Anwesenheit ihrer beiden schändlichen ewigen Gäste hätte es geschehen können, daß sie zu selbstzufrieden geworden wären und damit begonnen hätten zu denken, daß sie recht dachten, ohne nachzudenken. Das unangenehme Paar hielt den Geist des Arztes lebendig.

Der Imam, der sich nicht wohl zu fühlen schien in Gegenwart des Arztes, seit letzterer aus Mekka zurückgekehrt war, hatte sich vielleicht in einen frühen Altersschwachsinn geflüchtet, damit er sich vorstellen konnte, daß der Arzt tot war. Denn das war es, was der Imam dachte, während er in seinem Bett quäkte und seine Notdurft verrichtete; er dachte, daß der Arzt tot und begraben sei. Von Zeit zu Zeit, wenn sein Geist kurzfristig klar wurde, erkannte er die schmale Gestalt des Arztes wieder und zog ein fürchterliches Gesicht.

»Seid Ihr noch nicht tot?« verlangte der Imam vom Arzt zu wissen. In der Tat war es der Imam selbst, der bereits mehrmals durch Herzstillstand gestorben war, nur um jedesmal vom Arzt durch Druck auf die Brust und das Blasen des lebensstiftenden Odems in dessen aufgesperrten Mund ins Leben zurückgerufen zu werden. Und jedesmal starb der Arzt, zierlich und alt wie er war, fast an der ungeheuren gefühlsmäßigen und körperlichen Kraft, die vonnöten war, den Imam wiederzubeleben.

»Du hast mir die Rippen gebrochen, du Hund!« beschimpfte der Imam jeweils den Arzt, wenn er von den Toten zurückgekehrt war. »Möge Allah dich dafür bestrafen, daß du einen hilflosen Mann auf seinem Krankenbett mißhandelst.«

Der Arzt erzählte dem Imam nie, daß er gestorben war. Es lag kein Sinn darin, einen schwachsinnigen Menschen zu verwirren. Nach einem bestimmten Vorfall, der die Kräfte des Arztes in jeder Hinsicht überforderte und ihn nach Atem ringend, kalt und wütend zurückließ, half Herrin Gülbahar dabei, die grundsätzliche Entscheidung zu treffen, dem Tod nicht mehr ins Handwerk zu pfuschen. Der Imam wußte nicht, daß er, wenn er das nächste Mal sterben würde, auch verstorben bliebe. Unterdessen schenkte das Ehepaar den Erklärungen des Imams keinerlei Aufmerksamkeit, die, von Jungfer Kevser eifrig wiederholt, besagten, daß der Arzt weit über das dem Menschen zugebilligte Alter hinaus lebte, weil der Arzt einen Pakt mit Satan geschlossen hatte.

»Wir zahlen den Lohn für unsere Gefühle«, sagte Herrin Gülbahar, »genau das tun wir. Wir scheuen keine Anstrengung, die Erinnerung an unsere Kinder lebendig zu erhalten. Warum sonst sollten wir ihre jeweiligen Lehrer hegen und pflegen? Insbesondere, wenn diese beiden solche Abortkäfer sind?«

»Ich sagte dir ja, daß dies ein Haus für Irre ist«, erwiderte der Arzt. »Und das gilt für dich und für mich ebenso.«

Besessen wie sie waren von ihren Verlusten, erwachten der Arzt und seine Frau dennoch jeden Morgen voller Dankbarkeit für jeden Tag, den das Leben bringt. Keiner von beiden hatte vor zu sterben, auch wenn sie es auf bemerkenswerte Weise fertiggebracht hatten, den Engel des Todes sich in ihrem Haus heimisch fühlen zu lassen. Daß er seinen lebenslangen Kampf gegen den Tod aufgegeben hatte, schien dem Arzt eine neue Lebenskraft zu geben, neue Wißbegierde darauf, was mit allem Lebendingen geschieht, wenn man es in Ruhe läßt. Niemals zuvor in seinem Leben war ihm der Gedanke gekommen, etwas in Ruhe zu lassen. Immer hatte er seine ganze Kraft – einem Galeerensklaven gleich – für den Erhalt von Gesundheit und Ordnung eingesetzt. Nun lag er plötzlich oft auf Ellbogen und Knie gestützt und betrachtete sich Pilzbefall, Trockenfäule und Schimmel. Dies war das Chaos, und es fesselte ihn. Er begann zu denken, daß bestimmte Trockenfäulen und Schimmelbefälle in den lebenden Organismen deshalb vorhanden sein mußten, damit diese ihre Ordnung aufrechterhalten konnten. Das Chaos zu vernichten, um die vollkommene Ordnung zu erreichen, erschien ihm nun ebenso gefährlich wie falsch.

Da war zum Beispiel Kampfer. Der Arzt beobachtete mit heiterer Gelassenheit, wie Kampfer ihren unheilsamen Zustand ertrug, ohne daß der Arzt sich die Mühe machte, diesen zu verbessern. Er begann darauf zu vertrauen, daß die Natur in ihrer Abwägung von Gesundheit und Verfall die einzige Kraft war, die heilen konnte. Indes war es ihm nicht entgangen, daß es etwas an Kampfer gab, das ihn aufzufordern schien, sich mit Kampfers Not zu beschäftigen. Sollte er sich dieser Aufforderung unterwerfen, dann, das wußte der Arzt, übernähme er sofort wieder seine alten Pflichten, zwänge Kampfer zur körperlichen Reinlichkeit und zerstörte damit wohl alle Aussicht auf eine unvermittelte Heilung. In gewisser Weise strengte er sich verzweifelt an, Kampfer *nicht* wahrzunehmen. In seinem Herzen hoffte er, daß etwas geschehen möge, das Kampfer aus dem Ort wieder herausreißen würde, in welchem der junge Mann verlorengegangen war.

Und so geschah es, daß, an einem schönen Herbsttag, als die Granatäpfel neben der Tür reif wurden, ein heftiges Klopfen die schwarze Tür des Arztes erzittern ließ. Begleitet von lautem Hufgeklapper auf den Pflastersteinen, Trommelwirbel und Trompetenstößen, lauten und schnellen Befehlen, war es ein gar hoher Besuch, der den Arzt aufsuchte. In der Tat war der Besuch nichts Geringeres als das gesamte osmanische Heer: die Fußsoldaten und die berittenen Soldaten, das Sappeurkorps und das Mineurkorps, die Artillerie und der Nachtrupp, selbst die *baschibozuks* und die *chapulcus*, die wahnsinnige Randtruppe, die den Regulären in die Schlacht vorauslief mit dem ausdrücklichen Auftrag, als Kanonenfutter zu dienen; sie alle statteten einen Besuch ab. Ihre bunte und einschüchternde Anwesenheit breitete sich über die ausgedehnten Friedhöfe ebenso aus wie über das offene Land drumherum.

Der alte Arzt hatte vernommen, daß die Truppen wieder in Bewegung waren, diesmal, um Wien zu belagern und einzunehmen, da der Osten fest in ihrer Hand war. Doch er verstand nicht, warum ihm die Heere Sultan Selims einen Besuch abstatteten, es sei denn, sie hielten eine unangenehme Überraschung für ihn bereit. Indes war die Annahme sicherlich richtig, daß nicht das ganze Heer des Reiches vonnöten war, einen einfachen Arzt zu bestrafen, der abgeschieden auf dem Land lebte. Nun denn, worum immer es sich handeln mochte, der Arzt war bereit.

»Ja?« sagte er. »Welches ist Euer Begehren?«

Der Mann, der den Türrahmen füllte, ein riesiger hellhäutiger Raufbold, dessen gerötetes Gesicht seine Neigung zum Schlagfluß verriet, erwies sich als des Sultans erst kürzlich bestellter Großwesir, ein Araber, der nicht soviel des Türkisch der Straße beherrschte, um einen kurzen Gruß zu sagen. Auf die Frage hin, ob der Arzt den neuen Großwesir verstünde, erwiderte dieser bescheiden, daß er ein wenig Arabisch, doch weniger Persisch sein eigen nannte. Welches denn das Verlangen des Großwesirs sei, und möge er länger leben als sein Vorgänger?

»Mein Name ist Schahriyar«, sagte der königliche Raufbold, »ich bin ein edler Sohn der Araber. Ich komme zu Eurer Tür um Sultan Selims willen, der auf einer Trage nach Adrianopolis gebracht wird. Der Sultan ist schwer erkrankt, auch wenn das Heer nicht weiß, wie todkrank er ist. Ihr wißt ja, wie das Heer ist, es widerstrebt ihm die Trense. Es glaubt, daß es nach Wien unterwegs ist. Bietet man ihm keinen Krieg, hat man einen Aufstand.«

»Das ist ja überaus fesselnd!« erwiderte der alte Arzt.

Der Großwesir namens Schahriyar erklärte, daß das Heer der Annahme war, daß Selim unter einer leichten Unpäßlichkeit litt, und es erwartete, daß er sich bald erholen und es mit seinem üblichen Feuereifer auf seinen üblichen schnellen und vernichtenden Märschen anführen würde. Doch Selims Zustand erlaubte ihm kaum zu denken, ganz abgesehen davon, Heere zu bewegen. Der Großwesir vertraute dem Arzt an, daß er, auch wenn er ein erfahrener Verwalter war, niemals selbst an einer Schlacht teilgenommen hatte. Selim mußte einfach gesund werden und das Steuer wieder übernehmen. Doch der Sultan, so flüsterte er, glich eher einem wilden Tier, das tödlich getroffen sich in einer ausweglosen Lage befand. Er schlug besinnungslos und wütend um sich, ganz der sinnlosen Vernichtung anderer ergeben. Es waren erst wenige Stunden verstrichen, da hatte Selim, auf den Rat seines Großwesirs hin, dem Palastarzt gestattet, das Geschwür auf seinem Rücken aufzustechen, einen riesigen fünfhöckrigen Furunkel, den die Ärzte *schir-pensche* nannten, die Löwenpranke.

»Glaubt mir«, sagte der Großwesir, »das Geschwür hatte wirklich die Gestalt einer Löwenpranke. Doch sobald der Palastarzt den Furunkel aufgestochen hatte, brachte der Schmerz Selim um den Verstand. Er ließ den Großwesir und die behandelnden Ärzte augenblicklich an der großen Schlinge aufknüpfen. Es ist erst fünf Stunden her, daß ich zum Großwesir ernannt wurde. Nachdem alle, die dem Thron nahestanden, das Weite gesucht hatten, fiel diese Aufgabe an mich, einen Fremden, da ich mich nicht gut genug auskannte, um selbst zu verschwinden. Es war eine Aufgabe, die sich nicht zurückweisen ließ.«

Der Arzt roch den Wein im Atem des neuen Großwesirs und fühlte mit ihm. Man mußte den Kopf betäuben, bevor man ihn dem Löwen in den Rachen steckte.

»Fürchtetet Ihr nicht um Euren Hals?« fragte er den armen Mann.

»Ich bin nicht hier, um über meinen Hals zu reden!« erwiderte barsch der Großwesir Schahriyar. »Ich bin hier, um Euch zu bitten, Selim zu helfen, alter Mann. Man sagt von Euch, daß Ihr bereits zu Lebzeiten ein legendärer Heiler seid. Mehrere Edelfrauen des Palastes sagen, daß Ihr einen Pakt mit dem Tod geschlossen habt, so daß

Ihr, wenn Ihr den Tod am Fußende des Lagers des Kranken stehen seht, die Erlaubnis habt, ihm das Leben zu retten.«

»Und was geschieht, wenn ich sehe, wie der Tod das Kopfende umklammert?« fragte der Arzt erheitert. »Hat man Euch gesagt, was ich dann unternehme?«

»Ja«, erwiderte der Großwesir, »man sagt, daß Ihr dann die Herausforderung nicht annehmt. Und das ist der Grund, weshalb Ihr schon so lange lebt wie Methusalem.«

»So alt bin ich noch gar nicht!« sagte der Arzt. »Doch ich habe mich aus dem Gewerbe des Heilens zurückgezogen. Und der Tod schließt mit niemandem einen Pakt.«

»Habt Ihr all Eure Menschlichkeit verloren?« fragte der Großwesir Schahriyar spitz. »Selbst wenn Selim nicht Euer Herrscher wäre, so schuldetet Ihr ihm doch einiges als Mensch. Der arme Mann hat zu große Schmerzen, um zu wissen, wo er sich befindet oder wer er ist. Wollt Ihr wirklich untätig dabeistehen, während ein Mann derart leidet?«

»Nicht untätig«, sprach der Arzt, »doch ihm beistehen, das werde ich.«

»Können wir also den Sultan in Euer Haus bringen lassen?«

»Wie immer es Euch recht ist«, erwiderte der Arzt und zuckte mit den Schultern.

Acht muskelbepackte stumme Schwarze trugen eine gedeckte Sänfte in den Innenhof, in welcher ein Wolf eingesperrt zu sein schien. Als Schahriyar die Behänge hob, erblickte der alte Arzt seinen Sultan, den er nie zuvor gesehen hatte. Mit festen Lederriemen an die Trage gefesselt, gnadenlos unterdrückt und in seiner Pein verzerrt, seine merkwürdigen Augen wie wahnsinnig vor Schmerz, seine magere Brust von Krämpfen geschüttelt, da lag der Sultan der Osmanen.

Der alte Arzt empfand Mitleid mit dem mitleidslosen Sultan, unter dessen eiserner Herrschaft die Ordnung als solche sowohl litt wie eine Blütezeit hervorbrachte, die dem Reich Wohlstand und Sicherheit gewährleistete. Selim war von der Art der Herrscher, die gut für den Menschen sind – wie bittere Medizin. Doch nun war er hier, von einem tödlichen Leiden befallen, in tiefster Verzweiflung und voll des Chaos, im Innenhof des Arztes. Der alte Arzt mußte Selim nicht einmal untersuchen, um zu sehen, daß der Tod ihn an der Gurgel hatte. Doch diesen tödlichen Furunkel mußte er untersuchen, und wenn es nur war, um seine eigene Neugier zu stillen.

»Dreht den Sultan auf den Bauch«, sagte er zu den acht Ungeheuern.

Die stummen Sklaven, die hören, doch nicht sprechen konnten, drückten den Sultan auf die Liege, und hatten ihre liebe Müh' trotz ihrer Anzahl, während sie die Lederriemen lockerten. Nun fesselten sie ihn eilig aufs neue, mit dem Antlitz nach unten. Welche Demütigung! dachte der alte Arzt sich. Wie gut, daß der Sultan nicht mehr Herr seiner Sinne war. Der Arzt betrachtete sich Selims Wunde lange. Genau, wie er es sich gedacht hatte. Der Furunkel war keineswegs das, als was die Palastärzte ihn erklärt hatten! Diese Nichtskönner! Auch wenn die Löwenpranke eine oftmals tödliche Krankheit war, so erholten Menschen sich von ihr doch auch durch schiere körperliche Widerstandskräfte. Doch dies war keine Löwenpranke.

»Ah!« sprach der Arzt. »Dieses Geschwür hätte niemals aufgestochen werden dürfen! Der Mann leidet unter den Scheren des Krebses, nicht unter der Pranke des Löwen.«

»Welcher Krebs?« fragte Großwesir Schahriyar. »Seid ihr dem Altersschwachsinn verfallen?«

»Krebs«, sagte der Arzt. »Habt Ihr noch nie von ihm gehört?«

»Dann macht, daß er fortgeht!«

»Noch hat kein Mensch entdeckt, wie das möglich sei«, erwiderte der Arzt. »Noch nicht.«

»Und nun?« fragte der Großwesir. »Wieviel Zeit ist ihm noch gegeben?«

»Wenig«, sagte der Arzt. »Je früher er von uns geht, desto besser für ihn, angesichts der Qual, die er durchleidet.«

»Könnt Ihr denn gar nichts tun?« fragte der Großwesir Schahriyar. »Dann erlöst ihn wenigstens von seinem Leiden. Gebt ihm ein schnellwirkendes Gift.«

»Das kann ich nicht!« rief der Arzt voller Abscheu. »Noch nie bin ich der Henker eines Menschen gewesen.«

»Gatte«, sprach Herrin Gülbahar, die stumm an der Seite ihres Mannes verharrt war, »du kannst etwas für diese arme Seele tun. Ich bitte dich, gib dem Sultan die Arznei der Glückseligkeit.«

»Was schwatzt die Frau da vor sich hin?« fragte der Großwesir.

»Ich verfüge über eine Arznei«, erwiderte der Arzt. »Doch ich besitze nur einen einzigen Schluck davon, den ich mir für mich selbst bewahrt habe, sollte sich die Notwendigkeit ergeben. Meine Gattin erinnert mich nur daran, daß ein Arzt nicht ein kostbares Mittel für sich selbst horten darf. Und sie hat recht. Die Arznei kann dem Sultan eine volle Stunde der geistigen Klarheit ohne Schmerz geben.«

»Dann steht doch nicht so herum!« befahl der Großwesir. »Gebt es ihm! Laßt den Mann seine Männlichkeit soweit wiederfinden, daß er weiß, daß er stirbt. Das zumindest schuldet Ihr ihm.«

Während Herrin Gülbahar dem zitternden Arzt half, die hochwirksame und unersetzliche Arznei einzuflößen, entwickelten die gebrechlichen Bewohner des Hauses ungeahnte Kräfte und kamen, einer nach dem anderen, herbei, da sie ein Gespür für das Unglück in der Luft hatten, um Zeuge zu sein, wie der sterbende Sultan seine letzte Aufgabe löste. Als erste kam Jungfer Kevser aus dem Haus gewatschelt und beschwerte sich in das Ohr der Herrin Gülbahar über den Gestank, der Sultan Selims Körper entströmte. Dann erschien der Imam, den Koran unter dem Arm, und bot an, dem Kranken dazu zu verhelfen, daß er mit dem rechten Glauben auf seinen Lippen verschied. Dann warf sich Kampfer plötzlich auf die Sänfte und schnüffelte, obwohl der Großwesir sein Bestes tat, sie durch finstere Drohungen davon abzuhalten, an den Kampfstiefeln, die sich immer noch an den Füßen des kranken Sultans befanden.

Sobald die Arznei ihre Wirkung getan hatte, begann der Sultan tief, sehr tief Atem zu holen, eine Körperübung, von der der Arzt fürchtete, daß sie sein Herz überanstrengen würde, daß sie ihn tötete, bevor der sterbende Mann seine letzte Stunde der Geistesklarheit genießen konnte. Er beruhigte den Kranken mit sanften Worten, rieb seine Handgelenke, rief ihn mit Kosenamen, die man sonst einem aufgeregten Pferd gegeben hätte. Schließlich schien der Sultan diejenigen zu erkennen, die sich um sein Lager versammelt hatten. Und da er nun seinen ausgezehrten Körper ganz still halten konnte, schien er noch einmal ganz in sich selbst zu ruhen. Der Arzt bedeutete den Stummen, die Lederriemen zu lösen. Der erste Blick des Sultans fiel auf Kampfer.

»Hoh!« sagte Selim. »Da bist du ja endlich wieder, Kahler Knabe!«

Und während Kampfer den kranken Mann anstarrte mit Augen, die so groß waren wie zwei Kristallkugeln, in welchem Weissager manchmal das Schicksal lesen, gelang es dem Arzt und seiner Frau nicht, ihre Überraschung darüber zu unterdrücken, daß dieser arme Heimatlose scheinbar mit Selim bekannt war. Doch immer noch sprach Kampfer kein Wort, auch wenn es einen Augenblick lang so aussah, als wolle er reden. Doch dann ließ er den Kopf hängen, als hätte er etwas getan, das den Sultan kränken mußte.

»Dir ist längst vergeben worden, Kahle Knabe«, sagte der Sultan. »Doch du siehst schlimmer aus als je zuvor. Was ist mit dir geschehen? Hast wieder die Krätze?«

»Er spricht nicht«, sagte der Arzt.

»Er hatte auch nie etwas Vernünftiges zu sagen«, sagte Sultan Selim.

Der Sultan schien in scherzhafter Stimmung wiedererwacht zu sein. Und als sein Blick durch den Innenhof schweifte, war die nächste Gestalt, die er wiedererkannte, sein Großwesir.

»Seid Ihr immer noch hier?« fragte Selim seinen nagelneuen Großwesir. »Dann muß ich wohl geträumt haben, daß ich Euch aufknüpfen ließ.«

»Immer noch hier«, erwiderte der Großwesir Schahriyar, »und Euch zu Diensten.«

»Recht so!« sagte Selim. »Doch sagt mir eins, Schahriyar, wo bei allen Teufeln der Hölle bin ich eigentlich?«

»Im Hause dieses alten Arztes«, erwiderte der Großwesir. »Der gute Mann gab Euch ein Heilmittel, das er für sich selbst bestimmt hatte.«

»Ah!« sagte Selim und wandte den Kopf unter Schmerzen dem Arzt zu. »Möge Allah es Euch lohnen, alter Mann, denn ich spüre, daß ich nicht mehr lang genug lebe, um irgend jemanden zu entlohnen. Sag mir die Wahrheit, wie steht es um mich?«

»Ihr habt das Ende Eures Wegs erreicht«, sagte der Arzt. »Daher gab ich Euch den Trank. Ich würde ihn niemals einem Manne verabreichen, für den es noch die geringste Hoffnung gäbe.«

»Nun aber, alter Mann«, sagte der Großwesir, »haltet die Zunge im Zaum. Sultan Selim muß sich noch an viele Orte begeben und viele Völker unterwerfen.«

»Es gibt keine Reise mehr, die ich machen müßte«, sagte Selim, »außer der ins Paradies. Schickt eine Botschaft an Prinz Süleyman; laßt ihm sagen, daß Wien auf ihn wartet, nicht auf Selim. Laßt ihm sagen, daß das Schicksal bestimmt hat, daß er ein zweiter Salomon sei; laßt ihm sagen, daß er niemals diesen weisen König vergessen dürfe, nach dem er benannt wurde. Laßt ihm sagen, er möge den Gesetzeslosen mit Gesetzen begegnen, sittlich denen ohne Sitte, großmütig denen, die unerträglich sind. Laßt ihm sagen, daß sein Vater ihn beauftragt, sich in jeder Weise gegensätzlich zu dem Beispiel zu verhalten, das sein Vater ihm gegeben hat.«

»Bei meinem Haupte«, schwor Schahriyar den Treueeid, »und bei meinen Augen.«

»Und Schahriyar«, sagte Selim, »ich verlasse mich auf Euch, daß Ihr Euer Bestes gebt, damit der Wechsel auf dem Thron ohne Unruhe vonstatten geht. Vergebt mir meine früheren Kränkungen gegen Euch. Wäre es mir möglich, so würde ich mich vor Euch niederknien.«

»Es bin ich, der vor Euch knien muß«, sagte Schahriyar und fiel auf die Knie. »Vergebt mir meine Sünde gegen Euch, mein Gebieter.«

»Ihr seid und wart stets der Großherzigere von uns beiden«, sagte Selim. »Welche Versündigung sollte ich Euch vergeben? Was meiner Frau zustieß, geschah nicht durch eure Schuld, Schahriyar.«

»Ah«, sagte der Großwesir und begrub das Gesicht in den Händen.

»Nun, wie auch immer dem sei«, sagte Selim, »schickt nach dem Hüter der Königlichen Habe und laßt ihn mir meine *saz* bringen. Ich wünsche, singend zu sterben, denn ich weiß nicht, wie man weint.«

Die herrscherliche *saz* wurde gebracht, damit der Sultan sich in den Tod singen konnte. Selim richtete sich in seiner Sänfte auf, wartete, bis Herrin Gülbahar ihm die Kissen aufgeklopft hatte, und nahm die *saz* zur Hand. Er schien über etwas nachzusinnen, das einen kurzen Augenblick lang seine Aufmerksamkeit fesselte; dann hub er überraschenderweise zu einem ganz einfachen Lied an. Er sang ein *türkü,* das mit dem Atem der Nomaden aus der Mitte Asiens auf die anatolische Halbinsel geweht war, auch wenn der Sultan es unter der Last der Schmerzen der Menschheit in seiner letzten Stunde neu erfand. Wie der alte Arzt später sagen würde: Wer konnte ahnen, daß Selim dazu imstande war? Das *türkü* hieß »Hürüs Lagune« und sollte über die nächsten Jahrhunderte vom einfachen Volke gesungen werden als das Lied eines unbekannten Schöpfers, da Selim nicht sein Zeichen unter die Verse setzte, indem er seinen Namen in die letzte Strophe einbrachte. Er sandte, wenn man so will, das *türkü* in die Welt hinaus. Und das ist es, was er sang:

Denn Hürüs Lagune schmeckt salzig und klar,
Meine Meerjungfrau ertrank im wäßrigen Gewölbe;
Ich verlor meine Frau; Hürü ging fort
Wo die Lagune so klar und salzig schmeckt.
In Hürüs Lagune schläft mein Sohn;
Da die Nacht nicht kommt, kommt auch sie nicht.
Komm, Hürü, komm, *türkü*, komm, Schlaf!

Ihr Bild fiel herab in blaues Wasser,
Ihr Haar verwandelte Wasserkreise in Gold;
Feuer von Farben badeten meine graue Welt,
Denn Hürüs Lagune schmeckt klar und salzig.
In Hürüs Lagune schläft mein Sohn;
Da die Nacht nicht kommt, kommt auch sie nicht.
Komm, Hürü, komm, *türkü*, komm, Schlaf!

Schahriyar gibt unserem Streit die Schuld,
Schahriyar sagt, daß Hürü verwirrt war –
Herz, glaube nicht Schahriyars Worten,
Denn Hürüs Lagune schmeckt klar und salzig.
In Hürüs Lagune schläft mein Sohn;
Da die Nacht nicht kommt, kommt auch sie nicht;
Komm, Hürü, komm, *türkü*, komm, Schlaf!

Komm, Nacht, komm, Hürü, wiege mein Herz
Das ganz aus Flint und schwarzem Basalt besteht;
Bade mich in uralten Meeren und schweig,
Denn Hürüs Lagune schmeckt klar und salzig.
In Hürüs Lagune schläft mein Sohn;
Willst du nicht kommen, nun da ich fertig bin?
Komm, Hürü, komm, *türkü*, komm, Schlaf!

Der Arzt und seine Frau konnten kaum noch an sich halten, so erregt waren sie, den Namen ihrer verlorenen Tochter zu vernehmen, nach der so liebevoll und so beharrlich gerufen wurde. Indes schien es ihnen nicht rechtens, den Sultan auf seinem Totenbett zu befragen. Flüsternd beauftragten sie einander, dem Sultan die Frage zu stellen, die sich als zu schmerzhaft für den sterbenden Mann ebenso wie für sie selbst erweisen konnte. Just als der Arzt all seinen Mut zusammennahm, streckte Kampfer grob den Arm über die Sänfte des Sultans hinweg und zupfte an seiner Saite der *saz*: Ping!

»Euer Lied hat dem armen jungen Mann das Herz gerührt«, sagte der Arzt zur Entschuldigung des Heimatlosen. »Ich werde darauf achten, daß er seine Finger von Eurer *saz* läßt.«

»Hat der Kahle Knabe nie für Euch gespielt?« fragte der Sultan erstaunt. »Als er noch bei mir war, wollte er gar nicht mehr von seiner Musik lassen. Seine Lehrer gewöhnten ihm das Stottern ab, indem sie ihn zur Belohnung musizieren ließen.«

»Spie-spie-spielen...«, krächzte Kampfer. »Spie-spie...«

»Gestattet dem jungen Mann, Euch seine Kunst vorzuführen, Sultan Selim«, sagte der Arzt. »Dies könnte der Wendepunkt sein, auf den ich gewartet habe.«

»Ich habe keine Einwände«, sagte Selim und reichte ihm die *saz*.

»Was wirst du uns vorspielen, Kampfer?« fragte Herrin Gülbahar sichtlich erregt.

»Dieser Wirrkopf kann gar nicht spielen!« flüsterte Jungfer Kevser laut genug, daß alle sie hören konnten. »Und bei seiner Flinkheit stehen wir alle morgen noch hier.«

»Ich habe keine Eile«, sprach Selim voller Ernst. »Laß dir Zeit, Kahler Knabe.«

Und so geschah es, daß der sonderbare Spielmann die herrschaftliche *saz* zur Hand nahm. Und dies war das Lied, das aus ihm herausströmte und dem andauernden Schweigen Kampfers ein Ende setzte:

Er erwachte mit Schmerz aus seinem Dämonenschlaf
Verzauberter Prinz, seinen Halbschlaf er schlief.
Verachtete Tränen, die er brachte, verwarf die Liebe,
In seinem Inneren weinte der Dämonenschläfer traumlos.

Es ist Sie im Innern, die ihr Nein spricht!
Verlangt dein Leben mit willkürlicher Freud'.
Rufe sie bei ihrem wahren Namen,
Erweck die Dämonenfrau zur Freiheit!

Er und sie sind eins im Spiegel
Der menschlichen Seele, die Schlange um den Brunnen,
Der Brunnen um die Schlange, der Freund, der Feind,
ziehend und gezogen, ihr Himmel, ihre Hölle.

Es ist Sie im Innern, die ihr Nein spricht!
Verlangt ein Leben mit willkürlicher Freud'.
Rufe sie bei ihrem wahren Namen,
Sag Hürü, sag Hürü ist frei!

Die Zuhörer waren erstaunt, daß die Verse in der hochkünstlichen, schimärenhaften Sprache verfaßt waren, in welcher die gebildetsten Dichter miteinander wetteiferten: arabisch im Text, persisch in den Verzierungen, durch türkische Verben zum Fließen gebracht. Man hätte ein hochgebildeter Sprachkünstler sein müssen, um die Verse zu verstehen. Und selbst wenn die Gedankengänge weniger schwierig gewesen wären, so hätten es die Zuhörer immer noch schwer gehabt, alle Worte zu verstehen, da es noch keine Übersetzung dieses Liedes gab.

»Pfui!« beschied Jungfer Kevser. »Habe noch nie solch einen Unsinn gehört.«

»Ich glaube, daß es ein Lied ist, das die schlafende Seele des Prinzen wecken soll«, sprach Herrin Gülbahar in aller Einfachheit.

»Ich verstehe es nun!« sagte der Arzt ganz erregt. »Der Mann ist der Körper und die Frau die Seele. Ist es so?«

»Ich glaube nicht, daß das so ganz stimmt«, sprach Herrin Gülbahar. »Ich denke, daß beide, siehst du, beides sind.«

Doch es schien, als habe Sultan Selim das Lied verstanden. Halb im Schlaf und halb auf seinem Sterbebett sank er unter der Last eines Schmerzes in die Kissen zurück, der offensichtlich nicht allein ein körperlicher war.

»Meine Hürü hat dies Lied für mich geschrieben«, stöhnte er. »Ich weiß es gewiß! Indes, sie hat es mir nie gesungen. Während der kurzen Zeit, die uns beiden gegönnt war, hat sie nie für mich gesungen.«

»Kann diese Hürü auch die unsere sein?« fragte sich der Arzt laut. »Unsere Hürü war ein so schlichtes Mädchen.«

»Schlicht wie der Satan!« sagte der Imam. »Musik ist der Köder des Satans!«

»Warum ist Hürüs Name in aller Munde?« verlangte Großwesir Schahriyar zu wissen, der der türkischen Unterredung nicht ganz folgen konnte.

Doch ein jeder unter ihnen war zu sehr mit seiner Trauer beschäftigt, um Schahriyar, nagelneuer Großwesir, der er war, zu antworten. Der unerbittliche Geist der verlorenen Frau, des verlorenen Kindes, der verlorenen Braut schien von allen Anwesenden ein Sühneopfer zu fordern.

»Sag uns, wo du dieses Lied gelernt hast«, sagte der Arzt zu Kampfer. »In welcher Weise ist deine Geschichte mit der dieses Mädchens namens Hürü verflochten? Wenn du nicht sprechen kannst, so singe uns etwas, das wir verstehen können. Sing uns doch dein eigenes Lied.«

»So soll es geschehen«, sagte Kampfer mit einer Stimme wie ein heraufziehender Sturm. »Doch zuerst müssen alle Tore verschlossen werden. Und nach jeder Strophe müssen die Stummen das ausführen, was das Lied verlangt.«

»Versperrt das Tor«, sagte Selim. »Und lauscht den Strophen wohl.«

Und so geschah es, daß der Spielmann nochmals die herrschaftliche *saz* zur Hand nahm und zu singen anhub:

Der Imam verließ den heiligen Pfad,
Überfiel Hürü im öffentlichen Bad,
Die verdorbene Kevser zur Kupplerin ward;
Bindet den Imam, bindet die Jungfer, hart,
Oh, bindet!

Die acht Stummen banden den Imam augenblicklich an den Torpfosten, wo er aufs erbärmlichste Tierlaute ausstieß, da er die Sprache zusammen mit seinem Verstand verloren hatte. Da Jungfer Kevser wie eine Pfütze Fett auf den Steinen zusammengesunken war, hoben die acht Stummen die Kupplerin mit dem bösen Mundwerk hoch und banden sie am Hals an denselben Pfosten. Niemand wollte Jungfer Kevsers laute Rufe nach Gerechtigkeit hören, ihr Geschimpfe, daß sie unschuldig sei, bis man ihre Schuld nachgewiesen habe; noch glaubte einer unter den Anwesenden der langen Aufzählung guter Taten, die sie vollbracht haben wollte, bevor sie in diesen unerwarteten Engpaß geriet. Wiederum befahl der Sultan Ruhe, und der Spielmann nahm die *saz* zur Hand:

Mein Bruder mich an eine alte Kiefer band,
Wollt' nicht sagen, für welch Verbrechen ich stand,
Verließ mich um des Karaman-Namens Huld
Bindet meinen Bruder, denn er ist schuld,
Oh, bindet!

Die acht Stummen blickten sich nach einem Bruder um. Doch niemand kann nirgendwo die Toten binden, geschweige denn ihnen die Schuld für die Macht geben, die sie über die Lebenden haben. Doch da sie findige Stumme waren, führten sie alle Bewegungen aus, als bänden sie einen Unsichtbaren an eine Zeder, die in der Mitte des Innenhofes wuchs. Und so nahm der Spielmann die *saz* wieder zur Hand:

Hidir Selim zu meinem Versteck sandte,
Doch Selim mich Krätzige nicht kannte,
Seinen Narren ich spielte, Kahler Knabe genannt,
Bindet den Sultan an seinen todbringenden Stand,
Oh, bindet!

Die Stummen, die nicht nur findig waren, sondern auch genau, banden den Sultan an seine königliche Sänfte; und als sie sahen, daß der Sultan dem nicht widersprach, zogen sie die Lederriemen ganz fest. Und so nahm der Spielmann die *saz* zur Hand:

> Scheherazade erzählte gar schöne Geschichten,
> Wie Araber mit Wein ihre Verzagtheit vernichten.
> Schahriyar dem Kinde das Leben nahm,
> Bindet den Araber an seine tollkühne Schande an,
> Oh, bindet!

Als Ort, den Großwesir zu binden, wählten die acht Stummen eine riesige Amphore, die in einer Ecke stand und in welcher die Trauben des Arztes gärten. Sie banden Schahriyar an seine zukünftigen Räusche. Der edle Araber schien zu ahnen, daß er entdeckt worden war, doch er bot keinerlei Erklärung. Und so nahm der Spielmann die *saz* wieder zur Hand:

> Meine Eltern, sie sind lieb und klug,
> Sie binden mit Liebe, wie es jeder tut,
> Doch glaubten böse Worte gegen mich,
> So bindet sie zusammen, sicherlich,
> Oh, bindet!

Die acht Stummen mußten angenommen haben, daß der Arzt und Herrin Gülbahar als Eltern am ehesten in Frage kamen; doch statt sie an Pfosten zu binden, banden sie das Paar an den Handgelenken aneinander, da Elternschaft kein Verbrechen ist. Nun, da der Innenhof nicht länger mehr ein Gericht, sondern zugleich einen Ort des Gewahrsams darstellte, begriffen jene unter den Zuhörern, die durch offensichtliche Beschränkungen gehalten wurden, ihren Zustand und begriffen ihn zugleich auch wieder nicht. Irgend etwas in ihnen jedoch rührte sich und flüsterte, nun, da die Betäubung nachließ wie ein Märchen, das zu Ende geht.

Das war der Augenblick, in welchem der Spielmann sich erhob und sich die Krätze herunterzog, welche die ganze Zeit über eine schmutzige Blase eines toten Schafes gewesen zu sein schien. Der unglückselige Er ward auf der Stelle in eine glückliche Sie verwandelt. Hastig löste sie ihr rotgoldenes Haar, welches ihr in seidenen Locken frei die Schultern hinabfiel. Fragt mich nicht, wie diese Haarfülle unter der ekelerregenden Blase sauber und glänzend bleiben konnte; bei derartigen Enthüllungen sind gezierte Fragen fehl am Platze.

»HÜRÜ!« keuchten alle außer den Stummen in gemischtem Einklang. »Wir wußten die ganze Zeit, daß du es warst!«

Doch sie hatten es nicht gewußt! Seit wann wissen die Menschen, was sie zu ihrem eigenen Wohl wissen müßten? »Ich habe es die ganze Zeit gewußt!« – Das ist unser allgemeiner Chor, wenn wir das Offensichtliche nicht länger verbergen können. Wie beispielsweise das Wesen unseres Daseins auf Erden, die wir gefesselt sind, mit verbundenen Augen, Gefangene und Sklaven in diesem begrenzten Gebiet. Indes, es gibt Augenblicke der Offenbarung in dieser Welt, die uns als die beste aller möglichen Welten erscheint mit ihren tröstenden Philosophien darüber, wann es Zeit ist zu säen und wann zu ernten, und in diesen Augenblicken entdecken wir unversehens, daß wir auf eine Weise begrenzt sind, die nicht mehr zu ertragen ist. Und ohne daß wir es wissen, sind wir damit bereits unterwegs an einen anderen Ort. Der Tod, das wissen wir in unseren Herzen, ist nur die eine Hälfte des Ganzen.

Welche Zugeständnisse Hürü ihrem Dasein gegenüber auch gemacht hatte, in ihrem Wahnsinn und bei bester Gesundheit, nun trat sie auf ihren sterbenden Mann zu und band die Riemen los. Sie kroch neben ihn in die Sänfte unter die Felldecke und schmiegte sich eng an den fiebergeschüttelten Körper.

»Du stirbst, Selim«, sagte sie.

Über diesen Scherz lachte Selim wie in alten Tagen, wenn er aus vollem Halse brüllend über Ironien lachte, die sein Begriffsvermögen überstiegen. Bald schon lachten der Gatte und die Gattin hilflos miteinander, während die gefesselten Zuschauer verlegen ob der Unangemessenheit dieser Heiterkeit kicherten. Selim und Hürü saßen, die Arme umeinandergeschlungen, da und zitterten unter demselben gewaltigen Erbeben, Wange an Wange, wie ein Paar Liebende in einem Geschichtenbuch, welches nun endlich vollkommen und bis zum Tode miteinander verbunden war. Wie der Arzt wohl wußte, der ihm das Mittel gnadenvoller Geistesklarheit verabreicht hatte, war Selim nun auf dem Weg zur Glückseligkeit. Nun, da er von der Reue gekostet hatte, würde er nie wieder ins Leben zurückkehren, wo das Licht von der Unkenntnis verdunkelt wird, die Wahrheit vom Begehren und die Freude vom Schmerz. Selim würde sich niemals mehr – er konnte sich niemals mehr – an seine wutzerfressene, gequälte sterbliche Hülle klammern. Er würde der Geisteskrankheit bis an ihr logisches Ende folgen. Und schon befand sich auf Selims Lippen ein geflüstertes Lied. Er gab seinen letzten Atemzug für einen Wunsch, der ihm gnadenvoll erfüllt wurde.

»Hürü kommt, *türkü* kommt. Der Schlaf kommt.«

Und so geschah es, daß Selims gestrandeter Vers dieser Welt angenehme Ruhe wünschte.

Der Herrscher, der zu Lebzeiten Barmherzigkeit vergeudet hatte, bewahrte Barmherzigkeit für die, die er hinterließ. Und so geschah es, daß Selim, ein Leuchten unter seinen Wimpern, den Atem im Duft von Rosen und Zitronenminze versunken, nun vollkommen erwacht, nun vollkommen einschlief. Es ist wahr, er war siebenundvierzig Jahre alt, fast zwei Meter groß und so grimmig wie sein Name, den er sich verdiente. Doch er starb keinen qualvollen Tod. Die Geschichtsschreiber freuen sich klammheimlich so sehr zu berichten, daß Selims Tod so unerträglich peinvoll war – als wäre ein gewaltsamer Tod das gerechte Ende eines gewaltsamen Mannes. Doch der Scherz geht auf Kosten der Geschichtsschreiber. Selim starb, ruhig und friedlich und heiter singend.

24
Die Wende

Hürü macht sich abermals auf den Weg nach Bagdad

Es lag nicht in Hürüs Absicht, all diese Menschen in ihren Fesseln zu halten. Sie suchte auch keine Rache an Jungfer Kevser, dem Imam und Schahriyar – nur weil das Schicksal diese drei zu den Schurken in ihrem Leben auserkoren hatte. Ihre alten Eltern trugen keine Schuld daran, daß sie an ihrem Herzen zehrten, um das sie eine unsichtbare Schlinge der Liebe gezogen hatten. Sie selbst war keineswegs ohne Schuld, dachte Hürü sich.

Indes war es nicht leicht, Schahriyar gehen zu lassen. Immer noch gepeinigt von Selims Tod, in seinen Fesseln ernüchtert, versuchte Schahriyar Hürü gegenüber den Schaden wiedergutzumachen, indem er behauptete, daß der Verlust Karacuks ein Unfall war.

»Ich weiß, daß Ihr mir nicht vergeben könnt«, flehte er. »Dann laßt mich zumindest ein Sklave in Eures Vaters Haus sein. Ich werde Euer Holz spalten und Euer Wasser tragen.«

»Ich danke Euch, doch ich kann es nicht gestatten«, erwiderte der Arzt anstelle seiner Tochter.

»Geht, Schahriyar«, sagte Hürü, »und dreht Euch nicht um.«

Und so geschah es, daß Schahriyar, der mit seinem knappen halben Dutzend Stunden als Großwesir vielleicht ein neues Maß für die Amtszeit des höchsten Ministers setzte, sich als Holzfäller verkleidet zu Fuß in unbekannte Gegenden aufmachte.

Es ist leichter, die eigenen Sünden der ganzen Welt mitzuteilen, als den eigenen Eltern eine einzige ungeschminkte Wahrheit zu erzählen. Hürü erzählte ihren Eltern ihre Geschichte so, wie sie sich augenblicklich darstellte, verschönt, erfindungsreich, vorläufig. Als sie dazu kam, ihnen zu erzählen, wie Karacuk auf den Boden der salzigen Lagune gesunken war, zuerst wie eine Seerose in seinem Gazehemdchen, dann wie ein Stein, schluchzte das alte Ehepaar um das Enkelkind, das sie nie gesehen hatten. Hürü indes fand keine Tränen. Sosehr sie sich mühte, keine Quelle fand sich. Statt dessen sammelte sie ihre Geisteskräfte wieder auf Selims verwaister *saz* mit einem Lied, das sie ›Hürüs Wahnsinn‹ nannte. Der Arzt und Herrin Gülbahar warteten geduldig, bis Hürüs Notwendigkeit, sich über ein Lied zu verständigen, vorüber war. Als ›Hürüs Wahnsinn‹ verklungen war, wollte der alte Arzt sie an einer Wahrnehmung teilhaben lassen.

»Wie es mir scheint«, sagt er, »entsinnst du dich Karacuks gar nicht so deutlich. Er hätte genausogut der Marmorstein in Wikkeltüchern sein können, mit dem du nach Hause zurückkehrtest.«

Das löste eine Flut von Tränen aus. Nicht die Gewißheit, daß Karacuk wahrhaftig tot war. Es war die Trauer, Karacuk nicht wirklich gekannt zu haben, während er lebte, die Hürü in Tränen ausbrechen ließ. Sie gab schluchzend zu, daß die Erinnerung an Karacuk in etwa derjenigen ähnelte, die man an eine Puppe hatte, die man draußen im Regen vergaß. Sie vermißte ihn. Doch sie kannte Karacuk nicht wirklich.

»Vielleicht hast du Karacuk niemals vergeben«, sprach Herrin Gülbahar, »daß er der Sohn seines Vaters war.«

»Oh, nein!« sagte Hürü, die durch die Frage so außer sich war wie nie zuvor in ihrem Leben. »Es war ein unschuldiger Säugling, Mutter! Es ist doch vollkommen wider den Verstand, einem Kleinkind die Schwierigkeiten nachzutragen, die sein Vater mit dem Leben hat.«

»Und du bist eine Frau von Verstand«, hielt der Arzt ironisch fest.

»Genau«, erwiderte Hürü, »nun, da ich meinen Verstand wiedergefunden habe.«

»Dann sage mir doch, weshalb es diesen blinden Fleck in deinen Erzählungen gibt?« fragte der Arzt.

»Welchen blinden Fleck?« fragte Hürü kurz angebunden. »Ich habe euch alles erzählt.«

»Könnte ich durch deine Augen sehen«, erwiderte er, »dann könnte ich dir den blinden Fleck benennen. Doch wenn ich durch deine Augen sähe, wüßte ich ebenfalls nicht, was fehlt.«

»Gib dem Mädchen die Gelegenheit«, sagte Herrin Gülbahar, »sich vom Tode ihres Gatten zu erholen. Vielleicht ist dieser blinde Fleck nichts anderes als der Schatten dieses Toten.«

»Eine Sache ist ganz klar«, erwiderte Hürü. »Je eiliger ich mich wieder auf den Weg mache, desto besser ist es.«

»Warum, bitte, warum?« fragte ihre Mutter. »Bitte geh nicht fort, mein Liebling.«

»Ich muß«, sagte Hürü. »Ich muß wissen, was hinter meinem blinden Fleck liegt.«

»Und ich muß dich aufs neue verlieren?« fragte die Herrin, die ihre Mutter war, und ein ungewollter Schluchzer entrang sich ihr.

Der Arzt zog sich zu seinen Lesestudien zurück, denen er sich mit erneuter Hingabe widmete, seit er die Abgeschiedenheit für sich erwählt hatte. Und Herrin Gülbahar zog sich zurück, um ihrem Weinen in Abgeschiedenheit nachzugehen. Ihre Tränen tropften in einen Marmeladentopf, wie sie ihn jeden Herbst herstellte, eine Marmelade, die sie aus unreifen Pomeranzen herstellte, dunkelgrün und bittersüß wie ihre Wiedervereinigung mit ihrer Tochter.

»Ich bin auf dem Friedhof«, sagte Hürü, die den Kopf lange genug in die Küche steckte, um zu sehen, wie rot die Nase ihrer Mutter durch das ständige Weinen geworden war. »Ich werde dem Heiligen Hiob einen Besuch abstatten.«

»Bitte ihn darum, daß er dir«, sprach Herrin Gülbahar, »ein wenig Geduld mitgeben möge.«

Die beiden ewigen Gäste wählten diesen Augenblick, um in Erscheinung zu treten. Herrin Gülbahar hatte weder Haut noch Haar von den beiden Verbrechern gesehen, seitdem Hürü ihnen allen die Wahrheit entdeckt hatte. Alle beide hatten sich schier unsichtbar gemacht, sobald sie aus ihren Fesseln befreit worden waren, keiner von beiden fähig, sein Gewissen zu erforschen noch einem anderen Menschen ins Gesicht zu blicken. So verwirrt der Imam auch im Geiste war, er folgte Jungfer Kevser in die Küche, um Herrin Gülbahar zu erklären, daß ihre Gastfreundschaft nicht länger ertragen werden könne.

»Wir müssen Euch nun verlassen«, sagte sie zu Herrin Gülbahar, die weinend über dem Herd stand. »Zu viele Totenseelen befinden sich in diesem Haus, und nicht genügend Verständnis. Der Imam ist der einzig wahre Freund, den eine Frau je hatte. Und deshalb nehme ich ihn mit mir mit.«

Herrin Gülbahar versuchte herauszufinden, wohin die beiden zogen, und sorgte sich um sie, da Jungfer Kevser kaum in der Lage war zu laufen noch der Imam zu denken. Jungfer Kevser zuckte die Schultern, als habe sie nicht die geringste Ahnung.

»Es scheint mir, als hätte ich einen entfernten Vetter in Smyrna«, sagte die Jungfer nach einigem Zögern. »Wenn der Heilige Hildir es zuläßt, kann es sein, daß ich diesen Vetter finde, denn meine Notlage ist eine üble. Und wenn Ihr denkt, daß wir uns mit irgendwelchen wertvollen Dingen davonmachen, so könnt Ihr gerne unsere Reisesäcke durchsuchen. Ich lehne es ab, eine Diebin geheißen zu werden, wenn später etwas fehlt.«

Herrin Gülbahar wedelte mit der Hand, als wolle sie diese Vorstellung verscheuchen.

»Bitte sagt ein Wort zu Hürü, wenn Ihr am Friedhof vorübergeht«, sagte Herrin Gülbahar mit tränenerstickter Stimme. »Ein einziger Augenblick der Versöhnung ist gesegneter als ein Leben, das damit verbracht wird, Frömmigkeit zu lehren.«

»Damit sie mich vergessen kann?« rief Jungfer Kevser. »Bei meinem Leben nicht! Ich möchte, daß sie die Last spürt, mir unrecht getan zu haben. Ich möchte, daß sie nie vergißt, wie sie unsere Leben zerstört hat, indem sie mit einem Bündel Anschuldigungen und ohne die Spur von Beweisen einfach hier hereingestürmt kam. Ich möchte, daß sie unter ihrem schlechten Gewissen leidet.«

Herrin Gülbahar warf einen traurigen Blick auf den Imam, dem der Speichel aus dem Mund tropfte, während er die Augen fest auf die saftigen, grünen Früchte geheftet hatte, die sie in ihren sauren Sirup rührte.

»Dann wäre es wohl an der Zeit, daß Ihr Euch auf den Weg macht«, sagte Herrin Gülbahar.

»Sag ein Abschiedswort«, befahl Jungfer Kevser dem Imam.

»Sag ein Abschiedswort«, sagte der Imam.

Und damit ging diese Geschichte zu Ende. Die beiden Unglückseligen machten sich mit der Geschwindigkeit zweier Schnecken auf den staubigen Weg, ohne ein einziges Wort des Dankes an den Arzt.

Nachdem sie ihre Eltern über mehrere Wochen ganz für sich gehabt hatte, bat auch Hürü darum, wieder aufbrechen zu dürfen. Wohin sie denn gehen wolle? Was sie denn tun wolle? Natürlich war sie noch zu jung, um tagein, tagaus den Friedhof zu betrachten, auch wenn sie bereits die Witwenschaft erlitten und den Schmerz erlebt hatte, ihr einziges Kind zu überleben. Doch ziellos durch unsere feindselige und elende Welt zu ziehen, schien ebenfalls keine geeignete Beschäftigung für eine junge Frau – es war ebenso beispiellos wie sinnlos. Diese Art des drastischen Mangels an Behausung stand den wandernden Derwischen zu, den Rätselköpfen aus dem Westen, die auf der Suche nach Ausgefallenem waren, den Leprösen und denen, die Allah zu vernichten gedachte.

Ob sie es denn nicht vorziehen würde, fragte Herrin Gülbahar, einen Hausstand mit einem netten Gelehrten zu gründen oder einem jungen Arzt und Kinder großzuziehen? Sie verstand ja, daß ihr die Heirat mit einem Mann des Volkes wie ein Abstieg vorkommen mochte, doch es gab Männer, die wahrere Prinzen waren als jene, die den Titel trugen.

Das sei wahr, stimmte ihr der Arzt bei. Selim war nie der passende Ehemann für ein Mädchen gewesen, das aus einer Familie stammte, die sich ganz dem Gedanken der Freiheit hingab.

»Wenn du Freiheit sagst«, schalt Herrin Gülbahar ihren Mann, »meinst du die Freiheit von störenden Eingriffen. Die Wahrheit jedoch ist, daß die Lebenden stets und ständig störenden Eingriffen ausgesetzt sind.«

»Ah, aber man ist noch frei«, erwiderte der Arzt, »wenn man versteht, woher die Eingriffe kommen. Freiheit ist Verhalten.«

»Ich habe deinen Vortrag sehr genossen«, sagte Hürü zu ihrem Vater. »Doch nun muß ich gehen.«

»Jede Zeit hat ihr eigenes Verhalten«, fuhr der Arzt fort, als hätte seine Tochter ihn nach der Bedeutung des Wortes Verhalten gefragt. »Und jeglicher Ort hat ebenfalls sein eigenes Verhalten. Und jeglicher Geisteszustand ebenfalls. Verhalten ist zugleich Mittel und Zweck; es ist die Reise und die Ankunft. Und deshalb behaupte ich, daß Hürü immer noch frei sein kann, hier in diesem engen Hause, selbst bei ihren sich einmischenden, närrischen, alten Eltern – während sie selbst in unsere alten Gewohnheiten eingreift.«

»Bleib, Hürü«, sagte Herrin Gülbahar. »Es ist soviel besser, die eigenen Eltern mit Liebe zu fesseln, als tausend Sklaven zu befreien.«

»Doch ich kann nicht bleiben«, erwiderte Hürü, »geschweige denn verstehen, was mit Verhalten gemeint ist. Bliebe ich, so würde ich mich immer noch schlecht verhalten. Also bin ich noch nicht frei zu bleiben.«

»Dann geh«, sagte der Arzt. »Wenn dieser innere Zwang, fortzugehen, nachgelassen hat, kannst du aus freiem Willen zurückkommen.«

»Es ist alles deine Schuld!« brach es, an ihren Mann gewandt, aus Herrin Gülbahar. »Immer setzt du ihr Ideen in den Kopf!«

»Aber dazu sind Ideen da«, sagte der Arzt. »Die Kerze kann sich nicht selbst entzünden.«

»Andere haben ihre Kinder um sich«, sagte Herrin Gülbahar. »Die meisten Großeltern halten ihre Enkel auf den Knien. Doch ich selbst muß wie ein trockener, alter Stock hier ausharren und zusehen, wie die Trauerzüge vorbeimarschieren. Welche Freude birgt denn dieses Ding namens Freiheit durch Verhalten? Heißt Freiheit denn, alles aufzugeben, was einem das Herz erfreut?«

»Es tut mir leid«, sagte Hürü. »Es tut mir wahrhaft leid.«

»Da du entschlossen bist, dich wie ein vertrockneter, hohler Kürbis in jegliche Richtungen treiben zu lassen«, sprach Herrin Gülbahar enttäuscht und verärgert, »kann dir hier niemand mehr einen Rat erteilen. Doch denke an eines, Tochter: es besteht ein großer Unterschied darin, ob man Abenteurer oder Abenteurerin geheißen wird.«

»Man beachte«, sagte der Arzt, »daß Verhalten, welches gestern noch als unsittlich und unmöglich galt, heute schon gut und richtig genannt wird. Verhalten, das man heute als falsch beurteilt, wird mit Sicherheit morgen als richtig gelten.«

»Es ist alles deine Schuld!« wiederholte Herrin Gülbahar sich. »Mein Vater, möge seine Seele in Frieden ruhen, warnte mich vor dir.«

»Vor was an mir?« fragte der Arzt belustigt.

»Mein Vater sagte«, zitierte Herrin Gülbahar: »›Hüte dich vor dem Mann, der dich von deiner Warze befreit, denn er wird dich schon bald dazu bringen, auch ohne anderes auszukommen, an das du dich gewöhnt hast, wie zum Beispiel deine Tochter.‹«

»Das ist sehr gut!« sagte der Arzt. »Ich hätte mir im Traum nicht gedacht, daß dein Vater mich wahrhaft verstand.«

»Nun, da wir alle wissen, wer die Schuld hat«, sagte Hürü, »darf ich jetzt gehen?«

Aber nein! Sie konnte doch nicht einfach ohne Grund und Ziel von dannen ziehen! Was war denn nun ihr Ziel? Nun, der Osten. Es gab da eine bestimmte salzige Lagune in einem Kiefernwäldchen, nicht weit von Konya; sie sehnte sich danach, noch einmal einen Blick auf diese Lagune zu werfen.

»O nein!« rief Herrin Gülbahar. »Du willst doch nicht dorthin zurückkehren, wo das Kleine ertrank?«

»Warum nicht?« fragte Hürü.

Der Arzt fügte hinzu, daß ihm keinerlei salzige Lagune in der Nähe Konyas bekannt war. Und er war schließlich in dieser Gegend aufgewachsen, ohne auch nur einmal auf solch einen Ort zu stoßen oder auch nur von ihm zu erfahren. Doch er legte sich nicht mit seiner Tochter über das Vorhandensein dieses schönen Ortes in der rauhen Steppe um Konya an. Er nahm an, daß Hürü sich diesen Ort vorgestellt haben mußte, während ihr Verstand sie verlassen hatte, doch er sprach es nicht aus. Und mit diesem Gedanken legte der Arzt, der schon lange die Stadt nicht mehr aufgesucht hatte, seinen Turban an – er verabscheute Mützen jeglicher Art, insbesondere jene, die so aussahen, als ob eine Mumie sie in ihr Grab tragen könnte – und traf Vorbereitungen, sich nach Istanbul zu begeben. Er würde dort Erkundigungen einziehen und Hürü einen Platz in einer angemessenen Karawane sichern. Hürü hielt es für überflüssig, daß er sich soviel Mühe machte.

»Laß mich dir diesen kleinen Dienst erweisen«, sagte der Arzt. »Ich tue es in Wahrheit eher für mich als für dich.«

Und so geschah es, daß Hürü sich an einem kalten Morgen im Dezember in den langen und harten Winter der Steppe aufmachte. Ihr Platz in der Karawane für ein Entgelt gesichert, ritt sie einen Gaul der Handelsgesellschaft, Selims *saz* in der einen Satteltasche, die stumme Steinerne Lyra in der anderen. Unter ihrer Schärpe trug sie ein Säckchen mit Gold, welches Herrin Gülbahar für den Fall versteckt hatte, daß man nach dem Tod ihres Gatten beschlösse, das Hab und Gut des Arztes zu beschlagnahmen. Das Gold war Herrin Gülbahars Versicherung gegen eine armselige Witwenschaft. Denn wer konnte wissen, was auf einen zukam? sagte sie. Noch bevor man seine Tränen für den verstorbenen Gatten getrocknet hatte, waren die Boten vor der Tür und versiegelten sie im Namen des Sultans. »Doch hier, Hürü, nimm das Gold!«

»Ich kann es nicht annehmen!« rief Hürü. »Und ich werde es nicht annehmen!«

»Aber du mußt es nehmen!« sagte Herrin Gülbahar. »Ich kann dich nicht ziehen lassen, wenn ich nicht weiß, daß ein paar Goldmünzen unter deiner Schärpe klingeln. Wenn du sie zurückweist, kannst du ebensogut meine toten Augen küssen!«

»Ich werde das Gold für dich verwahren«, erwiderte Hürü und nahm den Beutel. Auch ließ Herrin Gülbahar sich nicht davon abhalten, Hürü mit selbstgekochter Marmelade, Fleischbällchen, zwei gebratenen Hühnern, gefüllten Weinblättern, Fleischküchlein, Krügen mit Oliven, Käsen, gekochten Eiern und Brotfladen zu belasten, was dazu führte, daß ein Packesel gemietet werden mußte, dies Gepäck zu tragen. Der Gedanke, daß Hürü früher oder später die Speisen aufgezehrt haben und sich auf ihre eigenen Überlebenskünste verlassen müssen würde, schien Herrin Gülbahar nicht gekommen zu sein; es machte auch keinen Eindruck auf sie, daß Hürü es vorgezogen hätte, mit leichtem Gepäck zu reisen. Sie ließ dem Packesel zwei riesengroße Körbe aufladen. Und zu guter Letzt drückte sie ihrer Tochter ein Bündel Pergamente mit Gedichten, die in ein gelbes Seidentuch geschlagen waren, in die Hand, jene schicksalsträchtigen Gedichte, die der Arzt und Herrin Gülbahar aufeinander abgefeuert hatten, als sie umeinander warben.

»Diese Gedichte sind das einzige Kostbare, das ich dem brennenden Haus entreißen konnte«, erklärte sie Hürü. »Es ist das Buch der Liebe deiner Eltern. Wir nennen es *Das Säckchen.* Nimm es mit.«

25
Leben und Tod

Nun weiß Hürü, daß sie gänzlich allein ist
an diesem wunderschönen, diesem schrecklichen Ort

Hürü hätte es vorgezogen, allein diesen selben Weg entlangzuziehen, auf dem hin und her zu reisen ihr bestimmt zu sein schien, um jedesmal zu spüren, daß sie noch nicht erfahren hatte, was zu erfahren sie sich aufgemacht hatte. Doch sie war nun nicht länger das junge Mädchen voller Vertrauen und Erwartungen und so leicht bei der Hand, auf die Widersprüchlichkeiten in dem hinzuweisen, was andere Menschen taten und sagten. Sie fühlte sich wie der armselige Gaul, den sie ritt: müde, angegriffen und zerschlagen.

Die Mühe, die sie sich gab, sich von allem fernzuhalten, die Bekanntschaft mit jenen zu meiden, auf die sie traf, ihre Kräfte und ihr Selbst zu schonen, wenn man so möchte, erinnerte sie an Scheherazades Zurückhaltung. Sie erinnerte sich an Scheherazades blasses, ausgezehrtes Gesicht, wenn die Schreiberin tief in sich selbst blickte, über die Rätsel ihres Herzens sann, während sie ihr eigenes Leben und ihren Witz in alte Geschichten hauchte. Wie sorgsam Scheherazade doch mit ihren Kräften umging! Und nun mühte sich auch Hürü, in ihren Reisegefährten weder Freundschaft noch Feindschaft aufkommen zu lassen, während die Karawane einen ganzen Monat lang sich langsam einen Weg durch die Steppe suchte.

Unter der Herrschaft ihres Stiefsohnes Süleyman – der in Zukunft unter dem Beinamen der Prächtige bekannt werden sollte, schienen Räuber, Schänder, Schwindler und andere Gesetzesbrecher sich zurückzuhalten. Hürü erfuhr von den Weggefährten, daß Sultan Süleymans Arm flink und weitreichend war; man war dabei, genaue Gesetze für jedes kleine Vergehen abzufassen und damit das Volk seiner Rechte ebenso zu versichern wie seiner Pflichten. Die Aufstände blindgläubiger persischer Schiiten wurden im Keim erstickt, und auch ihre Glaubensbrüder, die rotmützigen türkischen Nomaden, konnten nicht mehr über die Bauern herfallen, wann immer sie ein Gelüst auf Nahrung oder Mädchen verspürten. Jedem guten Sunniten, der sich um die Gesetze und seine eigenen Angelegenheiten kümmerte, stand es frei, nach Glück zu streben. Indes störte es das Volk doch, mit so sehr vielen Regeln leben zu müssen. Wie das einfachere Volk überall, waren sie dafür, daß die Verwaltung eingeschränkt würde.

Im Februar, wenn in dem elenden Antlitz allen Unglücks, das noch nicht erlitten wurde, die Fangzähne wachsen, wenn alte Menschen zusammenbrechen aus Verzweiflung, ob sie je wieder den Frühling sehen werden, wenn die Jungen vom Fieber befallen werden und alle anderen von der Traurigkeit der Seele, wenn die eisigen Winde aus dem Norden herbeifegen, Häuser brennen und Herden in Schneestürmen verlorengehen, verließ Hürü die Karawane. Sie hinterließ den anderen Reisenden ihren gescheckten und erschöpften Gaul, den Packesel mit dem Rest von Herrin Gülbahars Proviant und ihre Dankbarkeit für eine ereignislose Reise. Sie zog von dannen, in ihren schweren Umhang gehüllt, Selims *saz* unter dem einen Arm, die Steinerne Lyra unter dem anderen und das Säckchen, in dem sich das Liebeswerben ihrer Eltern befand, an ihrer Schärpe hängend. Es gab viel Schelte, aber auch Neckerei ob ihres närrischen Vorhabens. Doch nichts kümmerte sie. Sie zog es vor, die letzten zwei Tagesreisen bis zu dem Kiefernwäldchen allein zurückzulegen, denn sie wollte nicht, daß die stimmgewaltige Reisetruppe den Frieden des Wäldchens störte. Und abgesehen davon konnte es sein, daß der Karawanenführer, wenn er den Ort erst einmal entdeckt hatte, auf jeder Reise dorthin zurückkehrte und das verzauberte Wäldchen in einen Abfallhaufen verwandelte für all das, was Reisende so fortwarfen. Vielleicht war es nicht recht, daß sie ihr Wissen um das Wäldchen für sich behielt. Vielleicht sollte jedem Menschen die Gelegenheit gegeben sein, solch einen geheimnisvollen und auf keiner Karte erfaßten Ort aufzusuchen. Niemand konnte sicher sagen, wer nicht alles Gewinn aus einem zufälligen Treffen mit dem Unbekannten ziehen würde. Doch Hürü war nicht bereit, ihre Entdeckung mit anderen zu teilen.

Sobald sie das Wäldchen erreicht hatte, ging sie auf die uralte Kiefer zu, an welche sie einst gefesselt worden war, nur um zu entdecken, daß sie an einen grünen Weisen gebunden war, der in ein Gewand von leuchtendem, schimmerndem Grün gehüllt war. Derselbe Baum, in welchem sie Selim getroffen hatte; derselbe Baum, unter welchem der gewaltige Abd-es-Samad ihr seine Kunst vorgeführt hatte, die Lagune auszutrocknen, in dessen sandigem Boden die Tore zu dem Schatzhaus des Höchsten der Hochgewachsenen verborgen waren; derselbe Baum, neben dem sie ihren neugeborenen Sohn hatte ertrinken sehen. Sie ließ sich unter der uralten Kiefer nieder, die nun keinerlei Spur mehr aufwies, daß sie einmal ein alter weiser Mann gewesen war.

Die Welt der Pflanzen und die der Tiere in dem Wäldchen leuchteten in hochsommerlichem Glanze, auch wenn die Steppe rundum von Schnee bedeckt und von eisigen Winden gepeitscht war. Die Lagune war warm und still. Zwei Tage verbrachte sie sinnend und fastend dort und wartete auf ein Zeichen. Doch kein Zeichen kam. Nicht einmal ein Hirte erschien wieder, um mit Hürü seine armselige Kleidung zu tauschen. Zwei Tage lang gab es nur Hürü, die klare Lagune, die schimpfenden Eichhörnchen, das hastige Klopfen des Spechts, das dichte Feld von Riesenmaßliebchen, die Kiefern und die Beerensträucher und kleine, verletzliche Tiere, die sich ihres ewigen Hochsommers erfreuten. Am dritten Tage erschien ein sehr alter Mann. Er trug ein zerschlissenes Gewand, stützte sich auf einen Stab und trug einen ausgehöhlten Kürbis bei sich, der ihm als Schüssel diente. Er schritt auf Hürü zu, als wisse er genau, daß dies der Ort war, an dem er sie antreffen würde, unter dieser Kiefer.

»Ah, da bist du ja!« sprach der Derwisch. »Hast du schon lange gewartet?«

»Dies ist der dritte Tag«, erwiderte Hürü.

»Und immer leichter und leichter im Kopf«, bemerkte der Derwisch, »vor Hunger! Würdest du vielleicht einige der Speisen mit mir teilen, die deine Mutter zubereitet hat?«

»Woher wißt Ihr das?« fragte Hürü erstaunt.

Und im nächsten Augenblick erkannte sie den Derwisch wieder, der sie einst im Nevlana-Kloster darin unterwiesen hatte, wie man Kohlköpfe zieht. Damals trug der Gartenkunstmeister die makellosen Gewänder seiner Bruderschaft und bewegte sich mit der Sicherheit eines, der in die Wahrheit eingeweiht war. Doch nun zog er in dem zerschlissenen Tuch eines Bettlers umher und wußte nicht, wo seine nächste Mahlzeit herkommen oder er Schutz für die Nacht finden würde. Sie verbeugte sich vor ihm und küßte ihm die Hand, die am Stab erzitterte.

»Vergebt mir, Meister«, sagte sie. »Ich habe Euch nicht gleich erkannt.«

»Das ist nicht weiter schlimm«, sprach der Derwisch. »Laß uns etwas von dem zu uns nehmen, was Herrin Gülbahar so sorgfältig zubereitet hat.«

Der Derwisch rührte den Käse kaum an, den der Schimmel befallen hatte, oder die Fleischbällchen, die zu dunklen Marmorkügelchen geschrumpft waren. Doch er trank eine Gurde des salzigen Lagunenwassers. Wenn der Meister auch kaum Hunger zu haben schien, entdeckte Hürü, daß sie heißhungrig war und sie weder der Schimmel noch das Alter der Speisen kümmerten. Während sie aß, berichtete ihr der Derwisch, daß er, seitdem sie ihn zuletzt sah, berufen worden war, in Armut zu wandern und ohne die Sicherheit des Klosters und der Bruderschaft zu leben. Er erläuterte nicht, wie er berufen worden war und zu welchem Zwecke.

»Komm, spiel uns etwas Heiteres«, forderte er Hürü zum Musizieren auf. »Ich habe keine Musik mehr vernommen, seit ich das Kloster verließ.«

»Vergebt mir, Meister«, sagte Hürü, »doch das kann ich nicht. Meine Hand ist zu schwer für die *saz* und zu leicht für die Steinerne

Lyra. Ich kann weder auf der einen noch auf der anderen mehr spielen. Und was meine Stimme angeht, so habe ich mich selbst seit Monaten nicht mehr gehört.«

»War denn nun Selim deiner Liebe wert?« fragte der Derwisch, der alles zu wissen schien, was ihr zugestoßen war, seit sie sich in Konya unerlaubt von der Truppe entfernt hatte, ohne ein Wort des Abschieds an ihren Lieblings-Meister.

»O ja!« sagte Hürü. »Ja! Ja!«

»Selim starb im Zustand der Gnade«, teilte der Derwisch ihr mit.

»Ich weiß«, sagte sie.

»Gut«, sprach der Derwisch. »Doch nun muß ich weiterziehen.«

»So bald schon?«

»Mir verbleibt nicht mehr viel Zeit«, sprach der Derwisch. »Es gibt da einen gewissen Hirten, einen, der dir wohlbekannt ist, dessen Hütte ich niederbrennen muß.«

»Tut das nicht!« rief Hürü aus. »Er ist ein guter Mann. Ihr dürft ihm nicht sein Hab und Gut verbrennen!«

»Die Dinge sind oft nicht das, was sie scheinen«, sprach der Derwisch.

»Warum müßt Ihr seine Hütte abbrennen?« ließ sie nicht locker.

»Mach dir darüber keine Gedanken« erwiderte der Derwisch. »Doch bevor ich gehe, möchte ich dich um einen Gefallen bitten.«

»Sehr wohl. Nur bittet mich nicht, Euch das Anmachholz zu besorgen!«

»Morgen«, sprach er, »wirst du, so wurde mir entdeckt, zur Mittagszeit an diesen Ort zurückkehren. Und wenn du hier angekommen sein wirst, wirst du mich tot unter dieser uralten Kiefer finden. Sodann wasche mich, hülle mich in das Leichentuch, welches du unter meinem Kopf finden wirst, und dann begrabe mich, nachdem du ein Gebet zum Wohle meiner Seele gesprochen hast, hier im Sand. Dann nimm mein Gewand, meine Gurde, meinen Stab. Wenn die Dämmerung hereinbricht, wird jemand erscheinen, der dich um diese Gegenstände bittet. Übergebe sie ihm.«

»Warum?«

»Offensichtlich«, sprach der Derwisch, »weil er zu meinem Nachfolger bestimmt ist.«

Und nachdem er Hürüs Stirn berührt hatte, machte er sich auf seinen schwachen Beinen davon, es dem guten Hirten mit einem großen Unglück zu vergelten. Hürü konnte sich vorstellen, wie eilig der Hirte dem Derwisch Speise und eine Schlafstatt anbieten würde. Noch konnte sie hinter dem Derwisch herlaufen und ihn von seiner Absicht abhalten. Wie leicht es sein würde, den Willen des Derwisch zu bezwingen, bis er wie versprochen morgen zur Mittagszeit sterben würde! Doch sie konnte es nicht über sich bringen, diesen Plan auszuführen, ihr Herz war geteilt zwischen dem Derwisch und dem Hirten. Im Falle des Zweifels, dachte sie sich, flüchtet sich ein unerleuchteter Mensch, wie ich es bin, in das Nichtstun. Wird mir denn niemals die Erleuchtung zuteil?

Sie schlief mit den Vögeln ein, erschöpft von den Vorwürfen, die sie sich gemacht hatte, und träumte unruhig die Nacht über von Mansur Al-Hallaj, dem Märtyrer und Heiligen, dessen Verbrechen es gewesen war, den christlichen Glauben mit dem muslimischen verbinden zu wollen. Wieder und wieder hatte sie denselben Traum, bis sie ihn schier auswendig kannte: Al-Hallaj steht schutzlos vor einem wütenden Volksauflauf. Als ihm beide Hände abgehackt werden, zeigt der Heilige keinerlei Zeichen des Schmerzes. Dann steinigt die Menge Al-Hallaj. Riesige, blutige Wunden öffnen sich wie Rosen auf dem Körper des Heiligen. Immer noch verharrt er ohne Gegenwehr, nach innen gekehrt. Dann betritt der Meister der Kohlköpfe den Traum. Er geht auf Al-Hallaj zu und schlägt ihn mit einer Rose. Mansur Al-Hallaj schreit auf wie jemand, der der gräßlichsten Folter unterzogen wird.

Bei Tagesanbruch erwachte sie mit dem Geruch von Rauch und wußte, daß der Derwisch seinen Auftrag erfüllt hatte. Vielleicht hatten das Volk und die Gottesgelehrten ja recht mit ihren Warnungen vor Sufi-Derwischen, die sie der Abtrünnigkeit und der Ketzerei bezichtigten. Einst im Gemüsegarten hatte sie den Meister der Gartenkunst befragt, was der Islam denn sei und wer die Muslime.

»Der Islam befindet sich in Büchern«, hatte er erwidert, »und die Muslime in ihren Gräbern.«

Sie hatte sich damals gedacht, daß der Meister damit sagen wollte, daß die in Einzelheiten geregelte Religion dazu neigt, in sündigen Rezepten und Formen einzufrieren, doch sie war sich da nicht sicher, da der Meister oft in Rätseln über das Verhalten des gesunden Menschenverstandes sprach. Doch gegenüber Allah zu sündigen war das eine; sich gegenüber dem Menschen zu versündigen mußte sicherlich sehr viel schwerwiegender sein.

Als sie dem Geruch von Rauch nachging, fand sie sich am Ende des Reichs des Sommers; weit draußen in der ebenen und gefrorenen Landschaft, in öder Weite, erspähte sie den Ursprung des Feuers. Dort also lebte der Hirte! Oder lebte er bis heute. Sie machte sich schnellen Schrittes zum Orte der Brandstiftung auf. Die Hütte war, als sie sie erreichte, vollkommen ausgebrannt. Vor diesem vom Feuer zerstörten Heim stand der Hirte und raufte sich die Haare, während seine Tiere in ihrer Qual in ihren Umzäunungen blökten und muhten. Um ihn herum hatten sich seine Kinder versammelt, seine hübsche Frau und – was wirklich eine Überraschung war – Scheherazade selbst! Ihr Gesicht und ihr Haar waren dem Wind preisgegeben, und es schien, als sei sie gerade noch mit dem Leben davongekommen.

»Meine Freunde!« rief Hürü und rannte auf die Überlebenden zu. »Ich hoffe, ihr habt keinen Schaden erlitten?«

»Sie fragt mich, ob ich keinen Schaden erlitten habe!« rief der Hirte. »Ich lebe noch, oder etwa nicht?«

»Sei gegrüßt Hürü«, sagte Scheherazade ruhig.

»Gelobt sei der Erbarmer und der Barmherzige«, stieß die Frau des Hirten aus.

»Doch der Satan möge diesen Derwisch holen!« sagte der Hirte. »Ich diene zwar nicht Allah und erwarte mir seinen Lohn. Doch ich brauche die Vergeltung durch die Menschen ebensowenig. Wir gaben dem Manne Speis und Schlafstatt für die Nacht. Heute morgen setzt er die Hütte in Brand.«

»Wo ist der Derwisch nun?«

»Entschwunden«, erwiderte der Hirte, der mit den Fingern schnalzte. »Einfach so. Wollte sich sein Werk nicht unbedingt betrachten, denke ich mir.«

»Er muß ein wahrer Heiliger gewesen sein«, fügte seine Frau hinzu. »Ihr hättet sehen müssen, wie er sich geradezu auflöste.«

»Er schien«, sagte Scheherazade, »unsichtbar zu werden.«

»Doch was macht Ihr an einem Ort wie diesem, Scheherazade – und ganz allein?«

»Ich verbrachte nur diese Nacht hier«, sagte Scheherazade, »auf meinem Weg nach Konstantinopel, um dich zu suchen. Ja, ich bin allein.«

Und während Scheherazade und Hürü sich in die Arme fielen und sich zu erzählen begannen, begab sich die gestrafte Familie mutlos daran, die Ruine nach etwaigen Überresten ihrer Habe zu durchsuchen. Hürü weinte heiße Tränen, als sie Scheherazade erzählte, wie sie Karacuk durch einen Unfall im Wasser verlor. Ihre Tränen öffneten die steinerne Faust, in welcher sich ihr Herz so lange befunden hatte. Doch aus Furcht, Scheherazade mehr als nötig zu verletzen, verschwieg sie die wahre Brutalität Schahriyars.

»Wo war Schahriyar, als das Kind ertrank?« fragte Scheherazade voller Verblüffung, als ahnte sie bereits etwas, dem sie sich stellen mußte. »Er hatte sich doch das Schwimmen beigebracht, entsinnst du dich?«

»Ja, ich entsinne mich«, erwiderte Hürü. »Er stand einfach nur da, vollkommen berauscht. Seine Henkersleute hinderten mich, dem Kind nachzuspringen. Schahriyar kann für seine Taten nicht verantwortlich gemacht werden, glaubt es mir. Auch wenn ich es niemals verstehen werde.«

»Infolgedessen!« sprach Scheherazade, die alles begriff und ihr bleiches und ausgezehrtes Gesicht mit ihren beiden Händen zitternd bedeckte.

»Ich wünschte, Ihr hättet es nie erfahren müssen.«

»Irgendwie wußte ich es«, erwiderte Scheherazade. »Irgend etwas sagte mir, daß ein Unglück geschah. Habe ich meinen Gatten zu einem Ungeheuer gemacht, Hürü?«

»Warum müßt Ihr stets denken, daß Ihr es seid, die einer Geschichte die Wendung gibt, sei sie wirklich oder erfunden?« fragte Hürü, die eine merkwürdige Eifersucht in sich aufsteigen spürte. »Seid Ihr Allah?«

»Natürlich nicht!« rief Scheherazade aus.

»Was dann?«

»Es ist doch nur, daß ich mich selbst nicht wirklich verstehe«, sprach Scheherazade, »solange Schahriyar mir ein Rätsel bleibt. Wer ist dieser Mann wirklich? Er muß doch aus einem Grunde auf die Welt gekommen sein. Ich habe die Rätsel in den Herzen von Eintausendundeinhundert fiktionalen Gestalten erraten, doch ich weiß nichts über den Mann, an den ich mein Leben lang gebunden bin.«

»Wer weiß das schon?« fragte Hürü.

»Nimm den Derwisch«, dachte Scheherazade laut nach. »Gestern abend schien er noch solch ein milder, gütiger Mensch zu sein. Er sagte ein paar unverständliche Dinge, um sich wichtig zu machen, wie ich annahm; da er ein Gast war, fühlte er sich wohl verpflichtet, seine Gastgeber zu unterhalten. Er erklärte unter anderem, daß das Essen von Steinen verboten sei. Ich fragte ihn, weshalb er solch ein lächerliches Verbot erwähnte, in Anbetracht der Tatsache, daß Steine nicht zu den üblichen Nahrungsmitteln des Menschen gehörten. ›Niemand sonst erwähnt diese Verbote‹, erwiderte er mir, ›da das Nicht-essen von Steinen als allgemeine Verhaltensweise betrachtet werden kann.‹«

»Das geht zu weit!« sagte Hürü, die wider Willen lachen mußte.

»Daß man anderer Menschen Heim nicht in Brand steckt, ist ebenfalls ein Gebot«, fügte Scheherazade dem nachdenklich hinzu, »welches jedem sittlichen Menschen geläufig ist. Man könnte sogar sagen, daß die meisten von uns die Gewohnheit entwickelt haben, die Häuser unserer Gastgeber *nicht* in Brand zu stecken. Doch gestern abend war mir nicht bekannt, was der Derwisch gewöhnlicherweise tat – oder nicht tat. Und so fragte ich den alten Mann, um ihm den Willen zu tun, ob er uns nicht ein Beispiel dessen geben könne, was er meine, und zwar ein Beispiel, das aus der Wirklichkeit gegriffen war. ›Dem verhornten und tintenbefleckten mittleren Finger Eurer rechten Hand nach zu urteilen‹, sprach der Derwisch, ›nehme ich an, daß Ihr eine Rechtshänderin seid, die die Gewohnheit hat zu schreiben.‹ Ich pflichtete ihm bei, daß ich oft und viel mit meiner rechten Hand schrieb. Da stellte er mir eine merkwürdige Frage. ›Besitzt Ihr Eure Gewohnheit?‹ fragte er. ›Oder besitzt Eure Gewohnheit Euch?‹ Ich erwiderte, daß ich der Ansicht sei, daß ich mir diese Gewohnheit erwählt habe, und daß man daher sagen könne, daß ich meine Gewohnheit besitze. ›Ah!‹ sprach er, ›das Merkwürdige an einer Gewohnheit ist, daß man zwar oft mit Gewohnheiten bricht, viel häufiger aber noch die Gewohnheiten einen selbst brechen.‹ Die halbe Nacht über lag ich wach und sann darüber nach, ob ich nicht nur aus einem angewöhnten inneren Zwang heraus schrieb; dann schlief ich für einige Minuten ein – um dadurch zu erwachen, daß die Hütte brannte.«

»Und nun?« fragte Hürü. »Habt Ihr eine Entscheidung getroffen? Schreibt Ihr aus einem Zwang heraus oder aus freiem Willen?«

»Ich weiß es nicht«, erwiderte Scheherazade. »Indes, eine Sache ist klar; wenn es ein innerer Zwang war, dann ist er mir ganz sicher ausgetrieben worden. Mein Manuskript verbrannte mit der Hütte. Jedes einzelne Blatt. Und ich kann mir nicht vorstellen, daß ich jemals alle Geschichten aus *Tausend und eine Nacht* nochmals niederschreiben werde. Puff! Alles vernichtet. Das Manuskript war mir zu kostbar, als daß ich es hätte in Bagdad zurücklassen können, wo ich meine wunderschönen Kinder ließ.«

»Bei Allah dem Barmherzigen!« sagte Hürü. »Habt Ihr denn keine Abschrift fertigen lassen?«

»Woher hätte ich das Geld dafür nehmen sollen?« erwiderte Scheherazade. »Nun ist es vom Erdboden verschwunden.«

»Ich kann nicht glauben, daß der Derwisch etwas so Furchtbares aus Scherz oder Böswilligkeit hätte tun können«, sagte Hürü. »Ich kannte ihn früher, als er noch all seine Sinne beisammen hatte. Er war ein berühmter Meister der Gartenkunst. Und nun hat er Euer Lebenswerk zerstört und das Leben des Hirten obendrein.«

»Das würde ich«, sprach Scheherazade, »als das Rösten zweier Gewohnheiten mit einem Feuer bezeichnen.«

»Ihr wirkt mir unbegreiflich ruhig«, bemerkte Hürü.

»Nun«, sagte Scheherazade, »erinnerst du dich, wie ich Besuch von der Zukunft erhielt? Dieses Genie sucht mich nicht mehr auf, es wird andere Eisen im Feuer haben. Doch ich denke, daß ich heute morgen einen Besuch von der Vergangenheit erhielt. Denn höre. Als die Hütte in Flammen aufging, erschien ein kleiner, dicker Mann aus dem Nirgendwo, der auf einem großen, weißen Maulesel ritt. Er sprengte geradewegs in das Feuer hinein und entkam ihm unverletzt nur wenige Augenblicke später wieder – mit meinem Buch in seinen fetten Händen. ›Ich hab es!‹ rief er. ›Ich habe das Buch *Tausend und eine Nacht*. Ich habe den Tiefsten der Tiefen überlistet, die Wächter und sogar dich, Scheherazade! Doch sorgt Euch nicht, altes Mädchen! Euer Buch wird in der Vergangenheit bewahrt bleiben, wenn auch unter meinem Namen. Und in der Zukunft wird man sich meiner entsinnen als Besitzer des Buches *Tausend und eine Nacht*.‹ Er kicherte und gackerte, während ich starr vor Erstaunen dastand. Immer noch lachend, entschwand der fettige Räuber, während sein Maultier erst zu schweben und dann davonzufliegen schien. Glaubst du mir das?«

»Sagt mir«, fragte Hürü. »Trug der Mann, der Euer Buch den Flammen entriß, ein prächtiges maghrebinisches Gewand?«

»Ja«, erwiderte Scheherazade.

»Hingen zwei außerordentlich kunstvoll gearbeitete Satteltaschen an seinem Maultier?«

»Ja.«

»Hatte er Schlitzaugen, eine Knollennase und einen riesigen Leberfleck auf dem Kinn?«

»Mir ist kein Leberfleck aufgefallen«, erwiderte Scheherazade.

»Wie dem auch sei«, sagte Hürü, »es klingt ganz nach Abd-es-Samad. Wie sonderbar, daß Ihr ihn nicht erkanntet, da Ihr selbst ihn doch so gut in der ›Geschichte von Dschaudar aus Kairo‹ beschrieben habt. All diese seelischen Qualen, die ich durchstehen mußte, als ich die magischen Gegenstände aus dem versunkenen Schatzhaus holte und mir meine Steinerne Lyra verdiente, müssen mir letzten Endes nur deshalb zugemutet worden sein, damit Abd-es-Samad mich dazu bringen konnte, die Verse für Euer Buch zu erfinden. Doch gab es natürlich damals Euer Buch noch gar nicht. Und dennoch kämpften die vier Brüder, die drei Maghrebiner und der Jude, bereits um seinen Besitz. Sie alle kannten Teile des Inhalts, auch wenn sie den Text noch nicht aus der Luft greifen, dem Geist der Zeit entreißen konnten. Abd-es-Samad war sich selbst in der Zeit voraus, da er ständig in die Zeit eingriff. Ein närrisches Unterfangen, denn abgesehen davon, daß er selbst unter der Zeitverschiebung leiden mußte, hat er es den zukünftigen Gelehrten unmöglich gemacht, das genaue Datum der Entstehung des Buches festzulegen.«

»Ich hatte nicht erwartet, daß er im wirklichen Leben auftauchen würde«, sagte Scheherazade. »Daher ist es auch nicht überraschend, daß ich ihn nicht erkannte. Ich bin mir noch nicht einmal sicher, daß ich ihn heute morgen gesehen habe. Der Hirte und seine Frau sahen ihn nicht. Auch die Kinder nicht. Doch die große Wolfshündin mußte die Gegenwart dieses Piraten gespürt haben. Das Fell der Hündin hatte sich gesträubt, und sie sprang auf den Maghrebiner zu, als wolle sie ihn hindern, sich mit dem Buch davonzumachen. Sie riß sogar ein Stück aus einer der Satteltaschen. Hier ist es, ein Stück feinstes marokkanisches Leder, mit Perlen und Gold bestickt.«

Und aus ihrer Schärpe zog Scheherazade ein Stück dieser herrlichen Satteltaschen, in denen soviel fette Speisen für den unersättlichen Maghrebiner gefertigt wurden.

»Das ist das Zeug«, rief Hürü. »Es tropft geradezu von dem zur Schau gestellten Reichtum. Ich frage mich indes, ob das Loch in der Satteltasche die Künste des magischen Kochs beeinträchtigen könnte.«

»Ging denn mein Buch in Flammen auf?« sprach Scheherazade mit einem Gleichmut, als stelle sie diese Frage nur der Form halber. »Oder wurde es für die Vergangenheit, die Gegenwart und die Zukunft gerettet?«

»Ich würde sagen, daß es das Buch gibt«, sagte Hürü, »doch daß es nun nicht mehr in Euren Händen liegt.«

In diesem Augenblick hörten sie, wie der Hirte alle rief, zu kommen und ihm zu helfen. Er war auf eine eiserne Falltür in den Grundmauern gestoßen, die immer noch zu heiß war, als daß man sie hätte berühren können; doch sie alle gemeinsam könnten sie mit einer Stange heben. Jeder von ihnen sollte mithelfen. Stöhnend und in der glühenden Asche von einem Fuß auf den anderen springend, um sich nicht zu verbrennen, gelang es ihnen schließlich, die eiserne Tür anzuheben. Ein paar Stufen, die in einen Kerker hinabführten, wurden sichtbar. Der Hirte stieg sie augenblicklich, trotz der Gefahr, sich zu versengen, hinab – und stieg fast ebenso schnell wieder empor, einen irdenen Krug in den Händen.

»Es ist wunderbar kühl dort unten«, sagte er. »Und seht nur, was ich gefunden habe! Und davon gibt es noch sehr viele dort unten!«

Der Krug war bis an den Rand mit Gold gefüllt, heidnische Münzen, die dort über Jahrhunderte kühl und sicher geschlummert haben mußten.

»Hadrian«, sagte Scheherazade, nachdem sie den Schriftzug auf einem der Goldstücke gelesen hatte, »ist der König, der die Münzen prägen ließ. Der Kopf ist der des Gottes Apollo.«

»Ist er ein wahrer Gott?« fragte der Hirte, der sich erschreckt von seinem Schatz zurückzog.

»Natürlich!« rief Scheherazade und streckte die Arme der Sonne entgegen. »Ist die Sonne denn nicht wahr? Gibt sie uns nicht Licht und Wärme und Wachstum und Gesundheit? Apollo ist die Sonne: Schönheit, Form und Harmonie! Er heilt und flüstert uns ins Ohr, daß das Universum wahr und gut ist.«

»Bei Allah!« rief die Frau des Hirten. »Laßt mich das Antlitz von Licht und Weisheit sehen.«

»Dieser listige Derwisch!« sagte der Hirte und pfiff durch die Zähne. »Ich glaube, der hat die ganze Zeit gewußt, daß der Schatz dort drunten lag. Er hat wohl die Hütte angezündet, damit wir die Falltür finden.«

»Dazu hätte er uns doch wirklich nicht das Haus abbrennen müssen!« klagte seine Frau. »Er hätte es uns ja auch sagen können.«

»Aber dann«, erwiderte der Hirte, der nun sein Gleichgewicht, seine Fassung und damit auch seine Weisheit wiedergefunden hatte, »hätte er es erdulden müssen, daß wir um ihn herumscharwenzelt wären, weil er uns doch reich gemacht hat. Hast du denn von nichts eine Ahnung, Weib? Diese heiligen Kerle, die wirken ihre guten Taten lieber heimlich. Sie wollen nicht, daß die Menschen ihnen gegenüber verpflichtet sind, weißt du?«

»Wenn du soviel weißt«, gab seine Frau es ihm zurück, »wieso hast du dann den Heiligen eben noch in die Hölle gewünscht?«

»Da war ich noch ein armer Mann«, erwiderte der Hirte.

»Ich frage mich«, sprach Scheherazade, »ob welcher Wahrheit willen der Derwisch mich mein Manuskript verlieren ließ.«

»Bei Allah, Herrin«, sagte der Hirte. »Wenn ich Euch einen dieser randvoll mit Gold gefüllten Krüge gebe, würde das Euren Verlust ersetzen? Ihr habt etwas Kostbares verloren, nur damit ich mein Glück finden konnte.«

»Nein«, sprach Scheherazade, »doch ich danke dir.«

»Siehst du jetzt, was ich meine?« fragte der Hirte seine Frau. »Die Menschen mögen es nicht, wenn man ihnen etwas schenkt. Wie hat unser weiser Mann aus Konya gesagt? Mildtätigkeit ist schlecht für den Gebenden und schlecht für den Nehmenden, außer sie geschieht, ohne daß man es weiß.«

*

Es stellte sich jedoch heraus, daß der Hirte seine Küken gezählt hatte, noch bevor sie geschlüpft waren, die übrigen Krüge enthielten, auch wenn sie äußerlich dem ersten glichen, etwas wie gelben

Ton. Niemand hatte je zuvor Ton in solchem Gelb gesehen, in dem Fleckchen von Gold schimmerten.

»Eine Art Katzengold«, sagte der Hirte, zutiefst enttäuscht.

»Siehst du jetzt, was ich meine?« schalt ihn seine Frau. »Ich bin sicher, daß jedesmal, wenn du den heiligen Mann verflucht hast, das Gold in einem der Krüge sich in Katzendreck verwandelt hat. Das ist es nämlich, was passiert, wenn du deinen großen Mund zu weit aufreißt.«

»Woher wolltest du das wissen?« gab der Hirte zurück, den die Weisheit seiner Frau ärgerte.

»Vielleicht«, schlug Hürü vor, »solltet ihr es euch nicht zur Gewohnheit werden lassen, Gold zu finden.«

»Wahrscheinlich nicht«, sagte der Hirte, der sich noch immer nicht mit seinem Verlust ausgesöhnt hatte.

Die Kinder des Hirten jedoch waren es sehr zufrieden. Nachdem sie den gelben Ton auf das unfruchtbare, öde Stückchen Garten der Hütte gekippt hatten, wo der Boden so festgestampft war wie Stein, begannen sie mit den Häufchen dieser merkwürdigen Materie zu spielen, welche sich für sie in Städte und Königreiche, Burgen und verzauberte Berge verwandelte. Einmal mehr nun schallten Kinderstimmen über die eisbedeckte Ebene, und Lachen erklang in der Ruine. Die große gelbe Wolfshündin kam aus dem Schafspferch, wohin sie sich gekränkt zurückgezogen hatte, zweifellos immer noch erschrocken durch das Feuer und den geheimnisvollen, maultierreitenden Dieb, und stellte den Schwanz auf wie eine Fahne.

Als sie die Kinder spielen sahen, begannen auch die Erwachsenen darüber zu sprechen, wie auch sie ihr Herz erfreuen könnten. Scheherazade, die nicht wußte, was sie anderes tun sollte, als nach Bagdad zurückzukehren, sagte, daß es ihr vielleicht gegönnt sein würde, ihr Glück bei ihren Kindern zu finden, indem sie zusah, wie sie aufwuchsen.

»Wird es in Bagdad je so kalt wie hier?« wollte der Hirte wissen.

»Nein«, erwiderte Scheherazade. »Doch manchmal wird es dort so heiß wie in den Kesseln des Satan.«

»Warum sollten wir diese elende Kälte ertragen?« sagte der Hirte zu seiner Frau. »Laß uns unsere Knochen in der Sonne baden wie die reichen Leute.«

»Wir sind jetzt reiche Leute!« sagte seine Frau.

Und so geschah es, daß der Hirte und seine Frau beschlossen, nach Bagdad aufzubrechen und Scheherazade in ihre Heimatstadt zurückzubegleiten, von der jedermann seit Jahrhunderten soviel gehört hatte. Sie würden die ihnen verbliebenen Dinge richten, irgendein Gefährt auftreiben und sich am nächsten Morgen von ihrem Dasein in dieser öden Steppe verabschieden. Der Hirte erzählte jedem, der gewillt war, ihm zuzuhören, wie seine Vorväter immer schon an dieses kleine Fleckchen Erde gebunden waren und ihre Tiere auf Land hatten grasen lassen, das ihnen nicht einmal gehörte. Man wußte nie, wann eine einflußreiche Gestalt nicht plötzlich Anspruch auf Allahs großes Weideland erheben würde und damit dem Hirten die Lebensgrundlage entzog. Er habe immer – gesegnet sei der Barmherzige – als freier Mann gelebt und doch in steter Gefahr, zum Leibeigenen eines Großgrundbesitzers werden zu müssen. Und nun war diese Gefahr endlich gebannt. Und abgesehen davon gab es noch die ganze Welt, die man sich ansehen mußte.

Auch Hürü fiel nichts anderes ein, als sich wieder auf den Weg nach Bagdad zu begeben. Unvermittelt entsann sie sich jedoch der Pflicht, die sie dem Derwisch schuldete. Die Sonne stand schon fast im Zenit. Nachdem sie ihnen bedeutet hatte, daß sie eine Aufgabe erledigen müsse, sagte sie den anderen, daß sie sie am nächsten Morgen bei der klaren Lagune finden würden.

»Ich hoffe, daß Ihr nicht wieder einen schnellen Wechsel der Kleidung benötigen werdet«, neckte sie der Hirte. »Alle Gewänder, die ich erübrigen könnte, haben sich in Rauch aufgelöst.«

Hürü machte sich auf in dem Gefühl, daß ihr ein Segen durch diese Wiedervereinigung mit alten Freunden zuteil geworden war. Nun war es ihr gestattet, die Gefährten ihres Herzens bei sich zu behalten. Gegen Mittag erreichte sie den Ort, an welchem das Mitleid ewig war. Sie fand den Derwisch unter der uralten Kiefer, den Kopf auf seinem ordentlich zusammengelegten Leichentuch. Noch nicht erkaltet, machte er weder den Eindruck von Zufriedenheit noch den der Unzufriedenheit. Er ruhte schlicht: nie wieder würde er umherwandern müssen, die Kalebasse auf dem Rücken, auf seinen Stab gelehnt, das zerschlissene Gewand von jeder Dornenhecke festgehalten. Der Tod *ist*; nichts mehr und nichts weniger.

Neben dem Toten lagen die Gegenstände, die Hürü dort zurückgelassen hatte: Selims *saz*, die Steinerne Lyra, das kleine Säckchen, das die Gedichte ihrer Eltern enthielt, die Reste der von ihrer Mutter zubereiteten Speisen. Zuerst mußte sie etwas zu sich nehmen, damit sie die Kraft hatte, den Derwisch zu begraben. Langsam aß sie eine verschimmelte Kruste Brot. Und dann, als sie gerade eine schwarze Olive in den Mund stecken wollte, entsann sie sich einer Stimme: »Habibi, möchtest du eine schwarze Olive?«

»Geliebter«, erwiderte sie der Stimme nun, »ich nehme den Kern!« Und sie spuckte das bittere Fruchtfleisch aus. Und sie schluckte den Kern.

Sie entkleidete den alten Mann. Er war unter seinem Gewand noch magerer, als er wirkte. Dann trug sie seinen ausgemergelten Körper zu der Lagune. Der Derwisch wog nicht mehr als ein Kind, als hätte er sich Mühe gegeben, seiner Totengräberin keine Last zu sein. Jäh wurde Hürü von dem Gedanken an den bevorstehenden Tod ihres Vaters gepeinigt. Sie hatte ihn verlassen. Er würde von Fremden in sein Grab gelegt werden müssen. Das Bild ihres Vaters, der so leicht und flink einherschritt wie eine Walddrossel, stieg in ihr auf wie ein Schmerz ohne Name. War ihr Vater ebenfalls tot?

Dann erinnerte sie sich, daß sie keine Seife bei sich hatte. Womit sollte sie den Bart und das Haar des alten Derwischs waschen? Doch halt! In ihrer Schärpe trug sie eine Handvoll des gelben Tones bei sich, den der Hirte in den Krügen gefunden hatte; sie entsann sich, daß sie einmal gehört hatte, daß mancher Ton, vermischt mit Salzwasser, als Seife genutzt werden konnte. Sie reinigte den Körper des Derwischs mit der gelben Materie, die in der Lagune aufschäumte, und ließ seinen strubbeligen Bart wieder seidig werden.

Sie erinnerte sich an das letzte Mal, als sie einen alten Mann gereinigt hatte und so zornig und so voll Ekel gewesen war, daß sie versucht hatte, den Imam bei lebendigem Leibe zu kochen. Doch nun badete sie diesen teuren alten Mann mit Vorsicht und einem Gehorsam, der mehr der Liebe glich.

Und sie entdeckte den blinden Flecken in ihrer Sichtweise. Die Lagune war erfüllt von einem plötzlichen Licht; in ihm erkannte sie sich selbst, wie sie zärtlich den knochigen, verschrumpelten Körper eines bereits verwesenden Menschen an die Brust drückte. Eine tote alte Frau. Sie selbst. Tränen, die wie das Leid und das Mitleid einer Mutter waren, stiegen ihr in die Augen.

Doch ihre kräftige Jugend ließ sie nicht zurückzucken. Ihr Herz füllte sich mit Mitgefühl für ihren eigenen sterblichen Körper, dessen Aufgabe es war, sich auf dem Weg zum Tode zu verzehren. Ich werde sterben, wußte sie nun; ich werde den Tod erreichen.

Sie hob mit der Schaufel, die sie aus dem Schafpferch des Hirten mitgebracht hatte, in dem losen Sand ein Grab aus. Sobald es groß genug war, wand sie das Grableinen um den gereinigten Körper des Derwischs und ließ ihn sanft in seine sandige Ruhestatt hinab. Die in Tücher gehüllte menschliche Gestalt, so einsam nun, daß es für sie nie wieder einen Gefährten geben würde, entfernte sich noch weiter von seinem Dasein, hinab in die ewige Heimstatt, in welche das Licht nie schien noch ein freundliches Wort fiel. Würde auch dieser heilige Körper verwesen? Doch dann entsann sie sich, daß der Derwisch ihr einst gesagt hatte, daß Materie unzerstörbar sei; daß das, was in unseren Augen wie Verwesung aussah, in Wirklichkeit eine Umwandlung war. Jede Faser unseres Körpers, hatte er ihr erklärt, hatte es seit Anbeginn gegeben, und es würde sie bis in alle Ewigkeit weitergeben.

»Ihr seid fortgegangen«, schalt sie sanft die Gestalt im Grab, »nachdem Ihr für alle Menschen und, um das Maß vollzumachen, auch für deren Brüder Sorge getragen habt. Doch was ist mit mir?

Ihr habt Euch noch nicht einmal die Mühe gemacht, mir zu erklären, warum mir Glückseligkeit vorenthalten wird. Ihr wähltet mich nur, um Zeuge Eures Todes zu sein.«

Und sie füllte das Grab mit derselben Leichtigkeit, mit der sie es ausgehoben hatte; sie sagte die *Fatiha* auf, um der Seele des Derwischs den Weg zu erleichtern. Dann ließ sie sich nieder, um zu warten. Zu einer Seite von sich legte sie die Instrumente (das beständige wie das unbeständige) und die Sammlung von Liebesgedichten; auf die andere Seite legte sie den Stab, die Kalebasse und das Gewand. Hier würde sie sitzen und wachen, bis die erwählte Gestalt auftauchte.

Und dennoch waren ihre Gefühle zwiespältig. Ein Teil von ihr hoffte, daß die versprochene Gestalt nicht auftauchen würde, so daß die vom Derwisch hinterlassenen Gegenstände bei ihr blieben. Der andere wollte diese Werkzeuge des Gewerbes der Derwische loswerden, so daß auch sie sich mit ihren Instrumenten und ihren Gedichten auf den Weg machen konnte. Wenn sie das überwinden könnte, was sie davon abhielt zu singen und zu spielen, dann, das wußte sie, gab es noch viele Lieder, die von ihr gesungen werden wollten.

Doch vielleicht hatte der Derwisch ihr diese Gegenstände überlassen, um ihr Herz zu prüfen. Angenommen, der Nachfolger des Derwischs tauchte nicht auf. Würde sie sich dann in das zerschlissene Gewand hüllen, sich ihren Weg mit dem Stab suchen und aus der armseligen Kalebasse trinken? Vielleicht hatte der Derwisch, der ihr einst angeboten hatte, seine Schülerin zu werden, die Werkzeuge seines Gewerbes nur in ihre Obhut gegeben, um sie damit auf Umwegen in das Reich des Sufi-Verhaltens zu rufen. Hürü spürte, daß ein listenreicher Plan um sie gewoben war. Dafür sprach einmal, daß sie schon, als sie nichts weiter als ein junges Mädchen gewesen war, von Hidir-Ilyas beschützt worden war, den unsichtbaren Führern der Sufis. Doch zu welchem Zwecke? Welche Aufgabe war es, die zu erfüllen sie ausersehen war? Hürü wußte es nicht.

Sie ahnte inzwischen, daß der Derwisch, ihr früherer Meister der Gartenkunst, der Lehrer des Zeitalters sein konnte. Er schien immer schon seinen Finger am Puls des Reiches des Gemüses gehabt zu haben. Es war daher nicht schwer, sich vorzustellen, daß er die höchste Ebene des Daseins erreicht hatte, nicht durch Musik und Tanz wie Melvana, sondern durch die Liebe zu Kohlköpfen und Rosen und dem Rest der Schöpfung, welcher grüne Herzen hatte. In ihrem Traum hatte sie gesehen, wie der Derwisch den gemarterten Heiligen, Al-Hallaj, mit einer duftenden Rose schlug. Der sterbende Heilige in ihrem Traum hatte aufgeschrien, doch nicht vor Schmerz, begriff Hürü nun, sondern vor Entzücken.

Und nun wartete sie hier auf den nächsten Lehrer des Zeitalters. In jedem Zeitalter gab es einen *Kutub*, den magnetischen Pol aller menschlichen Sinnsuche, der jene an sich zog, denen es gegeben war, das wahre Wesen der Erfahrung zu begreifen. Diese Auserwählten wurden geheimnisvollerweise die Nahen genannt. Notwendigerweise wußte niemand, wer der *Kutub* oder Lehrer des Zeitalters war.

Der Derwisch hatte ihr einst erläutert, daß Nähe sich vermittelte durch die geradlinige Abfolge des Seins – was immer das hieß. Sie hatte sich damals beschwert, daß die Nähe dann also ein nur wenigen vorbehaltener Zustand sei wie etwa die Geburt in den Adelsstand, die Schönheit eines Menschen oder das Genie eines Kopfes, nur wenigen auf Kosten der Mehrheit gegeben.

»Warum auch nicht?« hatte der Derwisch wissen wollen.

Warum in der Tat nicht? Das Wissen stand in keinem Verhältnis zur gesellschaftlichen Gerechtigkeit. Es entsprach seinem Wesen, daß das Wissen sich nur jenen erschloß, welche sich dem Wissen gegenüber aufschlossen. Warum sollte das Wissen also allen gleichermaßen zugänglich sein, nur um der Gerechtigkeit der Menschen gegenüber willen?

Kein Wunder also, daß jene, die nach Abkürzungen zur Erleuchtung suchten, sich so oft zu Füßen irgendeines unerleuchteten Menschen wiederfanden. Nun wurde sich Hürü der Eitelkeit bewußt, die darin lag, sich der Gegenstände des Derwischs bemächtigen zu wollen und sich selbst als Nahe zu betrachten. Die Gegenstände gebührten jemand anderem. Sie konnte sich nicht selbst zur Auserwählten erklären.

Von den drei Lebenswegen, deren Werkzeuge zu beiden Seiten vor ihr lagen, konnte sie sich keinen erwählen. Und keiner von beiden erwählte sie. Ihr war die Nähe verboten; und die Dichtung hatte sie verlassen.

»Ich stecke fest, Alter Mann«, sagte sie zu der uralten Kiefer, gegen deren krustige Rinde sie ihren Rücken preßte. »Ich bin dazu auserwählt, für immer an diesem mitleidsvollen, immergrünen und unveränderlichen Orte steckenzubleiben.«

Und dann geschah es, daß sie aus einem Augenwinkel sah, wie jemand in den letzten Sonnenstrahlen, die dem Wäldchen kaum noch Licht schenkten, auf sie zukam. Sie hielt die Gestalt für eine Frau ob der Art und Weise, wie sie ging, wie sie die Hüften mit eindeutig einladender Gestik schwang. Als die Gestalt näher gekommen war, sah sie, daß es ein junger Mann war, der von der Hüfte aufwärts wie eine Frau gekleidet war. Er war mit Perlen und glitzerndem Schmuck behangen, sein langes Haar war anmutig aufgesteckt, seine Fingernägel mit Henna gefärbt, die Augenbrauen zu zwei schmalen Sicheln gezupft, die Wimpern verdichtet und gebogen mit einer Paste. Es muß ein Tänzer von Beruf sein, dachte Hürü sich, von der Art, wie die Araber sie *dschink* nennen, weil ihre Finger-Zimbeln ständig dschink, dschink, dschink machten.

»Meine Süße«, lispelte er, »seid Ihr die Frau namens Hürü?«

»Das ist mein Name«, erwiderte Hürü.

»So gebt mir, was Euch anvertraut wurde, meine Liebe«, sagte er und fuhr sich aufreizend durchs Haar, »und dann mache ich mich wieder auf den Weg.«

Bei Allah, nicht *er*! dachte sich Hürü. Allah vergebe ihr – er sah aus wie einer von der Sorte, die sich in die Truppenunterkünfte schleichen, wenn den Soldaten andere Möglichkeiten fehlen.

»Was ist denn, was mir anvertraut wurde?« fragte sie den feenhaften jungen Mann.

»Gewand, Kalebasse und Stab«, erwiderte die weibische Gestalt. »Stellt Euch das zufrieden, meine Süße?«

»Wer hat Euch von dem Gewand, der Kalebasse und dem Stab erzählt?«

»Ich weiß nur eines, meine Süße«, erwiderte er. »Gestern abend tanzte ich vor einer Hochzeitsgesellschaft, die sich als Fest aller Feste erwies. Ich verbrachte die Nacht zwischen Wein und Rosen, um es so zu nennen; bei Morgengrauen hielt ich gerade in Gesellschaft eines Liebhabers ein Schläfchen, als ich spürte, daß jemand über mir stand. Ich erwachte und vernahm eine Stimme, die mit Sicherheit keinem der Festgäste gehörte. ›Wisse, daß die Seele des Lehrers des Zeitalters gerade zur Quelle zurückgekehrt ist‹, teilte mir die Stimme mir, ›und daß du ausersehen bist, seinen Platz einzunehmen.‹ Und da bin ich nun.«

»Doch Ihr habt meine Frage nicht beantwortet«, sagte Hürü. »*Wer* hat es Euch erzählt?«

»Ich weiß nicht *wer*!« sagte der junge Tänzer. »Doch die Stimme hat noch lange weitergesprochen. Sie sagte mir, wie ich herkommen kann, beschrieb Euch bis zu Eurem Namen und Eurer Geschichte, teilte mir mit, daß ich von Euch die Kalebasse, das Gewand und den Stab entgegennehmen solle. ›Denn‹, sagte die Stimme, ›der *Kutub* hat dir diese Gegenstände hinterlassen.‹ Was sagt Ihr nun?«

»Hier sind die Gegenstände, die für Euch hinterlegt wurden«, sagte Hürü. »Erfreut Euch ihrer bei guter Gesundheit.«

»Sind es diese hier?« fragte der junge Tänzer.

»Das sind sie.«

»Dank sei Euch, meine Süße«, sagte er und klimperte mit den Wimpern eines Auges. »Ich glaube, daß ich jetzt unbedingt dieses Gewand anlegen muß.«

Und während der junge Mann das zerschlissene Gewand über seine merkwürdige Prachtkleidung zog, dachte Hürü, daß sie ein leuchtendes Grün im Futter des Gewandes durch die zerschlissenen Stellen schimmern sah. Sie streckte ihre Hand aus, um den Kragen für den jungen Mann zurechtzurücken, doch zog sie sie augenblicklich vor etwas wieder zurück, was sich wie heißgrünes Feuer anfühlte. Dieses Gewand war in der Tat nicht das, was es schien.

»Ahhh!« stöhnte der junge Mann vor Entzücken. »Mir schwinden die Sinne vor diesem qualvollen Genuß.«

»Fühlt Ihr Euch wohl?« fragte Hürü erschreckt.

»Vollkommen«, sagte der junge Mann. »Es ist wie ein Bad in einem Feuer, das nicht brennt. Wenn die Knaben mich doch jetzt nur sehen könnten!«

»Halt, einen Augenblick!« rief Hürü aus. »Dies ist der Anfang vom Rest Eures Lebens. Ihr könnt nicht in Euer altes Leben zurückkehren!«

»Wer sagt das?«

»Nun ...«, zögerte sie, »die Tänze, wie Ihr sie aufführt, sind nicht unbedingt ein angemessenes Gewerbe für den nächsten Lehrer des Zeitalters.«

»Wer sagt das?«

Hürü hatte keinerlei Vorstellung, wer das sagte, es sei denn, daß jedermann und dessen Bruder und sie selbst es sagten. Doch sie war zornig auf diesen jungen Mann, der die Größe, zu der er erwählt war, so auf die leichte Schulter nahm.

»Vergeßt nicht«, sagte sie, »daß ich weiß, wer der *Kutub* des Zeitalters ist. Es gibt keinen Grund für mich, es nicht überall weiterzuerzählen.«

»Ihr seid aber ungestüm, meine Süße!« sagte der junge Mann lachend. »Geht und erzählt allen Menschen, daß der magnetische Pol ein Frauennachahmer ist, der in der nächsten Taverne tanzt. Entweder werden die Menschen Euch auslachen, weil sie denken, daß Ihr wahnsinnig seid. Oder aber sie halten Euch für einen Märchenerzähler, und dann geben sie Euch Geschenke dafür, daß Ihr schöne Lügen erzählt.«

»Oder«, erwiderte sie, »was noch schlimmer wäre, sie lassen mich als Irre wegsperren.«

»Auch das wäre eine Möglichkeit, meine Süße«, sagte er.

Und er nahm seinen Stab und die Kalebasse auf und ließ sie, die aus irgendeinem Grund, den sie nicht zu benennen wußte, weinen mußte, allein zurück.

26
Die letzte Aufgabe

*Hürü erhält ihr menschliches Herz zurück,
und Scheherazade erblickt das Antlitz Gottes*

Sie erwachte durch Geblök und das kreischende Quietschen der hölzernen Räder eines Ochsenkarrens. Ein Lämmchen drückte die Nase in ihr Haar, das sich gelöst und in einem Flecken treublauer Vergißmeinnicht verfangen hatte. Farne und rosafarbener Frauenschuh kitzelten ihr das Gesicht. Der Klang gequälter Holzräder verstummte neben ihrem Lager aus Kiefernnadeln.

»Auf, auf, Schlafmütze!« hörte sie den Hirten rufen. »Die Sonne steht schon zwei Halmlängen über dem Horizont.«

Da waren sie alle, der Hirte und seine Familie in einem verwitterten Ochsenkarren, auf dem hinten Scheherazade saß und ihre wohlgestalteten Beine baumeln ließ. Und in ihren zerschlissenen Abbasiden-Gewändern sah sie wahrhaft wie eine Nomadenkönigin aus. Auch die Herde des Hirten begleitete die Reisenden auf ihrem Weg nach Bagdad. Die große gelbe Wolfshündin lief sich voller Wichtigtuerei die Pfoten wund, während sie die fettschwänzigen Schafe und ihre Lämmchen beieinander hielt.

»Eine Ochsenkarre!« rief Hürü aus, die jetzt schon ihre durchgeschüttelten Knochen beklagte. »Die Reise wird ein ganzes Jahrhundert dauern. Und wohin sind all diese Schafe unterwegs?«

»Ich konnte doch schlecht all die Tiere zurücklassen«, sagte der Hirte, »oder hätte ich das tun sollen? Sie dem Wohlwollen von Wölfen und Fremden überlassen?«

»Wo ist denn die Kuh?« fragte Hürü. »Wo ist Gülbahar Hanim?«

»Habe ich Euch das noch nicht erzählt? Vor etwa zwei Wochen starb die alte Dame an einem Husten. Ich selbst denke jedoch, daß sie an ... gebrochenem Herzen starb. Wölfe haben ihr Kalb verschleppt.«

»Ich frage mich ... ob meine Mutter wohlauf ist«, sagte Hürü, der die Worte im Halse stecken blieben, und wurde jäh von einer Vorahnung heimgesucht. Sie wußte sehr wohl, daß die Namensgleichheit zwischen der Kuh und ihrer Mutter rein zufällig war; sich eine kosmische Verknüpfung zwischen den beiden Herrinnen Gülbahar vorzustellen, war nicht nur eine Art abergläubischen Schwachsinns, es war geradezu beleidigend ihrer Mutter gegenüber, dieser hervorragenden Frau, die alles andere als kuhähnlich war. Und doch konnte sie diese Enge in ihrer Brust nicht wieder loswerden: dieses Gefühl, daß sie ihre alternde Mutter im Stich gelassen hatte. Die Herrin mußte neben einem Friedhof in Istanbul leben, wo sie doch auch Enkelkinder auf den Knien hätte schaukeln können. Ein tapferes Herz durfte man nicht wie einen schmückenden Gegenstand in einem Raum behandeln. Nun fürchtete Hürü, daß der Tod zu der ihm eigenen Zeit erscheinen würde, nicht zuerst für ihren guten alten Vater und dann erst Jahre später für ihre große, schöne Mutter. Der Tod verschwendete seine Aufmerksamkeit nicht an günstige Zeiten. Unvermittelt flutete Angst durch ihren Körper, und ihre Fingerspitzen wurden eiskalt, trotz der süßen, sommerlichen Luft, die sie in duftendem Erbarmen badete.

»Nun, eilt Euch doch!« schalt sie der Hirte. »Laßt uns aufbrechen!«

»Was für ein unglaublicher Ort!« keuchte Scheherazade und glitt vom Ochsenkarren herunter, zog die Schuhe aus und näherte sich zögernd dem Ufer der Lagune.

»Was jetzt noch?« seufzte der Hirte. »Ihr habt das Wasser gesehen. Nun laßt uns aufbrechen!«

»Es ist Juni!« rief Scheherazade aus und zeigte mit ihrem festen Wanderstab auf den ewigen Garten um die Lagune. »Und die wilde Drachenwurzel blüht!«

Hürü begab sich zu ihrer entzückten Freundin und ließ ihre Hand in die Scheherazades gleiten. Nun waren sie zwei Frauen, die beide nicht mehr versuchten, ihrem Schicksal zu entrinnen, die nebeneinander standen und das Wasser betrachteten, das grünblau schimmerte, frisch und klar, als sei es erst gestern erschaffen worden.

»Was ist dies für ein Ort?« fragte Scheherazade voller Ehrfurcht und atmete ganz langsam. »Habe ich je zuvor mir so etwas vorgestellt oder es gar gesehen? Während ich schaue, verspüre ich Krampfanfälle, ein Fieber der Entdeckung. Und doch weiß ich, daß es diesen Ort schon immer gegeben hat. Meine Nase war schon immer an diese Tür aus undurchsichtigem Glas gepreßt, hinter welcher, das wußte ich, ohne es zu wissen, meine Zukunft lag. Dieser Ort. Begreifst du denn nicht? Hier kann man leben, ohne einen Grund für sein Dasein haben zu müssen. Hier hat man die Freiheit zu leben. Ohne jegliche inneren Zwänge. Ohne schreiben zu müssen, in sein Herz blicken zu müssen, selbst ohne lesen zu müssen. Ohne daß man die Tochter, die Mutter, die Frau von jemandem sein muß. In einer kleinen Hütte hier am Wasser, wenn sie recht gebaut ist, kann eine Frau allein verweilen. Dies muß der Ort sein, an welchem die unsichtbare Welt sich mit der berührt, die wir kennen, ist es so? Wünschst du dir denn gar nicht, es möge dir vergönnt sein, hierzubleiben?«

»Ich nicht!« erwiderte Hürü. »Ich bin von diesem entzückenden Ort nicht länger entzückt. Er hat lange genug Macht über mich gehabt.«

»Ich wünschte, er hätte Macht über mich«, sprach Scheherazade. »Raum, Stille und Zeit. Es ist so, als könne ich für immer in meinem langen Buche fortleben. In etwas wie diese Lagune habe ich immer nur die Zehenspitze gesteckt, und ich habe viel zu viele Seiten geschrieben. Ich bin deinem fetten Freund dankbar, daß er mir die *Nächte* aus der Hand genommen hat. Ich bin eine befreite Frau. Bin ich das wirklich?«

»Scheherazade, tritt näher!« ertönte eine Stimme.

»Wie merkwürdig!« sprach Scheherazade. »Hast du das vernommen?«

»Was vernommen?«

»Man ruft mich beim Namen.«

»Schenkt dem keine Aufmerksamkeit!« sagte Hürü erschrocken. »Glaubt mir, dies ist ein trügerischer Ort.«

»Scheherazade«, ließ die Stimme nicht locker, *»verweile!«*

»Da ist sie wieder! Sie befiehlt mir zu verweilen!«

»Laßt uns von hier forteilen«, sagte Hürü, »bevor es zu spät ist! Als hätte dieser Ort nicht schon genug an sich gerissen, nun verlangt er nach Eurer Seele!«

»Scheherazade!« befahl die Stimme, *»aufgemerkt!«*

»Das tue ich«, erwiderte Scheherazade ganz entrückt, »ich höre.«

Hürü nahm an, daß der Wald zu Scheherazade sprach. Doch sind es wirklich Stimmen der Natur, die für gewöhnlich im Kopf eines Dichters sprachen? Oder ein anderer Zauber? Hürü dachte, daß sie in Scheherazade die Zeichen von etwas sah, das derart mit Sinn befrachtet war, daß es unheimlich war. Etwas Ehrfurchtgebietendes würde gleich geschehen. Hürü stand da wie erstarrt. Scheherazades Gesicht, das sie dem Licht zugewandt hatte, das in das Wäldchen strömte, schien wie von der Schwere des Fleisches befreit. Nun nicht mehr länger nur entrückt, erblickten ihre Augen voller Zurückhaltung das Licht der Ewigkeit. Scheherazades ausdrucksvolles Gesicht hatte eine neue Schönheit gewonnen, eine Durchsichtigkeit, die die edlen Formen ihres Kopfes entdeckte. Als hätte das Licht bereits die lebendige Maske verschlungen, ruhte Scheherazade in ihrem eigenen Strahlen.

Aus ihren Augen, die leuchteten wie die Lagune, schien die ganze Kraft der Seele. Und schon war das Skelett ihrer selbst, wie ein Schädel, der in der Wüste gebleicht und gereinigt wird, waren die Form ihrer Knochen in ihrem durchscheinenden Gesicht wahrzunehmen: so furchtbar war die Schönheit dieser neuen Scheherazade.

Es mußte einen Weg geben, Scheherazade vor dieser Reise in ihr Inneres, in den Wahnsinn und in den Tod zu bewahren. Dies war kein Freudenfest, wie Hürü aus eigener Erfahrung wußte. Und der Tod war keine Lösung. Sie versuchte, Scheherazades Aufmerksamkeit auf sich zu lenken, doch der Blick der Schreiberin blieb auf einen Gegenstand geheftet, der sich etwa in der Mitte der Lagune befinden mußte.

Da geschah es, daß Hürü die Steinerne Lyra erblickte, die der Hirte gerade auf den Ochsenkarren laden wollte. Die Lyra würde Scheherazades Aufmerksamkeit mit Sicherheit auf sich lenken können.

Hürü zog dem Hirten das Instrument aus der Hand. Und als sie die steinernen Saiten mit leidenschaftlichem Nachdruck zupfte, gab das stumme Instrument all seine furchteinflößenden Töne gleichzeitig von sich. Und Milch schoß aus Hürüs Brüsten.

Sie stand starr und entgeistert da.

Der ehrfurchtgebietende Klang der Lyra riß Scheherazade augenblicklich aus ihrer Versunkenheit. Und als ihr Blick die Welt um sie herum wieder wahrnahm, betrachtete Scheherazade Hürü wie gleichgültig, obwohl sie Zeugin des Erstaunens der Bardin über ihre Notlage wurde. Da stand Hürü, die Schöpferin von Liedern, einen Fuß in der Lagune, und starrte auf die dickflüssige Nässe, die sich auf ihrer Brust ausbreitete.

»Ich habe wieder Milch«, stöhnte Hürü. »Und das auch noch wie aus zwei Wasserleitungen!«

»Merkwürdig«, sprach Scheherazade. »Wie merkwürdig!«

Vielleicht war die Zeit reif, die Steingeborene Lyra an ihren Ursprungsort zurückzugeben, denn solche Dinge durfte man nicht behalten. Mit all der Kraft ihres Armes schleuderte Hürü die immer noch nachhallende Lyra in die Mitte der Lagune. Und das magische Instrument sank einmal mehr aus dem menschlichen Blickfeld, vielleicht, um auf den nächsten tollkühnen Spielmann zu warten, der das Unspielbare spielen würde.

»Hier, nehmt Eure Lyra«, befahl Hürü den unsichtbaren Wächtern des Ortes. »Und gebt mir meinen Sohn zurück!«

»Beim Paradiese!« sprach Scheherazade.

»Warum, bei Allah, hat sie das nun wieder getan?« fragte der Hirte vorwurfsvoll.

»Sie will ihren Sohn wiederhaben«, erklärte ihm die Hirtin.

Und nun geschah es, daß die Ereignisse sich derart überstürzten, daß hinterher niemand mehr sagen konnte, was zuerst geschah.

Ein Kleinkind erschien, ein großer runder Liebling, der in einem Weidenkörbchen auf der stillen Wasseroberfläche der Lagune schwamm. Das schien nicht nur freudig zu krähen und zu lachen, es schien sich selbst ein wunderbares Wiegenlied zu singen.

Hürü wurde gesehen, da waren alle sich einig, wie sie sich überstürzt in die Lagune warf und mit der Geschwindigkeit eines Wasser-Dschinns auf ihr Kind zuschwamm.

Und Scheherazade wurde angeblich gesehen, wie sie ihren Wanderstab am Ufer fortwarf und willensstark und beherzt in die Lagune marschierte, als hätte sie ein Treffen mit jemandem oder etwas weit draußen einzuhalten, bis das Wasser sie vollkommen bedeckte und sie den Blicken entschwunden war.

Irgendwann im Verlauf dieser Ereignise stürzte die uralte Kiefer, die sich über das Wasser neigte, um. Und dieser Baumstamm driftete hastig über das Wasser, als würde er von einer denkfähigen Lebenskraft getrieben. Als wolle er einem ertrinkenden Menschen die Rettung bringen.

Viele Jahre später hatten die Kinder des Hirten ihren Kindern und Kindeskindern noch immer eine herrliche Geschichte zu erzählen. Wenn man sie erzählen hörte, dann sprang erst die eine Herrin ohne jeglichen ersichtlichen Grund ins Wasser, und während sie noch so herumstrampelte, spazierte die zweite Dame ins Wasser, um ihr zu helfen. Doch auch die zweite Dame, obwohl viel jünger und recht kräftig, wurde vom See hinabgezogen und befand sich geradewegs in der Gefahr zu ertrinken. Und das war der Augenblick, in welchem das Neugeborene auftauchte, das in einem Weidenkorb fuhr und vor sich hin sang. Die jüngere Dame ergriff den Korb, der, was merkwürdig genug war, beide über Wasser hielt.

Die Kinder hatten das plötzliche Auftauchen einer weiteren Gestalt gesehen, die weder Mann noch Frau war und die sich dem Ort der Ereignisse näherte, indem sie zu ihren Finger-Zimbalen tanzte: dschink-dschink-dschink. In ein Gewand gehüllt, das in leuchtendem Grün schimmerte, und unter Freudengeschrei, das die Toten hätte wecken können, sprang diese sonderbare Gestalt ebenfalls in die Lagune. Doch sobald der grüne Tänzer die Wasseroberfläche berührte, tauchte ein Kiefernstamm anstelle dieser Gestalt auf.

Die beiden ertrinkenden Damen brachten es fertig, sich an den verwandelten Baumstamm zu klammern, und gemeinsam gelang es ihnen, den Stamm auf das gegenüberliegende Ufer zuzusteuern. Das Neugeborene in dem Körbchen folgte einfach im Kielwasser des Stammes, als würde ein Ruderboot hinter einem Segelschiff hergezogen. Die Kinder des Hirten staunten stets über die Lehre, die sie an diesem Tage erhalten hatten: ein Ding muß nicht unbedingt nur ein Ding sein; es kann auch etwas völlig anderes sein.

Der Hirte behauptete, daß es der Baum gewesen sei, der zuerst in seinen Tod gestürzt war. Ihm zufolge fiel die uralte Kiefer in dem Augenblick flach aufs Wasser und traf Hürü auf den Kopf, als diese gerade Scheherazade erreicht hatte und sie an Land zurückzubringen suchte, und hinderte sie damit daran, ihr eigenes und das Leben Scheherazades zu retten.

Der Hirte beschloß nun, nach all den magischen Ereignissen, derer er in seiner Jugend Zeuge geworden war, sich umfassend zu bilden. In jenen Tagen war Bagdad genau die rechte Stadt, dies zu tun, bedachte man, was man sich so über die philosophischen Schulen an jeder Straßenecke erzählte, die einem die Erleuchtung versprachen. Und nun, da keine Notwendigkeit für ihn mehr bestand, Hürü zu retten oder, wenn man es genau nahm, für seinen Lebensunterhalt zu arbeiten, konnte der Hirte all seine Kräfte auf dieses Streben nach Gelehrsamkeit lenken. Nachdem er die alltäglichen Sorgen des Lebens seiner Frau überlassen hatte, wandelte er sich zu der Art von Gelehrten, die man niemals dabei sieht, wie sie einen Fladen Brot erstehen oder ein neues Gewand auswählen. So vollkommen jeglichen gemeinen Gedankenguts enthoben, brachte dieser augezeichnete Mann, der ehedem genug Schwierigkeiten hatte, Türkisch zu sprechen, es nicht nur fertig, sich für einen Doktorandenstudiengang in Bagdad zu qualifizieren, sondern er sah seine schriftlichen Arbeiten auch bald aller Öffentlichkeit zugänglich gemacht, die er in dem ihm eigenen harten und unverblümten Arabisch verfaßt hatte. Natürlich studierte er zu dieser Zeit an der Schule des Kaum Glaubhaften. Sobald er jedoch dort in die Gewerkschaft eingetreten war, gründete er seine eigene Schule der Sturen Realisten, die Ursache und Wirkung erforschte und das Magische schlicht leugnete.

Bis an sein Lebensende bestand der große Mann darauf, daß weder Hürü noch Scheherazade das Unglück in der Lagune überlebten. Seine Frau, die nun zur Gemahlin eines Professors geworden war, hinterfragte die Richtigkeit der Wahrnehmungen ihres Gatten. Selbstverständlich tat sie dies nur unter vier Augen. Sie behauptete, daß Scheherazade es war, die zuerst in die Lagune marschierte, lange bevor das Kind auftauchte. Folgte man ihrer Erzählung, dann sprang Hürü in die Lagune, um ihre Freundin zu retten, und nahm erst später das dahintreibende Kind wahr. Sie wurde nicht müde, ihrem Gatten zu erzählen, daß Hürü das Kind rettete, ans Ufer schwamm und, das Kind an ihre Brust gedrückt, in der wintrigen Landschaft verschwand.

Doch die Königin Scheherazade, darauf bestand die Frau, ritt auf dem Baumstamm ans Ufer, der sich mit der Geschwindigkeit eines Blitzes bewegte.

Der Gatte brachte oft das Beispiel seiner Frau an, um seine Schüler zu lehren, sich nicht von dem Anschein der Dinge täuschen zu lassen. Er schloß daraus, daß seine Frau sich ein wunderbares Ende der beiden Guten Schwestern herbeigewünscht hatte, da Hürü und Scheherazade, wie alle sehen konnten, am Ende ihres Wegs angelangt waren.

»Daraus ergibt sich«, kicherte er dann professorenhaft in seinen Bart, »daß meine Frau sich diese wunderbare Rettung nur eingebildet hat.«

Und viele in Bagdad, die sich an Scheherazade erinnerten und ihr Verhalten mißbilligt hatten, hielten diesen wahrscheinlicheren Tod ihrer ehemaligen Kalifa für eine wunderbare Geschichte zur Warnung an ihre Kinder: Beschäftigt euch nicht mit großen Gedanken und auch nicht mit großen Gewässern, ihr Jungen und Mädchen; und wehe euch, wenn ihr denkt, ihr wäret größer als die Hosen, die ihr anhabt.

Und doch war die Hirtin keine Närrin, auch wenn sie es nicht wagte, ihre Geschichte vor Fremden zu wiederholen, geschweige denn vor den hochmütigen Schülern ihres Mannes. Doch als ihr liebstes Kindeskind damit begann, sich in männliche Gewänder zu hüllen, um Vorträge in dieser höheren Schule hören zu können, gab sie dem Mädchen ein dickes und schweres Buch, das man gerade in Bagdad kaufen konnte, weil ein maghrebinischer Verleger es anbot: *Das Buch von eintausend und einer Nacht*; auf arabisch *Kitabi Alf Laylah Wa Laylah.*

»Hier ist ein Geschenk für dich, das mich ein Vermögen gekostet hat«, sagte sie zu dem Mädchen. »Deine arme Großmutter kann kein einziges Wort davon lesen. Doch du kannst es! Und damit segne ich dich zu deinem achtzehnten Wiegenfest, mein Liebling.«

»Es ist genau das, was ich mir gewünscht habe!« sagte das Mädchen. »Herzlichen Dank, Großmutter!«

»Ich kannte Scheherazade, die diesen Geschichten nachjagte und sie für alle Zeiten in ihrem eigenen Leben einfing«, sagte die alte Frau. »Und ich kannte Hürü, die dem Buch den Atem ihrer Seele verliehen hat. Beide waren sie Königinnen. Und Frauen von außergewöhnlicher Begabung. Und nun liegt alles bei dir, mein liebes Mädchen. Begreife diese Geschichten und präge sie dir ein. Der Maghrebiner, der dies Buch besaß, konnte sich nicht alle Geschichten merken; daher hat er sie veröffentlicht. Er verstand sie nicht gut genug, um sie sich einprägen zu können oder von ihnen zu lernen. Es war einfach nicht seine Art von Geschichte. Es war die Geschichte einer Frau. Er war außer sich vor Gier, sie zu besitzen – ihr sein Siegel aufzudrücken.«

»Bei Allah, Großmutter!« widersprach ihr das Mädchen. »Scheherazade ist nur eine Gestalt der literarischen Überlieferung. Eine

Einbildung der Vorstellungskraft. Und ich weiß gar nichts über diese Gestalt namens Hürü. Wer war sie denn überhaupt?«

»Du selbst!« wies die alte Dame sie zurecht. »Warum hörst du mir nicht zu!«

»Großmutter!« begehrte das Mädchen auf, »welche Wespe hat dich denn heute morgen gestochen?«

»Die Erinnerung«, erwiderte die alte Dame. »Doch es sei dir überlassen, meine Erinnerung anzugreifen und von dort aus in die Zukunft zu schreiten. Scheherazade lebt immer noch. In einer verwandelten Gestalt, das ist sicher, doch sie lebt als ein Teil des Unsichtbaren Lehrers.«

»Des Unsichtbaren Lehrers?« fragte das Mädchen. »Ich hörte, wie er erwähnt wurde. Es muß der Name einer Idee sein, glaube ich, die aus der Tradition der Sufis kommt. Doch ich habe noch niemanden gefunden, der mir sagen konnte, wer er wirklich war. Wer war er denn, Großmutter?«

»Er ist sie«, erwiderte die alte Dame, »und sie ist er. Paß gut auf! Ein Lehrer, dem die Erleuchtung teilhaftig wurde, hat kein Selbst mehr, und daher ist er unsichtbar. Wie ein Stück Glas, das keine Trübungen hat, ist der Unsichtbare Lehrer so durchsichtig, daß das Licht durch ihn hindurchscheint, ohne sich zu brechen. Wenn ein Lehrer sichtbar ist, so ist er nicht erleuchtet.«

»Aber Großvater ist doch auch ein großer Lehrer?« fragte das Mädchen, dessen Unterlippe mit dem Schmerz zitterte, der sich einstellt, wenn man blitzschnell etwas begreift. »Oder nicht?«

»Und ein wunderbarer Mann«, erwiderte ihre Großmutter und nahm sie in die Arme. »Und jetzt werde ich dir das Ende der Geschichte der beiden Guten Schwestern erzählen. Doch du mußt mir versprechen, daß du sie zu gegebener Zeit deinen Kindeskindern weitererzählst. Erzähle sie nur denen, die sie verstehen werden. Gib mir dein Wort.«

»Ich gebe dir mein Wort, Großmutter. Doch was geschieht, wenn ich keine Enkelinnen haben werde?«

»Dann erzähl sie deinen Enkeln«, erwiderte ihre Großmutter.

»Ich habe alle Ereignisse mit meinen eigenen Augen verfolgt, glaube mir, und ich habe alles mit meinen eigenen Ohren vernommen:

Als Hürüs Kind aus dem Unbekannten zurückgeschwommen kam in einem Weidenkörbchen, sang es sich selbst ein Wiegenlied, das schwöre ich dir. Ein nur wenige Monate altes Kind, das sang wie ein Engel? War es ein Menschenkind oder ein Dämon? Ein Wechselbalg? Wenn es ein Dschinn irgendeiner Art war, dann mußte Hürü sich auf viele Unannehmlichkeiten einstellen. Wenn es ein Mensch war, dann wurde es durch die Gnade Allahs zurück in die Welt geschickt, um uns den Wind der Wahrheit in die Ohren zu blasen.

Und wenn dieses wahrhaftig der Sohn war, den Sultan Selim mit Hürü gezeugt hatte, dann weißt du, daß der kleine Kerl ein Halbbruder des herrschenden Sultans war, Süleymans des Prächtigen selbst. Und du weißt, daß der Prächtige niemals geduldet hätte, daß sein neugeborener Bruder überlebt hätte.

Und so geschah es, daß, nachdem Hürü ihr Kind ergriffen und davongerannt war, ich Scheherazade wahrnahm, wie sie diesen Baumstamm ritt, als sei es ein Araberhengst. Der Stamm und die Frau erreichten das Ufer mit der Geschwindigkeit von Licht, so schien es mir, obwohl ich sie nur aus den Augenwinkeln heraus wahrnahm. Ich sah, was geschah, wenn du mich verstehst, und sah zugleich gar nichts.

Kaum meinen eigenen Augen trauend, rannte auch ich zur Lagune hinunter und erblickte, wie Scheherazade sich keuchend ans Ufer zog. Doch der Stamm verwandelte sich, sobald er die Gestade berührte, in einen grüngewandeten Jüngling, der ebenfalls ans Ufer stieg. Sein nasses grünes Gewand, das vor Wasser nur so troff, trocknete, bevor ich diese Gestalt auch nur ein Wort sagen hörte.

›Darf ich um den nächsten Tanz bitten?‹ fragte der grüne Jüngling. ›Kommt, Scheherazade, laßt uns uns im Kreise drehen.‹

Und dann verwandelte sich der grüne Tanzjunge abermals, diesmal in ein unerträglich helles grünes Licht. Und wo Scheherazade gestanden hatte, erschien ein blaues Licht, das an Dichte und Leuchtkraft zunahm, bis diese beiden gewaltigen Lichter sich zu einem einzigen blau-grünen Feuer vereinigten.

Ich konnte es nicht länger ertragen, in dieses helle Licht zu schauen. Mit den Händen meine Augen schützend, stand ich da wie angewurzelt, unfähig, mich zu bewegen oder auch nur einen Schrei auszustoßen. Als dein Großvater schließlich kam, mich zu holen, warf ich mich an seine Brust, und die Tränen strömten mir aus den Augen. Ich hätte nicht sagen können, ob die Tränen, die ich vergoß, dem Leid entsprangen … oder der Freude.«

»Und was geschah dann?«

»Das ist das Ende der Geschichte«, sagte die Großmutter. »Du mußt wissen, mein Liebling, daß das Wissen der Sufis so wortlos und geheim ist wie das der Frauen. Auf dem Weg, auf welchem Hürü verschwunden it, kann man ihr nicht länger mit dem üblichen Wissen folgen. Solltest du dir je deiner Schritte in dieser Welt gewiß sein, dann hoffe ich, daß du, diesen Spuren folgend, Hürü finden wirst – und ihren Sohn, der vom Nabel der Welt zurückgekehrt ist, singend.«

Editorische Notiz

Güneli Gün verfaßte den vorliegenden Roman – wenn man so möchte, ganz in der Sprachtradition des Osmanischen Reiches – nicht in ihrer Muttersprache, sondern in der ihres Gastlandes. Gleichzeitig nutzte sie die ganze poetische Bandbreite des Englischen, um die dem Türkischen und teils auch dem Arabischen oder Persischen eigenen Bilder, Metaphern, sogar Denkweisen zu bewahren und somit zugänglich zu machen.

Die Übersetzung hat sich bemüht, auch im Deutschen diesen eigentümlichen Charme des Vexierspiels von Fremdem und Eigenem in einer westlichen Sprache beizubehalten, zumal es eine schöne Tradition des ›orientalischen‹ Erzählens im Deutschen gibt. Daß die Erzählungen aus *Tausend und einer Nacht* in erster Linie Alltagsgeschichten waren, die stets vom Wunderbaren durchbrochen wurden, um auf das Allzumenschliche zurückzuführen, entspricht auch in der Sprache der im Original des Romans parodierten amerikanischen Postmoderne so vorzüglich, daß zu hoffen ist, daß das Buch auch im Deutschen als Basar der Zitate, der Possenreißer und der wehmütigen Weisen Freude bereitet, die nie aufgehört haben, von der Verständigung unter den Völkern zu erzählen.

Nachwort

Wie kommt es, daß wir eine so merkwürdige Geschichte verstehen? Trotz des exzentrischen und konzentrischen Inhalts dieser Erzählung, ihres fremdländischen Gewandes sozusagen, ihrer Übersetzungen aus Sprachen, die in unseren Ohren nicht immer schön klingen, ihrer Reisen über große Entfernungen und der Zeitverschiebung, über die sie uns erreicht, verstehen wir sie. Warum? Wir verstehen ja noch nicht einmal die moderne arabische Welt. Und dennoch haben wir gerade den Weg nach Bagdad zurückgelegt.

Das liegt natürlich an Scheherazade. Sie ist die Unsichtbare Lehrerin. Seitdem die Verschrobenheiten ihrer Persönlichkeit in einer blauen Flamme verbrannt sind, wirft Scheherazade ihr Licht auf tausend und ein Manuskript, Schreibtafeln, Schreibtische und nun auch Computerschirme. Doch Scheherazades eigenes Manuskript ist entweder verbrannt, oder es wurde von einem übereifrigen Zauberer geraubt, der seine Spielchen mit Zeit und Raum spielte. Offensichtlich ging der Text zugleich verloren und wurde aufgehoben, eine dialektische Zauberei, die man sich heutzutage leicht vorstellen kann. Wenn man weiß, wie man es macht, kann man sogar einen unwiederbringlich verlorenen Text – dieses imaginäre elektronische Zeug, das man mit einer einzigen Berührung verbrennen kann, manchmal ohne es zu wollen – aus dem Roboterhirn des Computers wieder herbeizaubern, der heute unser persönlicher Dschinn ist.

Als Schriftstellerin des letzten Viertels des zwanzigsten Jahrhunderts bin ich mir meiner Verantwortung nur zu gut bewußt. Ich entstamme einem Land, in welchem die mündliche Überlieferung noch nicht ausgestorben ist. Tief in mir muß ich immer schon gewußt haben, daß ich eines Tages Scheherazade und ihre Geschichten wieder aus dem Schatzhaus holen mußte, in dem sie verwahrt werden.

Nach vier Jahren der Recherchen, des Träumens und des Schreibens weiß ich selbst nicht mehr, welche Teile der Geschichte historisch zu belegen sind, und auch nicht mehr, welche Teile für jene noch annehmbar sind, die den Weg des Sufi eingeschlagen haben. Und ich mache auch keinen Unterschied mehr zwischen den Teilen des Buches, die Raubzüge durch den literarischen Besitzstand anderer sind, und meinen eigenen Erfindungen. Die Geschichte, der Raub und die Erfindungsgabe helfen einander, einen greifbaren Text entstehen zu lassen, der schließlich aus einem Warenlager kommt, das tief unter Wasser liegt und niemandem nützt – es sei denn, man betritt es.

Und wie Sie wahrscheinlich schon immer vermutet haben, bin ich selbst Hürü und Scheherazade und Abd-es-Samad, der fette und skrupellose Alchimist, und darüber hinaus noch sämtliche bekannten und unbekannten Schriftsteller, die als Autoren der wieder und wieder umgeschriebenen *Tausend und eine Nacht* gelten können, und natürlich bin ich auch noch sämtliche historischen und herbeiphantasierten Persönlichkeiten. Deshalb wäre es sinnlos zu versuchen, mich darauf festzulegen, was wirklich und was unwirklich ist. In anderen Worten, jegliche Ähnlichkeit mit lebenden oder verstorbenen Menschen, jedes eindeutige oder auch schlecht verhüllte Plagiat ist ganz und gar nicht zufällig, sondern absolut beabsichtigt, das heißt, sie sind fiktional.

Unsere Lustbarkeiten sind noch lange nicht zu Ende. Einmal wollen wir wissen, was mit Hürü und ihrem wiederaufgetauchten Kind geschah. Wir verstehen, daß sie die Steingeborene Lyra gegen den Wassergeborenen Knaben eintauschte. Oder vielleicht für ein ganz anderes Wesen?

Einst hielt ich für kurze Zeit ein speckiges und anonymes Manuskript in Händen, in dem eine Geschichte erzählt wurde, die, wie ich vermute, die weitere Geschichte der verschwundenen Spielfrau und ihres Sohnes war. Ich vermute, daß das Manuskript das Werk der Enkelin des Hirten war. Vielleicht auch von dessen Urenkelin.

Bei dieser ersten und letzten Gelegenheit, die Geschichte zu erfahren, konnte ich mir im Traum nicht vorstellen, daß ich sie eines Tages sorgfältiger werde lesen müssen. Alles, was ich habe, ist die Erinnerung an einen Eindruck aus meiner frühen Kindheit, als mir noch ein mehr oder weniger photographisches Gedächtnis gegeben war, das ich leider wieder verlor, als ich lernte, logisch zu denken. Die fragliche Geschichte, die auf arabisch geschrieben war, ist ebenfalls verlorengegangen. Da ich noch nicht lesen konnte, las mein Vater mir die Geschichte vor. Ich kann immer noch nicht Arabisch lesen, eine Sprache, die in der modernen Türkei geächtet ist. Doch dies Manuskript, das ich nur einmal sah, blieb mir eine Zeitlang mit der Deutlichkeit einer Photographie im Gedächtnis haften. Diese Photographie hat den Verlauf der Zeit nicht überlebt.

Das eine Mal, als ich dieses Manuskript erblickte, lag es zwischen den medizinischen Nachschlagwerken (gleichfalls auf arabisch verfaßt) meines Vaters, die er in dem Landhaus tief im Inneren der Türkei verwahrte, das sein Zuhause war. Wie es sich ergab, wurden alle seine Bücher (von geistlosen Vettern) an einen Zuckerbäcker verkauft, der später zugab, daß er aus jeder Seite eine Tüte gedreht hatte, um darin Schulkindern Süßigkeiten zu verkaufen.

Ich erinnere mich jedoch an den Geist, wenn auch nicht an die Worte dieses obskuren Manuskriptes.

Das Kind, dessen Name als Osman Kara festgehalten wurde, wuchs auf, um zum Spielmann des Zeitalters zu werden. Eine obskure Quelle deutete an, daß er niemand anderes war als Pir Sultan Abdal. Dieser große Weise und Spielmann lebte im sechzehnten Jahrhundert in Anatolien. Er lebte während der Herrschaft Süleyman des Prächtigen, der natürlich Selims Sohn und Nachfolger war. Das Pseudonym, unter welchem der große Spielmann seine Werke verfaßte, und das wohl der Name war, unter welchem seine Anhänger ihn riefen, läßt sich grob übersetzen als Weiser Sultan der Narr. Ein göttlicher Narr, natürlich.

Man weiß nicht viel über diesen König unter den Poeten. Alles, was uns geblieben ist, sind seine Lieder des Magischen Protestes. In ihnen vereinigt sich das spirituelle Leben mit dem Leben der Sinne in solch ekstatischer Reinheit, daß das Erlebnis, auch nur ein einziges Mal eines seiner unsterblichen Lieder zu vernehmen, jederzeit die Mühsal rechtfertigen würde, Türkisch zu lernen. Es ist so schade, daß für Sie diese Lieder immer verschlossen bleiben werden! Denn die Aufgabe, diesen Narr zu übersetzen, übersteigt nicht nur meine Kräfte, es ist geradezu ein gefährliches Unterfangen.

Der Narr verliebte sich in die Liebe.

Die Lieder des Narren werden ›Atem‹ genannt, denn sie sind dem Menschen so natürlich wie das Atmen. Ihre Wahrheit jedoch schien der gesellschaftlichen und politischen Oberschicht der Zeit als so gefährlich, daß man den Narren an einem Gallapfelbaum aufknüpfte, weil er so gefährlich geatmet hatte. Doch seine Leiche erwies sich als noch gefährlicher. Er wurde in den Herzen der Menschen zum Sultan ernannt. Auf diesem Thron gibt es keinen Tod mehr, keine Amtsenthebung. Wer kann unsterbliche Ideen ermorden? Wie die Idee der Freiheit, zum Beispiel, oder der Gerechtigkeit und der Liebe.

Der Atem des Narren enthüllt seine umfassende Bildung. Doch er atmete auf eine so einfache und direkte Art und Weise, daß selbst das Herz des rüdesten Hirten hingerissen war und er das Erhabene begriff. Um des Segens willen, den es bedeutete, direkt zu den einfachsten Seelen sprechen zu können, verbarg der Narr sich in irgendeiner obskuren Stadt und verlieh einer obskuren Sprache die wahre Schönheit. Er war nie ein Diener des Ruhms.

Wie bei allen großen Lehrern ist auch die Persönlichkeit des Narrs in Rauch aufgegangen, ebenso wie seine Manuskripte. Doch das Merkwürdige an der Sache ist, daß man den Atem nicht verbrennen kann. Der Atem ist dasselbe wie der Geist. Die Menschen lernen die Atem-Lieder auswendig.

Hätte Süleyman der Prächtige auch einem einzigen dieser Lieder, die da aus dem Hinterland auf ihn zuwehten, Gehör geschenkt, dann wäre sein Reich nicht zu solch einer schamlosen Tyrannei verkommen. Der Prächtige interessierte sich nur für die greifbare Welt. Und seine Macht über diese Welt war prächtig. Da er kein

Soldat und auch kein solcher Raufbold wie Selim der Grimmige war, richtete er sein Interesse auf die Gesetzgebung und darauf, die Steuern aus den Ländern einzutreiben, die sein Vater erobert hatte. Der Prächtige füllte das Schatzhaus des Staates und er pflasterte die Wege zu seinen Eroberungen mit Gold. Doch dieser reiche Mann konnte Wien nicht erobern, vor dessen Toren er als alter Mann verstarb. Er hatte kein Herz.

Ich stelle mir den Prächtigen als einen herausgeputzten Mann mit Gallenbeschwerden vor. Er verfiel seiner russischen Konkubine Roxanne, mit der er einen schwachsinnigen Prinzen zeugte. Während seiner unglaublich langen Herrschaft gelang es ihm nicht, sich einen angemessenen Nachfolger heranzuziehen, weil Roxanne alles in Bewegung setzte, daß ihm ihr schwachsinniger Sohn auf den Thron folgte und sie damit in eine so hohe Stellung brachte, daß sie, wenn sie ihren Darm entleerte, absolut jedermann traf. Wenn man so eine Mutter hat, wer braucht da noch Feinde? Das Reich erstarrte, um sich zwanghaft unverständlichem Geschwätz, Wutanfällen und der Masturbation hinzugeben. Und es geschah dem Hause Osman recht so. Alles, was sie je von Frauen verlangten, war, daß sie schön waren und ihnen Söhne gebärten.

Es ist merkwürdig, daß der Prächtige und der Narr Halbbrüder waren, beide Sultan ihres Reiches. Ich möchte wetten, daß der Narr wußte, daß der weltliche Sultan sein Halbbruder war, denn Hürü hätte ihrem Sohn die Wahrheit nicht verschwiegen. Und was wäre, wenn der Prächtige die wahre Identität des Narren kannte? Glauben Sie mir, er hätte zwei aufeinanderfolgende Todesstrafen über seinen Bruder verhängt: die erste, weil er aufrührerische Lieder ›atmete‹, und die zweite für das Verbrechen, als sein Bruder auf die Welt gekommen zu sein.

Die Atem-Lieder des Narren sind immer noch gefährlich in dieser kleinen, wenig bekannten Republik, die man Türkei nennt, dem Überrest des mächtigen Reiches der Osmanen oder Ottomanen. Hier ist es noch heute so, daß die Spielleute, die den Atem des Narren wecken, wissen, daß die Wahrheit, die befreit, einen ebensogut ins Gefängnis bringen kann. Oder es kommt noch schlimmer. Aber wir sind nicht hier, um darüber zu sprechen, was noch schlimmer ist.

Der ›Weise Sultan der Narr‹ soll angeblich seinen letzten Atemzug mit einem Atem-Lied getan haben. Mir selbst fällt es nicht schwer, das zu glauben. Schließlich starb auch sein Vater, Selim der Grimmige, der sein Leben lang von der Möglichkeit der Vervollkommnung des Herzens wußte, sich aber darüber lustig machte, singend. Selims Lebensweg war ebenfalls ein Weg zur Glückseligkeit.

Dieses dicke Buch, das Sie in Händen halten, handelt unter anderem auch von der Glückseligkeit. Glückseligkeit, wie ich sie verstehe, ist die wahre Freude. Doch was ist die wahre Freude? Und wie unterscheidet man sie von der falschen? Eine chinesische Weisheit sagt dazu folgendes: Wenn man Glückseligkeit für einen Tag sucht, betrinke man sich; wenn man Glückseligkeit für drei Tage sucht, schlachte man sein Schwein und esse es; wenn man Glückseligkeit für acht Tage sucht, heirate man; doch wenn man die wahre Glückseligkeit sucht, dann lege man einen winterfesten Garten an. Das ist gar nicht schlecht gesagt. Doch was mir am besten gefällt ist Aristoteles' Wort für die Glückseligkeit: *eudaimonia*, was nichts anderes besagt als ›unter der Obhut guter Dämonen‹. Mit anderen Worten: unter der Obhut der Guten Brüder und der Guten Schwestern. Und wie erreichen wir diese guten Dämonen? Wir können sie nicht erreichen. Sie kommen von ganz allein.

Plutarch ermahnt uns in seiner Biographie des Demostenes, daß wir nicht davon ausgehen sollen, daß der Mangel an Ruhm auch einen Mangel an Glückseligkeit bedeutet – wie es wohl die Freunde Plutarchs in der großen Stadt angenommen haben. Der Gedanke, daß ein Leben in einer von aller Kultur abgeschnittenen Stadt unbedingt zu einem wahrhaftig unglücklichen Leben führt, gleicht laut Plutarch dem Gedanken, daß man kein wirklich glücklicher Mensch werden kann, wenn man von einer kleinen und häßlichen Mutter geboren wurde.

Und abgesehen davon wurde unsere Heldin in einer berühmten Stadt geboren. Und sie wurde von einer großen und schönen Mutter zur Welt gebracht. Also kann man weder Istanbul noch der großen Matriarchin die Schuld dafür geben, daß die Heldin solche Schwierigkeiten hatte, sich einen Namen zu machen. Ihre Schwierigkeiten mit dem Ruhm müssen auf etwas anderes zurückgeführt werden.

Es beunruhigt mich, daß der Anonymus eine Frau war. Es beunruhigt mich zutiefst. Wir alle, die wir feministisch denken, sind beunruhigt. Und das rührt daher: Vielleicht haben sich die Dinge heutzutage für eine Frau mit außergewöhnlichem Talent gar nicht so sehr geändert. Hürü hat ihre Begabung verschleudert. Doch hatte sie eine Wahl? Und was noch schlimmer ist, die Konflikte in Hürüs Leben scheinen mir noch unauflöslicher, als sie mir damals schienen, als ich ihre Geschichte zum ersten Mal von meinem Vater hörte.

Damals war ich ein Kind und auf das Erzählen angewiesen. Was mich damals so beschäftigte, war, wie Hürü ihren schwierigen Prinzen für sich einnehmen und heiraten würde. Welch närrisches Kind ich war! Die Liebe, wie sich herausstellte, ist nur die eine Seite des Ganzen. Auf dem Weg zu Ruhm und Reichtum ist das Aufgeben einer Begabung, und sei sie noch so außergewöhnlich, etwas Geringes, gemessen am Überleben des menschlichen Herzens. Die Menschlichkeit ist alles. Ich lebe in einer Zeit, in welcher sich die Menschen auf der Stelle für Ruhm und Reichtum entscheiden würden! In meiner Zeit ist der Glanz alles.

Auch ich möchte, daß mein Herz überlebt. Indes, ich bin ein Kind meiner Zeit: Ich liebe den Glanz. Und deshalb möchte auch ich, daß mein Name mich überdauert. Ich hätte gern Erfolg in New York. Ich würde gerne mit berühmten Leuten zu Mittag essen. Ich wäre gerne unterwegs nach L. A. mit einem ganz heißen Script. Doch statt dessen habe ich mich auf den Weg nach Bagdad gemacht, auf den Spuren einer Heldin aus dem sechzehnten Jahrhundert, die, auch wenn sie sich manchmal benimmt wie eine amerikanische Studentin, mich nicht berühmt machen wird.

Und dennoch bin ich auf dem Weg nach Bagdad – trotz meiner Sehnsucht nach Ruhm und Reichtum, trotz meiner feministischen Sprache, trotz der vielen Formen der männlichen Unterdrückung, unter denen auch ich leide – über mich selbst hinausgewachsen. Als hätte ein guter Dämon mir die Stimme meines Herzens diktiert.

Wir alle hoffen, einst schöner zu sprechen, als wir es jetzt tun. Ich zum Beispiel. Stets suche ich in der Geschichte nach geeigneten Vorbildern. Und bei meiner Lektüre habe ich entdeckt, daß, auch wenn eine schöne Sprache schwierig ist, Fleiß keine schlechte Tugend für jemanden ist, der besser sprechen will, wie Demosthenes bewies. Demosthenes stotterte fürchterlich, das gleiche Leiden, mit dem unsere Hürü geschlagen war, und das beide überwanden.

Die Notwendigkeit zwang Hürü, ihre Zunge und ihre Vorstellungskraft freizusetzen. Das Mädchen hatte Mut! Hürü war ihrem Schicksal nicht nur gewachsen, sie wuchs darüber hinaus – wie ihre Mentorin und Freundin Scheherazade, die wir aus *Tausend und eine Nacht* kennen. Denn Hürü – lassen Sie uns endlich zur Sache kommen – war das Mädchen, das es wagte, die Lyra zu ergreifen, die zuerst Orpheus und dann Homer gehört hatte.

Und was die Tatsache betrifft, daß ›Der Weise Sultan der Narr‹ von einer außergewöhnlichen Frau geboren wurde (in der berühmten Stadt Bagdad), so befindet sich der Name Hürü Omanli, geborene Karaman, nicht unter denen der großen Komponisten der Zeit. Und das ist keine Überraschung. Ich denke, ich habe das Rätsel endlich gelöst. Sie ist die Matrix ihres Sohnes. Statt sich einen Namen zu machen, wollte Hürü, daß ihre Person aus der Geschichte entschwindet. Weil sie eine der Unsichtbaren Spielleute ist, singt Hürü tief in den Chören unserer Herzen.

Während ich Hürüs Geschichte erzählte, bin auch ich in die Gestalt Hürüs geschlüpft, wenn die Versuchung zu groß war. Ich gebe gerne zu, daß sie meine Erfindung ist, mit der ich die bekannte Märchengestalt verschönert habe. Ich bin in ihre Zeit eingetreten, ihren Raum und ihr Bewußtsein wie der räuberische Alchimist, den Sie auf dem Weg nach Bagdad getroffen haben. Ich habe Sie auf

Zeitreisen mitgenommen, durch Zeitverschiebungen, die etwas knarrten, und Sie Erinnerungslücken ausgesetzt, in welchen historische Persönlichkeiten – ebenso wie ein berühmter amerikanischer Autor, der in Maryland lebt – in der fiktionalen Zeit steckengeblieben sind. Ich erbitte mir von euch, ihr guten Leser, Nachsicht gegenüber solchen Unregelmäßigkeiten. Was kann ich als Entschuldigung anführen? Ich habe die Geschichte geplündert. Ich bin nichts weiter als noch ein Plünderer der Zeit, der sich unterhalten will. Das muß ich auch sein: Ich lebe in einer kleinen Stadt, in der nicht viel geschieht und in der ich, wie Plutarch es von sich selbst sagte, gewillt bin zu verweilen, vor allem weil Wegzug diesem Ort noch einen Einwohner rauben würde.

Denken Sie an Plutarch, meinen beispielhaften Historiker, der aus gutem Grunde der Meinung war, daß die wahre Glückseligkeit wie eine winterfeste Pflanze an jedem Orte überlebt. Und während er in seiner obskuren Heimatstadt in Boetien wuchs und gedieh (lange, nachdem das goldene Zeitalter Griechenlands vorüber war), hoffte er, daß ein eventueller Mangel in seinem Herzen nicht seinem Geburtsort zur Last gelegt werden möge oder auch seiner Muttersprache.

Plutarch entdeckte die Glückseligkeit durch eine fremde Sprache, in seinem Fall durch die Sprache der Römer, die sich ihm erst spät und nach vielen Mühen erschloß. Es sei merkwürdig, aber wahr, sinnt Plutarch: Es geschah nicht durch seine Kenntnis der lateinischen Worte, daß er zu einem Verständnis der Dinge gelangte, sondern durch sein Verständnis der Dinge, daß er zur Kenntnis der lateinischen Sprache kam.

Ich nehme mir Plutarch zu Herzen, wie ich mir meinen Vater zu Herzen nehmen würde, auch wenn ich weiß, daß er nicht mehr von vielen gelesen wird. Aber es liest auch niemand mehr meinen Vater. Doch sollten Sie mich lesen, sehen Sie sich Plutarch noch einmal genauer an. Beachten Sie, wie man sich zugleich in den Text selbst brennen und sich gleichzeitig wieder herausbrennen kann. Das ist es, was ich das wahre Glück der Autorenschaft nenne. Er schrieb nicht, weil er es mußte. Er schrieb, weil es ihm freistand zu schreiben. Man kann Plutarch wahrhaft begreifen, weil seine Person nicht das Antlitz Gottes verdeckt – eine dramatische Ausdrucksweise für die Wahrheit hinter den Dingen und den Ideen.

Auch ich habe meine Erfahrung der Dinge in eine fremde Sprache übersetzt, in meinem Fall ins Englische, welches ich für eine sehr große und sehr schöne Sprache halte. Doch mehr noch, nun weiß ich, obwohl noch immer süchtig nach Ruhm, von dem Unsichtbaren Lehrer, der mein Herz lehrt. Während ich dies Buch schrieb, befand ich mich in der Obhut guter Dämonen, all jenen Guten Schwestern und Guten Brüdern, welche aus Gründen, die nur sie selbst kennen, mir gestattet haben, an euch, gute Leser, die Glückseligkeit weiterzugeben, die darin liegt, mit euch gemeinsam den Weg nach Bagdad zu bereisen.

Oberlin, Ohio
1990

Historische Notiz

Hürü (die tugendhafte Tochter, Gattin und Mutter) entstammt einem Volksmärchen, das seinen Ursprung in Kalecik, einer Provinz Ankaras, hat – vielleicht sogar noch genauer auf das Haus des Aga von Kalecik zurückzuführen ist, des Großvaters der Autorin. Zwei Dinge interessierten die Autorin an der Person Hürüs:

1. Die Heldin überwindet die Schwierigkeiten, mit denen eine Frau auf einer Reise rechnen muß, indem sie sich in einen Waisenknaben verwandelt, in Keloğlan, eine bekannte Figur in türkischen Volksmärchen, den Kahlen Knaben: ein altes, doch anspruchsvolles und kunstfertiges Stilmittel, bei welchem eine fiktionale Gestalt sich als eine andere fiktionale Gestalt ausgibt. Als Held der Volksmärchen läßt sich Keloğlan bis in die Geschichten zurückverfolgen, die die Türkmenen sich erzählten, womit man alle türkischen Stämme bezeichnet, die von ihrem Ursprungsort in Zentralasien aufgebrochen waren.
2. Die Heldin gewinnt ihre Familie, ihren Mann und ihr Kind durch den Zauber ihrer musikalischen Erfindungsgabe zurück.

Die Autorin erfand eine Geschichte für Hürü, die der historischen Zeit entspricht, in der sie sich bewegt. Sie setzt Hürü als fiktionales Vehikel ein, wenn sie sie in die erzählte Zeit der *Tausend und eine Nacht* zurückschickt. Der Forschung ist bekannt, daß diese arabischen Märchen ihre endgültige Form im frühen sechzehnten Jahrhundert fanden, als die osmanischen Türken Arabien eroberten. Die Theorie der Autorin besagt, daß es die politische Annexion durch die Türken war, die der arabischen Kultur den Anstoß gab, ihre mündlichen Überlieferungen zu sortieren und ihnen eine feste Form zu geben. Scheherazade muß unter diesem Gesichtspunkt also einmal als eine Autorin gesehen werden, die autobiographische Ereignisse in Fiktion verwandelt, zum anderen aber auch als

Blaustrumpf und Königin, die sich die Aufgabe gestellt hat, den Arabern ihre Würde wiederzugeben, die sich nun ihrer Machtlosigkeit unter den türkischen Eroberern bewußt sind, indem sie ihnen die Geschichten aus ihrem Goldenen Zeitalter erzählt, insbesondere aus der Zeit Harun-er-Raschids, des abbasidischen Kalifen, der von 786 bis 809 in Bagdad herrschte.

Da Türken, Araber und Perser in – grob gesehen – derselben Gegend unserer Welt leben und – wiederum grob gesehen – dieselbe Religion ausüben, haben sich ihre ethnischen Eigenarten in westlicher Sicht derart vermischt, daß man sie oft für gleichartig hält. Tatsächlich haben diese Völker jedoch nicht nur ihren Ursprung in verschiedenen Rassen, nicht einmal ihre Sprachen sind miteinander verwandt. Das Türkische ist eine Ural-altaische Sprache, das Persische eine indo-europäische und das Arabische eine semitische Sprache. Wenn die Sprache das Denken bestimmt, so muß sie auch die Kultur formen, in der sie gesprochen wird. Die Bräuche, die Ethik und die Ästhetik dieser Völker sind so verschieden wie ihre Sprachen. Die Autorin hat versucht, diese Unterschiede ansatzweise herauszuarbeiten, indem sie die Quellen einiger der Geschichten aus *Tausend und einer Nacht* angab. So wurde beispielsweise in den Erzählungen persischen Ursprungs sehr viel Wert auf die ritterliche oder galante Liebesgeschichte gelegt. Die Erzählungen, die ihren Ursprung in Bagdad hatten, sind voller unglücklich Liebender, die in aller Reinheit singen, leiden und sterben, während die Versionen derselben Erzählungen, die aus Kairo stammen, eine viel zynischere Haltung dem Liebestod gegenüber einnehmen und oft mit einem zotigen Unterton vorgetragen wurden. Geschichten, die im Milieu der Kaufleute spielten, dienten offensichtlich der Unterhaltung des wohlhabenden Mittelstandes der größeren arabischen Städte der Zeit: Bagdad, Damaskus, Aleppo, Basra und Kairo.

In den Erzählungen türkischen Ursprungs findet man selbst noch unter dem ihnen übergestreiften Islamismus Elemente einer pantheistischen Religion, einer Liebe zum offenen, weiten Land, zu

Tieren, zum Reisen, zu den jahreszeitlichen Freuden des Nomadenlebens. Den Frauen fällt nicht die Rolle der Seßhaften zu, sondern sie übernehmen die aktive Rolle, wenn Haus und Hof bedroht werden; sie reiten, ringen und üben sich im Bogenschießen aus reiner Freude an der Sache. Das vierzehnte Kapitel beispielsweise, »Die Geschichte der Herrin Safiye«, basiert auf einer Erzählung aus *Tausend und einer Nacht*, die dort »Die Geschichte von Ali Schar und Zumurrud« heißt. Diese Erzählung ist so übervoll von türkischen Vorstellungen, daß die Möglichkeit, sie zu nutzen, um diese Vorstellungen mit denen der Araber und Perser zu kontrastieren, sich als unwiderstehlich erwies. Diese nationalen Unterschiede ließen die fragile multikulturelle Gesellschaft, die das Osmanische Reich darstellte, niemals wirklich zur Ruhe kommen. Natürlich hatten die Türken im Osten Europas noch andere Schwierigkeiten mit anderen von ihnen unterworfenen Nationen, doch diese flossen nicht in die Erzählungen von *Tausend und einer Nacht* ein.

Hürü wurde hier ein adeliger Stammbaum gegeben als Prinzessin des Hauses Karaman, eines der zehn türkischen Oğhuz-Stämme, die im neunten und zehnten Jahrhundert aus der Gegend des Altai und des Baikalsees und den Ländern östlich des Kaspischen Meers (heute GUS) gen Westen zogen. Auf ihrem Weg nach Westen kamen sie, da die Länder, die sie durchquerten, den Kalifen von Bagdad unterstanden, unter den Einfluß des Islam, und Oğhuz-Krieger dienten dem arabischen Heer als Elitetruppen, Generäle und militärische Berater. Auf ihrem weiteren Weg gen Westen wurden die Oğhuz-Stämme unter der Fahne der Seldschuken-Familie vereint, die den Iran im elften Jahrhundert eroberte und Anatolien im elften und zwölften. Nachdem das Seldschuken-Reich in verschiedene Fürstentümer zerfallen war, wozu auch das von Karaman zählte, eroberte die Dynastie der Osmanen (ebenfalls ein Oğhuz-Stamm) im dreizehnten Jahrhundert allmählich Anatolien, in steter und langer Auseinandersetzung mit den aufständischen Fürstentümern. Zu Beginn des sechzehnten Jahrhunderts, also zur Zeit der Geschichte Hürüs, empfanden die Türken Istanbuls sich nicht länger mehr als Oğhuz, sondern nur noch als Bürger eines mächtigen, erfolgreich konglomerierten Reiches.

Während Hürüs fiktionaler Kindheit in Istanbul herrschte Sultan Bayezid II., der eher passive Sohn des unruhigen Mehmed I., der 1453 Konstantinopel eroberte. Zur gleichen Zeit war Prinz Selim, der jüngste und kriegerischste der Söhne Bayezids II., Gouverneur der Provinz Karaman in Konya, der ehemaligen Hauptstadt der Seldschuken, wo der große Sufi-Lehrer, der als Mevlana Rumi bekannt wurde, während der politischen und kulturellen Blütezeit des nunmehr untergegangenen Seldschuken-Reiches gelebt und gelehrt hatte. Es gelang Selim, dem designierten Thronfolger, seinem älteren Bruder Ahmed, den Thron streitig zu machen.

In jener Zeit herrschte als Schah von Persien Ismail, der bekannt wurde als Großer Sufi, berühmt in der Bektaschi-Literatur unter seinem Pseudonym Hatayi. Seine unorthodoxen Glaubenssätze fanden viele Anhänger unter den Türkmenen im östlichen und südlichen Anatolien. Die Nomadenstämme fügten sich nur ungern einer zentralen Autorität, die sich die Besteuerung und die Kontrolle der Stammesautonomie zum Ziele gesetzt hatte. Daher trugen die rebellischen Türkmenen rote Mützen, die offizielle Kopfbedeckung der Truppen Schah Ismails, und wurden als ›Rotmützen‹ bekannt, religiöse Fanatiker, die sich der osmanischen Ordnung widersetzten. Obwohl auch Bayezid II. mystischem Denken und der Doktrin der Sufi-Philosophie zugeneigt war, konnte er es nicht zulassen, daß ein fremder Herrscher sich des Sufismus bediente, um osmanische Untertanen zum Aufruhr anzustiften. Sein Lieblingssohn und designierter Nachfolger, Prinz Ahmed, war zum Ketzer geworden und hatte sich die rote Mütze aufgesetzt. Dieser Preis für Mystik und Religionsfreiheit schien ihm zu hoch. Das Heer der Osmanen zog gegen Schah Ismail, konnte ihn jedoch nicht dazu bringen, sich in einer Schlacht zu stellen – das heißt, nicht bis Prinz Selim Sultan geworden war und Schah Ismail vernichtend schlug, was ihm seinen furchtbaren *nom de guerre* eintrug: der Grimmige.

Und doch verfuhr Selim mit den Arabern, nachdem er ihr Land

erobert hatte, relativ milde. Man könnte sogar sagen, freundlich. In weniger als einem Jahrzehnt verdoppelte er das Territorium des Osmanischen Reiches, welches zum Zeitpunkt seines Todes von den Ufern der Donau bis zu den Ufern des Nils reichte, von der adriatischen Küste bis an die Küste des Indischen Ozeans. Sein Sohn, Süleyman der Prächtige, dessen Thronbesteigung mit einem wichtigen Wendepunkt in der europäischen Geschichte zusammenfiel (der Renaissance), herrschte während des Goldenen Zeitalters des osmanischen Sultanats.

Pir Sultan Abdal, der große mystische Barde aus der Provinz Sivas im Inneren des Landes, lebte zur Zeit der Herrschaft Süleymans des Prächtigen. Über seine Kindheit und seine jungen Jahre ist nichts bekannt, als sei er aus dem Nichts in dieser Welt aufgetaucht. Offensichtlich war er ein Anhänger der Rotmützen, ein Gegner der Tyrannei; Allah in mystischer Liebe hingegeben, war er in den ›ketzerischen‹ Aufstand der Schiiten verstrickt und wurde gehängt. Seine Gedichte, die im ganzen Reich ungeheuer populär waren, waren durchdrungen von einem außerordentlich kunstvollen sozialen und politischen Protest, doch sie sind in dem einfachen, gesprochenen Türkisch der Zeit verfaßt.

Sufismus ist die Essenz des türkischen Herzens. Da sie sich niemals gänzlich mit dem Islam aussöhnen konnten, einer monotheistischen Religion, die völlige Unterwerfung fordert, fanden die freiheitsliebenden und pantheistischen Türken eine Heimat in den Philosophien der Sufis, der gnostischen und pantheistischen Mystiker, von denen es viele Schulen gab, unter denen jedoch nur der Bektaschi-Orden, gegründet von Haci Bektaş Veli, und der Mevlevi-Orden, gegründet von Mevlana Dschelal-ed-Din Rumi, in diesem Buch Erwähnung finden.

Kleines Glossarium

Abd-es-Samad (der Maghrebiner) – Der ursprüngliche Verleger von *Tausend und eine Nacht*.

Al-Masudi – Trug eine der Versionen von *Tausend und eine Nacht* zusammen und legte sie schriftlich nieder.

Antiochia – Eine uralte Stadt, heute Antakya am Orontes (Asi Nehri).

Cem, Prinz – Sohn Mehmeds I., des Eroberers von Konstantinopel, und Bruder Bayezids II. Bekannt für seine Dichtung, seine Regentschaft als Gouverneur von Konya, seinen Übertritt zu den Hospitalitern von Rhodos und seine Ermordung in Neapel durch den Vatikan.

Dschafar Barmaki – Großwesir des Kalifen Harun-er-Raschid, aus dem Geschlecht der Barmekiden.

dschang – Ein persisches Musikinstrument.

Dschann Baarth – John Barth, amerikanischer Schriftsteller, der nach allgemeinem Konsensus mit seiner historischen Burleske »Der Tabakhändler« (nach einem Bericht John Smith' von 1624) 1960 die amerikanische literarische Postmoderne einläutete. Er lebt in Maryland.

Dschaudar – Held der Erzählung »Dschaudar und seine Brüder« in *Tausend und eine Nacht*. (Türk. Caudar)

Dschelal-ed-Din Rumi, Mevlana – Sufi-Lehrer, Gründer und Meister des Mevlevi-Ordens der tanzenden Derwische im Mevlana-Kloster in Konya.

dschink – Junge Männer, die als Mädchen verkleidet auf der Straße und in Tavernen tanzten, Transvestiten.

Fagfur – Arab. für den Kaiser von China, bezeichnet auch chinesisches Porzellan aus der Ming-Dynastie.

Fest der Zwei Brüder – Fest am 6. Mai, an dem die Guten Brüder Hidir-Ilyas gefeiert werden.

Geschmeidige Blume – Figur im *Dede Korkut*-Volksepos aus Zentralasien.

Gog und Magog – Zwei zu Schabernack aufgelegte Stämme, einander verbunden; finden auch Erwähnung im Buch Ezechiel, 38, und in der Offenbarung des Johannes, 20.

Die *Guten Brüder* – Hidir-Ilyas (der Grüne Alte Mann/der Blaue Bruder) sind die Hüter des überirdischen Universums.

Haci Bektas Veli – Sufi-Meister, der den Bektaci-Orden gründete (1242–1337), einen der wichtigsten nonkonformen Orden im Osmanischen Reich, bekannt dafür, daß er Wein trank und die Gleichwertigkeit der Frauen verkündete.

Halladsch, Al-Manusr – Ein Mystiker, der das Christentum mit dem Islam vereinigen wollte und wegen Abfalls vom rechten Glauben zum Tode verurteilt wurde.

Hirdir – Der Grüne Führer, der spezielle Hüter oder Lehrer der wandernden Sufi-Mystiker. Einer der *Guten Brüder*.

Heiliger Eyyub – Der heilige Hiob, ein arabischer Heiliger; Eyyub-u Ansari, historisch ein arabischer Feldherr, der vor Istanbul gestorben sein soll. Der Heilige schien die Lepra gehabt zu haben, die er mit legendärer Geduld ertrug; heute ein Stadtteil Istanbuls, Eyüb.

Heilige Himmelswölfin – Eine Gottheit der Stämme des *Gök Türk*-Reiches in Zentralasien, heute Türkestan in der GUS.

Hürü – Heldin eines gleichnishaften türkischen Volksmärchens; heißt in anderen Dialekten auch »Hörü« oder »Houri«.

ifrit – Ein Dschinn der oberen Klasse, in etwa einem Oberst oder einem Baron unter den Ungeheuern zu vergleichen, zeichnet sich durch seine Häßlichkeit aus.

Ilyas – Elijja oder Elias, der Blaue Hüter. Einer der *Guten Brüder.*

Janitscharen – Das stehende Heer der Osmanen, das sich aus Christen zusammensetzte, die in den europäischen Provinzen des Reiches zwangsrekrutiert wurden; sie töteten Karaman Mehmed Pascha.

Kahler Knabe – Held türkischer Volksmärchen, meist als »Grindkopf« übersetzt.

Kamar-ez-Zaman, Prinz, und Burdur, Prinzessin von China – Helden der Erzählung »Die Geschichte von Kamar-ez-Zaman« in *Tausend und eine Nacht*, persischen Ursprungs.

kanun – Ein persisches Musikinstrument, zitherartig, mit 72 Saiten.

Karaman – Fürstentum des Seldschuken-Reiches; der Name eines türkmenischen Stammes; ein Fürstengeschlecht des 14. und 15. Jahrhunderts, dessen Hauptstadt Konya war; ein ausgestorbener türkischer Dialekt, der in griechischer Schrift geschrieben wurde.

Karaman Mehmed Pascha – Vater der fiktiven Turhan Bey, ermordeter Großwesir des Mehmed I., Fiktiver Großvater Hürüs.

Karamankand – Fiktiver Ort in Zentralasien.

kiosk – Sommerpalast oder Pavillon.

Konya – Das ehemalige Iconium.

kuhl – Arab., schwarze Schminke zur Umrandung der Augen.

Mamelucken – Türkische Herrscherdynastie in Syrien 1250–1517, Militärsklaven der Araber, von ihnen zum Islam bekehrt.

mathnawi – Ein langes Gedicht in metrisch gleichen Reimpaaren mit jeweils anderem Reim.

Mehter Truppe – Erste in Europa bekannte kämpfende Militärkapelle, von den Osmanen eingesetzt, den Feind zu vertreiben und die Marschordnung aufrechtzuerhalten.

Der Schwarze Mesrur – Hist. Oberster Scharfrichter Harun-er-Raschids.

mizmar – Eine Holzflöte.

Odaliske – Eine weiße Sklavin in einem Harem.

Osman I. – Vom arabischen Othman, daher Ottomane (die europäische Schreibweise), Sohn des Orhan, Führer eines Oğhuz-Stammes, der auf dem Weg von Zentralasien nach Kleinasien starb; erster Herrscher der Osmanen, der dem Reich seinen Namen gab.

Palastschule für Pagen – Eine höhere Bildungsanstalt im frühen Osmanischen Reich, in der hauptsächlich Beamte ausgebildet wurden.

saz – Saiteninstrument, mandolinenförmig, das gezupft wird. Sultan Selim spielte die 12saitige saz, »diwan saz« genannt.

Steingeborene Lyra – Mythisches Instrument, das erst Orpheus, dann Homer, in diesem Buche dann Hürü gehörte.

Tag des Gerichts – Islamisches Äquivalent des christlich-jüdischen »Jüngsten Gerichts«.

Türkmenen – Türkvölker zentralasiatischen Ursprungs, angeblich von den Chinesen so genannt, Tü Kei, »die Menschen mit dem Helm«. Zu ihnen gehören die Azeri, die Özbek (Uzbeken), die Kirgisen, die Uigur (in China), die Kasachen, die Kiptschaken und viele mehr.

Tuman, Prinz – Wurde von Selim I. zum Gouverneur Ägyptens ernannt, ließ sich als Sultan Tuman zum Herrscher Kairos ausrufen; von Selim bei den Pyramiden geschlagen, wurde er am Tor der Stadt gehenkt.

Turan – Benannte früher die Ural-altaischen Sprachen, zu denen die türkischen Sprachen zählen, aber auch die finnische, ungarische und mongolische, die sich letztlich auf die Hunnen zurückführen lassen.

ud – Ein arabisches Musikinstrument, eine Laute.

Yunus Emre – Mystischer Volksdichter und fahrender Sänger, lebte in Anatolien und schrieb Dichtungen klassischer Vollkommenheit.

zumulat – In der islamischen Kosmographie ein Ort des Unheils in der südöstlichsten Ecke der Welt, wo sich der Jungbrunnen befindet. Läßt auf merkwürdige Weise an Feuerland denken.

Dorothy Gilman

Die Karawane

Roman

Aus dem Amerikanischen von Klaus Pemsel

Band 11801

In einem feinen Londoner Stadthaus schreibt eine alte Dame, Lady Caressa Teal, für ihre Enkelin die Geschichte ihres Lebens auf. Es ist eine Geschichte voller Romantik, Abenteuer, Dramatik und Verrat – die Odyssee einer jungen Frau durch die nordafrikanische Wüste. Aufgewachsen ist Caressa im amerikanischen Zirkusmilieu zu Beginn unseres Jahrhunderts, von ihrer Großmutter zur Jongleurin und virtuosen Taschendiebin ausgebildet. Dr. Bowman, ein älterer Gelehrter, heiratet sie und nimmt sie mit auf eine Forschungsreise nach Nordafrika. Während Dr. Bowman sich in Tripolis um die Ausrüstung einer Karawane kümmert, mit der sie die Sahara überqueren wollen – um 1910 ein in jeder Hinsicht riskantes Unternehmen –, durchstreift Caressa, von einem alten Einheimischen begleitet, die fremdartige Stadt. Begierig saugt sie die Bilder des geheimnisvollen exotischen Lebens in sich auf. Einen Überfall kriegerischer Tuaregs auf ihre kleine Karawane überlebt Caressa als einzige; die Tuaregs halten sie wegen ihrer hölzernen Fingerpuppen für eine Zauberin. Eine Weile lebt sie als Gefangene bei den stolzen Herren der Wüste. Bakuli, ein schwarzer Junge, wird ihr treuer Gefährte. Gemeinsam fliehen sie und irren umher in der unendlichen Weite, von dem blinden Mursa geführt, von Sandstürmen und vom Tod durch Verdursten bedroht. In einem Haussadorf wird Caressa von der kräuterkundigen Amina gesundgepflegt. Mit einer Berberkarawane ziehen sie schließlich ostwärts. Und dann begegnet Caressa der Liebe ihres Lebens, dem Schotten Jared MacKay, der in Abessinien einen Goldschatz vergraben hat. Vier lange Jahre liegen hinter ihr, in denen sie die Wüste lieben gelernt hat, als sie 1914 in Kairo ankommt, um hier auf Jared zu warten...

Fischer Taschenbuch Verlag

fi 1119 / 3

Whitney Otto

Quilt

Roman

Aus dem Amerikanischen von Susanne Lepsius

Band 11935

Die Frauen in diesem Roman leben in einer kalifornischen Kleinstadt und kennen sich seit ihrer Kindheit. Sie treffen sich einmal in der Woche, um an einem Quilt zu arbeiten: Die Schwestern Hy und Glady Joe, die Jahre brauchen, um zwischen sich Hys Verrat zu bereinigen, die eine Affäre mit Glady Joes längst verstorbenem Mann hatte. Sophia, die einmal von einer Zukunft als Schwimmerin träumte, dann aber heiratet und Kinder bekommt, ohne diesen Traum je ganz zu vergessen. Constance, die am liebsten für sich bleibt und ihren Erinnerungen nachhängt. Em, die seit Jahren versucht, mit der Untreue ihres Mannes fertig zu werden und nicht anders kann, als ihn trotzdem zu lieben, denn er ist der Mensch, der sie am besten kennt. Dann Corinna, die einen Sohn in Vietnam verliert und irgendwann nicht mehr trauern kann. Anna, Tochter einer schwarzen Mutter und eines weißen Vaters und Gründerin des Quilt-Zirkels. Schließlich Marianna, ihre Tochter, die zwischen zwei Welten lebt und, um sich zu schützen, ihre Distanz nie ganz aufgibt. Die Autorin beschreibt die mählichen oder jähen Umschwünge und Entwicklungen im Leben dieser Frauen – und entwirft gleichzeitig ein Stück weiblicher amerikanischer Sozialgeschichte.

Fischer Taschenbuch Verlag

fi 213 / 4

Jamaica Kincaid

Lucy

Roman

Aus dem Amerikanischen von
Stefanie Schaffer-de Vries
Band 11973

»Ein Elementargeist ist zu entdecken« – so formulierte Karl Krolow seine Einladung, Jamaica Kincaid zu lesen – eine neue, eigenwillige Stimme in der amerikanischen Literatur, eine präzise Poetin des weiblichen Erwachsenwerdens und seiner Schauplätze. In »Lucy« wird die Geschichte einer Neunzehnjährigen erzählt, die zum ersten Mal von den Westindischen Inseln weg – und als Au-pair-Mädchen nach New York kommt, zu dem wohlhabenden Ehepaar Mariah und Lewis und deren vier Töchtern. In einer Reihe von Impressionen und Reminiszenzen wird eine sehr verletzte, aber auch eine sehr mutige und sensible Lucy vorgestellt – in der schmerzvollen Beziehung zu ihrer Mutter, ihren ersten Beziehungen mit Männern und ihren mühsamen Versuchen, sich zwischen den Ansprüchen der Eltern und der eigenen Verwirrung zurechtzufinden. Schmerz und Zorn lassen sie Distanz halten und aus dieser Distanz heraus mit unerbittlicher Klarheit ihre Umwelt erkennen. Leben bedeutete für Lucy bisher eine Serie von Verlusten: Sex den Verlust der Unschuld, das Exil den der Wurzeln, erwachsen zu werden den Bruch mit Familie und Freunden. Irgendwann hat sie gelernt, diese Verluste zu akzeptieren, wird das Weiterziehen für sie zur zweiten Natur.

Fischer Taschenbuch Verlag

fi 231 / 4

Die Frau in der Gesellschaft

Helga Häsing/
Ingeborg Mues (Hg.)
Du gehst fort, und ich bleib da
Gedichte und Geschichten von Abschied und Trennung
Band 4722

Vater und ich
Eine Anthologie
Band 11080

Und wenn ich dich liebe, was geht's dich an?
Gedichte und Geschichten
Band 11612

Bessie Head
Die Farbe der Macht
Roman
Band 11679

Bessie Head/
Ellen Kuzwayo/
N. Gordimer u.a.
Wenn der Regen fällt
Erzählungen aus Südafrika
Band 4758

Jutta Heinrich
Alles ist Körper
Extreme Texte
Band 10505

Das Geschlecht der Gedanken
Roman
Band 4711

Im Revier der Worte
Provokationen, Gegenreden, Zwischenrufe
Band 12308

Irma Hildebrandt/
Eva Zeller (Hg.)
Das Kind, in dem ich stak
Gedichte und Geschichten über die Kindheit
Band 10429

Maria Regina Kaiser
Xanthippe
Schöne Braut des Sokrates
Roman
Band 11737

Martina Kreßner
Lebenssplitter
Roman
Band 11881

Rosamond Lehmann
Aufforderung zum Tanz
Roman
Band 3773

Fischer Taschenbuch Verlag

fi 20 / 27 b

Kit Craig

Vergeltung

Roman

Aus dem Amerikanischen von Wigand Lange

336 Seiten. Geb.

Bis zu jenem Samstag im Frühsommer waren die Hales eine ganz normale Familie. Michael, Teah und der kleine Tommy wuchsen behütet in ihrer kleinen Stadt auf. Nachdem ihr Vater seit vier Jahren nach einer geheimen Mission als verschollen gilt, haben die Kinder ihre Gefühle um so mehr der Mutter Clary zugewandt. Die Welt ist in Ordnung – vielleicht bis auf jene Gemälde, die Clary wie unter Zwang immer wieder malt: ein verlassenes, heruntergekommenes Haus, umgeben von seltsamen, düsteren Palmenhainen... Dann kam der Samstag im Frühsommer, nach dem nichts mehr war wie zuvor. Clary ist spurlos verschwunden, eine geheimnisvolle Postkarte gibt erste Aufschlüsse, die Gefahr scheint lebensbedrohend. Die Kinder müssen sich allein auf die Suche begeben und finden sich plötzlich mit einem außergewöhnlichen, faszinierenden und lebensgefährlichen Gegner konfrontiert ...

»Genau die richtige Mixtur aus unterschiedlichen Charakteren, Spannung und unvorhersehbaren Ereignissen.«

New York Times Book Review